P. D. James nació en Oxford en 1920. Publicó su primera novela en 1963, dando inicio a la exitosa serie protagonizada por Adam Dalgliesh. Entre otros títulos, forman parte de esta serie *Un impulso criminal, Muertes poco naturales, La muerte de un forense, Intrigas y deseos, La torre negra, Sangre inocente, Sabor a muerte* y *El pecado original.*

Como reconocimiento por su trabajo en la Facultad de Bellas Artes, en la Sociedad de Autores y en la BBC, de la que fue directora, le fue concedido en 1991 un título nobiliario. Además, ha sido merecedora de, entre otros, el Grand Master Award concedido por los Mystery Writers of America, el Diamond Dagger concedido por la British Crime Writers' Association y el Premio Carvalho concedido por el festival de novela negra BCNegra.

«La mejor escritora contemporánea de novela policíaca clásica.»

Sunday Times

«La mejor escritora de misterio viva.»

People

«Una escritora magistral.»

Wall Street Journal

ZETA

Título original: *Original Sin*
Traducción: Jordi Mustieles
1.ª edición: julio 2011

para el sello Zeta Bolsillo
Consell de Cent, 425-427 - 08009 Barcelona (España)
www.edicionesb.com

Printed in Spain
ISBN: 978-84-9872-527-8
Depósito legal: B. 18.860-2011

Impreso por LIBERDÚPLEX, S.L.U.
Ctra. BV 2249 Km 7,4 Polígono Torrentfondo
08791 - Sant Llorenç d'Hortons (Barcelona)

El pecado original

P.D. JAMES

ZETA

Nota de la autora

Esta novela se sitúa en el Támesis, y muchos de los lugares y escenas descritos les resultarán conocidos a quienes aman el río de Londres. La Peverell Press y todos los personajes existen solamente en la imaginación de la autora y no guardan ninguna relación con personas ni lugares de la vida real.

LIBRO PRIMERO

PRÓLOGO AL ASESINATO

1

Que una taquimecanógrafa interina participe en el descubrimiento de un cadáver el primer día de su nuevo empleo es, si no inaudito, sí lo bastante infrecuente para impedir que ello se considere un riesgo profesional. Ciertamente, Mandy Price —de diecinueve años y dos meses de edad y estrella reconocida de la Agencia Secretarial Nonesuch, propiedad de la señora Crealey— se dirigió la mañana del martes 14 de septiembre a realizar su entrevista en la Peverell Press sin más aprensión de la que solía experimentar al principio de cualquier trabajo nuevo: una aprensión que nunca era aguda y que respondía menos al recelo de no ser capaz de satisfacer las expectativas del jefe en potencia, que al temor de que éste no satisficiera las suyas. Se había enterado del trabajo el viernes anterior, cuando pasó por la agencia a las seis para recoger su paga tras un aburrido lapso de dos semanas con un director que consideraba a una secretaria símbolo de prestigio, pero que no tenía ni idea de cómo utilizar sus habilidades, y le apetecía algo nuevo y a ser posible emocionante, aunque quizá no tan emocionante como posteriormente resultó.

La señora Crealey, para la que Mandy llevaba tres años trabajando, tenía su agencia en un par de habitaciones situadas sobre una tienda de periódicos y tabaco en Whitechapel Road, una ubicación que, como le gustaba hacer notar a las chicas y a los clientes, quedaba tan a mano de la City como de las torres de oficinas de Docklands. Hasta entonces ninguno de los dos distritos le había proporcionado muchos negocios, pero, mientras otras agencias naufragaban en las olas de la recesión, la pequeña y escasamente dotada nave de la señora Crealey se mantenía, aunque de un modo precario, a flote. Aparte de contar con la ayuda de alguna de las chicas cuando no había ninguna demanda, llevaba la agencia ella sola. La habitación exterior era el despacho donde acogía a los clientes nuevos, apaciguaba a los antiguos, entrevistaba y asignaba el trabajo de la semana siguiente. La interior era su santuario personal, provisto de un sofá cama en el que a veces pasaba la noche —en contravención de los términos del contrato de alquiler—, un mueble bar, un frigorífico, una alacena que al abrirse dejaba al descubierto una cocina minúscula, un televisor de gran tamaño y dos sillones dispuestos ante una chimenea de gas donde giraba una tenue luz roja tras una pila de leños artificiales. A esta habitación la llamaba «el nido», y Mandy era una de las contadas chicas que admitía en su aposento privado.

Probablemente era el nido lo que hacía que Mandy se mantuviese fiel a la agencia, aunque ella jamás hubiera reconocido abiertamente una necesidad que le habría parecido tan infantil como embarazosa. Su madre se había marchado de casa cuando ella tenía seis años, y Mandy apenas había podido esperar a cumplir los dieciséis para alejarse de un padre cuya idea de la paternidad iba poco más allá de proporcionarle dos comidas al día, que le correspondía cocinar a ella, y lavar la ropa. Desde hacía un año tenía alquilada una habitación en una casa adosada de Stratford East donde vivía en áspera camaradería con tres jóvenes amigas, siendo el principal motivo de disputa la insistencia de Mandy en aparcar su moto Yamaha en el angosto vestíbulo. Pero era el nido de Whitechapel Road, con los olores combinados de vino y comida china preparada, el siseo del fuego de gas y los hondos y maltratados sillones en los que podía acurrucarse y dormir, lo que representaba todo aquello que Mandy jamás había conocido de las comodidades y la seguridad de un hogar.

La señora Crealey, botella de jerez en una mano y hoja de bloc en la otra, masticó la boquilla hasta desplazarla a la comisura de los labios —donde quedó colgando, como de costumbre, en abierto desafío a la ley de la gravedad— y contempló con los ojos entornados su casi indescifrable caligrafía a través de unas enormes gafas con montura de concha.

—Es un cliente nuevo, Mandy, la Peverell Press. La he buscado en el directorio de editores y se trata de una de las editoriales más antiguas del país, quizá la más antigua, fundada en 1792. Tiene las oficinas junto al río. Peverell Press, Innocent House, Innocent Walk, Wapping. Si has hecho una excursión en barca a Greenwich tienes que haber visto Innocent House. Parece un puñetero palacio veneciano. Por lo visto disponen de una lancha que recoge a los empleados en el muelle de Charing Cross, pero como vives en Stratford a ti no te soluciona nada. Por otra parte, está en tu mismo lado del Támesis y eso te facilitará el viaje. Supongo que lo mejor será que vayas en taxi. Procura que te lo paguen antes de irte.

—No importa, iré en moto.

—Como prefieras. Quieren que estés allí el martes a las diez.

La señora Crealey estuvo a punto de sugerir que, con este prestigioso cliente nuevo, tal vez fuese adecuada cierta formalidad en el vestir, pero desistió. Mandy podía aceptar algunas sugerencias en cuanto a su trabajo o su comportamiento, pero nunca respecto a las excéntricas y a veces estrambóticas creaciones por medio de las cuales expresaba su personalidad, esencialmente confiada y efervescente.

—¿Por qué el martes? —preguntó—. ¿Es que los lunes no trabajan?

—A mí no me lo preguntes. Yo sólo sé que la chica que llamó dijo el martes. Quizá la señorita Etienne no pueda verte antes. Es uno de los directores y quiere entrevistarte personalmente. La señorita Claudia Etienne, lo tengo todo anotado.

—¿A qué viene tanto interés? —quiso saber Mandy—. ¿Por qué ha de entrevistarme la jefa?

—Uno de los jefes. Supongo que no contratan a cualquiera. Me han pedido la mejor y les mando la mejor. Por supuesto, tal vez anden buscando una chica fija y quieran tenerla primero a prueba. No te dejes convencer para quedarte, Mandy, ¿lo harás?

—¿Lo he hecho alguna vez?

Tras aceptar una copa de jerez dulce y acurrucarse en uno de los sillones, Mandy estudió el papel. Desde luego, era extraño que el presunto jefe quisiera entrevistarla antes de empezar el trabajo, aun cuando, como era el caso, fuese la primera vez que el cliente trataba con la agencia. Todas las partes conocían perfectamente el procedimiento habitual. El cliente en apuros llamaba por teléfono a la señora Crealey para pedirle una taquimecanógrafa interina y le imploraba que esta vez enviara a una chica que no fuese analfabeta y supiera escribir a máquina a una velocidad que por lo menos se acercase a la que declaraba. La señora Crealey prometía milagros de puntualidad, eficiencia y escrupulosidad, y luego enviaba a cualquier chica que en aquellos momentos estuviera libre y se dejara engatusar como mínimo para intentarlo, con la esperanza de que esta vez llegaran a coincidir las expectativas del cliente y de la trabajadora. A las protestas subsiguientes, la señora Crealey oponía una respuesta invariablemente quejumbrosa: «No lo comprendo. En todos los demás sitios me han dado unos informes excelentes de ella. Siempre me están pidiendo a Sharon.»

El cliente, que acababa sintiéndose en cierto modo culpable del desastre, colgaba el aparato con un suspiro y urgía, alentaba y soportaba hasta que la agonía mutua llegaba a su fin y la empleada fija regresaba a su puesto para encontrarse con una halagüeña acogida. La señora Crealey se llevaba su comisión —más modesta que la que solía cobrar la mayoría de las agencias, lo cual seguramente explicaba su continuidad en el negocio— y el trato se daba por finalizado hasta que la siguiente epidemia de gripe o las vacaciones de verano provocaban otro triunfo de la esperanza sobre la experiencia.

—Puedes tomarte el lunes libre, Mandy, con el sueldo completo, naturalmente —dijo la señora Crealey—. Y será mejor que pases a máquina tu historial, especificando estudios y experiencia laboral. Pon arriba «curriculum vitae», eso impresiona siempre.

El *curriculum vitae* de Mandy, y la propia Mandy —pese a su excéntrico aspecto—, nunca dejaban de impresionar. Esto debía agradecérselo a su profesora de lengua, la señora Chilcroft. La señora Chilcroft, plantada ante una clase de recalcitrantes niñas de once años, les había dicho: «Vais a aprender a escribir vuestra propia lengua con sencillez, con precisión y con cierta elegancia, y a hablarla de tal manera que no quedéis en desventaja nada más abrir la boca. Si ambicionáis algo más que casaros a los dieciséis años y criar hijos en un piso de protección oficial, necesitaréis el idioma. Si no tenéis otras ambiciones que ser mantenidas por un hombre o por el Estado, lo necesitaréis todavía más, aunque sólo sea para saliros con la vuestra ante la sección local de la Asistencia Social y el Departamento de Sanidad y Seguridad Social. Pero aprenderlo, lo aprenderéis.»

Mandy nunca logró discernir si odiaba a la señora Chilcroft o la admiraba, pero, bajo su inspirada aunque poco convencional tutela, no sólo aprendió a hablar y escribir correctamente, sino a utilizar su lengua con seguridad y algo de gracia. Por lo general, prefería fingir que no había alcanzado este logro. Pensaba, aunque nunca formulaba tal herejía, que no valía la pena sentirse a sus anchas en el mundo de la señora Chilcroft si no era aceptada en el suyo propio. Su dominio del lenguaje estaba ahí para utilizarlo cuando fuera necesario, una habilidad comercial y en ocasiones social a la que Mandy añadía altas velocidades en taquigrafía y mecanografía, así como el conocimiento de diversos programas de tratamiento de textos. Mandy se sabía en muy buenas condiciones para encontrar empleo, pero permanecía fiel a la señora Crealey. Aparte del nido, ser considerada indispensable tenía ventajas evidentes; se podía estar segura de elegir los mejores trabajos. Algunos de los hombres que la contrataban trataban de persuadirla para que aceptara un puesto fijo y, en ocasiones, le ofrecían incentivos que tenían poco que ver con aumentos anuales, vales para el almuerzo o generosas contribuciones a su pensión. Pero Mandy seguía con la Agencia Nonesuch, pues su lealtad se hallaba arraigada en algo más que simples consideraciones materiales. De vez en cuando experimentaba por su jefa una compasión casi propia de un adulto. Los problemas de la señora Crealey derivaban principalmente de su convicción de la perfidia de los hombres, combinada con la incapacidad de pasarse sin ellos. Aparte de esta incómoda dicotomía, su vida la dominaban la lucha por retener a las escasas chicas de su equipo susceptibles de ser empleadas y la guerra de desgaste que libraba contra su ex marido, el inspector de hacienda, el director de su banco y el casero de la oficina. En todos estos traumas, Mandy actuaba como aliada, confidente y simpatizante. Por lo que a la vida amorosa de la señora Crealey se refería, dicha actitud se debía más a cierta buena voluntad natural por parte de Mandy que a verdadera comprensión, puesto que, para su mentalidad de diecinueve años, la posibilidad de que su jefa pudiera desear realmente mantener relaciones sexuales con los hombres poco atractivos y ya ancianos —algunos debían de tener al menos cincuenta años— que en ocasiones rondaban por la agencia era demasiado grotesca para ser tenida seriamente en cuenta.

Tras una semana de lluvia casi continua, el martes prometía ser un buen día, con vislumbres de un sol esporádico que mandaba sus rayos a través de las masas de nubes bajas. El trayecto desde Stratford East no era largo, pero Mandy había salido con tiempo de sobra, de manera que sólo eran las diez menos cuarto cuando dejó la autopista, bajó por la calle Garnet y siguió por Wapping Wall hasta girar a la derecha en Innocent Walk. Reduciendo la velocidad a la de un transeúnte, se bamboleó sobre los adoquines de un amplio callejón sin salida limitado al norte por un muro de ladrillo gris de tres metros de altura y al sur por los tres edificios que albergaban la Peverell Press.

A primera vista, Innocent House le resultó decepcionante. Era una casa de estilo georgiano, imponente pero ordinaria, con unas proporciones que Mandy sabía —más que sentirlo— que eran airosas y, en apariencia, no muy distinta de otras que había visto en las plazuelas y las calles residenciales de Londres. La puerta principal estaba cerrada y no vio ningún signo de actividad tras los cuatro pisos de ventanas de ocho cristales, las dos inferiores con un elegante balcón de hierro forjado cada una. A ambos lados del edificio había sendas casas, más pequeñas y menos ostentosas, despegadas y un poco distanciadas de aquél, como un par de parientes pobres y deferentes. La joven se encontraba ante la primera de éstas, la número 10 —aunque no se veía ni rastro de los números 1 al 9—, y advirtió que estaba separada del edificio principal por Innocent Passage, un camino particular protegido con una cancela de hierro forjado y obviamente utilizado como aparcamiento para los automóviles del personal. Pero en aquellos momentos la cancela estaba abierta y Mandy vio a tres hombres que, por medio de una polea, bajaban grandes cajas de cartón desde un piso alto y las cargaban en una furgoneta. Uno de los tres, un hombre moreno y achaparrado que llevaba un enorme sombrero de monte, se descubrió y le dedicó a Mandy una pronunciada reverencia irónica. Los otros dos apartaron la vista de su trabajo para observarla con evidente curiosidad. Mandy alzó la visera del casco y les dirigió a los tres una larga y desalentadora mirada.

La segunda de las casas laterales quedaba separada de Innocent House por Innocent Lane. Era allí, según las instrucciones que había recibido de la señora Crealey, donde encontraría la entrada. Paró el motor, echó pie a tierra y empujó la moto sobre los adoquines buscando un sitio discreto donde aparcarla. Fue entonces cuando avistó por primera vez el río, un angosto centelleo de agua estremecida bajo el cielo cada vez más claro. Después de aparcar la Yamaha se quitó el casco, hurgó en la maleta lateral en busca del sombrero, se lo puso y, a continuación, con el casco bajo el brazo y cargada con su bolsa, se encaminó hacia el agua como si se sintiera físicamente atraída por el poderoso tirón de la marea, por el aroma leve y evocador del mar.

Se encontró en una espaciosa terraza de mármol refulgente, delimitada por una barandilla baja de hierro delicadamente forjado y con un globo de vidrio en cada esquina sostenido por delfines de bronce entrelazados. De una abertura situada en mitad de la barandilla nacía un tramo de escalera que descendía hacia el río. Mandy oyó su chapaleteo rítmico contra la piedra. Se dirigió poco a poco hacia él sumida en una especie de éxtasis, como si no lo hubiera visto nunca. Ante sus ojos rielaba el río, una amplia extensión de agua movediza jaspeada por el sol, que, mientras ella miraba, se alzó en un millón de olitas bajo la creciente brisa como un inquieto mar interior y, luego, al amainar el viento, se asentó misteriosamente en una resplandeciente tersura. Al volverse vio por primera vez la encumbrada maravilla de Innocent House, cuatro pisos de mármol coloreado y piedra dorada que, según cambiaba la luz, parecían mudar sutilmente de matiz, aclarándose primero para oscurecerse después hasta adquirir un intenso color oro. Sobre el gran arco curvado de la entrada principal, flanqueado por estrechas ventanas arqueadas, había dos pisos con anchurosos balcones de piedra labrada frente a una hilera de esbeltas columnas de mármol rematadas por arcos trebolados. Las altas ventanas arqueadas y las columnas de mármol se alzaban hasta un último piso bajo el parapeto de un techo bajo. Mandy no conocía ninguno de los detalles arquitectónicos, pero ya había visto antes casas así, en un tumultuoso y mal dirigido viaje escolar a Venecia cuando tenía trece años. La ciudad apenas le había causado ninguna impresión, aparte del intenso hedor veraniego del canal —que había hecho que los colegiales se taparan la nariz y chillaran con fingida repugnancia—, los museos de pintura llenos de gente y unos edificios que, según le dijeron, eran dignos de admiración, pero que parecían estar a punto de desmoronarse sobre los canales. Había visto Venecia cuando era demasiado joven y sin la preparación adecuada. Al contemplar la maravilla de Innocent House, sintió por primera vez en su vida una reacción tardía a aquella experiencia anterior, una mezcla de pasmo admirado y alegría que la sorprendió y a la vez la asustó un poco.

Una voz masculina rompió el hechizo.

—¿Busca usted a alguien?

Mandy se volvió y vio a un hombre que la miraba por entre los balaustres de la barandilla, como si hubiera surgido milagrosamente del río. Al acercarse, comprobó que estaba de pie en la proa de una lancha atracada a la izquierda de la escalera. El desconocido llevaba una gorra de patrón de yate, muy echada hacia atrás, sobre una desgreñada mata de rizos negros, y sus ojos eran como dos ranuras brillantes en el rostro curtido por la intemperie.

—He venido por un empleo —respondió ella—. Sólo estaba mirando el río.

—Ah, siempre está aquí, el río. La entrada es por allí —dijo el hombre, señalando con el pulgar hacia Innocent Lane.

—Sí, ya lo sé.

Para demostrar independencia de acción, Mandy consultó su reloj y, a continuación, se volvió y se pasó otros dos minutos contemplando Innocent House. Luego, tras dedicarle una última mirada al río, echó a andar por Innocent Lane.

En la puerta exterior había un rótulo: PEVERELL PRESS - ENTRE, POR FAVOR. La abrió y cruzó un zaguán acristalado que comunicaba con la oficina de recepción. A la izquierda vio un mostrador curvado y una centralita atendida por un hombre de cabellos grises y expresión benévola, que la saludó con una sonrisa antes de buscar su nombre en una lista. Mandy le entregó el casco de motorista y él lo sostuvo entre sus manos pequeñas y manchadas por la edad con tanto cuidado como si se tratara de una bomba; tras unos instantes de indecisión en los que pareció no saber qué hacer con él, acabó dejándolo sobre el mostrador.

El hombre anunció su llegada por teléfono y luego le dijo:

—Enseguida vendrá la señorita Blackett para acompañarla al despacho de la señorita Etienne. Quizá prefiera sentarse.

Mandy se sentó y, haciendo caso omiso de los tres periódicos del día, las revistas literarias y los catálogos cuidadosamente dispuestos en forma de abanico sobre una mesita baja, miró a su alrededor. En otro tiempo debía de haber sido una habitación elegante; la chimenea de mármol con un óleo del Gran Canal colgado sobre ella, el delicado cielo raso de estuco y la cornisa esculpida contrastaban de un modo incongruente con el moderno mostrador de recepción, las sillas cómodas pero utilitarias, el gran tablón de anuncios forrado de fieltro y el ascensor enrejado que había a la derecha de la chimenea. Las paredes, pintadas de un intenso verde oscuro, exhibían una hilera de retratos en sepia que Mandy supuso serían de los anteriores Peverell. Acababa de incorporarse para examinarlos más de cerca cuando apareció una mujer robusta y poco atractiva que sin duda era la señorita Blackett. La recién llegada saludó a Mandy con severidad, le dedicó una mirada sorprendida y casi sobresaltada a su sombrero y, sin presentarse, la invitó a seguirla. Mandy no se inquietó por su falta de cordialidad. Estaba claro que se trataba de la secretaria personal del director gerente y que pretendía demostrarle su posición. Mandy ya había conocido antes a otras de su especie.

El vestíbulo la dejó boquiabierta. Vio un suelo embaldosado de mármol, formando segmentos de colores, del cual se alzaban seis esbeltas columnas con capiteles intrincadamente cincelados que sostenían un techo asombrosamente pintado. Sin prestar atención a la visible impaciencia de la señorita Blackett, que la esperaba en el primer peldaño de la escalinata, Mandy se detuvo con la mayor naturalidad y dio lentamente una vuelta, mirando hacia arriba, mientras en lo alto la gran bóveda coloreada giraba con ella: palacios, torres con gallardetes ondeantes, iglesias, casas, puentes, el recodo del río emplumado con las velas de navíos de altos mástiles y pequeños querubines de labios fruncidos que soplaban prósperos vientos a breves vaharadas, como el vapor que brota de una tetera. Mandy había trabajado en una gran variedad de oficinas —desde torres de cristal decoradas con cuero y cromo y provistas de las últimas maravillas electrónicas, hasta cuartos tan pequeños como un armario con una mesa de madera y una máquina de escribir antigua— y no había tardado mucho en comprender que el aspecto del local no constituía un indicio fiable de la situación económica de la empresa. Sin embargo, nunca había visto un edificio de oficinas como Innocent House.

Subieron por la amplia escalinata doble sin hablar. El despacho de la señorita Etienne estaba en la primera planta. Se notaba que en otro tiempo había sido una biblioteca, pero en algún momento habían construido un tabique para crear un pequeño despacho en la entrada. Una joven de expresión seria, tan delgada que parecía anoréxica, estaba escribiendo en un ordenador y apenas le dirigió a Mandy una mirada fugaz. La señorita Blackett abrió la puerta de comunicación y, antes de retirarse, anunció:

—Es Mandy Price, de la agencia, señorita Claudia.

La habitación, que después del reducido despachito exterior le pareció muy grande, tenía el suelo de parquet. Mandy la cruzó en dirección a un escritorio situado a la derecha de la ventana del otro extremo. Una mujer alta y morena se levantó para recibirla, le estrechó la mano y la invitó a tomar asiento con un ademán.

—¿Ha traído su *curriculum vitae*? —le preguntó.

—Sí, señorita Etienne.

Era la primera vez que le pedían un currículo, pero la señora Crealey había estado en lo cierto; evidentemente, se esperaba que lo presentara. Mandy introdujo la mano en la bolsa adornada con borlas y bordados llamativos —un trofeo de las vacaciones en Creta del verano anterior— y le entregó tres hojas pulcramente mecanografiadas. Mientras la señorita Etienne las estudiaba, Mandy examinó a la señorita Etienne.

Concluyó que no era joven; ciertamente, más de treinta años. Tenía un rostro de facciones angulosas y tez pálida y delicada, y unos ojos de iris oscuro, casi negro, algo saltones y encajados bajo unos gruesos párpados. Sobre ellos, las cejas depiladas formaban un pronunciado arco. El cabello corto, muy cepillado para darle brillo, estaba peinado con raya a la izquierda, y los mechones que colgaban quedaban recogidos tras la oreja derecha. Las manos que reposaban sobre el *curriculum vitae* carecían de anillos, los dedos eran muy largos y finos, las uñas no estaban pintadas.

Sin alzar la vista, la señorita Etienne preguntó:

—¿Se llama usted Mandy o Amanda Price?

—Mandy, señorita Etienne.

En otras circunstancias, Mandy habría señalado que, si se llamara Amanda, el currículo lo indicaría así.

—¿Ha trabajado antes en una editorial?

—Sólo unas tres veces en los dos últimos años. En la tercera página del currículo aparecen los nombres de todas las empresas para las que he trabajado.

La señorita Etienne siguió leyendo hasta que al fin alzó la mirada y sus ojos brillantes y luminosos examinaron a Mandy con más interés del que había demostrado anteriormente.

—Al parecer le fue muy bien en la escuela, pero desde entonces ha tenido una extraordinaria variedad de empleos. No ha permanecido en ninguno más de unas cuantas semanas.

En tres años de tentaciones, Mandy había aprendido a reconocer y esquivar la mayoría de las maquinaciones del sexo masculino, pero cuando tenía que tratar con su propio sexo se sentía menos segura. Su instinto, agudo como un diente de hurón, le indicaba que debía manejar a la señorita Etienne con suma cautela. Pensó: «En eso consiste el trabajo interino, vacaburra. Hoy estás aquí y mañana te has ido.» Lo que dijo fue:

—Por eso me gusta el trabajo interino. Quiero obtener una experiencia lo más amplia posible antes de aceptar un empleo permanente. Cuando lo haga, me gustaría conservarlo y desarrollar mi trabajo con éxito.

Esta declaración distaba mucho de ser veraz. Mandy no tenía intención de aceptar un empleo permanente. El trabajo interino, con su libertad de contratos y condiciones de servicio, su variedad, el conocimiento de que no estaba atada, de que incluso la peor experiencia laboral podía terminar el viernes siguiente, le convenía a la perfección; sus proyectos, empero, apuntaban en otra dirección. Mandy estaba ahorrando para el día en que, con su amiga Naomi, pudiera montar una tiendecita en Portobello Road. Allí, Naomi crearía sus joyas, Mandy diseñaría y confeccionaría sus sombreros, y las dos alcanzarían rápidamente la fama y la fortuna.

La señorita Etienne miró de nuevo el *curriculum vitae* y dijo con sequedad:

—Si su ambición consiste en encontrar un empleo permanente y desarrollar su trabajo con éxito, es usted un caso único en su generación.

Le devolvió el currículo con un gesto brusco e impaciente, alzó la cabeza y prosiguió:

—Muy bien. Le daremos una prueba de mecanografía. Veremos si es tan buena como asegura. En la oficina de la señorita Blackett, en la planta baja, hay un ordenador libre. Es donde usted tendrá que trabajar, así que puede hacer la prueba allí mismo. El señor Dauntsey, nuestro editor de poesía, tiene una cinta por transcribir. Está en el despachito de los archivos. —Se puso en pie y añadió—: Iremos a buscarla juntas. Conviene que se haga una idea de la distribución de la casa.

Mandy preguntó:

—¿Poesía?

Podía resultar peliagudo transcribir una grabación. Según su experiencia, en la poesía moderna era difícil decir dónde empezaban y terminaban los versos.

—No es poesía. El señor Dauntsey está examinando los archivos para hacer un informe recomendando qué expedientes habría que conservar y cuáles habría que destruir. La Peverell Press lleva publicando desde 1792. En los archivos antiguos hay algún material interesante y debería catalogarse adecuadamente.

Mandy bajó tras la señorita Etienne la amplia escalinata curva, cruzó de nuevo el vestíbulo y volvió a la sala de recepción. Por lo visto iban a utilizar el ascensor, que sólo podía cogerse en la planta baja. No le pareció la manera más apropiada de hacerse una idea de la distribución de la casa, pero el comentario había sido prometedor; al parecer, el empleo era suyo, si lo quería. Y desde aquella primera visión del Támesis, Mandy sabía que sí lo quería.

El ascensor era pequeño —apenas un metro cuadrado— y, mientras las subía entre gruñidos, Mandy se sintió muy consciente de la alta y silenciosa figura cuyo brazo rozaba el suyo. Mantuvo la mirada fija en la rejilla del ascensor, pero su olfato percibía el perfume de la señorita Etienne, sutil y un tanto exótico, aunque tan leve que quizá ni siquiera se tratase de un perfume, sino tan sólo de un jabón caro. Todo lo que envolvía a la señorita Etienne le parecía caro a Mandy: el lustre apagado de la blusa, que sólo podía ser de seda; la doble cadena y los pendientes de oro; y la chaqueta de punto colgada informalmente de los hombros, que poseía la fina suavidad del cachemir. Pero la proximidad física de su compañera y el mero despertar de sus sentidos, estimulados por la novedad y la excitación que le provocaba Innocent House, le dijeron algo más: que la señorita Etienne no se encontraba cómoda. Era ella, Mandy, la que hubiera debido estar nerviosa. En cambio notaba que la atmósfera de la claustrofóbica cabina, que ascendía dando sacudidas con exasperante lentitud, retemblaba de tensión.

Se detuvieron con un estremecimiento brusco y la señorita Etienne descorrió las puertas de rejilla doble. Mandy se encontró en una estrecha antecámara con una puerta delante y otra a la izquierda. La puerta de enfrente estaba abierta y la joven pudo ver una gran sala completamente llena de estanterías metálicas, repletas de carpetas y legajos, que iban del suelo al techo y se extendían en hileras desde las ventanas hasta la puerta, dejando apenas el sitio justo para pasar entre ellas. El aire olía a papel viejo, rancio y mohoso. Mandy siguió a la señorita Etienne por entre los extremos de las estanterías y la pared hasta llegar a una puerta más pequeña, esta vez cerrada.

La señorita Etienne hizo una pausa y anunció:

—Aquí es donde el señor Dauntsey trabaja en los expedientes. Lo llamamos el despachito de los archivos. Dijo que dejaría la cinta sobre la mesa.

A Mandy le pareció que la explicación era innecesaria y estaba más bien fuera de lugar, y que la señorita Etienne vacilaba un instante con la mano sobre el pomo antes de hacerlo girar. Luego, con un gesto brusco, casi como si esperara encontrar resistencia, abrió la puerta de par en par.

El hedor salió a su encuentro como un espectro maligno: el familiar olor humano del vómito, no muy intenso, pero tan inesperado que Mandy retrocedió instintivamente. Mirando por encima del hombro de la señorita Etienne, abarcó con un primer golpe de vista un cuarto pequeño con el suelo de madera sin alfombrar, una mesa cuadrada a la derecha de la puerta y una sola ventana alta. Bajo la ventana había un estrecho sofá cama, y sobre la cama una mujer tendida.

No habría hecho falta ningún olor para que Mandy supiera que estaba contemplando la muerte. No gritó —nunca había gritado por miedo ni a causa de un sobresalto—, pero un puño gigante enfundado en un guante de hielo le aferró y retorció el corazón y el estómago de tal modo que empezó a temblar con violencia, como una niña rescatada de un mar helado. Ninguna de las dos habló, pero ambas se acercaron a la cama —Mandy pegada a la espalda de la señorita Etienne— con pasos sigilosos, casi imperceptibles.

La mujer yacía sobre una manta a cuadros y había cogido la almohada de debajo para recostar en ella la cabeza, como si aun en los instantes postreros de conciencia hubiera necesitado esta última comodidad. Junto a la cama había una silla sobre la que descansaban una botella de vino vacía, un vaso sucio y un frasco grande con tapón de rosca. Bajo ella habían colocado un par de zapatos de cordones de color marrón, el uno junto al otro. Mandy pensó que quizá se los había quitado porque no quería ensuciar la manta. Pero la manta estaba sucia, al igual que la almohada. Un rastro de vómito, como la baba de un caracol gigante, se adhería a la mejilla izquierda y volvía rígida la almohada. La mujer tenía los ojos entreabiertos y en blanco, y su cabellera gris, peinada con flequillo, apenas estaba desordenada. Llevaba un jersey marrón de cuello alto y una falda de *tweed* de la que sobresalían, como un par de palos, dos piernas flacas extrañamente torcidas. El brazo izquierdo estaba extendido hacia fuera, casi tocando la silla, y el derecho reposaba sobre el pecho. Antes de morir, la mano derecha había estrujado la fina lana del jersey y había tirado de él hacia arriba, dejando al descubierto unos centímetros de camiseta. Junto al frasco de píldoras vacío había un sobre cuadrado con unas palabras escritas en vigorosa caligrafía negra.

—¿Quién es? —susurró Mandy con tanta reverencia como si estuviera en la iglesia.

La señorita Etienne habló con voz serena.

—Sonia Clements. Una editora de la casa.

—¿Iba a trabajar para ella?

Mandy se dio cuenta de que la pregunta era irrelevante nada más hacerla, pero la señorita Etienne respondió:

—Por algún tiempo, sí, pero no mucho. Se marchaba a final de mes.

Recogió la carta como si quisiera sopesarla entre las manos. Mandy pensó: «Querría abrirla, pero no delante de mí.» Al cabo de unos segundos, la señorita Etienne observó:

—Dirigida al juez. Resulta evidente lo que ha ocurrido, aun sin esto. Lamento que haya sufrido este sobresalto, señorita Price. Ha sido una falta de consideración por su parte. Si alguien quiere matarse, debería hacerlo en su casa.

Mandy pensó en la callejuela de Stratford East, la cocina compartida, el único cuarto de baño y su reducida habitación en la parte de atrás de una casa en la que sería tener mucha suerte encontrar suficiente intimidad para tragarse las píldoras, por no hablar de morir a causa de ello.

Se obligó a mirar de nuevo la cara de la mujer. Sintió el impulso repentino de cerrarle los ojos y la boca, que había quedado ligeramente abierta. De modo que eso era la muerte; o, mejor dicho, eso era la muerte antes de que los de la funeraria te pusieran las manos encima. Mandy sólo había visto a otra persona muerta: su abuela, pulcramente amortajada con un volante en torno al cuello, empaquetada en el ataúd como una muñeca en una caja para regalo, curiosamente disminuida y con una apariencia más sosegada de lo que jamás había tenido en vida, cerrados los brillantes e inquietos ojos, las manos siempre afanosas recogidas por fin en quietud. De súbito el pesar cayó sobre ella en un torrente de compasión, liberada tal vez por la conmoción tardía o por la repentina y viva memoria de una abuela a la que había querido. Al sentir el primer hormigueo cálido de las lágrimas, no supo bien si eran por la abuela o por aquella desconocida que yacía en tan indefensa y desgarbada postura. Mandy lloraba pocas veces, pero cuando lo hacía sus lágrimas eran incontenibles. Temiendo desacreditarse, se esforzó por recobrar la compostura y, al mirar en derredor, sus ojos se posaron en algo familiar, nada amenazador, algo que podía manejar, una garantía de que existía un mundo ordinario que seguía su curso fuera de aquella celda de la muerte. Encima de la mesa había una pequeña grabadora.

Mandy se acercó y cerró la mano sobre ella como si de un icono se tratara.

—¿Es ésta la cinta? —preguntó—. ¿Es una lista? ¿La quiere tabulada?

La señorita Etienne la contempló en silencio durante unos instantes y al fin contestó:

—Sí, tabulada. Y por duplicado. Puede utilizar el ordenador que hay en el despacho de la señorita Blackett.

En aquel momento Mandy tuvo la certeza de que había conseguido el empleo.

2

Quince minutos antes, Gerard Etienne, presidente y director gerente de Peverell Press, salía de la sala de juntas para regresar a su despacho de la planta baja. De pronto se detuvo, retrocedió hacia la sombra, con movimientos gráciles como los de un gato, y se quedó mirando desde detrás de la balaustrada. Bajo él, en el vestíbulo, una muchacha giraba lentamente con los ojos vueltos hacia el techo. Llevaba unas botas negras y acampanadas por arriba que le llegaban hasta el muslo, una falda corta y ceñida de color pardo y una chaqueta de terciopelo de un rojo apagado. Un brazo flaco y delicado se mantenía alzado para sostener en su lugar un insólito sombrero que parecía confeccionado en fieltro rojo. Era de ala ancha, arrufaldado por delante, y estaba decorado con una extraordinaria colección de objetos: flores, plumas, cintas de satén y encaje e incluso pequeños fragmentos de vidrio que, al girar, chispeaban, rutilaban y resplandecían. Hubiera debido presentar un aspecto ridículo, con esa cara afilada e infantil semioculta bajo desordenados mechones de pelo oscuro y coronada por tan estrafalaria prenda. Sin embargo, resultaba encantadora. Se encontró sonriendo, casi riendo, y de repente se apoderó de él una locura que no había experimentado desde que tenía veintiún años: el impulso de echarse a correr escaleras abajo, cogerla entre los brazos y llevársela danzando sobre el suelo de mármol hasta cruzar la puerta principal y llegar a la orilla del centelleante río. La muchacha terminó de dar la vuelta y siguió a la señorita Blackett por el vestíbulo. Él aún permaneció inmóvil unos instantes, saboreando este arrebato de locura que, así se lo parecía, no tenía nada que ver con la sexualidad, sino con la necesidad de retener un recuerdo destilado de la juventud, de los primeros amores, de las risas, de la ausencia de responsabilidades, del puro deleite animal en el mundo de los sentidos. Nada de ello formaba ya parte alguna de su vida. Siguió esperando sin dejar de sonreír hasta que el vestíbulo quedó libre y al fin bajó poco a poco a su despacho.

A los diez minutos se abrió la puerta y reconoció los pasos de su hermana. Sin levantar la mirada, le preguntó:

—¿Quién es la chica del sombrero?

—¿El sombrero? —Por unos instantes ella puso cara de no comprender. Luego respondió—: ¡Ah, el sombrero! Mandy Price, de la agencia de colocación.

Una nota extraña en su voz hizo que él se volviera y le dedicara toda su atención.

—¿Qué ha pasado, Claudia?

—Sonia Clements está muerta. Se ha suicidado.

—¿Dónde?

—Aquí. En el despachito de los archivos. La hemos encontrado la chica y yo. Íbamos a buscar una de las cintas de Gabriel.

—¿La chica la ha encontrado? —Hizo una pausa y añadió—: ¿Dónde está ahora?

—Ya te lo he dicho, en el despachito de los archivos. No hemos tocado el cuerpo. ¿Por qué habíamos de hacerlo?

—Quiero decir que dónde está la chica.

—Al lado, con Blackie, pasando la cinta a máquina. No malgastes tu compasión. No estaba sola y no hay sangre. Esta generación es dura. Ni siquiera parpadeó. Lo único que le preocupaba era conseguir el empleo.

—¿Estás segura de que ha sido suicidio?

—Naturalmente. Ha dejado esta nota. Está abierta, pero no la he leído.

Claudia le entregó el sobre; luego se acercó a la ventana y se quedó mirando al exterior. Tras un par de segundos, él alzó la solapa del sobre y extrajo cuidadosamente el papel. Leyó en voz alta:

—«Lamento causar molestias, pero me ha parecido que era el mejor sitio que podía utilizar. Seguramente será Gabriel quien me encuentre y está demasiado familiarizado con la muerte para conmocionarse. En casa, ahora que vivo sola, quizá no me hubieran descubierto hasta que empezara a apestar, y considero que se debe mantener cierta dignidad incluso en la muerte. He dejado mis asuntos en orden y le he escrito a mi hermana. No estoy obligada a explicar el motivo de mi acto, pero, por si a alguien le interesa, diré que sencillamente prefiero la extinción a seguir existiendo. Es una elección razonable y todos tenemos derecho a hacerla.» —Luego añadió—: Bien, está bastante claro, y de su propia mano. ¿Cómo lo ha hecho?

—Con píldoras y alcohol. Como ya he dicho, no hay mucho desorden.

—¿Has llamado a la policía?

—¿A la policía? Aún no he tenido tiempo. He venido directa a verte. ¿De verdad crees que es necesario, Gerard? El suicidio no es delito. ¿No podríamos llamar sencillamente al doctor Frobisher?

—No sé si es necesario —replicó él con sequedad—, pero desde luego es lo más conveniente. No queremos que haya dudas sobre esta muerte.

—¿Dudas? —dijo ella—. ¿Dudas? ¿Qué dudas puede haber?

Había ido bajando la voz y, ahora, ambos hablaban casi en susurros. De un modo casi imperceptible, se alejaron del tabique en dirección a la ventana.

—Habladurías, entonces —respondió Gerard—, rumores, escándalo. Llamaremos a la policía desde aquí. No hay necesidad de pasar por la centralita. Si la bajan en el ascensor, seguramente podremos sacarla del edificio antes de que el personal se entere de lo ocurrido. Está George, claro. Supongo que será mejor que la policía entre por esa puerta. Habrá que decirle a George que no se vaya de la lengua. ¿Dónde está ahora la chica de la agencia?

—Ya te lo he dicho. Está al lado, en el despacho de Blackie, haciendo la prueba de mecanografía.

—O, más probablemente, contándole a Blackie y a todos los que se le acerquen que la llevaron a buscar una cinta y encontraron un cadáver.

—Les he pedido a las dos que no digan nada hasta que se lo hayamos anunciado a todo el personal. Gerard, si crees que puedes mantener esto en secreto aunque sólo sea durante un par de horas, quítatelo de la cabeza. Habrá una investigación, y eso implica publicidad. Y tendrán que bajarla por la escalera; es imposible meter una camilla con un cadáver en ese ascensor. Pero, Dios mío, ¡era lo único que nos faltaba! Después de lo otro, va a ser espléndido para la moral de los empleados.

Hubo unos instantes de silencio durante los cuales ninguno de los dos se acercó al teléfono. Luego ella se volvió hacia su hermano y le preguntó:

—El pasado miércoles, cuando la pusiste en la calle, ¿cómo se lo tomó?

—No se ha matado porque la echara. Era una mujer racional y sabía que tenía que irse. Debía de saberlo desde el día en que me hice cargo de la empresa. Siempre dejé bien claro que en mi opinión teníamos un editor de más, que podíamos darle parte del trabajo a un colaborador externo.

—Pero tenía cincuenta y tres años. No le habría resultado fácil encontrar otro empleo. Y llevaba veinticuatro años en la empresa.

—A tiempo parcial.

—A tiempo parcial, pero trabajando casi a jornada completa. Este lugar era su vida.

—Claudia, eso son desvaríos sentimentales. Ella tenía una existencia fuera de estas paredes. Además, ¿qué diablos tiene eso que ver? O se la necesitaba aquí o no se la necesitaba.

—¿Fue así como se lo dijiste? Ya no la necesitamos más.

—No fui brutal, si es eso lo que insinúas. Le dije que me proponía recurrir a un colaborador externo que ayudara a editar las obras de no ficción y que, por tanto, su puesto era superfluo. Le dije que, aunque legalmente no le correspondía la indemnización máxima, buscaríamos algún arreglo económico.

—¿Un arreglo? ¿Y qué dijo ella?

—Dijo que no sería necesario. Que ella haría sus propios arreglos.

—Y los ha hecho. Por lo que se ve, con analgésicos y una botella de cabernet búlgaro. Bien, al menos nos ha ahorrado algún dinero, pero, por Dios, habría preferido pagar antes que tener que vérnoslas con esto. Sé que debería compadecerla. Supongo que lo haré cuando haya superado la conmoción; ahora mismo no me resulta fácil.

—Claudia, es inútil volver de nuevo a esas viejas discusiones. Había que despedirla y la despedí. Eso no ha tenido nada que ver con su muerte. Hice lo que había que hacer por los intereses de la empresa y en su momento estuviste de acuerdo. Ni tú ni yo tenemos la culpa de que se suicidara. Por otro lado, su muerte tampoco guarda ninguna relación con las otras malas pasadas. —Hizo una pausa y añadió—: A no ser, claro, que fuera ella la responsable.

A su hermana no le pasó por alto la repentina nota de esperanza que sonó en su voz. Así que estaba más preocupado de lo que quería reconocer. Replicó con acritud:

—Sería una bonita solución a nuestros problemas, ¿verdad? Pero ¿cómo habría podido ser ella, Gerard? Cuando alteraron las pruebas del Stilgoe estaba de baja por enfermedad, recuerda, y cuando perdimos las ilustraciones del libro sobre Guy Fawkes se encontraba en Brighton visitando a un autor. No, no pudo ser ella.

—Es verdad. Sí, lo había olvidado. Mira, voy a llamar a la policía ahora mismo y tú mientras te das una vuelta por la casa y explicas lo que ha pasado. Será menos teatral que reunirlos a todos para hacer un anuncio general. Diles que permanezcan en sus despachos hasta que hayan retirado el cuerpo.

—Hay una cosa que deberíamos tener en cuenta —dijo ella lentamente—. Creo que fui la última persona que la vio viva.

—Alguien tenía que ser.

—Fue anoche, apenas pasadas las siete. Me había quedado a trabajar. Al salir del vestíbulo del primer piso la vi subir la escalera. Llevaba una botella de vino y un vaso.

—¿Y no le preguntaste qué estaba haciendo?

—Claro que no. No era una mecanógrafa jovencita. Quizá se dirigía con el vino a los archivos para tomarse unos tragos en secreto. Y en tal caso, no era asunto mío. Me pareció extraño que se hubiera quedado a trabajar hasta tan tarde, pero nada más.

—¿Te vio ella?

—Creo que no. No volvió la cabeza.

—¿Y no había nadie más por allí?

—A aquellas horas ya no. Yo era la última.

—Pues no se lo digas a nadie. No tiene importancia. No es un dato útil.

—Sin embargo, me dio la sensación de que actuaba de un modo extraño. Tenía un aire, no sé, furtivo. Casi se escabullía.

—Eso te lo parece ahora. ¿No le echaste una ojeada al edificio antes de cerrar?

—Miré en su despacho. La luz estaba apagada. No había nada suyo, ni el abrigo ni el bolso. Supongo que debió de guardarlos en el armario. Naturalmente, pensé que ya se había marchado a casa.

—Puedes declarar eso en el interrogatorio, pero nada más. No digas que la viste antes. Sólo serviría para que te preguntaran por qué no subiste a mirar también arriba.

—¿Por qué había de subir?

—Exactamente.

—Pero, Gerard, si me preguntan cuándo la vi por última vez...

—Entonces, miente. Pero, por el amor de Dios, Claudia, miente de un modo convincente y no incurras en ninguna contradicción. —Se acercó al escritorio y descolgó el auricular—. Vale más que llame al 999. Es curioso; que yo recuerde, es la primera vez que la policía viene a Innocent House.

Ella apartó la vista de la ventana y lo miró de hito en hito.

—Esperemos que sea la última.

3

En el despacho exterior, Mandy y la señorita Blackett estaban sentadas cada una ante su ordenador, tecleando y con los ojos fijos en la pantalla. Ninguna de las dos hablaba. Al principio los dedos de Mandy se habían negado a trabajar y temblaban inciertos sobre las teclas, como si las letras estuvieran inexplicablemente traspuestas y el teclado entero se hubiera convertido en una maraña de signos sin sentido. Pero apretó con fuerza las manos sobre el regazo por espacio de medio minuto y, haciendo un esfuerzo, consiguió dominar el temblor. Cuando empezó a escribir, se impuso su habitual pericia y todo fue bien. De vez en cuando dirigía una fugaz mirada de soslayo a la señorita Blackett. Era evidente que la mujer estaba profundamente afectada. Su cara, grande, con mejillas de marsupial y una boca pequeña que expresaba cierta obstinación, estaba tan blanca que Mandy temía que la mujer cayese desmayada sobre el teclado en cualquier momento.

Hacía más de media hora que la señorita Etienne y su hermano se habían marchado. A los diez minutos de cerrar la puerta, la señorita Etienne había asomado la cabeza para anunciarles:

—Le he pedido a la señora Demery que traiga té. Ha sido una conmoción para las dos.

El té llegó a los pocos minutos, servido por una pelirroja con un delantal de flores que depositó la bandeja sobre un archivador mientras comentaba:

—Se supone que no debo hablar, así que no hablaré.

Pero no pasará nada si les digo que la policía acaba de llegar. Eso sí que es trabajar rápido. Seguro que ahora querrán té.

Y desapareció de inmediato, como movida por el convencimiento de que era más emocionante lo que ocurría fuera de la habitación que dentro de ella.

El despacho de la señorita Blackett era una habitación desproporcionada, demasiado estrecha para su altura, y esta discordancia quedaba subrayada por una espléndida chimenea de mármol con un friso de dibujo convencional y una pesada repisa sostenida por las cabezas de dos esfinges. El tabique, de madera hasta un metro del suelo y con paneles de vidrio por encima, cortaba por la mitad una de las estrechas ventanas en arco y bisecaba también un adorno del cielo raso en forma de *losange*. Mandy pensó que, si realmente era necesario dividir la sala grande, habrían podido hacerlo con más respeto hacia la arquitectura, por no hablar de la comodidad de la señorita Blackett. Tal como estaba, daba la impresión de que se le escatimaba incluso el espacio suficiente para trabajar.

Otra curiosidad, aunque de un orden distinto, era la larga serpiente de terciopelo a rayas verdes, enroscada entre las asas de los dos cajones superiores de los archivadores de acero. Un minúsculo sombrero de copa coronaba los brillantes botones que tenía por ojos, y una lengua bífida de franela roja colgaba de la blanda boca abierta, forrada de lo que parecía ser seda rosa. Mandy había visto ya otras serpientes similares; su abuela tenía una. Servían para ponerlas al pie de la puerta a fin de evitar corrientes de aire o para enrollarlas en torno al pomo y así mantener la puerta entornada. Pero se trataba de un objeto ridículo, una especie de juguete infantil; desde luego, no era algo que hubiera esperado ver en Innocent House. Le habría gustado interrogar a la señorita Blackett al respecto, pero la señorita Etienne les había dicho que no hablaran y estaba claro que la señorita Blackett interpretaba que esta prohibición era aplicable a toda conversación que no fuese de trabajo.

Transcurrieron los minutos en silencio. Cuando Mandy estaba a punto de llegar al final de la cinta, la señorita Blackett alzó la mirada.

—Ya puede dejar eso. Voy a dictarle algo. La señorita Etienne me ha pedido que le haga una prueba de taquigrafía.

Sacó un catálogo de la empresa del cajón de su escritorio, le entregó un cuaderno de notas a Mandy, acercó la silla y empezó a leer en voz baja sin mover apenas los labios casi exangües. Los dedos de Mandy trazaron automáticamente los familiares jeroglíficos, pero su mente retuvo algunos datos sobre la lista de obras de no ficción de próxima aparición. De vez en cuando a la señorita Blackett le fallaba la voz, por lo que Mandy se dio cuenta de que también ella estaba escuchando los sonidos del exterior. Tras el siniestro silencio inicial habían empezado a oírse pasos, susurros medio imaginados y, luego, pisadas más fuertes que resonaban sobre el mármol y voces masculinas llenas de seguridad.

La señorita Blackett, con los ojos clavados en la puerta, habló con voz carente de expresión.

—Y ahora, ¿querría leérmelo?

Mandy leyó en voz alta las notas taquigráficas sin cometer ningún error. Hubo otro silencio. Por fin se abrió la puerta y entró la señorita Etienne.

—Ha llegado la policía —les anunció—. Ahora están esperando al médico y luego se llevarán a la señorita Clements. Será mejor que no salgan de aquí hasta que se hayan marchado. —Miró a la señorita Blackett—. ¿Ha terminado la prueba?

—Sí, señorita Claudia.

Mandy le entregó las listas mecanografiadas. La señorita Etienne las miró por encima y dijo:

—Muy bien, el puesto es suyo si le interesa. Puede empezar mañana a las nueve y media.

4

Diez días después del suicidio de Sonia Clements y exactamente tres semanas antes del primero de los asesinatos que se perpetraron en Innocent House, Adam Dalgliesh almorzaba con Conrad Ackroyd en el Club Cadáver. La invitación había partido del último y fue transmitida por teléfono con ese aire un tanto siniestro de conspirador que envolvía todas las invitaciones de Conrad. Tratándose de él, incluso una cena de compromiso ofrecida en cumplimiento de relevantes obligaciones sociales prometía misterios, cábalas, secretos para divulgar entre los escasos privilegiados. La fecha propuesta no se adaptaba demasiado bien a las conveniencias de Dalgliesh, quien modificó su agenda con cierta renuencia mientras reflexionaba que una de las desventajas de entrar en años era la creciente aversión a los compromisos sociales, combinada con la incapacidad de reunir el ingenio o la energía suficientes para esquivarlos. La amistad existente entre ellos —suponía que ésa era la palabra adecuada; desde luego, no eran meros conocidos— se fundaba en el uso que cada uno hacía ocasionalmente del otro. Puesto que los dos lo reconocían así, ninguno consideraba que el hecho requiriera justificación ni excusa. Conrad, uno de los chismosos más notorios y fiables de Londres, le había resultado útil con frecuencia, sobre todo en el caso Berowne. Esta vez era evidente que le correspondía a Dalgliesh prestar el servicio, aunque la petición, en cualquier forma que se presentara, seguramente sería más molesta que onerosa: la comida del Cadáver era excelente y Ackroyd, si bien solía hacer el payaso, pocas veces aburría a sus acompañantes.

Más tarde llegaría a parecerle que todos los horrores que siguieron emanaban de aquel almuerzo absolutamente ordinario y se sorprendería pensando: «Si esto fuese ficción y yo fuera novelista, ahí es donde empezaría todo.»

El Club Cadáver no se contaba entre los clubs privados más prestigiosos de Londres, pero su círculo de miembros lo consideraba uno de los más útiles. Construido a comienzos del siglo XIX, en su origen había sido la residencia de un abogado rico, aunque sin especial renombre, quien en 1892 legó el edificio, con la adecuada dotación, a un club privado fundado unos cinco años antes, que se reunía regularmente en su salón. El club era y seguía siendo estrictamente masculino, y el principal requisito para ingresar en él consistía en poseer un interés profesional por el asesinato. Ahora, como entonces, figuraban entre sus miembros unos cuantos oficiales superiores de la policía ya retirados, abogados en activo y jubilados, casi todos los criminólogos profesionales y aficionados más prestigiosos, periodistas de sucesos y algunos destacados autores especializados en novela de misterio, todos varones y admitidos por condescendencia, puesto que el club era de la opinión que, por lo que al asesinato se refiere, la ficción no puede competir con la vida real. Poco antes, el club había estado a punto de pasar de la categoría de excéntrico a la más peligrosa de club de moda, un riesgo que el comité se había apresurado a contrarrestar dando bola negra a las seis solicitudes siguientes de ingreso. El mensaje fue recibido. Como se quejaba un malhumorado aspirante, ser rechazado por el Garrick resultaba embarazoso, pero serlo por el Cadáver era ridículo. Así pues, el club conservaba su carácter reducido y, según sus excéntricos criterios, selecto.

Mientras cruzaba Tavistock Square bajo la suave luz de septiembre, Dalgliesh se preguntó qué avalaba a Ackroyd para ser miembro del club. De pronto recordó el libro que su anfitrión había escrito cinco años antes a propósito de tres asesinos célebres: Hawley Harvey Crippen, Norman Thorne y Patrick Mahon. Ackroyd le había remitido un ejemplar firmado y, al leerlo detenidamente Dalgliesh, había quedado sorprendido por la cuidadosa investigación y el aún más cuidadoso estilo. Ackroyd defendía la tesis, no totalmente original, de que los tres eran inocentes en el sentido de que ninguno había pretendido matar a su víctima, y presentaba una argumentación verosímil, ya que no del todo convincente, basada en un minucioso examen de las pruebas médicas y forenses. Para Dalgliesh, el mensaje principal del libro era que quienes desearan ser absueltos de asesinato harían bien en abstenerse de descuartizar a la víctima, una práctica hacia la cual los jurados ingleses mostraban su repugnancia desde hacía mucho tiempo.

Habían quedado en la biblioteca para tomar un jerez antes del almuerzo y Ackroyd ya estaba allí esperándole, acomodado en uno de los sillones de piel. Al ver a Dalgliesh, se incorporó con una agilidad sorprendente en alguien de su tamaño y se acercó a él dando pasos cortos y casi saltarines, sin aparentar ni un día más que cuando se habían visto por primera vez.

—Me alegro de que hayas podido dedicarme este rato, Adam; ya sé lo ocupado que estás ahora. Asesor especial del comisionado, miembro del grupo de trabajo sobre las brigadas regionales contra el crimen y alguna que otra investigación de asesinato para no perder la costumbre. No debes permitir que te agobien de trabajo, muchacho. Voy a pedir el jerez. Había pensado en invitarte a mi otro club, pero ya sabes lo que pasa. Almorzar allí es una buena manera de recordarle a la gente que aún sigues vivo, pero todos los miembros se acercan para felicitarte por ello. Comeremos abajo, en el reservado.

Ackroyd se había casado a una edad más bien madura, para asombro y consternación de sus amigos, y vivía en un estado de autosuficiencia conyugal en una amena villa de estilo eduardiano situada en St. John's Wood, donde Nelly Ackroyd y él se dedicaban a la casa y al jardín, a sus dos gatos siameses y a los achaques en gran medida imaginarios de Ackroyd. El hombre poseía, dirigía y financiaba con una cuantiosa renta particular *The Paternoster Review*, una mezcla iconoclasta de artículos literarios, críticas y habladurías, estas últimas cuidadosamente investigadas y algunas veces discretas, aunque más a menudo tan maliciosas como ciertas. Nelly, aparte de atender la hipocondría de su marido, se dedicaba a coleccionar con entusiasmo relatos escolares para chicas escritos en los años veinte y treinta. Su matrimonio era un éxito, aunque los amigos de Conrad aún tenían que hacer un esfuerzo para acordarse de preguntar por la salud de Nelly antes de interesarse por los gatos.

La última vez que Dalgliesh había estado en la biblioteca del club, su visita había sido profesional y tenía por objeto recabar información. En aquella ocasión se trataba de un caso de asesinato y lo había recibido otro anfitrión. Sin embargo, no parecía haber cambiado gran cosa. La sala, orientada al sur, daba a la plaza, y esta mañana la calentaba un sol que, al filtrarse a través de las finas cortinas blancas, hacía que el menguado fuego resultara casi innecesario. En un principio salón de recibir, ahora hacía las veces de sala de estar y biblioteca. Las paredes estaban cubiertas por vitrinas de caoba que contenían la que probablemente era la biblioteca particular de libros sobre el crimen más completa de Londres, con todos los volúmenes de las series *Juicios británicos notables* y *Juicios famosos*, así como libros de jurisprudencia médica, criminología y patología forense, además de algunas primeras ediciones de Conan Doyle, Poe, Le Fanu y Wilkie Collins, alojadas en una vitrina distinta como para demostrar la innata inferioridad de la ficción respecto a la realidad. La gran vitrina de caoba seguía en su lugar, llena de objetos adquiridos o donados a lo largo de los años, entre ellos el libro de oraciones de Constance Kent con su firma en la guarda, la pistola de chispa que supuestamente utilizó el reverendo James Hackman para asesinar a Margaret Wray, amante del conde de Sandwich, y una ampolla llena de polvos blancos —arsénico según se decía—, hallada en posesión del mayor Herbert Armstrong. Se había añadido una nueva adquisición desde la última visita de Dalgliesh. Yacía enroscada en el lugar de honor, siniestra como una serpiente letal, bajo un rótulo que anunciaba que aquélla era la soga con que se había ahorcado a Crippen. Mientras se volvía para salir de la biblioteca siguiendo a Ackroyd, Dalgliesh comentó apaciblemente que la exhibición pública de ese objeto bárbaro era de mal gusto, objeción que Ackroyd repudió de un modo igualmente apacible.

—Un poco morboso, quizá, pero llamarlo bárbaro es ir demasiado lejos. Después de todo, esto no es el Ateneo. Probablemente es bueno que a algunos de los miembros más antiguos se les recuerde el fin natural de sus anteriores actividades profesionales. ¿Seguirías siendo policía si no hubiéramos abolido la ejecución mediante la horca?

—No lo sé. Por lo que a mí respecta, la abolición no afecta a este dilema moral en particular, puesto que yo preferiría la muerte a veinte años de cárcel.

—Pero no la muerte por ahorcamiento, ¿verdad?

—No, eso no.

Para él, y sospechaba que para la mayoría de la gente, el ahorcamiento había encerrado siempre un horror especial. A pesar de los informes de las diversas Reales Comisiones sobre la pena capital, que le atribuían humanidad, rapidez y la certeza de una muerte instantánea, en su opinión seguía siendo una de las formas más desagradables de ejecución judicial, característica puesta de relieve por horripilantes imágenes trazadas con tanta precisión como si de un dibujo a plumilla se tratara: las acumulaciones de víctimas tras el paso de ejércitos triunfantes; las víctimas patéticas y medio dementes de la justicia del siglo XVII; los redobles de tambor en el alcázar de los navíos, donde la armada cumplía su venganza y emitía sus advertencias; las mujeres del siglo XVIII condenadas por infanticidio; aquel ritual ridículo pero siniestro del cuadradito negro colocado sobre la peluca del juez; la puerta disimulada pero, por lo demás, ordinaria que conducía de la celda del reo a ese último y breve paseo. Estaba bien que todo eso hubiera pasado a la historia. Por unos instantes, el Club Cadáver se le antojó un lugar menos agradable para almorzar, y sus excentricidades más repugnantes que divertidas.

El reservado del Club Cadáver era un lugar confortable, situado en una pequeña habitación de la planta baja, en la parte trasera de la casa, con dos ventanas y una puerta ventana que daban a un estrecho patio pavimentado, al cual delimitaba un muro de tres metros cubierto de hiedra. El patio podía alojar tres mesas con comodidad, pero los miembros del club no eran aficionados a comer al aire libre, ni siquiera en los infrecuentes días calurosos del verano inglés; al parecer, ello se debía a una atávica excentricidad, según la cual dicha costumbre se consideraba incompatible con la adecuada apreciación de la comida o con la intimidad indispensable para la buena conversación. Para disuadir a cualquier miembro que pudiera sentirse tentado de sucumbir a tal capricho, en el patio había macetas de diversos tamaños con geranios y hiedras que dejaban poco espacio libre, que aún quedaba más restringido por la presencia de una enorme copia en piedra del Apolo de Belvedere apoyada en un rincón de la pared, regalo, según se rumoreaba, de uno de los antiguos miembros del club cuya esposa la había desterrado de su jardín suburbano. Los geranios todavía estaban en plena flor, y sus vistosos rojos y rosados resplandecían a través del cristal, realzando la primera impresión de acogedora domesticidad. Era patente que en otro tiempo la habitación había sido una cocina, pues aún seguía instalado contra una pared el fogón de hierro original, sus hornos y barrotes ahora bruñidos hasta parecer de ébano. De la viga ennegrecida que había sobre él pendían utensilios de hierro y una hilera de peroles de cobre, abollados pero refulgentes. Un aparador de roble, que ocupaba toda la longitud de la pared opuesta, servía de receptáculo para la exhibición de aquellos regalos y legados de los miembros que se juzgaban impropios o indignos de la vitrina de la biblioteca.

Dalgliesh recordó que en el club regía una ley no escrita, según la cual ninguna ofrenda de un miembro, por inadecuada o extravagante que fuese, debía ser rechazada, y el aparador, al igual que toda la habitación, prestaba testimonio de los peculiares gustos y aficiones de los donantes. Delicadas bandejas de Meissen estaban colocadas, de forma harto incongruente, junto a recuerdos victorianos decorados con cintas y vistas de Brighton y Southend-on-Sea. Una jarra que parecía un trofeo de feria se hallaba entre una porcelana victoriana de Staffordshire —sin duda alguna original— que representaba a Wesley predicando desde el púlpito y un magnífico busto del duque de Wellington en mármol de Paros. Un surtido de jarras conmemorativas de la coronación y tazas antiguas de Staffordshire pendía en precario desorden de los ganchos. Al lado de la puerta había una pintura sobre cristal que representaba el entierro de la princesa Carlota; sobre ella, una cabeza de alce disecada, con un viejo panamá encasquetado en el cuerno izquierdo, contemplaba con ojos vidriosos y lúgubre desaprobación una lámina grande y truculenta que reproducía la carga de la Brigada Ligera.

La cocina actual no quedaba muy lejos; Dalgliesh alcanzaba a oír agradables tintineos y, de vez en cuando, el golpe sordo del montacargas de la comida al bajar desde el comedor del primer piso. Sólo estaba puesta una de las cuatro mesas, con un mantel inmaculado, y Dalgliesh y Ackroyd tomaron asiento junto a la ventana.

El menú y la carta de vinos estaban colocados a la derecha del lugar que había ocupado Ackroyd. Mientras los cogía, éste comentó:

—Los Plant se han retirado, pero ahora tenemos a los Jackson y no sé si la cocina de la señora Jackson es mejor aún. Fue una suerte que los encontráramos. Ella y su marido llevaban una residencia para ancianos, pero se cansaron del campo y quisieron volver a Londres. No necesitan trabajar, pero creo que este empleo les gusta. Mantienen la política de ofrecer un menú único cada día tanto para el almuerzo como para la cena. Muy sensato. Hoy, ensalada de alubias blancas con atún, seguida de costillar de cordero con verduras frescas y ensalada verde. Luego hay la tarta de limón y queso. Las verduras serán frescas, seguro. Todavía las recibimos de la granja del joven Plant, y también los huevos. ¿Quieres ver la carta de vinos? ¿Tienes alguna preferencia?

—Lo dejo en tus manos.

Ackroyd reflexionó en voz alta mientras Dalgliesh, a quien le encantaba el vino pero le disgustaba hablar de él, recorría con una apreciativa mirada aquel desbarajuste de habitación que, a pesar de su ambiente de caos excéntrico pero organizado —o quizás a causa de él—, producía una sensación de sorprendente sosiego. Los discordantes objetos, colocados sin ánimo de producir determinado efecto, habían alcanzado con el paso del tiempo cierta justeza de lugar. Tras una prolija disertación sobre los méritos de la carta de vinos, en la que quedaba claro que Ackroyd no esperaba ninguna contribución de su invitado, aquél se decidió por un chardonnay. La señora Jackson, aparecida como en respuesta a una señal secreta, trajo consigo un olor a panecillos calientes y un aire de afanosa confianza.

—Es un placer conocerlo, comandante. Hoy tiene

todo el reservado para usted, señor Ackroyd. El señor Jackson se ocupará del vino.

Una vez servido el primer plato, Dalgliesh preguntó:

—¿Por qué la señora Jackson va vestida de enfermera?

—Porque lo es, supongo. Antes era enfermera jefe. También es comadrona, según creo, pero eso aquí no nos hace falta.

«Naturalmente», pensó Dalgliesh, puesto que el club no admitía a mujeres.

—Y esa cofia escarolada con cintas, ¿no es un poco excesiva?

—Ah, ¿tú crees? Supongo que ya nos hemos acostumbrado a verla. Dudo que ahora los miembros se sintieran cómodos si la señora Jackson dejara de llevarla.

Ackroyd abordó el objeto de la reunión sin pérdida de tiempo. En cuanto se hallaron a solas, le contó:

—La semana pasada estuve hablando con lord Stilgoe en Brooks. Es tío de mi esposa, entre paréntesis. ¿Lo conoces?

—No. Creía que había muerto.

—No sé de dónde has sacado esa idea. —Atacó la ensalada de alubias con aire irritado y Dalgliesh recordó que le molestaba cualquier insinuación de que alguien que él conocía personalmente pudiese llegar a morir, y mucho menos sin que él se hubiera enterado—. Ni siquiera es tan viejo como parece; todavía no ha cumplido los ochenta años. Y se mantiene notablemente activo para su edad. De hecho, está preparando sus memorias. Las publicará la Peverell Press en la próxima primavera. Por eso quería hablar conmigo. Ha ocurrido algo más bien inquietante. Al menos su esposa lo encuentra inquietante. Ella cree que lo han amenazado de muerte.

—¿Y es cierto?

—Bien, ha recibido esto.

Le llevó algún tiempo sacar de la cartera un pequeño

rectángulo de papel y entregárselo a Dalgliesh. El mensaje estaba pulcramente escrito con un ordenador y no iba firmado.

«¿De veras le parece prudente publicar en la Peverell Press? Acuérdese de Marcus Seabright, Joan Petrie y ahora Sonia Clements. Dos autores y su propia editora muertos en menos de doce meses. ¿Quiere usted ser el cuarto?»

—Más malintencionado que amenazador, diría yo —comentó Dalgliesh—, y la mala intención se dirige más contra la editorial que contra Stilgoe. No cabe duda de que la muerte de Sonia Clements fue un suicidio. Dejó una nota para el juez y le escribió una carta a su hermana anunciándole que iba a matarse. De las otras dos muertes no recuerdo nada.

—Oh, están bastante claras, creo yo. Seabright tenía más de ochenta años y el corazón delicado. Murió a consecuencia de una crisis de gastroenteritis que le provocó un ataque al corazón. De todos modos, no fue una gran pérdida para la Peverell Press. Hacía diez años que no escribía una novela. Joan Petrie se mató con el coche cuando iba a su casa de campo. Muerte accidental. Petrie tenía dos pasiones: el whisky y los automóviles rápidos. Lo único sorprendente es que se matara ella antes de matar a alguien más. Evidentemente, el autor del anónimo añadió estas dos muertes para dar peso al mensaje. Pero Dorothy Stilgoe es supersticiosa. Tal como ella lo ve, ¿qué necesidad hay de publicar en la Peverell Press, habiendo otros editores?

—¿Quién está al frente de la empresa en estos momentos?

—Ahora, Gerard Etienne. Y muy al frente. El anterior presidente y director gerente, el viejo Henry Peverell, murió a principios de enero y dejó todas sus acciones a su hija Frances y a Gerard, en partes iguales. Su socio original, Jean-Philippe Etienne, se había retirado hacía cosa de un año, y ya iba siendo hora de que lo hiciera. Sus acciones también pasaron a Gerard. Los dos ancianos dirigían la editorial como si fuera una afición. El viejo Peverell siempre había sostenido la opinión de que los caballeros heredan el dinero, no lo ganan. Jean-Philippe Etienne no participaba de forma activa en la empresa desde hacía años. Tuvo su momento de gloria durante la última guerra, ya que se convirtió en un héroe de la Resistencia en la Francia de Vichy, pero no creo que hiciera nada memorable desde entonces. Gerard esperaba entre bastidores, como el príncipe heredero. Ahora se encuentra en el centro del escenario y es probable que pronto veamos acción, si es que no se desencadena un melodrama.

—¿Y Gabriel Dauntsey? ¿Aún dirige la colección de poesía?

—Me sorprende que hayas de preguntármelo, Adam. No debes permitir que tu pasión por capturar asesinos te haga perder el contacto con la vida real. Sí, todavía la dirige, aunque no ha escrito ningún poema desde hace más de veinte años. Dauntsey es un poeta de antologías. Sus mejores obras son tan buenas que no dejan de aparecer en un sitio u otro, pero imagino que la mayoría de los lectores debe de creerle muerto. Pilotó un bombardero en la última guerra, así que debe de tener más de setenta años. Ya es hora de que se retire. Hoy en día, lo único que hace es dirigir la colección de poesía de la Peverell Press. Los tres socios restantes son Claudia Etienne, la hermana de Gerard, James de Witt, que ha estado en la casa desde que salió de Oxford, y Frances Peverell, la última de los Peverell. Pero es Gerard quien dirige la empresa.

—¿Sabes cuáles son sus proyectos?

—Se rumorea que quiere vender Innocent House y trasladarse a Docklands. A Frances Peverell no le gustará nada. Los Peverell siempre han tenido cierta obsesión por Innocent House. Ahora pertenece a la empresa, no a la familia, pero todos los Peverell la han considerado siempre su hogar. Gerard ya ha hecho algunos cambios y despedido a parte del personal, como Sonia Clements, por supuesto. Y tiene razón, desde luego; debe adaptar la empresa a las necesidades del siglo XX si no quiere ver cómo se hunde. Pero lo cierto es que se ha creado enemigos. Resulta significativo que en la editorial no hubiera ningún problema hasta que Gerard se hizo cargo de ella. Esa coincidencia no le ha pasado por alto a Stilgoe, aunque su esposa sigue convencida de que la malevolencia se dirige contra su marido personalmente, no contra la empresa, y contra sus memorias en particular.

—¿Perderá mucho la Peverell si se retira el libro?

—No gran cosa, imagino. Por supuesto, promocionarán las memorias como si sus revelaciones pudieran hacer caer al Gobierno, desacreditar a la oposición y acabar con la democracia parlamentaria tal como ahora se conoce, pero supongo que, como la mayor parte de las memorias políticas, prometerán más de lo que darán. Sin embargo, no creo que sea posible retirarlas. El libro está en producción y no lo soltarán por las buenas. En cuanto a Stilgoe, no querrá rescindir el contrato si ello le obliga a explicar públicamente por qué lo hace. Lo que Dorothy Stilgoe quiere saber es si Sonia Clements realmente se suicidó y si no se había manipulado el Jaguar de Petrie. Creo que está dispuesta a admitir que el viejo Seabright falleció de muerte natural.

—¿Y qué se espera de mí?

—Sin duda hubo una encuesta judicial en los dos últimos casos y es de suponer que la policía realizó una investigación. Tu gente podría echarles un vistazo a los papeles, hablar con los oficiales que llevaron los casos y ese tipo de cosas. Luego, si se le pudiera asegurar a Dorothy que un alto cargo de la policía metropolitana ha examinado la evidencia y la da por buena, quizá dejara tranquilos a su marido y a la Peverell Press.

—Eso quizá serviría para convencerla de que la muerte de Sonia Clements fue un suicidio —objetó Dalgliesh—, pero si es supersticiosa no creo que se dé por satisfecha. La verdad, no sé qué haría falta para satisfacerla. La esencia de la superstición es que no atiende a razones. Probablemente adopte la postura de que un editor gafe es tan malo como un editor asesino. No pretenderá sugerir en serio que alguien de la Peverell Press echó un veneno no identificable en el vino de Sonia Clements, ¿verdad?

—No, no creo que llegue a ese extremo.

—Más vale que sea así; de lo contrario, los beneficios de su marido se los comerá un pleito por difamación. Me sorprende que lord Stilgoe no se haya dirigido al comisionado o a mí directamente.

—¿Te sorprende? Yo creo entenderlo. Habría parecido, bueno, digamos que un poco timorato, excesivamente preocupado. Además, él no te conoce y yo en cambio sí. Es comprensible que haya querido hablar conmigo antes. Y naturalmente, no cabe imaginárselo en la comisaría local, haciendo cola entre dueños de perros perdidos, esposas maltratadas y conductores apesadumbrados para exponerle su problema al sargento de guardia. Francamente, me parece que no cree que le tomaran en serio. A su modo de ver, la inquietud de su esposa y el propio anónimo son razones suficientes para pedirle a la policía que eche una ojeada a lo que está ocurriendo en la Peverell Press.

Llegó el cordero, rosado, suculento y tan tierno que podía comerse con cuchara. En los minutos de silencio que Ackroyd consideraba tributo necesario a una comida perfectamente preparada, Dalgliesh rememoró su primera visión de Innocent House.

Su padre lo había llevado a Londres para celebrar que cumplía ocho años; iban a estar dos días enteros visitando la ciudad y se quedarían a pasar la noche con un amigo que era párroco en Kensington y su esposa. Recordaba la noche anterior, acostado en la cama sin poder dormir, casi enfermo de excitación, la inmensidad cavernosa y el clamor de la antigua estación de la calle Liverpool, el terror de perder a su padre, de verse engullido y arrastrado por el ejército de transeúntes de rostro ceniciento. Durante aquellos dos días en los que su padre pretendía combinar el placer con la educación, pues para su mentalidad académica ambas cosas eran indistinguibles, intentaron —era acaso inevitable— hacer demasiadas cosas. La visita había resultado abrumadora para un niño de ocho años y le había dejado un recuerdo confuso de iglesias y museos, de restaurantes y comidas raras, de torres iluminadas con focos y del cambiante reflejo de la luz sobre la superficie negra y arrugada del agua, de gráciles caballos cabrioleantes y de cascos dorados, de la fascinación y el terror provocados por la historia hecha patente en piedra y ladrillo. Pero Londres lo atrapó con un hechizo que ninguna experiencia adulta, ninguna exploración de otras grandes urbes había conseguido romper.

Fue el segundo día, en el que visitaron la catedral de San Pablo y después tomaron un vapor fluvial en el muelle de Charing Cross para ir a Greenwich, cuando vio por primera vez Innocent House, rutilante bajo el sol de la mañana, como un espejismo dorado que se alzara sobre el rielar del agua. Su padre le explicó que el nombre provenía de Innocent Walk, que quedaba al otro lado de la casa y en cuyo extremo había existido un tribunal de magistrados a comienzos del siglo XVIII. Los acusados para quienes se decretaba ingreso en prisión tras la primera audiencia eran conducidos a la cárcel de Fleet; los más afortunados recorrían por su propio pie aquella senda adoquinada que conducía a la libertad. Luego empezó a contarle algo sobre los detalles arquitectónicos de la mansión, pero su voz quedó apagada por el resonante comentario del guía, lo bastante fuerte para ser oído desde todas las embarcaciones del río.

—Y aquí, a nuestra izquierda, señoras y caballeros, van

a ver ustedes uno de los edificios más interesantes del Támesis: Innocent House, construida en 1830 para sir Francis Peverell, un destacado editor de la época. Sir Francis hizo un viaje a Venecia del que regresó muy impresionado por la Ca' d'Oro, la Casa de Oro del Gran Canal. Quienes hayan ido de vacaciones a Venecia seguramente la habrán visto. Así que tuvo la idea de encargar la construcción de una casa de oro en el Támesis. Lástima que no pudiera importar el clima veneciano. —Hizo una breve pausa para dejar paso a las risas de rigor—. En la actualidad es sede de una empresa editorial, la Peverell Press, de modo que aún sigue en poder de la familia. Se cuenta una historia interesante sobre Innocent House. Por lo visto, sir Francis estaba tan absorto con la casa que tenía descuidada a su joven esposa, cuyo dinero le había ayudado a construirla, así que ella se tiró desde el balcón más alto y murió en el acto. Según la leyenda, todavía puede verse en el mármol una mancha de sangre que no se quita con nada. Se dice que, en la vejez, sir Francis se volvió loco de remordimiento y salía solo de noche para limpiar la mancha delatora. Es su fantasma el que algunos aseguran haber visto frotando la mancha sin descanso. Hay barqueros que prefieren no navegar demasiado cerca de Innocent House después de que haya oscurecido.

Todos los ojos de la cubierta se habían vuelto dócilmente hacia la casa, pero ahora los pasajeros, interesados por aquella historia de sangre, se acercaron a la barandilla, y hubo murmullo de voces y estirar de cuello, como si la mancha legendaria aún resultara visible. La imaginación en exceso vívida del pequeño Adam representó a una mujer vestida de blanco, la cabellera rubia al viento, arrojándose desde el balcón como la heroína enloquecida de alguna novela; a continuación oyó el golpe sordo y definitivo y vio el hilillo de sangre que se extendía sobre el mármol para derramarse gota a gota en el Támesis. Durante muchos años la casa, con su potente amalgama de belleza y terror, continuó ejerciendo una gran fascinación sobre él.

El guía se había equivocado en un detalle; tal vez la historia del suicidio también fuera inventada o estuviese debidamente adornada, pero ahora Dalgliesh sabía que sir Francis había quedado cautivado, no por la Ca' d'Oro, que pese a la minuciosidad de sus magníficas tallas y tracerías le había parecido, o así lo había expresado en una carta a su arquitecto, demasiado asimétrica para su gusto, sino por el palacio del Dux Francesco Foscari. De modo que el edificio que su arquitecto había recibido instrucciones de construir a orillas de aquella corriente fría y de poderosas mareas era Ca' Foscari. Hubiera debido resultar incongruente, una locura, inconfundiblemente veneciana y, por si fuera poco, veneciana de mediados del siglo XV. No obstante, daba la impresión de que ninguna otra ciudad, ninguna otra ubicación habría podido convenirle. A Dalgliesh aún le costaba comprender cómo había logrado tener tanto éxito aquel préstamo descarado de otra era, de otro país, de un clima más suave y más cálido. Se habían cambiado las proporciones y, sin duda, ese solo hecho habría debido convertir el sueño de sir Francis en una presunción irreal; sin embargo, la reducción de la escala se había ejecutado de un modo brillante que lograba mantener la dignidad del original. Tras los balcones exquisitamente tallados de los dos primeros pisos había seis grandes ventanas centrales en arco en lugar de ocho, pero las columnas de mármol con volutas decoradas eran copia casi exacta del palacio veneciano y los arcos centrales, aquí como allí, tenían el contrapeso de altas y sencillas ventanas que conferían a la fachada unidad y elegancia. Ante la gran puerta curva se abría un patio de mármol que conducía a un embarcadero, con unos escalones que bajaban hasta el río. A ambos lados del edificio, sendas casas urbanas de estilo Regencia en obra vista y con pequeños balcones, seguramente construidas para alojamiento de cocheros u otros miembros del servicio, se alzaban como humildes centinelas de la magnificencia central. Desde aquella celebración de su octavo aniversario había vuelto a verla muchas veces desde el río, pero nunca había entrado en ella. Recordó haber leído que había un espléndido techo de Wyatt en el vestíbulo principal y pensó que no le disgustaría verlo. Sería una lástima que Innocent House cayera en manos de filisteos.

—¿Y qué está ocurriendo exactamente en la Peverell Press? —preguntó—. ¿Qué le inquieta a lord Stilgoe aparte de la nota anónima?

—Así que has oído los rumores. Es difícil decirlo. Se muestran bastante evasivos al respecto y no se lo reprocho. Pero ha habido un par de pequeños incidentes que son de dominio público; a decir verdad, no tan pequeños. El más grave ocurrió justo antes de Pascua, cuando perdieron las ilustraciones para el libro de Gregory Maybrick sobre la conspiración de Guy Fawkes. Historia popular, sin duda, pero Maybrick conoce bien ese período. Todos esperaban que funcionara bastante bien. Maybrick había conseguido hacerse con unas láminas contemporáneas bastante interesantes que no se habían publicado nunca, además de algunos documentos escritos, y se perdió todo. Lo tenía en calidad de préstamo de los diversos propietarios y más o menos les había garantizado que estaría todo a salvo.

—¿Se perdió? ¿Desapareció? ¿Fue destruido?

—Lo que se cuenta es que Maybrick entregó personalmente las ilustraciones a James de Witt, que se encargaba de la preparación del libro. Actualmente es el editor más antiguo de la casa. Normalmente se ocupa de la ficción, pero el viejo Peverell, que editaba los libros de no ficción, había muerto unos tres meses antes; supongo que no habían tenido tiempo de encontrar un sustituto adecuado o simplemente querían ahorrar dinero. Como en la mayoría de las empresas, los despidos abundan más que los contratos. Se rumorea que no podrán seguir mucho tiempo a flote. No es de extrañar, teniendo que mantener ese palacio veneciano. Sea como fuere, De Witt recibió las ilustraciones en su despacho y las guardó bajo llave en el armario delante de Maybrick.

—¿No en una caja fuerte?

—Amigo mío, estamos hablando de una editorial, no de Cartier. Conociendo la Peverell, lo único que me sorprende es que De Witt se molestara en cerrar el armario con llave.

—¿Era la única llave?

—Vamos, Adam, que ahora no estás investigando. A decir verdad, lo era. La guardaba en el cajón de la izquierda, dentro de una vieja lata de tabaco.

«¿Dónde si no?», pensó Dalgliesh. Dijo:

—¿Donde cualquier miembro del personal o visitante no acompañado podía cogerla?

—Bien, es evidente que alguien lo hizo. James no tuvo necesidad de abrir el armario hasta pasados un par de días. Las ilustraciones debían ser entregadas personalmente al departamento de arte la semana siguiente. ¿Sabías que la Peverell encarga todo el diseño gráfico a una firma independiente?

—No, no lo sabía.

—Supongo que resulta más económico. Se trata de la misma firma que les hace las cubiertas desde hace cinco años; y bastante bien, a decir verdad. La Peverell nunca ha permitido que decayeran sus criterios de calidad en cuanto a la producción y el diseño de los libros. Siempre se puede reconocer un libro de la Peverell sólo con tenerlo entre las manos. Hasta ahora, por lo menos. Quizá Gerard Etienne cambie también eso. Sea como fuere, cuando De Witt fue a buscar el sobre, había desaparecido. Se produjo un gran alboroto, naturalmente. Todo el mundo fue interrogado, hubo registros frenéticos y cundió el pánico. Al fin, tuvieron que confesárselo a Maybrick y a los propietarios. Ya te imaginarás cómo se lo tomaron.

—Y el material, ¿volvió a aparecer?

—Cuando ya era demasiado tarde. Hubo dudas acerca de si Maybrick querría publicar el libro en aquellas condiciones, pero ya estaba en el catálogo y se decidió seguir adelante con otras ilustraciones y algunos cambios inevitables en el texto. Una semana después de impreso, reapareció misteriosamente el sobre con todo su contenido. De Witt lo encontró en el armario, exactamente donde lo había dejado.

—Lo cual sugiere que el ladrón sentía cierto respeto por la erudición y que nunca había tenido intención de destruir los papeles.

—Sugiere diversas posibilidades: rencor contra Maybrick, rencor contra la editorial, rencor contra De Witt o un sentido del humor algo retorcido.

—¿Y la Peverell no denunció el robo a la policía?

—No, Adam, no depositaron su confianza en nuestros maravillosos muchachos de azul. No quiero parecer severo, pero en lo tocante a las raterías domésticas la policía no tiene un porcentaje notable de casos resueltos. Los socios fueron de la opinión que tendrían las mismas probabilidades de éxito y causarían menos trastornos al personal si realizaban su propia investigación.

—¿A cargo de quién? ¿Alguno de ellos estaba libre de sospechas?

—Ésa es la dificultad, claro. No lo estaban entonces y no lo están ahora. Supongo que Etienne adoptó la estrategia del jefe de Estudios. Ya me entiendes: «Si el alumno responsable acude confidencialmente a mi estudio después de clase y devuelve los documentos, no se hablará más del asunto.» En la escuela nunca daba resultado; no creo que tuviera más éxito en la Peverell. Es evidente que lo hizo alguien de la casa, y no tienen una plantilla demasiado grande, sólo unas veinticinco personas en total, además de los cinco socios. La mayoría son empleados antiguos y leales, desde luego, y se cuenta que los pocos que no lo son tienen coartada.

—De modo que sigue siendo un misterio.

—Al igual que el segundo incidente. El segundo incidente grave; seguramente ha habido otros casos de menor importancia que se han podido silenciar. Éste guarda relación con Stilgoe, así que es preferible que se lo hayan ocultado hasta el momento y no haya pasado a ser de dominio público. ¡Eso sí que le daría algo para alimentar su paranoia! Parece ser que, después de leer las pruebas y acordar con Stilgoe ciertas modificaciones, las envolvieron y las dejaron bajo el mostrador de la oficina de recepción para ser recogidas a la mañana siguiente. Alguien abrió el paquete y las manipuló: cambió algunos nombres, alteró la puntuación y tachó un par de frases. Por fortuna, el impresor que las recibió era inteligente y algunas de las modificaciones le parecieron extrañas, de modo que llamó para asegurarse. Los socios han conseguido, Dios sabe cómo, mantener este contratiempo en secreto para la mayor parte del personal de Innocent House y, por supuesto, para Stilgoe. Habría sido sumamente perjudicial para la empresa que hubiera trascendido. Al parecer, ahora guardan bajo llave todos los paquetes y papeles antes de irse a casa y sin duda han reforzado la seguridad con otras medidas.

Dalgliesh se preguntó si el autor de las alteraciones no habría actuado desde el principio con la intención de que éstas se descubrieran. Parecían hechas con muy pocos deseos de engañar. Seguramente no habría resultado difícil alterar las pruebas de una manera que dañara el libro sin despertar las sospechas del impresor. También resultaba curioso, además, que el anónimo no mencionara la manipulación de las pruebas de Stilgoe. O el autor no conocía este hecho, cosa que absolvería a los cinco socios, o el anónimo pretendía asustar a Stilgoe sin proporcionarle datos que pudieran justificar que retirase el libro. Era un pequeño misterio interesante, pero no se proponía desperdiciar en él el tiempo de un oficial superior de la policía.

No se habló más de la Peverell Press hasta que empezaron a tomar el café en la biblioteca. Ackroyd se inclinó hacia delante y preguntó con cierto anhelo:

—¿Puedo decirle a lord Stilgoe que intentarás tranquilizar a su esposa?

—Lo siento, Conrad, pero no. Le enviaré una nota diciendo que la policía no tiene motivos para sospechar que hubiera maniobras ocultas en ninguno de los casos que le interesan. Dudo que le resulte muy útil si su esposa es supersticiosa, pero eso es asunto de él y una desgracia para ella.

—¿Y los otros problemas de Innocent House?

—Si Gerard Etienne considera que se ha violado la ley y quiere que la policía investigue, debe dirigirse a la comisaría local que le corresponda.

—¿Como todo el mundo?

—Exacto.

—¿No estarías dispuesto a visitar Innocent House y tener una charla informal con él?

—No, Conrad. Ni siquiera para ver el techo de Wyatt.

5

La tarde en que Sonia Clements fue incinerada, Gabriel Dauntsey y Frances Peverell compartieron un taxi para volver del crematorio al número 12 de Innocent Walk. Frances permaneció muy callada durante todo el trayecto, sentada un poco aparte de Dauntsey y mirando distraídamente por la ventanilla. Iba sin sombrero y el cabello castaño claro se curvaba, como un casco reluciente, hasta tocar el cuello del abrigo gris. Los zapatos, las medias y el bolso eran negros, y llevaba un pañuelo de gasa negra anudado al cuello. Era, recordó Dauntsey, la misma ropa que se había puesto para la incineración de su padre, un luto apropiado a la época y discreto, que mantenía a la perfección el equilibrio entre la ostentación y el debido respeto. La combinación de gris y negro, en su sombría sencillez, le daba un aire muy joven y realzaba lo que a Dauntsey más le gustaba de ella: una formalidad delicada y pasada de moda que le recordaba a las mujeres de su juventud. Permanecía distanciada e inmóvil, pero sus manos se agitaban inquietas. Dauntsey sabía que en el dedo medio de la mano derecha llevaba el anillo de compromiso de su madre, y observó cómo lo hacía girar obsesivamente bajo la gamuza negra del guante. Por unos instantes pensó en extender el brazo y cogerle la mano en silencio, pero se resistió a hacer un gesto que, se dijo a sí mismo, sólo conseguiría violentarlos a los dos. Durante todo el camino de vuelta a Innocent Walk, apenas pudo contenerse para no cogerle la mano.

Se tenían afecto. Él era, lo sabía, la única persona de Innocent House a quien ella sentía que podía confiarse ocasionalmente; sin embargo, ninguno de los dos era dado a demostraciones. Vivían separados por un corto tramo de escalera, pero sólo se visitaban si mediaba una invitación expresa, pues ambos se cuidaban mucho de entrometerse, de imponer su presencia o de iniciar una intimidad que el otro pudiera no desear o llegara a lamentar. En consecuencia, pese a que se gustaban el uno al otro, pese a que disfrutaban el uno con la compañía del otro, se veían menos a menudo que si vivieran a kilómetros de distancia. Cuando estaban juntos hablaban sobre todo de libros, de poesía, de las obras de teatro que habían visto o de programas de televisión; rara vez de la gente. Frances era demasiado escrupulosa para chismorrear y él sentía idéntica renuencia a dejarse arrastrar a una controversia sobre las novedades de la casa. Tenía su empleo, tenía su apartamento en los bajos del número 12 de Innocent Walk. Quizá ninguna de las dos cosas siguiera siendo suya por mucho tiempo, pero ya había cumplido setenta y seis años y era demasiado viejo para luchar. Sabía que el apartamento situado encima del suyo ejercía sobre él una atracción a la que era prudente resistirse. Sentado en la butaca, con las cortinas corridas sobre el suave suspirar medio imaginado del río y las piernas extendidas ante la chimenea, cuando ella lo dejaba solo para ir a hacer el café tras una de sus escasas cenas compartidas, la oía moverse calladamente por la cocina y se sentía embargado por una seductora sensación de paz y satisfacción que sería demasiado fácil convertir en parte regular de su vida.

La sala de estar de Frances ocupaba toda la longitud de la casa. Todo en ella era atractivo: las elegantes proporciones de la chimenea original de mármol, el óleo de un Peverell del siglo XVIII con su esposa e hijos colgado encima de la repisa, el pequeño buró estilo reina Ana, las estanterías de caoba a ambos lados del hogar, coronadas por un frontón y por dos excelentes cabezas femeninas tocadas con velo de novia en mármol de Paros, la mesa y las seis sillas de comedor estilo Regencia, los colores sutiles de las alfombras que resplandecían sobre el dorado suelo pulido. Cuán sencillo resultaría establecer una intimidad que le abriera las puertas de ese suave bienestar femenino, tan distinto de sus tristes y mal amueblados aposentos del piso inferior. A veces, si ella telefoneaba para invitarlo a cenar, él se inventaba un compromiso anterior y salía a algún pub de las cercanías donde llenaba las largas horas entre el humo y el ruido de fondo, atento a no volver demasiado temprano, puesto que la puerta de su vivienda, en Innocent Lane, quedaba justo debajo de las ventanas de la cocina de ella.

Aquel anochecer tenía la impresión de que Frances quizás acogería con agrado su compañía, pero no estaba dispuesta a solicitarla. Él no lo lamentaba. La incineración ya había sido bastante deprimente sin necesidad de tener que comentar sus banalidades; ya había tenido bastante muerte para un día. Cuando el taxi se detuvo en Innocent Walk y ella se despidió con un adiós casi precipitado y abrió la puerta de la calle sin volver la cabeza ni una sola vez, Dauntsey experimentó una sensación de alivio. Pero dos horas más tarde, después de haber terminado la sopa y los huevos revueltos con salmón ahumado que constituían su cena favorita y que preparó, como siempre, con cuidado, manteniendo el fuego bajo, apartando amorosamente la mezcla de los costados de la sartén, añadiendo una cucharada final de crema de leche, se la imaginó consumiendo su cena solitaria y se arrepintió de su egoísmo. No era la noche más indicada para que ella la pasara a solas. La llamó por teléfono y le dijo:

—Estaba pensando, Frances, si te apetecería jugar una partida de ajedrez.

Advirtió por el tono gozoso de la respuesta que su sugerencia era recibida con alivio.

—Sí que me apetecería, Gabriel. Sube, por favor. Sí, me encantaría una partida.

La mesa del comedor seguía puesta cuando llegó. Frances siempre comía con cierta formalidad, aun cuando estaba sola, pero él se dio cuenta de que la cena había sido tan sencilla como la suya. La tabla de quesos y el frutero estaban sobre la mesa y era evidente que había tomado sopa, pero nada más. También se dio cuenta de que había llorado.

—Me alegro de que hayas subido —le dijo ella, sonriente, esforzándose por hablar en tono jovial—. Así tengo una excusa para abrir una botella de vino. Resulta curioso lo reacios que somos a beber a solas. Supongo que se debe a todas aquellas tempranas advertencias de que beber en solitario es el comienzo de la caída hacia el alcoholismo.

Sacó una botella de Château Margaux y él se adelantó para descorcharla. No volvieron a hablar hasta que se hubieron acomodado ante el fuego, vaso en mano, y ella, contemplando las llamas, señaló:

—Hubiera debido estar presente. Gerard hubiera debido estar presente.

—No le gustan los funerales.

—¡Oh, Gabriel! ¿A quién le gustan? Y ha sido horrible, ¿no crees? La incineración de papá ya fue bastante mala, pero ésta ha sido peor. Aquel clérigo patético, que ni la conocía a ella ni conocía a ninguno de nosotros, intentando parecer sincero, rezando a un Dios en el que ella no creía, hablando de la vida eterna cuando ella ni siquiera tuvo una vida que valiera la pena vivir aquí en la tierra.

Él replicó con suavidad.

—Eso no lo sabemos. No podemos ser jueces de la desdicha o la felicidad de otra persona.

—Quiso morir. ¿No es prueba suficiente? Al menos Gerard asistió a los funerales de papá. Claro que estaba más o menos obligado. El príncipe heredero despide al viejo rey. No habría quedado bien que no asistiera. Después de todo, allí había personas importantes, escritores, editores, la prensa, gente a la que deseaba impresionar. Hoy no había nadie importante en la incineración, así que no tenía por qué molestarse. Pero hubiera debido venir. Después de todo, la mató él.

Esta vez Dauntsey habló con más firmeza.

—No debes decir eso, Frances. No existe el menor indicio de que nada de lo que Gerard hizo o dijo causara la muerte de Sonia. Tú sabes lo que escribió en su nota de despedida. Si hubiera decidido matarse porque Gerard la había echado, creo que lo habría dicho así. La nota era explícita. Nunca debes decir eso fuera de esta habitación. Este tipo de rumores puede producir grandes perjuicios. Prométemelo; es importante.

—De acuerdo, te lo prometo. No se lo he dicho a nadie más que a ti, pero no soy la única que lo piensa en Innocent House y algunos lo dicen. Arrodillada en aquella horrible capilla he intentado rezar, por papá, por ella, por todos nosotros. Pero era todo tan absurdo, tan fútil... Sólo podía pensar en Gerard, en que Gerard hubiera debido estar con nosotros en el primer banco, en que Gerard fue mi amante, en que Gerard ya no lo es. Es muy humillante. Ahora sé a qué vino todo, naturalmente. Gerard pensó: «Pobre Frances, con veintinueve años y todavía virgen. Tendré que hacer algo al respecto. Le daré la experiencia de su vida, le enseñaré lo que se está perdiendo.» Su buena acción del día. O su buena acción de tres meses, más bien. Supongo que le duré más que la mayoría. Y el final fue sórdido, sucio. Aunque ¿no lo es siempre? Gerard sabe muy bien cómo empezar una aventura amorosa, pero no sabe terminarla; no con cierta dignidad. Claro que yo tampoco. Y fui lo bastante ingenua para pensar que era distinta de sus demás mujeres, que esta vez iba en serio, que estaba enamorado, que quería compromiso, matrimonio. Creí que dirigiríamos la Peverell Press los dos juntos, que viviríamos en Innocent House, que criaríamos aquí a nuestros hijos, incluso que cambiaríamos el nombre de la empresa. Creí que eso le agradaría. Peverell y Etienne. Etienne y Peverell. Solía practicar las dos alternativas, tratando de decidir cuál sonaba mejor. Creí que él quería lo mismo que yo: matrimonio, hijos, un hogar adecuado, una vida en común. ¿Es tan irrazonable? Dios mío, Gabriel, me siento tan estúpida, tan avergonzada.

Nunca le había hablado con tanta franqueza, nunca le había mostrado las honduras de su angustia. Era casi como si hubiera estado ensayando las frases en silencio, esperando este momento de alivio en el que, por fin, se encontraba con alguien en quien podía confiar y a quien podía confiarse. Pero viniendo de Frances, siempre tan sensible, reticente y orgullosa, este chorro incontrolado de amargura y autodesprecio lo llenó de consternación. Quizás habían sido los funerales, el recuerdo de aquella otra incineración anterior, los que habían liberado todo el odio y la humillación acumulados. Dauntsey no sabía si sería capaz de manejar la situación, pero sabía que debía intentarlo. Aquel caudal de dolor exigía algo más que el blando pábulo del consuelo: «Él no es digno de ti, olvídalo, el dolor pasará con el tiempo.» Pero esto último era verdad: el dolor pasaba con el tiempo, tanto si era el dolor de la traición como el dolor del luto. ¿Quién podía saberlo mejor que él? Pensó: «Lo trágico de la pérdida no es que nos aflijamos, sino que dejamos de afligirnos y, entonces, quizá los muertos mueran por fin.»

Habló con voz suave.

—Las cosas que tú quieres, hijos, matrimonio, hogar, sexo, son deseos razonables, incluso hay quien diría que deseos muy correctos. Los hijos son nuestra única esperanza de inmortalidad. No es algo que deba avergonzarnos. Es una desdicha, no una vergüenza, que los deseos de Etienne y los tuyos no coincidan. —Hizo una pausa y añadió, preguntándose si sería prudente, si ella no encontraría sus palabras de una cruda insensibilidad—: James está enamorado de ti.

—Supongo que sí. Pobre James. Nunca me lo ha dicho, pero no le hace falta decirlo, ¿no crees? ¿Sabes una cosa? Creo que, de no haber sido por Gerard, hubiera podido amar a James. Y el caso es que Gerard ni siquiera me gusta. No me ha gustado nunca, ni cuando más lo deseaba. Eso es lo terrible del sexo, que puede existir sin amor, sin afecto, incluso sin respeto. Oh, yo trataba de engañarme. Cuando se mostraba insensible, egoísta o grosero le buscaba excusas. Me recordaba que era un hombre brillante, apuesto, divertido, un amante maravilloso. Todo eso era. Todo eso es. Me decía a mí misma que no era razonable aplicarle a Gerard los criterios mezquinos que aplicaba a los demás. Y lo amaba. Cuando se ama, no se juzga. Y ahora lo odio. No sabía que pudiera odiar, odiar de veras, a otra persona. Es distinto a odiar una cosa, una doctrina política, una filosofía, una lacra social. Es tan concentrado, tan físico, que me hace enfermar. El odio es lo último en que pienso por la noche, y todas las mañanas despierto con él. Pero está mal, es pecado. Tiene que estar mal. Tengo la sensación de estar viviendo en pecado mortal y de que no puedo recibir la absolución porque soy incapaz de dejar de odiar.

Dauntsey respondió:

—No pienses en esos términos de pecado y absolución. El odio es peligroso. Pervierte la justicia.

—¡Ah, la justicia! Nunca he esperado mucho, en cuestión de justicia. Y el odio me ha vuelto aburrida. Me aburro a mí misma. Sé que te aburro, querido Gabriel, pero eres la única persona con la que puedo hablar y, a veces, como esta noche, tengo la sensación de que si no hablo me volveré loca. Y eres tan sabio... En todo caso, ésa es la reputación que tienes.

Él protestó con sequedad.

—Es muy fácil labrarse una reputación de sabiduría. Sólo hace falta vivir mucho, hablar poco y hacer menos.

—Pero cuando hablas conviene escucharte. Gabriel, dime qué he de hacer.

—¿Para librarte de él?

—Para librarme de este dolor.

—Están los medios habituales: alcohol, drogas, suicidio. Los dos primeros conducen al tercero; se trata sólo de una ruta más lenta, más cara y más humillante. No te lo aconsejo. También podrías asesinarlo, pero tampoco te lo aconsejo. Hazlo en tu imaginación tan ingeniosamente como quieras, pero no en la realidad. A menos que quieras pudrirte diez años en la cárcel.

—¿Tú podrías soportarlo? —le preguntó ella.

—No durante diez años. Quizá podría aguantar tres, pero no más. Para afrontar el dolor hay medios mejores que la muerte, ya sea la de él o la tuya. Recuérdate que el dolor es parte de la vida, que sentir dolor es estar vivo. Te envidio. Si yo pudiera experimentar tal dolor, quizás aún sería un poeta. Valórate. El hecho de que un hombre egoísta, soberbio e insensible se haya negado a quererte no impide que seas un ser humano. ¿De veras necesitas valorarte según los criterios de un hombre, y no digamos de Gerard Etienne? Piensa que el único poder que tiene sobre ti es el que tú le das. Quítale ese poder y eliminarás el dolor. Recuerda, Frances, no tienes por qué seguir en la empresa. Y no me digas que siempre ha habido un Peverell en la Peverell Press.

—Lo ha habido siempre desde 1792, antes incluso de que nos mudáramos a Innocent House. Papá no habría querido que yo fuese la última.

—Alguien tiene que serlo, alguien lo será. Tenías cierto deber con tu padre cuando vivía, pero cesó a su muerte. No podemos ser vasallos de los muertos.

Nada más salir de su boca estas palabras se arrepintió de haberlas pronunciado, medio temiendo que ella replicara: «¿Y tú? ¿Acaso no eres tú vasallo de los muertos, de tu esposa, de tus hijos perdidos?» Se apresuró a añadir:

—¿Qué te gustaría hacer si tuvieras libertad de elección?

—Trabajar con niños, creo. Quizás ejercer como maestra de primaria. Tengo un título. Supongo que sólo necesitaría un año más de preparación. Y creo que me gustaría trabajar en el campo o en una pequeña ciudad.

—Pues hazlo. Tienes libertad de elección. Pero no se te ocurra buscar la felicidad: encuentra el trabajo adecuado, el lugar adecuado, la vida adecuada; la felicidad vendrá si tienes suerte. La mayoría recibimos la parte que nos corresponde. Y algunos más de la que nos corresponde, aunque se concentre en un reducido espacio de tiempo.

—Me extraña que no cites a Blake —dijo ella—, aquel poema acerca de que «el gozo y el dolor se entretejen con finura, un vestido para el alma divina». ¿Cómo era?

El Hombre fue hecho para la Alegría y la Lamentación;
y cuando esto correctamente entendemos,
por el Mundo con seguridad pasamos.

Aunque tú no crees en el alma divina, ¿verdad?

—No, ése sería el autoengaño supremo.

—Pero pasas con seguridad por el mundo. Y entiendes qué es el odio. Creo que siempre he sabido que odias a Gerard.

Él protestó.

—No, Frances, te equivocas. No lo odio. No siento nada por él, nada en absoluto. Y eso hace que sea mucho más peligroso para él de lo que tú puedas serlo jamás. ¿No sería mejor que empezáramos esa partida?

Dauntsey sacó el pesado tablero del aparador de la esquina y ella colocó la mesa entre los sillones y fue por las piezas. Mientras le mostraba los puños cerrados para que eligiera blancas o negras, comentó:

—Creo que deberías darme un peón de ventaja, el tributo de la juventud a la vejez.

—Tonterías; la última vez me ganaste. Jugaremos sin ventaja para nadie.

Ella misma se sorprendió. En otro tiempo habría accedido a su petición. Era un pequeño acto de afirmación personal, y vio que él sonreía mientras empezaba a disponer las piezas con sus dedos rígidos.

6

La señorita Blackett regresaba cada noche a su hogar de Weaver's Cottage, en West Marling, en el condado de Kent, donde desde hacía diecinueve años vivía con una prima viuda mayor que ella, Joan Willoughby. Su relación era afectuosa, pero nunca había sido emocionalmente intensa. La señora Willoughby se había casado con un clérigo retirado y, cuando éste murió a los tres años de matrimonio —el tiempo máximo, sospechaba en secreto la señorita Blackett, que cualquiera de los dos habría podido soportar—, pareció natural que la viuda invitara a su prima a abandonar su insatisfactorio piso de alquiler en Bayswater y a mudarse a la casa de campo. Desde el principio de aquellos diecinueve años de vida en común se había ido estableciendo una rutina, espontánea más que organizada, que las satisfacía a las dos. Era Joan la que llevaba la casa y se encargaba del jardín, y Blackie la que, los domingos, preparaba la comida principal del día para consumirla puntualmente a la una, responsabilidad que la eximía del servicio matutino, pero no así del vespertino. Dado que Blackie era la primera en levantarse, le llevaba el té del desayuno a su prima y preparaba el Ovaltine o el cacao que tomaban cada noche a las diez y media. Iban de vacaciones juntas en las dos últimas semanas de julio, por lo general al extranjero, ya que ninguna de las dos tenía a nadie que le ofreciera una alternativa mejor. Cada junio esperaban con interés el campeonato de tenis de Wimbledon y de vez en cuando disfrutaban asistiendo durante el fin de semana a un concierto o al teatro, o visitando una exposición de pintura. Se decían para sus adentros, pero nunca en voz alta, que eran afortunadas.

Weaver's Cottage se alzaba en el límite septentrional del pueblo. En un principio eran dos *cottages* de consideración, pero hacia los años cincuenta una familia con ideas muy claras acerca de lo que constituía el encanto doméstico rural los había convertido en una sola residencia. La cubierta de tejas había sido sustituida por una barda de caña desde la que miraban tres ventanas de gablete como otros tantos ojos saltones; las sencillas ventanas estaban ahora provistas de parteluces y se había añadido un porche, en verano cubierto de rosas trepadoras y clemátides. La señora Willoughby estaba enamorada del *cottage*, de modo que, si bien las ventanas con parteluces hacían que la sala de estar resultara decididamente más oscura de lo que a ella le hubiera gustado y algunas vigas de roble eran menos auténticas que otras, nunca reconocía abiertamente tales defectos. El *cottage*, con su barda inmaculada y su jardín, había aparecido en demasiados calendarios, había sido fotografiado por los visitantes con demasiada frecuencia para que ella se preocupara por pequeños detalles de integridad arquitectónica. La parte principal del jardín quedaba al frente, y allí la señora Willoughby se pasaba casi todas las horas libres, cuidando, plantando y regando el que tenía fama de ser el jardín delantero más impresionante de West Marling, diseñado tanto para el placer de los transeúntes como para el de las ocupantes del *cottage*.

«Pretendo que resulte atractivo a lo largo de todo el año», les explicaba a quienes se detenían a admirarlo, y eso ciertamente era lo que conseguía. Era una verdadera jardinera, y muy imaginativa. Las plantas prosperaban bajo sus cuidados, y tenía buen ojo para la distribución del color y la masa. El *cottage* quizá no fuera del todo auténtico, pero el jardín era inconfundiblemente inglés. Había un retazo de césped con una morera, que en primavera estaba rodeado de azafranes, amarilis y, más tarde, de las vistosas trompetas de los narcisos. En verano, los tupidos arriates que conducían al porche eran una intoxicación de color y aroma, en tanto que el seto de haya, recortado a poca altura para que no ocultara a la vista los esplendores del otro lado, era símbolo viviente del paso de las estaciones, desde los primeros brotes apretados e inseguros hasta los ocres y rojos vibrantes de su gloria otoñal.

Siempre regresaba de las reuniones del consejo parroquial vigorizada y con los ojos brillantes. Para algunas personas, reflexionaba Blackie, aquellas escaramuzas quincenales con el vicario a cuenta de su predilección por la nueva liturgia frente a la antigua y otros delitos de pequeña importancia, habrían resultado desalentadoras; Joan, en cambio, parecía medrar con ellas. Se acomodó ante la mesa, los rollizos muslos separados hasta tensar la falda de *tweed* y los pies firmemente apoyados, y llenó las dos copas de amontillado. Una galleta salada crujió entre los fuertes y blancos dientes, y el delicado pie de la copa de cristal tallado, parte de un juego, pareció a punto de quebrarse entre sus dedos.

—Ahora la consigna es lenguaje igualitario. ¡Por favor! Quiere que cantemos «A través de la noche de duda y pesar» en el servicio vespertino del domingo que viene, pero con la letra cambiada; ahora tiene que ser «la persona coge de la mano a la persona y marchan sin temor a través de la noche». Enseguida le he parado los pies, con la ayuda de la señora Higginson, gracias a Dios. Puedo perdonarle muchas cosas al vicario, incluso que le permita a ese gato roñoso que tiene sentarse en la ventana con los copos de avena, con tal que se comporte debidamente en las reuniones del consejo parroquial, lo cual, para hacerle justicia, suele ocurrir casi siempre. La señorita Matlock ha sugerido «la hermana coge de la mano a la hermana».

—¿Y qué tiene eso de malo?

—Nada, excepto que no es lo que el autor escribió. ¿Has pasado un buen día?

—No. No ha sido un buen día.

Pero la señora Willoughby seguía pensando en la reunión del consejo parroquial.

—No es que me guste particularmente ese himno. Nunca me ha gustado. No comprendo por qué la señorita Matlock está tan entusiasmada con él. Nostalgia, supongo. Recuerdos de la infancia. No hay mucho pesar y duda en la congregación de St. Margaret. Demasiado bien comidos. Demasiado acomodados. Aunque te aseguro que los habrá si el vicario intenta suprimir la Sagrada Comunión de los domingos a las ocho según el libro de 1662. Habrá mucha duda y pesar en la parroquia, si lo intenta.

—¿Lo ha sugerido?

—No abiertamente, pero está controlando la asistencia. Tú y yo debemos seguir yendo, y ya intentaré convencer a alguien más del pueblo. Todas estas novedades vienen de Susan, claro. Ese hombre sería absolutamente razonable si no lo azuzara su esposa. Ahora ella ha empezado a hablar de prepararse para el diaconado. Luego querrá que la ordenen sacerdote. Les iría mejor a los dos en una parroquia de gran ciudad. Podrían llevar los banjos y las guitarras y me atrevería a decir que a la gente le gustaría. ¿Cómo te ha ido el viaje?

—No ha estado mal. Mejor a la vuelta que esta mañana a la ida. Llegamos a Charing Cross con diez minutos de retraso; ha sido un mal comienzo para un mal día. Hoy eran los funerales de Sonia Clements. El señor Gerard no ha asistido. Tenía demasiado trabajo, según él. Supongo que la difunta no era bastante importante. Naturalmente, eso quiere decir que yo también he tenido que quedarme.

Joan comentó:

—Bueno, tampoco es muy de lamentar. Las incineraciones siempre resultan deprimentes. Se puede obtener cierta satisfacción de un entierro bien llevado, pero no de una incineración. Por cierto, eso me recuerda que el vicario se proponía utilizar la nueva liturgia para los funerales del viejo Merryweather, el martes que viene. Tuve que pararle los pies. El señor Merryweather tenía ochenta y nueve años y ya sabes cómo detestaba los cambios. Sin el libro de 1662, tendría la impresión de no haber recibido un entierro cristiano.

Cuando Blackie regresó a casa el martes anterior con la noticia del suicidio de Sonia Clements, Joan reaccionó con notable compostura. Blackie se dijo que no debía sorprenderse. Su prima la desconcertaba a menudo con una respuesta inesperada a las noticias y acontecimientos. Los pequeños trastornos domésticos le provocaban indignación, mientras que reaccionaba con serenidad estoica ante tragedias de considerable magnitud. Aunque, después de todo, no se podía esperar que esta tragedia la conmoviera. No conocía a Sonia Clements; ni siquiera la había visto nunca.

Al darle la noticia, Blackie comentó:

—No es que haya estado chismorreando con el personal, por supuesto, pero creo que la impresión general que reina en la oficina es que se mató porque el señor Gerard la había echado a la calle. Y no creo que lo hiciera con mucho tacto, además. Parece ser que dejó una nota, pero no decía nada del despido. El personal, sin embargo, es de la opinión que de no haber sido por el señor Gerard aún seguiría con nosotros.

La respuesta de Joan fue enérgica.

—Eso es ridículo. Las mujeres adultas no se matan porque las hayan despedido. Si perder el empleo fuera motivo para suicidarse, tendríamos que excavar fosas comunes al por mayor. Fue una falta de consideración por su parte, un acto muy irreflexivo. Si tenía que matarse, debería haberlo hecho en otro lugar. Después de todo, hubieras podido ser tú la que encontrara su cuerpo en el cuartito de los archivos. Y eso no habría resultado nada agradable.

—No fue muy agradable para Mandy Price, la nueva interina, aunque debo decir que se lo tomó con mucha calma. A algunas jóvenes les habría dado un ataque de histeria —observó Blackie.

—Es absurdo ponerse histérica por un cadáver. Los cadáveres no pueden hacer daño a nadie. Tendrá mucha suerte si no ve nada peor en la vida.

Blackie tomó un sorbo de jerez y contempló a su prima con los párpados entornados, como si fuera la primera vez que la veía de un modo desapasionado. El cuerpo sólido y casi sin cintura, las piernas firmes con un comienzo de venas varicosas sobre unos tobillos sorprendentemente bien formados, la cabellera abundante, antes de un castaño intenso, todavía tupida y sólo levemente gris, recogida en un grueso moño (un peinado que no había cambiado desde el día en que Blackie la vio por primera vez), el rostro jovial y endurecido por la intemperie. Un rostro razonable, podría decirse. Un rostro razonable para una mujer razonable, una de las excelentes mujeres de Barbara Pym, pero sin un ápice de la delicadeza y la discreción de una heroína de Barbara Pym; una mujer que ejercía una dedicación implacable a los problemas del pueblo, desde las defunciones hasta los rebeldes niños cantores, con una vida tan reglada en sus placeres y deberes como el año litúrgico que le daba forma y propósito. Y también la vida de Blackie había tenido otrora forma y propósito. Ahora, a Blackie le parecía que no controlaba nada —ni su vida ni su empleo ni sus emociones— y que Henry Peverell, al morir, se había llevado consigo una parte esencial de ella.

—Joan —dijo de pronto—, creo que no puedo seguir en la Peverell. Gerard Etienne se está volviendo insoportable. Ni siquiera me permite atender sus llamadas personales; las recibe en su despacho por una línea privada.

El señor Peverell solía dejar la puerta entornada, encajando en el marco aquella serpiente contra las corrientes de aire, Sid la Siseante. Gerard la cierra siempre y ha hecho cambiar de sitio un armario grande y ponerlo contra el tabique para tener más intimidad. Es una falta de consideración. Todavía me quita más luz. Y ahora quieren que le haga sitio a la nueva interina, Mandy Price, aunque todo el trabajo que hay para ella pase a través de Emma Wainwright, la secretaria personal de la señorita Claudia. Lo lógico sería que la pusieran al lado de Emma. Ahora que el señor Gerard ha desplazado el tabique, mi despacho resulta pequeño hasta para una sola persona. El señor Peverell nunca habría aceptado dividir la estancia cortando una ventana y el techo de estuco. Detestaba ese tabique y ya se opuso a que lo instalaran cuando hicieron las primeras reformas.

—¿Y su hermana no podría hacer algo? —preguntó su prima—. ¿Por qué no hablas con ella?

—No me gusta quejarme, y menos a ella. Además, ¿qué puede hacer? El señor Gerard es director gerente y presidente. Está destruyendo la empresa y nadie puede hacer nada. Ni siquiera estoy segura de que quieran impedírselo, salvo quizá la señorita Frances, y a ella no va a escucharla.

—Pues vete. No estás obligada a seguir trabajando allí.

—¿Después de veintisiete años?

—Tiempo más que suficiente para cualquier trabajo, diría yo. Adelanta el retiro. Te apuntaste a su plan de pensiones cuando el señor Peverell lo estableció. En su momento me pareció una decisión muy sensata; te aconsejé que lo hicieras, ¿recuerdas? No recibirás la pensión completa, desde luego, pero algo te llegará. O tal vez podrías buscarte un buen trabajito de sólo media jornada en Tonbridge. Con tus conocimientos y tu experiencia no te costaría demasiado encontrarlo. Pero ¿por qué has de trabajar? Podemos arreglárnoslas, y en el pueblo hay mucho que hacer. Nunca he permitido que el consejo parroquial contara contigo porque estás trabajando en la Peverell. Como le dije al vicario, eres secretaria personal y te pasas el día escribiendo a máquina; no se te puede pedir que lo hagas también por las noches y los fines de semana. Me he tomado tu protección como una cuestión personal. Pero si te retiras será distinto. Geoffrey Harding se queja de que actuar como secretario del consejo parroquial empieza a ser una carga demasiado pesada para él. Podrías ocuparte de eso, para empezar. Y luego está la Sociedad Literaria e Histórica. No cabe duda de que les vendría muy bien un poco de ayuda en la secretaría.

Estas palabras, la vida que tan sucintamente describían, horrorizaron a Blackie. Fue como si, en esas pocas frases ordinarias, Joan la hubiera sentenciado a cadena perpetua. Por vez primera se dio cuenta de la escasa importancia del papel que West Marling desempeñaba en su vida. El pueblo no le desagradaba; las hileras de casitas más bien insulsas, el césped desgreñado que bordeaba un estanque hediondo, el pub moderno que intentaba en vano parecer del siglo XVII con su chimenea de gas y sus vigas pintadas de negro, ni siquiera la pequeña iglesia con su bonito chapitel octogonal evocaba en ella una emoción tan intensa como el desagrado. Allí era donde vivía, comía y dormía. Pero durante veintisiete años el centro de su vida había estado en otro sitio. Se sentía muy satisfecha de regresar cada noche a Weaver's Cottage, a su orden y comodidad, a la compañía poco exigente de su prima, a las buenas comidas servidas con elegancia, al oloroso fuego de leña en invierno y las bebidas en el jardín en las tibias noches de verano. Le gustaba el contraste entre esa paz rural y el estímulo y las responsabilidades de la oficina, la estridente vida del río. En alguna parte tenía que vivir, ya que no podía hacerlo con Henry Peverell. Pero en aquel momento comprendió, en un abrumador instante de revelación, que la vida en West Marling sería insoportable sin el trabajo.

Vio extenderse aquella vida ante sí en una serie de brillantes imágenes dislocadas que se proyectaron sobre la pantalla de su mente en una secuencia inexorable; horas, días, semanas, meses, años de vacía y predecible monotonía. Las pequeñas tareas domésticas que le crearían la ilusión de hacer algo útil, ayudar en el jardín bajo la supervisión de Joan, actuar como secretaria o mecanógrafa para el consejo parroquial o la sociedad femenina, ir de compras a Tonbridge los sábados, recibir la Sagrada Comunión en el servicio vespertino los domingos, organizar las excursiones que constituirían los puntos culminantes del mes, sin ser lo bastante rica para escapar, sin ninguna excusa que justificara escapar y ningún lugar al que escapar. ¿Y por qué habría de sentir deseos de irse? Era una vida que su prima encontraba satisfactoria y psicológicamente plena: su lugar asegurado en la jerarquía del pueblo, su *cottage* en propiedad, el jardín que le proporcionaba una alegría y un interés continuados. La mayoría de la gente diría que Blackie podía considerarse afortunada por compartirla, afortunada por vivir sin pagar alquiler (eso se sabría en el pueblo; era la clase de dato que conocían por instinto) en una hermosa casa y en compañía de su prima. Ella sería la menos respetada de las dos, la menos popular, la pariente pobre. Su empleo, escasamente comprendido en el pueblo, pero magnificado en importancia por Joan, le proporcionaba dignidad. El trabajo, ciertamente, confería dignidad, posición, sentido. ¿Acaso no era por eso por lo que la gente temía el desempleo, por lo que a algunos hombres les resultaba traumático el retiro? Y no podía buscarse lo que Joan había denominado «un buen trabajito de media jornada» en Tonbridge. Sabía lo que eso significaría: trabajar en una oficina con chicas a medio adiestrar recién salidas de la escuela o de la academia, sexualmente activas y en busca de pareja, que se tomarían a mal su eficacia o la compadecerían por su evidente virginidad. ¿Cómo podía rebajarse a aceptar un empleo de media jornada cuando había sido secretaria personal confidencial de Henry Peverell?

Inmóvil, sentada con una copa de jerez a medio beber ante ella y contemplando su resplandor ambarino como hipnotizada, su corazón se sumió en una desordenada confusión y su voz gritó sin palabras: «¡Oh, querido! ¿Por qué me abandonaste? ¿Por qué tuviste que morir?»

Apenas lo había visto fuera de la oficina, nunca había estado en su piso del número 12 y nunca lo había invitado a Weaver's Cottage ni le había hablado de su vida privada. Sin embargo, durante veintisiete años él había sido el centro de su existencia. Blackie había pasado más horas con él que con ningún otro ser humano. Para ella siempre fue el señor Peverell, mientras que él la llamaba señorita Blackett ante los demás y Blackie cuando se dirigía a ella. No recordaba que sus manos hubieran vuelto a tocarse nunca desde el primer encuentro, veintisiete años antes, cuando ella, una tímida jovencita de diecisiete años recién salida de la escuela, había acudido a Innocent House para realizar la entrevista y él se había levantado sonriente de su escritorio para saludarla. Su capacidad como taquígrafa y mecanógrafa ya la había puesto a prueba la secretaria que se despedía para casarse. En aquel momento, al contemplar su bien parecido rostro de estudioso y sus ojos increíblemente azules, Blackie comprendió que aquélla era la prueba definitiva. Él no le dijo gran cosa del trabajo —aunque por qué había de hacerlo, si la señorita Arkwright ya le había explicado con todo detalle lo que se esperaría de ella—, pero le preguntó por el trayecto desde su casa y le dijo:

—Tenemos una lancha que trae cada día a algunos miembros del personal. Puede cogerla en el muelle de Charing Cross y venir a trabajar por el Támesis; es decir, siempre que no le asuste el agua.

Y ella se dio cuenta de que ésta era la pregunta decisiva, de que no obtendría el empleo si no le gustaba el río.

—No —respondió—, el agua no me asusta.

Después de eso habló muy poco más, pues la idea de acudir cada día a aquel palacio refulgente casi la enmudecía. Al final de la entrevista, él le propuso:

—Si cree que ha de estar a gusto aquí, podemos darnos un mes de prueba el uno al otro.

Al terminar el mes no le dijo nada, pero ella sabía que no necesitaba decirle nada. Permaneció con él hasta el día de su muerte.

Recordó la mañana en que había sufrido el ataque al corazón. ¿De veras hacía sólo ocho meses? La puerta que comunicaba sus despachos estaba entreabierta, como siempre, como a él le gustaba. La serpiente de terciopelo, con su piel de intrincado trazado y su lengua bífida de franela roja, se hallaba enroscada al pie. Él la llamó, pero con voz tan ronca y estrangulada que apenas se la reconocía como humana, y ella creyó que se trataba de un barquero que gritaba desde el río. Necesitó un par de segundos para darse cuenta de que aquella voz descarnada y extraña había gritado su nombre. Saltó de la silla, la oyó deslizarse sobre el suelo y en un instante se encontró junto al escritorio de su jefe, mirándolo desde lo alto. Él estaba sentado, muy rígido, como petrificado, sin atreverse a realizar ningún movimiento, aferrándose los brazos, con los nudillos blancos y los ojos desencajados bajo una frente en la que el sudor empezaba a condensarse en brillantes glóbulos espesos como pus.

—¡El dolor, el dolor! ¡Llame a un médico!

Prescindiendo del teléfono que había sobre el escritorio, ella huyó a su propio despacho, como si sólo en aquel lugar familiar pudiera hacer frente a la situación. Manoseó torpemente la guía telefónica, pero de pronto recordó que el nombre y el número del médico figuraban en la libretita negra que guardaba en un cajón. Lo abrió de un tirón y hundió la mano en su interior para buscarla, intentando acordarse del nombre, deseando desesperadamente volver al horror del despacho contiguo, pero temiendo al mismo tiempo lo que podía encontrar, sabiendo que debía conseguir ayuda y que debía conseguirla de inmediato. Entonces se acordó. Naturalmente, la ambulancia. Debía pedir una ambulancia. Pulsó las teclas del teléfono y oyó una voz serena, llena de autoridad. Le dio el mensaje. La urgencia, el terror de su voz debieron de convencerlos. La ambulancia saldría inmediatamente.

Lo que ocurrió a continuación no lo recordaba como una secuencia, sino como una serie de imágenes inconexas pero vívidas. Desde la puerta de su despacho apenas tuvo tiempo de vislumbrar a Frances Peverell, de pie junto al escritorio con expresión de impotencia, antes de que Gerard Etienne se acercara y la cerrara con firmeza, diciendo:

—No queremos a nadie aquí. Necesita aire.

Fue el primero de los muchos rechazos que siguieron. Recordó los ruidos que hacía el personal de la ambulancia mientras trataba de reanimarlo; su cabeza vuelta hacia el otro lado cuando lo sacaron tapado con una manta roja; el rumor de alguien que sollozaba, alguien que hubiera podido ser ella misma; la vaciedad de su despacho, tan vacío como lo estaba por las mañanas, cuando llegaba antes que él, o por las noches, cuando él se iba primero, aunque ahora de modo permanente, vacío para siempre de todo lo que le daba un significado. Nunca más volvió a verlo. Quiso ir a visitarlo al hospital, pero, cuando le preguntó a Frances Peverell cuál sería el mejor momento, ésta le contestó:

—Aún sigue en cuidados intensivos. Sólo pueden visitarlo la familia y los socios. Lo siento, Blackie.

Las primeras noticias fueron tranquilizadoras. Estaba mejor, mucho mejor. Se creía que no tardaría en salir de la unidad de cuidados intensivos. Y entonces, cuatro días después del primero, sufrió un segundo ataque al corazón y murió. En los funerales, Blackie se sentó en el tercer banco, entre otros empleados de la editorial. Nadie la consoló. ¿Por qué habrían de hacerlo? Ella no formaba parte de los oficialmente afligidos, no era miembro de la familia. Cuando, al salir de la capilla, mientras examinaba las coronas de despedida, no pudo contenerse más y rompió a llorar, Claudia Etienne la miró fugazmente con una mezcla de pasmo e irritación, como diciendo: «Si su hija y sus amigos pueden guardar la compostura, ¿por qué tú no?» Su aflicción se tomó por una muestra de mal gusto, tan presuntuosa como la corona que había enviado, ostentosa entre los sencillos ramos de la familia. Recordó también haber oído el comentario que Gerard Etienne le hizo a su hermana.

—Dios mío, Blackie se ha pasado de la raya. Esa corona no desentonaría en unos funerales de la Mafia de Nueva York. ¿Qué pretende? ¿Hacer creer a todo el mundo que era su amante?

Y al día siguiente, en una pequeña ceremonia particular, los cinco socios arrojaron sus cenizas al Támesis desde la terraza de Innocent House. No la habían invitado a participar, pero Frances Peverell acudió a su despacho y le dijo:

—Quizá te gustaría venir con nosotros a la terraza, Blackie. Creo que a mi padre le habría gustado que estuvieras presente.

Blackie se mantuvo bastante atrás, procurando no estorbar. Los demás se colocaron algo distanciados entre sí, junto al borde de la terraza. Los blancos huesos triturados, que eran todo lo que restaba de Henry Peverell, se hallaban en un recipiente paradójicamente similar a una lata de galletas. Se lo pasaban de mano en mano, tomaban un puñado del polvo granuloso y lo dejaban caer o lo arrojaban al Támesis. Recordó que la marea estaba alta y que soplaba una brisa fresca. El agua del río, de un marrón ocre, chapaleteaba contra los muros del embarcadero proyectando gotitas de espuma. Frances Peverell tenía las manos húmedas y algunos fragmentos de hueso se le pegaron a la piel; luego se las frotó contra la falda con aire furtivo. Estaba perfectamente serena cuando recitó de memoria aquellos versos de *Cimbelino* que empiezan así:

No temas ya el calor del sol,
ni las cóleras del furioso invierno;
has cumplido tu misión terrestre,
has vuelto a la patria y recibido tus premios.

Blackie tuvo la sensación de que habían olvidado decidir por qué orden iban a hablar, pues se produjo un breve silencio hasta que James de Witt se adelantó más hacia el borde de la terraza y pronunció unas palabras de los Apócrifos: «Las almas de los justos están en manos de Dios y allí ningún tormento las tocará.» A continuación, dejó que las cenizas se deslizaran de entre sus dedos como si contara cada uno de los granos.

Gabriel Dauntsey leyó un poema de Wilfred Owen que a Blackie le resultó desconocido, pero más tarde lo buscó y le intrigó un poco la elección.

Soy el espectro de Shadwell Stair.
Por los malecones y los tinglados,
y a través del cavernoso matadero,
yo soy la sombra que allí camina.

Pero mi carne es firme y fresca,
y mis ojos tumultuosos como las gemas
de lámparas y lunas en el Támesis crecido,
cuando el crepúsculo navega ondulante por el Pool.

Claudia Etienne fue la más breve, con sólo dos versos:

Lo peor que puede acontecernos, si bien se piensa,
es un largo letargo y una larga despedida.

Los recitó en voz alta, pero bastante deprisa, con una intensidad feroz que dio la impresión de que desaprobaba toda aquella charada. Tras ella le llegó la vez a Jean-Philippe Etienne. No se lo había vuelto a ver en Innocent House desde su retiro, un año antes, y vino desde su remota residencia en la costa de Essex conducido por su chófer, para llegar justo antes de la hora a la que estaba prevista la ceremonia y marcharse inmediatamente después sin asistir al refrigerio preparado en la sala de juntas. Su intervención fue la más larga y pronunció las palabras con voz apagada, buscando apoyo en uno de los adornos de la barandilla. Más tarde, Blackie supo por De Witt que era un fragmento de las *Meditaciones* de Marco Aurelio, pero en aquel momento sólo un breve pasaje se le grabó en la memoria:

En una palabra, todas las cosas del cuerpo son como un río, y las cosas del alma como un sueño y una bruma; y la vida es una guerra y una morada de peregrino, y la fama tras la muerte sólo es olvido.

Gerard Etienne fue el último. Arrojó los huesos triturados lejos de sí, como si se sacudiera todo el pasado, y pronunció unas palabras del Eclesiastés:

Mientras uno está ligado a todos los vivientes hay esperanza, que mejor es perro vivo que león muerto; pues los vivos saben que han de morir, mas el muerto nada sabe, y ya no espera recompensa, habiéndose perdido ya su memoria.
Amor, odio, envidia, para ellos ya todo se acabó; no tendrán jamás parte alguna en lo que sucede bajo el sol.

Después se retiraron en silencio y subieron a la sala de juntas, donde les esperaban el almuerzo frío y el vino. Y exactamente a las dos en punto Gerard Etienne cruzó el despacho de Blackie sin decir nada, entró en la sala contigua y se sentó por primera vez en el sillón de Henry Peverell. El león había muerto y el perro vivo asumía el mando.

7

Tras la incineración de Sonia Clements, James de Witt rehusó la invitación de Frances para ir con Gabriel y ella en el taxi, diciendo que sentía necesidad de andar y que tomaría el metro en la estación de Golders Green. La distancia del crematorio a la estación era mayor de lo que había imaginado, pero se alegraba de estar a solas. El resto del personal de la Peverell Press había regresado en los coches de la funeraria y James no sabía qué habría sido peor, si contemplar la cara tensa y desdichada de Frances sin esperanza de consolarla, o verse estrujado en un automóvil ostentoso y demasiado lleno, entre una manada de empleados jóvenes que habían preferido unos funerales a una tarde de trabajo y cuyas lenguas, liberadas tras la solemnidad espuria de la ceremonia, se habrían inhibido en su presencia. Incluso había asistido la interina, Mandy Price. Pero eso era bastante razonable; al fin y al cabo, había participado en el descubrimiento del cadáver.

La incineración había resultado un acto lamentable y James se consideraba culpable de ello. Siempre se consideraba culpable y, a veces, reflexionaba que poseer tan vivo sentido del pecado sin la religión que podía mitigarlo por medio de la absolución constituía una incómoda idiosincrasia. La hermana de la señorita Clements, la monja, había estado presente en los funerales: apareció en el último momento como por arte de magia para ocupar un asiento del fondo y desapareció con igual rapidez al final, sin detenerse más que para estrechar la mano de aquellos empleados de la Peverell Press que se adelantaban a mascullar el pésame. Antes le había escrito una carta a Claudia en la que solicitaba que la empresa se ocupara de los arreglos necesarios, y ahora él creía que hubieran debido hacerlo mejor. Debería haberse tomado más interés en vez de dejarlo todo en manos de Claudia, lo que en la práctica equivalía a dejarlo en manos de la secretaria de Claudia.

Pensó que debería existir un servicio destinado a quienes no profesan ninguna religión. Seguramente lo había y habrían podido descubrirlo si se hubieran tomado la molestia de hacerlo. Podría ser un proyecto editorial interesante y quizás incluso lucrativo; un libro de ritos funerarios alternativos para humanistas, ateos y agnósticos, una ceremonia formal de rememoración, una celebración del espíritu humano que no incluyera ninguna referencia a una posible continuidad de la existencia. Mientras avanzaba a grandes pasos hacia la estación, con el largo abrigo abierto y aleteando, se entretuvo seleccionando fragmentos de prosa y verso para semejante libro. *Mira por última vez todas las cosas encantadoras*, de De la Mare, para poner un toque de melancolía nostálgica. Tal vez *Non Dolet*, de Oliver Gogarty, la oda *Al otoño*, de Keats, si el difunto era mayor y *A una alondra*, de Shelley, si era joven. Los *Versos escritos sobre la abadía de Tintern*, de Wordsworth, para los adoradores de la naturaleza. Podría haber canciones en lugar de himnos, y el movimiento lento del concierto *Emperador* de Beethoven constituiría una adecuada marcha fúnebre. Por cierto, no había que descartar el tercer capítulo del Eclesiastés:

> *Todo tiene su momento y todo cuanto se hace bajo el sol tiene su tiempo. Hay tiempo de nacer y tiempo de morir; tiempo de plantar y tiempo de arrancar lo plantado; tiempo de matar y tiempo de curar; tiempo de destruir y tiempo de edificar.*

Hubiera podido preparar algo apropiado para Sonia, incluyendo quizás extractos de los libros que ella había encargado y editado, una conmemoración de sus veinticuatro años de servicios a la empresa que la propia Sonia habría encontrado adecuada. Le pareció un dato curioso la importancia que tenían estos ritos funerarios, evidentemente concebidos para consolar y atender a las necesidades de los vivos, puesto que nunca podrían afectar a los muertos.

Se detuvo a comprar dos cartones de leche semidesnatada y una botella de detergente líquido en el supermercado de Notting Hill Gate, antes de entrar sigilosamente en casa. Era evidente que Rupert estaba acompañado, pues por el hueco de la escalera bajaba con claridad un rumor de voces y de música. Había esperado encontrarlo solo y se preguntó, como con tanta frecuencia solía hacer, cómo un hombre tan enfermo podía soportar tanto ruido. Pero, después de todo, era un ruido alegre y Rupert sólo lo soportaba durante un tiempo limitado. Era él, James, quien afrontaba luego la inevitable reacción. De pronto le invadió la sensación de que no podía ver a nadie. En vez de subir se dirigió a la cocina y, sin quitarse el abrigo, se preparó un té, abrió la puerta de atrás y salió con la taza al sosiego y la oscuridad del jardín para sentarse en el banco de madera que había junto a la puerta. Era un anochecer cálido para estar a finales de septiembre y, sentado allí mientras la oscuridad se hacía más profunda, separado del bullicio y la brillante iluminación de Notting Hill Gate por ochenta metros escasos, le pareció que aquel jardincito contenía, suspendidas en su tranquila atmósfera, toda la dulzura recordada del verano y la abundancia margosa del otoño.

Durante diez años, desde que su madrina se la legara, la casa había sido una fuente inagotable de placer y contento. No había esperado disfrutar de tan viva o complaciente satisfacción en la propiedad, ya que desde la adolescencia se había estado engañando con la convicción de que, salvo sus cuadros, las posesiones materiales carecían de importancia para él. Ahora sabía que una posesión, la más sólida y permanente, había pasado a ocupar una posición dominante en su vida. Le gustaban la modesta fachada de estilo Regencia, las ventanas con postigos, el doble salón de recibir de la primera planta, que daba a la calle por delante y en cuya parte trasera había construido un invernadero con vistas a su propio jardín y a los de sus vecinos. Le gustaban los muebles del siglo XVIII que su madrina había traído consigo a la casa cuando una pobreza relativa la empujó hacia esa calle entonces humilde, todavía sin aburguesar, todavía un poco astrosa. Su madrina se lo había dejado todo excepto los cuadros, pero, dado que en esa materia sus gustos diferían, James no se afligió. El salón estaba provisto de estanterías de un metro veinte de altura a lo largo de todas las paredes, sobre las cuales había colgado sus grabados y acuarelas. La casa aún conservaba un aire de discreta femineidad, pero él no sentía ningún deseo de imponerle un gusto más masculino. Regresaba a ella cada noche, al pequeño pero elegante zaguán con su empapelado descolorido y la escalera suavemente curva, con la sensación de entrar en un mundo privado, seguro y absolutamente placentero. Eso, antes de acoger a Rupert.

Rupert Farlow había publicado su primera novela en la Peverell Press quince años antes y James aún recordaba la mezcla de entusiasmo y admiración con que había leído el manuscrito, entregado no por mediación de un agente, sino directamente a la editorial, mal mecanografiado en un papel inadecuado y sin que lo acompañara una carta explicativa, sino sencillamente con el nombre y la dirección de Rupert, como si éste desafiara al lector todavía desconocido a reconocer su calidad. Su segunda novela, publicada al cabo de dos años, fue recibida con menos generosidad, como suele suceder con las segundas novelas tras un espectacular éxito inicial, pero James no quedó decepcionado. Ahí, confirmado, había un talento de primera magnitud. Y después, silencio. Dejó de verse a Rupert en Londres y las cartas y las llamadas telefónicas quedaban sin contestación. Se rumoreó que estaba en el norte de África, en California, en la India. Y entonces reapareció, pero no traía consigo ninguna obra nueva. No hubo otra novela y ahora ya no la habría. Fue Frances Peverell quien le comentó a James que había oído decir que Rupert estaba muriéndose de sida en un hospital del oeste de Londres. Ella no fue a visitarlo, pero James sí, y continuó visitándolo. Rupert estaba recobrándose, pero el personal del hospital no sabía qué hacer con él. Su piso resultaba inadecuado, el casero le era hostil y él detestaba la camaradería del hospital. Todo esto salió a la luz sin mediar queja alguna. Rupert nunca se quejaba excepto de las trivialidades de la vida. Al parecer consideraba su enfermedad no como una aflicción cruel e injusta, sino como un fin ordenado e ineludible, digno de ser sobrellevado sin amarguras. Rupert se moría con valor y con dignidad, pero seguía siendo el Rupert de siempre, malintencionado o travieso, falso o temperamental, según se lo quisiera describir. Vacilante, temiendo que su oferta pudiera ofenderle o ser mal interpretada, James le sugirió que fuera a vivir con él en Hillgate Village. La oferta fue aceptada y hacía cuatro meses que Rupert se había instalado allí.

La tranquilidad, el viejo orden, la vieja seguridad, todo se había desvanecido. A Rupert le resultaba difícil subir y bajar escaleras, de manera que James le había instalado una cama en el salón y el enfermo se pasaba casi todo el día allí o, cuando hacía sol, en el invernadero. En el primer piso había un aseo con ducha y una habitación poco mayor que un armario, que James había convertido en una cocina provista de una tetera eléctrica y un fogón de dos quemadores en el que podía preparar café o bocadillos calientes. En la práctica, el primer piso se convirtió en un pequeño apartamento independiente del que Rupert se había adueñado y en el que había impuesto su desordenada, iconoclasta y traviesa personalidad. Irónicamente, la casa se había vuelto menos tranquila ahora que era el hogar de un moribundo. Había una constante afluencia de visitas: los compañeros actuales y antiguos de Rupert, su reflexólogo, la masajista que dejaba a su paso un olor a aceites exóticos, el padre Michael, que iba, eso decía Rupert, a oírlo en confesión, pero cuyos oficios eran recibidos, en apariencia, con la misma condescendencia divertida con que aceptaba los relativos a sus necesidades corporales. Los amigos rara vez iban a las horas en que James estaba en casa, salvo durante los fines de semana, aunque cada noche lo recibían las huellas de sus visitas: flores, revistas, fruta y frascos de aceites aromáticos. Allí charlaban, hacían café, eran invitados a beber. Un día James le preguntó a Rupert:

—¿Saborea el vino el padre Michael?

—Sabe qué botellas ha de subir, eso desde luego.

—Muy bien, entonces.

No pensaba escatimarle el clarete al padre Michael, siempre que el hombre supiera lo que estaba bebiendo.

James, que tenía su dormitorio un piso más arriba, le proporcionó a Rupert una campanilla de latón que había encontrado en el mercado de Portobello para que pudiera llamarlo si necesitaba ayuda por la noche. Ahora dormía mal, medio esperando oír la clamorosa llamada, imaginando, semidespierto, el traqueteo de las carretas de cadáveres en un Londres acosado por la peste mientras sonaba el grito quejumbroso: «Sacad a vuestros muertos.»

Recordaba hasta el último detalle de la conversación que habían sostenido dos meses antes, los ojos perspicaces e irónicos de Rupert, su rostro sonriente que lo desafiaba a no creer.

—Sólo te cuento los hechos. Gerard Etienne sabía que Eric tenía sida y se encargó de que nos conociéramos. No me quejo, lejos de ello. Yo tuve cierta responsabilidad en el asunto. Gerard no nos acompañó a los dos hasta la cama.

—Lástima que no eligieras mejor.

—No creas. También te diré que no me lo pensé mucho. Tú no llegaste a conocer a Eric, ¿verdad? Era hermoso. Muy pocas personas lo son. Atractivas, guapas, *sexy*, bien parecidas, todos los adjetivos de costumbre, pero no hermosas. Eric lo era. La belleza siempre me ha resultado irresistible.

—¿Y eso es todo lo que le exigías a un amante? ¿Belleza física?

Rupert lo parodió, con los ojos y la voz suavemente burlones.

—¿Y eso es todo lo que le exigías a un amante? Querido James, ¿en qué clase de mundo vives, qué clase de persona eres? No, eso no era todo lo que exigía. Exigía. En pasado, por lo que veo. Habría sido un poco más delicado por tu parte que prestaras atención a la gramática. No, no era todo. Quería a alguien que también estuviera encaprichado de mí y tuviese ciertas habilidades en la cama. No le pregunté a Eric si prefería el jazz a la música de cámara o la ópera al ballet, ni, más importante, qué vinos eran sus favoritos. Te estoy hablando de deseo, te estoy hablando de amor. Dios mío, es como tratar de explicarle Mozart a un sordo para la música. Mira, dejémoslo así: Gerard Etienne nos arrojó deliberadamente al uno en brazos del otro. Él ya sabía que Eric tenía sida. Quizás esperaba que nos hiciéramos amantes, quizá pretendía que nos hiciéramos amantes, quizá no le importaba en lo más mínimo ni una cosa ni la otra. Quizá lo hizo por divertirse. No sé cuáles eran sus propósitos y tampoco me importa mucho. Sé cuáles eran mis propósitos.

—Y Eric, sabiendo que padecía una enfermedad contagiosa, ¿no te lo dijo? ¿En qué pensaba, por el amor de Dios?

—Bueno, al principio no. Me lo dijo más tarde. No

lo culpo, y si yo no lo culpo puedes guardarte tus juicios morales. Y no sé en qué pensaba. Yo no me dedico a husmear en la mente de mis amigos. Tal vez quería a alguien que lo acompañara en el último tramo, antes de lanzarse a explorar ese largo silencio. —Luego añadió—: ¿Tú no perdonas a tus amigos?

—Perdón no me parece una palabra apropiada para utilizarla entre amigos. Claro que ninguno de mis amigos me ha contagiado una enfermedad mortal.

—Pero, querido James, no es precisamente que tú les des ocasión, ¿verdad?

Había interrogado a Rupert con la insistencia impersonal de un experto investigador porque necesitaba sonsacarle la verdad, porque estaba desesperado por saber.

—¿Cómo puedes estar seguro de que Etienne sabía que Eric estaba enfermo?

—No preguntes tanto, James. Pareces un fiscal. Y te encantan los eufemismos, ¿verdad? Lo sabía porque Eric se lo dijo. Etienne le preguntó cuándo le llevaría otro libro. A la Peverell Press le había ido bastante bien con su primer libro de viajes; Etienne lo consiguió barato y probablemente esperaba quedarse el siguiente en las mismas condiciones. Eric le dijo que no habría más libros. Carecía de la energía y las ganas necesarias para ello. Tenía otros proyectos para lo que le quedaba de vida.

—Y en ellos entrabas tú.

—Así sucedió. Dos semanas después de aquella conversación, Etienne organizó la excursión por el río. Sospechoso de por sí, ¿no te parece? No es en absoluto el tipo de jarana que le va a Etienne. Chuf, chuf, viejo padre Támesis arriba para inspeccionar la barrera contra inundaciones; chuf, chuf, de vuelta río abajo con canapés de salmón ahumado y champán. Y, a propósito, ¿cómo te libraste?

—Estaba en Francia.

—Así que en Francia. Tu segundo hogar. Es curioso que al viejo Etienne le haya satisfecho tanto pasar todos estos años lejos de su tierra natal. Gerard y Claudia tampoco van por allí, ¿no? Sería de esperar que les gustara ir de vez en cuando a ver el lugar donde papá y sus camaradas se lo pasaban en grande tirando contra los alemanes desde detrás de las rocas. Pero ellos no van nunca, y tú en cambio vas siempre que puedes. ¿Qué haces allí? ¿Comprobar si es cierto todo lo que se dice de él?

—¿Por qué habría de hacerlo?

—Sólo era hablar por hablar, no me hagas caso. Además, nunca se le podrá imputar nada al viejo Etienne. Está autentificado; no cabe duda, es un héroe legítimo.

—Háblame de la excursión por el río.

—Oh, fue lo de costumbre. Mecanógrafas que no paraban de soltar risitas nerviosas y la señorita Blackett un poco achispada, con la cara roja y congestionada, exhibiendo esa horrible picardía virginal. Se había traído aquella serpiente contra las corrientes de aire; Sid la Siseante, la llaman. Una mujer extraordinaria. Sin el menor sentido del humor, diría yo, excepto con esa serpiente. Algunas de las chicas la descolgaron por la borda y amenazaron con ahogarla, y una fingió que le daba de beber champán. Al final se la enrollaron a Eric al cuello y la llevó así hasta llegar a casa. Pero eso fue más tarde. Mientras subíamos río arriba fui a refugiarme en la proa. Eric estaba allí solo, absolutamente inmóvil, como un mascarón de proa. Se volvió y me miró. —Rupert hizo una pausa y a continuación repitió casi en un susurro—: Se volvió y me miró. James, lo que acabo de decirte mejor lo olvidas.

—No, no pienso olvidarlo. ¿Me estás diciendo la verdad?

—Desde luego. ¿Acaso no la digo siempre?

—No, Rupert, no siempre.

De pronto se rompió el ensueño. La puerta de la cocina se abrió de golpe y un amigo de Rupert asomó la cabeza.

—Me había parecido oír la puerta de la calle. Nosotros ya nos vamos. Rupert quería saber si ya habías vuelto. Siempre sueles subir directamente.

—Sí —respondió—. Siempre suelo subir directamente.

—¿Y cómo es que estás aquí fuera?

Lo preguntó con escasa curiosidad, pero James contestó:

—Estaba meditando sobre el tercer capítulo del Eclesiastés.

—Creo que Rupert quiere verte.

—Ahora voy.

Y subió penosamente, como un anciano, al desorden, la calidez, el exótico y profuso revoltijo en que se había convertido su sala de estar.

8

Eran las nueve y, en el piso superior de una casa adosada de Westbourne Grove, Claudia Etienne se hallaba en la cama con su amante.

—Me gustaría saber por qué siempre se siente uno cachondo después de unos funerales —dijo Claudia—. La poderosa conjunción de la muerte y el sexo, supongo. ¿Sabías que las prostitutas victorianas solían complacer a sus clientes sobre las losas de los cementerios?

—Duro, frío y siniestro. Espero que les salieran almorranas. A mí no me animaría. Estaría todo el rato pensando en el cadáver putrefacto que tenía debajo y en los gusanos hinchados que entraban y salían por sus orificios. Qué cosas más extraordinarias sabes, querida. Estando contigo se aprende mucho.

—Sí —asintió Claudia—, ya lo sé.

Se preguntaba si él, lo mismo que ella, estaba pensando en algo más que datos históricos. «Estando contigo», había dicho, no «queriéndote».

Él se volvió para mirarla y apoyó la cabeza en una mano.

—¿Ha sido muy espantoso el funeral?

—Ha conseguido ser tedioso y tétrico al mismo tiempo. Música en conserva, un ataúd que parecía reciclado, una liturgia revisada para no ofender a nadie, ni siquiera a Dios, y un clérigo que hacía todo lo posible por dar la impresión de que estábamos participando en algo que tenía un sentido.

—Cuando me llegue el turno —comentó él—, me gustaría que me quemaran en una pira funeraria junto al mar, como a Keats.

—Shelley.

—Como el poeta aquel, fuera quien fuese. Una noche cálida y ventosa, sin ataúd y con abundante bebida. Todos los amigos nadarían desnudos y luego bailarían alegremente alrededor de la hoguera, recibiendo mi calor. Y la siguiente marea se llevaría las cenizas. ¿Crees que si dejara instrucciones en el testamento alguien se encargaría de organizarlo?

—Yo no contaría con ello. Seguramente acabarás en Golders Green, como todos nosotros.

El dormitorio era pequeño y lo ocupaba casi por completo una cama victoriana de metro y medio de ancho, construida en latón ornamentado y con altas columnas coronadas por pomos, de las cuales Declan había suspendido una colcha también victoriana de retales, un tanto raída y deshilachada en algunos puntos. El suntuoso y multicolor dosel, reluciente de seda y satén, pendía sobre ellos cuando hacían el amor, iluminado por la lámpara de cabecera. Algunas hebras de seda colgaban sueltas y Claudia sintió de improviso el impulso de tirar de ellas. Al hacerlo, advirtió que la colcha estaba rellena de cartas viejas: los finísimos trazos negros de una mano muerta hacía mucho tiempo resultaban claramente visibles. La historia de una familia, los triunfos y problemas de una familia los presionaban desde lo alto.

El reino de Declan —a Claudia le parecía un reino— se extendía bajo ellos. La tienda y todo el inmueble eran propiedad del señor Simon —Claudia no conocía su nombre de pila—, que le alquilaba a Declan los dos pisos superiores por una suma ridícula y le pagaba con igual parsimonia para que llevara la tienda. El señor Simon siempre estaba presente, sentado con su casquete negro, ante un escritorio dickensiano al lado mismo de la entrada, para saludar a los clientes más preciados. Aparte de eso apenas participaba en las compras y las ventas, aunque sí controlaba el flujo del dinero. También dirigía personalmente la disposición de la parte delantera del local, a fin de exponer los muebles, cuadros y objetos más selectos de forma que destacaran. El fondo de la planta baja era donde Declan había establecido su dominio. Se trataba de un invernadero de vidrio reforzado con dos palmeras en cada extremo, los esbeltos troncos de hierro y las hojas, que temblaban al roce de la mano, de hojalata pintada de un verde brillante. Este toque de sol mediterráneo contrastaba con el aire vagamente eclesiástico del invernadero. Algunos de los paneles inferiores habían sido sustituidos por piezas de vidrio coloreado, curiosamente irregulares, procedentes de iglesias derribadas: un rompecabezas de ángeles de cabellos amarillos y santos con halo, apóstoles lúgubres, fragmentos de una escena de la Natividad o la Última Cena, viñetas domésticas de manos escanciando vino en copas o levantando hogazas de pan. Colocados en alegre desorden sobre una variedad de mesas y amontonados en sillas, estaban los objetos adquiridos por Declan, y era allí donde sus clientes personales revolvían, exclamaban, admiraban y hacían sus descubrimientos.

Y había descubrimientos que hacer. Declan, como Claudia reconocía, tenía buen ojo. Era un enamorado de la belleza, la diversidad, la rareza. Poseía conocimientos extraordinarios en temas de los que ella sabía muy poco; a Claudia le sorprendían tanto las cosas que sabía como las que ignoraba. De vez en cuando, sus hallazgos eran ascendidos a la parte delantera de la tienda y de inmediato perdía todo interés por ellos; el amor que sentía por sus adquisiciones era inconstante. «¿Comprendes, Claudia querida, por qué tenía que comprarlo? ¿Verdad que comprendes por qué no podía dejarlo pasar?» Acariciaba, admiraba, investigaba, se regodeaba con cada adquisición, le adjudicaba el sitio de honor. Pero al cabo de tres meses ésta había desaparecido de modo misterioso para ser sustituida por un nuevo entusiasmo. No intentaba en absoluto exhibir ordenadamente las piezas; estaban todas revueltas, las que carecían de valor y las buenas. Una figura conmemorativa en porcelana de Staffordshire que representaba a Garibaldi a caballo, una salsera agrietada del derbi de Bloor, monedas y medallas, aves disecadas bajo una cúpula de vidrio, sentimentales acuarelas victorianas, bustos en bronce de Disraeli y Gladstone, una pesada cómoda victoriana, un par de sillas *art déco* en madera sobredorada, un oso disecado, una gorra de oficial de las Fuerzas Aéreas alemanas totalmente acartonada.

Al examinar este último objeto, Claudia le había preguntado:

—Y esto, ¿cómo pretendes venderlo, como la gorra del difunto mariscal de campo Hermann Goering?

No sabía nada del pasado de Declan. Una vez él le había dicho con un marcado y poco convincente acento irlandés: «Pues claro, yo sólo soy un pobre chico de Tipperary, y mi mamá está muerta y mi papá se marchó Dios sabe dónde», pero ella no lo creyó. Su voz clara y cuidadosamente cultivada no ofrecía ningún indicio de su procedencia o su familia. Claudia suponía que, cuando se casaran —si se casaban—, él le contaría algo de su pasado, y si no ella probablemente preguntaría. Por el momento, cierto instinto le advertía que no era prudente y le imponía silencio. Resultaba difícil imaginárselo con una vida anterior ortodoxa: padres y hermanos, la escuela, el primer trabajo. A veces le parecía que Declan era un mutante exótico que se había materializado espontáneamente en aquella sala abarrotada de cosas y que extendía sus dedos adquisitivos hacia los objetos de siglos pasados, pero que carecía en sí de realidad salvo en el momento presente.

Se habían conocido seis meses antes, ocupando asientos contiguos en el metro un día en que se produjo una importante interrupción en el suministro de energía de la línea central. Durante la espera, en apariencia interminable, que se prolongó hasta que les dieron instrucciones de bajar del vagón y salir del túnel andando, él miró de reojo el ejemplar del *Independent* que llevaba Claudia y, cuando sus ojos se encontraron, le sonrió con aire de disculpa y dijo:

—Lo siento, es una descortesía, lo sé, pero tengo un poco de claustrofobia. Siempre me resulta más fácil soportar estas demoras si me entretengo leyendo. Normalmente llevo algo.

—Ya lo he terminado —contestó ella—. Puede cogerlo. Además, llevo un libro en el maletín.

Así que siguieron sentados juntos, los dos leyendo, los dos callados, pero ella muy consciente de tenerlo a su lado. Cuando por fin les anunciaron que debían abandonar el tren, no cundió el pánico, pero fue una experiencia desagradable y para algunos muy alarmante. Uno o dos graciosos reaccionaron a la tensión con comentarios de dudoso humorismo y fuertes risotadas, pero la mayoría la sobrellevó en silencio. Cerca de ellos había una señora mayor visiblemente angustiada, y medio la transportaron entre los dos, ayudándola a caminar por la vía. La mujer les explicó que estaba enferma del corazón y era asmática, y temía que el polvo del túnel pudiera provocarle un ataque.

Ya en la estación, una vez la hubieron dejado al cuidado de una de las enfermeras de servicio, él se volvió hacia Claudia y comentó:

—Creo que nos hemos ganado una copa. Yo, al menos, la necesito. ¿Vamos a buscar un pub?

Claudia se dijo que no había nada como un peligro común seguido de una benevolencia compartida para favorecer la intimidad, y que sería más prudente despedirse de inmediato y seguir su camino. Aun así, aceptó. Cuando por fin se separaron, ella ya sabía dónde acabaría la cosa. Pero no se precipitó. Nunca había iniciado una aventura amorosa sin la certidumbre interior de que controlaba la situación, de que era más amada de lo que amaba, más susceptible de causar dolor que de sufrirlo. Ahora no estaba segura de ello.

Hacía cosa de un mes que eran amantes cuando él le preguntó:

—¿Por qué no nos casamos?

La sugerencia —Claudia no podía considerarla una propuesta— era tan sorprendente que ella permaneció unos instantes en silencio. Él prosiguió:

—¿No te parece una buena idea?

Claudia se dio cuenta de que estaba sopesando seriamente la sugerencia sin saber si para él no era más que una de las ideas que exponía de vez en cuando, sin esperar que ella las creyera y, al parecer, sin que le importara mucho si las creía o no.

—Si hablas en serio —respondió despacio—, la respuesta es que sería una idea muy mala.

—De acuerdo; pero podemos prometernos. Me gusta la idea de un compromiso permanente.

—Eso es una contradicción.

—¿Por qué? Al viejo Simon le encantaría. Podría decirle: «Estoy esperando a mi novia.» No se sentiría tan violento cuando te quedaras a pasar la noche.

—Nunca he visto que diera la más mínima muestra de sentirse violento. Dudo que le importara que nos dedicásemos a fornicar en la sala delantera, siempre que no asustáramos a los clientes ni estropeáramos el material.

Sin embargo, él empezó a llamarla «mi novia» cuando hablaba de ella con el viejo Simon, y a Claudia le pareció que no podía rechazar el apelativo sin quedar los dos como unos tontos y darle al asunto una importancia que no tenía. Declan no volvió a mencionar el matrimonio, pero a ella le desconcertó descubrir que la idea empezaba a arraigar en una parte de su mente.

Aquel atardecer llegó directamente del crematorio, saludó al señor Simon y pasó a la sala de atrás sin entretenerse. Declan estaba contemplando una miniatura. A ella le gustaba observarlo con el objeto que, por transitorio que fuera el afecto, despertaba momentáneamente su entusiasmo. Era un retrato de una dama del siglo XVIII, el escotado corpiño y la escarolada pechera pintados con gran delicadeza, el rostro enmarcado por un alta peluca empolvada, de un atractivo quizás en exceso dulzón.

—Pagado por un amante rico, supongo. Tiene más aspecto de ramera que de esposa, ¿no te parece? Creo que podría ser de Richard Corey. Si lo es, se trata de un hallazgo. ¿Comprendes, querida, por qué tenía que comprarlo?

—¿De dónde lo has sacado?

—De una mujer que había anunciado unos dibujos que creía originales. No lo eran. Esto sí.

—¿Cuánto le has pagado?

—Trescientas cincuenta. Se habría conformado con menos, porque estaba bastante desesperada. Pero me gusta esparcir un poco de felicidad pagando un precio ligeramente más elevado de lo que se espera.

—Y vale tres veces más, ¿no?

—Algo así. Es preciosa, ¿verdad? La pintura, quiero decir. Detrás lleva un mechón de pelo enroscado. No creo que esto deba ir a la sala delantera; podrían robarlo en un segundo. La vista del viejo Simon ya no es lo que era.

—Yo lo veo bastante enfermo —apuntó ella—. ¿Por qué no le aconsejas que vaya al médico?

—Es inútil, ya lo he intentado. Detesta a los médicos y todavía más los hospitales. Le aterroriza la idea de que lo ingresen en uno. Para él, los hospitales son sitios donde muere la gente, y no le gusta pensar en la muerte. No es de extrañar, si al resto de tu familia lo han exterminado en Auschwitz.

En aquel momento Declan se apartó de ella para tenderse de espaldas y, mirando la seda de colores iluminada por el suave resplandor de la lámpara de cabecera, le preguntó:

—¿Has hablado ya con Gerard?

—No, todavía no. Hablaré con él después de la próxima reunión del consejo.

—Mira, Claudia, quiero la tienda. La necesito. La he hecho yo. Todo lo que la distingue es obra mía. El viejo Simon no puede vendérsela a otro.

—Ya lo sé. Tendremos que procurar que esto no pase.

Pensó en lo extraño que resultaba ese impulso de dar, de satisfacer todos los deseos de su amante, como si quisiera compensarle la carga de ser amado. ¿O se debía a la creencia irracional y más profunda de que él merecía obtener lo que quería y cuando lo quería, en virtud sencillamente de su amabilidad? Y cuando Declan quería algo, lo quería con la insistencia de un niño malcriado, sin reservas, sin dignidad, sin paciencia. No obstante, Claudia se dijo que este deseo en particular era adulto y racional. La propiedad, que comprendía los dos apartamentos y toda la tienda, era una ganga por trescientas cincuenta mil libras.

Simon quería venderla y quería vendérsela a él, pero no podía esperar mucho más.

—¿Has vuelto a hablar con él? —preguntó Claudia—. ¿Qué plazo nos da?

—Quiere que le diga algo antes de final de octubre, pero si puede ser antes, mejor. Está anhelando irse a tender sus viejos huesos al sol.

—Pero no encontrará otro comprador de un día para otro.

—No, pero si no le damos una respuesta concreta para esa fecha, la sacará al mercado y, naturalmente, pedirá más de lo que me pide a mí.

Claudia anunció lentamente:

—Le propondré a Gerard que compre mi parte en la empresa.

—¿Te refieres a tus acciones de la Peverell Press? ¿Puede pagarlas?

—No sin dificultades, pero si está de acuerdo encontrará el dinero.

—¿Y no puedes conseguirlo de otra manera?

Ella pensó: «Podría vender el piso del Barbican y venirme a vivir aquí, pero ¿qué clase de solución sería ésa?» Dijo:

—No tengo trescientas cincuenta mil libras guardadas en el banco, si quieres decir eso.

Declan insistió:

—Gerard es tu hermano. Seguro que te ayudaría.

—No tenemos mucha relación. ¿Cómo íbamos a tenerla? Tras la muerte de nuestra madre, nos mandaron a distintas escuelas. Apenas nos veíamos hasta que empezamos a trabajar los dos en Innocent House. Me comprará las acciones si cree que le conviene. Si no, no lo hará.

—¿Cuándo se lo preguntarás?

—Después de la reunión del consejo del catorce de octubre.

—¿Y por qué no antes?

—Porque entonces será el mejor momento.

Permanecieron acostados en silencio durante unos minutos. De pronto, ella propuso:

—Escucha, Declan, vayamos al río el día catorce. Vienes a buscarme a las seis y media y cogemos la lancha hasta la barrera del Támesis. No la has visto nunca en la oscuridad.

—No la he visto nunca. ¿Y no hará frío?

—No especialmente. Ponte ropa de abrigo. Llevaré un termo de sopa y vino. Te aseguro que vale la pena ver esas grandes masas que surgen del río oscuro y se ciernen sobre ti. Ven a verlo. Podríamos parar en Greenwich para cenar en un pub.

—Muy bien —aceptó—. ¿Por qué no? Iré. No entiendo por qué hemos de quedar ahora, pero iré si no tengo que ver a tu hermano.

—Eso puedo prometértelo.

—A las seis y media en Innocent House, entonces. Podemos salir antes, si quieres.

—Antes de las seis y media es imposible. La lancha no estará libre hasta esa hora.

Él observó:

—Haces que parezca algo importante.

—Sí —dijo ella—. Sí, es importante, importante para los dos.

9

Gabriel dejó a Frances nada más terminar la partida, una partida que ganó con facilidad. Ella advirtió compungida que parecía muy cansado y se preguntó si no habría subido más por compasión que por verdadera necesidad de compañía. El funeral debía de haber sido peor para él que para los demás directivos de la empresa. Después de todo, era el único miembro del personal por el que Sonia parecía sentir algún afecto. Ella había hecho algún intento vacilante por establecer una relación de amistad, pero Sonia los había rechazado sutilmente, casi como si el hecho de ser una Peverell la inhabilitara para la intimidad. Quizás era la única de entre todos los socios que sentía una aflicción personal.

El ajedrez le había estimulado la mente; sabía que irse a la cama en tales condiciones sólo la conduciría a una de esas noches en que breves períodos de sueño se alternaban con otros de inquietud, hasta que la mañana la encontraba más fatigada que si no se hubiera acostado. Movida por un impulso, se dirigió al armario de la sala en busca de su grueso abrigo de invierno; luego, tras apagar la luz, abrió el ventanal y salió al balcón. El aire de la noche, limpio y frío, transportaba el aroma familiar y penetrante del río. Allí, agarrada a la barandilla, tuvo la sensación de ser un ente incorpóreo suspendido en el aire. Sobre Londres se extendía una masa de nubes bajas, teñida de rosa como un vendaje de gasa empapado en la sangre de la ciudad. Luego, mientras miraba, las nubes se abrieron poco a poco y vio el límpido negro azulado del firmamento nocturno y una sola estrella. Un helicóptero voló ruidosamente río arriba, como una enjoyada libélula metálica. Eso mismo hacía su padre, noche tras noche, antes de ir a acostarse. Ella arreglaba la cocina después de cenar y, al salir, se encontraba la sala en penumbra, iluminada tan sólo por una lámpara tenue, y veía la sombra oscura de aquella figura silenciosa e inmóvil que, de pie en el balcón, contemplaba el río.

Se habían mudado al número 12 en 1983, cuando la empresa atravesaba uno de sus períodos de relativa prosperidad y hubo que ampliar las oficinas de Innocent House. El número 12 lo ocupaba desde hacía muchos años un inquilino que se murió en el momento adecuado, dejándolos en libertad de reformar la finca de modo que quedara dividida en un apartamento superior para su padre y ella y otro más pequeño en los bajos para Gabriel Dauntsey. Su padre había aceptado con filosofía la necesidad de mudarse e incluso, a decir verdad, había dado muestras de recibirla con agrado. Sin embargo, Frances sospechaba que empezó a encontrar el apartamento restrictivo y claustrofóbico a partir del momento en que ella se había ido a vivir con él en 1985, al salir de Oxford.

Su madre, una mujer de salud delicada, había muerto repentina e inesperadamente de neumonía vírica cuando ella tenía cinco años, y Frances se pasó la niñez en Innocent House con su padre y una niñera. Tuvo que llegar a la edad adulta para darse cuenta de cuán extraordinarios habían sido sus primeros años, cuán inadecuada la casa como hogar familiar para ellos dos, padre e hija, incluso en el caso de una familia disminuida por la muerte. No había tenido compañeros de su edad. Las escasas plazuelas georgianas del East End supervivientes de los bombardeos se habían convertido en enclaves de moda para la clase media, así que sus campos de juego quedaron reducidos al reluciente vestíbulo de mármol y la terraza. En ésta, pese a la barandilla protectora, se hallaba sometida a una constante y estrecha vigilancia, y jamás se le permitía montar en bicicleta y jugar a la pelota. Las calles eran peligrosas para una niña, por lo que la tata Bostock siempre la acompañaba, a veces en la lancha de la empresa, a una pequeña escuela privada de Greenwich, al otro lado del río, donde se prestaba más atención a los buenos modales que al cultivo de una inteligencia inquisitiva, aunque pese a todo le había proporcionado una buena base. La mayor parte de los días, empero, se necesitaba la lancha para recoger a los empleados en el muelle del Támesis, de modo que la tata Bostock y ella eran conducidas en coche hasta el túnel de peatones de Greenwich, y acompañadas siempre en su paseo subterráneo por el chófer o por su padre para mayor seguridad.

A los adultos nunca se les ocurrió que pudiera encontrar terrorífico el túnel de peatones y ella habría muerto antes que confesárselo, pues sabía desde la primera infancia que su padre admiraba el valor por encima de todas las demás virtudes. Así pues, caminaba entre los dos, cogiéndoles la mano en una simulación de docilidad infantil, intentando no apretar demasiado fuerte, con la cabeza gacha para que no vieran que tenía los ojos cerrados, percibiendo el olor característico del túnel, oyendo el eco de sus pasos e imaginando que el gran peso de agua movediza que gravitaba sobre ellos, aterradora en su potencia, una mañana rompería el techo del túnel y empezaría a filtrarse, primero en gruesos goterones a medida que cedían las baldosas y luego, de repente, en una oleada atronadora, negra y maloliente que los arrancaría del suelo, arremolinándose y ascendiendo hasta que entre el techo y sus bocas aullantes no hubiera más que unos centímetros de espacio y de aire. Y después ni siquiera eso.

Al cabo de cinco minutos salían en ascensor a la luz del día, para ver la brillante magnificencia de la Escuela Naval de Greenwich con sus cúpulas gemelas y sus veletas de punta dorada. Para la niña era como salir del infierno y quedar deslumbrada por la ciudad celestial. Allí era también donde estaba amarrado el Cutty Sark, de elevados mástiles y esbelto casco. Su padre le hablaba de la Compañía de las Indias Orientales y de su monopolio sobre el comercio con Extremo Oriente durante el siglo XVIII, y de aquellas grandes goletas, construidas para ser veloces, que competían entre sí para llevar al mercado británico en un tiempo récord los valiosos y perecederos tés de China y la India.

Desde su más temprana edad, su padre le contaba relatos del río, que era para él casi una obsesión, una gran arteria siempre fascinadora y constantemente cambiante que arrastraba en su poderosa marea toda la historia de Inglaterra. Le hablaba de las almadías y las canoas de mimbre y cuero de los primeros viajeros del Támesis, de las grandes velas cuadradas de los navíos romanos que llevaban su cargamento a Londinium, de los barcos vikingos con sus largas proas curvadas. Le describía el río de comienzos del siglo XVIII, cuando Londres era el mayor puerto del mundo y los muelles y embarcaderos llenos de buques de altos mástiles parecían un bosque desnudado por el viento. Le hablaba de la bronca vida de los malecones y de los muchos oficios cuya vida derivaba de aquella corriente sanguínea: estibadores o arrumadores, boteros que manejaban las chalanas con que se aprovisionaba los navíos anclados, proveedores de soga y de aparejos, constructores de buques, cocineros de a bordo, carpinteros, cazadores de ratas, encargados de casas de huéspedes, prestamistas, taberneros, vendedores de suministros marinos, ricos y pobres por igual, todos vivían del río. Le pintaba las grandes ocasiones: Enrique VIII navegando río arriba hacia Hampton Court en la chalupa real, los grandes remos alzados en señal de saludo; el cadáver de lord Nelson transportado desde Greenwich en 1806, en la barcaza construida en principio para Carlos II; los festejos del río, sus inundaciones y tragedias. Ella anhelaba más que nada su amor y su aprobación. Le escuchaba obedientemente, hacía las preguntas adecuadas, sabía de un modo instintivo que su padre daba por sentado que ella compartía su interés por el río. Pero ahora se percataba de que el fingimiento sólo había servido para añadir culpabilidad a su reserva y timidez naturales, que el río se había vuelto tanto más terrorífico cuanto que ella no podía reconocer sus terrores, y la relación con su padre tanto más remota cuanto que se fundaba en una mentira.

Pero Frances se había construido un mundo propio y, despierta por la noche en aquella reluciente y poco acogedora habitación infantil, acurrucada bajo las mantas como en el útero materno, se introducía en su amable seguridad. En esa vida imaginaria tenía una hermana y un hermano y vivía con ellos en una gran rectoría rural. Había un huerto con árboles frutales y verduras plantadas en pulcras hileras, separado de las amplias extensiones de césped por primorosos setos de boj. Al final del jardín había un arroyo apacible de escasos centímetros de profundidad, que podían cruzar de un salto, y un viejo roble con una casa entre las ramas, confortable como una chocita, en la que se sentaban a leer y a comer manzanas. Dormían los tres en el cuarto de los niños, desde el que podía verse el jardín y la rosaleda hasta el campanario de la iglesia, y no había voces ásperas, ni olor a río, ni imagen de terror; sólo dulzura y paz. Había una madre, también: alta, hermosa, con un largo vestido azul y un rostro medio recordado, avanzaba hacia ella por el césped con los brazos abiertos para que se refugiara entre ellos, porque era la más pequeña y la más querida.

Tenía a su alcance —Frances no lo ignoraba— un equivalente adulto de este mundo de sosiego. Podía casarse con James de Witt, mudarse a su encantadora vivienda de Hillgate Village y darle hijos, los hijos que ella también quería. Podía contar con su amor, estar segura de su bondad, saber que fueran cuales fuesen los problemas que trajera el matrimonio no habría crueldad ni rechazo. Tal vez podría aprender, no a desearlo, puesto que eso no depende de la voluntad, sino a encontrar en la bondad y la delicadeza un sustituto del deseo, de modo que, conforme transcurriese el tiempo, las relaciones sexuales con él llegaran a ser posibles, agradables incluso; en sus momentos más bajos, el precio que debía pagar por su amor, en los más altos un compromiso de afecto y de fe en que el amor podía, con el tiempo, engendrar amor. Pero había sido amante de Gerard Etienne durante tres meses. Y después de aquel prodigio, de aquella pasmosa revelación, comprobó que ni siquiera podía soportar que James la tocara. Gerard, al tomarla despreocupadamente y desecharla con igual despreocupación, la había privado incluso del consuelo de su mejor alternativa.

El terror del río, no su romanticismo ni su misterio, era lo que continuaba dando pábulo a su imaginación; y, tras el rechazo brutal de Gerard, esos terrores que creía haber dejado atrás con la niñez volvieron a afirmarse. Este Támesis era una oscura marea de horror: la reja envuelta en una maraña de algas empapadas que conducía a las entrañas de la Torre; el golpe sordo del hacha; la marea que lamía la Escalera Vieja de Wapping, donde se llevaba a los piratas, se los ataba a las pilastras durante la bajamar y se los dejaba allí hasta que —la Gracia de Wapping— los habían cubierto tres mareas; los cascos apestosos que yacían ante Gravesend con su cargamento humano engrilletado. Incluso los vapores fluviales que cabeceaban río arriba, con la cubierta impregnada de risas y vistosamente estampada de turistas, conjuraban imágenes no deseadas de la mayor tragedia del Támesis, ocurrida en 1878, cuando el vapor de palas *Princess Alice*, que regresaba cargado de un viaje a Sheerness, fue embestido por un buque carbonero y se ahogaron seiscientas cuarenta personas. Ahora, a Frances le parecía que eran sus gritos los que oía en los chillidos de las gaviotas y, al contemplar de noche la negrura del río salpicada de luz, se imaginaba las pálidas caras de los niños ahogados, arrancados de los brazos de sus madres, que flotaban como frágiles pétalos sobre la oscura marea.

Cuando tenía quince años su padre la llevó por vez primera a Venecia. Según le dijo, quince años era la edad más temprana a la que una niña podía apreciar el arte y la arquitectura del Renacimiento, pero ya entonces Frances sospechaba que él prefería viajar solo y que llevarla consigo constituía un deber al que ya no podía seguir sustrayéndose, aunque también fuese un deber que encerraba cierta promesa de esperanza para los dos.

Fueron las primeras y últimas vacaciones que pasaron juntos. Ella esperaba un sol brillante y caluroso, gondoleros de llamativo atuendo sobre un agua azul, resplandecientes palacios de mármol, cenas a solas con su padre engalanada con alguno de los vestidos nuevos que la señora Rawlings, el ama de llaves, había elegido para la ocasión. Anhelaba con desesperación que esas vacaciones fueran un nuevo comienzo. Y comenzaron mal. Tuvieron que viajar durante las vacaciones escolares y la ciudad estaba repleta de gente. Durante los diez días hubo un cielo plomizo y cayó una lluvia intermitente, de gruesas gotas que salpicaban unos canales tan parduscos como el Támesis. Su impresión fue de ruido constante, roncas voces extranjeras, terror de perder a su padre en las aglomeraciones, antiguas iglesias mal iluminadas en las que un asistente se dirigía con paso cansino al interruptor de la luz para iluminar un fresco, un cuadro, un altar. En aquellos lugares, el aire siempre estaba cargado de incienso e impregnado del olor acre y mohoso de la ropa mojada. Su padre la incitaba a abrirse paso hasta la primera fila de turistas, entre empellones y codazos, y le explicaba las pinturas en un susurro, por encima de la algarabía de lenguas discordantes y las llamadas lejanas de guías perentorios.

Un cuadro se le grabó vivamente en la memoria: Una madre amamantando a su hijo bajo un cielo tormentoso, observada por un hombre solitario. Sabía que en aquella pintura había algo a lo que debía responder, algún misterio en el tema y la intención, y anhelaba compartir el entusiasmo de su padre, decir algo que, si no lograba ser inteligente, al menos no le hiciera apartar la cara con la muda desaprobación a la que ella ya se había acostumbrado. En los malos momentos siempre afloraba el recuerdo de palabras oídas: «La señora no volvió a ser la misma después de que naciera la niña. El embarazo la mató, de eso no cabe duda. Y ahora mira con qué hemos de apechar.» La mujer, de la que hacía tiempo había olvidado el nombre y la función que desempeñaba en la casa, seguramente no había querido decir más que debían hacer frente a una casa grande y difícil de manejar sin la mano firme del ama, pero para la chiquilla el significado de la frase había estado claro entonces y seguía estando claro ahora: «Mató a su madre y mira qué nos ha quedado a cambio.»

Otro recuerdo de aquellas vacaciones se mantuvo vívido durante los años que siguieron. Era su primera visita a la Accademia y, sujetándola con suavidad por el hombro, su padre la condujo ante un cuadro de Vittore Carpaccio, *El sueño de santa Úrsula*. Por una vez estaban solos y, de pie junto a él, consciente del peso de su mano, Frances se encontró mirando su dormitorio de Innocent House. Allí estaban las ventanas gemelas redondeadas con la media luna superior llena de discos de vidrio verde oscuro, la puerta del rincón entreabierta, los dos jarrones del alféizar tan parecidos a los de casa, la misma cama, con las cuatro columnas para el dosel, la alta cabecera tallada y la cenefa adornada con borlas. Su padre comentó:

—Mira, duermes en una habitación veneciana del siglo XV.

En la cama había una mujer con la cabeza recostada sobre una mano.

—¿Está muerta la señora? —preguntó ella.

—¿Muerta? ¿Por qué habría de estar muerta?

Frances percibió en su voz la brusquedad ya familiar. No le respondió, no añadió nada. El silencio se prolongó entre los dos hasta que, con la mano todavía en su hombro, pero ahora más pesada, o así lo parecía, su padre la apartó del cuadro. Otra vez le había fallado. Siempre había sido su destino ser sensible a todos los estados de ánimo de su padre y, al mismo tiempo, carecer de la habilidad y la confianza para enfrentarse a ellos o responder a su necesidad.

Incluso la religión los separaba. Su madre había sido católica romana, pero los alcances de su devoción eran algo que Frances ignoraba y no tenía medio de averiguar. La señora Rawlings, una correligionaria contratada un año antes de la muerte de su madre, mitad como gobernanta para ayudar a la cada vez más debilitada mujer, mitad como niñera, la llevaba escrupulosamente a misa todos los domingos, pero aparte de eso no se ocupó de darle ninguna educación religiosa, por lo que la pequeña se formó la idea de que la religión era algo que su padre no comprendía y apenas podía tolerar, un secreto femenino del que valía más no hablar delante de él. No solían ir más de dos veces a la misma iglesia. Se hubiera dicho que a la señora Rawlings le gustaba saborear la religión y se dedicaba a degustar la variedad de rituales, arquitectura, música y sermones que se le ofrecía, temerosa de un compromiso prematuro, de ser reconocida por la congregación, recibida por el sacerdote en la puerta como una habitual y tentada a participar en las actividades de la parroquia, quizás incluso de que le pidieran que recibiese visitas en Innocent House. Conforme Frances fue creciendo, empezó a sospechar que, para la señora Rawlings, encontrar una iglesia nueva para la misa matinal del domingo se había convertido en una especie de demostración de iniciativa personal, lo cual le ofrecía cierta sensación de aventura y proporcionaba un elemento de variedad a la semana, por lo demás monótona, y un animado tema de conversación durante el regreso a casa.

«El coro no era muy bueno, ¿verdad? No tiene ni comparación con el del Oratorio. Tenemos que volver un día al Oratorio, cuando me encuentre con fuerzas. Queda demasiado lejos para ir todos los domingos, pero al menos el sermón fue corto. Después de los diez primeros minutos se salvan muy pocas almas, si quieres saber mi opinión.»

«No me gusta ese padre O'Brien. Así se hace llamar, por lo visto. Muy pocos fieles. No me extraña que se haya mostrado tan amable en la puerta. Quería que volviéramos la semana que viene, claro.»

«Qué Via Crucis más bonito tienen. Me gustan más así, en relieve. El pintado que vimos la semana pasada en St. Michael era demasiado chillón, comparado con éste. Y al menos los niños del coro llevaban las sobrepellices limpias; alguien se ha pasado un buen rato planchando.»

Una mañana de domingo, después de oír misa en una iglesia especialmente aburrida donde la lluvia tamborileaba como si fuera granizo sobre un tejado provisional de planchas de cinc («Esta gente no es de nuestra clase; no volveremos»), Frances le preguntó:

—¿Por qué he de ir a misa todos los domingos?

—Porque tu mamá era católica romana y estableció un acuerdo con tu padre. Educarían a los niños según los preceptos de la Iglesia de Inglaterra y a las niñas según los de la católica romana. Y te tuvo a ti.

La tuvo a ella. El sexo despreciado. La religión despreciada.

—Hay muchas religiones en el mundo —le explicó la señora Rawlings—. Cada uno puede encontrar algo que le convenga. Todo lo que debes recordar es que la nuestra es la única verdadera. Pero no vale la pena pensar demasiado en eso, mientras no haga falta. Me parece que la semana que viene volveremos a la catedral. Será Corpus Christi. Seguro que organizarán todo un espectáculo.

Cuando, a los doce años, la enviaron al convento, fue un alivio para su padre y para ella. Al terminar el primer trimestre, su padre acudió a recogerla personalmente y Frances alcanzó a oír unas palabras de la madre superiora mientras los despedía en la puerta:

—Señor Peverell, al parecer la niña no ha recibido ninguna instrucción en su fe.

—En la fe de mi esposa. Si es así, madre Bridget, le sugiero que la instruya usted.

Hicieron eso por ella con delicadeza y paciencia. Y no sólo eso. Le proporcionaron un breve período de seguridad, la sensación de ser apreciada, de que era posible amarla. La prepararon para Oxford, cosa que ella suponía que debía considerarse un beneficio adicional, pues la madre Bridget le había recalcado con frecuencia que el propósito de una verdadera educación católica era preparar a las personas para la muerte. Eso también lo hicieron. De lo que Frances ya no estaba tan segura era de que la hubieran preparado para la vida. Desde luego, no la habían preparado para Gerard Etienne.

Entró de nuevo en la sala y cerró con firmeza el ventanal. El ruido del río se volvió tenue, un susurro suave en el aire de la noche. Gabriel le había dicho: «El único poder que tiene es el que tú le das.» Tenía que encontrar como fuera la voluntad y el coraje suficientes para destruir aquel poder de una vez para siempre.

10

Las cuatro primeras semanas de Mandy en Innocent House, que habían empezado con el mal auspicio de un suicidio y terminarían dramáticamente con un asesinato, le parecieron, volviendo la vista atrás, uno de los meses más felices de su vida laboral. Se adaptó con rapidez a la rutina de la oficina; como siempre, y salvo contadas excepciones sus compañeros le gustaban. La mantenían constantemente ocupada, lo cual le parecía muy bien, y el trabajo era más variado e interesante que el que solía llevar a cabo en otras empresas.

Al final de la primera semana la señora Crealey le preguntó si estaba contenta. La respuesta de Mandy fue que había trabajos peores y que no le importaba quedarse un poco más, lo cual era lo más lejos que llegaba nunca a la hora de expresar satisfacción por un empleo. En Innocent House se la había aceptado enseguida; la juventud y la vitalidad combinadas con una elevada eficiencia rara vez despiertan recelo durante mucho tiempo. La señorita Blackett, después de una semana de mirarla fijamente con reprobatoria severidad, al parecer llegó a la conclusión de que peores interinas había conocido. Mandy, siempre presta a la hora de detectar lo más conveniente para sus propios intereses, la trataba con una mezcla halagadora de deferencia y confianza: iba a buscar el café a la cocina, le pedía consejo aunque sin intención de seguirlo y aceptaba algunas de las tareas rutinarias más aburridas con animosa buena voluntad. Para sus adentros pensaba que la pobre era patética, digna de lástima. Estaba claro que el señor Gerard, sin ir más lejos, no podía verla ni en pintura, y era natural. La opinión particular de Mandy era que la señorita Blackett saltaría irremediablemente. De todos modos, estaban demasiado atareadas para perder el tiempo pensando en lo poco que tenían en común y en lo mucho que cada una deploraba la ropa, el peinado y la actitud ante los superiores de la otra. Además, Mandy no estaba siempre en el despacho de la señorita Blackett. La señorita Claudia y el señor De Witt la llamaban con frecuencia para dictarle todo tipo de textos, y un martes que George estuvo de baja a causa de un violento trastorno estomacal, se hizo cargo de la recepción y atendió la centralita sin equivocarse más que en unas pocas conexiones.

El miércoles y el jueves de la segunda semana los pasó en el departamento de publicidad, ayudando a organizar un par de giras de promoción y una sesión de firmas. Allí, Maggie FitzGerald, la secretaria de la señorita Etienne, le reveló alguna de las debilidades de los autores, esos seres imprevisibles y sensibles en demasía de los que, como Maggie reconoció con renuencia, dependía en último término la suerte de la Peverell Press. Estaban los que intimidaban, a los cuales era preferible dejar en manos de la señorita Claudia, y los apocados e inseguros, que necesitaban apoyo constante antes de poder pronunciar una palabra en una charla de la BBC o en quienes la perspectiva de un almuerzo literario producía una mezcla de terror inarticulado e indigestión. No menos difíciles de manejar eran los agresivos y confiados, que, de no contenerlos, se desharían del encargado de la promoción de sus obras y saltarían a cualquier librería que hubiera a mano con la oferta de firmar ejemplares, reduciendo así al caos un programa cuidadosamente establecido. Pero los peores, le confió Maggie, eran los engreídos, que solían ser los que vendían menos libros, pero exigían viajes en primera, hoteles de cinco estrellas, una limusina y un alto cargo de la editorial a su lado, y enviaban coléricas cartas de protesta si sus sesiones de firma no atraían una cola que diera la vuelta a la manzana. Esos dos días en publicidad, Mandy disfrutó del entusiasmo juvenil de la plantilla, de las voces animadas que gritaban sobre la estridencia perpetua del teléfono, los agentes ruidosamente recibidos que regresaban a la base para charlar e intercambiar noticias, la sensación de urgencia y de crisis inminente, y regresó de mala gana a su silla en el despacho de la señorita Blackett.

Le entusiasmaban menos las llamadas para ir a tomar notas al despacho del señor Bartrum, el responsable de la contabilidad, que, como le dijo confidencialmente a la señora Crealey, era maduro y aburrido y la trataba como si fuese un cero a la izquierda. El departamento de contabilidad estaba en el número 10 y, tras cada sesión con el señor Bartrum, Mandy hacía una escapada al piso de arriba para pasarse unos minutos de charla, flirteo e intercambio ritual de insultos con los tres empleados de la sección de envíos. Éstos vivían en un mundo particular de suelos desnudos y mesas de caballetes, de cinta adhesiva y enormes ovillos de cordel, con un olor característico y excitante a libros recién salidos de la imprenta. Le gustaban los tres: Dave, el del sombrero de monte, que a pesar de su escasa estatura tenía unos bíceps como balones de fútbol y podía levantar pesos extraordinarios; Ken, que era alto, lúgubre y callado, y Carl, el encargado del almacén, que estaba en la empresa desde que era un muchacho. «Éste no les va a funcionar», decía a veces, dándole una palmada a una caja de cartón.

—No se equivoca nunca —le aseguró Dave en tono de admiración—. Es capaz de distinguir un *best-seller* de un fracaso nada más olerlo. Ni siquiera le hace falta leerlo.

Su buena disposición para preparar el té y el café a las dos secretarias personales y los socios le daba ocasión de charlar dos veces al día con la encargada de la limpieza, la señora Demery. Los dominios de la señora Demery tenían su centro en la gran cocina y la salita adyacente de la planta baja, al fondo de la casa. La cocina estaba provista de una mesa rectangular de pino, lo bastante grande para diez personas, un fogón de gas, otro eléctrico y un horno de microondas, un fregadero doble, un frigorífico enorme y una pared cubierta de pequeñas alacenas. Allí, de doce a dos del mediodía, en una atmósfera cargada de discordantes olores de cocina, toda la plantilla salvo los altos cargos comía sus sándwiches, calentaba al horno sus raciones de pasta al curry envueltas en papel de estaño, hacía tortillas, hervía huevos, freía tocino para bocadillos y se preparaba té o café. Los cinco socios nunca comían con ellos. Frances Peverell y Gabriel Dauntsey se iban al edificio de al lado, a sus apartamentos separados del número 12, mientras que los dos Etienne y James de Witt tomaban la lancha río arriba para almorzar en la ciudad o iban andando al Prospect de Whitby o a alguno de los pubs de Wapping High Street. La cocina, sin su presencia inhibidora, era el centro del chismorreo. En ella se recibían las noticias, se comentaban interminablemente, se adornaban y se divulgaban. Mandy se sentaba en silencio ante su caja de sándwiches, sabiendo que, cuando ella estaba presente, los empleados de nivel medio en particular se mostraban desusadamente discretos. Fueran cuales fuesen sus opiniones sobre el nuevo presidente y el posible futuro de la empresa, la lealtad y el sentido de su posición en la empresa les vedaban toda crítica abierta en presencia de una interina. Pero cuando estaba a solas con la señora Demery, preparando el café de la mañana o el té de la tarde, ésta no tenía tales inhibiciones.

—Creíamos que el señor Gerard y la señorita Frances iban a casarse. Ella también lo creía, la pobre. Y luego están la señorita Claudia y su gigoló.

—¡La señorita Claudia con un gigoló! Venga ya, señora Demery.

—Bueno, quizá no sea exactamente un gigoló, aunque es bastante joven. En cualquier caso, más que ella. Lo vi cuando vino a la fiesta de compromiso del señor Gerard. Es guapo, eso hay que reconocerlo. La señorita Claudia siempre ha tenido buen ojo para los chicos guapos. Se dedica a las antigüedades, ¿sabes? Se supone que son novios, pero ella no lleva anillo, si te fijas.

—Pero la señorita Claudia ya es bastante vieja, ¿no? Y la gente como ella no le da tanta importancia a los anillos.

—Pues esa lady Lucinda bien que lleva uno, ¿no? Una esmeralda así de grande engastada entre diamantes. Al señor Gerard tuvo que costarle un buen fajo. No sé por qué quiere casarse con la hermana de un conde. Y lo bastante joven para ser hija suya, además. Yo no lo veo decente.

—A lo mejor le hace ilusión una esposa con título nobiliario, señora Demery. Ya sabe: lady Lucinda Etienne. A lo mejor le gusta cómo suena.

—Eso ya no cuenta tanto como antes, Mandy, no de la manera en que se portan hoy en día algunas de esas antiguas familias. No son mejores que los demás. En mi juventud era distinto; entonces se les tenía un respeto. Y ese hermano suyo, conde o no conde, tampoco es que valga mucho la pena, si hemos de creer la mitad de lo que sale en los periódicos. —Y la señora Demery concluyó pronunciando la frase con que invariablemente daba por finalizada toda conversación—: ¡Ah, vivir para ver!

El primer lunes de Mandy en la empresa, un día tan soleado que casi se podía creer que había vuelto el verano, la joven vio con cierta envidia al primer grupo de empleados embarcar a las cinco y media en la lancha que debía llevarlos a Charing Cross. Siguiendo un impulso, le preguntó a Fred Bowling, el barquero, si podía hacer con él el viaje de ida y vuelta. Él no puso objeción, de modo que saltó a bordo. Durante el trayecto de ida permaneció sentado al timón en silencio, como Mandy se imaginó que debía de hacer siempre; pero cuando el grupo desembarcó y emprendieron el regreso a Innocent House a favor de la corriente, la joven empezó a hacerle preguntas sobre el río y se sorprendió al comprobar sus conocimientos. No había ningún edificio que no fuera capaz de identificar, ninguna historia que desconociera, ningún compañero de oficio al que no reconociera y pocas embarcaciones cuyo nombre no supiera.

Por él supo Mandy que el obelisco de Cleopatra fue construido ante el templo de Isis en Heliópolis hacia el año 1450 a. de C., y transportado por mar a Inglaterra para ser instalado a orillas del río en 1878. Formaba parte de una pareja, y el otro estaba en el Central Park de Nueva York. Mandy se imaginó el gran recipiente, con su núcleo de piedra, agitándose en las aguas turbulentas del golfo de Vizcaya como un inmenso pez. El barquero le señaló la taberna de Doggett's Coat and Badge, junto al puente de Blackfriars, y le habló de la regata de remo Doggett's Coat and Badge que viene disputándose desde 1722 entre la Old Swan Inn del puente de Londres y la Old Swan Inn de Chelsea, la primera carrera para embarcaciones de remo que se celebró en el mundo. Su sobrino había tomado parte en ella. Mientras cabeceaban bajo los grandes pilares del puente de la Torre, fue capaz de decirle la longitud de cada tramo, añadiendo que el paso elevado quedaba a 43 metros de la superficie del agua durante la marea alta. Cuando llegaron a Wapping le habló de James Lee, un agricultor de Fulham que cultivaba legumbres para el mercado y que en 1789 vio en la ventana de una casita una hermosa flor traída por un marinero desde Brasil. James Lee compró la flor por ocho libras, plantó esquejes y al año siguiente amasó una fortuna al vender trescientas plantas por una guinea cada una.

—¿Y qué flor dirías tú que era?

—No lo sé, señor Bowling, no entiendo de plantas.

—Vamos, Mandy, a ver si lo adivinas.

—¿Podría ser una rosa?

—¿Una rosa? ¡Claro que no era una rosa! Rosas las ha habido siempre en Inglaterra. No, era una fucsia.

Mandy alzó la vista hacia él y vio que su rostro atezado y arrugado, todavía vuelto hacia el frente, sonreía en silencio. Qué extraña era la gente, pensó. Nada de lo que le había contado sobre los esplendores y los horrores del río era para él tan dulcemente notable como el descubrimiento de aquella simple flor.

Al acercarse a Innocent House Mandy divisó las figuras de los dos últimos pasajeros, James de Witt y Emma Wainwright, dispuestos a embarcar. Había oscurecido y el río se había vuelto tan denso y liso como el aceite, una marea negra que al paso de la lancha se abría formando una cola de pez de espuma blanca. Mandy cruzó la terraza hacia su motocicleta. No se entretuvo. No era supersticiosa ni especialmente miedosa, pero después de oscurecer Innocent House se volvía más misteriosa y hasta un poco siniestra, aun con los dos globos que proyectaban sobre el mármol su luz cálida y suave. Mandy avanzó mirando al frente, evitando bajar la vista por si encontraba la legendaria mancha de sangre, y evitando alzarla para no ver el balcón desde el cual aquella esposa trastornada se había arrojado a la muerte muchos años atrás.

Y así iban pasando los días. Siempre de despacho en despacho, voluntariosa, concienzuda, rápidamente aceptada. No había nada que escapara a la mirada penetrante y experimentada de Mandy: la infelicidad de la señorita Blackett y el indiferente desdén con que la trataba el señor Gerard; el rostro pálido y tenso de la señorita Frances, estoica en su desdicha; la mirada nerviosa con que George seguía al señor Gerard cada vez que éste pasaba por recepción; las conversaciones oídas a medias que se interrumpían cuando llegaba ella. Mandy sabía que los empleados estaban preocupados por el futuro. Toda Innocent House se hallaba envuelta en una atmósfera de inquietud, casi de presagio, que Mandy podía percibir e incluso en ocasiones casi paladear, puesto que se consideraba, como siempre, meramente una espectadora privilegiada, una extraña sobre la que no pendía ninguna amenaza personal, que cobraba al finalizar la semana, no debía fidelidad a nadie y podía marcharse cuando quisiera. A veces, al terminar el día, cuando la luz empezaba a menguar, el río se convertía en una marea negra y los pasos resonaban de un modo espectral sobre el mármol del vestíbulo, pensaba en las horas que preceden a una fuerte tempestad; ahí estaban la creciente oscuridad, la pesadez y el intenso olor metálico del aire, el saber que esa tensión no podía romperla más que el primer estallido del trueno y un violento desgarramiento del cielo.

11

Era el martes 14 de octubre. La reunión de los socios de Innocent House debía empezar a las diez en la sala de juntas, y a las diez menos cuarto, como tenía por costumbre, Gerard ya había ocupado su asiento ante la mesa de caoba ovalada; en el centro del lado que quedaba frente a la ventana y el río. A las diez, su hermana Claudia estaría sentada a su derecha y Frances Peverell a su izquierda. James de Witt estaría frente a él, con Gabriel Dauntsey a su derecha. Este orden no se había modificado desde el día, nueve meses antes, en que asumiera formalmente el cargo de presidente y director gerente de la Peverell Press. Aquel jueves sus cuatro colegas se habían quedado dando vueltas ante la sala de juntas, como si a ninguno le gustara la idea de entrar solo. Gerard fue hacia ellos, abrió sin vacilar la doble puerta de caoba, entró confiadamente a grandes pasos y se instaló en el antiguo asiento de Henry Peverell. Tras él entraron juntos los otros cuatro socios y se sentaron en silencio, como obedeciendo a un plan preestablecido que instituía y reafirmaba al mismo tiempo su posición en la empresa. Gerard había ocupado el asiento de Henry Peverell como por derecho propio, y por derecho propio le correspondía. Frances, recordó, había permanecido muy pálida y casi muda durante aquella breve reunión; luego, llevándolo aparte, James de Witt le había dicho: «¿Era necesario que ocuparas el asiento de su padre? Sólo lleva diez días muerto.»

Volvió a sentir la mezcla de sorpresa y ligera irritación que la pregunta le había producido en su momento. ¿Qué asiento querían que ocupara? ¿Qué hubiera querido James, perder el tiempo mientras los cinco se cedían cortésmente el paso unos a otros y discutían en quién debía recaer el honor de tener vistas al río y en quién no, dando vueltas a la mesa como si jugaran a una especie de juego de sillas musicales sin acompañamiento? El sillón de brazos le correspondía al director gerente, y él, Gerard Etienne, era el director gerente. ¿Qué relevancia tenía el tiempo que llevara muerto el viejo Peverell? En vida, Henry había ocupado aquel asiento y aquel lugar en la mesa, y desde allí dirigía ocasionalmente la mirada hacia el río en sus irritantes momentos de contemplación privada, mientras los demás esperaban con paciencia a que se reanudara la reunión. Pero ahora estaba muerto. Sin duda James no había pretendido sugerir que dejaran el sillón siempre vacante como una especie de reliquia, que colocaran una placa conmemorativa en el asiento.

Para él, la pregunta era propia de la sensibilidad exacerbada y autocomplaciente de James, así como de otra cosa que le resultaba más desconcertante e interesante, puesto que se refería a su propia persona. A veces le parecía que los procesos mentales de los demás eran tan radicalmente distintos de los suyos que, en la práctica, habitaban una dimensión distinta de la razón. Hechos que para él eran evidentes de por sí exigían a sus cuatro socios prolongadas reflexiones y discusiones antes de ser aceptados con renuencia, y las discusiones se complicaban con emociones confusas y consideraciones personales que a él se le antojaban tan irrelevantes como irracionales. Se decía a menudo que, para ellos, tomar una decisión era como alcanzar el orgasmo con una mujer frígida, algo que exigía una tediosa estimulación previa y un gasto desproporcionado de energía. En ocasiones se sentía tentado de exponerles esta analogía, pero siempre decidía, sonriendo interiormente, que era preferible guardarse para sí la ocurrencia. Frances, sin ir más lejos, no la encontraría divertida. Pero esta mañana volvería a ocurrir. Las alternativas que se les presentaban eran crudas e ineludibles. Podían vender Innocent House y utilizar el capital para consolidar y expandir la empresa, podían negociar un acuerdo con otra editorial en el que al menos se conservara el nombre de la Peverell Press y podían cerrar la empresa. La segunda opción sólo era una ruta más larga y tediosa que llevaría hacia la tercera, una ruta que comenzaba invariablemente con optimismo público y terminaba en una extinción ignominiosa. Y él no tenía ninguna intención de seguir ese camino trillado. Había que vender la casa. Frances tenía que darse cuenta, todos tenían que darse cuenta de que no podían conservar Innocent House y mantenerse a la vez como editorial independiente.

Se levantó de la mesa y se acercó a la ventana. Mientras miraba, un buque de línea obstruyó repentina y silenciosamente su campo de visión, tan cerca que por un instante distinguió con claridad un ojo de buey iluminado y, en el semicírculo de claridad, la cabeza de una mujer, delicada como un camafeo, que con los blancos brazos en alto deslizaba los dedos por entre una aureola de cabello, e imaginó que sus ojos se encontraban en una sorprendida y fugaz intimidad. Se preguntó brevemente, sin verdadera curiosidad, con quién compartiría la cabina —¿marido, amante, amiga?— y qué planes tendrían para la noche. Él no tenía ninguno. Según una arraigada costumbre en él, se quedaba todos los jueves a trabajar hasta tarde. No vería a Lucinda hasta el viernes. Ese día tenían previsto asistir a un concierto en la orilla sur y, después, cenar en la Bombay Brasserie, puesto que Lucinda había expresado su preferencia por la cocina hindú. Gerard pensó en el fin de semana sin entusiasmo, pero con tranquila satisfacción. Una de las virtudes de Lucinda era su capacidad de decisión. Si le hubiera preguntado a Frances dónde prefería cenar, le habría contestado: «Donde tú quieras, cariño», y si la comida resultaba decepcionante y él se quejaba, le diría, inclinándose hacia él y deslizando un brazo bajo el suyo para incitarlo al buen humor: «Era perfectamente comestible; en realidad no ha estado tan mal. Además, ¿qué importancia tiene, cariño? Estamos juntos.» Lucinda nunca había sugerido que su compañía pudiera compensar ni excusar una cena mal preparada y mal servida. De vez en cuando él se preguntaba si en realidad sería así.

12

—Es una reunión privada, señorita Blackett —dijo Etienne—. Tenemos que discutir asuntos confidenciales. Yo mismo tomaré mis propias notas. Hay mucho que mecanografiar, de modo que estará ocupada.

Habló en tono cortante, con una nota de desdén. La señorita Blackett se sonrojó y emitió un breve y silencioso jadeo. El cuaderno de notas se le escapó de entre los dedos y ella se agachó, muy envarada, a recogerlo; luego se incorporó y se dirigió hacia la puerta en un patético intento por salvar la dignidad.

—¿Crees que ha estado bien? —le preguntó James de Witt—. Hace más de veinte años que Blackie toma notas en las reuniones de los socios. Siempre ha estado presente.

—Una pérdida de tiempo para ella y para nosotros.

Frances Peverell objetó:

—No tenías por qué darle a entender que no confiamos en ella.

—No lo he hecho. De todos modos, cuando haya que hablar de los incidentes ocurridos últimamente, ella es tan sospechosa como los demás y no veo por qué se la habría de tratar de un modo distinto que al resto del personal. No tiene coartada para ninguno de ellos y se le han presentado numerosas ocasiones.

Gabriel Dauntsey replicó:

—Lo mismo que a mí o a cualquiera de los que estamos aquí. ¿No hemos hablado ya bastante de ese bromista anónimo? Nunca ha servido de nada.

—Tal vez. Sea como fuere, eso puede esperar. Primero las noticias importantes. Hector Skolling ha aumentado su oferta por Innocent House en otras trescientas mil libras. Cuatro millones y medio. Es la primera vez en el curso de las negociaciones que ha utilizado las palabras «oferta final», y cuando lo dice hay que creerle. Es un millón más de lo que yo creía que nos veríamos obligados a aceptar; es más de lo que vale en términos puramente comerciales. Pero un inmueble vale lo que alguien esté dispuesto a pagar por él, y a Hector Skolling le gusta esta casa. Después de todo, su imperio está en Docklands. Existe una clara diferencia entre los edificios que construye para alquilar y el tipo de casa en el que está dispuesto a vivir. Propongo que aceptemos verbalmente hoy mismo y pongamos a los abogados a trabajar en los detalles para poder cerrar el trato antes de un mes.

—Creía que ya lo habíamos discutido en la última reunión sin llegar a ninguna conclusión —observó James de Witt—. Creo que si consultas las actas...

—No me hace falta. No pienso dirigir esta empresa basándome en lo que la señorita Blackett tenga a bien anotar en las actas.

—Que, por cierto, todavía no has firmado.

—Exactamente. Y propongo que en el futuro celebremos estas reuniones mensuales con un programa menos formal. Tú siempre dices que ésta es una sociedad de amigos y colegas y que soy yo el que insiste en procedimientos tediosos y burocracias innecesarias. ¿A qué viene, entonces, tanto formalismo de programas, actas y resoluciones cuando se trata de la reunión mensual de los socios?

De Witt respondió:

—Se ha comprobado que es útil. Y yo personalmente no creo haber utilizado nunca la expresión «amigos y colegas».

Frances Peverell estaba sentada completamente rígida y con la cara muy blanca. Intervino de pronto:

—No puedes vender Innocent House.

Etienne no la miró, sino que mantuvo la mirada fija en sus papeles.

—Puedo. Podemos. Tenemos que venderla si queremos que sobreviva el negocio. No se puede dirigir una editorial de manera eficaz desde un palacio veneciano en el Támesis.

—Mi familia lo ha hecho durante ciento sesenta años.

—He hablado de eficacia. Tu familia no necesitaba que la editorial fuera rentable; estaban protegidos por sus rentas privadas. En tiempos de tu abuelo, la edición ni siquiera era una profesión de caballeros; era una afición de caballeros. Hoy en día el editor debe ganar dinero y ganarlo de un modo eficiente; de lo contrario va a la quiebra. ¿Es eso lo que queréis? Yo no tengo ninguna intención de ir a la quiebra. Pretendo hacer rentable la Peverell Press y, cuando lo haya conseguido, ampliarla.

Gabriel Dauntsey habló con voz pausada.

—¿Para poder venderla? ¿Para hacer unos millones y abandonarla?

Etienne hizo caso omiso.

—Voy a deshacerme de Sydney Bartrum, para empezar. Es un contable competente, sin duda, pero necesitamos a alguien que ofrezca mucho más. Me propongo contratar a un director financiero con la misión de que encuentre dinero para desarrollarnos y establezca un sistema financiero adecuado.

—Ya tenemos un sistema financiero perfectamente adecuado —protestó De Witt—. Los auditores nunca se han quejado. Sydney lleva diecinueve años con nosotros. Es un contable honrado, concienzudo y laborioso.

—Exactamente. Eso es lo que es, y nada más que eso. Como ya he dicho, necesitamos algo más. Por ejemplo, necesito conocer el margen de beneficio sobre el coste bruto de cada libro que publicamos. Otras empresas disponen de esta información. ¿Cómo podemos ir eliminando a los autores improductivos si no sabemos cuáles son? Necesitamos a alguien que gane dinero para nosotros, no que se limite a decirnos cada año cómo lo hemos gastado. Yo ya sé cómo lo hemos gastado. Si nos bastara un contable competente, yo mismo podría ocupar el cargo. No me extraña que lo defiendas, James. Es patético, gris y no especialmente eficiente. Naturalmente, eso le confiere un atractivo inmediato. Reconoces lo más bajo en cuanto lo ves. Tendrías que hacer algo con ese síndrome de corazón sangrante.

James enrojeció, pero respondió con gran calma.

—Ni siquiera me cae bien ese hombre. Me horrorizo cada vez que me llama «señor De Witt». Le sugerí que me llamara De Witt o James, pero me miró como si le hubiera propuesto una indecencia. Aun así, es un contable absolutamente capaz y lleva diecinueve años aquí. Conoce la empresa, nos conoce a nosotros y sabe cómo trabajamos.

—Trabajábamos, James, trabajábamos.

Frances añadió:

—Y se casó el año pasado. Su mujer y él acaban de tener un hijo.

—¿Y qué tiene eso que ver con que sea o no el hombre adecuado para el puesto?

—¿Has pensado en alguien? —preguntó De Witt.

—Le he pedido a Patterson Macintosh, de la agencia de contratación que proponga algunos nombres.

—Eso nos costará unas cuantas libras. Las agencias de contratación no trabajan barato. Es curioso que hoy no se pueda contratar personal sin estas agencias, que no se pueda mejorar la eficiencia sin especialistas en estudios de tiempos y desplazamientos y que haya que llamar a asesores de dirección para que nos digan cómo hemos de dirigirnos. La mitad de las veces, esos supuestos especialistas no son más que hombres de paja a los que se recurre para que reduzcan la plantilla cuando los directores no se atreven a hacerlo ellos mismos. ¿Has conocido a algún asesor de dirección que no recomendara despedir a parte del personal? Les pagan por decir eso y la verdad es que saben sacarle un buen provecho.

—Todo esto se nos habría debido consultar —protestó Frances.

—Se os está consultando.

—En tal caso, ya podemos dejar de hablar del asunto. No va a ocurrir. Innocent House no se vende.

—Se vende, si uno solo de vosotros está de acuerdo en ello. No hace falta más. ¿Has olvidado cuántas acciones poseo? La casa no es tuya, Fran. Tu familia se la vendió a la empresa en 1940, recuérdalo. Cierto, la vendieron demasiado barata, pero seguramente no debían de verle muchas posibilidades de sobrevivir a los bombardeos del East End. Estaba asegurada por debajo de su valor y, de todos modos, no se hubiera podido reconstruir. Métetelo en la cabeza, Fran: ya no es la casa de los Peverell. ¿Por qué te preocupas tanto? Tú no tienes hijos. No hay ningún Peverell que pueda heredar.

Frances enrojeció e hizo ademán de levantarse, pero De Witt la contuvo.

—No, Frances, no te vayas —le dijo con voz serena—. Esto hemos de discutirlo entre todos.

—No hay nada que discutir.

Se hizo el silencio absoluto, hasta que lo rompió la voz sosegada de Dauntsey.

—¿Se exigirá a mi poesía que rinda su ocho y medio por ciento neto, o lo que sea?

—Seguiremos publicando tus volúmenes, Gabriel, por descontado. Habrá unos cuantos libros que estaremos obligados a mantener.

—Espero que los míos no constituyan una obligación demasiado onerosa.

—Sin embargo, la venta de la casa implica que no podrás seguir viviendo en el número doce. Skolling quiere toda la finca, el edificio principal y las dos casas adyacentes. Lo siento de veras.

—Pero, después de todo, he vivido en el número doce durante más de diez años pagando un alquiler ridículo.

—Bien, ése fue el acuerdo al que llegaste con Henry Peverell y, naturalmente, tenías derecho a tomar lo que te ofrecía. —Hizo una pausa y añadió—: Y a seguir tomando. Pero has de comprender que no se puede permitir que las cosas sigan así.

—Oh, sí, lo comprendo. No se puede permitir que las cosas sigan así.

Etienne continuó como si no lo hubiera oído.

—Y ya es hora de deshacerse de George. Hubiéramos debido retirarlo hace años. El operador de la centralita es el primer contacto que tiene la gente con la empresa. Se necesita una chica joven, vital y atractiva, no un hombre de sesenta y ocho años. Son sesenta y ocho, ¿no? Y no me digáis que lleva veintidós años en la casa. Ya sé cuánto tiempo lleva; ése es precisamente el problema.

—No sólo se ocupa de la centralita —señaló Frances—. Abre cada día las oficinas, se encarga de la alarma antirrobo y sabe hacer toda clase de trabajos y reparaciones.

—Tiene que saber. En esta casa siempre hay una cosa u otra estropeada. Ya va siendo hora de que nos mudemos a un edificio moderno, construido a propósito y administrado con eficiencia. Y aún no hemos empezado a incorporar tecnología moderna. Os creíais peligrosamente innovadores cuando cambiasteis unas cuantas máquinas de escribir por ordenadores para tratamiento de textos. Por cierto, tengo otra buena noticia: es posible que convenza a Sebastian Beacher para que deje a sus editores actuales. No está nada contento con ellos.

—¡Pero si es un escritor escandalosamente malo, y no mucho mejor como persona! —exclamó Frances.

—El negocio editorial consiste en darle al público lo que quiere, no en hacer juicios morales.

—Lo mismo podrías aducir si fabricaras cigarrillos.

—Lo aduciría si fabricara cigarrillos. O whisky, para el caso es lo mismo.

—La analogía no es válida —objetó De Witt—. Se podría alegar que la bebida es decididamente beneficiosa si se ingiere con moderación. En cambio, nunca se podrá alegar que una mala novela sea otra cosa que una mala novela.

—¿Mala para quién? ¿Y qué entiendes tú por mala? Beacher cuenta una historia sólida, mantiene constantemente la acción, proporciona esa mezcla de sexo y violencia que al parecer quiere la gente. ¿Quiénes somos nosotros para decirles a los lectores lo que les conviene? Además, ¿no has dicho siempre que lo importante es que la gente se acostumbre a leer? Que empiecen con novelas románticas baratas y quizá luego pasen a Jane Austen o a George Eliot. Pues bien, no veo por qué habrían de hacerlo; pasar a los clásicos, quiero decir. El argumento es tuyo, no mío. ¿Qué tiene de malo la novela sentimental barata, si resulta que es lo que les gusta? Me parece una muestra de suficiencia argumentar que la novela popular sólo se justifica si conduce a cosas más elevadas. Bueno, lo que Gabriel y tú consideráis cosas elevadas.

—¿Pretendes decir que no se debería hacer juicios de valor? —Intervino Dauntsey—. Los hacemos todos los días de nuestra vida.

—Pretendo decir que no deberías hacerlos por los demás. Pretendo decir que yo, como editor, no debo hacerlos. Además, hay un argumento irrefutable: si no se me permite obtener beneficios con los libros populares, buenos o malos, no puedo costear la edición de libros menos populares para lo que vosotros consideráis la minoría selecta.

Frances Peverell se volvió hacia él.

Tenía el semblante enrojecido y le resultaba difícil controlar la voz.

—¿Por qué dices siempre «yo»? Todo el rato estás diciendo: «Voy a hacer esto, voy a publicar aquello.» Puede que seas el presidente, pero no eres la empresa. La empresa somos nosotros. Conjuntamente. Los cinco. Y ahora no nos hemos reunido como comité de edición. Eso será la semana que viene. Ahora tendríamos que estar hablando del futuro de Innocent House.

—De eso hablamos. Propongo que aceptemos la oferta y cerremos el trato de palabra.

—¿Y adónde propones que nos mudemos?

—A un edificio de oficinas en Docklands, junto al río. Río abajo, si puede ser. Hemos de discutir si compramos o concertamos un arrendamiento a largo plazo, pero las dos cosas son posibles. Los precios nunca han estado más bajos. Docklands nunca ha sido mejor inversión. Y ahora que ya funciona el ferrocarril ligero de Docklands y van a ampliar el metro, el acceso será más fácil. No necesitaremos la lancha.

—¿Y despedir a Fred después de tantos años? —objetó Frances.

—Mi querida Frances, Fred es un barquero cualificado. Fred no tendrá problemas para encontrar otro trabajo.

—Todo es muy precipitado, Gerard —dijo Claudia—. Estoy de acuerdo en que seguramente habrá que desprenderse de la casa, pero no es necesario que lo decidamos esta mañana. Danos algo por escrito; las cifras, por ejemplo. Discutamos el asunto cuando hayamos tenido tiempo de pensarlo.

—Perderemos la oferta —replicó Gerard.

—¿Te parece probable? Vamos, Gerard. Si Hector Skolling quiere la casa, no va a retirarse porque haya de esperar la respuesta una semana. Acéptala, si así te quedas más tranquilo. Siempre podemos echarnos atrás si decidimos otra cosa.

—Yo quería hablar de la última novela de Esmé Carling —dijo De Witt—. En la última reunión sugeriste rechazarla.

—¿*Muerte en la isla del Paraíso*? Ya la he rechazado. Creía que estaba decidido.

De Witt replicó con voz lenta y sosegada, como si se dirigiera a un niño terco.

—No, no estaba decidido. Se comentó brevemente y se aplazó la decisión.

—Como tantas otras veces. Vosotros cuatro me recordáis la definición de una junta: un grupo de personas que anteponen el placer de la conversación a la responsabilidad de la acción y el ardor de la decisión. Algo por el estilo. Ayer hablé con la agente de Esmé y le di la noticia. Y se la confirmé por escrito con una copia para Carling. Supongo que a ninguno de los presentes se le ocurrirá decir que Esmé Carling es una buena novelista; ni tampoco que es rentable. Yo, personalmente, espero de un escritor que sea una cosa o la otra, de preferencia las dos.

—Hemos publicado cosas peores —objetó De Witt.

Etienne se volvió hacia él al tiempo que soltaba una carcajada.

—Sabe Dios por qué la defiendes, James. Eres tú quien está deseoso de publicar novelas literarias, candidatas al premio Booker, obritas sensibles que impresionen a la mafia literaria. Hace cinco minutos me criticabas que intentara captar a Sebastian Beacher. No pretenderás sugerir que *Muerte en la isla del Paraíso* contribuirá a aumentar el prestigio de la Peverell Press, supongo. Vamos, me imagino que no la ves como el próximo Libro del Año de Whitbread. Y a propósito, me identificaría mucho más con tus supuestos libros para el Booker si alguna vez figurasen en la lista de candidatos seleccionados para el premio.

James respondió:

—Estoy de acuerdo contigo en que seguramente ya es hora de que nos desprendamos de ella. Son los medios, y no el fin, lo que no veo bien. En la última reunión sugerí, si lo recuerdas, que publicáramos su último libro y luego le anunciáramos con tacto que se suprimía la serie de misterio popular.

—Muy poco convincente —observó Claudia—. Es la única autora de la serie.

James prosiguió, dirigiéndose directamente a Gerard.

—El libro necesita una revisión rigurosa, pero ella lo aceptará si se lo decimos con tacto. Hay que reforzar el argumento y la parte central es floja. Pero la descripción de la isla es buena, y el modo en que crea una atmósfera de amenaza es excelente. Además, ha mejorado en la caracterización de los personajes. No perderemos dinero. Hace treinta años que la editamos. Es una relación muy larga. Me gustaría concluirla con generosidad y buena voluntad, eso es todo.

—Ya ha concluido —sentenció Gerard Etienne—. Somos una editorial, no una casa de beneficencia. Lo siento, James, tiene que saltar.

—Habrías podido esperar a que se reuniera el comité de edición.

—Seguramente habría esperado si no hubiera llamado su agente. Carling insistía en saber si habíamos fijado la fecha de publicación y qué nos proponíamos organizar como fiesta de presentación. ¡Una fiesta! Un velatorio sería más apropiado. No tenía sentido mentirle. Le dije que el libro no alcanzaba el nivel exigible y que no íbamos a publicarlo. Ayer se lo confirmé por escrito.

—Le sentará mal.

—¡Claro que le sentará mal! A los autores siempre les sienta mal el rechazo. Lo equiparan al infanticidio.

—¿Y los libros anteriores que tenemos en catálogo?

—Bueno, eso puede que todavía nos dé algún dinero.

Frances Peverell intervino repentinamente.

—James tiene razón. Quedamos en que volveríamos a discutirlo. No tenías absolutamente ninguna autoridad para hablar con Esmé Carling ni con Velma Pitt-Cowley. Podríamos muy bien publicar esta novela y decirle con delicadeza que tenía que ser la última. Estás de acuerdo, ¿verdad, Gabriel? ¿Crees que deberíamos haber aceptado *Muerte en la isla del Paraíso*?

Los cuatro socios miraron a Dauntsey y esperaron como si fuera un tribunal supremo. El anciano estaba examinando unos papeles, pero al oír esto alzó la mirada hacia Frances y sonrió suavemente.

—No creo que eso hubiera amortiguado el golpe, ¿verdad? No se puede rechazar a un autor; lo que se rechaza es el libro. Si publicamos su última novela, luego nos traerá otra y volveremos a vernos ante el mismo dilema. Gerard ha actuado de un modo prematuro y supongo que no especialmente diplomático, pero creo que la decisión era correcta. Una novela es digna de ser publicada o no lo es.

—Me alegro de que hayamos zanjado algo.

Etienne comenzó a reunir sus papeles.

—Siempre y cuando seas consciente de que es lo único que hemos zanjado —le recordó De Witt—. No habrá más negociaciones sobre la venta de Innocent House hasta que hayamos vuelto a reunirnos y nos hayas proporcionado las cifras y un plan comercial completo.

—Ya tenéis un plan comercial. Os lo di el mes pasado.

—Uno que podamos entender. Volveremos a reunirnos dentro de una semana. Sería conveniente que pudieras distribuir los informes un día antes. Y necesitamos alternativas: un plan comercial basado en el supuesto de que vendemos Innocent House y otro basado en el supuesto de que no la vendemos.

—El segundo puedo presentártelo ahora mismo —replicó Etienne—. O llegamos a un acuerdo con Skolling o vamos a la quiebra. Y Skolling no es un hombre paciente.

—Apacígualo con una promesa —sugirió Claudia—. Dile que si decidimos vender tendrá una primera opción.

Etienne sonrió.

—Ah, no; no creo que pueda hacerle una promesa así. Cuando su interés por la casa se haga público, podríamos atraer cincuenta mil libras más. No me parece probable, pero nunca se sabe. Dicen que el museo de Greyfriars anda buscando un lugar para albergar su colección de pintura marítima.

—No vamos a vender Innocent House —dijo Frances Peverell—, ni a Hector Skolling ni a nadie. Para vender esta casa habrá que pasar por encima de mi cadáver. O del tuyo.

13

En el despacho de las secretarias, Mandy alzó la vista al ver entrar a Blackie, quien se dirigió a su escritorio con andares majestuosos y el rostro enrojecido, se sentó ante el ordenador y empezó a teclear. Al cabo de un minuto, la curiosidad venció a la discreción y Mandy preguntó:

—¿Qué pasa? Creía que usted siempre tomaba notas en las reuniones de los socios.

Blackie respondió con una voz extraña, áspera, pero al mismo tiempo con una leve nota de vindicación triunfante.

—Se ve que ya no.

«Pobre infeliz, la han echado», pensó Mandy. Lo que dijo fue:

—¿A qué viene tanto secreto? ¿Qué hacen allí encerrados?

—¿Qué hacen? —Las manos de Blackie interrumpieron su desasosegado tejer sobre el teclado—. Están hundiendo la empresa, eso hacen. Están destruyendo todo aquello por lo que el señor Peverell trabajó, todo lo que construyó y defendió durante más de treinta años. Piensan vender Innocent House. El señor Peverell amaba esta casa. Ha pertenecido a su familia desde hace más de ciento sesenta años. Innocent House es la Peverell Press. Si se acaba una, se acaba la otra. El señor Gerard está decidido a venderla desde que el señor Etienne se retiró, y ahora que se ha puesto al frente no hay nadie que pueda impedírselo. Además, tampoco les importa. A la señorita

Frances no va a gustarle, pero está enamorada de él; además, nadie le hace mucho caso a la señorita Frances. La señorita Claudia es su hermana y el señor De Witt no tiene agallas para pararle los pies. Nadie las tiene. Quizás el señor Dauntsey, pero es demasiado viejo y ya no le importa nada. Ninguno de ellos puede plantarle cara al señor Gerard. Pero él ya sabe lo que pienso. Por eso no quiere que esté allí con ellos. Sabe que no estoy de acuerdo. Sabe que si pudiera se lo impediría.

Mandy vio que estaba al borde de las lágrimas, pero eran lágrimas de cólera. Cohibida, deseosa de consolarla pero incómodamente consciente de que más tarde Blackie lamentaría esta confidencia desacostumbrada, comentó:

—Puede llegar a ser un estúpido, desde luego. Ya he visto cómo la trata a veces. ¿Por qué no se va e intenta trabajar como interina una temporada? Pídale los papeles y dígale dónde puede meterse su empleo.

Blackie, que luchaba por dominarse, trató de recobrar al menos la dignidad.

—No seas absurda, Mandy. No tengo ninguna intención de irme. Soy una secretaria de dirección, no una interina. No lo he sido nunca y nunca lo seré.

—Hay cosas peores. ¿Qué tal un café, entonces? Podría hacerlo ahora mismo, no vale la pena esperar. Con un par de galletas de chocolate.

—Está bien, pero no pierdas el tiempo charlando con la señora Demery. Tienes que pasar a limpio unas cosas cuando termines con esas cartas. Y, Mandy, lo que te he dicho es confidencial. He hablado con mayor libertad de la debida y no quiero que salga de estas paredes.

«A buenas horas», pensó Mandy. ¿Acaso la señorita Blackett no se daba cuenta de que no se hablaba de otra cosa en todo el edificio? Respondió:

—Sé tener la boca cerrada. A fin de cuentas, a mí no me va ni me viene. Antes de que dejen esta casa yo ya me habré marchado.

Acababa de levantarse cuando sonó el teléfono de su escritorio y, al descolgarlo, oyó la voz preocupada de George hablando en tales susurros de conspirador que apenas lograba entenderle.

—¿Sabes dónde está la señorita FitzGerald, Mandy? No puedo avisar a Blackie porque está en la reunión de los socios y tengo aquí a la señora Carling. Quiere ver al señor Gerard y no creo que pueda retenerla mucho más.

—No se preocupe, la señorita Blackett está aquí. —Mandy le pasó el auricular—. Es George. La señora Carling está en recepción pidiendo a gritos ver al señor Gerard.

—Pues no va a poder.

Blackie cogió el aparato, pero antes de que pudiera decir nada se abrió la puerta de golpe e irrumpió la señora Carling, que apartó a Mandy de un empujón y avanzó en derechura hacia el despacho principal. Al ver que estaba vacío, dio media vuelta y se plantó ante ellas.

—Bien, ¿dónde está? ¿Dónde está Gerard Etienne?

Blackie, intentando aparentar cierta dignidad, abrió la agenda que se hallaba sobre su escritorio.

—Creo que no tiene usted cita para hoy, señora Carling.

—¡Claro que no tengo cita! Después de treinta años en la casa, no necesito una cita para ver a mi editor. No soy una agente que viene a venderle un contrato de publicidad. ¿Dónde está?

—Está en la reunión de los socios, señora Carling.

—Creía que se celebraba el primer jueves del mes.

—El señor Gerard la pasó a hoy.

—Entonces, tendré que interrumpirla. Están en la sala de juntas, supongo.

Se dirigió hacia la puerta, pero Blackie fue más veloz y, tomándole la delantera, le cerró el paso.

—No puede subir, señora Carling. Las reuniones de los socios no se interrumpen jamás. Tengo instrucciones de retener incluso las llamadas telefónicas urgentes.

—En tal caso, esperaré a que terminen.

Blackie, todavía de pie, vio su asiento firmemente ocupado, pero conservó la calma exterior.

—No sé cuándo terminarán. Quizá manden subir bocadillos. Además, ¿no tiene una sesión de firmas en Cambridge a la hora del almuerzo? Le diré al señor Gerard que ha estado aquí y sin duda se pondrá en contacto con usted cuando tenga un momento libre.

El contratiempo reciente y la necesidad de restablecer su posición ante Mandy, dieron a su voz un tono más autoritario de lo que exigía el tacto, pero aun así la ferocidad de la respuesta las sorprendió a ambas. La señora Carling se levantó de la silla con tal ímpetu que la dejó dando vueltas y se irguió con la cara casi tocando la de Blackie. Era siete u ocho centímetros más baja que ella, pero a Mandy le pareció que esta diferencia la hacía más terrorífica, no menos. Los músculos sobresalían como sogas de su cuello estirado, sus ojos llameaban y, bajo la nariz ligeramente aguileña, su boca pequeña y maligna como una cuchillada roja escupió veneno.

—¡Cuando tenga un momento libre! ¡Zorra estúpida! ¡Idiota soberbia y engreída! ¿Con quién se ha creído que está hablando? Es mi talento el que le ha pagado el sueldo desde hace veintitantos años, no lo olvide. Ya es hora de que alguien le diga cuál es su verdadero papel en esta empresa. Sólo porque trabajó para el señor Peverell, que la toleraba y le seguía la corriente y hacía que se sintiera necesaria, cree que puede actuar como una reina ante personas que ya formaban parte de la Peverell Press cuando usted todavía era una colegiala mocosa. El viejo Henry la malcrió, por supuesto, pero yo puedo decirle lo que pensaba realmente de usted. ¿Y por qué? Pues porque él mismo me lo dijo, por eso puedo. Estaba harto de tenerla siempre a su lado, mirándolo con ojos de vaca enamorada. Estaba harto y cansado de su devoción. Quería que se fuera, pero no tenía temple para echarla. Nunca tuvo mucho temple, el pobre. Si lo hubiera tenido, ahora no estaría Gerard Etienne al mando. Dígale que quiero verlo, y que procure que sea a mi conveniencia, no a la suya.

La voz de Blackie salió de entre unos labios tan blancos y rígidos que a Mandy le pareció que apenas podían moverse.

—No es verdad. Miente usted. No es verdad.

Y entonces Mandy se asustó. Estaba acostumbrada a las peleas de oficina. En sus más de tres años de trabajo temporal había sido testigo de algunos choques de temperamento impresionantes y, como un botecito denodado, había cabeceado alegremente entre los restos del naufragio en mares tumultuosos. De hecho, Mandy disfrutaba con una buena pelea de oficina; no había mejor antídoto contra el aburrimiento. Pero esto era distinto. Se dio cuenta de que aquí había sufrimiento auténtico, verdadero dolor, una malignidad deliberada que surgía de un odio aterrador. Aquél era un pesar que no podía solazarse con café recién hecho y un par de galletas de la lata que la señora Demery reservaba para los socios. Por un espantoso instante creyó que Blackie iba a echar la cabeza hacia atrás para ponerse a aullar de angustia. Quiso tenderle una mano para consolarla, pero supo instintivamente que no podía ofrecerle ningún consuelo y que luego el intento sería mal interpretado.

Sonó un portazo. La señora Carling se había marchado.

Blackie repitió:

—Es mentira. Todo son mentiras. Ella no sabe nada.

—Claro que no —le aseguró Mandy con firmeza—. Claro que son mentiras; cualquiera puede darse cuenta. No es más que una zorra celosa. Yo no le haría ningún caso.

—Voy al cuarto de baño.

Era evidente que Blackie iba a vomitar. Mandy se preguntó si debía acompañarla, pero una vez más decidió que no. Blackie echó a andar con la rigidez de un autómata y al salir casi chocó con la señora Demery, que traía un par de paquetes.

—Han llegado con el segundo correo y he pensado que podía traerlos —explicó la señora Demery—. ¿Se puede saber qué le pasa?

—Está trastornada. Los socios no han querido que estuviera presente en la reunión y, por si fuera poco, luego ha venido la señora Carling exigiendo ver al señor Gerard y ella se lo ha impedido.

La señora Demery se cruzó de brazos y se apoyó en el escritorio de Blackie.

—Supongo que esta mañana habrá recibido la carta de rechazo de su nueva novela.

—¿Y usted cómo sabe eso, señora Demery?

—Aquí suceden muy pocas cosas de las que yo no me entere. Esto traerá problemas, fíjate en lo que te digo.

—Si la novela no es bastante buena, ¿por qué no la arregla o escribe otra?

—Pues porque no se cree capaz de hacerlo; por eso. Es lo que les pasa a los autores cuando los rechazan. Es lo que los tiene constantemente aterrorizados: perder el talento, padecer el bloqueo del escritor. Por eso resulta tan difícil tratar con ellos. Difíciles, eso son los escritores. Hay que decirles constantemente lo maravillosos que son o se vienen abajo. Lo he visto más de una vez. El señor Peverell sí sabía cómo tratarlos. Tenía el toque justo con los escritores, el señor Peverell. Al señor Gerard le cuesta más. Es distinto. No entiende por qué no pueden hacer su trabajo y dejar de quejarse.

Era una opinión con la que Mandy coincidía bastante. Podía decirle a Blackie —y en verdad creerlo— que el señor Gerard era un estúpido, pero le resultaba difícil evitar que le gustara. Tenía la sensación de que, llegado el caso, podría trabajar con el señor Gerard. Pero la llegada de Blackie, mucho antes de lo que Mandy se esperaba, impidió nuevas confidencias. La señora Demery se retiró discretamente y Blackie, sin decir palabra, volvió a sentarse ante el teclado.

Durante la hora siguiente trabajaron en un silencio opresivo, roto únicamente cuando Blackie impartía órdenes. Mandy tuvo que ir al cuarto de fotocopias para sacar tres copias de un original recién llegado que, a juzgar por los tres primeros párrafos, no era probable que apareciera en letra impresa, recibió un montón de papeles sumamente aburridos para mecanografiar y luego tuvo que enfrentarse a la tarea de retirar todos los documentos de más de dos años de antigüedad que hubiera en el cajón de «Conservar por un tiempo». Toda la oficina utilizaba este útil archivo como depósito para aquellos documentos a los que no se podía encontrar un lugar adecuado, pero que dolía tirar a la papelera. Había poco en él que tuviera menos de doce años, ya que expurgar el cajón de «Conservar por un tiempo» era una tarea sumamente impopular. Mandy tenía la sensación de estar siendo injustamente castigada por el arrebato de confianza de Blackie.

La reunión de los socios terminó antes que de costumbre. Sólo eran las once y media cuando Gerard Etienne, seguido de su hermana y Gabriel Dauntsey, cruzó a paso vivo el despacho para entrar en el suyo. Claudia Etienne acababa de detenerse para decirle algo a Blackie cuando la puerta interior se abrió de golpe y reapareció Gerard. Mandy vio que hacía un esfuerzo por dominar su cólera.

—¿Ha cogido mi agenda personal? —le preguntó a Blackie.

—Por supuesto que no, señor Gerard. ¿No está en el cajón de la derecha de su escritorio?

—Si estuviera no habría venido a preguntárselo.

—La puse al corriente el lunes por la tarde y la dejé otra vez en el cajón. Desde entonces no he vuelto a verla.

—Ayer por la mañana estaba aquí. Si no la ha cogido usted, más le vale descubrir quién ha sido. Supongo que aceptará que cuidar de mis agendas forma parte de sus responsabilidades. Si no encuentra la agenda, me gustaría recuperar por lo menos el lápiz. Es de oro y le tengo bastante apego.

A Blackie se le puso la cara escarlata. Claudia Etienne los miraba con una ceja sardónicamente enarcada. Mandy se olió que iba a desencadenarse una batalla y comenzó a estudiar los trazos del cuaderno de taquigrafía como si de pronto se hubieran vuelto incomprensibles.

La voz de Blackie aleteó al borde de la histeria.

—¿Me acusa de ladrona, señor Gerard? He trabajado en estas oficinas veintisiete años, pero... —Se le quebró la voz.

Él replicó con impaciencia.

—No sea boba. Nadie la acusa de nada. —Su mirada tropezó con la serpiente enroscada en el asa de un archivador—. ¡Y por el amor de Dios, deshágase de esa maldita serpiente! Tírela al río. Hace que esto parezca una guardería.

Acto seguido entró en su despacho y su hermana lo siguió. Blackie, sin decir palabra, cogió la serpiente y la metió en un cajón de su escritorio.

Luego se volvió hacia Mandy.

—¿Tú qué miras? Si no tienes nada que mecanografiar, enseguida te encontraré algo. Mientras tanto, hazme un café.

Mandy, armada con esta nueva noticia para delectación de la señora Demery, obedeció de buena gana.

14

Declan debía llegar a las seis y media para la excursión por el río, y eran las seis y cuarto cuando Claudia entró en el despacho de su hermano. Eran los últimos que quedaban en el edificio. Los jueves, Gerard se quedaba invariablemente a trabajar, pero la mayor parte del personal solía irse temprano para aprovechar el horario de comercio nocturno. Gerard estaba sentado ante el escritorio, en el charco de luz de su lámpara, pero se puso en pie al verla entrar. Sus modales con ella eran siempre corteses, siempre impecables. A menudo, Claudia se preguntaba si sería una treta para evitar que se creara un clima de intimidad entre ambos.

Se sentó frente a él y dijo sin preámbulos:

—Escucha, te apoyaré en la venta de Innocent House; te apoyaré en todos tus proyectos, si a eso vamos. Con mi voto podrás imponerte a los demás. Pero necesito dinero: trescientas cincuenta mil libras. Quiero que me compres la mitad de las acciones, o todas si lo prefieres.

—No puedo.

—Podrás cuando se venda Innocent House. Una vez firmados los contratos, te resultará fácil reunir un millón. Con mis acciones tendrás una mayoría permanente. Eso te dará poder absoluto. Vale la pena pagarlo. Yo permaneceré en la empresa, pero con menos acciones o ninguna.

Gerard respondió con voz queda.

—Ciertamente merece la pena pensarlo, pero ahora no. No puedo utilizar el dinero de la venta; pertenece a la sociedad. Además, lo necesitaré para el traslado y mis otros proyectos. Pero puedes reunirlo tú. Puedes reunir trescientas cincuenta mil libras. Si yo puedo, tú también.

—No tan fácilmente. No sin muchos obstáculos y demoras. Y lo necesito con urgencia. Lo necesito para fin de mes.

—¿Por qué? ¿Qué vas a hacer?

—Invertir en el negocio de antigüedades con Declan Cartwright. Tiene ocasión de comprarle el negocio al viejo Simon: trescientas cincuenta mil libras por la finca de cuatro pisos y todo el género. Es muy buen precio. El viejo lo aprecia y preferiría que se quedara él la tienda, pero está impaciente por vender. Es viejo, está enfermo y tiene prisa.

—Cartwright es un chico guapo, pero trescientas cincuenta mil libras, ¿no es ponerle un precio demasiado alto?

—No soy tonta. No le pondré el dinero en la mano. Seguirá siendo dinero mío invertido en una empresa común. Declan tampoco es tonto. Sabe lo que hace.

—Piensas casarte con él, ¿no?

—Es posible. ¿Te extraña?

—Un poco. —Añadió—: Creo que le tienes más afecto del que él te tiene a ti. Eso siempre es peligroso.

—Oh, las cosas están más igualadas de lo que crees. Él siente por mí tanto como es capaz de sentir, y yo siento por él tanto como soy capaz de sentir. Nuestra capacidad de sentir es distinta, nada más. Los dos le damos al otro lo que podemos dar.

—O sea, que te propones comprarlo.

—¿No es así como tú y yo hemos conseguido siempre lo que queríamos, comprándolo? ¿Y qué me dices de Lucinda y tú? ¿Tan seguro te sientes de estar haciendo lo adecuado? Para ti, quiero decir. Ella no me preocupa. Ese aire de virtuosa fragilidad no me engaña en absoluto. Sabe cuidar de sí misma, te lo aseguro. Además, los de su clase siempre lo hacen.

—Voy a casarme con ella.

—Bien, no hace falta que lo digas en un tono tan beligerante. Nadie pretende impedírtelo. Y a propósito, ¿piensas decirle la verdad acerca de ti..., de nosotros? O más exactamente, ¿piensas decírsela a su familia?

—Responderé a las preguntas razonables. Por el momento no han hecho ninguna, ni razonable ni irrazonable. Gracias a Dios, no estamos en la época en que había que solicitar el consentimiento de los padres y las novias debían aportar alguna prueba de salud moral y probidad económica. De todos modos, sólo tiene a su hermano, y él parece suponer que dispongo de una casa donde alojarla y del dinero suficiente para mantenerla con unas comodidades razonables.

—Pero tú no tienes casa, ¿verdad? No me la imagino viviendo en el apartamento del Barbican. Os faltaría espacio.

—Creo que a ella le gusta Hampshire. Sea como fuere, de eso podemos hablar cuando se acerque la fecha de la boda. Y conservaré el apartamento de Barbican. Es práctico, por la oficina.

—Bien, espero que funcione. Aunque, francamente, creo que Declan y yo tenemos más posibilidades. No confundimos el sexo con el amor. Y puede que no te resulte tan fácil salir de ese matrimonio. Seguramente a Lucinda le entrarán escrúpulos religiosos contra el divorcio. Además, divorciarse es una vulgaridad y un trastorno, y sale caro. Después de dos años de separación no tendría manera de evitarlo, de acuerdo, pero serían unos años muy incómodos. No te gustaría fracasar en público.

—Todavía no me he casado. Es un poco pronto para hablar de cómo reaccionaré al fracaso. No fracasaré.

—La verdad, Gerard, no veo qué esperas sacar en limpio, excepto una bella esposa dieciocho años más joven que tú.

—Mucha gente pensaría que eso ya es suficiente.

—Sólo los ingenuos. Es la fórmula del desastre. No

eres de sangre real, no tienes por qué casarte con una virgen totalmente inadecuada para ti sólo por mantener la dinastía. ¿O acaso es eso lo que pretendes, fundar una familia? Sí, creo que es eso. Te has vuelto convencional con los años. Quieres una vida acomodada, hijos...

—Parece el motivo más razonable para casarse. Hay quien diría que el único motivo razonable.

—Te has cansado de divertirte por ahí y ahora buscas una virgen joven, hermosa y a ser posible de buena familia. Francamente, creo que te habría ido mejor con Frances.

—Eso nunca fue una posibilidad.

—Para ella sí. Me imagino cómo sucedió, naturalmente. Nos encontramos ante una virgen de casi treinta años, obviamente deseosa de experiencia sexual. Y ¿quién mejor para ofrecérsela que mi astuto hermanito? Pero fue un error. Te has ganado la enemistad de James de Witt y eso no puedes permitírtelo.

—Él nunca me ha dicho nada del asunto.

—Claro que no. No es el estilo de James. Él es de los que actúan, no de los que hablan. Un consejo: no te acerques demasiado a los balcones de los pisos altos de Innocent House. Una muerte violenta en la casa ya es bastante.

Gerard respondió con calma.

—Gracias por el aviso, pero no sé si James de Witt sería el principal sospechoso. Después de todo, si me ocurriera algo antes de casarme y redactar un nuevo testamento, tú te quedarías mis acciones, mi apartamento y el dinero de mi seguro de vida. Con cerca de dos millones y medio se pueden comprar muchas antigüedades.

Claudia estaba en la puerta cuando él volvió a hablar, en tono frío y sin levantar la vista del papel.

—Por cierto, la amenaza de la oficina ha atacado de nuevo.

Ella se volvió y preguntó bruscamente:

—¿Qué quieres decir? ¿Cómo? ¿Cuándo?

—Este mediodía, a las doce y media para ser precisos. Alguien envió un fax desde aquí a la librería Better Books de Cambridge para cancelar la sesión de firma de Carling. Cuando llegó allí se encontró los carteles descolgados, la mesa y la silla retiradas, al público desperdigado y la mayoría de los libros relegados a la trastienda. Por lo visto hervía de rabia. Me habría gustado estar allí para verla.

—¡Mierda! ¿Cuándo lo has sabido?

—Su agente, Velma Pitt-Cowley, ha llamado a las tres menos cuarto, cuando he vuelto de almorzar. Estaba intentando localizarme desde la una y media. Carling le telefoneó desde la librería.

—¿Y no has dicho nada hasta ahora?

—Esta tarde he tenido cosas más importantes que hacer que ir dando vueltas por la oficina pidiendo coartadas a la gente. Además, eso te corresponde a ti, aunque yo no le concedería demasiada importancia. Esta vez tengo cierta idea de quién puede haber sido el responsable. De todos modos, no es muy importante.

—Para Esmé Carling, sí —dijo Claudia con severidad—. Puedes detestarla, despreciarla o compadecerla, pero no la subestimes. Podría resultar una enemiga más peligrosa de lo que te imaginas.

15

La sala del primer piso del Connaught Arms, en Waterloo Road, estaba abarrotada. Matt Bayliss, el dueño del pub, no albergaba dudas en cuanto al éxito del recital de poesía. A las nueve los ingresos de la barra ya habían superado los de cualquier otra noche de jueves. La salita del piso alto solía utilizarse para los almuerzos —había poca demanda de cenas calientes en el Connaught Arms—, pero también estaba disponible para otras funciones, y su hermano, que trabajaba en una organización artística, lo había convencido de que permitiese celebrar allí el acto del jueves por la noche. La idea era que cierto número de poetas con obra publicada leyeran algunos poemas intercalados con las lecturas de todos los aficionados que quisieran tomar parte. El precio de la entrada se había fijado en una libra y Matt había montado al fondo de la sala una barra en la que se servía vino. Nunca hubiera imaginado que la poesía fuese tan popular ni que tantos de sus parroquianos aspiraran a expresarse en verso. La venta inicial de entradas había sido satisfactoria, pero había una constante afluencia de recién llegados y gente del bar que, al tener noticia del espectáculo, subía, jarra de cerveza en mano, por la angosta escalera.

Las inclinaciones de su hermano Colin eran variadas y se inscribían entre las tendencias de moda: arte negro, arte femenino, arte gay, arte de la Commonwealth, arte accesible, arte innovador, arte para el pueblo. El acontecimiento de esa noche se había anunciado como «Poesía para el pueblo». El interés personal de Matt estaba en la cerveza para el pueblo, pero no había visto nada que impidiera combinar provechosamente las dos. Colin ambicionaba convertir el Connaught Arms en centro reconocido para la declamación de poesía contemporánea y plataforma pública para los nuevos autores. Al observar al ayudante llamado para la ocasión, que no cesaba de abrir botellas de tinto californiano, Matt descubrió en su interior un interés inesperado hacia la cultura contemporánea. De vez en cuando subía del bar para ver cómo iba el espectáculo. Los versos le resultaban en gran medida incomprensibles; ciertamente, muy pocos rimaban o tenían un metro discernible, que era su definición de la poesía, pero todos despertaban aplausos entusiastas. Como la mayoría de los poetas aficionados y del público fumaba, el ambiente estaba cargado de vapores de cerveza y tabaco.

La estrella anunciada de la velada era Gabriel Dauntsey. Había solicitado aparecer temprano, pero casi todos los poetas que habían intervenido antes que él habían superado su límite de tiempo, sin mostrarse susceptibles —en particular los aficionados— a las insinuaciones bisbiseadas de Colin. Así pues, eran casi las nueve y media cuando Dauntsey avanzó a paso lento hacia la tribuna. Se le escuchó en respetuoso silencio y se le aplaudió ruidosamente, pero a Matt le dio la impresión de que aquellos poemas de una guerra que, para la inmensa mayoría de los presentes, era ya historia, tenían poco que ver con las preocupaciones actuales de los asistentes. Después, Colin se abrió paso a empujones hasta llegar a su lado.

—¿De veras tiene que marcharse ya? Unos cuantos estábamos pensando en ir luego a cenar algo por ahí.

—Lo siento, se me haría demasiado tarde. ¿Dónde puedo encontrar un taxi?

—Matt podría pedirlo por teléfono, pero seguramente encontrará uno antes si se acerca a Waterloo Road.

Dauntsey desapareció discretamente, casi sin que

nadie se hubiera fijado en él ni le hubiera dado las gracias, dejando a Matt con la sensación de que en cierto modo se habían portado mal con el anciano.

Acababa de cruzar la puerta cuando una pareja entrada en años interpeló a Matt en la barra.

—¿Se ha ido ya Gabriel Dauntsey? Mi esposa tiene una primera edición de sus poemas y le encantaría que se la firmara. Arriba no lo vemos por ninguna parte.

—¿Tienen coche? —preguntó Matt.

—Aparcado a unas tres manzanas de aquí. Es lo más cerca que hemos encontrado.

—Bueno, se ha ido hace un momento. Va andando. Si se dan prisa puede que lo alcancen. Si se distraen yendo a buscar el coche seguramente lo perderán.

Salieron apresuradamente; la mujer, libro en mano y con ojos anhelantes.

A los tres minutos entraron de nuevo. Desde el otro lado de la barra Matt les vio cruzar la puerta sosteniendo a Gabriel Dauntsey entre los dos. El poeta se apretaba contra la frente un pañuelo ensangrentado. Matt fue hacia ellos.

—¿Qué ha pasado?

La mujer, visiblemente conmocionada, respondió:

—Le han asaltado. Tres hombres, dos negros y uno blanco. Estaban agachados sobre él, pero al vernos han echado a correr. Le han quitado la cartera.

El hombre buscó con la mirada una silla desocupada y acomodó a Dauntsey en ella.

—Hay que llamar a la policía y pedir una ambulancia —decidió.

La voz de Dauntsey sonó más vigorosa de lo que Matt se imaginaba.

—No, no, estoy bien. No quiero que llamen a nadie. Sólo es un rasguño, por la caída.

Matt lo miró indeciso. Parecía más conmocionado que herido. ¿Y de qué serviría llamar a la policía? No tenían la menor posibilidad de atrapar a los asaltantes, así que el incidente quedaría reducido a otro delito menor que añadir a sus estadísticas de delitos denunciados y no resueltos. Matt, aunque defensor acérrimo de la policía, en general prefería no verla por su bar con demasiada frecuencia.

La mujer se volvió hacia su marido y habló con firmeza.

—Tenemos que pasar por delante del hospital St. Thomas. Lo llevaremos a urgencias. Es lo más prudente.

Dauntsey, por lo visto, no tenía voz en el asunto.

Matt pensó que querían librarse de la responsabilidad lo antes posible y no se lo reprochaba. Cuando se hubieron marchado, subió al piso de arriba para ver si hacía falta más vino y vio sobre una mesa, al lado de la puerta, un montón de delgados volúmenes. Sintió un arranque de compasión hacia Gabriel Dauntsey. El pobre diablo ni siquiera se había quedado a firmar sus libros. Aunque quizás era mejor así. Habría resultado violento para todos que no los vendiera.

16

A la mañana siguiente, viernes 15 de octubre, Blackie despertó sintiendo el peso del miedo. Su primer pensamiento consciente fue de temor al día y a lo que podía esperarle. Se puso la bata y bajó a preparar el té matutino, mientras contemplaba la posibilidad de despertar a Joan alegando un dolor de cabeza, decirle que no pensaba ir a la oficina y pedirle que telefoneara más tarde para transmitir sus disculpas y la promesa de regresar el lunes. Sin embargo, no cedió a la tentación. El lunes llegaría con gran rapidez, trayendo consigo una carga de ansiedad aún más pesada. Además, su ausencia resultaría sospechosa. Todo el mundo sabía que nunca faltaba al trabajo, que nunca estaba enferma. Tenía que ir a la oficina como si fuese un día corriente.

No pudo desayunar. El mero hecho de pensar en los huevos y el tocino le daba náuseas, y la primera cucharada de cereales se le atascó en la boca. En la estación compró el acostumbrado *Daily Telegraph*, pero no lo abrió durante todo el viaje, limitándose a mirar sin ver el destellante caleidoscopio de las zonas suburbanas de Kent.

Pasaban cinco minutos de la hora de salida de la lancha. El señor De Witt, generalmente tan puntual, bajó corriendo por la rampa del embarcadero de Charing Cross justo cuando Fred Bowling empezaba a pensar que tendría que largar amarras.

—Perdón a todos, me he dormido. Gracias por esperarme. Creí que tendría que tomar la segunda lancha.

Ya estaban todos los habituales del primer viaje: el señor De Witt, ella misma, Maggie FitzGerald y Amy Holden, de publicidad, el señor Elton, de derechos, y Ken, del almacén. Blackie ocupó su asiento de costumbre en la proa. Le habría gustado sentarse a solas en la popa, pero eso también podía resultar sospechoso. Se sentía anormalmente consciente de todos sus gestos y palabras, como si se hallara sometida a interrogatorio. Oyó que James de Witt les contaba a los demás que el señor Dauntsey había sido víctima de un asalto. Había ocurrido después de su lectura de poesía. Una pareja que salía del pub lo había encontrado casi inmediatamente y lo había acompañado al departamento de urgencias del hospital St. Thomas. Había sufrido más por la conmoción que por el asalto en sí y ya se encontraba bien. Blackie no hizo ningún comentario. Se trataba simplemente de otro percance menor, de otro golpe de mala suerte. En comparación con el peso agobiante de su angustia, no parecía tener mucha importancia.

Por lo general Blackie disfrutaba del viaje por el río. Llevaba más de veinticinco años haciéndolo y todavía le fascinaba. Pero ese día todos los hitos familiares del recorrido se le antojaban meros postes indicadores en el camino hacia el desastre: el elegante forjado del puente ferroviario de Blackfriars; el puente de Southwark, con los peldaños de Southwark Causeway desde los que Christopher Wren era conducido a remo hasta la otra orilla del río cuando supervisaba las obras de construcción de la catedral de San Pablo; el puente de Londres, en los extremos del cual otrora se exhibían las cabezas de los traidores clavadas en escarpias; la puerta de los Traidores, verde de algas y hierbas, y el Agujero del Muerto, bajo el puente de la Torre, donde, por tradición, se esparcían fuera de los límites de la ciudad las cenizas de los muertos; el propio puente de la Torre; el blanco y azul celeste de la elevada pasarela con su refulgente insignia de oro;

HMS *Belfast*, al servicio de Su Majestad, con sus colores atlánticos. Todo eso lo vio con ojos a los que nada interesaba. Blackie se dijo que aquel desasosiego era absurdo e innecesario. Sólo tenía un pequeño motivo de culpa, que quizá, después de todo, no era en realidad tan importante ni tan merecedor de reproche. Pero el desasosiego, que por entonces equivalía ya a un miedo activo, se intensificaba a medida que se acercaba a Innocent House, y le pareció que su estado de ánimo se contagiaba al resto del grupo. El señor De Witt solía hacer el trayecto en silencio, muchas veces leyendo, pero las chicas normalmente charlaban con vivacidad. Esa mañana permanecieron todos callados mientras la lancha se bamboleaba con lentitud hacia la argolla donde Fred solía amarrarla, a la derecha de los escalones.

De Witt dijo de pronto:

—Innocent House. Bien, aquí estamos...

Su voz encerraba una nota de jovialidad espuria, como si acabaran de regresar de una excursión en bote, pero su expresión era adusta. Blackie se preguntó qué le ocurriría, en qué estaría pensando. Luego, poco a poco, subió con los demás los escalones bañados por la marea que conducían a la terraza de mármol, fortaleciéndose para afrontar lo que pudiera depararle el día.

17

George Copeland, de pie tras la protección de su mostrador de recepción con aire de embarazosa impotencia, oyó con alivio el rumor de pasos sobre los adoquines. Así que por fin había llegado la lancha. Lord Stilgoe dejó de andar airadamente de un lado a otro y los dos se volvieron hacia la puerta. Los recién llegados entraron en grupo, con James de Witt a la cabeza. El señor De Witt echó una mirada al rostro preocupado de George y se apresuró a preguntar:

—¿Qué sucede, George?

Fue lord Stilgoe el que respondió. Sin saludar a De Witt, le anunció torvamente:

—Etienne ha desaparecido. Estaba citado con él a las nueve en su despacho. Cuando he llegado sólo estaban el recepcionista y la encargada de la limpieza. No estoy acostumbrado a este trato. Mi tiempo es valioso, aunque el de Etienne no lo sea. Esta mañana tengo una cita en el hospital.

—¿Cómo que desaparecido? —replicó De Witt al instante—. Supongo que lo habrá retrasado el tráfico.

—Tiene que estar en la casa, señor De Witt —intervino George—. Ha dejado la chaqueta en el sillón de su despacho. Fui a mirar al ver que no contestaba a las llamadas. Y esta mañana, cuando he llegado, la puerta principal no estaba cerrada con la Banham. Entré sólo con la Yale. Y la alarma no estaba conectada. La señorita Claudia acaba de llegar. Lo está comprobando.

Pasaron todos al vestíbulo, como movidos por un impulso común. Claudia Etienne, con la señora Demery al lado, salía del despacho de Blackie.

—George tiene razón —dijo—. No puede andar muy lejos. Su chaqueta está en el sillón y el manojo de llaves en el cajón superior de la derecha. —Se volvió hacia George—. ¿Ha mirado en el número diez?

—Sí, señorita Claudia. El señor Bartrum ya ha llegado, pero no hay nadie más en el edificio. Lo ha mirado él y ha vuelto a llamar; dice que el Jaguar del señor Gerard está aparcado allí, en el mismo sitio donde estaba anoche.

—¿Y las luces de la casa? ¿Estaban encendidas cuando ha llegado usted?

—No, señorita Claudia. Y tampoco había luz en su despacho. En ninguna parte.

En aquel momento aparecieron Frances Peverell y Gabriel Dauntsey. George advirtió que el señor Dauntsey no tenía buen aspecto. Se ayudaba con un bastón y llevaba un trocito de esparadrapo en el lado derecho de la frente. Nadie se fijó. George se preguntó si sería el único que se había dado cuenta.

—No habréis visto a Gerard en el número doce, ¿verdad? Parece que ha desaparecido —dijo la señorita Claudia.

—No lo hemos visto —respondió Frances.

Mandy, que llegaba justo detrás de ellos, se quitó el casco y anunció:

—Tiene el coche aquí. Lo he visto al pasar, al final de Innocent Passage.

Claudia replicó en tono reprobatorio.

—Sí, Mandy, ya lo sabemos. Iré a mirar arriba. Tiene que estar en el edificio. Los demás que esperen aquí.

Se encaminó a paso vivo hacia la escalera, seguida de cerca por la señora Demery. Blackie, como si no hubiera oído la orden, emitió un breve jadeo y echó a correr torpemente en pos de ellas. Maggie FitzGerald observó:

—La señora Demery siempre se las arregla para estar en el meollo —pero habló con voz insegura y, al ver que nadie hacía ningún comentario, se ruborizó como si deseara no haber dicho nada.

El grupito se desplazó silenciosamente hasta formar un semicírculo, casi, pensó George, como empujado con suavidad por una mano invisible. Había encendido las luces del vestíbulo y el techo pintado resplandecía sobre ellos, como contraponiendo su esplendor y su permanencia a las insignificantes preocupaciones y las angustias sin importancia de los presentes. Todos los ojos se volvieron hacia lo alto. George pensó que parecían personajes de un cuadro religioso, con la mirada fija en el cielo a la espera de alguna aparición sobrenatural. Permaneció entre ellos, sin saber muy bien si su lugar estaba ahí o detrás del mostrador. Hizo lo que le decían, como siempre, pero un poco sorprendido de que los socios esperaran con tanta docilidad. Aunque, ¿por qué no? No serviría de nada que se dedicaran a recorrer en tropel toda la casa. Tres exploradoras eran más que suficientes. Si el señor Gerard estaba en el edificio, la señorita Claudia lo encontraría. Nadie hablaba ni se movía, excepto James de Witt, que se acercó calladamente a Frances Peverell. A George le pareció que llevaban horas esperando, paralizados, como actores de un cuadro viviente, aunque no podían haber pasado más que unos minutos.

En ese momento, Amy, con voz que el miedo hacía estridente y recorriendo con una mirada frenética el grupo, anunció:

—Ha gritado alguien. He oído un grito.

James de Witt no se volvió hacia ella, sino que mantuvo los ojos clavados en la escalera.

—No ha gritado nadie —la corrigió serenamente—. Te lo has imaginado, Amy.

Y entonces se repitió, pero esta vez más potente e inconfundible: un grito agudo de desesperación. Avanzaron hacia el pie de la escalera, pero se quedaron allí. Era como si nadie se atreviese a dar el primer paso escaleras arriba. Se produjo un nuevo silencio y después empezaron los gemidos: primero un lamento distante y luego más fuerte y cada vez más próximo. George, al que el terror mantenía clavado en el suelo, no identificó la voz. Le parecía tan inhumana como el sonido de una sirena o el maullido de un gato en la noche.

—¡Oh, Dios mío! —susurró Maggie FitzGerald—. ¡Dios mío! ¿Qué está pasando?

Y en aquel momento, de un modo espectacularmente repentino, apareció la señora Demery en lo alto de la escalera. A George le pareció que se había materializado de la nada. La señora Demery sostenía a Blackie, cuyos plañidos habían bajado de tono para convertirse en graves y convulsos sollozos.

James de Witt habló en voz baja, pero muy clara.

—¿Qué ocurre, señora Demery? ¿Qué ha sucedido? ¿Dónde está el señor Gerard?

—En el despachito de los archivos. ¡Muerto! ¡Asesinado! Eso ha sucedido. Está allí tirado, medio desnudo y tieso como una tabla podrida. Algún demonio lo ha estrangulado con esa puñetera serpiente. Tiene a Sid la Siseante enroscada al cuello con la cabeza metida en la boca.

James de Witt se movió al fin. Se abalanzó hacia la escalera. Frances hizo ademán de seguirlo, pero él se volvió y le dijo en tono apremiante:

—No, Frances, no. —Y la apartó suavemente hacia un lado. Lord Stilgoe fue tras él con un desgarbado anadeo de anciano, aferrándose al pasamanos. Gabriel Dauntsey, tras unos instantes de vacilación, también los siguió.

—Que alguien me eche una mano, ¿no? Es un peso muerto —gritó la señora Demery.

Frances acudió de inmediato a su lado y le pasó un brazo por la cintura a Blackie.

Mientras las miraba, George pensó que era la señorita Frances quien necesitaba que la sostuvieran. Bajaron juntas, casi llevando a Blackie en vilo entre las dos. Blackie gemía y susurraba: «Lo siento, lo siento.» Juntas la condujeron hacia el fondo de la casa, cruzando el vestíbulo, mientras el grupito las seguía con la mirada en un silencio consternado.

George volvió a su mostrador, a su centralita. Aquél era su lugar. Era allí donde se sentía seguro, donde tenía el control. Era allí donde podía afrontar la situación.

Oyó voces. Aquellos sollozos atroces se habían apaciguado, pero ahora se oían las agudas recriminaciones de la señora Demery y un coro de voces femeninas. Las apartó de su mente. Tenía que trabajar; sería mejor que empezara. Intentó abrir la caja de seguridad situada bajo el mostrador, pero le temblaban tanto las manos que no lograba meter la llave en la cerradura. Sonó el teléfono. George dio un violento respingo y buscó a tientas el auricular. Era la señora Velma Pitt-Cowley, la agente de la señora Carling, que quería hablar con el señor Gerard. George, reducido al silencio por el sobresalto inicial, se las arregló para decir que el señor Gerard no podía ponerse. Aun a sus propios oídos, su voz sonó aguda, cascada, artificial.

—La señorita Claudia, entonces. Supongo que está en la casa.

—No —respondió George—. No.

—¿Qué sucede? Es usted, ¿verdad, George? ¿Qué le ocurre?

George, abrumado, cortó la llamada. El teléfono volvió a sonar inmediatamente, pero no lo descolgó y, al cabo de unos segundos, cesó el ruido. Se quedó mirando el aparato con temblorosa impotencia. Era la primera vez que hacía una cosa así. Pasó el tiempo, segundos, minutos. Hasta que lord Stilgoe se irguió ante el mostrador y George pudo olerle el aliento y sentir la fuerza de su ira triunfal.

—Póngame con Scotland Yard. Quiero hablar con el comisionado. Si está ocupado, pregunte por el comandante Adam Dalgliesh.

LIBRO SEGUNDO

MUERTE DE UN EDITOR

18

La inspectora Kate Miskin apartó con el codo una caja de embalaje medio vacía, abrió el balcón de su nuevo apartamento en Docklands y, apoyándose en la barandilla de roble pulido, contempló el tenue resplandor del agua, desde Limehouse Reach, río arriba, hasta la gran curva que formaba más abajo en torno a la Isle of Dogs. Sólo eran las nueve y cuarto de la mañana, pero la bruma matutina ya se había disipado y el cielo, casi sin nubes, empezaba a brillar con una blancura opaca en la que se captaban vislumbres de un transparente azul claro. Era una mañana más propia de primavera que de mediados de octubre, pero del río emanaba un olor otoñal, intenso como el olor de hojas mojadas y densa tierra mezclado con el penetrante aroma salobre del mar. La marea estaba en pleamar y a Kate le parecía ver el vigoroso tirón de la corriente bajo los puntitos de luz que centelleaban y danzaban como luciérnagas sobre la superficie rizada del agua; es más, casi sentía su poder. Con este apartamento, con esta vista, había cumplido otro deseo, había dado otro paso que la alejaba de aquel insípido piso del tamaño de una caja, en lo más alto del edificio Ellison Fairweather, donde había pasado los dieciocho primeros años de su vida.

Su madre había muerto a los pocos días de dar a luz y a su padre no lo conocía. La había criado su anciana y renuente abuela materna, la cual acogió de mala gana a una niña que la convertía virtualmente en prisionera de aquel piso alto del que ya no se atrevería a salir por la noche en busca de la compañía, el brillo y el calor del pub local, y en quien había ido creciendo el resentimiento contra la inteligencia de su nieta y contra una responsabilidad que no estaba en condiciones de asumir, por edad, por estado de salud y por temperamento. Kate había descubierto demasiado tarde, justo en el momento de la muerte de su abuela, cuánto la quería. Ahora le parecía que al producirse esa muerte, cada una le había pagado a la otra los atrasos de amor de toda una vida. Sabía que nunca se liberaría por completo del edificio Ellison Fairweather. Al subir a su nuevo apartamento en el ascensor grande y moderno, rodeada de óleos cuidadosamente embalados que ella misma había pintado, se había acordado del ascensor de Ellison Fairweather, con las paredes mugrientas y pintarrajeadas, el hedor a orines, las colillas, las latas de cerveza tiradas. A menudo estaba averiado como consecuencia de actos de vandalismo, y la abuela y ella tenían que subir catorce pisos a pie cargadas con las bolsas de la compra y la lavandería, deteniéndose en cada rellano para que la abuela recobrara el aliento. Allí sentada, rodeada de bolsas de plástico y escuchando resollar a la abuela, se había hecho una promesa: «Cuando sea mayor me alejaré de todo esto. Me iré del maldito edificio Ellison Fairweather para siempre. No regresaré jamás. Nunca volveré a ser pobre. Nunca volveré a oler este olor.»

Para llevar a cabo su proyecto había elegido el cuerpo de policía, resistiendo la tentación de matricularse en sexto grado y de optar a la universidad, impaciente por empezar a ganar dinero, por irse de allí. Aquel primer apartamento victoriano en Holland Park fue el comienzo. Tras la muerte de su abuela permaneció nueve meses más en el piso, pues sabía que marcharse de inmediato sería desertar, aunque ignoraba de qué, acaso de una realidad que debía afrontar, y también sabía que debía expiar algo, aprender cosas sobre ella misma, y que aquél era el sitio donde las aprendería. Llegaría un momento en el que sería correcto irse, en el que podría cerrar la puerta con la sensación de algo consumado, de que dejaba tras de sí un pasado que no podía cambiar, pero que podía aceptar con sus miserias, sus horrores y, sí, también sus alegrías, un pasado con el que podía reconciliarse y al que podía integrar en ella misma. Y ese momento había llegado ya.

El apartamento, naturalmente, no era como ella soñaba al principio. Se había imaginado en uno de los amplios almacenes reformados que se encontraban junto al puente de la Torre, con ventanas altas y habitaciones enormes, robustas vigas de roble y, sin duda, un persistente aroma a especias. Pero, aun con un mercado inmobiliario a la baja, aquello excedía sus medios. Y el apartamento, elegido después de una minuciosa búsqueda, no era un mal sustituto. Había solicitado la hipoteca más alta a que podía acceder, en la creencia de que era económicamente acertado comprar lo mejor que pudiera permitirse. Tenía una habitación grande, de cinco metros y medio por casi cuatro, y otras dos más pequeñas, una de ellas con su propia ducha. La cocina era bastante espaciosa para comer en ella y estaba bien equipada. La terraza que daba al sudoeste, y que se extendía a lo largo de toda la sala de estar, era estrecha, pero aun así cabían unas sillas y una mesita. En verano podría comer allí. Y se alegraba de que los muebles comprados para su primer apartamento no hubieran sido baratos. El sofá y los dos sillones de piel auténtica quedarían muy bien en aquel entorno moderno. Menos mal que finalmente se había decidido por el marrón en vez del negro. El negro estaba demasiado de moda. Y la mesa y las sillas de madera de olmo sin pretensiones también quedaban bien.

Además, el piso presentaba otra gran ventaja: estaba en una esquina del edificio y tenía dos vistas al exterior y dos terrazas. Desde el dormitorio veía el amplio y refulgente panorama de Canary Wharf, la torre, similar a un inmenso lápiz celular con la punta coronada de luz, la gran curva blanca del edificio contiguo, el agua remansada del antiguo muelle de las Indias Occidentales y el ferrocarril ligero de Docklands, con sus carriles elevados y sus trenes, que parecían juguetes de cuerda. Esta ciudad de vidrio y hormigón se iría volviendo más bulliciosa a medida que se instalaran nuevas empresas. Podría contemplar desde lo alto el espectáculo multicolor y siempre cambiante de medio millón de hombres y mujeres que se movían de un lado a otro desarrollando su vida laboral. Desde la otra terraza, que daba al sudoeste, se veía el río y el tráfico lento e inmemorial del Támesis: gabarras, embarcaciones de recreo, lanchas de la policía fluvial y de las autoridades del puerto de Londres, buques de línea que remontaban la corriente para atracar junto al puente de la Torre. A Kate le encantaba el estímulo del contraste y en aquel apartamento podía pasar a voluntad de un mundo a otro, del nuevo al antiguo, del agua remansada al río de poderosas mareas que T. S. Eliot llamó un poderoso dios pardo.

El apartamento resultaba especialmente adecuado para un oficial de la policía, con un sistema de interfono en la entrada principal, dos cerraduras de seguridad y una cadena en la puerta del piso. Había también un aparcamiento subterráneo al que tenían acceso todos los residentes. Eso también era importante. Y los desplazamientos a New Scotland Yard no serían complicados; después de todo, estaban en el mismo lado del río. Y quizá podría ir de vez en cuando en un barco fluvial hasta el embarcadero de Westminster. Llegaría a conocer el río, a participar en su vida y su historia. Despertaría por la mañana con el chillido de las gaviotas y saldría a ese vacío fresco y blanco. En aquel momento, suspendida allí entre el centelleo del agua y el alto y delicado azul del cielo, sintió un impulso extraordinario que ya la había invadido en otras ocasiones y que, a su entender, debía de ser lo más parecido a una experiencia religiosa. La poseyó una necesidad, casi física en su intensidad, de rezar, de alabar, de dar gracias sin saber a quién, de gritar con una alegría más profunda que la que le producía su propio bienestar físico, sus logros e incluso la belleza del mundo.

Había dejado las estanterías fijas en el piso antiguo, pero otras nuevas construidas según sus instrucciones cubrían toda la pared opuesta a la ventana. Frente a ellas, arrodillado junto a una caja, Alan Scully ordenaba los libros. La propia Kate se había sorprendido al descubrir cuántos había adquirido desde que lo conocía. No eran escritores de los que le hubieran hablado jamás en la escuela, pero ahora se sentía agradecida a la secundaria de Ancroft. La escuela había hecho todo lo posible por ella. Los maestros y maestras a los que entonces despreciaba, en su arrogancia, eran en realidad, ahora se daba cuenta, personas esforzadas que luchaban por imponer disciplina, por dar abasto enfrentándose diariament e a clases numerosas y dieciséis idiomas distintos, por satisfacer necesidades encontradas, por abordar los abrumadores problemas familiares de algunos de los niños y prepararlos para superar unos exámenes que al menos les abrirían las puertas de algo mejor. Sin embargo, la mayor parte de su instrucción la había adquirido después de la escuela. Tras sus cobertizos para bicicletas y en su campo de juegos de asfalto había aprendido todo lo que carecía de importancia respecto al sexo y nada que fuera importante. Eso fue Alan quien se lo enseñó, eso y mucho más. Le hizo conocer libros, no con superioridad, no como si se considerase una especie de Pigmalión, sino porque quería compartir con alguien a quien amaba las cosas que él amaba. Y ahora había llegado el momento de que eso también se acabara.

Kate oyó su voz.

—Si nos tomamos un descanso, prepararé café. ¿O sólo estás contemplando el panorama?

—Estoy contemplando el panorama. Regodeándome. ¿Qué te parece, Alan?

Era la primera vez que él veía el piso y Kate se lo había mostrado con algo del orgullo de una niña con un juguete nuevo.

—Me gustará cuando te hayas instalado. Es decir, si llego a verlo cuando te hayas instalado. ¿Qué hacemos con estos libros? ¿Quieres separar los de poesía, los de ficción y los de no ficción? Ahora mismo tenemos a Dalgliesh al lado de Defoe.

—¿Defoe? No sabía que tuviera ninguno. Ni siquiera me gusta Defoe. Ah, separados, me parece. Y luego según el apellido del autor.

—El Dalgliesh es una primera edición. ¿Consideras necesario comprarlo encuadernado en tela porque es tu jefe y trabajas con él?

—No. Leo sus poemas para intentar entenderlo mejor.

—¿Y es así?

—De hecho, no. No logro relacionar la poesía con el hombre. Y cuando lo consigo, es aterrador. Repara en demasiadas cosas.

—Veo que no está firmado. O sea que no se lo has pedido.

—Resultaría violento para los dos. No juegues con él, Alan. Déjalo en el estante.

Se acercó y se arrodilló junto a él. Alan no había mencionado sus libros profesionales, y ahora vio que formaban un ordenado montón junto a la caja de embalaje. Uno por uno, empezó a colocarlos en el estante más bajo: un ejemplar de las últimas Estadísticas Criminales; la *Ley de la evidencia criminal y policial de 1984*; *Guía de la ley de justicia criminal de 1991*, de Blackstone; *Derecho policial*, de Butterworth; *Legislación moderna sobre la evidencia*, de Keane; *Derecho penal*, de Clifford Hogan; *Manual de formación policial* y el Informe Sheehy. Kate pensó que era la colección de una profesional al inicio de su carrera y se preguntó si, al dejarlos aparte y no mencionarlos, Alan no habría pretendido hacer una especie de comentario, quizás incluso emitir un juicio inconsciente sobre algo más que la biblioteca de Kate. Por primera vez en años vio su relación con los ojos de un observador independiente y crítico. Aquí tenemos a una mujer de carrera, una profesional triunfadora y ambiciosa que sabe adónde quiere llegar. Mientras cada día se enfrenta a los detritus desordenados de vidas sin disciplina, ha excluido cuidadosamente el desorden de la propia. Un complemento necesario de esta bien organizada autosuficiencia es un amante inteligente, apuesto, disponible cuando se le necesita, hábil en la cama y poco exigente fuera de ella. Durante tres años Alan Scully había satisfecho admirablemente esta necesidad. Ella sabía que, a cambio, le había dado afecto, lealtad, dulzura y comprensión; no le había costado dar nada de ello. Pero ¿era de extrañar que Alan, habiéndose comprometido como lo había hecho, quisiera ser para ella algo más que el equivalente de un accesorio de moda?

Kate molió el café en grano, deleitándose con su aroma. Ninguna infusión sabía jamás tan bien como olían los granos. Tomaron el café sentados en el suelo, apoyados los dos en una caja todavía por abrir.

—El miércoles que viene, ¿qué vuelo coges? —preguntó ella.

—El BA175. Sale a las once. ¿No has cambiado de idea?

Estuvo a punto de responder: «No, Alan, no puedo. Es imposible», pero se contuvo. No era imposible. Nada le impedía cambiar de idea. La respuesta sincera era que no quería. Habían discutido el problema muchas veces y Kate ya sabía que no podía haber ningún arreglo. Comprendía lo que él sentía y lo que quería. Alan no pretendía hacerle ningún chantaje. Se le había presentado la ocasión de trabajar tres años en Princeton y estaba impaciente por irse. Era importante para su carrera, para su futuro. Pero se quedaría en Londres y conservaría su empleo actual en la biblioteca si ella se comprometía, si aceptaba casarse con él o, al menos, vivir con él y darle un hijo. No se trataba de que considerase la carrera de Kate menos importante que la propia; si era necesario, dejaría temporalmente su empleo y se quedaría en casa mientras ella iba a trabajar. Siempre le había reconocido esta igualdad esencial. Pero se había cansado de estar en la periferia de su vida. Ella era la mujer a la que amaba y con la que quería vivir. Renunciaría a Princeton, pero no para continuar como estaban, viéndose únicamente cuando el trabajo lo permitía, sabiendo que era su amante pero que nunca podría ser nada más.

—No estoy preparada para el matrimonio ni la maternidad —dijo Kate—. Acaso no lo esté nunca, sobre todo para la maternidad. No lo haría bien. Nunca he aprendido, compréndelo.

—No creo que haga falta un aprendizaje previo.

—Hace falta un cuidado amoroso. Eso yo no puedo darlo. No se puede dar lo que nunca se ha tenido.

Él no discutió ni trató de convencerla. Ya había pasado la hora de hablar. Comentó:

—Al menos nos quedan otros cinco días, y el de hoy acaba de empezar. Lo desembalamos todo esta mañana y almorzamos en algún pub del río, ¿qué te parece? Quizás en el Prospect de Whitby. Tendría que darnos tiempo. Has de comer. ¿A qué hora debes volver al Yard?

—A las dos —respondió ella—. Sólo dispongo de medio día libre porque hoy Daniel Aaron está de permiso. Saldré lo antes que pueda y cenaremos aquí. Una comida fuera ya es suficiente. Podemos comprar comida china preparada.

Alan estaba llevando las tazas de café a la cocina cuando sonó el teléfono. Gritó:

—Tu primera llamada. Esto te pasa por enviar tarjetas anunciando el cambio de dirección. Te llamará todo el mundo para desearte buena suerte.

Pero la llamada fue breve y Kate apenas dijo nada mientras duró. Después de colgar, se volvió hacia él.

—Era de la Brigada. Una muerte sospechosa. Quieren que vaya ahora mismo. Es a orillas del río, así que Dalgliesh pasará a recogerme con la lancha de la División del Támesis. Lo siento, Alan.

Le pareció que se había pasado los tres últimos años diciendo: «Lo siento, Alan.»

Se miraron en silencio unos instantes, hasta que él dijo:

—Ha sido así desde el principio, sigue siéndolo y siempre lo será. ¿Qué quieres que haga, Kate? ¿Continúo desempaquetando?

De pronto, la idea de que se quedara solo allí se le antojó insoportable.

—No —respondió—, déjalo. Ya lo haré luego. Puede esperar.

Pero él siguió vaciando cajas mientras ella se cambiaba los tejanos y el suéter, adecuados para las polvorientas tareas de la mudanza y la limpieza del apartamento, por unos pantalones de pana marrón, una elegante chaqueta de *tweed* y un polo de fina lana color crema. Se trenzó la espesa cabellera desde cerca de la coronilla y sujetó el extremo de la trenza con un pasador.

A su regreso, él le dedicó la breve sonrisa apreciativa de costumbre y preguntó:

—¿Es tu ropa de trabajo? Nunca sé si te vistes para Dalgliesh o para los sospechosos. Evidentemente, para el cadáver no es.

—Este cadáver en particular no está precisamente tirado en una cuneta —replicó ella.

Eran relativamente nuevos esos celos del jefe, y quizá fueran síntoma y al mismo tiempo causa del cambio que experimentaba su relación.

Salieron en silencio. Mientras Kate cerraba por fuera las dos cerraduras, él volvió a hablar.

—¿Volveré a verte antes de que me vaya el próximo miércoles? —preguntó.

—No lo sé, Alan. No lo sé.

Pero lo sabía. Si este caso era tan importante como prometía serlo, le esperarían jornadas de trabajo de dieciséis horas, tal vez más. Más tarde recordaría con placer e incluso con tristeza las escasas horas que habían pasado juntos en el piso. Sin embargo, lo que sentía en aquellos momentos era algo mucho más embriagador, y lo sentía cada vez que la llamaban para investigar un caso nuevo. Era su trabajo, un trabajo para el que se había preparado, que sabía hacer bien y que la satisfacía. Consciente ya de que aquélla podía ser la última vez que lo viera durante años, en el pensamiento se apartaba de él, preparándose mentalmente para la tarea que le esperaba.

Alan había dejado el coche en uno de los espacios señalados a la derecha del patio exterior, pero no subió a él. Se adelantó con Kate y esperó a su lado la llegada de la lancha de la policía. Cuando se hizo visible la esbelta silueta azul oscuro de la embarcación, le volvió la espalda sin decir nada y regresó hacia el coche. Sin embargo, no lo puso enseguida en marcha. Cuando la lancha se detuvo, Kate supo que él seguía observándola mientras la alta y oscura figura le ofrecía la mano desde la proa para ayudarla a subir a bordo.

19

El inspector Daniel Aaron recibió la llamada cuando se acercaba a la avenida Eastern. No le hizo falta parar el coche para anotarla: el mensaje era breve y claro. Una muerte sospechosa en Innocent House, Innocent Walk. Debía acudir de inmediato. Robbins llevaría el maletín con lo necesario.

El mensaje no hubiera podido llegar en mejor momento. Su primera reacción fue de entusiasmo ante la idea de que por fin se presentaba el trabajo importante que tanto había anhelado. Hacía sólo tres meses que había sustituido a Massingham en la Brigada Especial y estaba deseando demostrar su valía. Pero aún había otro motivo. En aquellos momentos se dirigía a casa de sus padres, en The Drive, Ilford. Era su cuadragésimo aniversario de boda y habían organizado un almuerzo de celebración con la hermana de su madre y su marido. Él había solicitado un día de permiso con suficiente antelación, sabiendo que se trataba de una ocasión familiar que no sería razonable eludir, pero no la esperaba con impaciencia. El día prometía un almuerzo pretencioso pero insulso en el restaurante de unos grandes almacenes elegido por su madre, seguido de una tarde de aburrida charla familiar. Era consciente de que su tía lo tenía por un hijo desnaturalizado, un sobrino insatisfactorio y un mal judío. Quizás en esta ocasión no expresaría abiertamente su censura, pero esta frágil tolerancia no contribuiría a alegrar la atmósfera.

Dobló por una calle lateral y detuvo el automóvil para

llamar por teléfono. La llamada iba a resultar difícil y prefería no estar conduciendo mientras la hacía. Al pulsar las teclas percibió en su interior una confusión de emociones: alivio por tener una excusa válida para no asistir al almuerzo, una intensa renuencia a dar la noticia, entusiasmo porque estaba a punto de intervenir en un caso que prometía ser gordo y el habitual sentimiento de culpa, irracional y destructor de todo placer. No estaba dispuesto a perder el tiempo en discusiones y explicaciones prolongadas. Kate Miskin podía estar ya en la escena del crimen. Sus padres deberían aceptar que tenía un trabajo que hacer.

Fue su padre el que descolgó el teléfono.

—¿Todavía no has salido, Daniel? Dijiste que vendrías temprano para pasar un rato tranquilo con nosotros antes de que llegaran los demás. ¿Dónde estás?

—En la avenida Eastern. Lo siento, papá, pero no puedo ir. Acabo de recibir una llamada de la Brigada. Es un caso urgente. Asesinato. Tengo que ir directamente a la escena del crimen.

Luego cogió el teléfono su madre.

—¿Qué has dicho, Daniel? ¿Has dicho que no vienes? Pero has de venir. Me lo prometiste. Están aquí tus tíos. Hoy hace cuarenta años que nos casamos. ¿Qué clase de celebración será si no puedo tener a mis dos hijos conmigo? Me lo prometiste.

—Ya sé que te lo prometí. No estaría ahora en la avenida Eastern sino hubiera tenido intención de ir. Acabo de recibir la llamada.

—Pero estás de permiso. ¿De qué sirve que te den el día libre si luego te llaman de esta manera? ¿No puede encargarse otro? ¿Por qué has de ser tú siempre?

—No siempre he de ser yo. Pero hoy sí. Es un caso urgente. Un asesinato.

—¡Un asesinato! Y prefieres andar metido en un asesinato antes que estar con tus padres. Asesinato. Muerte. ¿No puedes pensar en los vivos?

—Lo siento, tengo que irme. —Antes de colgar el teléfono, añadió con voz hosca—: Que vaya bien el almuerzo.

Había sido peor de lo que esperaba. Permaneció sentado unos segundos, esforzándose por recobrar la calma, combatiendo una irritación que empezaba a convertirse en cólera. Finalmente soltó el embrague, maniobró para cambiar de dirección aprovechando el camino de entrada a una casa y se sumó a la corriente del tráfico. Era la hora punta de la mañana y los automóviles se movían con lentitud y a intervalos caprichosos. Tampoco tuvo suerte con los semáforos. Calle tras calle, su avance se veía frenado por aquellas luces rojas que se encendían ante él con exasperante perversidad. Aún no podía imaginarse siquiera la escena de muerte violenta a la que se dirigía con tan tediosa lentitud, pero, una vez allí, la tarea absorbería todos sus pensamientos y energías. Se alejaba físicamente de aquella casa de Ilford un penoso kilómetro tras otro, pero mientras tanto no podía apartar de su mente ni la casa ni la vida que ésta contenía.

La familia se había mudado allí cuando él tenía diez años y David trece, desde la casa adosada de Whitechapel en la que ambos habían nacido. Y para él, el hogar seguía siendo el número 27 de Balaclava Terrace. Era una de las pocas calles que las bombas del enemigo no habían destruido y que, después, había sobrevivido tenazmente mientras los pisos y casas de los alrededores se hundían entre nubes de polvo acre y se alzaban las altas torres de una ciudad extraña. Pero su calle también habría acabado desapareciendo de no ser por la excentricidad y la resolución de una anciana residente en una plazuela vecina, cuyos esfuerzos por conservar algo del antiguo East End coincidieron con una escasez de fondos municipales para los proyectos más aventurados. Así que Balaclava Terrace aún seguía en pie y sin duda había adquirido prestigio al transformarse en refugio contra la estridente modernidad para jóvenes ejecutivos, internos del Hospital de Londres y estudiantes de medicina que compartían alojamiento. Ningún miembro de su familia había regresado allí jamás. Para sus padres la mudanza había representado el cumplimiento de un sueño, un sueño que se volvió casi aterrador cuando empezó a haber posibilidades de que se hiciera realidad y se convirtió en objeto de constantes conversaciones, comprendidas sólo a medias, hasta bien entrada la noche. Su padre, superados los exámenes de contabilidad, había obtenido un ascenso. Ello debía traer consigo un alejamiento del pasado, un desplazamiento hacia el noreste que suponía también un desplazamiento hacia arriba en la escala social y, al mismo tiempo, otro desplazamiento, aunque fuera de pocos kilómetros, de aquella remota aldea polaca de la que emigrara su bisabuelo. La cuestión de la hipoteca fue motivo de nerviosas especulaciones financieras en busca de alternativas. Pero todo había salido bien. A los seis meses de mudarse, un fallecimiento inesperado en la empresa se había traducido en un nuevo ascenso que afianzó la seguridad económica. En la casa de Ilford había una cocina con todos los accesorios modernos y un tresillo en la sala de estar. Las mujeres que acudían a la sinagoga local vestían con elegancia; ahora, su madre era de las más elegantes. Daniel sospechaba que él era el único miembro de la familia que echaba de menos Balaclava Terrace. Se avergonzaba de la casa de Ilford y se avergonzaba de sí mismo por desdeñar lo que tanto había costado conseguir. Se dijo que si alguna vez llevaba a Kate Miskin a su casa, preferiría que viera Balaclava Terrace y no The Drive, en Ilford. Pero ¿qué diablos le importaba a Kate Miskin dónde o de qué manera vivía él? Invitarla a su casa estaba fuera de lugar. Sólo llevaba tres meses trabajando con ella en la Brigada Especial. ¿Qué diablos tenía que ver Kate Miskin con su vida de familia?

Creía conocer la raíz de su insatisfacción: era la envidia. Casi desde la más temprana infancia había sabido que su hermano mayor era el preferido de su madre, quien ya había cumplido treinta y cinco años cuando nació David y casi había perdido la esperanza de tener un hijo. El amor abrumador que sintió por su primogénito fue una revelación de tal intensidad que absorbió casi por completo todo el afecto maternal que podía dar. Nacido al cabo de tres años, Daniel fue bien recibido, pero no obsesivamente deseado. Recordaba que, cuando tenía catorce años, vio a una mujer que se inclinaba sobre el cochecito de una vecina para contemplar al recién nacido y comentaba: «Así que éste es el que hace cinco. Pero todos traen consigo el amor suficiente, ¿verdad?» Él no había tenido nunca la sensación de haber traído el suyo.

Y cuando David tenía once años sufrió un accidente. Daniel aún recordaba el efecto que produjo en su madre. Los ojos enloquecidos con que se aferró a su padre, el rostro lívido a causa del pánico y el dolor, que se había convertido de pronto en el rostro de una desconocida frenética, los insoportables sollozos, las largas horas junto a la cabecera de David en el Hospital de Londres mientras él se quedaba al cuidado de unos vecinos. Al fin hubo que amputarle la pierna izquierda por debajo de la rodilla. Su madre acompañó a casa al hijo mutilado con una ternura exultante, como si se hubiera levantado de entre los muertos. Pero Daniel sabía de todos modos que no podía competir con él. David era animoso, nunca se quejaba, no causaba problemas. Él era huraño, celoso, difícil. También era inteligente. Sospechaba que era más inteligente que David, pero pronto renunció a su rivalidad académica. Fue David el que se matriculó en la Universidad de Londres, estudió derecho, obtuvo la licenciatura y ahora trabajaba en un despacho especializado en casos criminales. Y era un acto de desafío que a los dieciocho años, nada más salir de la escuela, Daniel hubiera ingresado en la policía.

Se decía, y medio lo creía, que sus padres se avergonzaban de esta profesión. Desde luego, nunca alardeaban de sus éxitos como lo hacían con los de David. Recordó un fragmento de conversación que tuvo lugar en la anterior cena de cumpleaños de su madre. Al recibirlo en la puerta, ésta le advirtió:

—No le he dicho a la señora Forsdyke que eres policía. Naturalmente, se lo diré si me pregunta a qué te dedicas.

Su padre añadió con voz sosegada:

—Y está en la Brigada Especial del comandante Dalgliesh, mamá, que interviene en los delitos particularmente delicados.

Daniel replicó con una acritud que le sorprendió incluso a él mismo.

—No sé si contribuirá a lavar la vergüenza. ¿Y qué hará esa gallina vieja, a fin de cuentas? ¿Desmayarse encima del cóctel de langostinos? ¿Por qué ha de molestarle mi trabajo, a no ser que su marido ande metido en algún negocio sucio? —«Dios mío, ya he vuelto a empezar. Y el día de su cumpleaños», se dijo entonces—. Alegra esa cara. Tienes un hijo respetable. Puedes decirle a la señora Forsdyke que David se dedica a mentir para que los delincuentes no vayan a la cárcel y yo me dedico a mentir para encerrarlos.

Bien, ahora podían divertirse criticándolo mientras les servían los entremeses. Y Bella estaría con ellos, naturalmente. Era abogada, como David, pero ella habría encontrado un hueco para celebrar el aniversario de sus padres. Bella, la futura nuera perfecta. Bella, que aprendía yiddish, que visitaba Israel dos veces al año y recaudaba fondos para ayudar a los inmigrantes de Rusia y Etiopía, que asistía al Beit Midrash, el centro de estudios talmúdicos de la sinagoga, que celebraba el sabbath; Bella, que volvía hacia él sus ojos oscuros, cargados de reproche, y se interesaba por el estado de su alma.

Era inútil decirles: «Ya no creo en nada de eso.» ¿Hasta qué punto eran creyentes sus padres? Si los hicieran salir a declarar bajo juramento y les preguntaran si de veras creían que Dios le entregó la Torá a Moisés en el monte Sinaí y que sus vidas dependían de la exactitud de la respuesta, ¿qué contestarían? Le había formulado esta pregunta a su hermano y todavía recordaba la respuesta. En su momento le sorprendió, y aún le sorprendía, pues planteaba la desconcertante posibilidad de que en David hubiera sutilezas que él nunca había comprendido.

—Seguramente mentiría. Hay creencias por las que realmente vale la pena morir, y eso no depende de que sean estrictamente ciertas o no.

Su madre, desde luego, nunca sería capaz de decirle: «No me importa si crees o no, quiero que el sabbath estés aquí con nosotros. Quiero que te vean en la sinagoga con tu padre y tu hermano.» Y no era hipocresía intelectual, aunque él intentaba convencerse de que lo era. Se podría aducir que pocos seguidores de cualquier religión creían todos los dogmas de su fe, excepto los fundamentalistas, y bien sabía Dios que ésos eran mucho más peligrosos que cualquier no creyente. Bien sabía Dios. Qué natural resultaba, y qué universal, deslizarse al lenguaje de la fe.

Quizá su madre tenía razón, aunque jamás sería capaz de reconocer la verdad. Las formas externas eran importantes. Practicar la religión no consistía sólo en un asentimiento intelectual. Ser visto en la sinagoga equivalía a proclamar: «Éste es mi sitio, ésta es mi gente, éstos son los valores según los cuales intento vivir, esto es lo que generaciones de mis antepasados han hecho de mí, esto es lo que soy.» Recordó las palabras que le había dirigido su abuelo después de su Bar Mitzvah: «¿Qué es un judío sin su creencia? Lo que Hitler no pudo hacernos, ¿nos lo haremos nosotros mismos?» Los antiguos resentimientos acumulados. A un judío ni siquiera le estaba permitido el ateísmo. Agobiado desde la niñez por el peso de la culpa, no podía rechazar su fe sin sentir la necesidad de disculparse ante el Dios en el que ya no creía. Y siempre estaba allí, en el fondo de su mente, cual mudo testigo de su apostasía, aquel conmovedor ejército en marcha de humanidad desnuda: jóvenes, mayores y niños afluyendo como una marea oscura hacia las cámaras de gas.

Detenido ante otro semáforo en rojo, pensó en la casa que nunca sería un hogar, vio con el ojo claro de la mente las ventanas relucientes, los colgantes visillos de encaje con sus lazos, el inmaculado jardín delantero, y se dijo: «¿Por qué debo definirme tomando como referencia el daño que otros han causado a mi raza? La culpa ya era bastante mala; ¿tengo que cargar también con el peso de la inocencia? Soy judío, ¿no basta con eso? ¿Debo representar ante mí mismo y los demás la maldad de la especie humana?»

Llegó por fin a la autopista, donde, tan misteriosamente como de costumbre, el tráfico se había aligerado y le permitió poner el coche a una buena velocidad. Con suerte llegaría a Innocent House en cinco minutos.

Esta muerte no era común, este misterio no se resolvería con facilidad. No habrían llamado al equipo para un caso de rutina. Quizá ninguna muerte era común y ninguna investigación puramente rutinaria para aquellos a los que afectaba de cerca. Pero ésta le brindaría la oportunidad de demostrarle a Adam Dalgliesh que no se había equivocado al elegirlo en sustitución de Massingham. Y pensaba aprovecharla. No había nada, ni en el ámbito personal ni en el profesional, que tuviera prioridad sobre esto.

20

La lancha de la policía cabeceó al tomar la curva septentrional del río, entre Rotherhite y la calle Narrow, contra una vigorosa corriente. La brisa había arreciado hasta convertirse en un viento ligero y la mañana era más fría de lo que le había parecido a Kate al despertar. Algunas nubes, finas hilachas de vapor blanco, se desplazaban y disolvían sobre el pálido azul del cielo. No era la primera vez que veía Innocent House desde el río, pero cuando apareció repentinamente, tras la curva de Limehouse Reach, Kate emitió una breve exclamación admirativa y, al volverse hacia el rostro de Dalgliesh, vio en él una fugaz sonrisa. Bajo el sol de la mañana, la casa relucía con tan irreal intensidad que por un instante creyó que estaba iluminada con focos. Mientras el piloto paraba el motor de la lancha y la arrimaba hábilmente a la hilera de neumáticos colgados a la derecha de los escalones del embarcadero, Kate casi hubiera podido creer que la casa formaba parte del decorado de una película, un palacio insustancial de cartón piedra y engrudo tras cuyos efímeros muros el director, los actores y los iluminadores ya se afanaban en torno al cuerpo del difunto, al tiempo que la maquilladora acudía a toda prisa para enjugar una frente reluciente de sudor y aplicar una última gota de sangre artificial. Esta fantasía la desconcertó; no era propensa a teatralizar la vida ni a dejar volar la imaginación, pero le resultaba difícil sustraerse a la sensación de que se trataba de una situación preparada, de la cual era al mismo tiempo partícipe y espectadora, y la inmovilidad solemne del grupo de recepción contribuyó a reforzarla.

Había dos hombres y dos mujeres. Las mujeres estaban un poco más adelantadas y flanqueadas por los hombres. Permanecían agrupados en la espaciosa terraza de mármol, inmóviles como estatuas, contemplando la maniobra de atraque con expresión seria y, en apariencia, crítica. Durante el corto trayecto Dalgliesh había tenido tiempo de empezar a poner a Kate al corriente de los hechos, de modo que la joven pudo suponer quiénes eran. La mujer alta y morena debía de ser Claudia Etienne, la hermana del muerto, y la otra Frances Peverell, la última de la familia Peverell. El mayor de los hombres, que parecía haber cumplido sobradamente los setenta años, era sin duda Gabriel Dauntsey, el editor de poesía, y el más joven James de Witt. Se los veía tan compuestos como si un director los hubiera colocado cuidadosamente atendiendo a los ángulos de la cámara, pero cuando Dalgliesh se acercó a ellos el grupito se deshizo y Claudia Etienne avanzó con la mano tendida para hacer las presentaciones. Luego se volvió. Los demás la siguieron por un corto callejón adoquinado y entraron por la puerta lateral de la casa.

Al otro lado del mostrador de recepción había un hombre de edad sentado ante el cuadro de conexiones. Con su cara lisa y pálida que formaba un óvalo casi perfecto, las mejillas salpicadas de pequeños círculos rojos bajo unos ojos bondadosos, tenía el aspecto de un viejo payaso. Cuando entraron alzó la vista hacia ellos, y Kate vio en sus ojos luminosos una mirada en la que se mezclaban la aprensión y la súplica. Era una mirada que ya había visto antes. La presencia de la policía podía ser necesaria, tal vez incluso se la esperaba con impaciencia, pero rara vez era recibida sin nerviosismo, ni siquiera por los inocentes. Durante los primeros segundos se preguntó, sin que viniera al caso, qué profesiones eran invitadas sin reservas a los hogares de la gente. Médicos y fontaneros debían de figurar entre los primeros lugares de la lista, y las comadronas probablemente encabezarían el reparto. Se preguntó qué se sentiría al ser recibido con las palabras, dichas de corazón: «Gracias a Dios que está usted aquí.» Entonces sonó el teléfono y el anciano se volvió para atender la llamada. Su voz era grave y muy agradable, pero contenía una inconfundible nota de ansiedad, y le temblaban las manos.

—Peverell Press, buenos días. No, me temo que el señor Gerard no puede ponerse. ¿Quiere que le diga a alguien que le llame más tarde? —Alzó de nuevo la mirada, esta vez en dirección a Claudia Etienne, y dijo con expresión desvalida—: Es la secretaria de Matthew Evans, de Fabers, señorita Etienne. Quiere hablar con el señor Gerard. Es por la reunión del próximo miércoles sobre la piratería literaria.

Claudia cogió el auricular.

—Soy Claudia Etienne. Dígale por favor al señor Evans que le llamaré en cuanto pueda. Ahora vamos a cerrar las oficinas para el resto del día. Me temo que ha habido un accidente. Dígale que Gerard Etienne ha muerto. Sé que comprenderá que no pueda hablar con él en estos momentos.

Colgó el teléfono sin esperar respuesta y miró a Dalgliesh.

—Es inútil que tratemos de ocultarlo, ¿verdad? La muerte es la muerte. No es una molestia provisional, una pequeña dificultad local. No se puede fingir que no ha sucedido. De todos modos, la prensa no tardará en enterarse.

Habló con voz áspera, y la expresión de sus oscuros ojos era dura. Parecía más una mujer poseída por la cólera que por la aflicción. A continuación, se volvió hacia el recepcionista y prosiguió con más suavidad.

—Deje un mensaje en el contestador, George, diciendo que hoy permanecerá cerrada la oficina. Luego vaya a tomarse un café bien cargado. La señora Demery está por alguna parte. Si llegan otros empleados, dígales que se vayan a casa.

—¿Y se irán, señorita Claudia? Quiero decir que no se conformarán con que lo diga yo, ¿verdad?

Claudia Etienne frunció el entrecejo.

—Tal vez no. Supongo que debería decírselo yo. O mejor aún, llamaremos al señor Bartrum. Está en la casa, ¿verdad, George?

—El señor Bartrum está en su despacho del número diez, señorita Claudia. Ha dicho que tenía mucho trabajo pendiente y que prefería quedarse. Como no está en la casa principal, no creía que hubiera inconveniente.

—Llámelo, por favor, y pídale que venga a hablar conmigo. Él se ocupará de los que lleguen tarde. Quizás algunos puedan llevarse el trabajo a casa. Dígales que el lunes me dirigiré a todos ellos. —Se volvió hacia Dalgliesh—. Es lo que hemos estado haciendo hasta ahora, enviar a los empleados a casa. Espero que no haya sido una equivocación. Nos ha parecido mejor que no hubiera demasiada gente por en medio.

—En su momento tendremos que hablar con todos —respondió Dalgliesh—, pero eso puede esperar. ¿Quién encontró a su hermano?

—Fui yo. Blackie, la señorita Blackett, la secretaria de mi hermano, iba conmigo, lo mismo que la señora Demery, la encargada de la limpieza. Subimos juntas.

—¿Quién de las tres fue la primera en entrar en la habitación?

—Yo.

—Entonces, si quiere mostrarme el camino. Su hermano, ¿solía subir en ascensor o por la escalera?

—Por la escalera. Pero normalmente no subía hasta el último piso. Eso es lo más extraordinario, que estuviese en el despacho de los archivos.

—Entonces subiremos por la escalera —dijo Dalgliesh.

—Después de encontrar el cuerpo de mi hermano, cerré la puerta con llave —le advirtió Claudia Etienne—. La llave la tiene lord Stilgoe. Me la pidió y se la di. ¿Por qué no, si le hacía feliz? Supongo que pensó que alguno de nosotros podía volver a subir y embrollar las pistas.

Lord Stilgoe ya se adelantaba hacia ellos.

—He creído correcto hacerme cargo de la llave, comandante. Tengo que hablar con usted en privado. Se lo advertí. Sabía que tarde o temprano aquí habría una tragedia.

Le tendió la llave, pero fue Claudia quien la cogió. Dalgliesh preguntó:

—Lord Stilgoe, ¿sabe usted cómo murió Gerard Etienne?

—No, desde luego. ¿Cómo iba a saberlo?

—Entonces, hablaremos más tarde.

—Pero he visto el cadáver, por supuesto. He creído que era mi deber. Abominable. Bien, ya se lo advertí. Es evidente que esta atrocidad forma parte de la campaña contra mí y contra mi libro.

Dalgliesh repitió:

—Más tarde, lord Stilgoe.

Como era habitual en él, no se apresuraba a examinar el cadáver. Kate sabía que, por rápido que respondiera a un aviso de asesinato, siempre llegaba con el mismo talante pausado. Le había visto alzar la mano para contener a un sargento de paisano en exceso entusiasta, mientras le decía: «No corra tanto, sargento. No es usted médico. No se puede resucitar a los muertos.»

Luego Dalgliesh se volvió hacia Claudia Etienne.

—¿Subimos?

La mujer se volvió hacia los tres socios, que, con lord Stilgoe, se habían agrupado en silencio como a la espera de instrucciones, y les indicó:

—Quizá sea mejor que me esperen en la sala de juntas. Yo iré en cuanto pueda.

Lord Stilgoe objetó, en un tono más razonable de lo que Kate se esperaba:

—Lo siento, comandante, pero me temo que no puedo esperar más. Por eso estaba citado con el señor Etienne a hora tan temprana. Quería comentar con él el tema de mis memorias antes de ingresar en el hospital para someterme a una pequeña operación. He de estar allí a las once. No quiero arriesgarme a perder la cama. Le telefonearé a usted mismo o al comisionado del Yard desde el hospital.

Kate se dio cuenta de que De Witt y Dauntsey acogían esta sugerencia con alivio.

El grupito cruzó el umbral del vestíbulo. En aquel primer momento de revelación Kate emitió una silenciosa exclamación de asombro. Por un instante se le trabó el paso, pero resistió la tentación de dejar correr demasiado libremente la vista. La policía siempre invadía la intimidad; era ofensivo comportarse como si una fuese una visitante de pago. Pero tenía la sensación de que en aquel momento único de revelación había percibido simultáneamente todos los detalles de la magnificencia de la habitación: los intrincados segmentos del suelo de mármol; las seis columnas de mármol jaspeado con sus capiteles de elegante relieve; la riqueza del techo pintado, un panorama de Londres en el siglo XVIII: puentes, chapiteles, torres, casas y navíos de altos mástiles, todo ello unificado por los confines azules del río; la elegante escalinata doble; la balaustrada que descendía en curva hasta terminar en bronces de muchachos risueños montados en delfines, que sostenían en alto los grandes globos de luz. A medida que subían la magnificencia se volvía menos aparente y el detalle decorativo más contenido, pero era entre dignidad, proporción y elegancia como ascendían resueltamente hacia la cruda profanación del asesinato.

En el tercer piso había una puerta forrada de fieltro verde que se hallaba abierta. Subieron por una escalera estrecha, Claudia Etienne en cabeza con Dalgliesh a su lado y Kate cerrando la marcha. La escalera torció a la derecha antes de que la última media docena de peldaños los condujera a un corredor de unos tres metros de anchura, con las puertas de rejilla de un ascensor a la izquierda de la entrada. La pared de la derecha carecía de puertas, pero había una cerrada en la de la izquierda y otra justo enfrente de ellos que estaba abierta.

—Ésta es la sala de los archivos, donde guardamos los papeles antiguos. Al despachito de los archivos se va por ahí.

Resultaba obvio que la sala de los archivos en otro tiempo había estado dividida en dos habitaciones, pero al demoler el tabique de separación había quedado una cámara muy larga que ocupaba casi toda la longitud de la casa. Las hileras de estanterías de madera, perpendiculares a la puerta y casi tan altas como el techo, estaban tan juntas que apenas había espacio para moverse entre ellas con comodidad. Entre hilera e hilera colgaban varias bombillas sin pantalla. La luz natural la proporcionaban seis ventanas alargadas por las cuales Kate pudo entrever el elaborado relieve en piedra de un barandal. Doblaron a la derecha, por el espacio de poco más de un metro que quedaba libre entre los extremos de las estanterías y la pared, y llegaron a otra puerta.

Claudia Etienne le entregó la llave a Dalgliesh sin decir nada. Al cogerla, él le pidió:

—Si puede soportar la idea de entrar de nuevo, me gustaría que confirmara que el cuerpo de su hermano y la habitación se encuentran exactamente igual que estaban la primera vez que entró. Si le parece demasiado angustioso, no se preocupe. Sería conveniente, pero no es esencial.

—No me importa —respondió ella—. Me resulta más fácil ahora que si tuviera que hacerlo mañana. Todavía no puedo creer que sea real. En todo esto no hay nada que me parezca real, nada que me dé esa sensación. Supongo que mañana habré asumido que lo es y que la realidad es definitiva.

Fueron sus palabras las que Kate encontró irreales. En su cadencia mesurada había una nota de falsedad, de histrionismo, como si las hubiera preparado de antemano. Pero se dijo que no debía apresurarse a juzgar. Era muy fácil interpretar equivocadamente la desorientación que produce el dolor. Sin duda sabía mejor que la mayoría cuán extraña e inadecuada puede resultar la primera reacción hablada ante la conmoción o la pena. Se acordó de la esposa de un conductor de autobús que había muerto apuñalado en un pub de Islington: su primera reacción había consistido en lamentar que aquella mañana no se hubiera cambiado de camisa ni hubiera ido a sellar la quiniela. Y sin embargo la mujer amaba a su marido y lo lloró sinceramente.

Dalgliesh introdujo la llave en la cerradura y la hizo girar con facilidad. Abrió la puerta. Del interior brotó como un miasma un acre olor gaseoso. El cadáver semidesnudo pareció saltar hacia ellos con la cruda teatralidad de la muerte y por un instante quedó suspendido en la irrealidad, una imagen extraordinaria y poderosa que teñía la quieta atmósfera.

El cuerpo se hallaba tendido de espaldas, con los pies hacia la puerta. Llevaba pantalón y calcetines grises. Los zapatos de fina piel negra parecían nuevos, pues las suelas estaban casi libres de arañazos. Era curioso, pensó Kate, cómo se fijaba una en esos detalles. De la cintura hacia arriba iba desnudo; y tenía una camisa blanca hecha una pelota en la mano derecha extendida. La serpiente de terciopelo le daba dos vueltas al cuello, la cola apoyada sobre el pecho, la cabeza embutida en la boca muy abierta. Sobre ésta, los ojos abiertos y vidriosos, inequívocamente los ojos de la muerte, en los que Kate por un instante creyó advertir una mirada de ofendida sorpresa. Todos los colores eran muy vivos, de un brillo poco natural. El intenso castaño oscuro del cabello, el artificial tono rojizo que teñía la cara y el pecho, la cruda blancura de la camisa, el verde enfermizo de la serpiente. La sensación de una fuerza física que emanaba del cuerpo fue tan poderosa que Kate retrocedió instintivamente y notó el blando impacto de su hombro contra el de Claudia.

—Lo siento —se disculpó, y la disculpa convencional se le antojó inadecuada aunque sólo se refiriese a ese breve contacto físico.

Entonces la imagen se desvaneció y volvió a afirmarse la realidad. El cadáver se transformó en lo que era, carne muerta al desnudo, adornada grotescamente, expuesta como en un escenario.

Y entonces, de una mirada rápida desde el umbral, captó los detalles de la habitación. Era pequeña, de apenas dos metros y medio por poco más de tres y medio, y deprimente como un barracón de ejecución, el suelo de madera al descubierto, las paredes desnudas. Había una ventana estrecha y bastante alta, perfectamente cerrada, y una sola bombilla blanca con pantalla colgada en mitad del techo. Del marco de la ventana pendía un cordón roto de unos siete u ocho centímetros de longitud. A la izquierda de la ventana había una pequeña chimenea victoriana recubierta de azulejos de colores con frutas y flores. En algún momento se había desmontado la reja para sustituirla por una anticuada estufa de gas. Pegada a la pared de enfrente había una mesita de madera con un flexo moderno de color negro y dos bandejas metálicas, cada una de las cuales contenía unos cuantos sobres de papel marrón muy usados. Kate, con la sensación de que había algún detalle incongruente, buscó el trozo restante del cordón de la ventana y lo descubrió debajo de la mesa, como si alguien lo hubiera desplazado inadvertidamente con el pie o hubiera querido quitarlo de en medio. Claudia Etienne seguía de pie a su lado. Kate se fijó en su inmovilidad, en su respiración superficial y controlada.

—¿Estaba así la habitación? ¿Le llama la atención algo que antes no se la llamara? —preguntó Dalgliesh.

—Está todo igual —respondió ella—. ¿Cómo iba ser de otro modo? Al salir cerré la puerta con llave. No me fijé mucho en la habitación cuando..., cuando lo encontré.

—¿Tocó el cuerpo?

—Me arrodillé junto a él y le toqué la cara. Estaba muy frío, pero antes de tocarlo ya sabía que estaba muerto. Permanecí arrodillada cuando las otras se fueron, creo... —Hizo una pausa y prosiguió con voz resuelta—: Apoyé brevemente mi mejilla en la suya.

—¿Y el cuarto?

—Ahora lo encuentro extraño. No subo con frecuencia; la última vez fue cuando encontré el cuerpo de Sonia Clements, pero lo veo distinto, más vacío, más limpio. Y falta una cosa: la grabadora. Gabriel, el señor Dauntsey, le dicta al aparato y suele dejarlo sobre la mesa. Además, la primera vez que entré no vi que el cordón de la ventana estuviera roto. ¿Dónde está el trozo que falta? ¿Está Gerard acostado encima?

—Está debajo de la mesa —contestó Kate.

Claudia Etienne lo miró y comentó:

—Qué curioso. Sería más lógico que estuviera debajo de la ventana.

Se tambaleó y Kate alargó el brazo para ayudarla, pero la joven se rehízo y la contuvo con un gesto.

—Gracias por subir con nosotros, señorita Etienne —dijo Dalgliesh—. Sé que no ha sido fácil. Eso es todo lo que quería preguntarle, por el momento. Kate, por favor...

Pero antes de que Kate pudiera moverse, Claudia Etienne se adelantó.

—No me toque. Soy perfectamente capaz de bajar la escalera yo sola. Estaré con los demás en la sala de juntas, si me necesita de nuevo.

Pero su descenso por la estrecha escalera se vio obstaculizado. Se oyó un rumor de voces masculinas, de pasos rápidos y ligeros. Al cabo de unos segundos, Daniel Aaron entró apresuradamente en la habitación, seguido de dos policías del departamento de investigación de la escena del crimen, Charlie Ferris y su ayudante.

—Siento llegar tarde, señor. Estaba muy mal el tráfico en Whitechapel Road.

Su mirada se cruzó con la de Kate y Daniel le dedicó un encogimiento de hombros y una fugaz sonrisa apesadumbrada. Kate lo apreciaba y lo respetaba. No le resultaba difícil trabajar con él. Comparado con Massingham, era una mejora desde cualquier punto de vista, pero, al igual que a Massingham, nunca le complacía descubrir que Kate había llegado a la escena del crimen antes que él.

21

Los cuatro socios se habían congregado en la sala de juntas del primer piso menos por un designio deliberado que por la sensación no formulada de que era más prudente permanecer juntos, oír qué palabras pronunciaban los demás, sentir al menos el solaz espurio de la camaradería humana, no retirarse a un aislamiento sospechoso. Pero allí no tenían nada que hacer y ninguno estaba dispuesto a ordenar que le trajesen expedientes, documentos o material de lectura, por miedo a que el gesto se interpretara como una muestra de encallecida indiferencia. La casa parecía curiosamente silenciosa. En algún lugar, lo sabían, los escasos empleados que aún seguían en el edificio debían de estar conferenciando, discutiendo, conjeturando. Ellos también tenían que discutir asuntos, acordar una redistribución provisional del trabajo, pero hacerlo en aquellos momentos les parecía una falta de sensibilidad tan brutal como robarle a un muerto.

Al principio, sin embargo, su espera no fue larga. A los diez minutos de su llegada a la casa, apareció el comandante Dalgliesh con la inspectora Miskin. Mientras la alta y oscura figura se acercaba a la mesa en silencio, cuatro pares de ojos se volvieron y lo contemplaron con expresión seria, como si su presencia, deseada y medio temida al mismo tiempo, fuera una intrusión en su aflicción compartida. Permanecieron inmóviles mientras él apartaba una silla para la inspectora y tomaba asiento a su vez, las manos apoyadas sobre la mesa.

—Lamento haberles hecho esperar, pero me temo

que tras una muerte sin explicación es inevitable que haya esperas y molestias —comenzó—. Tendré que hablar con cada uno de ustedes por separado, pero confío en no tardar demasiado en concluir estas entrevistas. ¿Hay algún cuarto en la casa con un teléfono que pueda utilizar sin causar demasiados trastornos? Sólo lo necesitaré para el resto del día. Instalaremos el centro de operaciones en la comisaría de policía de Wapping.

Fue Claudia quien respondió:

—Si ocupara toda la casa durante un mes, los trastornos serían leves en comparación con el trastorno de un asesinato.

—Si es un asesinato —intervino De Witt con voz queda, y pareció que la habitación, ya en silencio, se volvía más silenciosa aún mientras aguardaban su respuesta.

—No conoceremos con certeza la causa de la muerte hasta después de la autopsia. El patólogo forense estará aquí dentro de poco y entonces sabré cuándo es probable que disponga de esa información. Es posible que además haya que realizar algunos análisis de laboratorio, que también llevan su tiempo.

—Puede utilizar el despacho de mi hermano —dijo Claudia—. Parece lo más adecuado. Está en la planta baja, entrando a la derecha. Para llegar allí hay que pasar por el despacho de su secretaria, pero la señorita Blackett puede dejarlo libre si eso plantea algún inconveniente. ¿Necesita algo más?

—Querría, por favor, una lista de todos los empleados actuales y los despachos que ocupan, así como el nombre de cualquiera que haya dejado la empresa, pero estuviera trabajando en ella durante todo el período de actuación del bromista. Tengo entendido que han realizado ustedes una investigación sobre estos incidentes. Necesito conocer los detalles y todo lo que hayan podido descubrir sobre ellos.

—Así que está usted enterado —señaló De Witt.

—Se informó a la policía. También me sería útil disponer de un plano del edificio.

—Hay uno en los archivos —dijo Claudia—. Hace un par de años hicimos algunas reformas interiores y el arquitecto trazó planos nuevos del interior y el exterior. Los dibujos originales de la casa y la decoración están en los archivos, pero supongo que su interés no es puramente arquitectónico.

—En estos momentos, no. ¿Con qué medidas de seguridad cuenta el edificio? ¿Quién tiene las llaves?

Respondió de nuevo la señorita Etienne:

—Cada uno de los socios tiene un juego de llaves de todas las puertas. La entrada principal da a la terraza y al río, pero sólo se utiliza ya en las grandes ocasiones, cuando la mayoría de los invitados llega en lancha. No suelen ser muy frecuentes, en estos tiempos. La última fue el diez de julio, cuando combinamos la fiesta anual de verano con la celebración del compromiso de mi hermano. La puerta de Innocent Walk es la principal que da a la calle, pero apenas se utiliza. Debido a la peculiar distribución de la casa, obliga a pasar por los aposentos del servicio y la cocina. Siempre está cerrada con llave y cerrojo. Ahora lo está; lord Stilgoe examinó las puertas antes de que llegaran ustedes. —Dio la impresión de que iba a hacer algún comentario sobre las actividades de lord Stilgoe, pero se contuvo y prosiguió—: Normalmente utilizamos la puerta lateral que da a Innocent Lane, por donde han entrado ustedes. Por lo general permanece abierta durante el día, mientras George Copeland está en la centralita. George tiene llave de esa puerta, pero no de la puerta de atrás ni de la que da al río. La alarma antirrobo se controla desde un cuadro de mandos que hay junto a la centralita. Las puertas y las ventanas de los tres pisos están cerradas. Es un sistema bastante rudimentario, me temo, pero en realidad nunca hemos tenido problemas de robo. La casa en sí, naturalmente, posee un valor casi inestimable, pero pocos de los cuadros son originales, por ejemplo. En el despacho de Gerard hay una gran caja fuerte y, después de un incidente en el que alguien manipuló las pruebas de imprenta del libro de lord Stilgoe, hicimos instalar armarios con cerradura en tres despachos y bajo el mostrador de recepción, para poder guardar bajo llave los manuscritos y papeles importantes cuando cerramos por la noche.

—Y normalmente, ¿quién llega primero por la mañana y abre el edificio?

—Suele ser George Copeland —respondió Gabriel Dauntsey—. Empieza la jornada a las nueve y a esa hora ya suele estar ante la centralita. Es una persona de confianza. Si se retrasa, como alguna vez puede ocurrir ya que vive al sur del río, lo más probable es que seamos la señorita Peverell o yo. Tenemos apartamentos independientes en el número doce, es decir, el edificio que hay a la izquierda de Innocent House. Es un poco aleatorio. Quien llega primero, abre la puerta y desconecta la alarma. La puerta de Innocent Lane tiene una cerradura Yale y otra de seguridad. Esta mañana el primero en llegar ha sido George, como de costumbre, y ha podido entrar utilizando únicamente la llave de la Yale. El sistema de alarma también estaba desconectado, así que, naturalmente, supuso que ya había llegado alguno de nosotros.

—¿Quién de ustedes cuatro fue el último en ver al señor Etienne? —inquirió Dalgliesh.

—Yo —respondió Claudia—. Antes de salir fui a su despacho para hablar con él, justo antes de las seis y media. Normalmente los jueves solía quedarse trabajando. Aún estaba sentado ante su escritorio. Quizás hubiera alguien más en el edificio a aquella hora, pero creo que ya se habían marchado todos. Evidentemente, no lo comprobé ni registré la casa.

—¿Era de dominio público que su hermano se quedaba a trabajar todos los jueves?

—Se sabía en la oficina. Seguramente otras personas también lo sabían.

—¿Lo encontró como de costumbre? —prosiguió Dalgliesh—. ¿No le dijo que tuviera intención de trabajar en el despachito de los archivos?

—Lo encontré exactamente igual que de costumbre y no mencionó para nada el despachito de los archivos. Por lo que yo sé, no creo que visitara nunca esa habitación. No tengo la menor idea de por qué subió allí ni por qué murió allí, si es que realmente murió allí.

Los cuatro pares de ojos se clavaron otra vez en el rostro de Dalgliesh. Él no hizo ningún comentario. Tras plantear formalmente la esperada pregunta de si conocían a alguien que pudiera desear la muerte de Etienne y recibir sus breves e igualmente esperadas respuestas, se levantó de la silla y la mujer policía, que no había dicho nada en todo el rato, también se levantó. A continuación, Dalgliesh les dio las gracias calmadamente y ella se hizo un poco a un lado para que él fuera el primero en pasar por la puerta.

Cuando se hubieron marchado reinó el silencio durante medio minuto, hasta que De Witt comentó:

—No es precisamente el tipo de policía al que uno le pregunta la hora. Personalmente, creo que ya resulta bastante aterrador para los inocentes, así que sabe Dios qué impresión les causará a los culpables. ¿Lo conoces, Gabriel? Después de todo, os dedicáis al mismo oficio.

Dauntsey alzó la mirada y contestó:

—Conozco su obra, naturalmente, pero creo que no nos habíamos visto nunca. Es un excelente poeta.

—Oh, eso lo sabemos todos. Lo que me extraña es que nunca hayas intentado quitárselo a su editor. Esperemos que sea igualmente bueno como investigador.

—Es curioso que no nos haya preguntado nada sobre la serpiente, ¿verdad? —dijo Frances.

—¿Qué ocurre con la serpiente? —replicó Claudia bruscamente.

—No nos ha preguntado si sabíamos algo de eso.

—Oh, ya lo hará —dijo De Witt—. Créeme, ya lo hará.

22

En el despachito de los archivos, Dalgliesh preguntó:

—¿Ha podido hablar con el doctor Kynaston, Kate?

—No, señor. Está en Australia, visitando a su hijo. Vendrá el doctor Wardle. Estaba en el laboratorio, así que no creo que tarde en llegar.

La investigación no comenzaba bajo los mejores auspicios. Dalgliesh estaba acostumbrado a trabajar con Miles Kynaston, al que apreciaba como persona y respetaba como uno de los patólogos forenses más prestigiosos del país, si no el que más. Había dado por supuesto, quizá de un modo irrazonable, que sería Kynaston el que se acuclillaría junto a este cadáver, los rollizos dedos de Kynaston enfundados en guantes de látex, finos como una segunda piel, los que se moverían sobre el cuerpo con tanta delicadeza como si aquellos miembros yertos aún pudieran tensarse bajo su mano escudriñadora. Reginald Wardle era un patólogo forense perfectamente capaz; no lo habría contratado la policía metropolitana si no lo fuera. Haría un buen trabajo. Su informe sería tan minucioso como el de Kynaston y no se haría esperar. En el estrado de los testigos, si llegaba el caso, sería igualmente eficaz, cauto pero preciso, inconmovible bajo el interrogatorio. Sin embargo, Dalgliesh siempre lo había encontrado irritante y sospechaba que esta ligera antipatía, no lo bastante intensa para llamarla aversión ni para perjudicar su colaboración, era mutua.

Cuando se le llamaba, Wardle acudía con presteza a la escena del crimen —en este sentido no se le podía censurar—, pero invariablemente entraba paseando con ociosa despreocupación, como para demostrar la escasa importancia de la muerte violenta, y de ese cadáver en particular, en su esquema personal de las cosas. Tenía propensión a suspirar y chasquear con la lengua mientras examinaba el cuerpo, como si el problema que éste planteaba fuera más fastidioso que interesante y apenas justificara que la policía le hubiese arrancado de las preocupaciones más inmediatas de su laboratorio. En la escena del crimen proporcionaba un mínimo de información, tal vez por cautela natural, aunque demasiado a menudo se las arreglaba para dar la impresión de que la policía lo presionaba de un modo irrazonable para que formulara un juicio prematuro. Las palabras que con más frecuencia pronunciaba ante un cadáver eran: «Habrá que esperar, comandante, habrá que esperar. Pronto lo tendré en la mesa y entonces lo sabremos.»

Además, sabía promocionarse bien. En la escena del crimen podía parecer un colega aburrido y renuente, pero luego resultaba ser un brillante orador de sobremesa y probablemente disfrutaba de más comidas gratis que la mayoría de los miembros de su profesión. Dalgliesh, al que le resultaba difícil creer que alguien pudiera ofrecerse voluntario para asistir a una cena prolongada y habitualmente mediocre —y mucho menos disfrutarla—, por la satisfacción de ponerse en pie al terminarla, añadía en privado este dato a la lista de pequeñas fechorías de Wardle. Sin embargo, una vez en su sala de autopsias, el doctor Wardle era otro hombre. Allí, acaso porque se encontraba en su reino reconocido, parecía enorgullecerse de manifestar su considerable habilidad y se mostraba muy bien dispuesto a compartir opiniones y proponer teorías.

Dalgliesh había trabajado otras veces con Charlie Ferris y se alegraba de verlo. Su apodo de «el Hurón» pocas veces se utilizaba en su presencia, pero era quizás un sobrenombre demasiado adecuado para prescindir de él por completo. Tenía unos ojillos penetrantes de pestañas muy claras, una nariz alargada sensible a todos los matices del olfato y unos dedos minúsculos y exigentes capaces de recoger objetos pequeños como por magnetismo. En el trabajo presentaba una apariencia excéntrica y a veces grotesca; el atuendo que prefería para la búsqueda se componía de unos ajustados pantalones de algodón, largos o cortos, un suéter, guantes de cirujano y un gorro de natación de goma. Su credo profesional era que ningún asesino abandona la escena del crimen sin depositar alguna evidencia física, y su tarea consistía en encontrarla.

—La búsqueda de costumbre, Charlie —comentó Dalgliesh—, pero necesitaremos un ingeniero que desmonte la estufa de gas y redacte un informe. Dígales que es urgente. Si el cañón está obstruido con escombros, que los manden al laboratorio junto con muestras de cualquier pieza suelta del revestimiento interior de la chimenea. Es una estufa de gas muy antigua de las que se usaban para los cuartos de los niños, con llave de paso extraíble. No sé si ahí encontraremos alguna huella útil, casi seguro que no. Habrá que examinar todas las superficies de la chimenea en busca de huellas. El cordón de la ventana es importante. Me gustaría saber si se rompió por el desgaste natural o si lo han deshilachado deliberadamente. Dudo que pueda decirse con certeza, pero quizás el laboratorio sirva de ayuda.

Dejándolos enfrascados en su tarea, se arrodilló junto al cuerpo, lo examinó atentamente durante unos instantes y luego extendió la mano y le tocó la mejilla. ¿Eran su imaginación y la rubicundez de la piel las que la hacían parecer ligeramente tibia al tacto? ¿O acaso el calor de los dedos había prestado durante unos segundos una vida espuria a la carne muerta? Desplazó la mano hacia la mandíbula procurando no desalojar la serpiente. La carne estaba blanda y el hueso se movió bajo su suave apremio.

Se volvió hacia Kate y Dan.

—A ver qué les dice esta mandíbula. Con cuidado. Quiero que la serpiente siga en su sitio hasta después de la autopsia.

Se arrodillaron por turno, primero Kate y luego Daniel; tocaron la mandíbula, examinaron detenidamente la cara, apoyaron las manos sobre el tronco desnudo.

—La rigidez cadavérica está bien establecida en la parte superior del cuerpo, pero la mandíbula está suelta —dijo Daniel.

—Lo cual quiere decir...

Fue Kate quien concluyó la frase.

—Que alguien rompió la rigidez de la mandíbula varias horas después de la muerte. Es de suponer que tuvo que hacerlo a fin de meterle la serpiente en la boca. Pero ¿por qué se tomó la molestia? ¿Por qué no se limitó a enroscarla en torno al cuello? Hubiera producido el mismo efecto.

—Pero no sería tan espectacular —objetó Daniel.

—Puede ser. Pero ahora sabemos que alguien manipuló el cadáver varias horas después de la muerte. Pudo ser el asesino, si es que se trata de un asesinato. Pudo ser otra persona. Si la serpiente hubiera estado enroscada al cuello y nada más, nunca habríamos sospechado que hubo una segunda visita a la escena.

—Tal vez sea precisamente lo que el asesino quería que supiéramos —observó Daniel.

Dalgliesh estudió la serpiente con interés. Medía aproximadamente un metro y medio de largo y resultaba evidente que estaba destinada a evitar corrientes de aire. La parte superior del cuerpo era de terciopelo a rayas y la inferior de otro género más resistente de color marrón. Bajo la suavidad del terciopelo se notaba granulosa al tacto.

Se oyeron unos pasos de alguien que cruzaba lentamente la sala de los archivos. Daniel comentó:

—Parece que ya ha llegado el doctor Wardle.

El forense medía más de un metro noventa, y su imponente cabeza se proyectaba sobre unos hombros anchos y huesudos de los que la chaqueta, ligera y mal adaptada al cuerpo, colgaba como suspendida de una percha de alambre. Tanto por la nariz aguileña y manchada, como por la voz tonante y los ojos rápidos y perspicaces dominados por unas pobladas cejas tan exuberantes y vigorosas que parecían tener vida propia, toda su apariencia correspondía al estereotipo de un coronel irascible. Su estatura hubiera podido representar un inconveniente para un trabajo en el que a menudo los cadáveres yacían ocultos en zanjas, alcantarillas, armarios y tumbas improvisadas, pero su voluminoso cuerpo podía introducirse con inesperada facilidad, e incluso con gracia, en los lugares de más difícil acceso. Al entrar, contempló la habitación como si deplorase su austera sencillez y el poco atractivo asunto que lo había arrancado de su microscopio, y enseguida se arrodilló junto al cuerpo y exhaló un lúgubre suspiro.

—Querrá usted que le diga el momento aproximado de la muerte, por supuesto. Ésa es siempre la primera pregunta después de «¿Está muerto?», y, sí, está muerto. En eso estamos todos de acuerdo. El cuerpo ya frío, la rigidez cadavérica plenamente establecida. Hay una excepción interesante, pero ya hablaremos de ella más tarde. Todo parece indicar que lleva de trece a quince horas muerto. En la habitación hace más calor del que sería de esperar en esta época del año. ¿Han tomado la temperatura? Veinte grados. Eso, junto con el hecho de que el metabolismo probablemente era muy pronunciado en el momento de la muerte, ha podido retrasar el inicio de la rigidez. Sin duda habrán comentado ya entre ustedes la interesante anomalía. Aun así, hábleme de ella, comandante, hábleme de ella. O usted, inspectora. Veo que lo está deseando.

A Dalgliesh no le habría extrañado que añadiera: «Sería demasiado esperar que se abstuvieran de tocarlo.» Miró a Kate, que respondió:

—La mandíbula está floja. La rigidez cadavérica se inicia en la cara, la mandíbula y el cuello entre cinco y siete horas después de la muerte, y queda plenamente establecida a las dieciocho horas. Luego desaparece en la misma secuencia. Eso quiere decir que, o bien está desapareciendo ya en la mandíbula, lo cual indicaría que la muerte se produjo unas seis horas antes de lo calculado, o bien que le abrieron la boca por la fuerza. Yo diría, casi con plena certeza, que lo segundo. Los músculos faciales no están flojos.

—A veces me pregunto, comandante —replicó Wardle—, por qué se molesta en llamar a un patólogo.

Kate prosiguió sin amilanarse.

—Lo cual quiere decir que le metieron la cabeza de la serpiente en la boca no en el momento de morir, sino entre cinco y siete horas más tarde, por lo menos. De manera que la muerte no se produjo por asfixia, o en todo caso no por causa de la serpiente. Aunque no lo hemos creído en ningún momento.

—La coloración y la posición del cuerpo sugieren que murió boca abajo y que posteriormente le dieron la vuelta. Sería interesante saber por qué —añadió Dalgliesh.

—¿Quizá porque así resultaba más fácil colocar la serpiente y meterle la cabeza en la boca? —sugirió Kate.

—Quizá.

Dalgliesh no dijo más y el doctor Wardle reanudó el examen. Ya se había entrometido en el terreno del patólogo más de lo que era prudente. Apenas albergaba duda alguna sobre la causa de la muerte y se preguntaba si el silencio de Wardle no se debería más a la perversidad que a la cautela. No era el primer caso que ambos habían visto de intoxicación por monóxido de carbono. La lividez cadavérica, más pronunciada que de costumbre debido a la mayor lentitud en la extravasación de la sangre, y la coloración rojo cereza de la piel, tan intensa que el cuerpo parecía pintado, eran inconfundibles y sin duda concluyentes.

—Un caso de manual, ¿no es cierto? —observó Wardle—. No creo que hagan falta un patólogo forense y un comandante de la policía metropolitana para diagnosticar envenenamiento por monóxido de carbono. Pero no nos entusiasmemos demasiado. Será mejor que lo pongamos en la mesa, ¿no cree? Así las sanguijuelas del laboratorio podrán extraerle muestras de sangre y darnos una respuesta en la que podamos confiar. ¿Quiere que dejemos la serpiente en la boca?

—Creo que sí. Preferiría que quedara como está hasta el momento de la autopsia.

—Que sin duda querrá que se practique de inmediato, si no antes.

—¿No es así siempre?

—Puedo hacerla esta tarde. Teníamos que ir a una cena, pero la anfitriona la ha cancelado. Un repentino ataque de gripe, o eso dice. A las seis y media en el depósito de costumbre, si puede usted llegar a tiempo. Les telefonearé para que lo tengan todo preparado. ¿Ya viene hacia aquí el furgón de la carne?

—Llegará de un momento a otro —respondió Kate.

Dalgliesh sabía muy bien que el patólogo empezaría a hacer la autopsia tanto si él llegaba a tiempo como si no, aunque, naturalmente, estaría presente. No había esperado que Wardle se mostrara tan complaciente, pero ello le hizo recordar que, a la hora de la verdad, siempre lo era.

23

Nada más ver a la señora Demery, Dalgliesh tuvo la certeza que no tendría problemas con ella; ya había tratado antes con otras de su especie. Las señoras Demery, según su experiencia, no tenían complejos acerca de la policía, de la que en general suponían que trabajaba bien y de su parte, pero tampoco veían ningún motivo para tratarla con respeto exagerado ni para atribuir a los agentes varones más sentido común del que normalmente poseía el resto de su género. Eran, sin duda, tan propensas a mentir como cualquier otro testigo cuando se trataba de proteger a los suyos, pero su carácter íntegro y su carencia de imaginación las impulsaban a decir la verdad —que a fin de cuentas era lo menos complicado— y, una vez dicha, no hallaban razón para torturarse la conciencia con dudas sobre sus propios motivos o sobre las intenciones de las demás personas. Dalgliesh sospechaba que encontraban a los hombres un poco ridículos, sobre todo cuando se ataviaban con togas y pelucas y se lanzaban a pontificar en tono arrogante utilizando un lenguaje fuera del alcance de la gente común, y que no estaban dispuestas a dejarse sermonear, intimidar ni desairar por tan exasperantes personajes.

Ahora Dalgliesh tenía sentado ante sí a un nuevo ejemplar de esta excelente especie, que lo examinaba abiertamente con ojos luminosos e inteligentes. El cabello, obviamente recién teñido, era de un vivo naranja dorado, peinado en un estilo que podía verse en las fotografías de la época eduardiana: firmemente recogido en la nuca y los lados, con un flequillo de encrespados rizos que le caía sobre la frente. Al fijarse en su afilada nariz y sus ojos brillantes y ligeramente exoftálmicos, a la mente de Dalgliesh acudió la imagen de un perro de lanas exótico e inteligente.

Sin esperar a que él diera comienzo a la conversación, la señora Demery le anunció:

—Yo conocí a su papá, señor Dalgliesh.

—¿Ah, sí? ¿Cuándo, señora Demery? ¿Durante la guerra?

—Sí, eso mismo. Nos evacuaron a su pueblo, a mi hermano gemelo y a mí. ¿Se acuerda de los gemelos Carter? Bueno, es imposible que se acuerde, claro. Entonces no era usted ni una chispita en los ojos de su padre. ¡Qué caballero más encantador! No nos alojaron en la rectoría porque allí tenían a las madres solteras. Nos llevaron a casa de la señorita Pilgrim. ¡Ay, Dios, qué espantoso era aquel pueblo, señor Dalgliesh! No sé cómo pudo usted soportarlo; cuando era un niño, quiero decir. Me quitó las ganas de campo para toda la vida el pueblo aquel. Barro, lluvia y esa peste tan horrible de las granjas. ¡Y qué aburrimiento!

—Supongo que, para unos niños de ciudad, no debía de haber mucho que hacer.

—Yo no diría eso. Cosas que hacer había, vaya que sí, pero a la que empezabas a hacerlas te metías en un buen lío.

—¿Como construir un dique en el arroyo del pueblo, por ejemplo?

—¡Así que ha oído hablar de eso! ¿Cómo íbamos a figurarnos que se inundaría la cocina de la señora Piggott y se ahogaría su viejo gato? Pero es curioso que lo sepa.

El rostro de la señora Demery expresaba la más viva satisfacción.

—Usted y su hermano forman parte del folclore local, señora Demery.

—¿De veras? Eso está bien. ¿Se acuerda de los cerditos del señor Stuart?

—El señor Stuart se acuerda. Ya tiene más de ochenta años, pero hay cosas que se graban para siempre en la memoria.

—Iba a ser una carrera estupenda. Pusimos a los condenados animalitos más o menos alineados, pero luego se desparramaron por todo el pueblo. Bueno, más que nada por toda la carretera de Norwich. Pero, Dios mío, ¡qué espantoso era aquel pueblo! ¡Qué silencio! Por la noche no nos dejaba dormir tanto silencio. Era como estar muertos. ¡Y qué oscuridad! Nunca había visto una oscuridad como aquélla. Era como si te echaran por encima una manta de lana negra hasta que te ahogabas. Billy y yo no podíamos soportarla. Nunca habíamos tenido pesadillas hasta que nos evacuaron. Cuando venía nuestra mamá a visitarnos no parábamos de llorar a gritos. Me acuerdo muy bien de aquellas visitas: mamá arrastrándonos por aquel camino aburrido y Billy y yo chillando que queríamos volver a casa. Le decíamos que la señorita Pilgrim no nos daba de comer y que siempre nos perseguía con la zapatilla. Y lo de la comida era verdad; en todo el tiempo que estuvimos allí no comimos una patata frita como Dios manda. Al final mamá nos hizo volver a casa para que no le diéramos más la lata. Ahí ya se arregló la cosa. Nos lo pasábamos en grande, sobre todo cuando empezaron los bombardeos. Teníamos uno de aquellos refugios en el jardín, y ¡qué bien que estábamos allí con mamá, la abuela, la tía Edie y la señora Powell del número cuarenta y dos cuando le bombardearon la casa!

—¿Y no estaba muy oscuro el refugio? —preguntó Dalgliesh.

—Teníamos las linternas, ¿no? Y cuando no era el momento mismo del bombardeo se podía salir a mirar los focos antiaéreos. ¡Qué bonito quedaba el cielo con todas aquellas luces! ¡Y qué ruido! Aquellos cañones..., bueno, era como si un gigante estuviera rasgando trozos de plancha ondulada. Bueno, como decía mamá, si les das a tus hijos una infancia feliz, no hay mucho que la vida pueda hacerles luego.

Dalgliesh tuvo la sensación de que sería vano discutir esta optimista visión de la educación infantil. Se disponía a sugerir diplomáticamente que ya era hora de abordar el objeto de su conversación, pero la señora Demery se le adelantó.

—Bueno, ya está bien de hablar de los viejos tiempos. Estará usted deseando preguntarme por este asesinato.

—¿Es ésa la impresión que le ha dado, señora Demery? ¿Que se trata de un asesinato?

—Es de lógica, ¿no? No pudo ponerse él mismo esa serpiente al cuello. ¿Lo estrangularon?

—No sabremos cómo murió hasta que tengamos el resultado de la autopsia.

—Bueno, pues a mí me pareció que lo habían estrangulado, con toda la cara de color rosa y esa serpiente metida en la boca. Ahora que, mire lo que le digo, no había visto nunca un muerto que tuviera tan buen aspecto. Tenía mejor cara muerto que cuando vivía, y cuando vivía tenía muy buena cara. Era un hombre guapo, vaya que sí. Siempre me recordó un poco a Gregory Peck de joven.

Dalgliesh le pidió que describiera con exactitud todo lo ocurrido desde su llegada a Innocent House.

—Vengo todos los días laborables de nueve a cinco, menos los miércoles. Los miércoles vienen de la agencia de limpieza de oficinas La Superior, dicen que para hacer una limpieza a fondo de todo el edificio. La Superior, así se llaman, pero les quedaría mejor La Inferior. Supongo que hacen lo que pueden, pero no es lo mismo que si tuvieran un interés personal por el trabajo. George viene media hora antes y les abre la puerta. Normalmente suelen acabar hacia las diez.

—¿Y a usted quién le abre, señora Demery? ¿Tiene las llaves?

—No. El anciano señor Etienne propuso dármelas,

pero no quise tener esa responsabilidad. Ya hay demasiadas llaves en mi vida. Normalmente suele abrir George; o, si no, el señor Dauntsey o la señorita Frances. Según quién llegue antes. Esta mañana no estaban ni la señorita Peverell ni el señor Dauntsey, pero me ha abierto George, que ya estaba aquí, así que he empezado a limpiar tranquilamente la cocina. No ha pasado nada hasta justo antes de las nueve, cuando ha llegado ese lord Stilgoe diciendo que tenía una cita con el señor Gerard.

—¿Estaba usted presente cuando llegó lord Stilgoe?

—Pues mire, sí. Estaba charlando un poco con George. Lord Stilgoe no se puso muy contento al saber que no había nadie en la casa, aparte del recepcionista y de mí. George empezó a llamar a los distintos despachos para ver si encontraba al señor Gerard, y estaba diciéndole a lord Stilgoe que sería mejor que esperase en recepción cuando llegó la señorita Etienne. La señorita le preguntó a George si Gerard estaba en su despacho y George le dijo que había llamado, pero que no contestaba nadie, así que la señorita Etienne fue a ver si estaba y lord Stilgoe y yo la seguimos. La chaqueta del señor Gerard estaba sobre el respaldo del sillón, y el sillón apartado del escritorio, lo que me pareció un poco raro. Luego ella miró en el cajón de la derecha y encontró las llaves. El señor Gerard siempre dejaba sus llaves allí cuando estaba en el despacho. Es un manojo bastante pesado y no le gustaba llevar tanto peso en el bolsillo de la chaqueta. La señorita Claudia dijo: «Tiene que estar aquí; a lo mejor está en el número diez con el señor Bartrum», así que volvimos a recepción y George dijo que ya había llamado al número diez. El señor Bartrum estaba en su despacho, pero no había visto al señor Gerard, aunque tenía el Jaguar allí. El señor Gerard siempre dejaba el coche aparcado en Innocent Passage porque era más seguro. De manera que la señorita Claudia dijo: «Tiene que estar aquí. Será mejor que empecemos a buscarlo.» A estas alturas ya había llegado la primera lancha, y luego aparecieron la señorita Frances y el señor Dauntsey.

—¿Le pareció preocupada la señorita Etienne?

—Más bien intrigada, si me comprende. Le dije: «Bueno, he mirado en toda la planta baja y al fondo de la casa, y en la cocina no está.» Y la señorita Claudia dijo algo así como que no era muy probable que estuviera allí, ¿verdad?, y empezó a subir la escalera, y yo me fui detrás de ella con la señorita Blackett.

—No me ha dicho que la señorita Blackett estuviera en la casa.

—¿Ah, no? Pues ya estaba, había llegado con la lancha. Claro que una ya no se fija tanto en ella, ahora que no está el anciano señor Peverell. Pero el caso es que estaba, aunque todavía llevaba puesto el abrigo, y subió la escalera con nosotras.

—¿Tres mujeres para buscar a un solo hombre?

—Bueno, así fue la cosa. Supongo que yo subí por curiosidad. Por una especie de instinto, en realidad. Pero no sé por qué subió la señorita Blackett; tendrá que preguntárselo a ella. La señorita Claudia dijo: «Empezaremos a buscar por arriba», y eso fue lo que hicimos.

—Entonces, ¿fue directamente a la sala de los archivos?

—Exacto, y de allí al despachito que hay al fondo. La puerta no estaba cerrada con llave.

—¿Cómo la abrió, señora Demery?

—¿Qué quiere decir? La abrió como se abren siempre las puertas.

—¿La abrió toda de golpe? ¿La abrió despacio? ¿Diría usted que se mostraba aprensiva?

—No, que yo me fijara. La abrió sin más. Y, bueno, ahí estaba él. Tirado de espaldas con toda la cara rosa y esa serpiente enroscada al cuello y con la cabeza dentro de la boca. Tenía los ojos abiertos y una mirada muy fija. ¡Era horrible! Yo enseguida me di cuenta de que estaba muerto, fíjese lo que le digo, pero, como ya le he dicho, nunca lo había visto con mejor aspecto. La señorita Claudia se le acercó y se arrodilló a su lado. Luego dijo: «Vayan a llamar a la policía. Y fuera de aquí las dos.» Bastante brusca, la verdad. Claro que era su hermano. Yo enseguida me doy cuenta cuando no me quieren en un sitio, así que me fui. Tampoco tenía tanto interés en quedarme.

—¿Y la señorita Blackett?

—Estaba justo detrás de mí. Pensé que iba a ponerse a chillar, pero lo que hizo fue soltar una especie de gemido agudo. Le pasé un brazo por los hombros. Estaba temblando de una manera espantosa. Le dije: «Vamos, querida, vamos, aquí no puede hacer nada.» Así que nos fuimos escaleras abajo. Me pareció que llegaríamos antes que con el ascensor, que siempre se atasca, pero puede que hubiera sido mejor ir en ascensor. Me costó bastante hacerle bajar la escalera, de tanto como temblaba. Y un par de veces casi se le doblaron las piernas. Hubo un momento en que pensé que tendría que dejarla en el suelo y bajar a pedir ayuda. Cuando llegamos al último tramo, estaban lord Stilgoe, el señor De Witt y todos los demás allí mirándonos. Supongo que al verme la cara y el estado en que estaba la señorita Blackett se dieron cuenta de que había pasado algo muy malo. Entonces se lo dije. Me pareció que al principio no podían creérselo, y entonces el señor De Witt echó a correr escaleras arriba con lord Stilgoe, y el señor Dauntsey detrás de ellos.

—¿Qué ocurrió entonces, señora Demery?

—Ayudé a sentarse a la señorita Blackett y fui a buscar un vaso de agua.

—¿No llamó a la policía?

—Eso lo dejé para ellos. El muerto no iba a escaparse, ¿verdad? ¿Qué prisa había? Además, si hubiera llamado habría sido una equivocación, porque cuando volvió lord Stilgoe fue directamente al mostrador de recepción y le dijo a George: «Llame a New Scotland Yard. Quiero hablar con el comisionado. Si no puede ser, con el comandante Adam Dalgliesh.» Directo a las alturas, claro. Luego la señorita Claudia me pidió que fuera a preparar café bien cargado, y eso hice. Estaba blanca como una sábana, la pobre. Bueno, tampoco es para extrañarse, ¿verdad?

—El señor Gerard asumió los cargos de presidente y director gerente hace relativamente poco, ¿no es cierto? —preguntó Dalgliesh—. ¿Lo apreciaba mucho el personal?

—Bueno, si hubiera sido el sol de la oficina ahora no tendrían que llevárselo en una bolsa de plástico, digo yo. Alguien no lo apreciaba, eso está claro. Naturalmente, para él no debió de ser fácil ocupar el lugar del señor Peverell. Todo el mundo respetaba al señor Peverell. Era una bellísima persona. Pero yo me llevaba perfectamente bien con el señor Gerard. No le daba problemas ni él me los daba a mí. De todos modos, no creo que en la oficina haya muchos que lloren por él. Claro que un asesinato es un asesinato, y habrá una conmoción, eso seguro. Y tampoco le hará mucho bien a la empresa, digo yo. Mire, aquí tiene una idea; a ver qué le parece. Podría ser que se hubiera matado él mismo y que luego el bromista ese que tenemos en la oficina le hubiera puesto la serpiente al cuello para demostrar lo que opinaba de él. A lo mejor valdría la pena pensarlo.

Dalgliesh no le dijo que ya lo habían pensado. Preguntó:

—¿Le extrañaría saber que se había matado él mismo?

—Bueno, si quiere que le diga la verdad, sí. Demasiado ufano para eso, diría yo. Además, ¿por qué iba a hacerlo? La empresa tiene sus problemas, de acuerdo, pero ¿qué empresa no los tiene hoy en día? Habría salido adelante. No me imagino al señor Gerard haciendo lo mismo que Robert Maxwell. Claro que, ¿quién iba a imaginárselo de Robert Maxwell? O sea que en realidad no hay manera de saberlo, ¿verdad? Misteriosa, eso es la gente, misteriosa. Yo misma podría contarle un par de cosas sobre lo misteriosa que es la gente.

—A la señorita Etienne debió de impresionarle mucho encontrarlo así —intervino Kate—. Al fin y al cabo era su hermano.

La señora Demery centró su atención en Kate, aunque no pareció demasiado complacida por esta intrusión de una tercera persona en su *tête à tête*.

—Haga una pregunta directa y tendrá una respuesta directa, inspectora. ¿Le impresionó mucho a la señorita Claudia encontrarlo así? Eso es lo que quiere saber, ¿no? Pues tendrá que preguntárselo a ella. Yo no lo sé. Estaba al lado del cuerpo, inclinada sobre él, y no volvió la cara en todo el rato que estuvimos allí la señorita Blackett y yo, que no fue mucho. No sé qué sentía. Sólo sé lo que dijo.

—«Fuera de aquí las dos.» Bastante áspero.

—La conmoción, quizás. Ustedes verán.

—Y la dejaron sola con el muerto.

—Como ella quería, por lo visto. De todos modos, no hubiera podido quedarme. Alguien tenía que ayudar a la señorita Blackett a bajar la escalera.

—¿Es un buen sitio para trabajar, señora Demery? —preguntó Dalgliesh—. ¿Está contenta aquí?

—Tan bueno como cualquier otro. Mire, señor Dalgliesh, yo ya tengo sesenta y tres años. No es una edad del otro mundo, de acuerdo, y todavía conservo la vista y las piernas, y soy mucho mejor trabajadora que otros que podría nombrar. Pero a los sesenta y tres años no te pones a buscar otro empleo, y a mí me gusta trabajar. Me moriría de aburrimiento sin salir de casa. Y estoy acostumbrada a este sitio; llevo aquí casi veinte años. Puede que no le guste a todo el mundo, pero a mí me conviene. Y queda a mano; bueno, más o menos. Aún sigo en Whitechapel. Ahora tengo un pisito moderno la mar de mono.

—¿Cómo viene hasta aquí?

—En metro hasta Wapping y luego a pie. No está lejos. Y a mí no me asustan las calles de Londres. Yo ya andaba por las calles de Londres antes de que nadie pensara en usted. El anciano señor Peverell siempre decía que me mandaría un taxi si alguna mañana no me veía con ánimos de hacer el viaje. Y lo habría mandado. Era un caballero muy especial, el señor Peverell. Eso demuestra lo que pensaba de mí. Es bonito ver que te aprecian.

—Ciertamente, lo es. Hábleme de la limpieza de la sala de los archivos, señora Demery, la grande y el despachito donde encontraron al señor Etienne. ¿Es responsabilidad suya o se cuida la compañía de la limpieza?

—Me ocupo yo. Los de la agencia nunca suben al último piso. Eso lo decidió el anciano señor Peverell. Aquello está lleno de papeles, ya sabe, y tenía miedo de que se pusieran a fumar y lo incendiaran todo. Además, esas carpetas son confidenciales. No me pregunte por qué. Les he echado un vistazo a un par de ellas y sólo hay un montón de cartas y manuscritos viejos, por lo que yo he visto. No es como si guardaran los expedientes del personal ni cosas reservadas por el estilo. Pero el señor Peverell les daba mucha importancia a los archivos. El caso es que quedó acordado que de esas habitaciones me encargaría yo. Casi nunca sube nadie, si no es el señor Dauntsey, así que no me tomo demasiadas molestias. No vale la pena. Normalmente subo un lunes al mes y hago una pasada rápida para quitar el polvo.

—¿Pasa la aspiradora por el suelo?

—Puede que le dé una pasada si me parece que le hace falta. O puede que no. Como ya le he dicho, sólo sube allí el señor Dauntsey, y él apenas ensucia. Ya hay bastante que hacer en el resto de la casa para tener que cargar con la aspiradora hasta el último piso y perder el tiempo en cosas que no hacen falta.

—Sí, ya comprendo. ¿Cuándo fue la última vez que limpió el cuarto pequeño?

—Le di una pasada rápida; el lunes hizo tres semanas. El lunes que viene volveré a subir. Al menos es lo que haría normalmente, pero supongo que querrá usted dejar la puerta cerrada.

—Por el momento, sí, señora Demery. ¿Vamos allá?

Tomaron el ascensor, que subió con lentitud pero sin sacudidas. La puerta del despachito de los archivos estaba abierta. El ingeniero de la compañía del gas no había llegado aún, pero los dos policías especializados y los fotógrafos todavía estaban allí. A un gesto de Dalgliesh, salieron de la habitación y quedaron a la espera.

—No entre, señora Demery —le indicó Dalgliesh—. Quédese en la puerta y dígame si ve algún cambio.

La señora Demery paseó la mirada por el cuarto con lentitud. Sus ojos se detuvieron brevemente en la línea de tiza que señalaba el contorno del cuerpo ausente, pero no hizo ningún comentario. Tras una pausa de sólo unos segundos, observó:

—Sus muchachos le han dado una buena limpieza, ¿eh?

—No hemos limpiado nada, señora Demery.

—Pues alguien ha tenido que hacerlo. Aquí no hay tres semanas de polvo. Mire la repisa de la chimenea y el suelo. Alguien ha pasado la aspiradora. ¡Válgame Dios! ¡Conque se entretuvo limpiando el cuarto antes de matarlo! ¡Y con mi Hoover!

Se volvió hacia Dalgliesh, quien vio nacer en su mirada una mezcla de indignación, horror y temor supersticioso. Hasta el momento, nada de lo que rodeaba la muerte de Etienne la había afectado tan profundamente como aquella celda de la muerte limpia y preparada.

—¿Cómo lo sabe, señora Demery?

—La aspiradora se guarda en un cuartito de la planta baja, al lado de la cocina. Cuando fui a buscarla esta mañana, pensé: «Alguien ha utilizado este aparato.»

—¿Cómo se dio cuenta?

—Porque estaba graduada para limpiar un suelo liso, no una alfombra. El mando tiene dos posiciones, ya me entiende. Cuando la guardé, estaba en la posición de limpiar alfombras, porque lo último que había hecho con ella eran las alfombras de la sala de juntas.

—¿Está segura, señora Demery?

—No para jurarlo delante de un tribunal. Hay cosas que se pueden jurar y cosas que no. Supongo que yo misma habría podido tocar el mando sin darme cuenta. Lo único que sé es que cuando fui a cogerla esta mañana me dije: «Alguien ha utilizado este aparato.»

—¿Le preguntó a alguien si la había utilizado?

—¿A quién se lo iba a preguntar, si no había nadie? Además, no creo que fuera ninguno de los empleados. ¿Para qué iban a coger la aspiradora? Eso es trabajo mío, no de ellos. Pensé que a lo mejor había sido alguno de la compañía de limpieza, pero también sería extraño, porque traen todo el material que necesitan.

—Y la aspiradora, ¿estaba en el sitio de costumbre?

—Sí, exactamente. Y el cable estaba enrollado de la misma manera en que yo lo había dejado. Pero el mando no estaba en la misma posición.

—¿Ve alguna otra cosa en el cuarto que le llame la atención?

—Bueno, falta el cordón de la ventana, ¿no? Supongo que lo habrán quitado ustedes. Ya empezaba a estar viejo y deshilachado. El lunes pasado, cuando asomé la cabeza, le dije al señor Dauntsey que habría que cambiarlo, y él me contestó que ya se lo diría a George. George se encarga de todas estas cosas. Es muy mañoso, este George. Cuando hablé con el señor Dauntsey, la ventana estaba medio abierta. Normalmente suele tenerla así. No me pareció que le diera mucha importancia, pero, como ya he dicho, pensaba hablar con George. Y esa mesa la han movido. Yo nunca la muevo cuando quito el polvo. Véalo usted mismo. Está unos cinco centímetros más a la derecha; se nota por esa línea tan fina de suciedad que hay en la pared donde antes estaba la mesa. Y no veo la grabadora del señor Dauntsey. Antes había una cama en este cuarto, pero la quitaron cuando la señorita Clements se mató. Otra cosa que tal. Ya hemos tenido dos muertes en esta habitación, señor Dalgliesh. Me parece que ya sería hora de que la cerrasen para siempre.

Antes de despedir a la señora Demery, Dalgliesh le pidió que no dijera nada a nadie acerca del posible uso que se había dado a su aspiradora, pero con escasa esperanza de que se guardara la noticia para sí durante mucho tiempo.

Cuando la mujer se hubo marchado, Daniel preguntó:

—¿Hasta qué punto podemos fiarnos de esta declaración, señor? ¿Cree que de veras es capaz de advertir si han limpiado recientemente la habitación? Podrían ser imaginaciones suyas.

—Ella es la experta, Daniel. Y la señorita Etienne también se fijó en la limpieza de la habitación. La propia señora Demery ha reconocido que no suele molestarse en limpiar el suelo. Y ahora no hay ni una mota de polvo, ni siquiera en los rincones. Alguien lo ha limpiado hace poco, y no ha sido la señora Demery.

24

Los cuatro socios seguían esperando en la sala de juntas. Gabriel Dauntsey y Frances Peverell estaban sentados ante la mesa ovalada de caoba, cerca pero sin llegar a tocarse. Frances tenía la cabeza gacha y estaba absolutamente inmóvil. De Witt se hallaba ante la ventana con una mano en el cristal, como si necesitara apoyarse. Claudia, de pie, examinaba atentamente la gran copia del *Gran Canal*, de Canaletto, colgado junto a la puerta. La magnificencia de la sala disminuía y al mismo tiempo hacía más presente la carga de temor, pesar, cólera o culpa que cada uno soportaba. Parecían actores de una obra excesivamente elaborada, con un lujoso decorado en el que se había invertido una fortuna, pero cuyos intérpretes eran aficionados que no se sabían los diálogos y se movían con gestos rígidos y faltos de práctica. Cuando Dalgliesh y Kate salieron de la habitación, Frances había dicho: «Dejemos la puerta abierta», y De Witt, sin pronunciar una palabra, había vuelto atrás para dejarla entornada. Necesitaban la sensación de un mundo exterior, el sonido de voces lejanas, por leve y esporádico que fuese. La puerta cerrada sería demasiado semejante al sillón vacío en el centro de la mesa, la una esperando la entrada impaciente de Gerard, el otro su presencia dirigente.

Sin mirar a su alrededor, Claudia comentó:

—A Gerard nunca le gustó este cuadro. Creía que se sobrevaloraba a Canaletto, que era demasiado preciso, demasiado plano. Decía que podía imaginarse a los aprendices pintando cuidadosamente las olas.

—No era Canaletto el que no le gustaba —replicó De Witt—; era sólo este cuadro. Decía que le aburría tener que estar siempre explicándoles a las visitas que es una copia.

Frances habló con voz neutra:

—Le molestaba. Le recordaba que el abuelo vendió el original en un mal momento por la cuarta parte de lo que valía.

—No —replicó Claudia con firmeza—. No le gustaba Canaletto.

De Witt se apartó despacio de la ventana.

—La policía no se da prisa —observó—. La señora Demery debe de estar disfrutando, supongo, haciendo su imitación favorita de una mujer de la limpieza *cockney*, de buen carácter pero de lengua afilada. Espero que el comandante sepa apreciarla.

Claudia abandonó su concentrado examen del cuadro y se volvió hacia los demás.

—Puesto que eso es precisamente lo que ella es, no creo que sea apropiado llamarlo una imitación. Sin embargo, es cierto que se vuelve locuaz cuando se excita. Hemos de procurar que no nos suceda a nosotros. Me refiero a volvernos locuaces, a hablar demasiado, a decirle a la policía cosas que no tiene por qué saber.

—¿En qué cosas estás pensando? —preguntó De Witt.

—En que no estábamos precisamente de acuerdo en cuanto al futuro de la empresa. La policía piensa de un modo estereotipado. Puesto que la mayoría de los delincuentes actúa de un modo estereotipado, ahí está probablemente su fuerza.

Frances Peverell alzó la cabeza. Nadie la había visto llorar, pero tenía la cara abotagada y macilenta, los ojos apagados bajo unos párpados hinchados, y al hablar su voz sonó quebrada y un tanto quejumbrosa.

—¿Y qué importa que la señora Demery hable? ¿Qué

importa lo que digamos? Ninguno de los que estamos aquí tiene nada que ocultar. Lo que ha ocurrido es obvio. Gerard murió de muerte natural o por un accidente, y alguien, la misma persona que ha estado gastándonos bromas pesadas, encontró el cuerpo y decidió darle un aire de misterio al asunto. Debe de haber sido terrible para ti, Claudia, encontrarlo de esa manera, con la serpiente enroscada al cuello. Pero sin duda hay una explicación lógica. Tiene que haberla.

Claudia se volvió hacia ella con tanta vehemencia como si estuvieran en mitad de una riña.

—¿Qué clase de accidente? ¿Pretendes sugerir que Gerard sufrió un accidente? ¿Qué clase de accidente?

Frances se encogió en el asiento, pero respondió con voz firme:

—No lo sé. Yo no estaba allí cuando ocurrió. Sólo era una idea.

—Una idea muy estúpida.

—Claudia —intervino De Witt con voz más cariñosa que reprobadora—, no debemos pelearnos. Hemos de mantener la calma y permanecer juntos.

—¿Cómo vamos a permanecer juntos? Dalgliesh querrá vernos por separado.

—No físicamente juntos. Como socios. Como equipo.

Frances prosiguió como si él no hubiera hablado.

—O un ataque al corazón. O una apoplejía. Podría haber sido cualquiera de las dos cosas. Le puede ocurrir al más sano.

Claudia replicó:

—Gerard tenía el corazón en perfecto estado. No se puede subir al Cervino si se tiene el corazón delicado. Y no me imagino a un candidato más improbable para una apoplejía.

De Witt habló en tono conciliador.

—Todavía no sabemos a causa de qué murió. Hay que esperar el resultado de la autopsia. Mientras tanto, ¿qué vamos a hacer?

—Seguir adelante —contestó Claudia—. Eso por descontado; seguir adelante.

—Siempre que nos quede personal. Puede que la gente no quiera seguir en la empresa, sobre todo si la policía da a entender que la muerte de Gerard no ha sido normal.

La risotada de Claudia fue áspera como un sollozo.

—¡Que no ha sido normal! ¡Pues claro que no ha sido normal! Lo hemos encontrado muerto, medio desnudo, con una serpiente de juguete enroscada al cuello y la cabeza del animal metida en la boca. Ni el policía menos suspicaz diría que eso es normal.

—Quería decir, por supuesto, si hay sospechas de asesinato. Todos tenemos esta palabra en la mente. Tal vez ya sea hora de que alguien la pronuncie.

Frances se volvió hacia él.

—¿Asesinato? ¿Por qué iban a asesinarlo? Además, no había sangre, ¿verdad? No habéis encontrado ningún arma. Y nadie hubiera podido envenenarlo. Envenenarlo, ¿con qué? ¿Cuándo habría podido ingerir el veneno?

—Hay otras maneras —contestó Claudia.

—¿Quieres decir que lo estrangularon con Sid la Siseante? ¿O que lo asfixiaron? Pero Gerard era fuerte. Para eso habría sido necesario dominarlo físicamente. —Como nadie decía nada, añadió—: No sé por qué estáis los dos tan interesados en sugerir que Gerard ha muerto asesinado.

De Witt se acercó y tomó asiento a su lado.

—Nadie lo está sugiriendo, Frances —dijo con suavidad—; sólo nos planteamos la posibilidad. Pero tienes razón, naturalmente. Es mejor esperar a saber cómo murió. Lo que más me intriga es que estuviera en el despachito de los archivos. No recuerdo que subiera al último piso ni una sola vez. ¿Y tú, Claudia?

—Tampoco. Y no puede ser que estuviera trabajando allí. Si se le hubiera ocurrido hacerlo, no habría dejado las llaves en el cajón del escritorio. Ya sabes lo quisquilloso que era en cuestión de seguridad. Sólo dejaba las llaves en el cajón mientras él estaba trabajando en su mesa. Si salía del despacho por el tiempo que fuese, se ponía la chaqueta y se metía el manojo de llaves en el bolsillo. Todos se lo hemos visto hacer muchas veces.

—El hecho de que se haya encontrado el cuerpo en los archivos no implica forzosamente que muriera allí —señaló De Witt.

Claudia se sentó enfrente de él y se inclinó hacia delante sobre la mesa.

—¿Quieres decir que pudo morir en su despacho?

—Quizá murió o lo mataron allí y luego lo trasladaron. Pudo morir ante su escritorio por alguna causa natural, un ataque al corazón o una apoplejía, como ha dicho Frances, y luego alguien se llevó el cuerpo.

—Pero eso exigiría una fuerza considerable.

—No tanta, si el que lo hizo utilizó uno de los carros para transportar libros y subió el cuerpo en el ascensor. Casi siempre hay un carro esperando junto a la puerta del ascensor.

—Pero sin duda la policía es capaz de descubrir si han movido un cuerpo después de la muerte.

—Sí, si lo encuentran al aire libre. Hay restos de tierra, ramitas, hierba aplastada, huellas de arrastramiento. No sé si les resultaría tan fácil con un cuerpo descubierto dentro de un edificio. Supongo que tarde o temprano condescenderán a decirnos algo. Lo cierto es que no se dan prisa.

Hablaban los dos como si no hubiera nadie más en la sala. De pronto, intervino Frances.

—¿Tenéis que discutirlo como si la muerte de Gerard fuese una especie de enigma, una novela policíaca, algo que hubiéramos leído o visto por televisión? Estamos hablando de Gerard, no de un desconocido, no de un personaje de una obra teatral. Gerard está muerto. Está en el piso de arriba con esa horrible serpiente en torno al cuello, y nosotros aquí sentados como si no nos importara nada.

Claudia le dirigió una mirada especulativa teñida de desdén.

—¿Qué quieres que hagamos? ¿Que nos quedemos sentados sin decir nada? ¿Que leamos un buen libro? ¿Que le preguntemos a George si ya han llegado los periódicos? Creo que hablar nos ayuda. Gerard era mi hermano. Si yo puedo mantener cierta serenidad, tú también puedes. Compartiste su cama, al menos por algún tiempo, pero nunca llegaste a compartir su vida.

De Witt la interpeló con voz queda:

—¿La compartiste tú, Claudia? ¿O alguno de nosotros?

—No, pero cuando esta muerte me golpee de veras, cuando crea de veras lo que ha ocurrido, te aseguro que lo lloraré. No te preocupes por eso. Sí, lo lloraré, pero todavía no, no aquí ni ahora.

Gabriel Dauntsey había permanecido sentado de cara a la ventana, contemplando el río. En aquel momento habló por primera vez, y los demás se volvieron y lo miraron como si recordaran de súbito que estaba allí.

—Creo que es posible que haya muerto por intoxicación de monóxido de carbono. Tenía la piel muy rosada, que es uno de los síntomas, y en la habitación hacía un calor poco natural. ¿No te diste cuenta, Claudia, de que hacía mucho calor allí dentro?

Hubo unos instantes de silencio y, al fin, Claudia respondió:

—Me di cuenta de muy poco, aparte de ver a Gerard y aquella serpiente. ¿Quieres decir que pudo haber muerto a causa del gas?

—Sí. Creo que pudo morir a causa del gas.

La palabra siseó en el aire.

—Pero ¿no dicen que el nuevo gas del mar del Norte es inofensivo? —objetó Frances—. Creía que ya no era posible suicidarse metiendo la cabeza en el horno de gas.

Fue De Witt quien se lo explicó.

—El gas no es tóxico. Si se utiliza correctamente, es del todo inofensivo. Pero si Gerard encendió la estufa de gas y la habitación no estaba bien ventilada, es posible que la estufa ardiera mal y produjera monóxido de carbono. De ser así, pudo ofuscarse y perder el sentido antes de comprender lo que estaba ocurriendo.

—Y después alguien encontró el cuerpo, apagó el gas y le puso la serpiente al cuello —concluyó Frances—. Fue un accidente, como yo decía.

Dauntsey habló con voz serena y contenida:

—No es tan sencillo. ¿Por qué encendió la estufa? Anoche no hizo demasiado frío. Y si la encendió, ¿por qué cerró la ventana? Cuando he visto el cuerpo estaba cerrada, y el lunes, cuando utilicé ese despacho por última vez, la dejé abierta.

—Y si pensaba quedarse trabajando en los archivos el tiempo suficiente para necesitar la estufa, ¿por qué dejó la chaqueta y las llaves en su despacho? Todo esto carece de sentido —dijo De Witt.

Siguió un silencio, súbitamente roto por Frances.

—Nos hemos olvidado de Lucinda. Alguien tiene que decírselo.

—¡Dios mío, sí! —exclamó Claudia—. Una tiende a olvidar a lady Lucinda. No sé por qué, pero no me la imagino arrojándose al Támesis presa del dolor. Siempre he visto algo extraño en ese compromiso.

—Aun así —replicó De Witt—, no podemos dejar que lo lea mañana en el periódico o lo oiga por la radio. Alguno de nosotros debería llamar a lady Norrington; ella puede encargarse de darle la noticia a su hija. Creo que lo mejor sería que se lo dijeras tú, Claudia.

—Supongo que sí, siempre que no se me pida que vaya en persona a ofrecer consuelo. Será mejor que lo haga ahora mismo. Llamaré desde mi despacho; es decir, si no lo ha ocupado la policía. Tener a la policía aquí es como tener ratones en casa: constantemente intuyes que están royendo, aunque en realidad no los oigas ni los veas, y una vez entran tienes la sensación de que nunca podrás librarte de ellos.

Se puso en pie y echó a andar hacia la puerta, con la cabeza erguida de un modo poco natural, pero con paso incierto. Dauntsey hizo ademán de incorporarse, pero sus extremidades entumecidas parecieron incapaces de responder y fue De Witt quien se apresuró a situarse junto a ella. Pero Claudia meneó la cabeza, apartó con suavidad el brazo que pretendía ofrecerle sostén y salió de la habitación.

Aún no habían transcurrido cinco minutos cuando regresó.

—No estaba en casa —anunció—, y no es el tipo de mensaje que se pueda dejar en el contestador. Volveré a intentarlo más tarde.

—¿Y tu padre? —inquirió Frances—. ¿No es más importante?

—Naturalmente que es más importante. Iré a verle esta noche.

Se abrió la puerta sin llamada previa y el sargento Robbins asomó la cabeza.

—El señor Dalgliesh lamenta tener que hacerles esperar más de lo que se figuraba y le agradecería al señor Dauntsey que subiera al despacho de los archivos.

Dauntsey se levantó de inmediato, pero la rigidez que le había invadido tras permanecer tanto tiempo sentado le hizo moverse con torpeza. El bastón, colgado en el respaldo del asiento, cayó ruidosamente al suelo. Frances Peverell y él se arrodillaron a la vez para recogerlo y, tras lo que a los demás les sonó como un forcejeo y un breve intercambio de susurros en tono casi conspirador, Frances se apoderó del bastón, se incorporó con el rostro enrojecido y se lo entregó a Dauntsey. El anciano se apoyó en él durante unos segundos y a continuación volvió a colgarlo del respaldo y se encaminó hacia la puerta sin su ayuda, despacio pero con paso firme.

Cuando se hubo marchado, Claudia Etienne comentó:

—Me gustaría saber por qué Gabriel tiene el privilegio de ser el primero.

Le respondió James de Witt:

—Seguramente porque utiliza el despachito de los archivos más que la mayoría de nosotros.

—Creo que yo nunca lo he utilizado —dijo Frances—. La última vez que estuve allí fue cuando se llevaron la cama. Tú tampoco subes mucho, ¿verdad, James?

—Nunca he trabajado allí; o, al menos, no por más de media hora. La última vez fue hace cosa de tres meses. Subí a buscar el contrato original de Esmé Carling, pero no pude encontrarlo.

—¿Quieres decir que no encontraste su antigua carpeta?

—Encontré la carpeta y me la llevé al despachito para estudiarla, pero el contrato no estaba.

—No es de extrañar —intervino Claudia sin demasiado interés—. Hace treinta años que la tenemos en catálogo. Seguramente alguien debió de archivarlo mal hace veinte años. —Y a continuación, en un súbito arranque de energía, añadió—: Mirad, no veo razón alguna para perder el tiempo sólo porque Adam Dalgliesh tiene ganas de charlar con un camarada poeta. No es obligatorio que nos quedemos en esta habitación.

Frances la miró con expresión dudosa.

—Ha dicho que quería vernos juntos —objetó.

—Bien, ya nos ha visto juntos. Ahora nos verá por separado. Cuando me necesite, me encontrará en mi despacho. Decídselo de mi parte, ¿queréis?

Una vez hubo salido, James opinó:

—Creo que tiene razón. Puede que no nos sintamos de humor para trabajar, pero es peor esperar aquí sentados, mirando ese sillón vacío.

—Pero no lo hemos mirado, ¿verdad? Hemos evitado cuidadosamente mirarlo, apartando la vista hacia cualquier otra parte, como si Gerard fuese algo embarazoso. Yo ahora no puedo trabajar, pero tomaría un poco más de café.

—Pues vamos a buscarlo. La señora Demery debe de andar por algún sitio. La verdad es que me gustaría oír su versión de la entrevista con Dalgliesh. Si eso no despeja la atmósfera, es que nada puede conseguirlo.

Se dirigieron los dos juntos hacia la puerta. Antes de salir, Frances se volvió hacia él.

—Estoy muy asustada, James. Debería sentir aflicción y dolor, debería sentirme horrorizada por lo sucedido. Fuimos amantes. Hubo un tiempo en que lo amé, y ahora está muerto. Debería estar pensando en él, en la atroz irrevocabilidad de su muerte. Debería estar rezando por él. Lo he intentado, pero únicamente me salen palabras sin sentido. Lo que en verdad siento es por completo egoísta, por completo innoble. Es miedo.

—¿Miedo a la policía? Dalgliesh no es ningún bárbaro.

—No, lo que temo es peor. Me da miedo lo que está ocurriendo aquí. Esa serpiente... Quien sea el que le hizo eso a Gerard, es maligno. ¿No notas la presencia del mal en Innocent House? Yo la percibo desde hace meses. Esto sólo viene a ser el fin inevitable, la conclusión a que conducían todas esas pequeñas maldades. Mi mente tendría que estar llena de dolor por Gerard. Pero no es así; está llena de terror, de terror y de la espantosa premonición de que esto no es el final.

James respondió con suavidad:

—No hay emociones buenas ni malas. Sentimos lo que sentimos. Dudo que ninguno de nosotros sienta un intenso pesar, ni siquiera Claudia. Gerard era un hombre notable, pero no se hacía querer. Yo intento convencerme de que siento aflicción, pero probablemente no se trate más que de la tristeza universal e impotente que se experimenta siempre ante la muerte de los jóvenes, los inteligentes, los sanos. E incluso esto lo domina una curiosidad fascinada y salpicada de aprensión. —Volvió el rostro hacia ella y prosiguió—: Me tienes aquí, Frances. Cuando me necesites, si me necesitas, me tendrás aquí. No seré un estorbo. No te impondré mi presencia sólo porque la conmoción y el miedo nos hayan vuelto vulnerables a los dos. Me limito a ofrecerte lo que necesites cuando lo necesites.

—Ya lo sé. Gracias, James.

Frances extendió la mano y por un instante la posó sobre la cara de James. Era la primera vez que lo tocaba por voluntad propia. A continuación se volvió hacia la puerta y, al hacerlo, le pasó inadvertido el resplandor de alegría y de triunfo que invadía el rostro de él.

25

Veinte años antes, Dalgliesh había oído a Gabriel Dauntsey leer sus poemas en la Sala Purcell, en la orilla sur. No tenía intención de decírselo, pero, mientras esperaba la llegada del anciano, revivió el acontecimiento con tanta claridad que escuchó las pisadas que se acercaban por la sala de los archivos con algo semejante a la impaciencia emocionada de la juventud. De las dos guerras mundiales, la primera era la que había producido la mejor poesía, y a veces Dalgliesh ocupaba su tiempo tratando de imaginar por qué había sido así. ¿Acaso porque el año 1914 había visto morir la inocencia, porque el cataclismo había barrido algo más que una generación brillante? El caso es que durante varios años —¿fueron solamente tres?— pareció que Dauntsey podía ser el Wilfred Owen de su tiempo, aunque su guerra fuera muy distinta. Sin embargo, la promesa de aquellos dos primeros volúmenes no se había cumplido y Dauntsey no había vuelto a publicar nada más. Dalgliesh se dijo que la palabra promesa, con su sugerencia de un talento todavía por confirmar, apenas resultaba adecuada. Uno o quizá dos de aquellos poemas tempranos tenían un nivel que pocos poetas de posguerra habían alcanzado.

Después de aquella lectura, Dalgliesh había averiguado todo lo que Dauntsey quería que se supiera de su historia: que, siendo residente en Francia, se hallaba en Inglaterra por negocios cuando se declaró la guerra, mientras que su esposa y sus dos hijos quedaban atrapados por los invasores alemanes; que su familia desapareció por completo de los registros oficiales y que sólo tras años de búsqueda, una vez finalizada la guerra, pudo descubrir que los tres, ocultos bajo una falsa identidad para eludir el internamiento, habían muerto a consecuencia de una incursión de bombarderos británicos en la Francia ocupada. El propio Dauntsey había servido en el Comando de Bombarderos de la RAF, pero se libró de la última y más trágica ironía; no había tomado parte en aquella incursión. La suya era la poesía de la guerra moderna, de la pérdida, el dolor y el terror, de la camaradería y el valor, la cobardía y la derrota. Los fuertes, sinuosos y brutales versos se iluminaban con pasajes de belleza lírica, como obuses que estallaran en la mente. Los grandes Lancasters que se elevaban como pesadas bestias con la muerte encerrada en el vientre; los cielos oscuros y silenciosos que explotaban en una cacofonía de terror; los tripulantes casi adolescentes de los que él, algo mayor, era responsable y que, noche tras noche, volaban precariamente alojados en aquel frágil cascarón de metal, conociendo la aritmética de la supervivencia, sabiendo que aquélla podía ser la noche en que caerían del cielo como una antorcha llameante. Y siempre la culpa, la sensación de que aquel terror de cada noche, al mismo tiempo temido y deseado, era una reparación, que había una traición que sólo la muerte podía expiar, una traición personal que reflejaba una mayor desolación universal.

Y ahora estaba aquí; un anciano como cualquier otro, si es que algún anciano podía calificarse de forma tan neutra, no encorvado, sino sosteniéndose mediante un esfuerzo disciplinado, como si el aguante y el coraje pudieran superar con éxito los estragos del tiempo. La vejez puede producir una corpulencia fofa que borra el carácter transformándolo en arrugada nulidad o, como en este caso, descarnar el rostro de manera que los huesos destacan como un esqueleto provisionalmente revestido de una carne tan seca y delicada como el papel. Pero el cabello, aunque gris, era todavía vigoroso, y los ojos —que en aquel momento se fijaban en él con una mirada interrogativa e irónica— tan negros y penetrantes como Dalgliesh recordaba.

Dalgliesh apartó la silla de la mesa y la dejó junto a la puerta. Dauntsey se sentó.

—Subió usted con lord Stilgoe y el señor De Witt. ¿Vio algo en esta habitación que le llamara la atención, aparte de la presencia del cuerpo? —preguntó Dalgliesh.

—Al principio, no, aparte de un olor desagradable. Un cadáver semidesnudo y tan grotescamente adornado como éste lo estaba toma por asalto los sentidos. Al cabo de un minuto, quizá menos, advertí otras cosas, y con extraordinaria claridad. La habitación se me antojó distinta, extraña. Me pareció desnuda, aunque no lo estaba, desacostumbradamente limpia, más calurosa de lo habitual. El cuerpo parecía muy..., muy desordenado; la habitación, en cambio, muy ordenada. La silla estaba en su lugar exacto, las carpetas pulcramente dispuestas sobre la mesa. Naturalmente, me percaté de que faltaba la grabadora.

—¿Estaban las carpetas como usted las había dejado?

—No, por lo que recuerdo. Las dos bandejas están cambiadas de sitio. La que tiene el menor número de carpetas debería estar a la izquierda. Yo había dejado dos montones, el de la derecha mayor que el de la izquierda. Trabajo de izquierda a derecha con varias carpetas a la vez, entre seis y diez según su tamaño. Cuando termino con una, la paso al montón de la derecha. Una vez revisadas las seis, las devuelvo a la sala de los archivos e inserto una regla en la última para que se vea hasta dónde he llegado.

—Hemos visto la regla en un hueco del estante inferior de la segunda hilera. ¿Significa eso que sólo ha completado una hilera?

—Es un trabajo muy lento. Tiendo a interesarme por las cartas antiguas, aunque no merezca la pena conservarlas. He encontrado bastantes que sí lo merecen: cartas de escritores del siglo XX y de otros que mantuvieron correspondencia con Henry Peverell o con su padre, aunque no los publicaba la empresa. Hay cartas de H. G. Wells, de Arnold Bennett, de miembros del grupo de Bloomsbury e incluso algunas más antiguas.

—¿Qué sistema emplea?

—Dicto a la grabadora una descripción del contenido de cada carpeta y mi recomendación, ya sea «destruir», «dudosa», «conservar» o «importante». A continuación, una mecanógrafa pasa la lista a máquina y la junta la examina periódicamente. En la práctica, todavía no se ha eliminado nada. Nos pareció precipitado destruir cualquier cosa antes de conocer el futuro de la empresa.

—¿Cuándo utilizó esta habitación por última vez?

—El lunes. Estuve trabajando aquí todo el día. La señora Demery asomó la cabeza hacia las diez de la mañana, pero dijo que no quería molestarme. Sólo viene a quitar el polvo una semana de cada cuatro, aproximadamente, y aun así lo hace de un modo superficial. Me hizo notar que el cordón de la ventana estaba muy raído y le contesté que se lo diría a George para que se encargara de cambiarlo. Todavía no he hablado con él.

—¿Y usted no se había dado cuenta?

—Me temo que no. La ventana llevaba varias semanas abierta. Lo prefiero así. Supongo que al llegar el frío me habría dado cuenta.

—¿Cómo calienta la habitación?

—Con una estufa eléctrica siempre. De hecho, es de mi propiedad. La prefiero a la estufa de gas. No quiero decir que la estufa de gas me pareciera peligrosa, pero, como no fumo, nunca llevo cerillas encima cuando las necesito. Era más fácil traer la estufa eléctrica de mi apartamento. Es muy ligera, de modo que al terminar la jornada me la vuelvo a llevar al número doce o la dejo aquí si tengo intención de seguir trabajando al día siguiente. El lunes me la llevé a casa.

—¿Y cerró la puerta con llave al marcharse?

—No, nunca la cierro. La llave está en la cerradura, generalmente de este lado, pero no la he utilizado nunca.

Dalgliesh observó:

—La cerradura parece relativamente nueva. ¿Quién la hizo instalar?

—Henry Peverell. Le gustaba trabajar aquí arriba de vez en cuando. No sé por qué, pero era un hombre solitario. Supongo que la cerradura debía de proporcionarle una mayor sensación de seguridad. Pero en realidad no es nueva; mucho más nueva que la puerta, eso sí, pero creo que debe de llevar ahí al menos cinco años.

—Pero no lleva cinco años sin ser utilizada —dijo Dalgliesh—. Está bien engrasada, la llave gira con facilidad.

—¿Ah, sí? Yo no la utilizo, así que no me había fijado. Pero es curioso que esté engrasada. Puede que lo haya hecho la señora Demery, aunque me parece poco probable.

Dalgliesh inquirió:

—¿Le gustaba Gerard Etienne?

—No, pero lo respetaba. No porque tuviera cualidades necesariamente merecedoras de respeto; lo respetaba porque era muy distinto a mí. Su virtud procedía en parte de sus defectos. Y era joven. No podía atribuirse ningún mérito ni responsabilidad por serlo, pero eso le confería un entusiasmo que la mayoría de los demás ya no tenemos y que, en mi opinión, la empresa necesita. Quizá nos quejáramos de lo que hacía o nos disgustara lo que se proponía hacer, pero al menos sabía adónde se dirigía. Sospecho que sin él nos sentiremos a la deriva.

—¿Quién ocupará ahora el cargo de director gerente?

—Oh, su hermana, Claudia Etienne. El cargo le corresponde al poseedor del mayor número de acciones y, por lo que yo sé, Claudia heredará las de él. Eso le proporcionará la mayoría absoluta.

—¿Para hacer qué? —quiso saber Dalgliesh.

—No lo sé. Tendrá que preguntárselo a ella. Dudo que ella misma lo sepa. Acaba de perder a su hermano. No creo que haya dedicado mucho tiempo a pensar en el futuro de la Peverell Press.

A continuación Dalgliesh le preguntó cómo había pasado el día y la noche anteriores. Dauntsey bajó la vista y esbozó una leve sonrisa burlona. Era demasiado inteligente para no comprender que lo que le estaba pidiendo era su coartada. Permaneció un breve rato en silencio, como si estuviera ordenando sus pensamientos. Al fin respondió.

—Estuve en la reunión de los socios desde las diez hasta las once y media. A Gerard le gustaba acabar en dos horas, pero ayer terminamos antes que de costumbre. Después de la reunión, mientras bajábamos de la sala de juntas, cambié unas palabras con él acerca del futuro de la colección de poesía. Creo que, además, intentaba obtener mi apoyo a sus planes de vender Innocent House y trasladar la empresa a Docklands.

—¿Y usted lo consideraba deseable?

—Lo consideraba necesario. —Hizo una pausa y añadió—: Por desgracia.

Tras una nueva pausa siguió hablando de forma lenta y pausada, pero con escaso énfasis, deteniéndose de vez en cuando como para elegir una palabra antes que otra, frunciendo la frente de vez en cuando como si el recuerdo fuera doloroso o incierto. Los demás escucharon su monólogo en silencio.

—Luego salí de Innocent House y me dirigí a mi apartamento para arreglarme, pues debía salir. Cuando digo arreglarme, me refiero sencillamente a pasarme un peine por el cabello y lavarme las manos. No estuve mucho tiempo en casa. Había invitado a un poeta joven, Damien Smith, a almorzar en el Ivy. Gerard solía decir que James de Witt y yo gastábamos el dinero agasajando a autores en proporción inversa a su importancia para la empresa. Me pareció que al muchacho le gustaría ir al Ivy. Estábamos citados allí a la una. Fui en lancha hasta el puente de Londres y una vez allí tomé un taxi hasta el restaurante. El almuerzo duró en total unas dos horas; a las tres y media estaba de vuelta a mi apartamento. Me preparé un té y a las cuatro volví a mi despacho. Estuve trabajando alrededor de una hora y media.

»La última vez que vi a Gerard fue en el aseo de la planta baja. Está en la parte de atrás de la casa, al lado de las duchas. Las mujeres suelen utilizar el aseo del primer piso. Al entrar me crucé con Gerard. No nos dijimos nada, pero creo que me hizo un gesto con la cabeza o sonrió. Hubo una especie de saludo fugaz, nada más. No volví a verlo. Regresé a mi apartamento y me pasé las dos horas siguientes leyendo los poemas que había elegido para la reunión de la noche, pensando en ellos, tomando café. Escuché las noticias de las seis en la BBC. Poco después me llamó Frances Peverell para desearme buena suerte. Se había ofrecido a ir conmigo. Creo que consideraba que debía acompañarme alguien de la editorial. Hablamos de ello un par de días antes y conseguí disuadirla. Una de las poetisas que iba a leer era Marigold Riley. No es mala, pero gran parte de su obra es escatológica. Sabía que a Frances no le gustarían ni los poemas, ni la compañía, ni el ambiente. Le dije que prefería ir solo, que tenerla a mi lado me pondría nervioso, y no era del todo mentira. Hacía quince años que no leía mis versos. La mayoría de los asistentes debían de suponer que ya había muerto. Ya empezaba a desear no haber aceptado. La presencia de Frances haría que me preguntara si se encontraba a disgusto, hasta qué punto le desagradaba todo aquello, y sólo incrementaría mi desasosiego. Pedí un taxi por teléfono y me fui pasadas las siete y media.

Dalgliesh le interrumpió.

—¿A qué hora, exactamente?

—Pedí que el taxi estuviera en el callejón a las ocho menos cuarto y supongo que lo hice esperar unos minutos, no más. —Se detuvo otra vez y luego prosiguió—: Lo que ocurrió en el Connaught Arms no puede interesarle mucho. Había el número suficiente de personas para justificar mi presencia. Supongo que la lectura fue bastante mejor de lo que me figuraba, pero había demasiada gente y demasiado ruido. No era consciente de que la poesía se hubiera convertido en un deporte de masas. Se bebía y se fumaba mucho, y algunos de los poetas eran más bien dados al exceso. La cosa se prolongó en demasía. Quería pedirle al patrón que llamara un taxi por teléfono, pero estaba hablando con un grupo de gente y me marché sin que nadie me prestara demasiada atención. Esperaba encontrar un taxi al final de la calle, pero me asaltaron antes de llegar. Eran tres, me parece, dos negros y un blanco, pero no podría identificarlos. Sólo percibí unas figuras que arremetían contra mí, un fuerte empujón en la espalda, unas manos que me registraban los bolsillos. Fue un ataque gratuito. Si me hubieran pedido la cartera, se la habría dado. ¿Qué otra cosa podía hacer?

—¿Se la llevaron?

—Sí, se la llevaron. Por lo menos ya no la tenía cuando miré. La caída me aturdió por unos instantes. Cuando recobré la lucidez vi a un hombre y una mujer agachados junto a mí. Habían estado en la lectura y querían darme alcance. Al caer me di un golpe en la cabeza y estaba sangrando un poco. Saqué el pañuelo y lo apreté contra la herida. Les pedí que me llevaran a casa, pero dijeron que tenían que pasar por delante del hospital St. Thomas e insistieron en dejarme allí. Decían que debía hacerme una radiografía. Naturalmente, no pude empecinarme en que me llevaran a casa o me buscaran un taxi. Fueron muy amables, pero no creo que quisieran tomarse demasiadas molestias. En el hospital me hicieron esperar un buen rato. Había casos más urgentes que atender. Finalmente, una enfermera me vendó la herida y me anunció que debía quedarme a que me hicieran una radiografía. Otra espera. El resultado fue satisfactorio, pero querían tenerme toda la noche en observación. Les aseguré que en casa estaría bien atendido y les rogué que llamaran a Frances para explicarle lo ocurrido y que me pidieran un taxi. Pensé que seguramente estaría pendiente de mi llegada para saber qué tal había ido la lectura y que se preocuparía si a las once aún no había regresado. Debía de ser la una y media cuando llegué a casa, y enseguida la llamé por teléfono. Frances quería que subiera a su apartamento, pero le dije que me encontraba perfectamente y que lo que más necesitaba era un baño. Después de bañarme volví a llamar y bajó al momento.

Dalgliesh preguntó:

—¿Y no insistió en bajar a su apartamento en cuanto usted llegó?

—No. Frances nunca se entromete si cree que alguien desea estar a solas, y lo cierto es que yo deseaba estar a solas, siquiera por un rato. No me sentía con ánimos para dar explicaciones ni escuchar expresiones de condolencia. Lo que necesitaba era una copa y un baño. Bebí, me bañé y luego la llamé por teléfono. Sabía que estaba inquieta y no quería hacerla esperar hasta la mañana siguiente para saber qué había ocurrido. Creí que el whisky me sentaría bien, pero en realidad me dejó bastante mareado. Supongo que sufrí una especie de conmoción tardía. Cuando llamó a la puerta, no me encontraba demasiado bien. Estuvimos un ratito hablando y enseguida insistió en que debía acostarme. Dijo que se quedaría en mi apartamento por si acaso yo necesitaba algo durante la noche. Creo que temía que estuviera mucho peor de lo que le aseguraba y quería estar a mi lado para llamar a un médico si mi estado empeoraba. No intenté disuadirla, aunque sabía que lo único que me hacía falta era una noche de reposo. Pensé que se acostaría en la habitación libre, pero creo que se envolvió en una manta y pasó toda la noche en la sala, junto a mi puerta. Cuando desperté por la mañana estaba vestida y me había preparado una taza de té. Trató de convencerme para que me quedara en casa, pero cuando terminé de vestirme me encontraba mucho mejor y decidí ir a Innocent House. Llegamos juntos a recepción justo cuando acababa de llegar la primera lancha del día. Fue entonces cuando nos dijeron que Gerard había desaparecido.

—¿Y ésa fue la primera noticia que tuvo del asunto? —quiso saber Dalgliesh.

—Sí. Gerard tenía la costumbre de quedarse a trabajar hasta más tarde que la mayoría de nosotros, en especial los jueves. También solía llegar más tarde por la mañana, excepto los días en que teníamos reunión de socios, pues le gustaba que empezaran a las diez en punto. Naturalmente, cuando salí para dar la lectura suponía que ya se había marchado a casa.

—Entonces, ¿no lo vio cuando salió hacia el Connaught Arms?

—No, no lo vi.

—¿Ni vio entrar a nadie en Innocent House?

—A nadie. No vi a nadie.

—Y cuando les dijeron que lo habían encontrado muerto, ¿subieron los tres al despachito de los archivos?

—Sí, subimos juntos Stilgoe, De Witt y yo. Fue una reacción natural a la noticia, supongo, la necesidad de comprobarlo por uno mismo. James llegó el primero. Stilgoe y yo no podíamos seguir su paso. Cuando llegamos, Claudia todavía estaba arrodillada junto al cuerpo de su hermano. Al vernos, se levantó y extendió un brazo hacia nosotros. Fue un ademán curioso, como si quisiera exponer aquella atrocidad a la vista pública.

—¿Y cuánto tiempo permanecieron en el cuarto?

—No pudo llegar a un minuto. Pero me pareció más. Estábamos agrupados justo en la puerta, mirando sin creer lo que veíamos, consternados. Creo que no habló nadie.

Sé que yo no lo hice. Todo lo de la habitación era sumamente vívido. Fue como si la conmoción hubiera prestado a mis ojos una extraordinaria nitidez de percepción. Vi todos los detalles del cuerpo de Gerard y de la habitación en sí con una claridad extraordinaria. Entonces habló lord Stilgoe. Dijo: «Voy a llamar a la policía. Aquí no podemos hacer nada. Esta habitación debe cerrarse inmediatamente y yo guardaré la llave.» Se hizo cargo de la situación. Salimos todos juntos y Claudia cerró la puerta. Stilgoe se quedó la llave. El resto ya lo conoce.

26

En el curso de las innumerables conversaciones sobre la tragedia que ocuparían las semanas y los meses siguientes, el personal de la Peverell Press generalmente coincidía en que la experiencia de Marjorie Spenlove había sido singular. La señorita Spenlove, la correctora de textos más antigua de la editorial, llegó a las nueve y cuarto en punto, su hora de costumbre. Le murmuró un «Buenos días» a George, quien, anonadado ante su centralita, no se fijó en ella. Lord Stilgoe, Dauntsey y De Witt estaban en el despachito de los archivos con el cadáver, la señora Demery atendía a Blackie en el guardarropa rodeada por el resto del personal y el vestíbulo se hallaba momentáneamente vacío. La señorita Spenlove subió directamente a su despacho, se quitó la chaqueta y se sentó a trabajar. Cuando trabajaba, permanecía ajena a todo lo que no fuera el texto que tenía delante. La Peverell Press aseguraba que ninguna obra revisada por ella contenía jamás un error sin detectar. La señorita Spenlove rayaba la perfección cuando trabajaba con obras de ensayo, ya que con los jóvenes novelistas modernos a veces le resultaba difícil distinguir entre los errores gramaticales y su cultivado y muy elogiado estilo natural. Su pericia iba más allá de las cuestiones de lenguaje; ninguna imprecisión geográfica o histórica pasaba inadvertida, ninguna incongruencia de clima, topografía o vestuario quedaba sin comprobar. Los autores apreciaban su colaboración, aunque la reunión que tenían con ella para aprobar el texto definitivo a menudo les dejaba la sensación de haberse sometido a una sesión particularmente traumática con una intimidante directora de escuela a la vieja usanza.

El sargento Robbins y un agente de paisano habían registrado el edificio poco después de llegar. El registro fue más bien superficial; nadie podía suponer en serio que el asesino estuviese todavía en el lugar, a no ser que fuera un miembro del personal. Pero al sargento Robbins le pasó por alto el pequeño cuarto de aseo de la segunda planta, un error seguramente comprensible. Luego, cuando bajaba para ir a llamar a Gabriel Dauntsey, su fino oído detectó el ruido de una tos en el despacho contiguo y, al abrir la puerta, se encontró cara a cara con una señora mayor que trabajaba ante un escritorio. La mujer lo miró con severidad por encima de sus gafas de media luna e inquirió:

—¿Y quién es usted, si se puede saber?

—Soy el sargento Robbins de la policía metropolitana, señora. ¿Cómo ha entrado usted?

—Por la puerta. Trabajo aquí. Éste es mi despacho. Soy correctora de textos de la Peverell Press y, como tal, tengo derecho a estar aquí. Dudo muchísimo que pueda decirse lo mismo de usted.

—Estoy de servicio, señora. Se ha encontrado muerto al señor Gerard Etienne en circunstancias sospechosas.

—¿Quiere decir que lo han asesinado?

—Todavía no estamos seguros.

—¿Cuándo murió?

—Lo sabremos mejor cuando recibamos el informe del patólogo forense.

—¿Cómo murió?

—Todavía no conocemos la causa de la muerte.

—Me parece, joven, que es muy poco lo que sabe. Quizá sea mejor que vuelva cuando esté mejor informado.

El sargento Robbins abrió la boca y volvió a cerrarla con firmeza, conteniéndose justo a tiempo para no decir: «Sí, señorita. Muy bien, señorita.» Se retiró, cerró la puerta a sus espaldas y siguió bajando. Estaba a mitad de la escalera cuando se dio cuenta de que no le había preguntado el nombre. Acabaría sabiéndolo, naturalmente. Era una pequeña omisión en un breve encuentro que, debía reconocerlo, no había sido de los mejores. Como era un hombre sincero y moderadamente propenso a conjeturas, reconoció también que ello se debía en parte al asombroso parecido físico y de voz que la señora del despacho presentaba con la señorita Addison, la primera maestra del sargento después de salir del parvulario, quien creía que los niños se portan mejor y son más felices cuando saben desde el primer momento quién es el que manda.

La señorita Spenlove quedó más afectada por la noticia de lo que había dejado traslucir. Tras terminar la página en que estaba trabajando, llamó a la centralita.

—¿Podría localizarme a la señora Demery, George? —Cuando buscaba información, la señorita Spenlove creía en la conveniencia de acudir a un experto—. ¿Señora Demery? Hay un joven vagando por la casa que dice ser sargento de la policía metroplitana. Me ha asegurado que el señor Etienne está muerto, posiblemente asesinado. Si sabe usted algo al respecto, le agradecería que subiera a instruirme. ¡Ah!, y ya estoy a punto para el café.

La señora Demery, abandonando a Blackie a los cuidados de Mandy, tuvo mucho gusto en complacerla.

27

Dalgliesh, acompañado por Kate, se entrevistó con los restantes socios en el despacho de Gerard Etienne. Daniel estaba ocupado en el despachito de los archivos, donde el técnico del gas ya había empezado a desmontar la estufa; una vez realizada esta tarea y enviadas al laboratorio las muestras de escombros de la chimenea, iría a la comisaría de Wapping para preparar el centro de operaciones. Dalgliesh ya había hablado con el comisario, que se había resignado filosóficamente a la intrusión y a ceder temporalmente uno de sus despachos. Dalgliesh tenía la esperanza de que no fuese por mucho tiempo. Si aquello era un asesinato, y en su fuero interno ya no albergaba la menor duda de que lo era, no era probable que el número de sospechosos fuese muy elevado.

No sentía ningún deseo de sentarse ante el escritorio de Etienne, en parte por consideración a los sentimientos de los socios, pero sobre todo porque una confrontación mediada por un metro veinte de roble claro investía cualquier entrevista de una formalidad más apropiada para inhibir al sospechoso o provocar su hostilidad que para sonsacar información útil. Cerca de la ventana, en cambio, había una pequeña mesa de conferencias de la misma madera, con seis sillas, de modo que se acomodaron allí. La larga caminata desde la puerta resultaría intimidante para todos los convocados salvo los más seguros de sí, pero Dalgliesh dudaba que incomodara a Claudia o a James de Witt.

Se advertía que la habitación había sido en tiempos

un comedor, pero se había profanado su elegancia con el tabique del extremo, que cruzaba los adornos de estuco del techo y bisecaba una de las cuatro altas ventanas que se abrían sobre Innocent Passage. La magnífica chimenea de mármol con sus elegantes relieves quedaba en el despacho de la señorita Blackett. Y ahí, en el despacho de Etienne, los muebles —escritorio, sillas, mesa de conferencias y archivadores— eran casi agresivamente modernos. Quizás incluso habían sido elegidos deliberadamente para que contrastaran con las columnas de mármol y el cornisamento de pórfido, las dos espléndidas arañas, una de las cuales casi tocaba el tabique, y el dorado de los marcos sobre el verde claro de las paredes. Los cuadros eran de escenas rurales convencionales, casi con certeza de la época victoriana. Estaban bien, pero quizá demasiado repintados, demasiado sentimentales para su gusto. No creía que aquéllos fueran los cuadros que habían colgado en esa sala los primeros moradores de la casa, y se preguntó qué retratos de los Peverell habían adornado en otro tiempo las paredes. Quedaba todavía uno de los muebles originales: una mesita para vino en bronce y mármol, de evidente estilo Regencia. De modo que un recordatorio de pasados esplendores, por lo menos, aún se mantenía en uso. Dalgliesh sintió curiosidad por saber qué pensaba Frances Peverell de la profanación de la sala y si ahora, muerto Gerard Etienne, se suprimiría el tabique. Se preguntaba también si Gerard Etienne era insensible a toda la arquitectura o si sólo desdeñaba la de esa casa en particular. ¿Acaso el tabique y el discordante mobiliario moderno eran una manera de señalar la inconveniencia de la habitación para sus propósitos, un rechazo deliberado de un pasado dominado por el apellido Peverell y no el apellido Etienne?

Claudia Etienne cruzó los diez metros que separaban la puerta de la mesa de conferencias con soltura y confianza y se sentó como si estuviera otorgando un favor. Estaba muy pálida, pero guardaba bien la compostura, aunque él sospechaba que sus manos, hundidas en los bolsillos del cárdigan, habrían resultado más reveladoras que el rostro tenso y grave. Dalgliesh le expresó su condolencia con sencillez y, esperaba, con sinceridad, pero ella lo interrumpió en seco.

—¿Ha venido por lord Stilgoe?

—No. He venido por la muerte de su hermano. Lord Stilgoe se puso indirectamente en contacto conmigo por mediación de un amigo mutuo. Había recibido un anónimo que causó un gran trastorno a su esposa; ella lo interpretaba como una amenaza contra su vida. Lord Stilgoe quería garantías oficiales de que la policía no sospechaba nada impropio en las tres muertes relacionadas con Innocent House, las de dos autores y la de Sonia Clements.

—Garantías que usted, naturalmente, pudo darle.

—Que los pertinentes departamentos de la policía pudieron darle. Debió de recibirlas hace unos tres días.

—Espero que quedara satisfecho. El egocentrismo de lord Stilgoe raya en la paranoia. Pero aun así, difícilmente puede suponer que la muerte de Gerard constituye un intento deliberado de sabotear sus preciosas memorias. Todavía me sorprende, comandante, que haya venido usted en persona, y con tan impresionante despliegue de fuerzas. ¿Trata usted la muerte de mi hermano como un asesinato?

—Como una muerte inexplicada y sospechosa. Por eso tengo que molestarla en estos momentos. Le quedaría reconocido si colaborara, no sólo conmigo personalmente, sino explicándole al personal que la invasión de su intimidad y la perturbación de su trabajo son hasta cierto punto inevitables.

—Creo que lo comprenderán.

—Tendremos que tomar huellas digitales con fines de exclusión. Las que no sean necesarias como prueba se destruirán cuando el caso se dé por resuelto.

—Para nosotros será una experiencia nueva. Si es necesario, desde luego, debemos aceptarlo. Supongo que nos pedirá a todos, y en particular a los socios, que le presentemos una coartada.

—Necesito saber qué hizo anoche, señorita Etienne, y con quién estuvo a partir de las seis.

Ella replicó:

—Tiene usted la poco envidiable tarea, comandante, de darme el pésame por la muerte de mi hermano al mismo tiempo que me pide una coartada que demuestre que no lo maté yo. Y lo hace con cierta elegancia. Le felicito; aunque, claro, tiene usted mucha práctica. Anoche estuve en el río con un amigo, Declan Cartwright. Cuando hable con él seguramente le dirá que soy su novia. Yo prefiero la palabra «amante». Salimos poco después de las seis y media, cuando la lancha regresó de transportar a algunos miembros del personal al muelle de Charing Cross. Estuvimos en el río hasta las diez y media aproximadamente, quizás un poco más; después volvimos aquí y fui con Declan en mi coche a su piso de Westbourne Grove. Vive encima de una tienda de antigüedades que él mismo lleva para su propietario. Le daré la dirección, por supuesto. Estuve con él hasta las dos de la madrugada y luego regresé al Barbican. Tengo un piso allí, debajo del de mi hermano.

—Mucho tiempo para pasarlo en el río una noche de octubre.

—Una hermosa noche de octubre. Navegamos río abajo para ver la barrera del Támesis y luego volvimos atrás y amarramos en el muelle de Greenwich. Cenamos en Le Papillon, en la calle de Greenwich Church. Habíamos reservado mesa para las ocho y calculo que permanecimos allí más o menos una hora y media. Luego remontamos el río hasta pasado el puente de Battersea y volvimos aquí, como le he dicho, poco después de las diez y media.

—¿Les vio alguien, aparte, naturalmente, del personal del restaurante y los demás clientes?

—No había mucho tráfico en el río. Aun así, debió de vernos mucha gente, pero eso no quiere decir que se acuerden de nosotros. Yo estaba en el puente y Declan permaneció a mi lado la mayor parte del tiempo. Mientras navegábamos, vimos al menos dos lanchas de la policía. Me atrevería a decir que se fijaron en nosotros; ése es su trabajo, ¿no?

—¿Les vio alguien al embarcar o cuando regresaron?

—No, que yo sepa. No vimos ni oímos a nadie.

—¿Y no sabe de nadie que deseara la muerte de su hermano?

—Ya me lo preguntó antes.

—Se lo vuelvo a preguntar, ahora que hablamos en privado.

—¿Es eso cierto? ¿Acaso nada de lo que se dice a un agente de policía es realmente privado? Mi respuesta es la misma. No sé de nadie que lo odiara tanto como para matarlo. Seguramente hay personas que no se entristecerán por su muerte. Ninguna muerte es universalmente lamentada. Toda muerte redunda en beneficio de alguien.

—¿Quién se beneficiará de esta muerte?

—Yo. Soy la heredera de Gerard. Naturalmente, eso habría cambiado en cuanto se casara. Según están las cosas, heredo sus acciones de la empresa, el piso del Barbican y el importe de su seguro de vida. No lo conocía muy bien, no nos criamos como hermanos cariñosos. Fuimos a distintos colegios y a distintas universidades, y llevábamos distinta vida. Mi piso del Barbican está debajo del suyo, pero no teníamos la costumbre de visitarnos a menudo. Habría parecido una intrusión en la intimidad del otro. Pero me gustaba y lo respetaba. Estaba de su parte. Si lo han asesinado, espero que el asesino se pudra en la cárcel durante el resto de su vida. No ocurrirá, por supuesto. Nos damos mucha prisa en olvidar a los muertos y perdonar a los vivos. Tal vez necesitamos demostrar compasión porque somos incómodamente conscientes de que un día podemos necesitarla. A propósito, aquí están sus llaves. Había pedido usted un juego. He retirado las del coche y las del piso.

—Gracias —dijo Dalgliesh mientras las cogía—. No es necesario que le asegure que permanecerán en mi poder o bajo la custodia de algún miembro de mi equipo. ¿Sabe ya su padre que su hijo ha muerto?

—Todavía no. Pienso salir en mi coche hacia Bramwell-on-Sea a la caída de la tarde. Mi padre vive como un recluso y no recibe llamadas telefónicas. Y aunque no fuera así, preferiría decírselo cara a cara. ¿Quiere usted verlo?

—Es importante que lo vea. Le agradecería que le preguntara si estaría dispuesto a recibirme mañana a la hora que le resulte más cómoda.

—Se lo preguntaré, pero no sé si accederá. Es muy reacio a las visitas. Vive con una francesa entrada en años que cuida de él. El hijo de la mujer es su chófer. Está casado con una joven del lugar y supongo que cuando Estelle muera la sucederá. Ella, desde luego, no se retirará: considera un privilegio dedicar su vida a un héroe de Francia. Mi padre, como siempre, tiene bien organizada la vida. Le digo esto para que sepa con qué se va a encontrar. No creo que su petición sea bien recibida. ¿Es todo?

—También necesito ver a los parientes de Sonia Clements.

—¿Sonia Clements? Pero ¿qué relación puede haber entre su suicidio y la muerte de Gerard?

—Ninguna que yo sepa en estos momentos. ¿Sabe si tenía parientes o si vivía con alguien?

—Sólo una hermana y, cuando se suicidó, hacía tres años que no vivían juntas. Es monja y forma parte de una comunidad en Kemptown, cerca de Brighton. Llevan una residencia para enfermos terminales. Creo que se llama Convento de St. Anne. Estoy segura de que la madre superiora le permitirá verla. Después de todo, los policías son como los inspectores de Hacienda, ¿verdad? Por desagradable o inoportuna que resulte su presencia, cuando llaman a la puerta hay que dejarlos entrar. ¿Desea alguna otra cosa de mí?

—El despachito de los archivos quedará precintado, y me gustaría cerrar también la sala de los archivos.

—¿Durante cuánto tiempo?

—Tanto como sea necesario. ¿Representará un gran trastorno?

—Claro que será un trastorno. Gabriel Dauntsey está revisando los expedientes antiguos y el trabajo ya va bastante retrasado sobre lo previsto.

—Comprendo que será un trastorno. Lo que le he preguntado es si sería un gran trastorno. ¿Pueden proseguir las actividades de la editorial sin acceder a esas dos habitaciones?

—Evidentemente, si cree que es importante tendremos que arreglárnoslas.

—Gracias.

Para terminar, le preguntó por el bromista pesado de Innocent House y las medidas adoptadas para descubrir al culpable. En conjunto, la investigación parecía haber sido tan superficial como infructuosa.

—Gerard lo dejó más o menos en mis manos —le explicó Claudia—, pero no llegué demasiado lejos. Lo único que hice fue una lista de los incidentes según se producían y de las personas que se encontraban en el edificio en el momento apropiado o podían ser responsables. Es decir, prácticamente todo el mundo, excepto los empleados que estaban de baja por enfermedad o de vacaciones. Era casi como si el bromista eligiera deliberadamente momentos en los que todos los socios y la mayor parte de los empleados estuvieran presentes y cualquiera hubiese podido ser el responsable. Gabriel Dauntsey tiene una coartada para el último incidente, el fax que se envió ayer desde estas oficinas a la librería Better Books de Cambridge: en el momento del envío, había salido para almorzar con uno de nuestros autores en el Ivy. Pero los demás socios y el personal estábamos aquí. Gerard y yo fuimos en lancha a Greenwich y almorzamos en la Trafalgar Tavern, pero no nos marchamos de aquí hasta la una menos veinte. El fax se envió a las doce y media. Carling debía empezar a firmar a la una. El suceso más reciente, por supuesto, es el robo de la agenda personal de mi hermano. Pudieron llevársela del cajón de su escritorio en cualquier momento del miércoles. La echó de menos ayer por la mañana en cuanto llegó.

—Hábleme de la serpiente —le pidió Dalgliesh.

—¿Sid la Siseante? Sabe Dios cuánto hace que está aquí. Unos cinco años, me parece. Alguien la dejó después de una fiesta de Navidad del personal. La señorita Blackett la utilizaba para mantener entreabierta la puerta que comunicaba con el despacho de Henry Peverell. Se ha convertido en una especie de mascota de la oficina. Se ve que Blackie le ha cogido afecto.

—Y ayer su hermano le dijo que se deshiciera de ella.

—Se lo habrá contado la señora Demery, supongo. Sí, se lo dijo. No estaba de un humor demasiado bueno tras la reunión de los socios y, por la causa que fuera, verla allí le irritó. La señorita Blackett la guardó en un cajón de su escritorio.

—¿Vio usted cómo lo hacía?

—Sí. Yo misma, Gabriel Dauntsey y nuestra taquimecanógrafa interina, Mandy Price. Imagino que la noticia no tardó en correr por toda la oficina.

Dalgliesh preguntó:

—¿Su hermano salió de la reunión malhumorado?

—Yo no he dicho eso. He dicho que no estaba de un humor demasiado bueno. Nadie lo estaba. No es ningún secreto que la Peverell Press tiene problemas. Si queremos seguir en el negocio, hemos de afrontar la venta de Innocent House.

—Debe de ser una perspectiva muy poco grata para la señorita Peverell.

—No creo que a ninguno de nosotros le complazca. La sugerencia de que alguno de los socios intentara impedirlo agrediendo a Gerard es ridícula.

—No es una sugerencia que yo haya hecho —señaló Dalgliesh.

Finalmente, la dejó marchar.

Claudia acababa de llegar a la puerta cuando Daniel asomó la cabeza. Le abrió la puerta para dejarla pasar y, antes de hablar, esperó a que ella hubiera salido de la habitación.

—El ingeniero del gas ya ha terminado, señor. Es lo que suponíamos. El cañón de la chimenea está muy obstruido. Parecen fragmentos del revestimiento interno del cañón, pero también hay mucha arena y carbonilla que se han ido acumulando con los años. Nos mandará un informe oficial, pero no tiene ninguna duda de lo ocurrido: con la chimenea en el estado en que se encuentra, la estufa era letal.

—Sólo en una habitación sin la ventilación adecuada —replicó Dalgliesh—. Nos lo han dicho muchas veces. La combinación letal fue la estufa encendida y la ventana imposible de abrir.

—Había un cascote particularmente grande atravesado en el cañón —prosiguió Daniel—. Pudo caer por sí solo del revestimiento de la chimenea o haber sido desprendido deliberadamente. No hay manera de saberlo. Algunas partes del revestimiento basta tocarlas para que se caigan en pedazos. ¿Quiere echarle un vistazo, señor?

—Sí, subiré ahora mismo.

—Y además de los cascotes, ¿quiere que enviemos también la estufa al laboratorio?

—Sí, Daniel, todo lo que haya.

No tuvo que añadir: «Y quiero huellas, fotografías, todo el lote.» Como siempre, trabajaba con expertos en la muerte violenta.

Mientras subían por la escalera, preguntó:

—¿Alguna noticia sobre la grabadora desaparecida o la agenda de Etienne?

—Hasta ahora no, señor. La señorita Etienne se ha opuesto enérgicamente a que registremos los escritorios de los empleados que han vuelto a casa o están hoy de baja. He creído que no querría usted pedir un mandamiento de registro.

—Por ahora no es necesario y dudo que llegue a serlo. El registro puede realizarse el lunes, cuando estén todos los empleados. Si el asesino se llevó la grabadora por una razón determinada, a estas horas probablemente esté en el fondo del río. Si se la llevó el bromista de la oficina, podría aparecer en cualquier sitio. Y lo mismo se puede decir de la agenda.

—Por lo visto —dijo Daniel—, era la única grabadora de este tipo que había en la oficina. Era propiedad personal del señor Dauntsey. Las otras, más grandes, funcionan a pilas y conectadas a la red con cintas de casete habituales, de diez por seis centímetros. El señor De Witt pregunta si podría verlo sin mucha demora, señor. Vive con un amigo enfermo de gravedad y le había prometido volver temprano.

—Muy bien. Lo recibiré enseguida.

El ingeniero del gas, con el abrigo puesto y a punto para irse, expresó con vehemencia su desaprobación, obviamente dividido entre un interés casi patrimonial por el aparato y la indignación profesional por su mal uso.

—Hacía casi veinte años que no veía una estufa de esta clase. Tendría que estar en un museo, pero no hay nada que le impida funcionar correctamente. Es sólida, está bien hecha. Es de las que se instalaban en los cuartos para niños. La llave de paso es extraíble, fíjese, para que los niños no pudieran accionarla sin darse cuenta. Lo que ha pasado aquí está muy claro, comandante. El cañón de la chimenea está completamente obstruido. Esta carbonilla debe de llevar años acumulándose. Sabe Dios cuándo le hicieron la última revisión a esta estufa. Era una muerte anunciada. Lo he visto otras veces, sin duda usted también, y volveremos a verlo. La gente no puede decir que no se lo han advertido bastante. Los aparatos de gas necesitan aire. Si no hay ventilación, funcionan mal y se acumula monóxido de carbono. El gas es un combustible perfectamente seguro si se utiliza como es debido.

—¿Habría estado a salvo con la ventana abierta?

—Es de suponer que sí. La ventana es alta y bastante estrecha, pero si hubiera estado abierta como es preciso no le habría pasado nada. ¿Cómo lo encontraron? Dormido en la silla, supongo. Es lo que suele ocurrir. Les entra un poco de sueño, se duermen y ya no despiertan.

—Hay peores maneras de morir —comentó Daniel.

—No, señor; si es usted ingeniero de gas, no las hay. Es una ofensa para el producto. Supongo que necesitará un informe, comandante. Bien, enseguida lo tendrá. Era joven, ¿verdad? Eso hace que aún sea peor. No sé por qué, pero es así. —Abrió la puerta y antes de salir paseó la mirada por la habitación—. Me gustaría saber por qué subió a trabajar aquí. Es curioso que eligiera este lugar. Se diría que en un edificio de estas dimensiones ha de haber suficientes despachos sin necesidad de subir aquí arriba.

28

James de Witt cerró la puerta a sus espaldas y se detuvo unos instantes junto a ella con aire indiferente, como preguntándose si, después de todo, iba a molestarse en entrar; finalmente, cruzó la habitación con paso ágil y desenvuelto y desplazó la silla vacía a un lado de la mesa.

—¿Le importa que me siente aquí? Enfrentarse a usted con la mesa de por medio, como si fuéramos adversarios, resulta más bien intimidante. Despierta desagradables recuerdos de entrevistas con el tutor.

Vestía de un modo informal, con unos tejanos azul oscuro y un holgado jersey de punto acanalado, provisto de refuerzos de piel en codos y hombros, que parecía excedente del ejército. En él el conjunto resultaba casi elegante.

Era muy alto —sin duda más de un metro ochenta— y un tanto desgarbado, y movía con cierta desmaña las muñecas largas y huesudas. La cara, que poseía algo del melancólico humor de un payaso, era enjuta y de rasgos inteligentes, las mejillas lisas bajo los prominentes huesos. Un grueso mechón de cabello castaño claro le caía sobre la ancha frente. Tenía los ojos semicerrados, soñolientos bajo los hinchados párpados, pero eran unos ojos a los que se les escapaba poco y que no delataban nada. Cuando volvió a hablar, su voz suave y agradable resultó curiosamente inadecuada para las palabras, pronunciadas con lentitud:

—Acabo de ver a Claudia. Tiene aspecto de estar mortalmente cansada. ¿Realmente era necesario interrogarla hoy? Después de todo, acaba de perder a su único hermano en circunstancias desoladoras.

Dalgliesh respondió:

—Difícilmente podría considerarse un interrogatorio. Si la señorita Etienne nos hubiera pedido que lo interrumpiéramos, o si yo la hubiera visto demasiado afectada, es evidente que habríamos pospuesto la entrevista.

—¿Y Frances Peverell? Para ella no será menos desagradable. ¿No puede esperar hasta mañana para entrevistarla?

—No, a no ser que se encuentre demasiado angustiada para verme ahora. En esta clase de investigación, necesitamos obtener la mayor información posible en el menor tiempo posible.

Kate se preguntó si quien le preocupaba de verdad era Frances Peverell, y no Claudia Etienne.

—Supongo que le he quitado el turno a Frances. Lo siento, pero mis planes para el día se han visto alterados y mi amigo, Rupert Farlow, se quedará solo si a las cuatro y media no he llegado a casa. De hecho, Rupert Farlow es mi coartada. Doy por sentado que el propósito principal de esta entrevista es que le presente alguna. Ayer volví a casa en la primera lancha, a las cinco y media, y llegué a Hillgate Village hacia las seis y media. De Charing Cross a Notting Hill Gate fui en metro. Rupert le confirmará que estuve en casa con él todo el tiempo. No vino nadie y, cosa insólita, nadie llamó por teléfono. Si no le importa, concierte una cita antes de ir a verlo. Está enfermo de gravedad y algunos días son mejores que otros para él.

Dalgliesh le formuló la pregunta de rigor: si conocía a alguien que pudiera desear la muerte de Gerard Etienne.

—¿Enemigos políticos, por ejemplo, utilizando la palabra en su sentido más amplio?

—¡Santo Dios, no! Gerard era un liberal impecable, al menos de palabra, si no en los hechos. Y a fin de cuentas lo que importa es lo que se dice. Tenía las opiniones liberales correctas. Sabía lo que no puede decirse ni publicarse en la Inglaterra de hoy, y no lo decía ni lo publicaba. Acaso lo pensara, como todos los demás, pero eso todavía no es delito. A decir verdad, dudo que le interesaran mucho los asuntos políticos y sociales, ni siquiera los que afectan a la edición. Podía fingir interés si lo creía conveniente, pero dudo que lo sintiera.

—¿Qué le interesaba? ¿Qué sentía profundamente?

—La fama. El éxito. Él mismo. La Peverell Press. Quería presidir una de las mayores editoriales privadas del país; la mayor, en realidad, y la de más éxito. La música; Beethoven y Wagner en particular. Era pianista y tocaba bastante bien. Lástima que no mostrara la misma sensibilidad en su trato con las personas. Su pareja actual supongo que también le interesaría.

—Estaba prometido.

—Con la hermana del conde de Norrington. Claudia ha telefoneado a su madre. Imagino que a estas horas ya le habrá dado la noticia a su hija.

—¿Y el compromiso no planteaba ningún problema?

—No que yo sepa. Claudia podría saberlo, pero lo dudo. Gerard era reservado acerca de lady Lucinda. Nos la presentó a todos, por supuesto. Dio una fiesta aquí el diez de julio, en lugar de la acostumbrada fiesta de verano, para celebrar al mismo tiempo el compromiso y el cumpleaños de su novia. Creo que la conoció en Bayreuth el pasado año, pero saqué la impresión, aunque podría estar equivocado, de que ella no estaba allí por Wagner. Creo que su madre y ella habían ido a visitar a unos primos del Continente. En realidad, sé muy poco de ella. El anuncio del compromiso fue una sorpresa, desde luego. No nos figurábamos que Gerard tuviese ambiciones sociales, si de eso se trataba. Lo que estaba claro era que lady Lucinda no aportaba ningún dinero a la empresa. Linaje, pero sin fondos. Naturalmente, cuando esta gente se queja de pobreza sólo quiere decir que tiene una ligera dificultad momentánea para pagar los gastos de su heredero en Eton. Con todo, no cabe duda de que lady Lucinda contaba entre los intereses de Gerard. Y luego está el montañismo. Si le hubiera preguntado a él por sus intereses, seguramente habría citado el montañismo, aunque, que yo sepa, sólo escaló una montaña en su vida.

Kate preguntó de improviso:

—¿Qué montaña?

De Witt se volvió hacia ella y sonrió. Fue una sonrisa inesperada que le transformó la cara.

—El Cervino. Probablemente eso le diga todo lo que necesita saber sobre Gerard Etienne.

—Es de suponer que pensaba introducir cambios en la empresa —prosiguió Dalgliesh—. Y no todos debían de ser gratos.

—Eso no significa que no fueran necesarios, y supongo que lo siguen siendo. El mantenimiento de la casa se come los beneficios anuales desde hace decenios. Supongo que podríamos permanecer aquí si redujéramos nuestro catálogo a la mitad, despidiéramos a dos terceras partes del personal, aceptáramos un recorte del treinta por ciento en nuestro propio sueldo y nos contentáramos con vivir del fondo editorial y ser una pequeña casa de prestigio. Pero eso no le habría gustado a Gerard Etienne.

—¿Y a los demás?

—Bueno, a veces rezongábamos y coceábamos contra el aguijón, pero creo que nos dábamos cuenta de que Gerard tenía razón: había que crecer o morir. Hoy en día una editorial no puede vivir sólo de la edición comercial. Gerard quería absorber una empresa con un buen catálogo de textos de derecho y hay una que está a punto para que alguien la coja; y también quería entrar en el campo del libro de texto. Iba a hacer falta dinero, por no hablar de energía y de cierta dosis de agresividad comercial. No sé si todos habríamos tenido estómago para eso. Sabe Dios qué ocurrirá ahora. Supongo que habrá una reunión de los socios, se confirmará a Claudia como presidenta y directora gerente y se postergarán todas las decisiones desagradables por un mínimo de seis meses. Eso habría divertido a Gerard. Lo habría considerado típico.

Dalgliesh, que no deseaba retenerlo demasiado tiempo, se dispuso a terminar la entrevista preguntándole por el bromista de la oficina.

—No tengo ni idea de quién puede ser el responsable. En las reuniones mensuales de los socios hemos perdido mucho tiempo hablando del asunto, pero no hemos llegado a ninguna conclusión. Es extraño, en realidad. Con una plantilla de sólo treinta personas, a estas alturas deberíamos tener alguna pista, aunque sólo fuera por un proceso de eliminación. Naturalmente, la mayor parte del personal lleva años en la empresa, y yo habría dicho que todos, los antiguos y los nuevos, se hallaban libres de sospecha. Y los incidentes se han producido siempre cuando prácticamente todos estábamos presentes. Quizás era lo que pretendía el bromista, dificultar la eliminación. Los más graves, por supuesto, fueron la desaparición de las ilustraciones para el libro sobre Guy Fawkes y la manipulación de las pruebas de imprenta de lord Stilgoe.

—Pero, de hecho —apuntó Dalgliesh—, ninguno de los dos resultó catastrófico.

—A decir verdad, no. Este último asunto con Sid la Siseante parece ser de otro orden. Los demás se dirigían contra la empresa, pero meterle a Gerard en la boca la cabeza de esa serpiente constituye sin duda un acto de malevolencia personal contra él. Para ahorrarle la pregunta, puedo decirle que sabía dónde encontrar a Sid. Supongo que cuando la señora Demery terminó de hacer su ronda toda la oficina debía de saberlo.

Dalgliesh pensó que ya era hora de dejarlo marchar.

—¿Cómo irá hasta Hillgate Village?

—He pedido un taxi; tardaría demasiado en lancha hasta Charing Cross. Mañana a las nueve y media estaré aquí, si desea saber algo más. Aunque no creo que pueda serle útil. Ah, también puedo decirle ya que no maté a Gerard ni le puse la serpiente al cuello. Nunca se me ocurriría convencerle de las virtudes de la novela literaria gaseándolo hasta morir.

—¿Es así como supone usted que murió? —inquirió Dalgliesh.

—¿Me equivoco? A decir verdad, fue idea de Dauntsey; no puedo atribuirme el mérito. Pero cuanto más pienso en ello más verosímil me parece.

Se retiró con la misma elegancia sin premura con que había entrado.

Dalgliesh caviló que interrogar a sospechosos era muy parecido a entrevistar candidatos como miembro de un comité de selección. Siempre existía la tentación de evaluar la actitud de cada uno y formarse una opinión provisional antes de convocar al siguiente solicitante. Esta vez esperó en silencio. Kate, como siempre, se había dado cuenta de que era más prudente guardar silencio, pero él sospechaba que le habría gustado hacer un par de comentarios mordaces sobre Claudia Etienne.

Frances Peverell fue la última. Entró en la habitación con algo semejante a la docilidad de una colegiala bien educada, pero su compostura se vino abajo cuando vio la chaqueta de Etienne colgada del respaldo de su sillón.

—No creí que aún estuviera aquí —dijo.

Echó a andar hacia ella con la mano tendida, pero se contuvo al instante y se volvió hacia Dalgliesh, quien vio que se le habían llenado los ojos de lágrimas.

—Lo siento —se excusó Dalgliesh—. Quizá deberíamos haberla retirado.

—Claudia habría podido llevársela, pero ha tenido otras cosas en que pensar. Pobre Claudia. Supongo que tendrá que encargarse de las pertenencias de su hermano, de toda su ropa.

Se sentó y miró a Dalgliesh como una paciente a la espera del dictamen del especialista. Sus facciones eran suaves y llevaba el cabello, castaño claro con mechas doradas, cortado con un flequillo que le caía sobre las rectas cejas y los ojos, de color verde azulado. Dalgliesh sospechó que la expresión tensa y angustiada que reflejaban era algo duradero antes que una respuesta a la desgracia presente, y se preguntó qué clase de padre había sido Henry Peverell. La mujer que tenía ante sí no mostraba en absoluto el egocentrismo arrogante de una hija única malcriada. Parecía una mujer que durante toda su vida había reaccionado a las necesidades de los demás, más acostumbrada a recibir críticas implícitas que alabanzas. Carecía por completo del aplomo de Claudia Etienne o la elegancia *dégagée* de James de Witt. Vestía una falda de *tweed* en suaves tonos azules y marrones, con un jersey azul de cuello cerrado y cárdigan a juego, pero sin la acostumbrada sarta de perlas. Podría haber llevado lo mismo en los años treinta y en los cincuenta, pensó Dalgliesh, la ropa de diario de las inglesas de buena familia; de un buen gusto sobrio, convencional y caro, incapaz de ofender a nadie.

Dalgliesh comentó en tono amable:

—Siempre he creído que es la peor tarea tras la muerte de alguien. Relojes, joyas, libros, cuadros: todo eso puede darse a los amigos, y parece justo y conveniente. Pero las prendas de vestir son demasiado personales para regalarlas. Paradójicamente, sólo podemos soportar que las usen, no las personas que conocemos, sino los extraños.

Ella respondió con afán, como si le agradeciera su comprensión.

—Sí, yo sentí lo mismo cuando murió papá. Al fin, di todos sus trajes y zapatos al Ejército de Salvación. Espero que los hiciesen llegar a alguien que los necesitara, pero fue como sacar a papá del piso, como sacarlo de mi vida.

—¿Apreciaba usted a Gerard Etienne?

Frances bajó la vista hacia las manos entrelazadas y luego lo miró de hito en hito.

—Estuve enamorada de él. Quería decírselo yo misma, porque estoy segura de que tarde o temprano lo averiguará y es mejor que lo sepa por mí. Mantuvimos una relación amorosa, pero terminó una semana antes de que él anunciara su compromiso.

—¿De común acuerdo?

—No, no de común acuerdo.

Dalgliesh no necesitaba preguntarle qué había sentido ante esa traición. Lo que había sentido, y seguía sintiendo, lo llevaba escrito en la cara.

—Lo siento —dijo—. No debe de resultarle fácil hablar de su muerte.

—No es tan doloroso como para que me impida hablar. Dígame, por favor, señor Dalgliesh: ¿cree usted que Gerard murió asesinado?

—Todavía no podemos estar seguros, pero es más una probabilidad que una posibilidad. Por eso tenemos que interrogarla hoy mismo. Querría que me explicara qué ocurrió exactamente anoche.

—Supongo que Gabriel, el señor Dauntsey, ya le habrá explicado que lo asaltaron. No fui con él al recital de poesía porque se mostró inflexible en que quería ir solo. Creo que tenía la sensación de que no iba a gustarme. Pero hubiera debido ir con él alguien de la Peverell Press. No había leído en público desde hace unos quince años y no estuvo bien que fuera solo. Quizá si hubiese ido yo con él no lo habrían asaltado. Hacia las once y media recibí una llamada del hospital St. Thomas para decirme que estaba allí y que tendría que esperar a que le hicieran una radiografía, y para preguntarme si me ocuparía de él en caso de que le permitieran marchar. Por lo visto, estaba bastante decidido a irse y querían asegurarse de que no pasaría la noche solo. Estuve asomándome a la ventana de la cocina para verlo llegar, pero no oí el taxi. Su puerta de entrada está en Innocent Lane, pero seguramente el taxista debió de torcer en la bocacalle y lo dejó allí.

Gabriel debió de llamarme nada más llegar. Me dijo que se encontraba bien, que no tenía ninguna fractura y que iba a tomar un baño. Después, le alegraría que bajara a su piso. No creo que en realidad quisiera verme, pero sabía que no me quedaría tranquila hasta haberme asegurado de que estaba bien.

Dalgliesh preguntó:

—Entonces, ¿no tiene usted llave de su piso? ¿No podía esperarlo allí?

—Tengo la llave, en efecto, y él tiene la de mi piso. Es una precaución razonable por si se produce un incendio o una inundación y necesitamos acceder al piso del otro en su ausencia. Pero no se me ocurriría utilizarla sin que Gabriel me lo hubiera pedido.

—¿Cuánto tiempo tardó en bajar después de la primera llamada? —quiso saber Dalgliesh.

La respuesta, naturalmente, tenía una importancia crucial. Cabía la posibilidad de que Gabriel Dauntsey hubiera matado a Etienne antes de salir para participar en la lectura de poesía a las siete cuarenta y cinco. El margen de tiempo era muy justo, pero podía hacerse. Sin embargo, al parecer sólo habría tenido ocasión de regresar a la escena del crimen después de la una de la noche.

Repitió la pregunta.

—¿Cuánto tardó el señor Dauntsey en llamarla para que bajara? Intente ser precisa.

—No pudo ser mucho. Supongo que unos ocho o diez minutos, quizás un poco menos. Unos ocho minutos, diría yo, el tiempo justo de tomar un baño. Su cuarto de baño está debajo del mío. No oigo correr el agua del grifo, pero sí la que escapa por el desagüe. Anoche estuve atenta a oírla.

—¿Y tuvo que esperar ocho minutos?

—No miraba el reloj. ¿Por qué iba a hacerlo? Pero estoy segura de que no tardó un tiempo excesivo. —Como si se le ocurriera de pronto la posibilidad, añadió—: No dirá usted en serio que sospecha de Gabriel, que cree que volvió a Innocent House y mató a Gerard, ¿verdad?

—El señor Etienne murió mucho antes de medianoche. Lo que consideramos ahora es la posibilidad de que le enroscaran la serpiente al cuello unas horas después de su muerte.

—Eso querría decir que alguien subió deliberadamente al despachito de los archivos, sabiendo que Gerard estaba muerto, sabiendo que estaba allí. Pero la única persona que podía saberlo era el asesino. Lo que está usted diciendo es que cree que el asesino volvió al despachito de los archivos al cabo de unas horas.

—Si hubo un asesino. Todavía no lo sabemos.

—¡Pero Gabriel estaba enfermo! ¡Lo habían asaltado! Y es un anciano. Tiene más de setenta años. Y padece de reuma. Suele andar con bastón. Es imposible que lo hiciera en ese tiempo.

—¿Está absolutamente segura de ello, señorita Peverell?

—Sí, estoy segura. Además, es verdad que se bañó. Oí escapar el agua.

—Pero no puede afirmar que fuera el agua del baño —objetó Dalgliesh con delicadeza.

—¿Qué podía ser, si no? No se limitó a dejar el grifo abierto, si es eso lo que pretende insinuar. De haberlo hecho, lo habría oído de inmediato. El agua de que le hablo no empezó a correr hasta transcurridos unos ocho minutos desde la primera llamada. Casi enseguida volvió a llamar para decirme que ya podía recibirme. Bajé inmediatamente. Iba en bata. Se notaba que acababa de bañarse. Tenía el cabello y la cara húmedos.

—¿Y qué ocurrió entonces?

—Ya había tomado algo de whisky y no quería nada más, así que insistí en que se acostara. Al verme decidida a pasar la noche en su piso, me explicó dónde había sábanas limpias para la cama libre. No creo que haya dormido nadie en esa habitación desde hace años. Él se durmió enseguida, y yo me acomodé en un sillón de la sala, delante de la chimenea eléctrica. Dejé la puerta abierta para poder oírle, pero no se despertó. Me desperté yo antes que él, poco después de las siete, y preparé una taza de té. Intenté no hacer ruido, pero creo que debió de oír que me movía por la casa. Cuando despertó eran aproximadamente las ocho. Ninguno de los dos tenía prisa. Sabíamos que George abriría Innocent House. Desayunamos un huevo duro cada uno y nos dirigimos a la oficina poco después de las nueve.

—¿Y no subió usted a ver el cuerpo del señor Etienne?

—Gabriel sí subió. Yo no. Yo esperé con los demás al pie de la escalera. Pero cuando oímos aquel horrible gemido agudo creo que comprendí que Gerard había muerto.

Dalgliesh advirtió que la mujer empezaba a angustiarse de nuevo. Había averiguado todo lo que le interesaba saber por el momento. Le dio las gracias amablemente y la dejó marchar.

Una vez Frances se hubo retirado, permanecieron unos instantes en silencio hasta que al fin Dalgliesh comentó:

—Bien, Kate, todos nos han presentado coartadas desinteresadas y convincentes. El amante de Claudia Etienne, el huésped enfermo de James de Witt y Frances Peverell, obviamente incapaz de creer que Gabriel Dauntsey pueda ser culpable de ningún acto malicioso y mucho menos de asesinato. Ha intentado ser sincera en cuanto al lapso de tiempo transcurrido desde que Dauntsey llegó a casa hasta que ella bajó a verlo. Es una mujer sincera, pero yo juraría que sus ocho minutos se quedan cortos.

—No sé si se ha dado cuenta de que Dauntsey le proporciona una coartada, además de proporcionársela ella a él. Aunque, claro, carece de importancia, ¿no? Tuvo tiempo de sobra para ir a Innocent House y hacer la jugada de la serpiente antes de que Dauntsey llegara a casa. Y también tuvo tiempo de sobra para matar a Etienne. No dispone de ninguna coartada para las primeras horas del atardecer. Se ha dado prisa en hacer constar lo del agua del baño, el hecho de que Dauntsey no podía haberse limitado a abrir el grifo y dejar correr el agua.

—No, pero hay otra posibilidad. Piénselo, Kate.

Kate reflexionó unos instantes y al fin dijo:

—Sí, claro, habría podido hacerse así.

—Lo cual quiere decir que necesitamos conocer la capacidad de la bañera. Y tendremos que hacer un cálculo del tiempo. No se lo pida a Dauntsey. Robbins tendrá que imaginarse que es un viejo reumático de setenta y seis años. Que compruebe cuánto tarda en llegar desde la puerta de Dauntsey en Innocent Lane hasta el cuartito de los archivos, hacer lo que haya que hacer allí y regresar.

—¿Subiendo por la escalera?

—Que lo compruebe por la escalera y en ascensor. Tratándose de ese ascensor, seguramente es más rápido por la escalera.

Mientras empezaban a recoger los papeles, Kate pensó en Frances Peverell. Dalgliesh se había mostrado atento con ella, pero ¿acaso era alguna vez brutal en un interrogatorio? Su comentario sobre la ropa de los difuntos había sido sincero. Al mismo tiempo, había resultado considerablemente eficaz de cara a ganarse la confianza de Frances Peverell. Seguramente se compadecía de la mujer, quizás incluso le gustaba, pero en el curso de la investigación no se dejaría influir por ningún sentimiento personal. «¿Y yo qué?», se preguntó Kate, no por primera vez. ¿Acaso Dalgliesh no mostraba un desapego semejante, una inexorabilidad comparable, en todos los aspectos de su vida profesional? Pensó: «Me respeta, se alegra de tenerme en el equipo, se fía de mí, a veces incluso creo que le gusto. Pero, si fallara estrepitosamente en el trabajo, ¿cuánto duraría?»

Dalgliesh le anunció:

—Ahora he de volver al Yard por un par de horas. Me reuniré con Daniel y usted en el depósito de cadáveres para asistir a la autopsia, aunque quizá no pueda quedarme hasta el final. Tengo una reunión con el comisionado y el ministro a las ocho en la Cámara de los Comunes. No sé cuándo podré escaparme, pero iré directamente a Wapping y examinaremos los datos de que disponemos hasta ahora.

Iba a ser una noche muy larga.

29

Faltaban dos minutos para las tres y Blackie estaba sentada a solas ante su escritorio. La agobiaba cierta apatía debida en parte a la conmoción tardía y en parte al miedo, que convertía cualquier acción en un esfuerzo intolerable. Suponía que podía irse a casa, aunque nadie se lo había dicho. Había papeles que archivar, cartas dictadas por Gerard Etienne que aún tenían que mecanografiarse, pero se le antojaba algo así como indecente, además de inútil, archivar documentos que él jamás reclamaría y mecanografiar cartas que su mano nunca firmaría. Mandy se había marchado media hora antes, seguramente después de que le dijeran que ya no la necesitaban. Blackie la había observado mientras ella sacaba el casco rojo del último cajón del escritorio y se abrochaba las cremalleras de la ajustada chaqueta de cuero. Cubierta por aquella cúpula reluciente, con su cuerpo tan flaco y las largas piernas enfundadas en unas mallas negras de punto, se había convertido instantáneamente, como siempre, en la caricatura de un insecto exótico.

Las últimas palabras que le dirigió a Blackie, pronunciadas en un tono de azorada compasión, fueron:

—Mire, no tendría que perder el sueño por él. A mí no me lo va a quitar, y más bien me gustaba, por lo que llegué a conocerle. Pero con usted se portaba como un cerdo. ¿Seguro que se encontrará bien? Me refiero a cuando se vaya a casa.

Ella contestó:

—Sí, Mandy, gracias. Ya estoy perfectamente bien. Ha sido la conmoción. Después de todo, yo era su secretaria personal. Tú sólo lo has conocido unas semanas y como mecanógrafa interina.

Estas palabras, un torpe intento por recobrar la dignidad, incluso a ella misma le sonaron represivas y pomposas. Mandy las recibió con un encogimiento de hombros y se fue sin decir nada más; los ecos de su ruidoso adiós a la señora Demery resonaron en el vestíbulo.

Mandy había salido notablemente animada de su entrevista con la policía y había ido de inmediato a la cocina para comentarla con la señora Demery, George y Amy. A Blackie le habría gustado estar con ellos, pero había juzgado impropio de su posición que la encontraran cotorreando con el personal subalterno. Era consciente, además, de que no habrían acogido con agrado tal intromisión en su intimidad y sus especulaciones. Por otra parte, tampoco los socios la habían invitado a reunirse con ellos cuando estaban encerrados en la sala de juntas, ni había ido a verla nadie excepto la señora Demery cuando la llamaban pidiendo más café y bocadillos. Blackie tenía la sensación de que en Innocent House no había ningún lugar en el que su presencia fuese deseada ni en el que pudiera ya sentirse como en casa.

Pensó en las últimas palabras de Mandy. ¿Era eso lo que le había dicho a la policía, que el señor Gerard se portaba como un cerdo con ella? Pero, qué pregunta: claro que se lo había dicho. ¿Por qué iba a guardar silencio sobre nada de lo que ocurría en Innocent House Mandy la forastera, que había llegado mucho después de que empezara la serie de bromas pesadas, que podía sentir un interés despreocupado y casi placentero por la intriga, refugiada en la seguridad que le proporcionaba el conocimiento de su propia inocencia, libre de afectos personales, ajena a cualquier lealtad personal? Mandy, a cuyos ojillos perspicaces nada pasaba por alto, debía de haber sido un regalo para la policía.

Y había estado mucho tiempo con ellos, casi una hora, sin duda mucho más de lo que su importancia en la empresa podía justificar. Una vez más, y en vano, puesto que ya no se podía cambiar nada, Blackie repasó mentalmente su entrevista. No la habían llamado de los primeros. Había tenido tiempo para prepararse, para pensar en lo que diría. Y lo había pensado. El miedo le había aguzado la mente.

La entrevista tuvo lugar en el despacho de la señorita Claudia, y con sólo dos policías presentes: la inspectora y un sargento. Blackie había acudido creyendo que vería al comandante Dalgliesh, y su ausencia la desconcertó de tal manera que respondió a las primeras preguntas sin saber muy bien si realmente había empezado la entrevista, medio esperando verlo aparecer por la puerta. También le sorprendió que ningún magnetófono grabara la conversación. La policía casi siempre lo hacía así en las series policíacas que a su prima le gustaba ver en Weaver's Cottage, pero quizás eso venía más tarde, cuando ya tenían un sospechoso principal y lo interrogaban tras haberle informado de sus derechos. Y entonces, naturalmente, estaría presente un abogado. Ahora se hallaba sola. No había habido ninguna advertencia previa, ninguna insinuación de que aquello fuera algo más que una informal charla preliminar. La inspectora se encargó de hacer casi todas las preguntas mientras el sargento tomaba notas, pero él también intervenía de vez en cuando sin cohibirse ante su superiora, con una tranquila seguridad que daba a entender que estaban acostumbrados a trabajar juntos. Los dos se habían mostrado muy corteses, casi indulgentes, pero ella no se dejó engañar: a pesar de todo, la estaban interrogando, e incluso las expresiones formales de simpatía, la delicadeza, formaban parte de su técnica. Al reflexionar en su despacho, a Blackie le sorprendió que hubiera sido capaz de darse cuenta de ello, que hubiera podido reconocerlos como los enemigos que eran incluso en su tumultuoso temor.

Empezaron con una serie de preguntas sencillas acerca del tiempo que llevaba en la empresa, de cómo se cerraba el edificio por la noche, quién tenía llaves y quién podía manipular las alarmas antirrobo, la distribución habitual de la jornada e incluso los turnos para el almuerzo. Mientras las contestaba, Blackie empezó a sentirse más a sus anchas, aunque era consciente de que se las hacían precisamente con esa intención.

Al fin, la inspectora Miskin comentó:

—Trabajó usted para el señor Henry Peverell durante veintisiete años, hasta el momento de su muerte, y luego pasó a trabajar para el señor Etienne cuando éste asumió los cargos de presidente y director gerente el pasado mes de enero. Debió de ser un cambio difícil para usted y para la empresa.

Ya se esperaba algo así. Tenía la respuesta a punto.

—Era distinto, desde luego. Llevaba tanto tiempo trabajando para el anciano señor Peverell que, naturalmente, confiaba en mí. El señor Gerard era más joven y tenía otros métodos de trabajo. Tuve que adaptarme a una personalidad distinta. A todas las secretarias personales les ocurre cuando las circunstancias les hacen cambiar de jefe.

—¿Encontraba satisfactorio trabajar para el señor Etienne? ¿Le gustaba como jefe?

Esta vez fue el sargento quien habló, mientras sus ojos oscuros de mirada neutra buscaban los de ella.

—Lo respetaba —respondió Blackie.

—No es exactamente lo mismo.

—No siempre puede gustarte el jefe. Creo que empezaba a acostumbrarme a él.

—¿Y él a usted? ¿Y al resto de la empresa? Estaba introduciendo muchos cambios, ¿verdad? Los cambios siempre provocan algún dolor, sobre todo en una organización que lleva mucho tiempo funcionando. En el Yard lo sabemos muy bien. ¿No hubo despidos, amenazas de despidos, un posible traslado a una nueva sede, la propuesta de vender Innocent House?

A eso replicó:

—Tendrán que preguntárselo a la señorita Claudia. El señor Gerard no comentaba la política de la empresa conmigo.

—A diferencia del señor Peverell. El paso de confidente a secretaria corriente no pudo ser agradable.

Ella no dijo nada. A continuación, la inspectora Miskin se inclinó hacia delante y le pidió en tono confidencial, casi como si fueran un par de muchachas a punto de compartir un secreto femenino:

—Háblenos de la serpiente. Háblenos de Sid la Siseante.

Entonces Blackie les contó cómo había llegado la serpiente a la oficina unos cinco años antes, el día de la fiesta de Navidad, traída por una taquimecanógrafa interina de cuyo nombre y dirección ya nadie se acordaba. Tras la fiesta, la serpiente quedó allí olvidada y no volvió a aparecer hasta pasados seis meses, cuando Blackie se la encontró apelotonada al fondo del cajón de su mesa. La utilizaba para enrollarla en el pomo de la puerta que comunicaba su despacho con el del señor Peverell. Él prefería que la puerta permaneciese entornada para poder llamar a Blackie de viva voz cuando la necesitaba; nunca le había gustado utilizar el teléfono. Sid la Siseante se convirtió en una especie de mascota de la empresa, presente en la excursión anual por el río y en la fiesta de Navidad, pero Blackie ya no la empleaba para mantener la puerta entreabierta. El señor Etienne la prefería cerrada.

El sargento preguntó:

—¿Dónde solía estar la serpiente?

—Generalmente, enroscada sobre el archivador de la izquierda. A veces estaba colgada de algún tirador.

—Cuéntenos qué ocurrió ayer. Al señor Etienne le molestó ver la serpiente en el despacho, ¿verdad?

—Salió de su despacho —le explicó ella, intentando mantener la voz serena— y vio a Sid colgada del asa de un archivador. Le pareció que su aspecto no era adecuado para una oficina y me pidió que me deshiciera de ella.

—¿Y usted qué hizo?

—La metí en un cajón de mi escritorio; el cajón superior de la derecha.

—Esto es muy importante, señorita Blackett —intervino la inspectora Miskin—, y estoy segura de que es usted lo bastante inteligente para comprender por qué. ¿Quién estaba en su despacho cuando guardó la serpiente en el cajón?

—Sólo Mandy Price, que comparte el despacho conmigo, el señor Dauntsey y la señorita Claudia. Luego el señor Gerard y ella pasaron a su despacho. El señor Dauntsey le dio una carta a Mandy para que la mecanografiara y también se fue.

—¿Y nadie más?

—En la habitación no había nadie más, pero supongo que algunos de los presentes lo comentarían en la oficina. No creo que Mandy tuviera la boca cerrada. Y cualquiera que buscase la serpiente seguramente habría mirado en el cajón de la derecha. Me refiero a que era el sitio más natural para guardarla.

—¿Y no pensó en tirarla?

Al recordarlo en la intimidad de su despacho, se dio cuenta de que había reaccionado a la pregunta con excesivo calor, que su voz había contenido una nota de enojado resentimiento.

—¿Tirar a Sid la Siseante? No, ¿por qué habría de hacerlo? Al señor Peverell le gustaba la serpiente. La encontraba graciosa. No hacía ningún mal allí. Después de todo, mi despacho no es un lugar al que suela entrar el público. Me limité a guardarla en el cajón. Pensé que quizá podía llevármela a casa.

Le preguntaron por la visita de Esmé Carling y su insistencia en ver al señor Etienne. Blackie comprendió que alguien debía de haber hablado, que el incidente no les venía de nuevas, de modo que les contó la verdad o, al menos, tanta verdad como fue capaz de decir en voz alta.

—La señora Carling no es uno de nuestros autores más tratables y estaba sumamente enojada. Creo que su agente le había dicho que el señor Etienne no deseaba publicar su último libro. Quería hablar con él a toda costa, pero tuve que explicarle que estaba reunido con los socios y que no se los podía molestar. Ella replicó con unas frases sumamente ofensivas a propósito del señor Peverell y de nuestra relación confidencial. Creo que opinaba que yo había ejercido demasiada influencia en la empresa.

—¿Amenazó con volver más tarde para entrevistarse con el señor Etienne ese mismo día?

—No, nada de eso. En otras circunstancias quizás hubiera insistido en quedarse hasta que terminara la reunión, pero tenía que ir a firmar ejemplares de sus obras en una librería de Cambridge.

—Pero el acto fue suspendido a consecuencia de un fax enviado a las doce y media desde estas oficinas. ¿Envió usted ese fax, señorita Blackett?

La secretaria clavó la mirada en aquellos ojos grises.

—No, no fui yo.

—¿Sabe quién lo envió?

—No tengo la menor idea. Fue durante la hora del almuerzo. Yo estaba en la cocina, calentando una bandeja de espaguetis a la boloñesa de Marks & Spencer. Todo el rato estuvo entrando y saliendo gente. No recuerdo dónde se encontraba nadie en particular a las doce y media exactamente. Lo único que sé es que yo no estaba en mi despacho.

—¿Y el despacho no estaba cerrado con llave?

—Claro que no. Nunca cerramos los despachos durante el día.

Y así había seguido. Preguntas acerca de las bromas pesadas, preguntas acerca de cuándo había salido de la oficina la noche anterior, del trayecto hasta su casa, de la hora a la que había llegado, de cómo había pasado la velada. Ninguna le resultó difícil. Al fin, la inspectora Miskin dio por concluida la entrevista, pero sin ninguna sensación de que realmente hubiera terminado. Cuando llegó el momento de irse, Blackie descubrió que le temblaban las piernas. Tuvo que sujetarse firmemente a la silla durante unos segundos antes de sentirse en condiciones de llegar hasta la puerta sin tambalearse.

Dos veces había intentado establecer comunicación con Weaver's Cottage, pero no contestaba nadie. Joan debía de estar en el pueblo o de compras en la ciudad; pero quizás era mejor así. Aquella noticia era para darla en persona, no por teléfono. Se preguntó si valía la pena llamar de nuevo para decirle que volvería a casa más temprano que de costumbre, pero el mero hecho de descolgar el auricular se le antojaba un esfuerzo excesivo. Mientras trataba de animarse a la acción, se abrió la puerta y la señorita Claudia asomó la cabeza.

—Ah, todavía está usted aquí. La policía desea que se vaya todo el mundo a casa. ¿No se lo ha dicho nadie? La oficina está cerrada, de todos modos. Fred Bowling está preparado para llevarla a Charing Cross en la lancha. —Al verle la cara, añadió—: ¿Se encuentra bien, Blackie? ¿Quiere que la acompañe alguien a casa?

La idea consternó a Blackie. Además, ¿quién podía acompañarla? Sabía que la señora Demery aún estaba en el edificio, preparando innumerables tazas de café para los socios y la policía, pero ciertamente no agradecería que la enviaran a hacer un viaje de una hora y media hasta Kent. A Blackie no le costó imaginarse ese viaje, la cháchara, las preguntas, la llegada a Weaver's Cottage las dos juntas, ella escoltada de mala gana por la señora Demery como si se tratara de una niña que había cometido una travesura o de una prisionera bajo vigilancia. Joan seguramente se sentiría obligada a ofrecerle un té a la señora Demery. Blackie imaginó la escena con las tres en la sala de estar del *cottage*, donde su hermana y ella oirían una versión sumamente adornada de los acontecimientos del día ofrecida por la señora Demery, gárrula y vulgar, pero al mismo tiempo solícita, una mujer de la que resultaría casi imposible librarse.

—Estoy perfectamente, muchas gracias, señorita Claudia —respondió—. Lamento haberme portado de una manera tan tonta. Fue la conmoción.

—Todos sufrimos una conmoción.

La señorita Claudia habló con voz átona. Quizá sus palabras no pretendían ser un reproche; sólo lo parecían. Hizo una pausa como si quisiera decir algo más, o tal vez juzgara que debía decirlo, y añadió:

—El lunes puede quedarse en casa si aún está angustiada. No es imprescindible que venga. Si la policía quiere preguntarle algo más, ya sabe dónde encontrarla. —Y acto seguido, desapareció.

Era la primera vez que se veían a solas, siquiera brevemente, desde el descubrimiento del cadáver. Blackie deseó haber encontrado algo que decir, alguna palabra de condolencia, pero ¿qué podía decirle que fuera al mismo tiempo verídico y sincero? «Nunca me gustó y yo no le gustaba a él, pero lamento que haya muerto.» ¿Y era eso cierto, en realidad?

En la estación de Charing Cross estaba acostumbrada a dejarse llevar por la muchedumbre de la hora punta, una corriente enérgica y resuelta. Se le hizo extraño estar allí a media tarde, envuelta en una tranquilidad sorprendente para un viernes y una atmósfera callada de indecisa atemporalidad. Una pareja de edad, excesivamente vestida para el viaje, la mujer obviamente con sus mejores prendas, estudiaba con nerviosismo el horario de salidas, el hombre arrastrando una pesada maleta de ruedas bien sujeta con correas. A una palabra de la mujer, el hombre se adelantó bruscamente y de inmediato la maleta cayó de lado con un golpe sordo. Blackie los observó unos instantes mientras se esforzaban en vano por levantarla y enseguida se acercó para ayudarlos. Pero mientras forcejeaba con el bulto, poco manejable y de peso mal repartido, no cesó de sentir sobre ella sus miradas inquietas y suspicaces, como si temiesen que quisiera apoderarse de su ropa interior. Completada la tarea, le dieron las gracias en un murmullo y se alejaron, sosteniendo la maleta entre los dos y dándole unas palmaditas de vez en cuando como si trataran de apaciguar a un perro recalcitrante.

El horario indicaba que Blackie tenía que esperar media hora, el tiempo suficiente para tomarse un café sin prisas. Mientras lo bebía, mientras aspiraba su aroma familiar y se calentaba las manos en torno a la taza, pensó que aquel viaje inesperado a una hora temprana normalmente habría constituido un pequeño placer, que el vacío desacostumbrado de la estación le habría recordado, no las incomodidades de la hora punta, sino las vacaciones de la niñez, el tiempo libre para el café, la grata certidumbre de llegar a casa antes de que oscureciese. Pero en aquellos momentos cualquier placer quedaba anulado por el recuerdo del horror, por aquella persistente e importuna amalgama de miedo y culpabilidad. Blackie se preguntó si alguna vez volvería a verse libre de ella. Pero al fin estaba de camino a casa. Aún no había decidido en qué medida se confiaría a su prima. Había cosas que no podía ni debía decirle, pero al menos podría contar con el consuelo de Joan, con el sosiego familiar y ordenado de Weaver's Cottage.

El tren, medio vacío, salió a su hora, pero más tarde Blackie no recordaría nada del viaje, de cómo había abierto su coche en el aparcamiento de East Marling ni del recorrido hasta West Marling y el *cottage*. Lo único que podría recordar después era su llegada ante la verja del jardín y lo que entonces le saltó a los ojos. Permaneció unos instantes inmóvil, mirando fijamente con incrédulo horror. Bajo el sol otoñal, el jardín se extendía ante ella violado, asolado, físicamente arrancado, destrozado y arrojado a un lado. Al principio, desorientada por la conmoción, confundida por el recuerdo de las grandes borrascas de años anteriores, creyó que Weaver's Cottage había sido alcanzado por un extraño huracán localizado. Pero fue una idea fugaz. Aquella destrucción, más mezquina, más discriminada, era obra de manos humanas.

Blackie bajó del coche con la sensación de que los miembros ya no le pertenecían y anduvo con paso rígido hacia la verja, a la que se aferró en busca de sostén. Fue entonces cuando empezó a discernir cada acto independiente de barbarie. El cerezo florecido a la derecha de la entrada, cuyos matices otoñales de amarillo y rojo vivo teñían el aire, tenía todas las ramas bajas arrancadas, las cicatrices de la corteza como otras tantas llagas abiertas. La morera plantada en el centro del jardín, el orgullo especial de Joan, había sufrido similares estragos y el banco de listones blancos que rodeaba su tronco estaba roto y astillado, como si unas gruesas botas hubieran saltado sobre él. Los rosales, debido tal vez a lo espinoso de sus ramas, estaban enteros, pero arrancados de raíz y amontonados, y el arriate de asteres tempranos y crisantemos blancos, que Joan había plantado al pie del oscuro seto con la intención de obtener un efecto de nieve acumulada, yacía a manojos sobre el sendero. La rosa que coronaba el porche había derrotado a los intrusos; sin embargo, éstos habían desgajado tanto las clemátides como las glicinias, dejando la fachada del *cottage* extrañamente desnuda e indefensa.

La vivienda estaba vacía. Blackie la recorrió habitación por habitación gritando el nombre de Joan aun mucho después de que resultara evidente que no se encontraba en casa. Empezaba a sentir las primeras punzadas de verdadera zozobra cuando oyó el golpe de la cancela del jardín y vio a su prima empujando la bicicleta por el sendero. Salió corriendo a su encuentro, preguntándole a gritos:

—¿Qué ha ocurrido? ¿Estás bien?

Su prima, sin dar muestras de sorpresa por encontrarla en casa mucho antes de la hora acostumbrada, respondió con hosquedad.

—Ya ves lo que ha ocurrido. Gamberros. Eran cuatro, cada uno con su moto. Casi los sorprendo en plena faena. Al volver del pueblo los vi marchar, pero estaban demasiado lejos para que pudiera tomarles la matrícula.

—¿Has llamado a la policía?

—Desde luego. Tienen que venir de East Marling y se lo toman con calma. Si aún tuviéramos nuestro policía en el pueblo, todo esto no habría sucedido. Por supuesto, es inútil que se den prisa. No los cogerán. Ésos ya se han escapado. Y aunque los cogieran, ¿qué les harían? Nada; ponerles una pequeña multa o una sentencia condicional. Dios mío, si la policía no es capaz de protegernos, al final tendremos que armarnos. Ojalá tuviera una pistola.

Blackie protestó.

—No puedes matar a nadie sólo porque te haya destrozado el jardín.

—¿Que no puedo? Yo sí podría.

Mientras entraban en el *cottage*, Blackie advirtió con asombro y azoramiento que Joan había llorado. Los signos eran inconfundibles: los ojos, desacostumbradamente pequeños y apagados, todavía inyectados en sangre; la cara hinchada, teñida de un gris enfermizo y moteada de crudas manchas rojas. Aquél había sido un agravio contra el que su calma y su estoicismo habituales resultaban impotentes. Habría soportado más fácilmente un ataque contra su persona. Pero la cólera se había impuesto ya a la aflicción, y la cólera de Joan era formidable.

—He vuelto otra vez al pueblo para ver qué más habían hecho. No mucho, por lo visto. Pararon a almorzar en el Moonraker's Arms, pero armaron tanto alboroto que la señora Baker se negó a servirles nada más y Baker los echó a la calle. Entonces empezaron a dar vueltas con las motos por el prado del pueblo, hasta que la señora Baker salió a decirles que no estaba permitido. Estaban muy provocadores y agresivos, acelerando las motos y haciendo muchísimo ruido, pero al final se fueron cuando salió Baker y los amenazó con llamar a la policía. Supongo que esto fue su manera de vengarse.

—¿Y si vuelven?

—Oh, ésos no volverán. ¿Para qué? Buscarán otra cosa bella que destruir. Dios mío, ¿qué generación hemos criado? Están mejor alimentados, mejor educados y mejor cuidados que cualquier generación anterior, pero se comportan como unos bárbaros ignorantes. ¿Qué nos está ocurriendo? Y que no me hablen del paro; puede que estén en paro, pero conducen motos caras y los dos llevaban un cigarrillo en la boca.

—No todos son así, Joan. No puedes juzgar a toda una generación por unos cuantos.

—Tienes razón, naturalmente. Me alegro de que estés aquí. —Era la primera vez en sus diecinueve años de vida en común que Joan expresaba abiertamente su necesidad del apoyo y el consuelo de Blackie. Tras una pausa, prosiguió—: Ha sido muy considerado por parte del señor Etienne dejarte salir más temprano. ¿Qué ha ocurrido? ¿Te ha llamado alguien del pueblo para decírtelo? Pero eso no puede ser. Ya debías de estar en camino cuando ha sucedido todo.

Y entonces Blackie habló de manera concisa pero vívida.

La noticia de aquel grotesco horror tuvo al menos el mérito de apartar los pensamientos de Joan de la violación de su jardín. Se dejó caer en la silla más cercana como si le fallaran las piernas, pero escuchó en silencio, sin exclamaciones de horror o de sorpresa. Cuando Blackie hubo terminado, se levantó y la miró fijamente a los ojos durante un largo cuarto de minuto, como si quisiera asegurarse de que aún se hallaba en su sano juicio. Acto seguido, habló en tono enérgico.

—Será mejor que te quedes sentada. Voy a encender el fuego. Las dos hemos sufrido una buena conmoción y es importante conservar el calor. Y traeré el whisky. Hemos de hablar de este asunto.

Mientras Joan la ayudaba a instalarse más cómodamente en el sillón de la chimenea, esponjando los cojines y acercándole el escabel con una solicitud poco frecuente en ella, Blackie no pudo por menos que advertir que el rostro y la voz de su prima expresaban no tanto indignación como cierta satisfacción ceñuda, y reflexionó que no había nada como el horror vicario del asesinato para distraer la atención de las propias y menos egregias desgracias.

Cuarenta minutos más tarde, sentada ante el crepitar del fuego de leña, sosegada por el calor y la mordedura del whisky que guardaban para casos de emergencia, Blackie se sintió distanciada por primera vez de los traumas del día. Sobre la alfombra, Arabella se desperezó con delicadeza y curvó las garras en una especie de éxtasis, el pelaje blanco enrojecido por la danza de las llamas. Joan había encendido el horno antes de sentarse a su lado y Blackie percibió el apetitoso olor de un asado de cordero que se filtraba por la puerta de la cocina. Se dio cuenta de que en realidad estaba hambrienta, de que tal vez le sería posible disfrutar incluso con la comida. Se sentía ligera de cuerpo, como si le hubiesen quitado físicamente de los hombros una carga de culpa y temor. Pese a su anterior resolución, se encontró hablando de Sydney Bartrum.

—Iba a quedarse en la calle, ¿comprendes? Yo misma mecanografié la carta del señor Gerard a una agencia de contratación. Naturalmente, no podía explicarle directamente a Sydney lo que se preparaba; siempre he considerado que el trabajo de una secretaria personal es sumamente confidencial. Pero tampoco me pareció justo no decirle nada. Se casó hace poco más de un año y ahora tiene una hija pequeña. Y ya pasa de los cincuenta. No le resultará fácil encontrar otro empleo. Así que, cuando el señor Gerard me pidió que lo llamara para hablar de los presupuestos, dejé una copia de la carta encima de mi escritorio. El señor Gerard siempre le hacía esperar, así que salí del despacho para darle una oportunidad. Estoy segura de que la leyó. Es una reacción instintiva echarle una mirada a una carta si la tienes abierta delante de ti.

Pero esta acción, tan ajena a su carácter y a su comportamiento habitual, no se había debido a la compasión. Ahora se daba cuenta de ello y se preguntó por qué no lo había comprendido antes. Lo que había sentido en aquellos momentos era que formaba causa común con Sydney Bartrum; los dos eran víctimas del desprecio apenas disimulado del señor Gerard. Al dejarle leer la carta, Blackie había hecho un pequeño gesto de desafío. ¿Era acaso ese primer gesto el que le había dado valor para la siguiente y más decisiva rebelión?

—Pero ¿la leyó? —preguntó Joan.

—Tuvo que leerla. No me delató; por lo menos, el señor Gerard no me dijo nada del asunto ni me echó en cara mi descuido. Pero al día siguiente Sydney solicitó entrevistarse con él y creo que le preguntó si su puesto de trabajo estaba seguro. No los oí hablar, pero no estuvo mucho rato dentro, y cuando salió estaba llorando. Figúrate, Joan, un hombre adulto llorando. —Tras un breve silencio, añadió—: Por eso no le he dicho nada a la policía.

—¿De que había salido llorando?

—De la carta. No se lo he dicho a nadie.

—¿Y es lo único que no les has dicho?

—Sí —mintió Blackie—. Lo único.

—Creo que has hecho bien. —La señora Willoughby, con las robustas piernas separadas y firmemente apoyadas en el suelo y la mano tendida hacia la botella de whisky, habló en tono sentencioso—: ¿Por qué ofrecer voluntariamente una información que puede ser irrelevante e incluso engañosa? Claro que, si te lo preguntan directamente, tendrás que decir la verdad.

—Eso mismo pensé yo. De momento, ni siquiera sabemos con certeza que lo hayan asesinado. Me refiero a que pudo morir por causas naturales, un ataque al corazón quizás, y más tarde alguien le enrolló la serpiente al cuello. Por lo visto, eso es lo que opina todo el mundo. Es exactamente lo que haría el bromista de la oficina.

Pero la señora Willoughby se apresuró a rechazar esta cómoda teoría.

—No, creo que podamos estar razonablemente seguras de que se trata de un asesinato. Le hicieran luego al cuerpo lo que le hicieran, la policía no estaría allí tanto tiempo, ni habrían asignado el caso a alguien tan importante, si albergaran alguna duda. Ya he oído hablar de ese comandante Dalgliesh. Si creyeran que se trata de una muerte natural, no habrían enviado a un oficial de su categoría. Aunque, claro, has dicho que fue lord Stilgoe quien llamó a New Scotland Yard y eso pudo influir en la policía. Los títulos aún conservan cierto poder. Podría ser un suicidio o un accidente, desde luego; pero, a juzgar por lo que acabas de contarme, ninguna de las dos cosas me parece probable. No; si quieres saber mi opinión, ha sido un asesinato. Y el culpable es alguien de la casa.

Blackie protestó.

—Pero no Sydney. Sydney Bartrum sería incapaz de matar una mosca.

—Puede ser. Pero también puede que sea capaz de aplastar algo mucho más grande y peligroso. Sea como fuere, la policía comprobará todas vuestras coartadas. Lástima que anoche fueras de compras al West End en lugar de venir directamente a casa. ¿No habrá nadie en Liberty o en Jaeger que pueda responder por ti?

—No lo creo. Ya sabes que no compré nada; sólo estuve mirando. Y las tiendas estaban muy llenas.

—Es ridículo suponer que hayas tenido nada que ver con eso, naturalmente, pero la policía debe tratar a todo el mundo por igual, al menos al principio. Oh, bien, no sirve de nada preocuparse hasta que conozcamos la hora exacta de la muerte. ¿Quién lo vio por última vez? ¿Se sabe ya?

—La señorita Claudia, me parece. Suele ser de las últimas en marcharse.

—Excepto, naturalmente, el asesino. Me gustaría saber cómo se las arregló para hacer subir a la víctima al despachito de los archivos. Imagino que murió allí. Suponiendo que lo estrangularan o lo asfixiaran con Sid la Siseante, el asesino tuvo que dominarlo antes físicamente. Un joven robusto no se acuesta dócilmente para dejar que lo asesinen. Habrían podido drogarlo, desde luego, o aturdirlo con un golpe lo bastante fuerte para dejarlo inconsciente, pero no tanto como para magullarlo. —La señora Willoughby, ávida lectora de novelas policíacas, conocía a suficientes asesinos de ficción expertos en esta difícil técnica. Tras una breve reflexión, prosiguió—: La droga habrían podido administrársela con el té de la tarde, pero entonces tendría que ser una droga insípida y de acción muy lenta. Lo veo difícil. O bien, naturalmente, habrían podido estrangularlo con algo blando para no dejar marcas; unas mallas o unas medias, por ejemplo. Un cordón no le habría servido de nada al asesino, porque se vería claramente la huella debajo de la serpiente. Espero que la policía haya pensado en todo esto.

—Estoy segura de que han pensado en todo, Joan.

Mientras paladeaba un sorbo de whisky, Blackie pensó que había algo curiosamente tranquilizador en el interés desinhibido de Joan y sus conjeturas sobre el crimen. No en vano tenía en su dormitorio cinco estantes llenos de novelas policíacas: Agatha Christie, Dorothy L. Sayers, Margery Allingham, Ngaio Marsh, Josephine Tey y los escasos escritores modernos que Joan juzgaba dignos de codearse con estos representantes de la Edad de Oro del asesinato de ficción. A fin de cuentas, ¿por qué había de sentir Joan ninguna aflicción personal? Sólo había estado una vez en Innocent House, tres años antes, cuando asistió a la fiesta de Navidad de la empresa. Excepto de nombre, conocía a muy pocos miembros del personal.

Sumida en tales reflexiones, el horror de Innocent House empezó a parecerle irreal, inocuo, una elegante trama literaria, sin aflicción, sin dolor, sin pérdida, la culpa y el horror desinfectados y reducidos a un enigma ingenioso. Contempló las llamas saltarinas y casi le pareció ver surgir de entre ellas la imagen de la señorita Marple, el bolso sujeto contra el pecho en ademán de protegerse, que clavaba en ella sus ojos ancianos, sabios y bondadosos y le aseguraba que no había nada que temer, que todo terminaría bien.

El fuego y el whisky se combinaron para producir una somnolencia satisfecha, de tal manera que la voz de su prima, oída de un modo intermitente, parecía llegar desde una gran distancia. Si no empezaban a cenar pronto, se quedaría dormida. Sacudiéndose la modorra, preguntó:

—¿No sería hora de que empezáramos a pensar en la cena?

30

Se habían encontrado a las seis y cuarto en los escalones que bajaban al río en las proximidades de la estación de Greenwich, entre un muro alto y la rampa de una casilla para botes. Era un lugar discreto, un buen lugar para reunirse. Había una playa pequeña y pedregosa, y todavía en aquellos momentos, de vuelta a casa en el coche y lejos del río, seguía oyendo el suave chapaleteo de las olas agotadas, el rechinar y entrechocar de los guijarros, el murmullo de la marea al retirarse. Gabriel Dauntsey había llegado el primero a la cita, pero no se había vuelto mientras Bartrum se le acercaba. Cuando habló, lo hizo con voz sosegada, casi en tono de disculpa.

—He creído que teníamos que hablar, Sydney. Ayer por la noche lo vi entrar en Innocent House. La ventana de mi cuarto de baño da a Innocent Lane. Me asomé por casualidad y lo vi. Debían de ser las siete menos veinte.

Sydney ya sabía de antemano lo que iba a escuchar, y ahora que al fin habían sido pronunciadas las palabras, las recibió con algo muy semejante al alivio.

Respondió de inmediato, anhelando que Dauntsey le creyera.

—Pero volví a salir enseguida. Se lo juro. Si hubiera esperado, si hubiera seguido mirando un minuto más, me habría visto salir. No pasé de la recepción. Perdí el valor. Me dije que sería inútil razonar y suplicar. Nada le habría hecho cambiar de idea, nada lo habría convencido. Le juro, señor Dauntsey, que anoche no volví a verlo después de salir de mi despacho.

—Sí, habría sido inútil. Gerard no era susceptible a los ruegos. —Y añadió—: Ni a las amenazas.

—¿Cómo podía amenazarlo? Mi situación era de impotencia. Habría podido despedirme la semana que viene y yo no hubiera sido capaz de impedírselo. Y si hacía algo que me enemistara aún más con él, me habría dado una de esas referencias astutamente formuladas que no admiten réplica, pero que garantizan que nunca vuelvas a encontrar otro trabajo. Me tenía en su poder. Me alegro de que haya muerto. Si fuera un hombre religioso, me hincaría de rodillas y le agradecería a Dios que haya muerto. Pero yo no lo maté. Tiene que creerme. Si no me cree usted, señor Dauntsey, ¿quién me creerá, Dios mío?

La persona que se hallaba junto a él no se movió ni dijo nada, sino que siguió contemplando el río por encima del negro pedregal. Finalmente, con humildad, el recién llegado preguntó:

—¿Qué piensa hacer?

—Nada. Tenía que hablar con usted para averiguar si se lo había dicho a la policía, si se propone decírselo. Me preguntaron si había visto entrar a alguien en Innocent House, naturalmente. Nos lo preguntaron a todos. Les mentí. Mentí y pienso seguir mintiendo, pero será inútil si usted ya se lo ha dicho o si pierde los nervios.

—No, no se lo he dicho. Les dije que llegué a casa a la hora de costumbre, justo antes de las siete. Llamé a mi esposa por teléfono nada más oír la noticia, antes de que se presentara la policía, y le pedí que confirmara que había llegado a la hora de siempre si alguien llamaba para preguntárselo. Por suerte fui el primero en llegar. Tenía toda la oficina para mí solo. Me disgustó mucho pedirle que mintiera, pero ella no le dio importancia. Estaba segura de que yo era inocente, de que no había hecho nada de lo que tuviera que avergonzarme. Esta noche se lo explicaré con más detalle. Sé que lo entenderá.

—¿La llamó antes de saber si se trataba de un asesinato?

—Desde el primer momento creí que era un asesinato. La serpiente, el cadáver semidesnudo... ¿Cómo podía tratarse de una muerte natural? —Luego añadió sencillamente—: Gracias por guardar silencio, señor Dauntsey. No lo olvidaré.

—No tiene por qué darme las gracias. Es lo más razonable. No le estoy haciendo ningún favor; no tiene por qué estarme agradecido. Es cuestión de sentido común, nada más. Si la policía pierde el tiempo sospechando de los inocentes, tendrá menos posibilidades de capturar al culpable. Y ya no estoy tan seguro como en otro tiempo de que no cometan errores.

El contable, con gran atrevimiento, le preguntó:

—¿Y eso le importa? ¿Quiere que atrapen al culpable?

—Quiero que averigüen quién le puso esa serpiente al cuello a Gerard y le metió la cabeza en la boca. Eso fue una abominación, una profanación de la muerte. Prefiero que el culpable sea condenado y el inocente vindicado. Supongo que es lo que quiere la mayoría de la gente. Eso, después de todo, es lo que entendemos por justicia. Pero no me siento agraviado personalmente por la muerte de Gerard ni por ninguna otra muerte; ya no. No creo tener la capacidad de afectarme intensamente por nada. Yo no lo asesiné; ya he matado bastante. No sé quién lo hizo, pero el asesino y yo tenemos algo en común: no nos vimos obligados a mirar a nuestras víctimas cara a cara. Creo que hay algo especialmente innoble en un asesino que ni siquiera ha de afrontar la realidad de lo que ha hecho.

El otro se rebajó a la humillación final.

—¿Y mi empleo, señor Dauntsey? ¿Cree que sigue estando en peligro? Para mí es muy importante. ¿Sabe cuáles son los proyectos de la señorita Etienne o de los demás socios? Comprendo que ha de haber cambios. Podría aprender nuevos métodos, si lo consideran necesario. Y no me importa que pongan a alguien por encima de mí si está mejor preparado. Puedo trabajar lealmente como subordinado. —Y añadió con amargura—: El señor Gerard creía que yo sólo servía para eso.

Dauntsey respondió:

—No sé qué se decidirá, pero me atrevería a afirmar que no habrá ningún cambio importante antes de seis meses, por lo menos. Y si yo tengo algo que ver con ello, su empleo no corre peligro.

Se volvieron al mismo tiempo y anduvieron sin decir nada hacia la calle secundaria donde habían aparcado los coches.

31

La casa que Sydney y Julie Bartrum habían elegido, y que estaban pagando con la hipoteca más elevada que habían podido obtener, quedaba cerca de la estación de Buckhurst Hill, en una angosta carretera en cuesta más parecida a una vía rural que a una calle suburbana. Era una casa convencional de los años treinta, con una ventana a modo de mirador, un porche en la parte delantera y un jardincito detrás. Todo lo que contenía lo habían elegido Julie y él juntos. Ninguno de los dos había traído nada del pasado, salvo recuerdos. Y Gerard Etienne había amenazado con quitarle este hogar, esta seguridad obtenida a base de esfuerzo y las innumerables cosas que la acompañaban. Si a los cincuenta y dos años se quedaba sin trabajo, ¿qué esperanzas tendría de seguir ganando el mismo sueldo? El dinero de la indemnización iría menguando mes tras mes y llegaría un momento en que incluso pagar la hipoteca se convertiría en una carga imposible de afrontar.

Su mujer salió de la cocina en cuanto oyó el ruido de la llave en la cerradura. Como siempre, extendió los dos brazos y le dio un beso en la mejilla, pero esta noche sus brazos estaban tensos y se aferró a él casi con desespero.

—¿Qué ocurre, cariño? ¿Qué ha pasado? No he querido llamarte al despacho. Me dijiste que no lo hiciera.

—No, no habría sido prudente. No hay nada que deba preocuparte, querida. Todo irá bien.

—Pero dijiste que el señor Etienne ha muerto. Que lo han matado.

—Vamos a la sala, Julie, y te lo contaré todo.

Julie se sentó muy cerca de él y estuvo muy callada mientras él hablaba. Cuando hubo terminado, le dijo:

—No pueden creer que hayas tenido nada que ver con eso, cariño. Es absurdo, es una estupidez. Tú no le harías daño a nadie. Eres dulce, bondadoso, amable. Es totalmente imposible que piensen una cosa así.

—Desde luego. Pero a veces se ceban en un inocente, lo interrogan, sospechan de él; a veces incluso lo detienen y lo llevan a juicio. No sería la primera vez. Y yo fui el último en marcharme de la oficina. Tenía cosas importantes que hacer y me quedé después de la hora de salida. Por eso te he llamado nada más saber lo que había sucedido. Me ha parecido más sensato decirle a la policía que ayer llegué a la hora de costumbre.

—Claro que sí, cariño. Tienes toda la razón. Me alegro de que me lo hayas dicho.

A él le sorprendió un poco que su mujer hubiera aceptado la petición de mentir sin ninguna inquietud, ninguna sensación de culpabilidad. Quizá las mujeres mentían con más facilidad que los hombres si creían que era por una causa justa. No habría debido preocuparse por si le causaba un cargo de conciencia. Al igual que él, Julie sabía muy bien de qué parte estaba.

—¿Ha llamado alguien...? Alguien de la policía, quiero decir —le preguntó.

—Sí, ha llamado un tal sargento Robbins. Sólo quería saber a qué hora llegaste anoche. Nada más. No me ha contado nada ni me ha dicho que el señor Gerard estaba muerto.

—¿Y no le has dado a entender que ya lo sabías?

—Claro que no. Ya me habías avisado. Le he preguntado por qué quería saberlo y me ha dicho que ya me lo explicarías tú cuando llegaras a casa, que estabas bien y que no debía preocuparme.

De manera que la policía no había perdido el tiempo.

Bien, era de esperar. Habían querido comprobar su versión antes de que pudiera acordar una coartada con su esposa.

—Ya ves por qué lo decía, cariño. Verdaderamente, creo que hemos hecho bien en prepararnos.

—Claro que sí. Pero ¿crees de veras que al señor Gerard lo han asesinado?

—Parece ser que aún no saben cómo murió. El asesinato es una posibilidad, pero hay otras. Quizá tuvo un ataque al corazón y luego alguien le puso la serpiente al cuello.

—¡Qué cosa más horrible! Es algo horroroso. Es una perversidad.

—No pienses más en ello —le aconsejó—. No tiene nada que ver con nosotros. No nos afecta, ni nos afectará si mantenemos lo que hemos dicho. No se puede hacer nada.

Julie no se imaginaba lo mucho que les afectaba. Esa muerte había sido su salvación. Sydney no le había confesado sus temores de perder el empleo ni el odio y el temor que Etienne despertaba en él. Su silencio se debía en parte a que no quería preocuparla, pero era consciente de que el motivo principal había sido el orgullo. Necesitaba que ella lo creyera un hombre próspero, respetado, indispensable para la empresa. Ahora ya no tenía por qué saber nunca la verdad. Decidió que no le diría nada de su anterior entrevista con Dauntsey. ¿Por qué angustiarla? Todo iba a salir bien.

Como de costumbre, antes de cenar subieron juntos para contemplar a su hijita dormida. La niña estaba en su cuarto, en la parte de atrás de la casa, que había decorado él mismo con ayuda de Julie. Cuando la trasladaron de la canastilla a la cuna con barandas y él la vio por primera vez allí, sin almohada, acostada boca arriba, Julie le explicó que era la postura recomendada. No pronunció las palabras «para evitar la muerte en la cuna», pero los dos sabían a qué se refería. Su mayor temor, del que nunca se hablaba, era que le ocurriera algo a la niña. Sydney extendió la mano y acarició su vellosa cabeza. Parecía increíble que un cabello humano pudiera ser tan suave al tacto, una cabeza humana tan vulnerable. Abrumado de amor, sintió el deseo de coger a la niña en brazos y estrecharla contra su mejilla, de envolver a madre e hija en un abrazo poderoso, eterno e inquebrantable, de protegerlas contra todos los terrores del presente y todos los terrores por venir.

Aquella casa era su reino. Se dijo a sí mismo que la había obtenido por amor, pero experimentaba hacia ella algo similar al feroz sentido de posesión de un conquistador. Le pertenecía por derecho y, antes que perderla, mataría a una docena de Etiennes. Antes de Julie, nadie lo había encontrado jamás digno de ser amado. Carente de atractivo físico, larguirucho y huesudo, sin sentido del humor y tímido, sabía que no era digno de amor; los años pasados en el hogar infantil se lo habían enseñado. Tu padre no se moría ni tu madre te abandonaba si eras digno de amor. El personal del hogar actuaba de forma muy profesional, pero a los niños no se les ofrecía amor. La atención, como el alimento, se distribuía cuidadosamente por turnos. Los niños se sabían rechazados. Sydney había asimilado este conocimiento con las gachas del desayuno. Después del hogar infantil había venido una sucesión de pensiones, habitaciones con derecho a cocina, pisitos de alquiler, estudios nocturnos y exámenes, tazas de café aguado, comidas solitarias en restaurantes económicos, desayunos preparados en una cocina compartida, placeres solitarios, sexo solitario, insatisfactorio y envuelto en sentimientos de culpabilidad.

Ahora se sentía como un hombre que hubiera vivido siempre bajo tierra, sumido en una oscuridad parcial. Con Julie había emergido a la luz del sol, los ojos deslumbrados por un mundo jamás imaginado de luz y sonido, de color y sensaciones. Se alegraba de que Julie hubiera estado casada antes, aunque cuando hacían el amor se las arreglaba para hacerle sentir que era ella la inexperta, la que encontraba por primera vez satisfacción. Y él se decía que quizás era así. El sexo con ella había sido una revelación. Jamás habría podido creer que fuera algo tan sencillo y al mismo tiempo tan maravilloso. Se alegraba también, con un alivio no exento de culpabilidad, de que el primer matrimonio de Julie hubiera sido un fracaso y de que Terry la hubiese abandonado. Así no habría de temer comparaciones con un primer amor idealizado e inmortalizado por la muerte. Muy pocas veces aludían al pasado; para ambos, las personas que vivían, se movían y hablaban en ese pasado eran otras personas, no ellos. Una vez, al principio de estar casados, Julie le había dicho: «Rezaba por encontrar a alguien a quien amar, alguien a quien pudiera hacer feliz y que me hiciera feliz. Alguien que me diera un hijo. Ya casi había renunciado a la esperanza, y entonces te encontré a ti. Es como un milagro, cariño, la respuesta a una oración.» Estas palabras lo habían exaltado. Por unos instantes se sintió como un agente del propio Dios. Él, que en toda su vida sólo había conocido lo que era sentirse impotente, se embriagó de repente de poder.

Había sido feliz en la Peverell Press hasta que Gerard Etienne asumió la dirección. Se sabía un contable concienzudo y apreciado. Trabajaba largas horas de más sin cobrarlas. Hacía lo que Jean-Philippe Etienne y Henry Peverell esperaban de él; y lo que esperaban de él estaba a su alcance hacerlo. Pero uno de ellos se había retirado y el otro había muerto, y el joven Gerard Etienne había ocupado el sillón de director gerente. En los años anteriores apenas había intervenido en la empresa; se había dedicado a observar y aprender, a esperar su momento, a obtener su título de máster en administración de empresas, a formular unos proyectos en los que no había lugar para un contable de cincuenta y dos años de edad con una preparación mínima. Gerard Etienne, joven, triunfador, apuesto y rico, que durante toda su vida privilegiada había cogido lo que deseaba sin el menor remordimiento, había pretendido quitarle a él, a Sydney Bartrum, todo lo que hacía que su vida mereciera ser vivida. Pero ahora Gerard Etienne estaba muerto, tendido en un depósito de cadáveres con una serpiente embutida en la boca.

Apretó el brazo con que rodeaba a su esposa y dijo:

—Bajemos a cenar, querida. Estoy hambriento.

32

La entrada de la comisaría de Wapping era tan poco llamativa que fácilmente podía pasarles por alto a los no iniciados. Desde el río, su fachada de ladrillo, agradable y sin pretensiones, y la nota doméstica de una ventana a modo de mirador parecían propias de un edificio antiguo y utilitario, la residencia de un comerciante del siglo XVIII que prefería vivir encima de su almacén. De pie ante la ventana de la sala donde habían instalado el centro de operaciones, Daniel contemplaba desde lo alto la ancha rampa, las tres dársenas del muelle flotante con su flotilla de lanchas de la policía y el carro de acero inoxidable, situado en un lugar discreto, que se utilizaba para recoger y lavar con la ayuda de una manguera los cadáveres de los ahogados, y pensó que pocos viajeros fluviales con un mínimo de perspicacia dejarían de advertir la función del edificio.

Desde que llegara con el sargento Robbins, tras cruzar el aparcamiento de vehículos y subir por la escalera de hierro que conducía al interior de la comisaría, con su atmósfera de eficiencia silenciosa, había estado constantemente atareado. Había montado los ordenadores, dispuesto mesas para Dalgliesh, Kate y él mismo, y llamado a la oficina del juez para concertar los detalles de la autopsia y la encuesta. También se había puesto en contacto con el laboratorio de exámenes forenses; las fotografías tomadas en la escena del crimen, de una cruda nitidez carente de sombras que parecía reducir el horror a un ejercicio de técnica fotográfica, ya estaban clavadas con chinchetas en el tablón de anuncios. Previamente se había entrevistado con lord Stilgoe en su habitación particular del Hospital de Londres. Por fortuna, el efecto de la anestesia general, los mimos de las enfermeras y el número de visitas que recibía habían apartado temporalmente su atención del asesinato, de modo que acogió el informe de Daniel con sorprendente ecuanimidad, sin exigir, como en realidad éste se imaginaba, la presencia inmediata de Dalgliesh junto a su cabecera. Asimismo, Daniel había explicado la situación a los responsables de la oficina de prensa de la policía metropolitana. Cuando se divulgara la historia, serían los encargados de organizar conferencias de prensa y mantener informados a los medios de comunicación. Había cierto número de detalles que la policía, en beneficio de la investigación, no pensaba hacer públicos, pero el extravagante uso de la serpiente sería conocido por todos los empleados de Innocent House al día siguiente a más tardar y, luego, sería cuestión de horas que se comentara en las editoriales de Londres y saliera en los periódicos. La oficina de prensa probablemente iba a tener mucho trabajo.

Robbins, que obviamente consideró la inactividad de su superior justificación suficiente para hacer una pausa, se le acercó y comentó:

—Es interesante estar aquí, ¿verdad? La comisaría de policía más antigua del Reino Unido.

—Si está anhelando decirme que la policía fluvial se creó en 1798, treinta y un años antes que la metropolitana, ya lo sabía.

—No sé si ha visto el museo que tienen, señor. Está en lo que era el taller de carpintería del antiguo astillero. Me llevaron a visitarlo cuando estaba en la academia de policía. Hay algunas piezas interesantes: grilletes, sables de la policía, uniformes antiguos, un arcón de cirujano, documentos de principios del siglo XIX y descripciones del desastre del *Princess Alice*. Es una colección fascinante.

—Eso probablemente explica el escaso entusiasmo con que nos han recibido: deben de sospechar que el conservador del museo metropolitano quiere apoderarse de ella o que pretendemos robarles las mejores piezas. A mí lo que me gusta son sus juguetes nuevos.

Bajo ellos, el río había estallado en una tumultuosa erupción de espuma. Un par de canoas hinchables semirrígidas de alta velocidad, de color negro, gris y naranja brillante, cada una con dos tripulantes provistos de cascos de seguridad y chaquetas de un verde fluorescente, rodearon las lanchas de la policía en un viraje cerrado, rozando apenas la superficie del agua, antes de salir rugiendo río abajo como peligrosos juguetes para adultos.

Robbins observó:

—No llevan asientos. Supongo que esos balanceos hacia atrás serán duros para los músculos. Deben de ir aproximadamente a cuarenta nudos. ¿Cree que tendremos tiempo para echarle un vistazo al museo, señor?

—Yo no contaría con ello.

En opinión de Daniel, el sargento Robbins, que había ingresado en las fuerzas de policía apenas graduarse en una universidad de reciente fundación con un título de Historia, era casi demasiado bueno para ser real. Tenía ante sí al hijo modelo que sin duda cualquier madre desearía: de aspecto saludable, ambicioso sin llegar a la falta de escrúpulos, metodista devoto y comprometido, o así se rumoreaba, con una muchacha de su Iglesia. Seguramente se casarían tras un noviazgo virtuoso y luego engendrarían unos hijos admirables que irían a las escuelas adecuadas, superarían los exámenes adecuados, no causarían dolor ni pesar a sus padres y, a su debido tiempo, acabarían metiéndose en la vida de la gente por su propio bien, ya fuera como maestros, asistentes sociales o quizás incluso policías. Tal como Daniel veía las cosas, Robbins hubiera tenido que dimitir hace mucho, decepcionado por unas actitudes machistas que podían degenerar con gran facilidad en violencia, por los inevitables embustes y compromisos que conllevaba su trabajo y por el trabajo en sí, con su diaria constatación de la vileza del crimen y de la inhumanidad del hombre para con el hombre. Él, sin embargo, parecía imperturbable y tan idealista como siempre. Daniel suponía que tenía una vida secreta, como la mayor parte de la gente. Resultaba casi imposible vivir sin tenerla. Pero Robbins era particularmente experto en mantener oculta la suya. Daniel pensó que al Ministerio del Interior le convendría pasearlo por el país para demostrar a los jóvenes idealistas que salían de la escuela las ventajas de una carrera en la policía.

Reanudaron su tarea. Les quedaba muy poco tiempo antes de salir hacia el depósito, pero nada justificaba que lo perdieran. Daniel tomó asiento y se dispuso a revisar los papeles de Etienne. Una primera mirada superficial le había bastado para sorprenderse por la cantidad de trabajo que había asumido Gerard Etienne. La empresa publicaba unos sesenta libros al año, con un total de treinta empleados. El mundo editorial le era completamente ajeno; no tenía ni idea de si aquella cifra era normal, pero la estructura administrativa le resultaba extraña y la carga de Etienne desproporcionada. De Witt era el director editorial, con la colaboración de Gabriel Dauntsey como editor de poesía, pero éste, aparte de eso y de su trabajo en los archivos, no parecía que hiciera nada más. Claudia Etienne era la responsable de ventas y publicidad, además del personal, y Frances Peverell se ocupaba de contratos y derechos. Gerard Etienne, en su calidad de presidente y director gerente, supervisaba la producción, la contabilidad y el almacén, y llevaba, con mucho, la carga más pesada.

A Daniel también le interesó descubrir lo lejos que había llevado Etienne su proyecto de vender Innocent House. Las negociaciones con Hector Skolling llevaban varios meses en marcha y estaban muy avanzadas. Al examinar las actas de las reuniones mensuales de los socios, encontró muy pocas referencias a mucho de lo que estaba ocurriendo. Mientras Dalgliesh y Kate se ocupaban de las entrevistas formales, él había averiguado casi tanto como ellos escuchando los chismes de la señora Demery y charlando con George y los escasos empleados que había en el edificio. Quizá los socios desearan ofrecer la imagen de un consejo relativamente unido y con un propósito común, pero todos los datos que había reunido hasta el momento mostraban una realidad muy distinta.

Sonó el teléfono. Era Kate. Ella volvía a su piso para cambiarse y a Dalgliesh lo habían llamado del Yard. Se reunirían los tres en el depósito.

33

El depósito de cadáveres de la autoridad local se había modernizado poco antes, pero su exterior permanecía intacto. Era un edificio de una sola planta del típico ladrillo gris de Londres, al que se accedía por un corto callejón sin salida, con un patio delantero delimitado por un muro de unos dos metros y medio de altura. No había número de calle ni rótulo alguno que proclamara su función; quienes tenían algo que hacer allí ya sabían cómo llegar. La imagen que ofrecía a los curiosos era la de una empresa poco activa y no especialmente próspera, donde las mercancías llegaban en camionetas sin distintivos exteriores y eran desembaladas con discreción. A la derecha de la puerta había un garaje lo bastante grande para dar cabida a dos camionetas de funeraria, que comunicaba a través de una doble puerta con una reducida zona de recepción a cuya izquierda había una sala de espera. Dalgliesh, que llegó un minuto antes de las seis y media, encontró en ella a Kate y Daniel esperándole. Se había intentado que la sala de espera resultara acogedora, para lo cual se la había provisto de una mesita baja y redonda, cuatro cómodas butacas y un gran televisor que Dalgliesh nunca había encontrado apagado. Acaso su función era menos de entretenimiento que de terapia; en sus imprevisibles ratos de ocio, los técnicos de laboratorio necesitaban sustituir, siquiera momentáneamente, la corrupción silenciosa de la muerte por las brillantes y efímeras imágenes del mundo viviente.

Dalgliesh advirtió que Kate había cambiado sus habituales pantalones y su chaqueta de *tweed* por unos tejanos y una cazadora a juego, y que se había recogido la gruesa trenza de cabello rubio bajo una gorra de montar. Sabía muy bien por qué. Él también iba vestido de un modo informal. El olor entre dulzón y cítrico del desinfectante se volvía casi imperceptible a la media hora de estar allí, pero permanecía días enteros en la ropa e impregnaba todo el armario de olor a muerte. Enseguida había aprendido a no ponerse nada que no pudiera meter en la lavadora, mientras él se duchaba obsesivamente, alzando el rostro hacia el chorro a presión como si la mordedura del agua pudiese arrancar físicamente algo más que el olor y las imágenes de las dos horas anteriores. Dalgliesh debía reunirse con el comisionado en el despacho del ministro, en la Cámara de los Comunes, a las ocho en punto. De un modo u otro, tenía que encontrar tiempo para volver a su piso de Queenhithe y ducharse antes de acudir a la cita.

Recordaba vívidamente —¿cómo habría podido olvidarla?— la primera autopsia a que había asistido cuando era un joven agente de paisano. La víctima del asesinato era una prostituta de veintidós años y la identificación formal del cadáver presentó ciertas dificultades, ya que la policía no había conseguido localizar a ningún pariente o amigo íntimo. El cuerpo blanco y desnutrido que yacía sobre la mesa, con los verdugones del látigo como estigmas morados, le había parecido en su pálida frigidez el testigo mudo y definitivo de la inhumanidad masculina. Al pasear la mirada por la sala de autopsias repleta de gente, la falange de la oficialidad, no había podido menos de pensar que Theresa Burns recibía en la muerte mucha más atención por parte de los agentes del Estado de la que había recibido en vida. Entonces el patólogo era el doctor McGregor, de la vieja escuela de individualistas egregios, un estricto presbiteriano que insistía en realizar todas las autopsias en olor —espiritual, ya que no físico— de santidad. Dalgliesh recordaba su reprimenda a un técnico que había respondido con una breve risa al comentario ingenioso de un colega: «En mi depósito no admito risas. No es una rana lo que estoy disecando aquí.»

El doctor McGregor no aceptaba música profana mientras operaba y sentía predilección por los salmos métricos, cuya lúgubre cadencia tendía a reducir la velocidad del trabajo además de entristecer el espíritu. Sin embargo, había sido una de las autopsias de McGregor —la de un niño asesinado—, acompañada por el *Pie Jesu* de Bach, lo que había inspirado a Dalgliesh uno de sus mejores poemas, y suponía que debía sentirse agradecido por ello. A Wardle le importaba muy poco qué clase de música sonaba durante su trabajo, siempre que no fuera pop. Esta vez tendrían que escuchar las familiares e insustanciales melodías de la FM clásica.

Había dos salas de autopsias, una con cuatro mesas de disección y otra con una sola mesa. Esta última era la que Reginald Wardle prefería para los casos de asesinato, pero, como la habitación era pequeña, se produjo una aglomeración inevitable cuando los expertos en muertes violentas empezaron a ocupar sus puestos a fuerza de empellones: el patólogo y su ayudante, los dos técnicos del depósito, cuatro agentes de la policía, el oficial de enlace con el laboratorio, el fotógrafo y su ayudante, el encargado de analizar la escena del crimen y los expertos en huellas digitales, además de un patólogo en prácticas a quien el doctor Wardle presentó como doctor Manning, al tiempo que anunciaba que tomaría notas del procedimiento. Le disgustaba utilizar el micrófono suspendido. Dalgliesh pensó que, con sus monos de algodón pardo, los miembros del grupo parecían un puñado de empleados de mudanzas poco activos. Tan sólo las fundas de plástico para el calzado permitían suponer que tal vez su misión fuera algo más siniestra. Los técnicos ya llevaban puesta la mascarilla facial, pero con el visor todavía alzado. Más tarde, cuando recibieran los órganos en el cubo y los pesaran, el visor estaría bajado como medida de protección contra el sida y contra el riesgo, más frecuente, de la hepatitis B. El doctor Wardle, como de costumbre, sólo llevaba una bata verde claro sobre los pantalones y la camisa. Al igual que la mayor parte de los patólogos forenses, se tomaba su propia seguridad con gran despreocupación.

El cadáver, empaquetado y precintado en su mortaja de plástico, yacía sobre el carro en la antesala. A una indicación de Dalgliesh, los técnicos rasgaron el plástico y lo apartaron. Se produjo una pequeña explosión de aire, parecida a un suspiro, y el plástico crepitó como una carga eléctrica. El cuerpo quedó al descubierto como si fuera un enorme pastel de Navidad. Los ojos habían perdido su brillo; sólo la serpiente sujeta a la mejilla con cinta adhesiva, su cabeza taponando la boca, parecía conservar cierta vitalidad. Dalgliesh experimentó un intenso deseo de ordenar que la retirasen —sólo así el cuerpo recobraría cierta dignidad— y se preguntó fugazmente por qué había insistido en mantenerla donde la habían encontrado hasta el momento de la autopsia. Tuvo que hacer un esfuerzo para no extender la mano y arrancársela él mismo al cadáver, pero se contuvo y procedió a efectuar la identificación formal, estableciendo así la cadena de los hechos.

—Éste es el cadáver que vi por primera vez a las nueve cuarenta y ocho del viernes quince de octubre en Innocent House, Innocent Walk, Wapping.

Dalgliesh sentía un respeto considerable por Marcus y Len, tanto en lo personal como en su función de técnicos del depósito. Había personas, entre ellas algunos miembros de la policía, a las que les resultaba difícil creer que alguien pudiera trabajar voluntariamente en un depósito de cadáveres, como no fuera para satisfacer una compulsión psicológica excéntrica, si no siniestra, pero Marcus y Len parecían dichosamente libres incluso del tosco humor negro que algunos profesionales utilizaban como defensa contra el horror o la repugnancia, y realizaban su tarea con una competencia desapasionada, con una calma y dignidad que él encontraba impresionantes. Además, también había tenido ocasión de comprobar las molestias que se tomaban para dejar presentables a los cadáveres antes de que fueran a verlos los parientes más cercanos. Muchos de los cuerpos sometidos a disección clínica ante sus ojos eran de ancianos, enfermos o fallecidos de muerte natural, lo cual, aun siendo una tragedia para sus seres queridos, difícilmente podía ser motivo de angustia para un desconocido. Pero a Dalgliesh le habría gustado saber cómo estos hombres se enfrentaban psicológicamente a los jóvenes asesinados, los violados, las víctimas de accidente o violencia. En una época en que al parecer ningún pesar, ni siquiera los inherentes a la condición humana, podía soportarse sin la ayuda de un consejero, ¿quién aconsejaba a Marcus y a Len? Al menos, debían de ser inmunes a la tentación de deificar a los ricos y famosos. Allí, en el depósito de cadáveres, reinaba la igualdad definitiva. Lo que les importaba a Marcus y a Len no era el número de médicos eminentes que se había congregado en torno al lecho mortuorio ni el esplendor de los funerales previstos, sino el estado de descomposición del cuerpo y si sería necesario acomodar al cadáver en el voluminoso frigorífico.

La bandeja sobre la que yacía el cuerpo, ahora desnudo, fue depositada en el suelo para que el fotógrafo pudiera moverse a su alrededor con más facilidad. Cuando éste se manifestó satisfecho de las primeras fotos mediante un gesto de la cabeza, los dos técnicos le dieron la vuelta al cuerpo con suavidad, procurando que no se desprendiera la serpiente. Finalmente, con el cuerpo boca arriba, levantaron la bandeja y la colocaron sobre los soportes que había al pie de la mesa de disección, el agujero redondo encima del sumidero. El doctor Wardle efectuó su acostumbrado examen general del cadáver y acto seguido centró su atención en la cabeza. Arrancó la cinta adhesiva, retiró cuidadosamente la serpiente como si se tratara de un ejemplar biológico de extraordinario interés y empezó a examinar la boca, con todo el aspecto, pensó Dalgliesh, de un dentista excesivamente entusiasta. El comandante recordó lo que Kate Miskin le había confesado en cierta ocasión, cuando hacía poco que trabajaba para él y le resultaba más fácil confiarse: que era esta parte de la autopsia, no la posterior extracción sistemática de los órganos principales y la acción de pesarlos en la balanza, lo que más le revolvía las tripas, como si los nervios muertos estuvieran solamente en reposo y aún pudieran reaccionar al entrar en contacto con los dedos enguantados y escudriñadores como lo hacían en vida. Dalgliesh percibía la presencia de Kate un poco detrás de él, pero no se volvió para mirarla. Tenía la certeza de que no iba a desmayarse, ni en aquel momento ni más tarde, pero suponía que, como él, la inspectora experimentaba algo más que un interés profesional por el desmembramiento de lo que había sido un hombre joven y sano, y una vez más sintió un leve dolor pesaroso por lo mucho que el trabajo policial exigía a la delicadeza y la inocencia.

De repente el doctor Wardle emitió un gruñido grave que era casi un refunfuño, su reacción característica cuando encontraba algo interesante.

—Échele una mirada a esto, Adam. En el velo del paladar. Un rasguño bien nítido. Producido después de la muerte, a juzgar por su aspecto.

En la escena del crimen lo trataba de «comandante», pero aquí, rey de sus dominios, tan cómodo con su trabajo como siempre lo estaba, utilizaba el nombre de pila de Dalgliesh.

Éste se inclinó hacia el cadáver.

—Se diría que después de la muerte le metieron un objeto de aristas duras en la boca o se lo sacaron de ella. Por el aspecto de la herida, yo diría que lo sacaron.

—Es difícil afirmarlo con plena seguridad, desde luego, pero eso me parece a mí también. La dirección del rasguño va desde el fondo del paladar hacia los dientes superiores. —El doctor Wardle se hizo a un lado para que Kate y Daniel pudieran observar la boca por turno. Luego añadió—: No se puede decir con exactitud cuándo se produjo, desde luego, salvo que fue después de la muerte. Quizás el propio Etienne se metió el objeto en la boca, fuera lo que fuese, pero lo sacó otra persona.

—Y con algo de fuerza, y posiblemente deprisa —observó Dalgliesh—. Si hubiera sucedido antes de que se instaurase el *rigor mortis*, la extracción habría sido más rápida y fácil. ¿Cuánta fuerza habría que aplicar para abrir la mandíbula una vez establecida la rigidez?

—No resulta difícil, desde luego, y aún resultaría más fácil si la boca estuviera parcialmente abierta, de manera que se pudiesen introducir los dedos y utilizar las dos manos. Un niño no sería capaz de hacerlo, pero usted no busca a un niño.

En ese momento intervino Kate:

—Si le metieron la cabeza de la serpiente en la boca inmediatamente después de extraer el objeto duro y poco después de la muerte, ¿no podría haber en el tejido alguna mancha visible de sangre? ¿Cuánta sangre brotaría después de la muerte?

—¿Inmediatamente después de la muerte? —dijo el doctor Wardle—. No mucha. Pero ya no estaba vivo cuando se produjo este rasguño.

Miraron todos a la vez la cabeza de la serpiente. Dalgliesh comentó:

—Hace casi cinco años que esta serpiente ronda por Innocent House. Es más fácil imaginarse una mancha que verla. No hay rastros visibles de sangre. Quizás en el laboratorio puedan encontrar algo. Si se la metieron en la boca nada más retirar el objeto, debería haber alguna huella biológica.

—¿Tiene alguna idea, doctor, de qué clase de objeto era? —inquirió Daniel.

—Bien, no veo que haya ninguna otra marca en los tejidos blandos ni en la cara interna de los dientes, lo cual sugiere que se trataba de algo que la víctima pudo introducirse en la boca con relativa facilidad, aunque no se me ocurre por qué diablos querría hacerlo. Pero eso ya es cosa de ustedes.

Daniel prosiguió.

—Si quería esconder algo, ¿por qué no se lo metió en un bolsillo de los pantalones? Esconderlo en la boca le obligaba a estar callado. No habría podido hablar normalmente con un objeto entre la lengua y el velo del paladar, aunque fuera pequeño. Pero supongamos que ya sabía que iba a morir. Supongamos que se encontró encerrado en la habitación con el gas saliendo, la llave de paso desaparecida, una ventana que no se podía abrir...

—Pero habríamos encontrado el objeto igualmente aunque sólo se lo hubiera metido en el bolsillo —le interrumpió Kate.

—A no ser que el asesino conociera la existencia de ese objeto y regresara más tarde a buscarlo. En tal caso, tiene su lógica que lo escondiera en la boca, aunque fuese algo que el asesino no sabía que existía. Al metérselo en la boca se aseguraba de que lo encontrarían al hacerle la autopsia, si no antes.

—Pero sí que lo sabía; el asesino, quiero decir —observó Kate—. Volvió para buscar lo que fuera y creo que lo encontró. Abrió la mandíbula por la fuerza para sacarlo y luego utilizó la serpiente para dar la impresión de que había sido obra del bromista pesado.

Daniel y ella estaban absolutamente concentrados en su conversación, como si no hubiera nadie más en la sala. Daniel objetó:

—Pero ¿de veras creía que no íbamos a descubrir el rasguño?

—Por favor, Daniel. No sabía que le había hecho un rasguño en el paladar. Lo único que sabía era que tenía que romper la rigidez y que eso no podía pasarnos por alto. Así que utilizó la serpiente. Y, de no haber sido por el rasguño, nos lo habríamos tragado. Estamos buscando a un asesino que sabía algo acerca del tiempo que tarda en aparecer y desaparecer la rigidez y que esperaba que el cuerpo fuera encontrado en un plazo relativamente breve. Si se hubiera tardado un día más en encontrarlo, no habría hecho falta la serpiente.

Dalgliesh sabía que corrían el riesgo de teorizar antes de contar con todos los datos. La autopsia aún no había concluido. Todavía no se había confirmado la causa de la muerte, aunque se sentía razonablemente seguro, y sabía que también el doctor Wardle, de cuál sería esa causa.

Kate preguntó:

—¿Qué clase de objeto? Algo pequeño y de aristas duras... ¿Una llave? ¿Un manojo de llaves? ¿Una cajita metálica?

—O la casete de una grabadora pequeña —sugirió Dalgliesh sosegadamente.

Dalgliesh se marchó antes de que terminara la autopsia. El doctor Wardle le explicaba a su ayudante que las muestras de sangre para el laboratorio debían tomarse de la vena femoral y no del corazón, y por qué. Dalgliesh dudaba que la autopsia pudiera revelar nada más, y si surgía algo no tardaría en saberlo. Había documentos que debía examinar antes de acudir a su cita en la Cámara y no andaba sobrado de tiempo. Habría sido inútil pasar primero por el Yard antes de ir a su casa, de modo que William, su chófer, había recogido el maletín de su despacho y lo esperaba en el patio exterior, reflejando en su rostro afable y mofletudo un nerviosismo cuidadosamente controlado.

La intensa lluvia de la tarde había ido amainando hasta convertirse en una llovizna fina y constante. Dalgliesh, con la ventanilla semiabierta, saboreaba el penetrante aroma salado del Támesis. Los semáforos del Embankment emborronaban el aire de escarlata y, mientras esperaba a que cambiaran, un caballo de la policía, de flancos relucientes, hollaba el asfalto brillante con sus finos cascos. La oscuridad había descendido a zancadas sobre la ciudad, convirtiéndola en una fantasmagoría de luz en la que calles y plazuelas se estremecían transformadas en movedizos collares de blanco, rojo y verde. Dalgliesh abrió el maletín y sacó los papeles para proceder a una lectura rápida de los principales asuntos. Había llegado el momento de adaptar los engranajes de su mente a una preocupación más inmediata y tal vez en último término más importante. Por lo general no le resultaba difícil hacerlo, pero esta vez persistían las imágenes del depósito.

Algo pequeño, algo de cantos agudos, había sido extraído de la boca de Etienne tras la instauración de la rigidez en la parte superior del cuerpo. Cabía dentro de lo posible que ese algo fuera una casete; la desaparición del magnetófono sugería ciertamente esa posibilidad. Ello permitía inferir que Etienne había grabado el nombre de su asesino y que éste había regresado más tarde para eliminar la prueba. Pero su mente rechazaba esta hipótesis sencilla. El asesino de Etienne había procurado que en la habitación no quedara nada que le permitiese dejar un mensaje: había limpiado el suelo y la repisa de la chimenea, se había llevado todos los papeles, la agenda de Etienne le había sido robada el día anterior con el correspondiente lápiz de oro. Incluso en eso había pensado el asesino. Etienne no había tenido ni siquiera la oportunidad de garabatear un nombre en el suelo de madera desnuda. ¿Por qué, pues, iba a cometer la estupidez de dejar un magnetófono a disposición de su víctima?

Había otra explicación, naturalmente: el magnetófono podía haber servido para un propósito específico. De ser así, el caso prometía resultar más intrigante y enigmático de lo que en un principio parecía.

34

Eran más de las diez y media cuando Dalgliesh regresó al centro de operaciones instalado en la comisaría de Wapping. Robbins ya había terminado su turno de servicio. Kate y Daniel habían comprado bocadillos al volver del depósito y se arreglaron con ellos y café mientras anochecía. Ya habían trabajado una jornada de doce horas, pero aún no habían terminado. Dalgliesh quería evaluar los progresos realizados y hacerse una idea clara de dónde se hallaban antes de iniciar la fase siguiente de la investigación.

Nada más llegar tomó asiento y se pasó diez minutos examinando los documentos que Daniel había traído del despacho de Gerard Etienne. Luego cerró la carpeta sin hacer ningún comentario, consultó su reloj y preguntó:

—Bien, entonces, ¿qué conclusiones provisionales han extraído de los datos que conocemos hasta el momento?

Daniel intervino de inmediato, como Kate imaginaba que haría. A ella no le molestó. Tenían la misma graduación, pero Kate era su superior por antigüedad en el servicio; a pesar de ello, no experimentaba ninguna necesidad de subrayarlo. Ser el primero en hablar tenía sus ventajas: impedía que otro se atribuyera el mérito de las ideas propias y demostraba entusiasmo. Por otra parte, había cierta sabiduría en esperar el momento adecuado. La inspectora observó que Daniel presentaba minuciosamente su exposición de los hechos; seguramente, pensó, había estado ensayándola mentalmente desde su regreso del depósito.

—Muerte natural, suicidio, accidente o asesinato. Las dos primeras posibilidades quedan descartadas. No necesitamos los informes del laboratorio para saber que se trata de una intoxicación por monóxido de carbono; la autopsia ya lo ha dejado claro. También ha dejado claro que, por lo demás, murió en perfecto estado de salud. Y no hay absolutamente nada que haga pensar en un suicidio, así que no creo que haga falta perder el tiempo en eso.

»De modo que llegamos al supuesto de una muerte accidental. Si se trata de un accidente, ¿qué hemos de creer? Que Etienne decidió subir a trabajar en el despachito de los archivos por alguna razón, dejándose la chaqueta en el sillón de su despacho y las llaves en el cajón de la mesa. Que tuvo frío, que encendió el fuego con unas cerillas que nada nos permite suponer que llevara encima y que, luego, el trabajo lo absorbió de tal manera que no se dio cuenta de que la estufa funcionaba defectuosamente hasta que fue demasiado tarde. Aparte de las evidentes incongruencias, sugiero que, si la cosa se hubiera desarrollado así, lo habríamos encontrado desplomado sobre la mesa, no tendido en el suelo de espaldas, semidesnudo y con la cabeza apuntando a la estufa. Por el momento, dejo la serpiente al margen. Creo que debemos distinguir con claridad entre lo que ocurrió en el momento de la muerte y lo que le ocurrió después al cadáver. Es obvio que alguien lo encontró cuando ya se había instaurado el *rigor mortis* en la parte superior del cuerpo, pero nada nos indica que la persona que le metió la serpiente en la boca le quitara la camisa o lo trasladara de la mesa al lugar donde fue descubierto.

—La camisa debió de quitársela él mismo —opinó Kate—. La aferraba con la mano derecha. Daba la impresión de que se la había quitado con la idea de utilizarla para apagar el fuego. Observen la fotografía. La mano derecha sigue sujetando parte de la camisa y el resto aparece cubriendo el cuerpo. A mí me da la impresión de que murió boca abajo y que el asesino dio la vuelta al cuerpo, tal vez con el pie, y luego le abrió la boca por la fuerza. Miren la posición de las rodillas, ligeramente dobladas. No murió en esa postura. Los resultados de la autopsia permiten suponer que murió boca abajo. Creo que iba andando a gatas en dirección al fuego.

—Bien, estoy de acuerdo. Pero no podía tener la esperanza de apagarlo de esa manera. La camisa habría prendido.

—Ya sé que no podía, pero es la impresión que da. Quizás en su estado de confusión le pareció posible extinguir así el fuego.

Dalgliesh no intervino, pero escuchó con atención mientras ellos discutían.

—Eso sugiere que era consciente de lo que estaba ocurriéndole —dijo Daniel—. Pero, en tal caso, lo normal habría sido abrir la puerta para que entrara el aire y cerrar el paso del gas.

—Pero supongamos que la puerta estuviera cerrada por fuera y que faltara la llave de paso de la estufa. Cuando trató de abrir la ventana, el cordón se rompió porque alguien lo había deshilachado para estar bien seguro de que cedería cuando tiraran de él con un poco de fuerza. El asesino debió de apartar antes la mesa y las sillas para que Etienne no pudiera encaramarse a ellas a fin de alcanzar la ventana y romper el cristal. La ventana estaba atascada. No hubiera podido abrirla aunque la alcanzara, a no ser que tuviera algo con que romperla.

—¿El magnetófono, quizá?

—Demasiado pequeño, demasiado frágil. De todos modos, estoy de acuerdo en que lo habría intentado. Incluso habría podido golpear el cristal con los nudillos, pero no tenía ninguna huella de magulladuras en las manos. Creo que el asesino apartó los muebles antes de que Etienne entrara en la habitación. Sabemos por las marcas de la pared que normalmente la mesa está unos centímetros más a la izquierda.

—Eso no prueba nada. Pudo haberla movido la mujer de la limpieza.

—No he dicho que demuestre nada, pero es significativo. Tanto Gabriel Dauntsey como la señora Demery dijeron que la mesa no se encontraba en su lugar habitual.

—Eso no los descarta como sospechosos.

—No he dicho que los descarte. Dauntsey es un sospechoso obvio; nadie tuvo mejor oportunidad que él. Pero, si Dauntsey apartó la mesa y las sillas, sin duda se habría molestado en volver a dejar la mesa exactamente donde estaba. A no ser que tuviera prisa, naturalmente. —Se interrumpió y se volvió hacia Dalgliesh con aire excitado—. Y claro que tenía prisa, señor. Debía estar de vuelta en el tiempo que hubiera necesitado para bañarse.

—Estamos yendo demasiado deprisa —objetó Daniel—. Todo esto son conjeturas.

—Yo lo llamaría deducción lógica.

Dalgliesh habló por primera vez.

—La teoría de Kate es razonable y concuerda con los hechos que conocemos. Pero no tenemos ni una pizca de evidencia irrefutable. Y no olvidemos la serpiente. ¿Han podido averiguar quién sabía que estaba en el cajón del escritorio de la señorita Blackett, aparte, naturalmente, de la señorita Blackett, Mandy Price, Dauntsey y los hermanos Etienne?

Fue Kate quien respondió.

—La noticia había corrido por toda la oficina antes de que terminara la tarde, señor. Mandy le contó a la señora Demery, cuando estaban las dos haciendo café en la cocina poco después de las once y media, que Etienne le había ordenado a la señorita Blackett que se deshiciera de la serpiente. La señora Demery reconoce que quizá se lo dijo a un par de personas mientras pasaba con el carrito sirviendo el té de la tarde. «Un par de personas» probablemente quiere decir todos los despachos del edificio. La señora Demery no precisó demasiado qué les había contado en realidad, pero

Maggie FitzGerald, de publicidad, estaba completamente segura de que les dijo que el señor Gerard le había ordenado a la señorita Blackett que se deshiciera de la serpiente y que ella la había metido en el cajón del escritorio. El señor Sydney Bartrum, de contabilidad, asegura que no lo sabía. Dijo que ni él ni su personal tienen tiempo para charlar con el personal auxiliar de la oficina y que, en cualquier caso, tampoco les es posible hacerlo: su departamento está en el número diez y ellos mismos se preparan allí el té de la tarde. De Witt y la señorita Peverell han reconocido que lo sabían. Por otra parte, el cajón de la señorita Blackett es el primer lugar donde a cualquiera se le ocurriría mirar. Parece ser que ella le tenía un apego sentimental a Sid la Siseante, como la llaman, y no habría querido tirarla.

—¿Y por qué la señora Demery se molestó en hacer correr la noticia? —se extrañó Daniel—. No creo que pueda considerarse un escándalo de importancia para la oficina.

—No, claro, pero es evidente que suscitó cierto interés. La mayor parte del personal sabía o sospechaba que Gerard Etienne no lamentaría perder de vista a la señorita Blackett. Seguramente se preguntaban cuánto tiempo iba a aguantar, o si se despediría ella misma antes de que la echaran a la calle. Cualquier incidente entre los dos sería tema de conversación.

—Ya ven la importancia de la serpiente —señaló Dalgliesh—. O bien fue el asesino quien se la enroscó al cuello a Etienne y le embutió la cabeza en la boca, probablemente para explicar el quebranto de la rigidez en la mandíbula, o bien el bromista encontró el cuerpo por casualidad y aprovechó la oportunidad para cometer una vileza particularmente aborrecible. Y si lo hizo el asesino, ¿se trata de la misma persona que el bromista? Todas esas jugarretas, ¿forma ban parte de un plan minuciosamente trazado que se remonta hasta el primer incidente? Eso concordaría bien con el cordón raído. Si el asesino lo preparó deliberadamente para que se rompiera al tirar de él, tuvo que hacerlo a lo largo de un tiempo. ¿O acaso comprendió la importancia de la mandíbula suelta y utilizó la serpiente por impulso a fin de disimular el hecho de que había extraído algo de la boca de Etienne?

—Aún existe otra posibilidad, señor —dijo Daniel—. Supongamos que el bromista encuentra el cuerpo, cree que es una muerte natural o accidental y decide hacer que parezca un asesinato sólo para complicar las cosas. Pudo ser él o ella quien cambió de sitio la mesa, además de enroscarle la serpiente al cuello al cadáver.

Kate protestó.

—No habría podido desgastar el cordón de la ventana; eso tuvo que hacerse antes. Además, ¿por qué iba a molestarse en mover la mesa? Eso sólo podía confundir el asunto y hacer que la muerte pareciese un asesinato si el bromista ya sabía que Etienne había muerto intoxicado por monóxido de carbono.

—Tenía que saberlo. Apagó la estufa de gas.

—Eso lo habría hecho de todos modos —adujo Kate—. El cuartito debía de ser como un horno. —Se volvió hacia Dalgliesh—. Creo que hay una teoría que cuadra con todos los hechos, señor. La primera intención fue que la muerte pareciese accidental. El asesino pensaba ser él quien descubriera el cuerpo y que estaría solo cuando ocurriera. De esta manera, lo único que debía hacer era colocar la llave de paso en su sitio y apagar el gas, una reacción perfectamente natural, y a continuación dejar los muebles como estaban, recoger la cinta magnetofónica y dar la alarma. Pero no encontraba la cinta y, cuando al fin la encontró, no pudo cogerla sin romper la rigidez de la mandíbula. Sabía que eso no le pasaría inadvertido a un policía competente ni a los patólogos forenses, de modo que utilizó la serpiente para dar la impresión de que se trataba de una muerte accidental complicada por la malignidad del bromista de la oficina.

Esta vez fue Daniel el que protestó.

—¿Y por qué tuvo que llevarse el magnetófono? Me refiero al asesino.

—¿Por qué iba a dejarlo? Tenía que coger la cinta, así que lo mismo le daba llevarse la grabadora. Y lo más natural sería que la hubiera tirado al Támesis. —Se volvió hacia Dalgliesh—. ¿Cree que existe alguna posibilidad de encontrarla en el fondo del río, señor?

—Es improbable —respondió Dalgliesh—. Y aunque se encontrara, la cinta no estaría intacta. El asesino se habría encargado de borrar cualquier mensaje. Dudo que se justificara el gasto de la búsqueda, pero de todos modos será mejor que lo consulte con los de la policía fluvial. Averigüe cuál es la profundidad del río en Innocent House.

—Hay otra cosa, señor —intervino Daniel—. Si el asesino quería dejarle un mensaje a su víctima, ¿por qué no se lo escribió? ¿Por qué tuvo que utilizar una cinta? De un modo u otro, tenía que volver para recuperarlo. Le habría sido igual de fácil recuperar un papel, quizá más.

—Pero el riesgo sería mayor —replicó Dalgliesh—. Si Etienne hubiera tenido tiempo suficiente antes de perder el conocimiento, habría podido romper el papel y esconder cada trozo por separado. Y aunque no lo rompiera, es más fácil esconder un papel que una cinta. El asesino sabía que quizá no dispondría de mucho tiempo; tenía que recuperar el mensaje lo más deprisa posible. Además, hay otro aspecto: una voz hablada no se puede pasar por alto, y un mensaje escrito sí. Lo más interesante de todo este caso es por qué el asesino necesitaba dejar un mensaje, en la forma que fuera.

—Para regodearse —sugirió Daniel—. Para tener la última palabra. Para demostrar lo inteligente que es.

—O para explicarle a la víctima por qué tenía que morir —añadió Dalgliesh—. De ser así, es muy posible que el motivo de este asesinato no sea evidente. Puede remontarse al pasado, incluso a un pasado lejano.

—Pero, entonces, ¿por qué tuvo que esperar hasta ahora? Si el asesino es alguien de Innocent House, habría podido matar a Etienne en cualquier momento de los últimos veinte años. Gerard Etienne estaba en la empresa desde que salió de Cambridge. ¿Qué ha ocurrido en los últimos tiempos que justifique la necesidad de su muerte?

Dalgliesh respondió:

—Etienne asumió las funciones de presidente y director gerente, se proponía impulsar la venta de Innocent House y estaba a punto de contraer matrimonio.

—¿Cree que su compromiso podría ser significativo, señor?

—Cualquier cosa puede serlo, Kate. Mañana por la mañana iré a ver al padre de Etienne. Claudia Etienne ha salido hacia Bradwell-on-Sea a media tarde para darle la noticia y pedirle que me conceda una entrevista. No se quedará a pasar la noche. Le he pedido que la reciba a usted mañana en el piso de Etienne, en el Barbican. Pero lo primero es comprobar todas las coartadas, empezando por los socios y empleados de Innocent House. Daniel, Robbins y usted tendrían que hablar con Esmé Carling. Averigüen adónde fue cuando se marchó de aquella librería de Cambridge. El diez de julio se celebró la fiesta de compromiso de Gerard Etienne; hemos de comprobar la lista de invitados y entrevistar a los asistentes. Tendrá que actuar con mucho tacto. La estrategia, naturalmente, consistirá en preguntarles si dieron un paseo por el interior de la casa y si vieron algo extraño o sospechoso. Pero, por supuesto, nos concentraremos en los socios. ¿Hubo alguien que viera a Claudia Etienne y su acompañante cuando navegaban por el río, y a qué hora? Comprueben en el hospital St. Thomas a qué hora llegó Gabriel Dauntsey y cuándo se marchó, y su coartada, por supuesto. Yo saldré temprano hacia Bradwell-on-Sea, pero espero estar de vuelta a primera hora de la tarde. Por el momento, creo que podemos dar la jornada por concluida.

35

Los socios pasaron la noche del viernes cada uno por su lado. De pie ante la mesa de la cocina, mientras trataba de reunir fuerzas para decidir qué cenaría, Frances reflexionó que eso no tenía nada de extraño. Fuera de Innocent House llevaban vidas independientes y, a veces, a ella le parecía que cuando no estaban en la oficina hacían un esfuerzo deliberado por distanciarse, casi como si quisieran demostrar que lo único que tenían en común era el trabajo. Pocas veces comentaban entre sí sus compromisos sociales. En ocasiones, Frances acudía invitada a la fiesta de otro editor y le sorprendía distinguir por un instante los rasgos elegantes de Claudia entre un grupo de personas que hablaban a gritos, o estaba en el teatro con una amiga de sus tiempos de colegiala en el convento y veía a Dauntsey abrirse paso penosamente por la fila de enfrente, y entonces se saludaban con cortesía como simples conocidos. Pero aquella noche tenía la sensación de que algo más fuerte que la costumbre los mantenía separados, de que a medida que había ido avanzando el día se habían vuelto más reacios a hablar de la muerte de Gerard, de que la franqueza de aquella hora de aislamiento compartido en la sala de juntas se había trocado en cauteloso recelo de la intimidad.

James, como ella bien sabía, no tenía elección: debía volver a casa con Rupert. Frances le envidiaba la inexcusabilidad de tal obligación. Ella no conocía a su amigo; nunca había estado en casa de James desde la llegada de Rupert y, al pensar en ello, se preguntó cómo sería su vida en común. Al menos él tenía a alguien con quien compartir las angustias del día, un día que ahora se le antojaba de desmesurada duración. Habían salido temprano de Innocent House, por acuerdo tácito, y ella se había quedado esperando mientras Claudia cerraba la puerta y conectaba la alarma.

—¿Estarás bien, Claudia? —le preguntó, y antes de terminar la frase ya advirtió claramente la futilidad, la banalidad de la pregunta.

Por un instante pensó en ofrecerse para acompañarla a casa, pero temió que esta sugerencia se interpretara únicamente como una confesión de debilidad, de su propia necesidad de compañía. Y Claudia, después de todo, tenía a su novio, si es que era su novio. Probablemente preferiría recurrir a él antes que a Frances.

—En estos momentos, lo único que quiero es llegar a casa y estar a solas —respondió Claudia. Y luego añadió—: ¿Y tú, Frances? ¿Estarás bien?

La misma pregunta sin sentido, sin respuesta posible. Trató de imaginar cómo habría reaccionado Claudia si le hubiera contestado: «No, no estoy bien. No quiero quedarme sola. Hazme compañía esta noche, Claudia. Quédate a dormir en el cuarto que tengo libre.»

Podía telefonear a Gabriel, por descontado. Le habría gustado saber qué hacía, qué pensaba, en aquel piso sencillo y escasamente amueblado que estaba justo debajo del de ella. También él le había dicho: «¿Estarás bien, Frances? Llámame si quieres compañía.» Ojalá hubiera dicho en cambio: «¿Te importa que suba un rato, Frances? No quiero estar solo.» Sin embargo, le había dejado a ella la responsabilidad de la iniciativa. Llamarlo equivalía a confesar una debilidad, una necesidad que quizás a él no le fuera grata. Se preguntó qué tendría Innocent House para que a las personas les costara tanto expresar una necesidad humana o mostrarse unas a otras una simple bondad recíproca.

Por último, abrió una sopa de champiñones e hirvió un huevo. Se sentía extraordinariamente cansada. Acurrucada toda la noche en el sillón de Gabriel, las escasas horas de sueño intermitente no habían sido la mejor preparación para un día de zozobra casi continua. Con todo, sabía que no le resultaría fácil dormirse. Por eso, después de lavar los utensilios de la cena, se dirigió a la habitación que fuera el dormitorio de su padre y que ella había convertido en una salita de estar y se sentó delante del televisor. Las imágenes brillantes pasaron ante sus ojos: las noticias, un documental, una comedia, una película antigua, una obra teatral moderna. Mientras pulsaba los botones, saltando rápidamente de canal, los rostros cambiantes, sonrientes, risueños, graves, magistrales, las bocas que se abrían y cerraban sin parar actuaron como una droga visual que no significaba nada, que no evocaba ninguna emoción, pero que al menos le proporcionaba una compañía espuria, un consuelo efímero e irracional.

A la una se fue a la cama, llevando consigo un vaso de leche caliente rociado con un chorrito de whisky. El remedio fue eficaz y Frances se sumió en la inconsciencia con el último pensamiento de que, después de todo, iba a gozar de la bendición del sueño.

La pesadilla volvió a asediarla a altas horas de la madrugada, la vieja y conocida pesadilla pero bajo una nueva apariencia, más terrible, más intensamente real. Iba andando por el túnel de Greenwich entre su padre y la señora Rawlings. La llevaban de la mano, pero su apretón era un aprisionamiento, no un consuelo. No podía huir y no había ningún lugar adonde huir. A sus espaldas se oía crujir el techo del túnel, pero no se atrevía a volver la cabeza porque sabía que incluso mirar atrás significaría el desastre. Ante ella se extendía el túnel, cuya longitud era mayor que en la vida real, con un círculo de brillante luz natural al extremo. A medida que caminaban, el túnel se alargaba y el círculo iba haciéndose cada vez más pequeño, hasta que sólo fue un platito reluciente y ella supo que pronto se convertiría en un puntito de luz y luego desaparecería. Su padre andaba muy erguido, sin mirarla, sin hablar. Llevaba el gabán de *tweed* con una corta capa sobre los hombros que siempre se ponía en invierno y que ella había entregado al Ejército de Salvación. Él estaba enfadado porque lo había regalado sin consultárselo, pero había logrado encontrarlo y recuperarlo. A Frances no le extrañó ver la serpiente que tenía enroscada al cuello. Era una serpiente de verdad, enorme como una cobra, que se hinchaba y se contraía, envolviéndole los hombros, siseando con su vitalidad maligna, lista para apretar hasta cortarle la respiración. Y sobre ellos, los azulejos del techo estaban mojados y ya empezaban a caer los primeros goterones. Pero ella vio que no eran gotas de agua, sino de sangre. Y de súbito se desasió y echó a correr, gritando a voz en cuello, hacia aquel inalcanzable punto de luz, mientras un poco más adelante el techo se agrietaba y cedía, y la oleada negra y aniquiladora de la muerte se abalanzaba sobre ella extinguiendo el último destello de luz.

Despertó y se encontró apoyada contra la ventana, golpeando el cristal con las manos. Con la conciencia llegó el alivio, aunque el horror de la pesadilla permaneció como una mancha en su mente. Pero al menos ahora sabía de qué se trataba. Se acercó a la cama y encendió la luz. Eran casi las cinco. No valía la pena tratar de conciliar otra vez el sueño. Se puso la bata, descorrió las cortinas y abrió las ventanas. Con la habitación en penumbra a sus espaldas, vio rielar tenuemente el río y algunas estrellas en lo alto. El terror de la pesadilla empezaba a menguar, pero lo reemplazaba aquel otro terror sin esperanza de despertar.

De repente pensó en Adam Dalgliesh. También su piso se hallaba junto al río, en Queenhithe. Se preguntó cómo podía saber dónde vivía, y recordó haber leído algo en los periódicos acerca de su último y aplaudido libro de poemas. Era un hombre muy reservado, pero ese dato al menos se había divulgado. Era curioso que sus vidas estuvieran unidas por esa oscura marea de historia. Le habría gustado saber si él también estaba despierto, si dos o tres kilómetros río arriba su alta y oscura silueta se hallaba de pie, contemplando ese mismo río peligroso.

LIBRO TERCERO
DESARROLLO

36

El sábado 16 de octubre Jean-Philippe Etienne dio su paseo matutino a las nueve, como de costumbre. Ni la hora ni la ruta variaban nunca, fueran cuales fuesen la estación y el clima. Echaba a andar por la cresta de roca que separaba las marismas de los campos arados donde se decía que se había alzado el fuerte romano de Othona y, dejando atrás la capilla anglocelta de St. Peter-on-the-Wall, rodeaba el promontorio hasta llegar al estuario del Blackwater. Rara vez se cruzaba con alguien en el curso de su ambulación matinal, ni siquiera en verano, cuando algún visitante de la capilla u observador de pájaros se decidía a salir temprano, pero si se encontraba con alguien le dirigía un saludo cortés y nada más. Los habitantes del lugar sabían que se había instalado en Othona House para vivir en soledad y respetaban su deseo. No aceptaba llamadas telefónicas ni recibía visitas. Pero esa mañana a las diez y media iría hasta allí un visitante al que no se podía rechazar.

Bajo la creciente luz del día, contempló el sereno estrecho del estuario y las luces de la isla de Mersea, y pensó en ese desconocido comandante Dalgliesh. El mensaje que había transmitido a la policía por mediación de Claudia era inequívoco: no tenía ninguna información que dar sobre la muerte de su hijo, ninguna teoría que proponer, ninguna posible explicación del misterio que sugerir, ningún sospechoso que mencionar. Su opinión particular era que Gerard había muerto de un modo accidental, por extrañas o sospechosas que pudieran parecer algunas circunstancias. Una muerte accidental parecía más probable que cualquier otra explicación y, ciertamente, más probable que un asesinato. Asesinato. Las densas consonantes del horror resonaron en su mente con un ruido sordo, sin evocar nada más que repugnancia e incredulidad.

Y allí, tan inmóvil como si se hubiera quedado petrificado sobre la estrecha franja de playa donde las olas minúsculas se deshacían en una fina mancha de espuma sucia, mientras veía apagarse una a una las luces del otro lado del estrecho a medida que iba clareando el día, rindió a su hijo el renuente tributo del recuerdo. Muchos de los recuerdos eran turbadores, pero ya que le asediaban la mente y no los podía repeler, quizá sería mejor que los aceptara, les diera un sentido y los disciplinara. Gerard había llegado a la adolescencia teniendo muy claro un tema: era hijo de un héroe. Eso era importante para un muchacho, para cualquier muchacho, pero en especial para uno tan orgulloso como él. Quizá se sintiera agraviado por su padre, insuficientemente amado, infravalorado, descuidado, pero podía pasar sin el amor si tenía el orgullo, el orgullo del apellido y de lo que ese apellido representaba. Siempre había sido importante para él saber que el hombre cuyos genes llevaba había sido sometido a prueba como pocos de su generación y había salido airoso de ella. Pasaban los decenios y los recuerdos se difuminaban, pero todavía se podía juzgar a un hombre por lo que había hecho en los turbulentos años de la guerra. La reputación de Jean-Philippe era firme e inviolable. Otros héroes de la Resistencia habían visto mancillada su reputación por las revelaciones de años posteriores, pero él nunca. Las medallas que ya no lucía las había ganado merecidamente.

Jean-Philippe había observado el efecto que este conocimiento producía en Gerard; la apremiante necesidad de obtener la aprobación y el respeto de su padre, la necesidad de competir, de justificarse a ojos de su padre. ¿No era éste el motivo de que a los veintiún años hubiera escalado el Cervino? Hasta aquel momento, nunca había mostrado el menor interés por el alpinismo. La hazaña le exigió tiempo y dinero. Contrató al mejor guía de Zermatt, quien, con buen juicio, le impuso un período de varios meses de riguroso entrenamiento antes de intentar el ascenso y fijó condiciones estrictas: el grupo volvería atrás antes del asalto final a la cima si él consideraba que Gerard era un peligro para su propia seguridad o la de los demás. Pero no volvieron atrás. La montaña fue conquistada. Eso era algo que Jean-Philippe no había logrado.

Y luego estaba la Peverell Press. Durante sus últimos años de actividad, Jean-Philippe sabía que era poco más que un pasajero de la nave, un pasajero tolerado al que nadie molestaba y que no causaba problemas a nadie. Cuando el poder pasara a manos de Gerard, éste transformaría la Peverell Press. Y Jean-Philippe le otorgó ese poder. Transfirió veinte de sus acciones de la empresa a Gerard y quince a Claudia. Gerard sólo necesitaba conservar el apoyo de su hermana para asegurarse el control mayoritario. ¿Y por qué no? Los Peverell habían tenido su época; era el momento de que los Etienne se pusieran al frente.

Y aun así Gerard acudía mes tras mes a presentarle los informes, como si fuera un administrador rindiendo cuentas al dueño. No pedía consejo ni aprobación; no eran sus consejos ni su aprobación lo que le hacía acudir. A veces Jean-Philippe creía que aquellos viajes eran una forma de expiación, una penitencia voluntariamente impuesta, un deber filial emprendido cuando el anciano ya había dejado atrás tales inquietudes y sus manos rígidas iban soltando poco a poco aquellos frágiles hilos que lo ataban a la familia, a la empresa, a la vida. Le escuchaba, en ocasiones hacía algún comentario, pero nunca se había decidido a decirle: «No quiero saber nada. Ya no me importa. Puedes vender Innocent House, trasladarte a Docklands, vender la empresa, quemar los archivos. Mi último interés por la Peverell Press se agotó cuando arrojé al Támesis aquellos fragmentos de hueso triturado. Para tus activas preocupaciones, estoy tan muerto como Henry Peverell. Los dos hemos dejado atrás estas inquietudes. No creas que estoy vivo porque aún hablo contigo, porque todavía realizo algunas de las funciones de un hombre.» Permanecía sentado sin moverse, extendiendo de vez en cuando una mano temblorosa hacia su vaso de vino, un vaso grueso y de pesada base que podía manejar con más facilidad que una copa. La voz de su hijo le llegaba desde la lejanía.

—Resulta difícil saber si es preferible comprar o alquilar. En principio, estoy a favor de comprar. Los alquileres son ridículamente bajos en estos momentos, pero no lo serán cuando expire el contrato. Por otra parte, parece sensato firmar un contrato de alquiler a corto plazo para los próximos cinco años y dejar libre el capital para adquisiciones y ampliaciones. El negocio editorial se basa en los libros, no en los bienes inmuebles. La Peverell Press lleva cien años derrochando sus recursos en mantener Innocent House, como si la casa fuera la empresa. Pierde la casa y has perdido la editorial. Ladrillos y argamasa elevados a símbolo, incluso en el logotipo.

—Piedra y mármol —dijo Jean-Philippe. Y al ver el ceño intrigado de su hijo, añadió—: Piedra y mármol, no ladrillos y argamasa.

—La fachada posterior es de ladrillo. La casa es un híbrido arquitectónico. La gente alaba a Charles Fowler por la brillantez con que supo combinar la elegancia de finales de la época georgiana con el gótico veneciano del siglo XV, pero más le habría valido no intentarlo. Hector Skolling puede quedarse con Innocent House si quiere, y que le aproveche.

—Para Frances será una desdicha.

Lo dijo por decir algo. Las desdichas de Frances no

lo conmovían. El vino le resultaba agradable al paladar. Era una suerte que aún pudiera saborear aquellos recios tintos.

Gerard respondió:

—Ya lo superará. Todos los Peverell se consideran obligados a amar Innocent House, pero dudo que le importe mucho. —Siguiendo la asociación de ideas, prosiguió—: ¿Viste el anuncio de mi compromiso en el *Times* del pasado lunes?

—No. Ya no me molesto en leer los periódicos. El *Spectator* incluye un resumen de las principales noticias de la semana. Esa media página me basta para comprobar que el mundo sigue yendo más o menos como ha ido siempre. Espero que seas feliz en el matrimonio. Yo lo fui.

—Sí, siempre me dio la impresión de que mamá y tú os entendíais bastante bien.

Jean-Philippe percibió su azoramiento. El comentario, tosco e inadecuado, quedó colgando entre los dos como un jirón de humo acre.

—No estaba pensando en tu madre —replicó Jean-Philippe con voz serena.

Y allí, contemplando la extensión de agua mansa, le pareció que sólo en aquellos confusos y turbulentos días de la guerra había estado verdaderamente vivo. Era joven, estaba apasionadamente enamorado, vivificado por el peligro constante, estimulado por los ardores del mando, exaltado por un patriotismo simple y sin complicaciones que para él se había convertido en una religión. Entre las ambiguas lealtades de la Francia de Vichy, la suya era clara y absoluta. Desde entonces, nada había menoscabado el portento, la excitación, la fascinación de aquellos años. Su resolución no vaciló ni siquiera después de que mataran a Chantal, aunque le desconcertó darse cuenta de que culpaba de su muerte tanto al maquis como a los invasores alemanes. Nunca había creído que la resistencia más eficaz consistiera en la acción armada ni en el asesinato de soldados alemanes. Y luego, en 1944, llegaron la liberación y el triunfo, y con ellos una reacción tan inesperada e intensa que lo dejó desmoralizado, casi apático. Sólo entonces, en el momento de la victoria, tuvo tiempo y lugar para llorar a Chantal. Se sentía como un hombre vaciado de toda capacidad de emocionarse, a excepción de aquella pesadumbre abrumadora que en su triste futilidad se le antojaba parte de una aflicción más grande, una aflicción universal.

Sentía poca inclinación a la venganza y contempló con asqueada repulsión los rapados de cabeza a las mujeres acusadas de «relaciones sentimentales con el enemigo», los ajustes de cuentas, las purgas realizadas por el maquis, la justicia sumaria que ejecutó a treinta personas en el Puy-de-Dôme sin un juicio formal. Se alegró, como la mayor parte de la población, cuando se restableció el debido curso de la ley, pero los procesos y los veredictos no le proporcionaron ninguna satisfacción. No se compadecía de los que habían traicionado a la Resistencia ni de los que habían torturado o asesinado, pero en aquellos tiempos de ambigüedad muchos colaboradores del régimen de Vichy habían hecho lo que creían mejor para Francia, y si las potencias del Eje hubieran ganado la guerra, tal vez eso habría sido lo mejor para Francia. Entre ellos había personas decentes que escogieron el bando equivocado por razones no del todo innobles; otros eran débiles; a algunos los movía el aborrecimiento al comunismo, y a otros les seducía el atractivo insidioso del fascismo. No podía odiar a ninguno de ellos. Hasta su propia fama, su propio heroísmo, su propia inocencia se le volvieron repugnantes.

Necesitaba alejarse de Francia y se fue a Londres. Su abuela era inglesa. Hablaba el idioma de un modo impecable y estaba familiarizado con las peculiaridades de las costumbres inglesas, todo lo cual le ayudó a suavizar su autoimpuesto destierro. Pero no se instaló en Inglaterra porque sintiera ningún afecto especial por el país ni por sus habitantes. Fue en Londres, en una fiesta —no recordaba cuál ni en qué lugar—, donde le presentaron a Margaret, una prima de Henry Peverell. Era guapa, sensible y cautivadoramente infantil, y se enamoró románticamente de él, se enamoró de su heroísmo, de su nacionalidad, incluso de su acento. Él, por su parte, encontró halagadora su adulación exenta de críticas, y le resultó difícil no responder al menos con afecto y un cariño protector a la vulnerabilidad de la joven. Pero nunca llegó a quererla. Sólo había querido a un ser humano. Con Chantal murió también su capacidad de experimentar cualquier sentimiento más intenso que el afecto.

Aun así se casó con ella y se la llevó a Toronto. Y cuando, al cabo de cuatro años, ese nuevo exilio empezó a resultar fastidioso, regresaron a Londres, ahora con dos criaturas. Ingresó en la Peverell Press por invitación de Henry, invirtió un capital considerable en la empresa, cogió a cambio sus acciones y pasó el resto de su vida laboral en aquella extravagante locura a orillas de un río septentrional y extraño. Suponía que podía considerarse razonablemente satisfecho. Sabía que la gente lo tenía por un hombre tedioso, pero no le sorprendía; de hecho, él mismo se aburría. El matrimonio duró. Hizo a su esposa Margaret Peverell tan feliz como era capaz de serlo; sospechaba que las mujeres de la familia Peverell no eran capaces de sentir mucha felicidad. Margaret anhelaba desesperadamente tener hijos, y él le había proporcionado debidamente el hijo y la hija que ella deseaba. Era así como, entonces y ahora, Jean-Philippe concebía la paternidad: el don de algo necesario para la felicidad de su esposa, ya que no para la suya; algo que, una vez dado —como una sortija, un collar o un coche nuevo—, ya no exigía de él ninguna otra responsabilidad, puesto que la responsabilidad se entregaba con el regalo.

Y ahora Gerard estaba muerto y un policía desconocido venía a decirle que su hijo había sido asesinado.

37

La cita de Kate y Daniel con Rupert Farlow había sido concertada para las diez. Sabían que sería casi imposible aparcar en Hillgate Village, de manera que dejaron el automóvil en la comisaría de policía de Notting Hill Gate y subieron a pie la suave pendiente de la colina bajo los altos olmos de la avenida de Holland Park. Kate pensó en lo extraño que resultaba volver tan pronto a esa parte de Londres tan familiar. Había dejado su piso apenas tres días antes, pero era como si se hubiese alejado del barrio en la imaginación además de físicamente y, al acercarse ahora a Notting Hill Gate, le parecía ver la estridente aglomeración urbana con ojos de forastera. Pero, por supuesto, nada había cambiado: la discordante y poco distinguida arquitectura de los años treinta, la plétora de rótulos callejeros, las cercas que la hacían sentirse un animal de rebaño, las largas jardineras de hormigón con sus arbustos de hoja perenne cubiertos de polvo, las fachadas de los comercios que derramaban su nombre en ríos de chillona luz roja, verde y amarilla, la incesante carrera del tráfico. Incluso seguía estando el mismo mendigo junto a la puerta del supermercado con el gran alsaciano tendido a sus pies sobre una esterilla, musitando a los transeúntes su petición de monedas para comprar un bocadillo. Más allá de toda aquella actividad se extendía Hillgate Village con su apariencia tranquila de fachadas multicolores y estucadas.

Cuando pasaron ante el mendigo y se detuvieron luego en el semáforo, Daniel comentó:

—Donde yo vivo tenemos unos cuantos como ése. Me sentiría tentado de entrar en la tienda para comprarle un bocadillo si no temiera provocar una alteración del orden, y si el perro y él no parecieran ya demasiado sobrealimentados. ¿Tú sueles darles algo?

—No a los de su especie y no con frecuencia. A veces. Me lo reprocho a mí misma, pero lo hago. Nunca más de una libra.

—Para que se la gasten en bebida y drogas.

—Una donación ha de ser sin condiciones. Aunque sea una libra. Aunque sea a un mendigo. Y de acuerdo, ya sé que es hacer la vista gorda a un delito.

Habían cruzado la calle por el paso de peatones cuando de pronto Daniel habló de nuevo.

—El sábado que viene tendría que ir al Bar Mitzvah de mi primo.

—Pues ve; es decir, si es importante.

—Al jefe no le gustará que pida un permiso. Ya sabes cómo se las gasta cuando estamos investigando un caso.

—No durará todo el día, ¿verdad? Pídeselo. Estuvo muy comprensivo cuando Robbins solicitó un día libre porque se había muerto su tío.

—Pero eso fue para un funeral cristiano, no para un Bar Mitzvah judío.

—¿Y qué otra clase de Bar Mitzvah hay? No seas injusto. El jefe no es así y tú lo sabes. Ya te lo he dicho: si es importante, pídeselo; si no, no.

—¿Importante para quién?

—¿Cómo quieres que lo sepa? Para el chico, supongo.

—Apenas lo conozco. Dudo que le importe mucho que yo asista o no. Aunque, pensándolo bien, somos una familia pequeña; sólo tiene dos primos. Supongo que le gustaría que estuviera presente. Mi tía seguramente preferiría que no fuese. Así tendría otro agravio contra mi madre.

—No pretenderás que el jefe decida si es más importante complacer a tu primo o disgustar a tu tía. Si es importante para ti, ve. ¿Por qué has de darle tantas vueltas?

Él no respondió y, mientras subían por la calle Hillgate, Kate pensó: «Quizás es porque para él se trata de algo serio.» Al reflexionar sobre esta breve conversación, se sintió sorprendida. Era la primera vez que él le abría, siquiera de un modo vacilante, la puerta de su vida privada. Y Kate había creído que, como ella, guardaba con casi obsesiva vigilancia ese portal esencialmente inviolado. En los tres meses transcurridos desde que había llegado a la Brigada, no habían hablado nunca de su ascendencia judía; a decir verdad, no habían hablado de casi nada que no fuera el trabajo. ¿Le interesaba realmente su consejo o sólo la utilizaba para ordenar sus pensamientos? Si necesitaba consejo, era asombroso que se lo pidiera a ella. Kate había notado en él desde el primer momento cierta actitud defensiva que, si no se manejaba con tacto, podía volverse espinosa, y le molestaba un poco la necesidad de tacto en una relación profesional. El trabajo policial conllevaba suficientes tensiones de por sí para encima tener que tranquilizar a un colega o congraciarse con él. Pero Daniel le gustaba; o quizá sería más exacto decir que empezaba a gustarle sin saber muy bien por qué. Era de complexión robusta, apenas más alto que ella, de facciones pronunciadas y cabellera rubia, cuando ella la hubiera imaginado morena. Sus ojos de color gris pizarra brillaban como guijarros pulidos y cuando se enojaba, se oscurecían hasta volverse casi negros. Kate percibía en ellos tanto su inteligencia como una ambición similar a la de ella. Además, parecía no tener ningún problema en trabajar con una mujer que lo superaba en rango o, si lo tenía, sabía ocultarlo con más habilidad que la mayoría de sus colegas. Kate se dijo que empezaba a encontrarlo sexualmente atractivo, como si esta admisión formal y regular del hecho pudiera protegerla contra los peligros de la proximidad. Había visto a demasiados colegas malbaratar su vida privada y profesional para arriesgarse a este tipo de complicación, siempre mucho más fácil de iniciar que de cortar.

Deseosa de corresponder a su confianza y temiendo haberse mostrado demasiado indiferente, comentó:

—Entre los alumnos de la secundaria de Ancroft había una docena de religiones. Siempre estábamos celebrando una u otra festividad o ceremonia. Por lo general eso significaba hacer mucho ruido y vestirse de gala. La postura oficial era que todas las religiones son igualmente importantes y debo decir que, en mi caso, ello me llevó al convencimiento de que todas son igualmente carentes de importancia. Supongo que si la religión no se enseña con convicción se convierte en otra asignatura aburrida más. Quizás es que soy pagana por naturaleza. No soporto todo ese énfasis en el pecado, el sufrimiento y el juicio final. Si creyera en Dios, me gustaría que fuese inteligente, jovial y divertido.

—Dudo que te ofreciera mucho consuelo mientras te conducían a las cámaras de gas —observó él—. Quizás entonces prefirieras un dios de venganza. Es esta calle, ¿no?

Kate se preguntó si ya se había cansado del tema o si estaba advirtiéndole que no se metiera en su territorio privado. Contestó:

—Sí. Por lo visto, los números altos quedan en el otro extremo.

Había un interfono a la izquierda de la puerta. Kate pulsó el botón y, al oír una voz masculina, anunció:

—La inspectora Miskin y el inspector Aaron. Venimos a ver al señor Farlow. Nos espera.

Permaneció atenta al zumbido que indicaría que se había abierto la cerradura, pero en su lugar volvió a oír la misma voz.

—Enseguida bajo.

La espera de un minuto y medio se le antojó muy larga. Kate acababa de consultar el reloj por segunda vez cuando se abrió la puerta y se encontraron ante un joven corpulento, descalzo y vestido con unos pantalones muy ajustados de cuadros blancos y azules y un suéter blanco. Llevaba el pelo cortado en mechones tiesos y muy cortos que daban a su cabeza redonda el aspecto de un cepillo erizado. Su nariz era ancha y carnosa, y sus brazos cortos y redondeados, con una pátina de vello castaño, parecían tan suaves y rollizos como los de un bebé. Kate pensó que tenía la consistencia acogedora de un osito de peluche, a falta únicamente, para completar el cuadro, de una etiqueta con el precio colgada del arete que llevaba en la oreja izquierda. Sin embargo, los ojos azul claro que al principio se clavaron en los suyos con expresión de cautela, mostraron después un franco antagonismo, y cuando habló no hubo simpatía en su voz. Sin prestar atención a la tarjeta de identificación que Kate le mostraba, sugirió:

—Será mejor que suban.

En el estrecho vestíbulo hacía mucho calor y el aire estaba impregnado de un olor exótico, mezcla de flores y especias, que a Kate le habría parecido agradable si no hubiera sido tan intenso. Subieron tras su guía por una angosta escalera y se encontraron en una sala de estar que ocupaba toda la longitud de la casa. Un arco curvado mostraba el lugar donde antes debía de alzarse el tabique divisorio. Al fondo habían construido una pequeña galería a modo de invernáculo con vistas al jardín. Kate, que creía haber elevado a la categoría de arte la capacidad de observar los detalles de su entorno sin delatar una curiosidad demasiado evidente, centró toda su atención en el hombre al que habían ido a visitar. Estaba recostado sobre almohadas en una cama individual situada a la derecha de la galería cubierta y era patente que se hallaba a punto de morir. La joven policía había visto muchas veces la demacración extrema reflejada en la pantalla del televisor; estaba casi habituada a contemplar desde su sala de estar ojos carentes de vida y miembros consumidos por la inanición. Pero, en aquel momento, al tenerla ante sí por primera vez, se preguntó cómo un ser humano podía estar tan disminuido y seguir respirando, cómo los grandes ojos, que parecían flotar libremente en sus cuencas, podían envolverla con tal mirada de intensa y levemente irónica diversión. El enfermo llevaba puesto un batín de seda escarlata que no conseguía dar color al amarillo malsano de la piel. Junto a la cabecera del lecho había una mesita de juego con una silla al otro lado y dos barajas preparadas sobre el tapete verde. Al parecer, Rupert Farlow y su compañero estaban a punto de empezar una partida de canasta.

Su voz no era potente, pero tampoco trémula; el yo esencial aún seguía vivo, aún seguía presente en sus inflexiones nítidas y claras.

—Discúlpenme si no me levanto. El espíritu está dispuesto, pero la carne es débil. He de reservar mis energías para procurar que Ray no me mire las cartas. Siéntense, por favor, si encuentran dónde hacerlo. ¿Les gustaría tomar algo? Ya sé que en teoría no pueden beber cuando están de servicio, pero insisto en considerar su presencia una visita social. ¿Dónde has escondido la botella, Ray?

El muchacho, sentado a la mesa de juego, no se movió. Kate respondió:

—No tomaremos nada, gracias. Y esperamos terminar enseguida. Queríamos hablar con usted acerca de la tarde y noche del jueves.

—Me lo había figurado.

—El señor De Witt dice que al salir de la oficina vino directamente a casa y estuvo aquí con usted toda la noche. ¿Podría confirmarlo?

—Si James les ha dicho eso es que es verdad. James nunca miente. Es una de las características que sus amigos encuentran exasperantes.

—¿Y es verdad?
—Naturalmente. ¿No se lo ha dicho él?
—¿A qué hora llegó a casa?
—A la hora de costumbre. Alrededor de las seis y media, ¿no es eso? Él se lo dirá. Seguramente ya se lo ha dicho.

Kate, después de apartar un montón de revistas, se había sentado en un sofá de estilo victoriano situado frente a la cama.

—¿Cuánto hace que vive usted aquí con el señor De Witt?

Rupert Farlow volvió hacia ella sus ojos inmensos llenos de dolor, desplazando la cabeza con lentitud como si el peso de su cráneo desnudo se hubiera vuelto excesivo para el cuello.

—¿Me pregunta cuánto hace que comparto con él esta casa en contraposición a, digamos, compartir su vida, compartir su cama?
—Sí, eso le pregunto.
—Cuatro meses, dos semanas y tres días. Me sacó del hospital. No sé muy bien por qué. Quizá le excita vivir con un moribundo. A algunos les ocurre. No había escasez de visitantes en el hospital, se lo aseguro; somos la obra de beneficencia que siempre encuentra voluntarios. El sexo y la muerte, de lo más excitante. A propósito, no hemos sido amantes. Está enamorado de esa chica tan aburrida y convencional, Frances Peverell. James es depresivamente heterosexual. Puede usted estrecharle la mano sin ningún temor e incluso entregarse a un contacto físico más íntimo, si le apetece probar suerte.

Daniel decidió intervenir:

—Llegó del trabajo a las seis y media. ¿Volvió a salir más tarde?
—No, que yo sepa. Se acostó hacia las once y estaba aquí cuando me desperté a las tres y media, a las cuatro y cuarto y a las seis menos cuarto. Anoté cuidadosamente

las horas. Ah, y también me prestó algunos servicios bastante engorrosos hacia las siete de la mañana. Desde luego, no habría tenido tiempo de volver a Innocent House y cargarse a Gerard Etienne entre esas horas. Pero quizá deba advertirles que no soy muy digno de crédito. Es lo que les diría de todos modos. No me conviene demasiado que encierren a James en la cárcel, ¿verdad?

—Tampoco le conviene encubrir a un asesino —adujo Daniel.

—Eso no me inquieta. Si se llevan a James, da igual que se me lleven a mí también. Causaría yo más molestias al sistema de justicia criminal que ustedes a mí. Es la ventaja de ser un moribundo: no tiene muchos atractivos, pero escapas al poder de la policía. Con todo, debo intentar serles útil, ¿verdad? Hay un detalle que confirma lo dicho. ¿No llamaste hacia las siete y media, Ray, y hablaste con James?

Ray había cogido las cartas y estaba barajándolas con habilidad.

—Sí, es verdad, a las siete y media. Llamé para ver cómo te encontrabas. James estaba aquí a esa hora.

—Ya lo ven. ¿Verdad que ha sido oportuno que lo recordara?

Kate habló movida por un impulso:

—¿Es usted..., sin duda tiene que serlo..., el Rupert Farlow que escribió *Jaula de locas*?

—¿La ha leído?

—Me la regaló un amigo por Navidad. Consiguió encontrar un ejemplar encuadernado en tela; por lo visto, van bastante buscados. Me dijo que la primera edición se había agotado y que no publicaron una segunda.

—Una poli leída. Creía que sólo existían en las novelas. ¿Le gustó?

—Sí, me gustó. —Tras unos instantes de silencio, añadió—: Me pareció maravillosa.

Él alzó la cabeza y miró a Kate.

—Estaba muy complacido con ese libro —dijo en un tono de voz distinto y tan quedo que ella apenas le oyó.

Al mirarlo a los ojos, Kate vio consternada que estaban relucientes de lágrimas. El frágil cuerpo empezó a temblar bajo su sudario escarlata y ella sintió el impulso, tan fuerte que casi tuvo que combatirlo físicamente, de acercarse y estrecharlo entre sus brazos. Desvió la mirada y, esforzándose porque su voz sonara normal, le anunció:

—No le fatigaremos más, pero quizá tengamos que volver para pedirle que nos firme una declaración.

—Me encontrarán en casa. Y si no estoy, no es probable que obtengan una declaración. Ray los acompañará a la puerta.

Los tres bajaron la escalera en silencio. Ya en la puerta, Daniel se volvió hacia el joven.

—El señor De Witt nos ha dicho que el jueves por la tarde no llamó nadie a esta casa, así que uno de los dos miente o se equivoca. ¿Es usted?

El chico se encogió de hombros.

—De acuerdo, puede que me haya confundido. No es nada grave. Quizá fue otro día.

—O quizá ningún día. Es peligroso mentir en una investigación por asesinato. Peligroso para usted y para el inocente. Si tiene alguna influencia sobre el señor Farlow, debería explicarle que la mejor manera de ayudar a su amigo es decir la verdad.

Ray tenía la mano en la puerta. Replicó:

—No me venga con esa mierda. ¿Por qué iba a hacerlo? Eso es lo que siempre dice la policía, que con la verdad te ayudas a ti mismo y al inocente. Decirle la verdad a la pasma va en interés de la pasma. No trate de decirme que va en el nuestro. Y si quieren volver, será mejor que llamen antes. Está demasiado débil para que lo molesten.

Daniel abrió la boca, pero se contuvo y no dijo nada.

La puerta se cerró firmemente a sus espaldas. Echaron a andar por la calle Hillgate sin hablar. Al cabo de un rato, Kate observó:

—No debería haber dicho aquello de su novela.

—¿Por qué no? No hay nada de malo en ello. Es decir, si eras sincera.

—Precisamente mi sinceridad ha sido lo malo. Lo ha trastornado.—Hizo una pausa y añadió—: ¿Cuánto crees que vale esa coartada?

—No gran cosa. Pero si mantiene lo dicho, y supongo que lo mantendrá, aunque averigüemos algo sobre De Witt, tendremos problemas.

—No necesariamente. Dependerá de la fuerza que tengan las posibles pruebas. Si la coartada nos parece poco convincente, también se lo parecerá a un jurado.

—Si es que alguna vez llevamos a ese chico ante un jurado.

Kate permaneció unos instantes en silencio.

—De todos modos, me intriga una cosa. Puede que haya sido casualidad, pero me llama la atención. Está claro que ese amigo suyo, Ray, ha mentido, pero ¿cómo sabía Farlow que la coartada se necesitaba para las siete y media? ¿O acaso ha acertado por una pura cuestión de suerte?

38

La cita de Dalgliesh con Jean-Philippe Etienne, transmitida por Claudia Etienne, se había concertado para las diez y media, lo que le exigiría salir de Londres algo temprano. La hora de la cita era sorprendentemente precisa para un hombre que, cabía suponer, era dueño de su tiempo. Dalgliesh se preguntó si Etienne no la habría elegido para asegurarse de que, aun cuando la entrevista se prolongara más de lo esperado, no se sentiría en la obligación de invitarlo a almorzar. También eso le convenía. Almorzar a solas en un lugar extraño donde nadie lo conociera ni lo identificara, aunque la comida resultase decepcionante, un lugar donde pudiera comer con la confianza de que nadie sabría quién era y ningún teléfono podría localizarlo, constituía para él un placer infrecuente y, tras la entrevista, pensaba disfrutarlo al máximo. Tenía una cita en el Yard a las cuatro de la tarde y luego iría directamente a Wapping para oír el informe de Kate. No le quedaría tiempo para dar un paseo en solitario ni para explorar alguna iglesia de aspecto interesante pero, bien mirado, algo había que comer.

Estaba oscuro cuando salió y el día clareaba hacia una mañana seca aunque sin sol. Pero cuando se desprendió de los últimos arrabales del este de Londres y empezó a circular entre los colores apagados de la campiña de Essex, el dosel gris se iluminó hasta convertirse en una bruma blanca y transparente con la promesa de que el sol quizás acabaría atravesándola. Más allá de los setos recortados, entre los que esporádicamente se alzaba algún que otro árbol aturullado por el viento, los campos arados del otoño, con los primeros brotes verdes del trigo de invierno, se extendían hasta el horizonte lejano. Dalgliesh experimentó una sensación de liberación bajo el anchuroso cielo de East Anglia, como si el peso de una preocupación antigua y familiar se disolviera momentáneamente.

Pensó en el hombre al que iba a ver. Se dirigía a Othona House con escasas expectativas, pero no del todo desprevenido. No había tenido suficiente tiempo para investigar minuciosamente el historial de Etienne, pero se había pasado unos cuarenta minutos en la Biblioteca de Londres y había hablado por teléfono con un ex miembro de la Resistencia que residía en París, cuyo nombre le había sido proporcionado por un contacto en la embajada francesa. Ahora sabía algo de Jean-Philippe Etienne, héroe de la Resistencia en la Francia de Vichy.

El padre de Etienne había sido propietario de un próspero periódico y una imprenta en Clermont-Ferrand, y fue uno de los primeros y más activos miembros de la Organisation de Résistance de l'Armée. Cuando en 1941 murió de cáncer, su hijo único, recién casado, heredó el negocio y ocupó su lugar en la lucha contra las autoridades de Vichy y las fuerzas de ocupación alemanas. Al igual que su padre, era gaullista ferviente e intensamente anticomunista; desconfiaba del Front National porque lo habían fundado los comunistas, aunque muchos de sus amigos —cristianos, socialistas e intelectuales— pertenecían a él. Pero Etienne era solitario por naturaleza y trabajaba mejor con su propio grupo, pequeño y reclutado en secreto. Sin enfrentarse abiertamente con las principales organizaciones, se concentró en la propaganda antes que en la lucha armada, publicando su propio periódico clandestino, distribuyendo panfletos de los aliados lanzados desde el aire, proporcionando regularmente a Londres valiosa información e intentando incluso sobornar y desmoralizar a los soldados alemanes mediante la introducción de propaganda en sus campamentos. El periódico de la familia siguió editándose, pero ya no era tanto una publicación informativa como un periódico literario, con una cautelosa postura apolítica que permitió a Etienne recibir más papel y tinta de imprenta, entonces racionados y bajo estrecha supervisión, de los que le correspondían. Mediante una cuidadosa administración y utilizando toda clase de subterfugios, Etienne conseguía desviar parte de esos recursos a su producción clandestina.

Durante cuatro años llevó una doble vida con tanto éxito que ni los alemanes sospecharon nunca de él ni los miembros de la Resistencia lo denunciaron como colaborador. La profunda desconfianza que sentía hacia el maquis se incrementó cuando, en 1943, uno de los grupos más activos causó la muerte de su esposa al volar el tren en que viajaba. Etienne había terminado la guerra como un héroe; aunque no era tan conocido como Alphonse Rosier, Serge Fischer o Henri Martin, su nombre figuraba en el índice de los libros que trataban sobre la Resistencia de Vichy. Se había ganado sus medallas y su paz.

Menos de dos horas después de salir de Londres, Dalgliesh abandonó la A12 al sudeste de Maldon y se dirigió hacia el este cruzando una campiña llana y aburrida hasta llegar al atractivo pueblo de Bradwell-on-Sea, con su iglesia de campanario cuadrado y sus casitas de tablones pintadas en rosa, blanco y ocre, con cestos de crisantemos tardíos colgados en los portales. Anotó mentalmente el King's Head como un posible lugar para almorzar. Una estrecha carretera conducía, según el indicador, a la capilla de St. Peter-on-the-Wall, y Dalgliesh no tardó en verla: un lejano edificio alto y rectangular que se recortaba contra el cielo. Al parecer se conservaba igual que cuando su padre lo había llevado allí por primera vez a los diez años de edad, con unas proporciones tan sobrias y sencillas como la casa de muñecas de una niña. Había un abrupto sendero peatonal que llegaba hasta la capilla, separado de la carretera por una valla fija de madera, pero la pista que conducía a Othona House, unos cientos de metros a la derecha, estaba abierta. Un poste indicador, de madera que empezaba a agrietarse y letras casi indescifrables, llevaba pintado el nombre de la casa, y eso, junto con la visión del apartado tejado y las chimeneas, le confirmó que aquella pista era el único acceso. Dalgliesh reflexionó que Etienne difícilmente habría podido ingeniar un método más eficaz para desalentar a los visitantes y, por unos instantes, pensó en recorrer a pie los novecientos metros que lo separaban de la casa antes que poner en peligro la suspensión. Una mirada al reloj le indicó que eran las 10.25. Llegaría casi exactamente a la hora convenida.

La pista que conducía hasta Othona House presentaba profundas roderas, y los baches aún estaban llenos de agua de lluvia de la noche anterior. Por un lado lindaba con campos arados que se extendían hasta donde alcanzaba la vista, sin setos ni indicio alguno de habitación humana. A la izquierda había una ancha zanja bordeada por una maraña de zarzas cargadas de moras y, más allá, una hilera irregular de nudosos troncos retorcidos casi completamente cubiertos de hiedra. A ambos lados del camino, altas hierbas secas, ya dobladas por el peso de las vainas de semillas, se agitaban caprichosamente a impulsos de la brisa. Bajo su cuidadosa conducción, el Jaguar se estremecía y avanzaba a tumbos; Dalgliesh empezaba a lamentar no haberlo dejado a la entrada de la finca cuando los baches de la pista se hicieron menos frecuentes y las grietas menos profundas, y pudo recorrer los últimos cien metros a mayor velocidad.

La casa, rodeada por un muro de ladrillo alto y curvado que parecía relativamente moderno, seguía resultando invisible a excepción de los tejados y chimeneas, pero era evidente que la entrada quedaba de cara al mar.

Dalgliesh torció hacia la derecha para rodear el muro y por primera vez vio el edificio con claridad.

Era una casa agradable y bien proporcionada de ladrillo rojo descolorido por el tiempo, con una fachada casi con toda certeza de estilo reina Ana. El edificio central estaba coronado por un pretil holandés cuya curvatura reproducía la del elegante pórtico de la entrada principal. A los lados se extendían dos alas idénticas, con ventanas de ocho cristales bajo una cornisa de piedra decorada con un relieve de conchas. Estas conchas talladas constituían la única indicación de que la casa se alzaba en la costa, pero aun así parecía extrañamente fuera de lugar, con una simetría digna y una calma apacible más propias del recinto de una catedral que de aquel promontorio remoto y desolado. No había ningún acceso directo al mar. Othona House estaba separada de los rompientes por unos cien metros de marisma salada, una empapada y traidora alfombra de suaves tonos azules, verdes y grises, con retazos de un verde ácido donde las pozas de agua de mar refulgían como gemas engastadas. Dalgliesh alcanzó a oír el rumor del mar, pero en aquel día sereno, en el que apenas un ligero viento hacía susurrar las cañas, le llegaba con la suavidad de un blando suspiro.

Tiró de la campanilla y oyó su tañido apagado en el interior de la casa, pero transcurrió más de un minuto antes de que sus oídos captaran el rumor de unos pasos arrastrados. Se produjo el chirrido de un cerrojo al correrse y se oyó girar la llave antes de que, lentamente, se abriera la puerta.

La mujer que se quedó mirándolo con inexpresivo desinterés era anciana —seguramente, pensó Dalgliesh, se encontraba más cerca de los ochenta años que de los setenta—, pero no había nada de frágil en su carnosa solidez. Llevaba un vestido negro abotonado hasta el cuello y cerrado con un broche de ónice rodeado de aljófares sin brillo. Sus abultadas piernas surgían de unas botas negras de cordones y sus pechos sobresalían, informes como una almohada, por encima de un gran delantal blanco almidonado. Tenía la cara ancha, del color del sebo, y los pómulos eran dos crestas angulosas bajo los arrugados y suspicaces ojos. Antes de que él pudiera decir nada, le preguntó:

—*Vous êtes le commandant Dalgliesh?*

—*Oui madame, je viens voir monsieur Etienne, s'il vous plaît.*

—*Suivez-moi.*

La pronunciación de su apellido fue tan extraña que al principio le sonó raro, pero la voz de la mujer era grave y potente, y tenía una nota de confiada autoridad. Tal vez en Othona House fuera una sirviente, pero no era servil. Se apartó a un lado para dejarle pasar y Dalgliesh esperó mientras ella cerraba y aseguraba la puerta. El cerrojo situado por encima de su cabeza era grueso; la llave, grande y anticuada. La hizo girar con cierta dificultad. Las venas de sus manos moteadas y descoloridas por la edad resaltaban como cordones morados, y los dedos, fuertes y gastados por el trabajo, estaban retorcidos.

La mujer lo condujo por un corredor revestido de paneles hasta una habitación de la parte trasera de la casa. Pegando la espalda a la puerta abierta como si Dalgliesh fuera portador de alguna enfermedad contagiosa, anunció: «*Le commandant Dalgliesh*.» A continuación cerró la puerta con firmeza, como si se sintiera impaciente por alejarse de aquel huésped indeseado.

Tras la oscuridad del pasillo, la habitación le sorprendió por su claridad. Dos ventanas altas, de muchos cristales y provistas de postigos, daban a un jardín sin árboles cruzado por senderos de losas en el que al parecer se cultivaban verduras y hierbas aromáticas. La única nota de color la ponían unos geranios tardíos plantados en las grandes macetas de arcilla que bordeaban el camino principal. Era evidente que la estancia servía al mismo tiempo como biblioteca y sala de estar. Tres paredes estaban provistas de estanterías hasta una altura que podía alcanzarse sin esfuerzo, con mapas y grabados dispuestos sobre ellas. En el centro de la habitación había una mesa redonda cubierta de libros. A la izquierda, una chimenea de piedra con un sencillo pero elegante friso ornamental. Un pequeño fuego de leña ardía sobre la rejilla del hogar.

Jean-Philippe Etienne estaba sentado a la derecha del fuego en un sillón alto de cuero verde rematado con botones, pero no hizo ademán de levantarse hasta que Dalgliesh llegó casi a su lado; entonces se puso en pie y le tendió la mano. Dalgliesh percibió durante apenas dos segundos el apretón de la carne fría. En aquel momento le parecía que podía distinguir el contorno de cada hueso, la contracción de cada músculo del rostro de Etienne. Su figura enjuta se mantenía erguida, aunque andaba con rigidez, y su pulida elegancia no mostraba ningún indicio de decrepitud. El cabello gris era escaso y estaba peinado hacia atrás desde una frente despejada; la larga nariz sobresalía sobre una boca ancha y casi sin labios, las orejas grandes yacían planas contra el cráneo y, bajo los elevados pómulos, las visibles venas parecían a punto de sangrar. Etienne llevaba una chaqueta de terciopelo que recordaba un batín victoriano sobre unos ceñidos pantalones negros. Con idéntica rigidez habría podido levantarse un terrateniente del siglo XIX para recibir a una visita, pero su presencia, Dalgliesh lo advirtió de inmediato, era acogida con tan poco agrado en esa elegante biblioteca como lo había sido su llegada a la casa.

Etienne le señaló el sillón que había frente al suyo y volvió a sentarse. Luego dijo:

—Claudia me entregó su carta, pero le ruego que se abstenga de renovarme sus condolencias. No pueden ser sinceras. Usted no conocía a mi hijo.

—No hace falta conocer a una persona para lamentar que haya muerto demasiado joven y sin necesidad —replicó Dalgliesh.

—Tiene usted razón, naturalmente. La muerte de los

jóvenes siempre resulta más amarga por la injusticia de la mortalidad: los jóvenes se van, los viejos siguen viviendo. ¿Tomará usted algo? ¿Vino? ¿Café?

—Café, por favor.

Etienne salió al pasillo y cerró la puerta a sus espaldas. Dalgliesh le oyó llamar, por lo que le pareció, en francés. A la derecha de la chimenea colgaba el cordón bordado de una campanilla, pero por lo visto Etienne prefería no utilizarla en su relación con el personal de la casa. Cuando regresó a su sillón, prosiguió:

—Tenía usted que venir a verme, lo comprendo, pero no puedo decirle nada que le sirva de ayuda. No sé por qué murió mi hijo, a no ser que fuera, como parece lo más probable, por accidente.

—Su muerte está rodeada de cierto número de singularidades que permiten suponer que pudo no haber sido accidental —objetó Dalgliesh—. Sé que esto debe de resultarle doloroso y lo lamento.

—¿A qué singularidades se refiere?

—El hecho de que muriera por intoxicación de monóxido de carbono en una habitación que apenas visitaba. Un cordón de ventana roto que pudo partirse cuando tiraron de él, con lo que habría resultado imposible abrir la ventana. Un magnetófono desaparecido. Una llave de paso extraíble en la estufa de gas que pudo haberse retirado tras encender la estufa. La posición del cuerpo.

Etienne protestó.

—No me ha dicho nada nuevo. Mi hija estuvo ayer conmigo. Está claro que todos los indicios son absolutamente circunstanciales. ¿Había alguna huella en la llave del gas?

—Sólo un borrón. La superficie es demasiado pequeña para obtener nada útil.

—Aun tomándolas todas juntas, estas suposiciones son menos... ¿singulares, ha dicho usted?, que la sugerencia de que Gerard murió asesinado. Las singularidades no constituyen ninguna prueba. Paso por alto el asunto de la serpiente. Sé que en Innocent House hay un bromista malicioso, pero sin duda sus actividades no merecen la atención de todo un comandante de New Scotland Yard.

—La merecen, señor, si complican, oscurecen o están relacionadas con un asesinato.

Se oyeron pasos en el corredor. Etienne se dirigió inmediatamente hacia la puerta y la mantuvo abierta para dejar pasar al ama de llaves. La mujer entró con una bandeja en la que llevaba una cafetera, una jarrita marrón, azúcar y una taza grande. Depositó la bandeja sobre la mesa y, tras mirar de soslayo a Etienne, salió de la habitación. Etienne sirvió el café y le ofreció la taza a Dalgliesh. Era evidente que él no pensaba beber, y Dalgliesh se preguntó si se trataría de una argucia, no demasiado sutil, para situarlo en desventaja. No había ninguna mesita junto a su sillón, de modo que dejó la taza sobre la repisa de la chimenea.

Etienne volvió a su asiento.

—Si mi hijo ha sido asesinado, quiero que su asesino comparezca ante la justicia, aunque desconfíe de ella —le aseguró—. Quizá no sea necesario que le diga esto, pero es importante que se lo diga y que usted me crea. Si me encuentra poco servicial es porque no puedo prestarle ninguna ayuda.

—¿Sabe si su hijo tenía algún enemigo?

—No conozco a ninguno. Sin duda tenía rivales profesionales, autores insatisfechos, colegas que no lo apreciaban, estaban molestos con él o lo envidiaban; eso es lo que suele pasar tratándose de un hombre de éxito. Pero no sé de nadie que pudiera desear su muerte.

—¿Hay algo en su pasado o en el de usted, alguna injusticia, algún agravio antiguo o imaginario que hubiera podido provocar un rencor duradero?

Etienne hizo una pausa antes de responder y Dalgliesh advirtió por primera vez el silencio que reinaba en la habitación. El fuego crepitó de pronto con un pequeño estallido de llamas y una lluvia de chispas cayó sobre el hogar. Etienne miró el fuego.

—¿Rencor? —repitió—. Hubo un tiempo en que los enemigos de Francia fueron mis enemigos y combatí contra ellos de la única manera que podía. Algunos de los que sufrieron deben de tener hijos y nietos. Me parece absurdo suponer que hayan decidido vengarse en mi hijo. Y luego está mi propia gente, las familias de los franceses que fueron detenidos y fusilados a consecuencia de las actividades de la Resistencia. Algunos podrían sostener que tenían un agravio legítimo, pero sin duda no contra mi hijo. Le sugiero que concentre su atención en el presente, no en el pasado, y en las personas que normalmente tenían acceso a Innocent House. A mi entender, ésa sería la línea de investigación más adecuada.

Dalgliesh cogió la taza. El café, solo, como él lo quería, aún estaba demasiado caliente para beberlo. Volvió a dejarlo en la repisa y prosiguió:

—La señorita Etienne nos ha dicho que su hijo solía venir a verle con regularidad. ¿Discutían ustedes los asuntos de la empresa?

—No discutíamos nada. Por lo visto, sentía la necesidad de mantenerme informado de los acontecimientos, pero no me pedía consejo ni yo se lo daba. Ya no me interesa la empresa; de hecho, apenas me interesó durante los últimos cinco años que trabajé en ella. Gerard quería vender Innocent House y trasladarse a Docklands. No es, creo, ningún secreto. Él lo consideraba necesario y sin duda lo era. Sin duda lo sigue siendo. Guardo un recuerdo confuso de nuestras conversaciones; hablaba de dinero, adquisiciones, cambios en la plantilla, alquileres, un posible comprador para Innocent House. Lamento que mi memoria no sea más precisa.

—¿Pero los años que pasó usted en la empresa no fueron desdichados?

La pregunta, advirtió Dalgliesh, fue recibida como una impertinencia. Se había aventurado en un terreno prohibido. Etienne respondió:

—Ni felices ni desdichados. Desempeñaba una función, aunque, como le digo, en los últimos cinco años fue cada vez menos importante. Sin embargo, dudo que ningún otro trabajo me hubiera satisfecho más. Henry Peverell y yo hubiéramos tenido que marcharnos antes. La última vez que visité Innocent House fue para arrojar una parte de sus cenizas al Támesis. No volveré a ir.

Dalgliesh comentó:

—Su hijo tenía previstos diversos cambios, algunos, sin duda, mal acogidos.

—Todo cambio es siempre mal acogido. Me alegro de haberme situado fuera de su alcance. Algunos de los que sentimos aversión por ciertos aspectos del mundo moderno podemos considerarnos afortunados: ya no necesitamos vivir en él.

Al observarlo mientras por fin bebía a sorbos el café, Dalgliesh vio que el hombre estaba tan tenso como si fuera a saltar del sillón y se dio cuenta de que Etienne era un verdadero recluso. La compañía humana, excepto la de las pocas personas que vivían con él, le resultaba intolerable durante más de un breve lapso, y estaba llegando al final de su resistencia. Era hora de irse; no averiguaría nada más.

Unos minutos más tarde, mientras Etienne lo acompañaba hasta la puerta principal —una cortesía que no había esperado—, Dalgliesh hizo un comentario sobre la edad y la arquitectura de la casa. De todo lo que había dicho, fue lo único que suscitó en su anfitrión una respuesta interesada.

—La fachada es de estilo reina Ana, como supongo que usted sabrá, pero el interior es principalmente Tudor. La casa original que se alzaba en este lugar era mucho más antigua. Al igual que la capilla, está construida sobre las murallas del establecimiento romano de Othona; de ahí el nombre de la casa.

—Estaba pensando que me gustaría visitar la capilla, si me permite dejar el coche aquí.

—Por supuesto.

Pero concedió el permiso de mala gana, como si hasta la presencia del Jaguar en su patio delantero constituyera una intrusión perturbadora. Apenas Dalgliesh había cruzado la puerta cuando ésta se cerró firmemente a sus espaldas y se oyó el chirrido del cerrojo.

39

Dalgliesh medio esperaba encontrar la capilla cerrada, pero la puerta cedió bajo su mano, de modo que se internó en su silencio y sencillez. El aire estaba muy frío y olía a tierra y argamasa, un olor nada eclesiástico, sino más bien doméstico y contemporáneo. La capilla estaba escasamente amueblada. Había un altar de piedra con una cruz griega sobre él, unos cuantos bancos, dos jarrones con flores secas, uno a cada lado del altar, y un casillero con guías y folletos. Dalgliesh dobló un billete, lo metió en el cepillo y, a continuación, cogió una de las guías y se sentó en un banco a estudiarla, sin saber muy bien por qué experimentaba aquella sensación de vacío y de leve depresión. La capilla, después de todo, era uno de los edificios eclesiásticos más antiguos de Inglaterra, acaso el más antiguo, el único monumento que sobrevivía en aquella parte de Inglaterra de la Iglesia anglocelta, fundada por san Cedd, quien desembarcó en el viejo fuerte romano de Othona en el remoto año 653. La capilla, pues, se había alzado plantando cara al frío e inhóspito mar del Norte durante trece siglos. Si había algún lugar en el que pudiera percibir los ecos moribundos del canto llano y la vibración de 1.300 años de plegaria musitada, sin duda era aquél.

Que el edificio fuese considerado santo o vacío de santidad era una cuestión de percepción personal, y su incapacidad para experimentar en aquellos momentos algo distinto a la descarga de tensión que sentía siempre que se encontraba completamente a solas constituía un fracaso de su imaginación, no del lugar en sí. Deseó, con una intensidad que era casi un anhelo, poder oír el mar sentado allí en silencio; aquel incesante ir y venir que, más que ningún otro sonido natural, conmovía la mente y el corazón con la sensación del inexorable paso del tiempo, de los siglos de vidas humanas desconocidas e incognoscibles, con sus fugaces miserias y sus alegrías aún más fugaces. Pero él no había ido allí a meditar, sino a pensar en el asesinato y en las vejaciones más inmediatas del asesinato. Dejó la guía a un lado y repasó mentalmente la recién concluida entrevista.

Había sido una visita insatisfactoria. El viaje era necesario, pero había resultado aún más improductivo de lo que se temía. Sin embargo, no lograba desprenderse de la convicción de que en Othona House había algo importante que averiguar y que Jean-Philippe Etienne había elegido no decírselo. Cabía la posibilidad, por supuesto, de que Etienne no se lo hubiera dicho porque era algo que había olvidado, algo que él consideraba insignificante, tal vez incluso algo que no era consciente de saber. Dalgliesh volvió a pensar en el hecho central del misterio: la grabadora desaparecida y los arañazos que Gerard Etienne tenía en la boca. El asesino se había sentido en la necesidad de decirle algo a su víctima antes de que muriera, de hablarle mientras se estaba muriendo. Quienquiera que hubiese sido el responsable, quería que Etienne muriese, pero también quería que supiera por qué moría. ¿Se debía sólo a una vanidad irresistible del asesino o acaso existía otra razón enterrada en la vida pasada de Etienne? De ser así, parte de esa vida estaba presente en Othona House y él no había logrado descubrirla.

Se preguntó qué habría conducido a Etienne a terminar su vida en aquella húmeda lengua de tierra en un país extranjero, en aquella lóbrega costa peinada por el viento, donde la marisma se extendía como una esponja agria y medio desmenuzada que absorbía los flecos del gélido mar del Norte. ¿Añoraba alguna vez los montes de su provincia natal, el parloteo de voces francesas en la calle y en el café, el sonido, los aromas y los colores de la Francia rural? ¿Había acudido a aquel lugar desolado para olvidar el pasado o para revivirlo? ¿Qué relación podían tener aquellos desdichados acontecimientos, antiguos y lejanos, con la muerte de su hijo casi cincuenta años más tarde, un hijo de madre inglesa, nacido en Canadá y asesinado en Londres? ¿Qué tentáculos, si los había, se extendían desde aquellos años tumultuosos para enroscarse en torno al cuello de Gerard Etienne?

Echó un vistazo al reloj. Todavía faltaba un minuto para las once y media. Se tomaría algún tiempo para visitar los monumentos de la iglesia de St. George, en Bradwell, pero tras esa breve visita no tendría excusa posible para no emprender el regreso a Londres y almorzar en New Scotland Yard.

Aún permanecía sentado, sujetando débilmente la guía con una mano, cuando se abrió la puerta y entraron dos mujeres de edad. Iban vestidas y calzadas para caminar, y cada una llevaba una mochila pequeña. Parecieron desconcertadas y un poco recelosas al encontrarlo allí, por lo que Dalgliesh, creyendo que la presencia de un hombre solo podía molestarles, las saludó con un apresurado «buenos días» y se marchó. Desde la puerta, volvió un instante la cabeza y vio que ya estaban de rodillas, y se preguntó qué era lo que encontraban en aquel lugar silencioso y si, de haber llegado con más humildad, no habría podido encontrarlo él también.

40

El piso de Gerard Etienne se hallaba en la octava planta del Barbican. Claudia Etienne había dicho que estaría allí esperándolos a las cuatro en punto. Cuando Kate llamó, la puerta se abrió de inmediato y, sin decir palabra, la hermana de la víctima se hizo a un lado para que pudieran pasar.

Empezaba a oscurecer, pero la gran habitación rectangular seguía llena de luz, del mismo modo en que una habitación conserva el calor del día después de la puesta del sol. Las largas cortinas, que parecían de lino color crema, estaban descorridas para dejar ver, al otro lado de la cristalera, un atractivo panorama del lago y el elegante chapitel de una iglesia de la ciudad. La primera reacción de Daniel fue desear que el piso fuera suyo; la segunda, pensar que en todas sus visitas a los hogares de víctimas de asesinato nunca había visto ninguno tan impersonal, tan ordenado, tan libre de las huellas de la vida que lo había habitado. Parecía un piso de muestra, cuidadosamente amueblado para atraer a un comprador. Pero tendría que ser un comprador rico: nada de lo que había en ese apartamento era barato. Y se equivocaba él al juzgarlo impersonal, puesto que hablaba de su propietario con tanta claridad como la más abarrotada sala de estar de los barrios bajos o la alcoba de cualquier furcia. Daniel habría podido jugar a aquel juego de la televisión: «Describa al propietario de este apartamento.» Varón, joven, rico, de gustos refinados, organizado, soltero; no había nada femenino en aquella sala. Amante de la música, evidentemente; el lujoso equipo estereofónico era de esperar, quizás, en cualquier piso de un soltero acomodado, pero no el piano de concierto. Todos los muebles eran modernos, de madera clara sin pulir y trabajada con elegancia. Había armarios, estanterías y un escritorio. En un extremo de la habitación, cerca de una puerta que sin duda alguna conducía a la cocina, había una mesa de comedor redonda con seis sillas a juego. No había chimenea. El punto focal de la sala era el ventanal, y un sofá largo y dos sillones de suave piel negra estaban dispuestos de cara al mismo alrededor de una mesita de café.

Sólo había una fotografía. Sobre una estantería baja, en un marco de plata, estaba el retrato de estudio de una joven, sin duda la prometida de Etienne. Los finos cabellos caían desde la raya central hasta enmarcar una cara alargada y de facciones delicadas, unos ojos grandes y la boca quizá demasiado pequeña, pero con un labio superior carnoso y hermosamente curvado. ¿Se trataba de un objeto de lujo más adquirido como de costumbre? Considerando que podía resultar ofensivo contemplar la foto con demasiada atención, se volvió hacia el único cuadro, un óleo grande de Etienne con su hermana que se hallaba colgado en la pared opuesta al ventanal. En invierno, con las cortinas cerradas, esa vívida imagen sería el centro de la habitación: colores, formas, pinceladas que proclamaban casi agresivamente la maestría del artista. Tal vez esa misma semana, o la siguiente, se les habría dado la vuelta al sofá y los sillones a fin de que quedaran de cara a la pintura, y para Etienne habría empezado oficialmente el invierno. Esta identificación con la rutina de la vida del muerto se le antojó a Daniel irracional y un tanto inquietante. Después de todo, no había allí ninguna evidencia de la presencia de Etienne: ni la comida a medio terminar, ni un cenicero sin vaciar, ni otros pequeños desórdenes y enredos de la vida ordinaria.

Vio que Kate estaba examinando el óleo. Era muy natural; todo el mundo sabía que le gustaba el arte moderno. La inspectora se volvió hacia Claudia Etienne.

—Es un Freud, ¿no? Es magnífico.

—Sí. Mi padre lo encargó como regalo para Gerard cuando cumplió veintiún años.

Estaba todo ahí, pensó Daniel, acercándose a ella: la arrogante apostura, la inteligencia, la seguridad, la certeza de que la vida era suya con sólo tomarla. Junto a la figura central, su hermana, más joven, más vulnerable, miraba al pintor con ojos precavidos, como desafiándolo a hacer lo peor de que fuera capaz.

Claudia Etienne preguntó:

—¿Quieren café? Enseguida estará hecho. Nunca se podía contar con encontrar comida en esta casa; Gerard solía comer fuera, pero siempre tenía vino y café. Pueden ir a la cocina, si quieren, pero allí no hay nada que ver. Todos los papeles de Gerard están en ese buró. Se abre por el lado; tiene un cierre disimulado. Miren cuanto gusten, pero no se llevarán ninguna alegría. Los documentos de importancia los guardaba en el banco; en cuanto a los papeles de trabajo, estaban todos en Innocent House y ya los tienen ustedes. Gerard siempre vivía como si creyera que iba a morir en cualquier momento. Hay una cosa, sin embargo. He encontrado esta carta en la esterilla, todavía sin abrir. Lleva fecha del trece de octubre, así que seguramente llegó el martes con el segundo correo. No he visto razón para no abrirla.

Les tendió un sobre blanco, liso. El papel que contenía era de la misma alta calidad, con la dirección en relieve. La caligrafía era grande, una letra casi de niña. Daniel la leyó por encima del hombro de Kate.

> Querido Gerard:
>
> He de decirte que quiero romper nuestro compromiso. Supongo que debería añadir que lamento

hacerte daño, pero no creo que te duela excepto en tu orgullo. Me afectará más a mí, pero no mucho ni por mucho tiempo. Mamá cree que tendríamos que publicar un aviso en el *Times*, ya que anunciamos el compromiso, pero en estos momentos no me parece muy importante. Cuídate. Fue divertido mientras duró, pero no tanto como habría podido serlo.

LUCINDA

Debajo había un añadido: «Avísame si quieres que te devuelva el anillo.»

Daniel pensó que era bueno que se hubiese encontrado la carta sin abrir. Si Etienne la hubiera leído, un abogado defensor habría podido utilizarla para aducir un motivo de suicidio. De esta manera, tenía escasa importancia para la investigación.

Kate se dirigió a Claudia.

—¿Estaba enterado su hermano de que lady Lucinda se disponía a romper el compromiso?

—No que yo sepa. Seguramente, ahora ella lamentará haber escrito esa carta. Ya no puede hacer el papel de prometida abrumada de dolor.

El escritorio era moderno, sencillo y en apariencia sin pretensiones, pero con un interior hábilmente diseñado y provisto de numerosos cajones y casilleros. Todo estaba en un orden impecable: facturas pagadas, algunas facturas aún pendientes, talonarios de cheques de los dos últimos años sujetos con una goma elástica, un cajón con su cartera de inversiones. Era patente que Etienne sólo conservaba lo necesario, despejando su vida a medida que la vivía, desechando lo superfluo, llevando su vida social, fuere del tipo que fuese, por teléfono y no por carta. Hacía sólo unos minutos que habían puesto manos a la obra cuando regresó Claudia Etienne trayendo una bandeja con una cafetera y tres tazas. Dejó la bandeja en la mesa baja y los dos policías se acercaron para coger sus tazas. Aún estaban los tres de pie, Claudia Etienne con la taza en la mano, cuando se oyó el ruido de una llave en la cerradura.

Claudia soltó un sonido extraño —algo entre un jadeo y un gemido— y Daniel vio que su rostro se convertía en una máscara de terror. La taza se le escapó de entre los dedos y una mancha marrón se extendió rápidamente por la alfombra. La mujer se agachó para recogerla, y sus manos escarbaron en la blanda superficie con un temblor tan violento que no pudo volver a dejar la taza en la bandeja. A Daniel le pareció que su terror se les contagiaba a él y a Kate, de modo que también ellos contemplaron la puerta cerrada con ojos llenos de horror.

La puerta se abrió poco a poco y el original de la fotografía se materializó en la habitación.

—Soy Lucinda Norrington —les anunció—. ¿Quiénes son ustedes? —Su voz era clara y aguda, de una niña.

Kate se había vuelto instintivamente para sostener a Claudia, y fue Daniel quien respondió.

—Policía. La inspectora Miskin y el inspector Aaron.

Claudia consiguió dominarse rápidamente y se incorporó con torpeza, rechazando la ayuda de Kate. La carta de Lucinda yacía sobre la mesa junto a la bandeja del café. Daniel tuvo la impresión de que todos los ojos estaban fijos en ella.

Claudia habló con voz áspera y gutural.

—¿Por qué has venido?

Lady Lucinda dio unos pasos hacia el interior de la habitación.

—He venido por esa carta. No quería que nadie pensara que Gerard se había suicidado por mí. Además no lo hizo, ¿verdad? Me refiero a suicidarse.

—¿Cómo puede estar segura? —preguntó Kate con suavidad.

Lady Lucinda volvió hacia ella sus enormes ojos azules.

—Porque se gustaba demasiado. La gente que se gusta

no se suicida. Y de todos modos, nunca se habría matado porque yo le diera calabazas. No me quería; sólo quería una idea que se había hecho de mí.

Claudia Etienne había recobrado su voz normal.

—Le advertí que el compromiso era una locura, que eras una chica egoísta, estirada y más bien tonta, pero creo que quizá fui injusta contigo. No eres tan tonta como suponía. De hecho, Gerard no llegó a leer tu carta. La encontré aquí sin abrir.

—Entonces, ¿por qué la abriste? No iba dirigida a ti.

—Alguien tenía que abrirla. Habría podido devolvértela, pero no sabía quién la había enviado. Nunca había visto tu letra.

Lady Lucinda preguntó:

—¿Puedo quedarme mi carta?

Le respondió Kate.

—Nos gustaría conservarla por algún tiempo, si nos lo permite.

Al parecer, lady Lucinda se lo tomó como una declaración de hecho, no como una petición.

—Pero me pertenece a mí —protestó—. La escribí yo.

—Es posible que sólo la necesitemos por muy poco tiempo, y no pensamos publicarla.

Daniel, que ignoraba lo que decía exactamente la ley respecto a la propiedad de las cartas, se preguntó si, en realidad, tenían algún derecho a quedársela y qué haría Kate si lady Lucinda insistía en llevársela. También se preguntó por qué Kate estaba tan interesada en la carta; a fin de cuentas, Etienne no había llegado a leerla. Pero ¿cómo podían estar seguros de eso? Sólo tenían la palabra de su hermana de que la había encontrado sobre la esterilla aún sin abrir. Lady Lucinda no opuso más reparos; se encogió de hombros y se volvió hacia Claudia.

—Siento mucho lo de Gerard. Fue un accidente, ¿no? Ésa es la impresión que le diste a mamá por teléfono, pero esta mañana algunos periódicos insinúan que podría tratarse de algo más complicado. No lo asesinaron, ¿verdad?

—Cabe la posibilidad —respondió Kate.

De nuevo los ojos azules fijaron en ella una mirada especulativa.

—Qué extraordinario. Creo que no he conocido nunca a nadie que muriera asesinado. Conocido personalmente, quiero decir.

Se acercó a la fotografía y la cogió con las dos manos para estudiarla detenidamente, como si no la hubiera visto nunca y no se sintiera demasiado complacida con lo que el fotógrafo había hecho de sus facciones. A continuación, anunció:

—Me llevaré esto. Después de todo, Claudia, a ti no te hace ninguna falta.

—En rigor —observó Claudia—, los únicos que pueden disponer de sus pertenencias son los albaceas o la policía.

—Bueno, a la policía tampoco le hace ninguna falta. No quiero que se quede aquí en el piso vacío, y menos si Gerard fue asesinado.

Así que no era inmune a la superstición. Este descubrimiento intrigó a Daniel: no casaba bien con su aplomo. La observó mientras ella contemplaba la fotografía y deslizaba por el cristal un largo dedo de uña rosada, como si quisiera comprobar si había polvo. Luego, la joven se volvió hacia Claudia.

—Supongo que habrá algo para envolverla, ¿no?

—Puede que haya una bolsa de plástico en el cajón de la cocina, míralo tú misma. Y si hay alguna otra cosa que sea tuya, éste podría ser un buen momento para recogerla.

Lady Lucinda ni siquiera se molestó en pasear la mirada por la habitación.

—No hay nada más.

—Si quieres café, trae otra taza. Está recién hecho.

—No quiero café, gracias.

Esperaron en silencio hasta que, en menos de un minuto, regresó con la fotografía metida en una bolsa de plástico de los almacenes Harrods. Se dirigía hacia la puerta cuando Kate la detuvo.

—¿Podríamos hacerle unas preguntas, lady Lucinda? Pensábamos pedirle una entrevista de todos modos, pero ya que está aquí nos ahorraremos tiempo todos.

—¿Cuánto tiempo? Quiero decir, ¿cuánto van a durar esas preguntas?

—No mucho. —Kate se volvió hacia Claudia—. ¿Le importa que utilicemos este piso para la entrevista?

—No sé cómo podría impedírselo. Supongo que no esperarán que me retire a la cocina, ¿verdad?

—No será necesario.

—O al dormitorio. Quizá resultaría más cómodo.

Miraba fijamente a lady Lucinda, que respondió muy tranquila.

—No sabría decírtelo. No he estado nunca en el dormitorio de Gerard.

Se sentó en el sillón que tenía más cerca y Kate lo hizo en el de enfrente. Daniel y Claudia se sentaron entre ambas, en el sofá.

—¿Cuándo vio a su prometido por última vez? —comenzó Kate.

—No es mi prometido. Claro que entonces aún lo era. Lo vi el sábado pasado.

—¿El sábado nueve de octubre?

—Supongo, si el sábado pasado fue día nueve. Pensábamos ir a Bradwell-on-Sea para visitar a su padre, pero el tiempo estaba lluvioso y Gerard dijo que la casa de su padre ya era bastante lúgubre de por sí sin necesidad de llegar bajo la lluvia y que iríamos otro día. Así que, como Gerard quería volver a ver el díptico de Wilton, por la tarde estuvimos en el ala Sainsbury de la National Gallery, y de ahí fuimos a tomar el té al Ritz. Por la noche no lo vi, porque mamá quería que fuera con ella a Wiltshire a pasar la noche y el domingo con mi hermano. Mamá quería hablar de los arreglos matrimoniales antes de ver a los abogados.

—¿Y cómo estaba el señor Etienne el sábado cuando lo vio, aparte de deprimido por el tiempo?

—No estaba deprimido por el tiempo. La visita a su padre no corría ninguna prisa. Gerard no se deprimía por las cosas que no podía cambiar.

—Y las que podía cambiar, ¿las cambiaba? —intervino Daniel.

Ella se volvió para mirarlo y, de pronto, sonrió.

—Exactamente. —Luego añadió—: Ésa fue la última vez que lo vi, pero no la última que hablé con él. El jueves por la noche hablamos por teléfono.

—¿Habló usted con él hace dos días, la noche en que murió? —preguntó Kate con voz cuidadosamente controlada.

—No sé cuándo murió. Lo encontraron muerto ayer por la mañana, ¿no? Yo hablé con él por su línea particular la noche anterior.

—¿A qué hora, lady Lucinda?

—Hacia las siete y veinte, supongo. Quizá fuera un poco más tarde, pero estoy segura de que fue antes de las siete y media porque mamá y yo teníamos que salir de casa a esa hora para ir a cenar con mi madrina y yo ya estaba vestida. Pensé que tenía el tiempo justo para telefonear a Gerard. Quería una excusa para que no se alargara la conversación. Por eso estoy tan segura de la hora.

—¿De qué quería hablarle? Ya le había escrito para romper el compromiso.

—Ya lo sé. Suponía que habría recibido la carta por la mañana y quería preguntarle si estaba de acuerdo con mamá en que debíamos publicar un anuncio en el *Times*, o si prefería que escribiéramos cada uno a nuestros amigos personales y dejáramos sencillamente que corriera la noticia. Naturalmente, ahora mamá quiere que rompa la carta y no diga nada; pero no lo haré. Claro que tampoco podría hacerlo, porque ustedes ya la han visto. En fin, al menos no tendrá que preocuparse por el anuncio en el *Times*. Así se ahorrará algunas libras.

El alfilerazo de veneno fue tan repentino y se desvaneció tan deprisa que Daniel casi hubiera podido creer que no lo había percibido. Como si no hubiera oído nada, Kate preguntó:

—¿Y qué le dijo Gerard del anuncio, de la ruptura del compromiso? ¿No le preguntó usted si había recibido la carta?

—No le pregunté nada. No hablamos de nada en absoluto. Me dijo que no podía hablar porque tenía una visita.

—¿Está segura de eso?

La voz aguda y cristalina era casi inexpresiva.

—No estoy segura de que tuviera una visita. ¿Cómo iba a estarlo? No oí a nadie ni hablé con nadie excepto con Gerard. Quizá fue sólo una excusa para no hablar conmigo, pero estoy segura de que me lo dijo.

—¿Y con esas mismas palabras? Quiero que esto quede bien claro, Lady Lucinda. ¿No le dijo que no estaba solo o que había alguien con él? ¿Empleó la palabra «visita»?

—Ya se lo he dicho. Me dijo que tenía una visita.

—¿Y eso ocurrió, digamos, entre las siete y veinte y las siete y media?

—Más cerca de las siete y media. El coche vino a buscarnos a mamá y a mí exactamente a esa hora.

Una visita. Daniel hizo un esfuerzo para no mirar a Kate por el rabillo del ojo, pero sabía que sus pensamientos seguían el mismo curso. Si verdaderamente Etienne había utilizado esta palabra —y la muchacha parecía estar segura de ello—, eso sin duda quería decir que Etienne estaba con alguien ajeno a la empresa. No era verosímil que hubiera utilizado el término para referirse a un socio o un miembro de la plantilla. De ser así, ¿no habría sido más natural que dijera «estoy ocupado», o «estoy reunido», o «estoy con un colega»? Y si alguien había ido a verlo aquella noche, con cita previa o sin ella, ese alguien aún no había dado señales de vida. ¿Por qué no, si la visita había sido inocente, si había dejado a Gerard vivo y con buena salud? No había anotada ninguna cita en la agenda del despacho de Etienne, pero eso no demostraba nada. El visitante podía haberle telefoneado por su línea privada en cualquier momento del día, o haberse presentado inesperadamente sin haber sido invitado. De todos modos sólo era un indicio circunstancial, como tantos otros indicios en este caso cada vez más desconcertante.

No obstante, Kate seguía insistiendo. Acababa de preguntarle a lady Lucinda cuándo había estado en Innocent House por última vez.

—No volví allí desde la fiesta del diez de julio. En parte se organizó para celebrar mi aniversario, porque cumplía veinte años, y en parte como fiesta de compromiso.

—Tenemos la lista de invitados —dijo Kate—. Supongo que tendrían libertad para moverse por toda la casa si querían, ¿o no?

—Algunos lo hicieron, me parece. Ya sabe cómo son las parejas en las fiestas: les gusta apartarse de los demás. No creo que ningún cuarto estuviera cerrado con llave, aunque Gerard dijo que habían advertido al personal que guardara todos los papeles en un sitio seguro.

—¿Y por casualidad no vio usted que alguien subiera a los pisos altos de la casa, hacia el cuarto de los archivos?

—Bien, a decir verdad, sí. Fue bastante curioso. Tenía que ir al servicio, pero el de la planta baja, que era el que utilizaban las invitadas, estaba ocupado. Entonces recordé que había un cuarto de baño pequeño en el último piso y decidí ir a ése. Subí por la escalera y vi bajar a dos personas. No eran en absoluto la clase de gente que me habría imaginado encontrar. Además, tenían una expresión de culpabilidad. Fue extraño de veras.

—¿Quiénes eran, lady Lucinda?

—George, el viejo que atiende la centralita en recepción, y esa mujercita insulsa que está casada con el contable, no recuerdo cómo se llama, Sydney Bernard o algo por el estilo. Gerard me presentó a todos los empleados y a sus esposas. Fue aburridísimo.

—¿Sydney Bartrum?

—Eso es; su mujer. Llevaba un vestido extraordinario de tafetán azul celeste con una faja rosa en la cintura. —Se volvió hacia Claudia Etienne—. ¿No te acuerdas, Claudia? Era de falda muy ancha, cubierta de tul rosa, y mangas abullonadas. ¡Horroroso!

Claudia respondió con sequedad.

—Me acuerdo.

—¿Le dijo alguno de los dos para qué habían subido al último piso?

—Para lo mismo que yo, supongo. Ella se puso muy colorada y farfulló algo sobre el cuarto de baño. Eran extraordinariamente parecidos; la misma cara redonda, el mismo azoramiento. George estaba como si lo hubieran sorprendido con la mano en la caja. Pero fue extraño, ¿no creen? Que estuvieran los dos juntos, quiero decir. George no era de los invitados, por supuesto; sólo estaba allí para recoger los abrigos de los hombres y vigilar que no se colara nadie. Y si la señora Bartrum quería ir al servicio, ¿por qué no se lo dijo a Claudia o a alguna de las mujeres de la plantilla?

—Y luego, ¿lo comentó usted con alguien? —preguntó Kate—. Con el señor Gerard, por ejemplo.

—No, no era tan importante; sólo curioso. Casi lo había olvidado, hasta ahora. Oiga, ¿hay alguna otra cosa que quieran saber? Me parece que ya he estado aquí bastante rato. Si quieren volver a hablar conmigo, será mejor que me escriban y procuraré concertar un encuentro.

—Nos gustaría tener una declaración firmada, lady Lucinda. Quizá podría acudir a la comisaría de policía de Wapping tan pronto como le sea posible —dijo Kate.

—¿Con mi abogado?

—Si lo prefiere o si lo juzga necesario, sí.

—Supongo que no hará falta. Mamá dijo que quizá me convendría tener un abogado que se ocupara de mis intereses en la investigación, por si salía lo de la ruptura del compromiso, pero no creo que tenga ya ningún interés, si Gerard murió antes de leer mi carta.

Se puso en pie y les estrechó formalmente la mano a Kate y a Daniel, aunque sin hacer ningún ademán hacia Claudia Etienne. Pero al llegar a la puerta se volvió y se dirigió a ésta.

—Nunca se molestó en hacer el amor conmigo cuando estábamos prometidos, así que no creo que el matrimonio hubiera resultado muy divertido para ninguno de los dos, ¿no te parece, Claudia? —Daniel conjeturó que, de no haber estado ellos dos delante, la joven habría utilizado una expresión más grosera. Lady Lucinda añadió—: Ah, y será mejor que te quedes tú esto. —Dejó una llave sobre la mesa baja—. Supongo que no volveré a venir a este piso.

Al salir cerró la puerta con firmeza, y un segundo más tarde le oyeron cerrar la puerta principal con la misma irrevocabilidad.

Claudia dijo:

—Gerard era un romántico. Dividía a las mujeres entre aquellas con las que se podía tener aventuras y aquellas con las que uno se casaba. La mayoría de los hombres supera este espejismo sexual antes de cumplir los veintiuno. Seguramente era una reacción contra las demasiadas conquistas sexuales realizadas con demasiada facilidad. Me gustaría saber cuánto tiempo habría durado ese matrimonio. Bien, por lo menos se ha ahorrado esa decepción. ¿Piensan quedarse mucho más?

—Ya no mucho más —respondió Kate.

Al cabo de unos minutos se dispusieron a marcharse. La última imagen de Claudia Etienne que se llevó Daniel fue la de una figura alta que, en pie junto al ventanal, contemplaba las torres de la ciudad bajo un cielo cada vez más oscuro. Claudia respondió a su despedida sin volver la cabeza y ellos la dejaron en el silencio y la vaciedad del piso, cerrando sigilosamente las puertas tras de sí.

41

Después de abandonar la calle Hillgate, Daniel y Kate recogieron el coche que habían dejado en la comisaría de policía de Notting Hill Gate y recorrieron en él la breve distancia que los separaba de la tienda de Declan Cartwright. La tienda estaba abierta, y en la sala delantera un hombre barbado y ya anciano, tocado con un casquete y enfundado en un largo abrigo negro al que los años habían conferido un tono gris verdoso, le mostraba a un cliente un escritorio victoriano, acariciando la marquetería de la tapa con dedos amarillentos y esqueléticos. Por lo visto, estaba demasiado absorto para percatarse de su llegada aun a pesar del tintineo de la campanilla, pero el cliente alzó la vista y entonces el anciano se volvió hacia ellos.

—¿Señor Simon? —preguntó Kate—. Tenemos una cita con el señor Declan Cartwright.

Sin darle tiempo a sacar la tarjeta de identificación, el hombre se apresuró a indicarles:

—Está al fondo. Sigan recto. Está al fondo.

Y se volvió rápidamente hacia el escritorio, con un temblor tan violento en las manos que los dedos repiquetearon contra la tapa. Kate se preguntó qué habría en su pasado que le había infundido un miedo tal a la autoridad, un terror tal a la policía.

Cruzaron la tienda y, tras bajar tres escalones, entraron en una especie de invernadero. Entre un amasijo de objetos dispares, Declan Cartwright estaba conversando con un cliente. Era un hombre corpulento y muy moreno, vestido con un gabán con cuello de astracán y un truhanesco sombrero flexible, y estaba examinando un camafeo con un cristal de aumento. Kate supuso que un hombre que elegía mostrar una apariencia tan semejante a la caricatura de un facineroso difícilmente se atrevería a serlo en realidad. En cuanto los vio llegar, Cartwright dijo:

—¿Por qué no vas a tomarte una copa y te lo piensas, Charlie? Vuelve dentro de media hora o así. Ahora tengo aquí a la pasma. Estoy metido en un asesinato. No pongas esa cara, no he sido yo; sólo tengo que proporcionarle una coartada a alguien que hubiera podido hacerlo.

El cliente, tras dirigir una mirada de soslayo a Kate y Daniel, se alejó con aire despreocupado.

Kate volvió a sacar la tarjeta de identificación, pero Declan la rehusó sin mirarla.

—Está bien, no se moleste. Conozco a la policía cuando la veo.

La inspectora pensó que debía de haber sido un niño excepcionalmente guapo; aún quedaba algo de infantil en aquella cara de pilluelo, con su manojo de bucles indisciplinados sobre la frente despejada, los ojos muy grandes y la boca hermosamente formada, aunque con un mohín petulante. Sin embargo, en la evaluación que hizo tanto de ella como de Daniel, su mirada desprendía una sexualidad muy adulta. Kate notó que Daniel se ponía rígido a su lado y pensó: «No es su tipo y, desde luego, tampoco el mío.»

Al igual que Farlow, respondía a sus preguntas con una despreocupación medio burlona, pero había una diferencia esencial: con Farlow, habían percibido una inteligencia y una fuerza que seguían dominando al cuerpo patéticamente enflaquecido; Declan Cartwright se mostraba al mismo tiempo débil y asustado, tan asustado como el viejo Simon pero por un motivo distinto. Su voz era insegura, sus manos estaban inquietas y sus intentos de bromear resultaban tan poco convincentes como su acento.

—Mi novia me advirtió que vendrían. Supongo que no están aquí para admirar antigüedades, pero acaban de llegarme unas cositas preciosas de Staffordshire. Todo legalmente adquirido. Podría hacerles un precio muy bueno, si no han de considerarlo como un soborno a la policía en el ejercicio de sus funciones.

—¿La señorita Etienne y usted están prometidos en matrimonio? —preguntó Kate.

—Yo soy su prometido, pero no estoy seguro de que ella sea mi prometida. Tendrán que preguntárselo a ella. Con Claudia, estar prometidos es una situación fluctuante que depende mucho de su estado de ánimo en cada momento. Pero el jueves por la noche, cuando fuimos de excursión por el río, estábamos prometidos. O al menos creo que lo estábamos.

—¿Cuándo organizaron esa excursión?

—Hace algún tiempo. El día del funeral de Sonia Clements, para ser exactos. Habrán oído hablar de Sonia Clements, por supuesto.

—Un poco extraño, ¿no cree?, organizar una excursión por el río con tanta antelación —comentó Kate.

—A Claudia le gusta preparar las cosas con una semana de adelanto más o menos. Es una mujer muy bien organizada. Pero lo cierto es que había una razón: el jueves catorce de octubre por la mañana se celebró la reunión mensual de los socios. Claudia tenía que contarme cómo había ido.

—¿Y le contó cómo había ido?

—Bueno, me dijo que los socios iban a vender Innocent House y trasladar la empresa a Docklands, y que despedirían a alguien, creo que al contable. No recuerdo los detalles. Era todo bastante aburrido.

—No parece que esto justificara las molestias de una excursión por el río —intervino Daniel.

—Ah, pero en el río pueden hacerse otras cosas aparte de hablar de negocios, aunque la cabina resulte un poco estrecha. Esos grandes salientes de acero de la barrera del Támesis son muy eróticos. Les recomiendo que hagan la prueba con una lancha de la policía: podrían llevarse una sorpresa.

Kate tomó de nuevo la palabra:

—¿A qué hora empezó la excursión y a qué hora terminó?

—Empezó a las seis y media, cuando la lancha volvió de Charing Cross y nos la quedamos nosotros. Terminó hacia las diez y media, cuando llegamos a Innocent House y Claudia me acompañó a casa en su coche. Supongo que serían alrededor de las once cuando llegamos aquí. Como ella ya les habrá dicho, se quedó aquí conmigo hasta las dos.

—¿Cree que el señor Simon podría confirmar su declaración? —preguntó Daniel—. ¿O acaso no vive aquí?

—A decir verdad, no creo que pueda. Lo siento. El pobrecito se está quedando completamente sordo. Siempre subimos la escalera de puntillas para no molestarle, pero es una precaución del todo innecesaria. Aun así, quizá pueda confirmar nuestra hora de llegada. Es posible que dejara su puerta entornada. Duerme más tranquilo si sabe que el chico ya está en casa y a salvo en su camita. Pero no creo que oyera nada después de eso.

—Entonces, ¿no fue usted a Innocent House en su propio coche? —inquirió Kate.

—Yo no conduzco, inspectora. Lamento mucho la contaminación producida por los vehículos de motor y no quiero contribuir a ella. ¿Verdad que es un gesto muy cívico? Por otra parte, está también el hecho de que, cuando intenté aprender a conducir, la experiencia me resultaba tan aterradora que iba todo el rato con los ojos cerrados y ningún instructor quería aceptarme. Fui a Innocent House en metro. Muy tedioso. Tomé la Circle Line desde Notting Hill Gate hasta la estación de Tower Hill y, una vez allí, cogí un taxi. Es más fácil ir por la Central Line hasta la calle Liverpool y coger el taxi allí, pero, de hecho, no lo hice así, si es que eso tiene la menor importancia.

Kate le pidió detalles de la velada y no se sorprendió al comprobar que confirmaba la declaración de Claudia Etienne.

—Entonces —intervino Daniel—, ¿estuvieron juntos desde las seis y media de la tarde hasta la madrugada?

—Exactamente, sargento. Es usted sargento, ¿verdad? Si no, lo siento muchísimo, pero es que tiene usted todo el aspecto de un sargento. Estuvimos juntos desde las seis y media hasta las dos de la madrugada. Supongo que no les interesará saber qué hicimos entre, digamos, las once de la noche y las dos. Si les interesa, será mejor que se lo pregunten a la señorita Etienne. Ella podrá ofrecerles una descripción apta para sus castos oídos. Imagino que desearán una declaración firmada, ¿no es así?

A Kate le proporcionó una satisfacción considerable responder que, en efecto, querían una declaración oficial y que podía pasarse por la comisaría de Wapping para hacerla.

Al ser interrogado por Kate, de un modo tan delicado y paciente que al parecer sólo sirvió para incrementar su terror, el señor Simon confirmó que los había oído llegar a las once. Estaba atento a la llegada de Declan porque siempre dormía mejor si sabía que había alguien en la casa; era por eso, en parte, por lo que le había propuesto al señor Cartwright que fuera a vivir allí. Pero en cuanto oyó la puerta, se quedó dormido. Si alguno de los dos había vuelto a salir más tarde, él no habría podido decirlo.

Mientras abría la portezuela del coche, Kate comentó:

—Estaba muerto de miedo, ¿no te parece? Me refiero a Cartwright. ¿Crees que es un bribón, un tonto o las dos cosas a la vez? ¿O sólo un niño bonito con buen ojo para las chucherías? ¿Qué demonios puede ver en él una mujer inteligente como Claudia Etienne?

—Vamos, Kate. ¿Desde cuándo la inteligencia tiene

algo que ver con el sexo? En realidad, me temo que son incompatibles; la inteligencia y el sexo, quiero decir.

—Para mí no lo son. La inteligencia me excita.

—Sí, ya lo sé.

—¿Qué insinúas? —replicó ella con aspereza.

—Nada. Yo he comprobado que me va mejor con mujeres guapas, de buen carácter y complacientes, que no sean demasiado brillantes.

—Como a la mayor parte de los de tu sexo. Deberías aprender a superarlo. ¿Cuánto crees que vale esa coartada?

—Más o menos, como la de Rupert Farlow. Cartwright y Claudia Etienne habrían podido matar a Etienne, llevar directamente la lancha al muelle de Greenwich y estar en el restaurante a las ocho sin ningún problema. No hay mucho tráfico en el río una vez que ha oscurecido; las probabilidades de que alguien los viera son más bien escasas. Otra aburrida tarea de comprobación.

—Tiene un motivo; los dos lo tienen —observó Kate—. Si Claudia Etienne es lo bastante tonta como para casarse con él, tendrá una esposa rica.

—¿Crees que tiene agallas para matar a alguien? —preguntó Daniel.

—No hicieron falta muchas agallas, ¿verdad? Sólo habría tenido que engatusar a Etienne para que subiera a aquella habitación de la muerte. No tuvo que apuñalarlo, ni pegarle, ni estrangularlo. Ni siquiera tuvo que verle la cara a su víctima.

—Pero uno de los dos habría tenido que volver más tarde para ponerle la serpiente. Ahí sí que habría hecho falta valor. No me imagino a Claudia Etienne haciéndole eso a su propio hermano.

—Oh, no sé qué decirte. Si estaba dispuesta a matarlo, ¿por qué habría de asustarle profanar el cadáver? ¿Quieres conducir tú o conduzco yo?

Mientras Kate se sentaba al volante, Daniel telefoneó a Wapping. Era evidente que había noticias. Cuando colgó el auricular, tras unos minutos de conversación, le anunció:

—Ha llegado el informe del laboratorio. Robbins acaba de leerme los resultados del análisis de sangre, hasta los detalles más aburridos. La saturación de la sangre era del setenta y tres por ciento. Seguramente tardó muy poco en morir. Parece que la muerte debió de producirse hacia las siete y media. Con un treinta por ciento se experimenta mareo y dolor de cabeza; con un cuarenta por ciento, falta de coordinación y confusión mental; con un cincuenta por ciento, agotamiento, y con un sesenta, pérdida de la conciencia. La debilidad puede presentarse repentinamente a consecuencia de la hipoxia muscular.

Kate preguntó:

—¿Te ha dicho algo de los cascotes que obstruían el cañón de la chimenea?

—Procedían de la misma chimenea. Es el mismo material. Pero ya lo suponíamos.

—Sabemos que la estufa de gas no era defectuosa y no tenemos ninguna huella significativa. ¿Y el cordón de la ventana?

—Eso ya es más difícil. Lo más probable es que lo desgastaran deliberadamente con algún instrumento romo a lo largo de un período indeterminado de tiempo, pero no están seguros al cien por cien. Las fibras estaban aplastadas y rotas, no cortadas. El resto del cordón era viejo y en algunos puntos estaba debilitado, pero no han podido ver ninguna razón para que se partiera por aquel lugar a no ser que lo hubieran manipulado deliberadamente. Ah, y hay otro dato: han encontrado una minúscula mancha de sustancia mucosa en la cabeza de la serpiente. Eso quiere decir que se la embutieron en la boca inmediatamente después de retirar el objeto duro, o muy poco después.

42

El domingo 17 de octubre Dalgliesh decidió llevarse a Kate consigo para entrevistar a la hermana de Sonia Clements, la hermana Agnes, en su convento de Brighton. Habría preferido ir solo, pero un convento, aun siendo éste anglicano y aun siendo él hijo de un párroco con tendencias afines a la alta Iglesia, era un territorio ajeno en el que había que internarse con circunspección. Sin una mujer a modo de carabina, quizá no le permitieran ver a la hermana Agnes más que en presencia de la madre superiora o de alguna otra monja. Dalgliesh no sabía muy bien qué esperaba obtener de esa visita, pero el instinto, del que a veces desconfiaba pero del que había aprendido a no hacer caso omiso, le decía que había algo que averiguar. Las dos muertes, tan distintas, estaban relacionadas por algo más que aquella habitación desnuda del último piso en la que una persona había elegido la muerte y la otra había luchado por vivir. Sonia Clements había trabajado veinticuatro años en la Peverell Press; era Gerard Etienne quien la había despedido. ¿Constituía esa decisión despiadada motivo suficiente para el suicidio? Y si no, ¿por qué había elegido morir? ¿Quién hubiera podido sentirse tentado de vengar esa muerte?

El tiempo seguía siendo apacible. La bruma temprana se despejó con la promesa de otro día de sol suave, aunque quizás esporádico. Incluso el aire de Londres encerraba algo de la dulzura del verano, y una brisa ligera arrastraba finos jirones de nubes por un firmamento azul.

Mientras recorría el aburrido y tortuoso trayecto hasta los arrabales del sur de Londres con Kate al lado, Dalgliesh sintió resurgir un anhelo juvenil por ver y oír el mar, y deseó que el convento estuviera situado en la costa. Durante el viaje hablaron poco. Dalgliesh prefería conducir en silencio y Kate podía tolerar un viaje entero a su lado sin sentir la necesidad de charlar; no era, reflexionó él, la menor de sus virtudes. Había pasado por el piso nuevo de Kate para recogerla, pero había esperado dentro del Jaguar a que apareciera en lugar de tomar el ascensor y llamar a su puerta, lo que acaso la hubiera hecho sentir en la obligación de invitarlo a pasar. Dalgliesh valoraba demasiado la propia intimidad para arriesgarse a invadir la de ella. Kate bajó a la hora en punto, como él se figuraba. Tenía un aspecto distinto, y Dalgliesh se dio cuenta de que muy pocas veces la veía con falda. Sonrió interiormente y se preguntó si su ayudante habría dudado antes de decidirse, hasta llegar a la conclusión de que sus acostumbrados pantalones podían considerarse inadecuados para una visita a un convento. Sospechó que, a pesar de su sexo, quizá se encontraría más cómodo allí que Kate.

Su esperanza, nunca realista, de robar cinco minutos para una caminata a paso vivo por el borde de la playa se vio frustrada. El convento se alzaba en terreno elevado, junto a una carretera principal insulsa pero con mucho tráfico, de la que se hallaba separado por una pared de ladrillo de dos metros y medio. La cancela estaba abierta y, al cruzarla, vieron un ornado edificio de crudo ladrillo rojo, a todas luces victoriano y a todas luces diseñado con fines a una institución, seguramente para albergar a las primeras hermanas de la orden. Los cuatro pisos de ventanas idénticas, muy juntas y ordenadas con precisión, evocaron en Dalgliesh la incómoda imagen de una prisión, idea que quizá se le había ocurrido también al arquitecto, pues el fino chapitel que coronaba un extremo del edificio y la torre del otro extremo parecían más bien un añadido de última hora, destinado tanto a humanizar como a embellecer. Una amplia franja de grava ascendía en curva hasta una puerta principal de roble casi negro con refuerzos de hierro, que se hubiera dicho más apropiada para la entrada de una fortaleza normanda. A la derecha distinguieron una iglesia también de obra vista, lo bastante grande para servir como parroquia, con un campanario desprovisto de gracia y angostas ventanas en arco apuntado. A la izquierda, el contraste: un edificio bajo, moderno, con una terraza cubierta y un pequeño jardín convencional, que Dalgliesh supuso sería el hospicio para moribundos.

Ante el convento sólo había un coche, un Ford, y Dalgliesh aparcó limpiamente a su lado. Al bajar, se detuvo un instante y volvió la vista atrás por encima de los jardines adosados hasta que pudo vislumbrar el canal de la Mancha. Cortas calles de casitas pintadas de color azul celeste, rosa y verde, cuyos tejados presentaban una frágil geometría de antenas de televisión, discurrían en paralelo hasta las capas azuladas del mar; una domesticidad precisamente ordenada que contrastaba con el pesado mazacote victoriano que tenía a sus espaldas.

No se veía señal de vida en el edificio principal, pero, al volverse para cerrar el coche, vio asomar por una esquina del hospicio a una monja con un paciente en silla de ruedas. El paciente llevaba una gorra de rayas blancas y azules con una borla roja y se cubría con una manta recogida hasta la barbilla. La monja se inclinó para susurrar algo y el paciente se rió, una leve cascada tintineante de alegres notas en el aire callado.

Dalgliesh tiró de la cadena de hierro que colgaba a la izquierda de la puerta; incluso a través de la gruesa puerta de roble con flejes de hierro, oyó su retintín resonante. La mirilla cuadrada se abrió y apareció una monja de rasgos apacibles. Dalgliesh dio su nombre y alzó la tarjeta de identificación. La puerta se abrió de inmediato y la monja, sin hablar pero todavía sonriendo, hizo ademán de invitarles a entrar. Se encontraron en un vestíbulo espacioso que olía, no desagradablemente, a desinfectante suave. El suelo, de baldosas blancas y negras formando cuadros, parecía recién fregado, y en las desnudas paredes destacaba el retrato en sepia, sin duda alguna victoriano, de una formidable monja de expresión grave que Dalgliesh supuso sería la fundadora de la orden, así como una reproducción del *Cristo en la carpintería*, de Millais, en un marco de madera profusamente tallado. La monja, todavía sonriendo, todavía callada, los condujo a un cuartito adyacente al vestíbulo y, con un gesto algo teatral, les indicó que tomaran asiento. Dalgliesh se preguntó si sería sordomuda.

La sala de espera estaba amueblada de un modo austero, pero no inhóspito. La mesa central, sumamente pulida, sostenía un cuenco de rosas tardías, y había dos sillones tapizados en cretona descolorida ante las ventanas dobles. El único adorno de las paredes era un gran crucifijo barroco en madera y plata, de un horrendo realismo, situado a la derecha de la chimenea. Parecía español, pensó Dalgliesh, y daba la impresión de haber formado parte de la decoración de una iglesia. Sobre la chimenea había una copia al óleo de una Virgen María ofreciéndole uvas al Niño Jesús, que tardó algún tiempo en identificar como *La Virgen de las uvas*, de Mignard. Una placa de latón ostentaba el nombre del donante. Había cuatro sillas de comedor de respaldo recto, poco tentadoramente alineadas contra la pared de la derecha, pero Dalgliesh y Kate permanecieron de pie.

No les hicieron esperar mucho. La puerta se abrió y entró una monja de ademanes enérgicos y seguros que les tendió la mano.

—¿Son ustedes el comandante Dalgliesh y la inspectora Miskin? Bienvenidos a St. Anne. Soy la madre Mary Clare. Ya hablamos por teléfono, comandante. ¿Quieren tomar una taza de café?

La mano que apretó brevemente la de él era rolliza, pero estaba fría.

—No, gracias, madre —rehusó—. Es usted muy amable, pero esperamos no molestarla mucho rato.

No había nada intimidante en ella. El largo hábito azul grisáceo ceñido por un cinturón de cuero confería dignidad a su cuerpo bajo y robusto, pero ella parecía sentirse tan cómoda como si aquel atuendo formal fuese la ropa de trabajo diaria. Una sencilla y pesada cruz de madera oscura le colgaba de un cordón en torno al cuello, y su rostro, blando y blanquecino como masa de pan, sobresalía como el de un bebé de la toca que lo oprimía. Sin embargo, los ojos que había tras las gafas de acero eran astutos, y la boquita, con toda su delicada suavidad, encerraba la promesa de una firmeza sin componendas. Dalgliesh se dio cuenta de que Kate y él eran sometidos a un escrutinio tan minucioso como discreto.

Luego, con una pequeña inclinación de cabeza, les dijo:

—Haré llamar a la hermana Agnes. Hace un día precioso, quizá les gustaría dar un paseo con ella por la rosaleda.

Dalgliesh comprendió que era una orden, no una sugerencia, pero supo que en ese breve primer encuentro habían superado alguna prueba particular; si ella no hubiera quedado satisfecha, estaba seguro de que la entrevista se habría celebrado en aquel cuarto y supervisada por ella. La madre superiora tiró del cordón de la campanilla y la monjita sonriente que les había abierto la puerta acudió de nuevo.

—¿Querrá preguntarle a la hermana Agnes si tendría la bondad de venir?

Siguieron esperando en silencio, aún de pie. En menos de dos minutos se abrió la puerta y una monja alta entró sola. La madre superiora los presentó.

—La hermana Agnes. Hermana, el comandante Dalgliesh de New Scotland Yard y la inspectora Miskin. Les he sugerido que quizá les gustaría pasear por la rosaleda.

Con una inclinación de cabeza, pero sin despedida formal, los dejó a solas.

La monja que los contemplaba con ojos cautelosos no habría podido ser más distinta de la madre superiora. Llevaban el mismo hábito, aunque la cruz era más pequeña, pero a ella le daba una dignidad hierática, remota y un poco misteriosa. La madre superiora parecía vestida para una sesión en los fogones; en cambio, resultaba difícil imaginarse a la hermana Agnes en un lugar que no fuera ante el altar. Era muy flaca, de miembros largos y facciones pronunciadas, y la toca contribuía a poner de relieve sus pómulos altos, la poderosa línea de sus cejas y la configuración inflexible de su ancha boca.

—Entonces, ¿vamos a mirar las rosas, comandante? —le propuso.

Dalgliesh le abrió la puerta y Kate y él la siguieron por donde habían llegado con pasos casi silenciosos.

La hermana los condujo por el camino principal a la rosaleda aterrazada. Los macizos estaban dispuestos en tres largas hileras separadas por senderos de grava paralelos, cada uno cuatro peldaños de piedra más abajo que el anterior. Tendrían el sitio justo para caminar los tres uno junto a otro, primero por el sendero superior y los peldaños de bajada, luego de vuelta por el segundo sendero hasta el segundo tramo de escalones y, finalmente, a lo largo de los cuarenta metros del sendero inferior, antes de volver la vista, en un triste deambular, a las ventanas del convento. Se preguntó si no habría un jardín más reservado en la parte de atrás del convento, pero si lo había, estaba claro que no se había juzgado oportuno que pasearan por él.

La hermana Agnes andaba entre los dos, con la cabeza erguida. Su estatura casi igualaba el metro ochenta y ocho de él. Encima del hábito llevaba una chaqueta larga de punto, de color gris, y mantenía las manos profundamente hundidas cada una en la bocamanga opuesta, como para calentárselas. Al verla con los brazos así, unidos y apretados contra el cuerpo, Dalgliesh recordó viejas fotos que había visto de enfermos mentales en camisa de fuerza y se sintió incómodo. Daba la impresión de que iba entre los dos como una presa bajo escolta, y se preguntó si sería ésa la imagen que ofrecían los tres a cualquiera que pudiese observarlos en secreto desde las altas ventanas. Esta misma idea, y no era agradable, debió de ocurrírsele también a Kate, porque, murmurando una excusa, se quedó un poco atrás e hizo ademán de anudar el cordón de sus mocasines. Cuando volvió a darles alcance, se situó al lado de Dalgliesh.

Fue éste quien rompió el silencio.

—Le agradezco que nos haya recibido —comenzó—. Lamento tener que molestarla, sobre todo porque debe de parecer una intrusión en un dolor íntimo, pero he de hacerle unas preguntas sobre la muerte de su hermana.

—«Una intrusión en un dolor íntimo.» Ése fue el mensaje telefónico que me transmitió la madre superiora. Supongo que utilizará usted a menudo estas palabras, ¿no es así, comandante?

—A veces mi trabajo es inseparable de la intrusión.

—¿Y tiene preguntas concretas a las que espera yo pueda responder o se trata de una intrusión más general?

—Un poco de cada.

—Pero usted ya sabe cómo murió mi hermana. Sonia se mató, no puede haber duda de eso. Dejó una nota en el lugar que eligió para hacerlo y la misma mañana de su muerte echó una carta al correo para mí. Ni siquiera consideró que la noticia mereciera un sello de correo urgente. Me llegó al cabo de tres días.

Dalgliesh preguntó:

—¿Le importaría comunicarme lo que decía esa carta? Ya sé, naturalmente, lo que decía la nota dirigida al juez.

La monja permaneció en silencio unos segundos, que parecieron mucho más largos, y al fin habló sin énfasis, como si recitara un fragmento de prosa aprendido de memoria.

—«Lo que voy a hacer parecerá un pecado a tus ojos. Por favor, intenta comprender que lo que tú consideras pecaminoso es para mí natural y correcto. Hemos hecho elecciones distintas, pero conducen al mismo fin. Tras unos años de vacilación, al menos no me quedan dudas en cuanto a la muerte. Intenta no llorarme demasiado tiempo; el dolor sólo es una complacencia. No habría podido tener una hermana mejor.» —Tras una pausa, añadió—: ¿Era eso lo que quería oír, comandante? Francamente, no veo qué relevancia puede tener para su investigación actual.

—Debemos tener en cuenta todo lo que ocurrió en Innocent House en los meses anteriores a la muerte de Gerard Etienne y pudiera estar siquiera remotamente relacionado con dicha muerte. Y uno de estos hechos es el suicidio de su hermana. Al parecer, en Innocent House y en los círculos literarios de Londres se rumorea que Gerard Etienne la impulsó a tomar esa decisión. Si fue así, quizás algún amigo, algún amigo especial, pudo querer vengarla.

—Yo era la amiga especial de Sonia —dijo ella—. No tenía amigos especiales aparte de mí, y yo no tenía ningún motivo para desearle la muerte a Gerard Etienne. El día y la noche de su muerte estuve aquí. Lo puede comprobar fácilmente.

Dalgliesh protestó.

—No pretendía insinuar que estuviera usted relacionada personalmente en modo alguno con la muerte de Gerard Etienne. Le pregunto si sabe de alguna otra persona próxima a su hermana que hubiera podido tomarse a mal la manera en que murió.

—Nadie más que yo. Pero me la tomé a mal, comandante. El suicidio es la desesperación definitiva, el rechazo definitivo de la gracia de Dios, el pecado supremo.

—Entonces, hermana —replicó Dalgliesh con voz queda—, quizá reciba la misericordia suprema.

Llegaron al final del primer sendero y juntos bajaron los escalones y doblaron a la izquierda. De pronto, la hermana Agnes comentó:

—No me gustan las rosas en otoño. Son esencialmente flores de verano. Las rosas de diciembre son las más deprimentes, capullos parduscos y arrugados sobre una maraña de espinas. Casi no soporto pasear por aquí en diciembre. Como nosotros, las rosas no saben cuándo morir.

—Pero hoy casi podemos creer que es verano —observó él. Luego añadió—: Supongo que sabrá usted que Gerard Etienne murió por intoxicación de monóxido de carbono en la misma habitación que su hermana. En su caso, es improbable que se trate de suicidio. Podría ser muerte accidental: un cañón de chimenea obstruido que provocó el mal funcionamiento de la estufa de gas; pero hemos de tener en cuenta una tercera posibilidad, la de que la estufa fuera manipulada deliberadamente.

—¿Está usted diciendo que cree que fue asesinado? —preguntó la monja.

—No se puede descartar. Lo que debo preguntarle es si tiene usted algún motivo para suponer que su hermana pudo haber manipulado la estufa. No pretendo insinuar que formara parte de una conspiración para matar a Etienne, pero ¿podría ser que hubiera proyectado un suicidio que pareciese muerte accidental y luego hubiera cambiado de idea?

—¿Cómo puedo contestar yo a eso, comandante?

—Era una conjetura remota, pero tenía que preguntarlo. Si alguien va a juicio por asesinato, la defensa sin duda apuntará esta posibilidad.

—Si se hubiera molestado en hacer pasar su muerte por un accidente, les habría ahorrado muchas angustias a otras personas —dijo ella—, pero los suicidas pocas veces lo hacen. Después de todo, es el acto de agresión definitivo, ¿y qué satisfacción hay en la agresión si sólo hace daño a uno mismo? No habría sido muy difícil hacer que el suicidio pareciese accidental; se me ocurrirían varias maneras, pero ninguna que implicara desmontar una estufa de gas y obstruir el cañón de la chimenea. Dudo que Sonia hubiera sabido cómo hacerlo. No tuvo inclinaciones mecánicas en vida, así que ¿por qué iba a tenerlas a la hora de morir?

—Y la nota que le envió, ¿no decía nada más? ¿Ningún motivo, ninguna explicación?

—No —respondió ella secamente—. Ningún motivo, ninguna explicación.

Dalgliesh prosiguió.

—Por lo visto, se ha dado en suponer que su hermana se mató porque Gerard Etienne le había dicho que ya no era necesaria. ¿Le parece probable?

La monja no contestó y, al cabo de un minuto, Dalgliesh insistió con suavidad.

—Como hermana suya, como alguien que la conoció muy bien, ¿le satisface esa explicación?

Ella se volvió y por primera vez lo miró a la cara de lleno.

—¿Esta pregunta es relevante para su investigación?

—Podría serlo. Si la señorita Clements sabía algo de Innocent House o de alguna de las personas que trabajaban allí, algo tan inquietante para ella que contribuyó a su muerte, ese algo podría estar relacionado con la muerte de Gerard Etienne.

Otra vez se volvió. Preguntó:

—¿Hay alguna posibilidad de que vuelva a plantearse el modo en que murió mi hermana?

—¿Formalmente? Ninguna en absoluto. Sabemos cómo murió Sonia Clements. Me gustaría saber por qué, pero el veredicto de la encuesta fue correcto. Legalmente, ahí acaba todo.

Siguieron andando en silencio. La monja parecía estar considerando un curso de acción. Dalgliesh pudo percibir, o acaso lo imaginó, los músculos endurecidos por la tensión en el brazo que rozó fugazmente el suyo. Cuando ella habló por fin, lo hizo con voz áspera.

—Puedo satisfacer su curiosidad, comandante. Mi hermana murió porque la abandonaron las dos personas que más le importaban, y la abandonaron definitivamente; quizá las dos únicas personas que jamás le importaron. Yo pronuncié los votos una semana antes de que se matara; Henry Peverell había muerto ocho meses antes.

Hasta el momento Kate había permanecido callada. Entonces preguntó:

—¿Quiere usted decir que estaba enamorada del señor Peverell?

La hermana Agnes se volvió y la miró como si hasta entonces no hubiera advertido su presencia. Luego apartó de nuevo la cara y con un estremecimiento casi imperceptible apretó aún más los brazos contra el pecho.

—Fue su amante durante los ocho últimos años de su vida. Ella lo llamaba amor. Yo lo llamaba una obsesión. No sé cómo lo llamaba él. Nunca se los vio juntos en público. Su relación se mantuvo en absoluto secreto por deseo expreso de él. La habitación donde hacían el amor era la misma en que se mató. Yo siempre sabía cuándo habían estado juntos. Eran las noches en que se quedaba hasta más tarde en la oficina. Cuando llegaba a casa, le notaba el olor de él.

Kate protestó.

—Pero ¿por qué tanto secreto? ¿Qué le asustaba? Ninguno de los dos estaba casado en aquel entonces, los dos eran adultos. Lo que hicieran no le incumbía a nadie más que a ellos.

—Cuando le hice esa pregunta tenía las respuestas preparadas, o mejor dicho, las respuestas que le había dado él. Me dijo que él no deseaba volver a casarse, que quería permanecer fiel al recuerdo de su esposa, que le repugnaba la idea de que sus asuntos particulares fueran tema de conversación en la oficina, que la relación disgustaría a su hija. Mi hermana aceptó todas las excusas. Por lo visto, le bastaba que él necesitara lo que ella podía ofrecerle. Podía ser lo más sencillo, naturalmente, que mi hermana resultara adecuada para satisfacer una necesidad física, pero no lo bastante hermosa, joven ni rica para que se sintiera tentado de casarse con ella. Y creo que, para él, el secreto debía de prestar un aliciente adicional al asunto. Tal vez fuera eso lo que a él le gustaba, humillarla, comprobar hasta dónde llegaba su devoción, escabullirse subrepticiamente hacia aquel cuartito deprimente como un caballero victoriano dispuesto a hacerle un favor a la doncella. Lo que más me molestaba no era lo pecaminoso de la relación, sino su vulgaridad.

Dalgliesh no se esperaba tanta franqueza, tanta confianza. Aunque quizá no era de extrañar: la hermana Agnes debía de haber soportado meses de silencio autoimpuesto y, ahora, ante dos desconocidos a los que nunca más tendría que volver a ver, podía liberar la amargura acumulada.

—Yo era la mayor, pero sólo le llevaba dieciocho meses —prosiguió la monja—. Siempre estuvimos muy unidas. Eso lo destruyó ella: no podía quedarse al mismo tiempo con él y con su religión, así que lo eligió a él. Destruyó la confianza que había entre nosotras. ¿Qué confianza podía haber si cada una despreciaba al dios de la otra?

—¿No le parecía bien su vocación? —preguntó Dalgliesh.

—No la comprendía. Ni él tampoco. Él la consideraba una retirada del mundo y de la responsabilidad, de la sexualidad y del compromiso, y ella creía lo que creía él. Naturalmente, mi hermana ya conocía mis proyectos desde hacía algún tiempo. Supongo que tenía la esperanza de que no me aceptaran en ninguna parte. No hay muchas comunidades que acojan a candidatas de edad madura; los conventos no se construyen como refugio para fracasados y decepcionados. Y ella sabía, por supuesto, que yo no tenía ninguna habilidad práctica que ofrecer. Era, soy, restauradora de libros. La reverenda madre aún me da permiso de vez en cuando para trabajar en bibliotecas de Londres, Oxford y Cambridge, siempre que haya una casa adecuada, quiero decir un convento, donde pueda alojarme. Pero estos trabajos son cada vez menos frecuentes. Se necesita mucho tiempo para restaurar y volver a encuadernar un manuscrito o un libro valioso, más tiempo del que pueden prescindir de mí.

Dalgliesh recordó una visita que había hecho tres años antes al Corpus Christi College, de Cambridge, en la que le mostraron la Biblia de Jerusalén que se llevaba bajo escolta a la abadía de Westminster para las sucesivas coronaciones, junto con uno de los más antiguos ejemplares iluminados del Nuevo Testamento. Aquel tesoro recién encuadernado, extraído amorosamente de su caja especial, fue depositado sobre un atril acolchado en forma de V y su custodio pasó las hojas con ayuda de una espátula de madera para no tocarlas con las manos. A través de cinco siglos, Dalgliesh contempló maravillado los minuciosos dibujos, todavía tan brillantes como cuando los colores fluían con delicada precisión de la pluma del artista, dibujos que, en su belleza y su humanidad esencial, casi lo habían movido a las lágrimas.

—¿Se considera más importante su trabajo aquí? —le preguntó.

—Se juzga según otros criterios. Aquí, mi falta de los conocimientos prácticos más habituales no es ninguna desventaja: cualquiera puede aprender en poco tiempo a manejar una lavadora, a acompañar a los pacientes en silla de ruedas al cuarto de baño, a repartir los orinales. Y ni siquiera sé si estos servicios se necesitarán mucho tiempo más. El sacerdote que oficia como nuestro capellán está preparándose para ingresar en la Iglesia católica romana, tras la decisión de la Iglesia de Inglaterra de ordenar a mujeres. La mitad de las hermanas quieren seguirlo. El futuro de St. Anne como orden anglicana es incierto.

Terminaron de recorrer los tres senderos en toda su longitud y, tras dar media vuelta, emprendieron el regreso. La hermana Agnes añadió:

—Henry Peverell no fue la única persona que se interpuso entre nosotras durante los últimos años de vida de mi hermana. Estaba también Eliza Brady. Oh, no hace falta que se moleste en localizarla, comandante; murió en 1871. Me enteré de su existencia por un informe de una encuesta publicado en un periódico victoriano que encontré en una librería de viejo en Charing Cross Road y que, por desgracia, le enseñé a Sonia. Eliza Brady tenía trece años. Su padre trabajaba para un comerciante en carbón y su madre había muerto de parto. Eliza se convirtió en madre de sus cuatro hermanos y hermanas menores, además del bebé. Su padre declaró en la encuesta que Eliza hacía de madre para todos. La chiquilla trabajaba catorce horas diarias: lavaba, encendía el fuego, cocinaba, hacía las compras, cuidaba de toda su familia. Una mañana, mientras secaba al fuego los pañales del bebé, se apoyó en la rejilla, que cedió hacia las llamas. La muchacha sufrió horribles quemaduras y estuvo agonizando hasta que, al cabo de tres días, murió. Su historia afectó muchísimo a mi hermana. Me decía: «Conque ésta es la justicia de tu Dios misericordioso. Así recompensa a los inocentes y los buenos. No tenía bastante con matarla; tenía que hacerla morir de un modo horrible, lentamente y con agonía.» Mi hermana llegó casi a obsesionarse con Eliza Brady. La convirtió en una especie de figura de culto. Si hubiera tenido una fotografía suya, seguramente habría rezado ante ella, aunque no sé a quién.

—Pero si quería un motivo para renunciar a Dios, ¿por qué tuvo que ir a buscarlo en el siglo XIX? —objetó Kate—.

En la actualidad no faltan tragedias. Sólo tenía que mirar la televisión o leer la prensa. Sólo tenía que pensar en Bosnia. Eliza Brady lleva más de cien años muerta.

La hermana Agnes asintió.

—Eso mismo le dije, pero Sonia me contestó que la justicia no depende del tiempo y que no deberíamos dejarnos dominar por el tiempo. Si Dios es eterno, su justicia es eterna. Y también su injusticia.

Kate preguntó:

—Antes de que se produjera ese alejamiento de su hermana, ¿solía visitar Innocent House con frecuencia?

—Con frecuencia no, pero iba de vez en cuando. De hecho, unos meses antes de que decidiera que tenía vocación, se me planteó la posibilidad de trabajar por horas en Innocent House. Jean-Philippe Etienne estaba muy interesado en examinar y catalogar los archivos, y al parecer opinaba que yo podía ser la persona adecuada para hacerlo. Los Etienne siempre han tenido buen ojo para las gangas y seguramente suponía que yo trabajaría tanto por afición como por el dinero. Pero Henry Peverell no aprobó su propuesta y, naturalmente, lo comprendí muy bien.

—¿Conoció usted a Jean-Philippe Etienne? —quiso saber Dalgliesh.

—Llegué a conocer bastante bien a todos los socios. Los dos ancianos, Jean-Philippe y Henry, parecían aferrarse casi tercamente a un poder que, en apariencia, ninguno de los dos era capaz ni tenía ganas de ejercer. Gerard Etienne era el joven turco, el heredero visible. Nunca me entendí demasiado bien con Claudia Etienne, pero me gustaba James de Witt. De Witt es un ejemplo de persona que lleva una buena vida sin la ayuda de una creencia religiosa. Por lo visto, hay quienes nacen con un déficit de pecado original; en ellos, la bondad casi no puede considerarse un mérito.

—Pero sin duda no hace falta una creencia religiosa para llevar una buena vida —señaló Dalgliesh.

—Quizá no. Puede que la creencia en la religión no influya en el comportamiento. Pero la práctica de la religión ha de influir sin duda.

—Naturalmente, no estuvo usted presente en la última fiesta que dieron —intervino Kate—, pero ¿asistió a alguna de las fiestas anteriores? ¿Sabe si los invitados podían pasearse por la casa con plena libertad?

—Sólo asistí a dos fiestas. Solían dar una en verano y otra en invierno. Desde luego, nada impedía a los invitados circular a placer por la casa, aunque no creo que lo hicieran muchos. Parece una descortesía aprovechar una fiesta para explorar habitaciones que por lo general suelen considerarse privadas. Claro que en Innocent House casi todo son despachos y quizás eso marque una diferencia. Pero las fiestas de Innocent House eran bastante formales; se controlaba la lista de invitados y a Henry Peverell le disgustaba mucho recibir en casa a más de ochenta personas en cada ocasión. La Peverell Press nunca ha organizado las típicas fiestas literarias, con un exceso de invitados por si a alguno de sus autores le ofende que lo dejen al margen, habitaciones demasiado llenas y sofocantes donde los invitados hacen equilibrios con sus platos de comida fría y beben vino blanco tibio de mediocre calidad mientras se hablan a gritos. La mayoría de los invitados llegaba por el río, así que resultaba relativamente fácil, supongo, repeler a intrusos y gorrones.

No había mucho más que averiguar. De común acuerdo, dieron la vuelta al llegar al extremo del siguiente sendero y retrocedieron sobre sus pasos. Regresaron con la hermana Agnes hasta la puerta principal y allí se despidieron de ella sin entrar otra vez en el convento. La monja miró a Dalgliesh y a Kate con gran intensidad, sosteniéndoles la mirada, forzándolos a un momento de atención concentrada, como si pudiera obligarlos por un acto de voluntad a respetar su confianza.

Apenas habían salido de los terrenos del convento y

se hallaban esperando en el primer semáforo en rojo cuando Kate dio rienda suelta a su indignación.

—Así que por eso había una cama en el cuartito de los archivos, y por eso la puerta tenía cerradura y pestillo. ¡Dios mío, qué cabrón! La hermana Agnes tenía razón: el hombre se escabullía hacia ese cuarto como un mezquino déspota victoriano. La humillaba, la utilizaba. Ya me imagino lo que debía de ocurrir allí arriba. Ese hombre era un sádico.

Dalgliesh replicó con suavidad.

—No tiene ninguna prueba de eso, Kate.

—¿Por qué diablos lo soportaba ella? Era una profesional experta y bien considerada. Habría podido marcharse.

—Estaba enamorada de él.

—Y su hermana está enamorada de Dios. Busca la paz, pero no me dio la impresión de que la hubiera encontrado. Incluso el futuro del convento está en el aire.

—El fundador de su religión no se la prometió. «No he venido a traer la paz, sino la espada.» —La miró de soslayo y advirtió que la cita no significaba nada para ella. Añadió—: La visita ha sido útil. Ahora sabemos por qué murió Sonia Clements, y no tuvo nada que ver, o muy poco, con el tratamiento que recibió de Gerard Etienne. Parece ser que no existe nadie que tenga motivos para vengar su muerte. Ya sabíamos que los invitados a Innocent House podían vagar a su antojo por la casa, pero es bueno que la hermana Agnes nos lo haya confirmado. Y luego está esa curiosa información sobre los archivos: según la hermana Agnes, fue Henry Peverell quien no quiso que le encomendaran la tarea de examinarlos. Sólo después de su muerte Jean-Philippe Etienne confió el trabajo a Gabriel Dauntsey.

—Habría resultado más interesante que hubieran sido los Etienne quienes no quisieran que nadie hurgara en los archivos —observó Kate—. Está muy claro por qué Henry Peverell no quería que la hermana de Sonia Clements se instalara a trabajar allí; eso habría trastornado el arreglito que tenía con su amante.

Dalgliesh respondió:

—Ésa es la explicación obvia y, como la mayoría de las explicaciones obvias, probablemente la correcta. Pero podría ser que en los archivos hubiera algo que Henry Peverell no quería que saliera a la luz, algo que sabía o sospechaba que estaba allí. Aun así, se hace difícil ver qué relación podría tener eso con la muerte de Gerard Etienne. Como bien ha dicho, habría resultado más interesante que hubieran sido los Etienne quienes insistieran en dejar los archivos en paz. Sin embargo, creo que vamos a tener que echarles un vistazo a esos papeles.

—¿A todos, señor?

—Si es necesario, Kate, a todos.

43

A las nueve y media de la noche del domingo, Daniel y Robbins estaban en el último piso de Innocent House revisando los archivos. Utilizaban la mesa y la silla del cuarto pequeño. El método que Daniel había elegido consistía en ir siguiendo los estantes, retirar cualquier carpeta que pareciera ofrecer esperanzas y llevársela al despachito de los archivos para examinarla más a fondo. Se trataba de una tarea desalentadora, puesto que ninguno de ellos sabía qué estaba buscando; Daniel había calculado que entre los dos tardarían varias semanas en concluir el trabajo, pero de hecho avanzaban más deprisa de lo que se imaginaba. Si la corazonada de su jefe era correcta y había documentos que podían arrojar alguna luz sobre el asesinato de Etienne, por fuerza alguien debía de haberlos consultado en fecha relativamente reciente. Eso quería decir que las viejísimas carpetas del siglo XIX, muchas de las cuales era patente que no habían sido tocadas en más de cien años, podían dejarse de lado con tranquilidad, al menos por el momento. No tenían ningún problema de luz; las bombillas desnudas que colgaban del techo quedaban bastante cerca de las carpetas. Pero era un trabajo cansado, aburrido y sucio, y Daniel lo hacía sin esperanza.

Poco después de las nueve y media decidió que ya estaba bien por un día. Era muy consciente de su renuencia a volver al piso de Bayswater, una desgana tan intensa que casi cualquier alternativa se le antojaba preferible. Desde que Fenella se había marchado a los Estados Unidos,

Daniel pasaba el menor tiempo posible en su piso. Lo habían comprado entre los dos apenas dieciocho meses antes, y a las pocas semanas de vivir juntos se había dado cuenta de que su compromiso de compartir una hipoteca y una vida en común había sido un error.

Ella le había dicho:

—Naturalmente, querido, tendremos habitaciones separadas. Los dos necesitamos espacio para nuestra intimidad.

Más tarde Daniel se preguntaría si en verdad había oído esas palabras. No sólo Fenella no necesitaba ninguna intimidad, sino que tampoco tenía intención de respetar la de él, menos por un propósito deliberado, le parecía, que por una absoluta falta de comprensión del significado de la palabra. Recordó demasiado tarde lo que hubiera debido ser una saludable lección de la infancia. En una ocasión oyó que una amiga de su madre le decía a ésta muy complacida: «En nuestra casa siempre hemos respetado los libros y la cultura», mientras su hijo de seis años arrancaba sistemáticamente las páginas del ejemplar de Daniel de *La isla del tesoro* sin que nadie le llamara la atención. Eso tendría que haberle enseñado que lo que las personas creían de sí mismas rara vez coincidía con su verdadero modo de comportarse. Aun así, Fenella había marcado un récord en la irreconciliabilidad entre creencia y acción. El piso siempre estaba lleno de gente; los amigos llamaban a la puerta, se alimentaban en su cocina, discutían y se reconciliaban en su sofá, hacían llamadas internacionales por su teléfono, le vaciaban la nevera y se bebían su cerveza. El piso nunca estaba en silencio; nunca estaban solos los dos. El dormitorio de Daniel se convirtió en el dormitorio común, en gran medida porque el de Fenella solía estar temporalmente ocupado por algún conocido sin casa. Atraía a la gente hacia ella como un umbral iluminado. La suya era la atracción de un buen humor inquebrantable. Seguramente habría cautivado a la madre de Daniel, si él hubiera permitido que llegaran a conocerse, prometiéndole de inmediato convertirse al judaísmo. Fenella era, por encima de todo, muy complaciente.

Su gregarismo compulsivo iba acompañado de una dejadez en las tareas domésticas que no cesó de asombrar a Daniel durante sus dieciocho meses de convivencia y que éste nunca pudo reconciliar con la minuciosa atención que Fenella concedía a los menores detalles decorativos. La recordaba sosteniendo contra la pared de la sala tres grabados pequeños, montados verticalmente sobre una cinta ancha con un lazo en lo alto.

—¿Te parece bien aquí, cariño, o quedaría mejor cinco centímetros más a la izquierda? ¿Tú qué dices?

A él apenas podía importarle, teniendo como tenían una cocina con el fregadero lleno de platos por lavar, un cuarto de baño que para abrirlo había que empujar la puerta contra el peso de un montón de toallas sucias y malolientes, las camas sin hacer y la ropa desperdigada por el dormitorio. Esta negligencia hacia los quehaceres domésticos se combinaba en Fenella con una necesidad compulsiva de ducharse y lavar su ropa. El piso resonaba constantemente con los traqueteos y chirridos de la lavadora y el siseo de la ducha.

Daniel recordó cómo le había anunciado el fin de su relación.

—Cariño, Terry quiere que vaya a Nueva York a vivir con él. El jueves que viene, en realidad. Me ha enviado un pasaje en primera. He creído que no te importaría. Últimamente no nos estábamos divirtiendo mucho juntos, ¿verdad? ¿No crees que en nuestra relación ha desaparecido algo fundamental? Se ha perdido algo precioso que había antes. ¿No tienes la sensación de que algo se ha agotado?

—¿Aparte de mis ahorros?

—Por favor, querido, no seas mezquino. No es propio de ti.

Él le preguntó:

—¿Y tu trabajo? ¿Cómo te las arreglarás para trabajar en Estados Unidos? No es fácil conseguir una tarjeta de residencia.

—Oh, no me molestaré en buscar trabajo, al menos de momento. Terry está forrado. Dice que puedo entretenerme decorando su apartamento.

La separación careció de acritud. Era casi imposible, comprobó Daniel, enfadarse con ella, así que acogió con resignación, incluso con irónica diversión, el descubrimiento de que esa amabilidad iba acompañada de un sentido comercial más agudo de lo que él imaginaba.

—Cariño, creo que será mejor que me compres mi parte del piso por la mitad de lo que nos costó, no la mitad de lo que vale ahora. Ha bajado muchísimo de precio; todos los pisos han bajado. Estoy segura de que podrás conseguir una hipoteca más elevada. Y si me pagas la mitad de lo que costaron los muebles, te los dejaré todos. Has de tener algo donde sentarte, cielo.

Daniel no creyó que valiera la pena mencionar que casi todos los muebles los había pagado —aunque no elegido— él, y que ninguno le gustaba. Luego se dio cuenta de que las más valiosas de sus pequeñas adquisiciones habían desaparecido con ella y era de suponer que para entonces se hallaban en Nueva York. La morralla quedó en el piso, y él carecía de tiempo y de ganas para deshacerse de ella. Fenella lo dejó con una hipoteca asfixiante, un piso lleno de muebles que no le gustaban, una escandalosa factura telefónica compuesta principalmente de llamadas a Nueva York y una minuta de abogado que sólo podría pagar a plazos. Y lo más irritante fue descubrir cuánto la echaba de menos, a veces.

En el rellano de la escalera situado ante la sala de los archivos había también un pequeño cuarto de baño. Mientras Robbins se lavaba las manos para arrancarse la suciedad de decenios, Daniel, por impulso, telefoneó a la comisaría de Wapping. Kate ya se había marchado. Esperó, aunque menos de un segundo, y marcó el número de su casa.

Contestó enseguida, y él le preguntó:

—¿Qué haces?

—Ordenando papeles. ¿Y tú?

—Desordenando papeles. Todavía estoy en Innocent House. ¿Quieres que vayamos a tomar algo?

Ella vaciló un par de segundos y respondió:

—¿Por qué no? ¿Dónde te parece?

—El Town of Ramsgate. Nos viene bien a los dos. ¿Quedamos allí dentro de veinte minutos?

44

Kate aparcó el coche al pie de Wapping High Street, a unos cincuenta metros del Town of Ramsgate. Mientras se dirigía hacia el pub, Daniel surgió del callejón que conducía a las Antiguas Escaleras de Wapping.

—Estaba mirando el muelle de las Ejecuciones —le explicó—. ¿Crees que los piratas aún estaban vivos cuando los ataban a los postes durante la marea baja y los dejaban allí hasta que los hubieran cubierto tres mareas?

—Yo diría que no. Seguramente los ahorcaban antes. El sistema penal del siglo XVIII era bárbaro, pero no tanto.

Abrieron la puerta del local y se sumergieron en el centelleo multicolor y la jovialidad de un pub londinense en una noche de domingo. La estrecha taberna del siglo XVII estaba abarrotada, de modo que Daniel tuvo que abrirse paso a codazos y empujones por entre la muchedumbre de parroquianos para obtener su pinta de Charrington's Ale y media pinta para Kate. Una pareja dejó libres dos asientos en el extremo de la sala más cercano a la puerta del jardín y Kate se apresuró a ocuparlos. Si Daniel la había llamado principalmente para hablar, más que para beber, aquel sitio era tan bueno como cualquier otro. En el pub reinaba el orden, pero el ruido era mucho. Sobre aquel fondo de voces animadas y súbitos arranques de risas, podrían hablar con más intimidad y llamar menos la atención que si el bar estuviera vacío.

Kate advirtió que Daniel estaba de un humor extraño y se preguntó si, al llamarla, no habría buscado más un contrincante para un encuentro de boxeo que una compañera de bebida. Pero la llamada había sido bien recibida. Alan no había telefoneado y, con el piso ya casi en orden, la tentación de llamar ella, de verlo una vez más antes de que se fuera, empezaba a ser demasiado intensa para su gusto. Le alegró salir del piso y alejarse de la tentación.

Seguramente a Daniel le había agriado el humor la tarde de frustración que había pasado en los archivos. Al día siguiente le tocaría el turno a ella y, probablemente, con las mismas expectativas de éxito. Sin embargo, si el objeto que le habían arrancado a Etienne de la boca era en verdad una cinta, si el asesino había tenido que explicarle a la víctima por qué la había atraído hacia su muerte, era muy posible que el motivo yaciera en el pasado, incluso en un pasado remoto: una vieja maldad, un agravio imaginario, un peligro oculto. La decisión de examinar los archivos podía ser una de las célebres corazonadas del jefe, pero, como todas sus corazonadas, tenía una base lógica.

Con la mirada fija en su cerveza, Daniel preguntó:

—Trabajaste con John Massingham en el caso Berowne, ¿verdad? ¿Te gustaba?

—Era un buen policía, aunque no tanto como él se figuraba. No, no me gustaba. ¿Por qué?

Él dejó la pregunta sin responder.

—A mí tampoco. Estuvimos juntos en la División H, los dos como sargentos. Me llamaba «chico judío». Eso no tenía que llegar a mis oídos, naturalmente; sin duda le habría parecido una falta de tacto insultar a un compañero cara a cara. Y debo reconocer que la frase completa era «nuestro ingenioso chico judío», pero no sé por qué me parece que no lo decía como un cumplido.

En vista de que ella no decía nada, prosiguió.

—Cuando Massingham utiliza la expresión «cuando triunfe», sabes que no se refiere a llegar a superintendente en jefe. Se refiere a heredar el título de su padre: lord

Dungannon, jefe de policía. No le hará ningún daño. Llegará allí antes que cualquiera de los dos.

«Antes que yo, seguro», pensó Kate. En su caso, la ambición debía regirse por la realidad. Alguna mujer tenía que ser la primera en llegar a jefe de policía; podía ser ella, pero era una locura contar con eso. Probablemente había ingresado en el cuerpo con diez años de antelación.

—Lo conseguirás, si de veras lo deseas —le aseguró.

—Quizá. No es fácil ser judío.

Kate hubiera podido replicar que tampoco era fácil ser mujer en el mundo machista de la policía, pero se trataba de una queja habitual y no tenía ninguna intención de lloriquear ante Daniel.

—No es fácil ser una hija ilegítima.

—¿Lo eres? Creía que ahora estaba de moda.

—No las ilegítimas como yo. Y lo mismo les ocurre a los judíos; tienen prestigio, al menos.

—No los judíos como yo.

—¿En qué sentido es difícil?

—No puedes ser un ateo contento como las demás personas: sientes constantemente la necesidad de explicarle a Dios por qué no puedes creer en él. Y luego tienes una madre judía. Eso es absolutamente esencial, va con el lote: si no tienes una madre judía, no eres judío. Una madre judía quiere que su hijo se case con una buena chica judía, le dé nietos judíos y se deje ver con ella en la sinagoga.

—Esto último podrías hacerlo de vez en cuando sin violentar demasiado tu conciencia, si es que los ateos la tienen.

—Los ateos judíos, sí. Ése es el problema. Vamos a mirar el río.

En la parte de atrás de la taberna había un jardincito con vistas al Támesis que en las calurosas noches de verano resultaba incómodo porque solía estar lleno de gente, pero en una noche de octubre pocos habituales se sentían inclinados a sacar sus bebidas al aire libre, de modo que Kate y Daniel salieron a un silencio fresco y perfumado por el río. La única lámpara que brillaba colgada en la pared proyectaba un suave resplandor sobre las sillas de jardín colocadas patas arriba y las grandes macetas de geranios de leñoso tallo. Avanzaron juntos y dejaron las jarras sobre la pared baja que daba al río.

Hubo un silencio. De pronto, Daniel habló bruscamente.

—No atraparemos a ese tipo.

—¿Por qué estás tan seguro? —replicó ella—. ¿Y por qué ha de ser un tipo? Podría ser una mujer. ¿Y por qué eres tan derrotista? El jefe es probablemente el investigador más inteligente de Inglaterra.

—Es más probable que sea un hombre. Desmontar y montar la estufa de gas más bien parece obra de un hombre. En todo caso, supongamos que lo es. No lo atraparemos porque es tan inteligente como el jefe y tiene además una gran ventaja: el sistema de justicia criminal está de su parte, no de la nuestra.

Se trataba de un resentimiento familiar. La desconfianza casi paranoica que Daniel sentía hacia los abogados era una de sus obsesiones, similar al disgusto que le causaba que le llamaran Dan, abreviando su nombre. Kate estaba acostumbrada a oírle decir que el sistema de justicia criminal no pretendía tanto condenar al culpable como proporcionar una ingeniosa y lucrativa carrera de obstáculos donde los abogados pudieran demostrar su astucia.

—Eso no es ninguna novedad —observó ella—. Hace cuarenta años que el sistema de justicia criminal favorece a los delincuentes. Hemos de aceptarlo así. Los tontos tratan de compensarlo manipulando las pruebas para que parezcan más fuertes cuando están puñeteramente seguros de que su hombre es el culpable, pero lo único que se consigue así es desacreditar a la policía, dejar al culpable en libertad y promover nuevas leyes que aún hacen más difícil demostrar la culpabilidad. Tú lo sabes, lo sabemos todos. La solución está en conseguir pruebas sólidas y honradas y en lograr que se sostengan ante un tribunal.

—En un caso realmente grave, las pruebas sólidas suelen proporcionarlas los informadores y los agentes infiltrados. Por el amor de Dios, Kate, lo sabes tan bien como yo. Y resulta que debemos dárselas a la defensa por adelantado, con lo que no podemos utilizarlas sin poner vidas en peligro. ¿Sabes cuántos casos importantes hemos tenido que abandonar en los últimos seis meses, sólo en la policía metropolitana?

—En este caso no será así, ¿verdad? Cuando tengamos pruebas, las presentaremos.

—Pero no las tendremos. A no ser que uno de ellos se derrumbe, y eso no ocurrirá. Todo es circunstancial. No tenemos un sólo hecho que podamos relacionar con ninguno de los sospechosos. Cualquiera de ellos habría podido hacerlo. Uno de ellos lo hizo. Podríamos reunir indicios contra cualquiera de ellos, pero el caso no llegaría a los tribunales. El departamento legal lo rechazaría. Y si llegara, ¿no te imaginas lo que diría la defensa? Etienne pudo subir a aquella habitación por sus propias razones. No podemos demostrar que no fue así. Pudo ir a buscar algo a los archivos, un contrato antiguo. No piensa tardar mucho, así que deja la chaqueta y las llaves en su despacho. Entonces tropieza con algo más interesante de lo que se imaginaba y se sienta a estudiarlo. Le entra frío, así que cierra la ventana, rompiendo accidentalmente el cordón, y enciende la estufa. Cuando se da cuenta de lo que está sucediendo ya se encuentra demasiado desorientado para llegar a la estufa y apagarla. Y muere. Luego, al cabo de varias horas, el gamberro de la oficina encuentra el cadáver y se le ocurre añadir un toque de misterio morboso a lo que, en realidad, es un lamentable accidente.

Kate replicó:

—Todo eso ya lo hemos hablado y no se sostiene en

pie. ¿Por qué cayó al lado de la estufa? ¿Por qué no fue hacia la puerta? Etienne era inteligente y debía de conocer el riesgo de encender una estufa de gas en un cuarto mal ventilado, así que ¿por qué cerró la ventana?

—De acuerdo, estaba intentando abrirla, no cerrarla, cuando se rompió el cordón.

—Dauntsey dice que la última vez que estuvo en esa habitación la ventana estaba abierta.

—Dauntsey es el principal sospechoso; podemos prescindir de su declaración.

—La defensa no prescindirá. No se puede construir un caso prescindiendo de las pruebas que no convengan.

—De acuerdo, digamos que intentaba abrir o cerrar la ventana. Dejemos eso.

—Pero ¿por qué tenía que encender la estufa, para empezar? No hacía tanto frío. ¿Dónde están esos documentos que tanto le interesaron? Los que había sobre la mesa eran contratos de hace cincuenta años, autores ya fallecidos de los que nadie se acuerda. ¿Qué interés podían tener para él?

—El bromista los cambió. No podemos saber qué documentos estaba examinando en realidad.

—¿Por qué había de cambiarlos? Y si Etienne fue al cuartito a trabajar, ¿dónde estaban la pluma, el lápiz, el bolígrafo?

—Fue a leer, no a escribir.

—No podía escribir, ¿verdad? Ni siquiera pudo garabatear el nombre de su asesino. No tenía nada con qué escribir. Alguien le robó la agenda que llevaba un lápiz incorporado. Ni siquiera pudo escribir su nombre en el polvo, porque no había polvo. ¿Y qué me dices de la lesión que tenía en el paladar? Eso es incontrovertible, es un hecho.

—Que no está relacionado con nadie. No lograremos demostrar cómo se produjo el rasguño si no podemos presentar el objeto que lo produjo. Y no sabemos qué objeto fue. Probablemente no lo sabremos nunca. Lo único que tenemos son sospechas y pruebas circunstanciales; ni siquiera tenemos las suficientes para poner a uno de los sospechosos bajo vigilancia. ¿Te imaginas qué protestas, si lo hiciéramos? Cinco personas respetables, ni una sola de ellas con antecendentes penales. Y dos con coartada.

Kate protestó:

—Ninguna de las dos vale un pimiento. Rupert Farlow reconoció francamente que juraría que De Witt había estado con él tanto si era cierto como si no. Y esa historia de que lo necesitó varias veces durante la noche..., ya viste qué interés tuvo en darnos las horas exactas, ¿eh?

—Supongo que cuando te estás muriendo tiendes a fijarte en la hora exacta.

—Y Claudia Etienne asegura que estuvo con su novio. Ese novio va a casarse con una mujer muy rica, puñeteramente más rica que hace sólo una semana. ¿Crees que dudaría en mentir por ella si se lo pidiera?

—Muy bien —concedió Daniel—. Es fácil restarles crédito a las coartadas, pero ¿podemos demostrar que sean falsas? Y podría ser que nos hubieran dicho los dos la verdad. No podemos dar por sentado que mienten. Y si han dicho la verdad, Claudia Etienne y De Witt son inocentes. Lo que nos lleva otra vez a Gabriel Dauntsey. Él tuvo los medios y la oportunidad, y carece de coartada para la media hora anterior a su salida hacia aquel recital en un pub.

—Pero eso se aplica igualmente a Frances Peverell, y ella sí que tenía un motivo. Etienne la plantó por otra y se proponía vender Innocent House en contra de sus deseos. Nadie tenía más motivos que ella para desear su muerte. Y trata de convencer a un jurado de que un anciano de setenta y seis años con reúma pudo subir aquellas escaleras o coger aquel ascensor lento y rechinante, hacer lo que tenía que hacer en el despachito de los archivos y volver a su piso en cosa de ocho minutos. De acuerdo, Robbins hizo el ensayo y, aunque muy justo, resultaba factible, pero no si tenía que pasar por la planta baja para recoger la serpiente.

—Sólo tenemos la palabra de Frances Peverell de que fueran ocho minutos. Podrían estar metidos los dos en el asunto; siempre ha sido una de nuestras posibilidades. Y el ruido de la bañera al vaciarse no significa nada. He visto la bañera, Kate: es de ésas anticuadas, grandes y sólidas. Se podría ahogar a un par de adultos en ella. Sólo tuvo que abrir un poco el grifo para que la bañera se fuera llenando lentamente mientras él salía, darse una zambullida al llegar para quedar convincentemente mojado y llamar a Frances Peverell. Pero yo diría que estaban los dos de acuerdo.

—No piensas con claridad, Daniel. Es toda esa historia sobre el agua del baño lo que deja a Frances Peverell a salvo. Si estaban los dos de acuerdo, ¿por qué habían de inventarse una complicada historia de bañeras, agua corriente y ocho minutos? ¿Por qué no se limitó a decir que estuvo esperando su taxi, que estaba preocupada porque tardaba en regresar y que, cuando lo vio llegar, lo hizo subir al piso de ella y lo tuvo allí toda la noche? Hay una habitación libre, ¿verdad? A fin y al cabo, se trata de un asesinato; no creo que le preocupara demasiado la posibilidad de dar lugar a habladurías.

—Podríamos demostrar que él no durmió en esa cama. Si Frances Peverell nos hubiera contado esa historia, habríamos llamado a los forenses. No se puede dormir toda la noche en una cama sin dejar algún indicio, ya sean cabellos o sudor.

—Bien, pues yo creo que ella nos ha dicho la verdad. Esa coartada es demasiado enrevesada para no ser auténtica.

—Eso es probablemente lo que nos querían hacer creer. Dios mío, este asesino es inteligente. Es inteligente y tiene suerte. Piensa por un momento en Sonia Clements. Se mató en esa habitación. ¿Por qué no pudo desgastar ella el cordón de la ventana y obstruir el cañón de la chimenea?

Kate respondió:

—Mira, Daniel, el jefe y yo lo hemos estado comprobando esta mañana, hasta donde hemos podido, al menos. Su hermana afirma que Sonia Clements no tenía aptitudes mecánicas. Además, ¿por qué había de manipular la estufa? ¿Con la esperanza de que alguien, varias semanas más tarde, la encendiera misteriosamente, atrajera a Etienne a esa habitación y lo encerrase para que se intoxicara con el monóxido de carbono?

—Claro que no. Pero quizás había pensado suicidarse así, de modo que pareciera un accidente, para no perjudicar a la Peverell Press. Quizá pensaba hacerlo desde que murió el señor Peverell. Luego, cuando Gerard Etienne la despidió de un modo tan inhumano...

—Si fue inhumano.

—Supongamos que lo fue. Después de eso, ya no le importaba que la empresa saliera perjudicada o no; probablemente quería perjudicarla o, al menos, perjudicar a Etienne. Así que ya no se molestó en hacer pasar su muerte por un accidente: se mató de un modo más agradable, con pastillas y vino, y dejó una nota de suicidio. Escucha, Kate, esto me gusta. Tiene una especie de lógica demencial.

—Más demencial que lógica. ¿Cómo podía saber el asesino que Clements había manipulado el gas? No es probable que se lo dijera ella. Lo único que has conseguido es que la teoría de la muerte accidental parezca más verosímil. Tu teoría es un regalo para la defensa. Ya me imagino al abogado defensor sacándole todo el jugo: «Señoras y caballeros del jurado, Sonia Clements tuvo tanta ocasión de manipular la estufa de gas como mi defendido, y Sonia Clements está muerta.»

—Muy bien —dijo Daniel—. Seamos optimistas. Lo atraparemos y, entonces, ¿qué le ocurrirá? Diez años de cárcel si tiene mala suerte, menos si sabe comportarse.

—¿Querrías que le echaran una soga al cuello?

—No. ¿Y tú?

—No, no querría que volviéramos al ahorcamiento. Pero no sé si mi postura es demasiado racional; de hecho, ni siquiera sé si es honesta. En mi opinión, la pena de muerte es un factor disuasivo, de modo que lo que vengo a decir es que estoy dispuesta a aceptar que personas inocentes corran un riesgo mayor de morir asesinadas, con tal de salvar mi conciencia diciendo que ya no ejecutamos a los asesinos.

Daniel le preguntó:

—¿Viste aquel programa de televisión la semana pasada?

—¿Aquél sobre el sistema correccional en Estados Unidos?

—Correccional. Buena palabra. Los internos quedaban bien corregidos, desde luego. Ejecutados con una inyección letal después de sabe Dios cuántos años en la galería de la muerte.

—Sí, lo vi. Se podría argumentar que tuvieron un fin puñeteramente más fácil que sus víctimas. Un fin más fácil que el que tiene la mayoría de los seres humanos, si a eso vamos.

—Así pues, ¿apruebas la muerte por venganza?

—Daniel, yo no he dicho eso. Es sólo que no pude sentir demasiada compasión por ellos. Asesinaron en un Estado donde está en vigor la pena de muerte, y luego parecían agraviados porque el Estado se proponía cumplir lo que estaba en sus leyes. Ninguno mencionó a su víctima. Ninguno pronunció la palabra «arrepentimiento».

—Uno la pronunció.

—Entonces debió de pasarme por alto.

—No fue lo único que te pasó por alto.

—¿Estás intentando pelearte conmigo?

—Sólo intento averiguar lo que crees.

—Lo que yo crea es asunto mío.

—¿Incluso en cuestiones relacionadas con el trabajo?

—Sobre todo en cuestiones relacionadas con el trabajo. Además, esto no está relacionado con el trabajo más que indirectamente. El programa pretendía que me escandalizara. Reconozco que estaba bien hecho: el productor no se excedió; no se puede decir que fuera injusto. Pero al final daban un número al que los espectadores podían llamar para expresar su indignación. Lo único que digo es que no sentí la indignación que ellos obviamente pretendían provocar. Además, no me gustan los programas de televisión que intentan decirme qué debo sentir.

—En tal caso, tendrás que dejar de mirar documentales.

Una lancha de la policía, esbelta y veloz, pasó navegando río arriba, el foco de proa peinando la oscuridad, la estela, una blanca cola de espuma. Casi enseguida desapareció, y la superficie alborotada se asentó en una suave calma ondulante, sobre la cual las luces reflejadas de los pubs del río arrojaban refulgentes charcos de plata. Pequeños grumos de espuma surgieron flotando de la oscuridad para deshacerse contra la pared del río. Se hizo un silencio. Estaban los dos de pie, a medio metro de distancia, contemplando el río. De pronto, se volvieron simultáneamente y sus miradas se encontraron. Kate no podía ver la expresión de Daniel a la luz de la única lámpara de pared, pero percibió su fuerza y oyó que se le aceleraba la respiración. Y en aquel momento experimentó una descarga de anhelo físico tan poderosa que tuvo que extender la mano y apoyarse en la pared para no arrojarse en sus brazos.

—Kate —dijo Daniel, haciendo un gesto rápido hacia ella. Pero la joven se había dado cuenta de lo que iba a suceder y se apartó a un lado con igual rapidez—. ¿Qué ocurre, Kate? —le preguntó con suavidad. Luego, con voz sardónica, añadió—: ¿Al jefe no le gustaría?

—No organizo mi vida privada según las preferencias del jefe.

Daniel no la tocó. Habría resultado más fácil, pensó ella, si lo hubiera hecho.

—Verás —le explicó—, he perdido a un hombre al que amaba por culpa del trabajo. ¿Por qué habría de complicármelo por uno al que no amo?

—¿Crees que lo complicaría, tu trabajo o el mío?

—Oh, Daniel, ¿no es lo que ocurre siempre?

Él comentó, en un tono algo burlón:

—Me dijiste que debía aprender a aficionarme a las mujeres inteligentes.

—Pero no me ofrecí a formar parte del aprendizaje.

Daniel dejó escapar una risa contenida que rompió la tensión. En aquel momento a Kate le gustó enormemente, en gran medida porque, a diferencia de la mayoría de los hombres, era capaz de aceptar el rechazo sin rencor. Pero ¿por qué no? Ninguno de los dos podía fingirse enamorado. Ella pensó: «Los dos somos vulnerables, los dos estamos un poco solos, pero ésta no es la solución.»

Mientras se volvían para regresar al interior del pub, él le preguntó:

—Si ahora estuvieras con el jefe y te pidiera que fueras con él a su casa, ¿irías?

Kate reflexionó unos segundos y llegó a la conclusión de que merecía una respuesta sincera.

—Seguramente. Sí, iría.

—¿Y eso sería amor o sexo?

—Ninguna de las dos cosas —contestó—. Llámalo curiosidad.

45

El lunes por la mañana, Daniel marcó el número de la centralita de Innocent House y le pidió a George Copeland que acudiera a Wapping durante la hora del almuerzo. El conserje llegó justo pasada la una y media, y trajo consigo a la habitación un peso de angustia y tensión que pareció embargar el aire. Cuando Kate comentó que hacía calor en la sala y que quizás estaría más cómodo si se quitaba el abrigo, él lo hizo de inmediato, como si la sugerencia hubiera sido una orden, pero lo siguió con mirada aprensiva mientras Daniel lo recogía y lo colgaba, como si temiera que aquél fuera sólo el primer paso de un desnudamiento premeditado. Observando su rostro aniñado, Daniel pensó que debía de haber cambiado poco desde la adolescencia. Las mejillas redondas con sendas lunas de color rojo, tan definidas como parches, tenían la lisura de la goma, en incongruente contraste con la seca mata de cabello gris. Los ojos reflejaban una expresión de fatigada esperanza, y la voz, atractiva pero insegura, estaba más dispuesta, sospechó, a congraciarse que a afirmar. Probablemente lo habían intimidado en la escuela, pensó Daniel, y luego la vida lo había tratado a patadas. Pero al parecer había encontrado su hueco en Innocent House, en un empleo que por lo visto le convenía y que obviamente desempeñaba de un modo satisfactorio. ¿Cuánto habría durado esa situación bajo el nuevo orden?, se preguntó.

Kate le invitó a tomar asiento ante ella con más cortesía de la que habría mostrado con Claudia Etienne o con cualquiera de los demás sospechosos varones, pero él se sentó tan rígido como una tabla, las manos como zarpas cerradas sobre su regazo.

Kate comenzó:

—Señor Copeland, durante la fiesta de compromiso del señor Etienne, el día diez de julio, se le vio bajar con la señora Bartrum del piso de los archivos de Innocent House. ¿Qué habían ido a hacer allí?

Formuló la pregunta con suavidad, pero su efecto fue tan devastador como si lo hubiera empujado contra la pared y le hubiera gritado a la cara. Él se encogió literalmente en su silla y las lunas rojas llamearon y crecieron, para luego desvanecerse en una palidez tan extrema que Daniel se acercó instintivamente, medio creyendo que iba a desmayarse.

—¿Reconoce que subieron al último piso? —preguntó Kate.

El sospechoso recobró la voz.

—Al cuarto de los archivos, no; no fuimos allí. La señora Bartrum quería ir al servicio. La acompañé al del último piso y la esperé fuera.

—¿Por qué no utilizó los aseos del vestuario de señoras del primer piso?

—Lo intentó, pero los dos cubículos estaban ocupados y había cola. Ella estaba..., tenía prisa.

—De modo que la acompañó usted arriba. Pero ¿por qué se lo pidió a usted y no a alguna de las empleadas de la casa?

Era una pregunta, pensó Daniel, que habría sido más lógico hacerle a la señora Bartrum. Sin duda en un momento u otro así sería.

Copeland permaneció en silencio. Kate insistió:

—¿No habría sido más natural que se lo hubiera pedido a una mujer?

—Quizá sí, pero es tímida. No conocía a ninguna, y yo estaba allí en el mostrador.

—Y a usted lo conocía, ¿no es eso? —Él no pronunció ninguna palabra, pero asintió con una leve inclinación de cabeza—. ¿Se conocen muy bien?

Entonces él la miró de hito en hito y contestó:

—Es mi hija.

—¿El señor Sydney Bartrum está casado con su hija? Eso lo explica todo. Es perfectamente natural y comprensible: ella se dirigió a usted porque es usted su padre. Pero eso no es de conocimiento común, ¿verdad? ¿Por qué es un secreto?

—Si se lo digo, ¿habrá de saberse? ¿Tiene usted que decir que se lo he dicho?

—No tenemos que decírselo a nadie excepto al comandante Dalgliesh, y no lo sabrá nadie más a no ser que se trate de algo relevante para nuestra investigación. Eso no podemos saberlo hasta que nos lo explique.

—Fue el señor Bartrum, es decir, Sydney, quien quiso que no se supiera. Quería mantenerlo en secreto, al menos al principio. Es un buen marido, la quiere y son felices los dos. Su primer marido era un animal. Ella hizo todo lo posible porque el matrimonio fuera un éxito, pero creo que sintió un gran alivio cuando él la dejó. Siempre había andado con mujeres y al final se fue con una de ellas. Se divorciaron, pero ella quedó muy afectada. Perdió toda la confianza en sí misma. Menos mal que no tenían hijos.

—¿Cómo conoció al señor Bartrum?

—Un día mi hija vino a buscarme al trabajo. Normalmente soy el último en salir, así que nadie la vio excepto el señor Bartrum. Como no le arrancaba el coche, Julie y yo nos ofrecimos a llevarlo y, cuando llegamos a su casa, él nos invitó a tomar un café. Supongo que debía de sentirse obligado. De ahí vino todo. Empezaron a escribirse, y los fines de semana él iba a verla a Basingstoke, donde ella vivía y trabajaba.

—Pero en Innocent House debían de saber que usted tenía una hija.

—No estoy seguro. Sabían que era viudo, pero nunca me preguntaban por la familia. Además, Julie no vivía conmigo; trabajaba en la delegación de Hacienda de Basingstoke y no venía mucho por casa. Creo que debían de saberlo, pero nunca me preguntaban por ella. Por eso fue tan fácil mantener la boda en secreto.

—¿Y por qué no había de saberse?

—El señor Bartrum, Sydney, dijo que quería que su vida privada fuera privada, que el matrimonio no tenía nada que ver con la Peverell Press, que no quería que los empleados chismorrearan sobre sus asuntos particulares. No invitó a nadie de la empresa a la boda, aunque sí les dijo a los directores que se casaba. Bueno, claro que no tenía más remedio, porque habían de cambiarle el código fiscal. Y luego les dijo lo de la niña y le enseñó la foto a todo el mundo. Está muy orgulloso de ella. Yo creo que al principio no quería que la gente supiera que se había casado..., bueno, que se había casado con la hija del recepcionista. Seguramente tenía miedo de perder prestigio. Se crió en un orfanato, y hace cuarenta años esas instituciones para niños no eran lo que son ahora. En la escuela lo despreciaban, le hacían sentir inferior, y no creo que lo haya olvidado nunca. Siempre se ha preocupado mucho por su posición en la empresa.

—¿Y qué opina su hija de todo esto, del secreto, del ocultar que el señor Bartrum es su yerno?

—No creo que le importe. A estas alturas ya no debe ni acordarse. La empresa no significa nada para ella. Desde que se casaron, la única vez que ha estado en Innocent House fue con motivo de la fiesta de compromiso del señor Gerard. Quería ver la casa por dentro y, sobre todo, quería ver el número 10, el despacho donde él trabaja. Está muy enamorada de él. Ahora tienen la niña y son felices los dos. Sydney le ha cambiado la vida. Supongo que si sólo los viera en la oficina no sería lo mismo, pero voy a visitarlos casi todos los fines de semana y veo a Rosie, la niña, siempre que quiero.

Paseó la mirada de Daniel a Kate, como implorando su comprensión, y prosiguió.

—Ya sé que parece extraño y creo que ahora Sydney lo lamenta. Más o menos me lo ha dado a entender. Pero comprendo cómo ocurrió. Nos pidió de forma impulsiva que no se lo dijéramos a nadie y, cuanto más tiempo pasaba, más imposible resultaba decir la verdad. Además, nadie nos preguntó nada. A nadie le interesaba saber con quién se había casado. Nadie me preguntaba por mi hija. La gente sólo se interesa por tu familia si hablas de ella, y aun así es más que nada por cortesía. En realidad no les importa. Pero sería muy malo para el señor Bartrum, para Sydney, que se supiera ahora. Y no me gustaría que él pensara que he venido a decírselo. ¿Tiene que saberse?

—No —respondió Kate—. Creo que no.

Pareció quedarse más tranquilo. Daniel le ayudó a ponerse el abrigo. Cuando regresó, después de acompañarlo a la puerta, se encontró a Kate dando vueltas por la habitación y completamente enfurecida.

—¡A la mierda todos los malditos esnobs idiotas y pomposos...! ¡Este hombre vale por diez Bartrums! Sí, claro, ya entiendo cómo ocurrió, la inseguridad social, quiero decir. Es el único de los empleados de alto nivel que no ha estado en Oxford ni en Cambridge, ¿verdad? Parece ser que a tu sexo le importan estas cosas, sabe Dios por qué. Y te dice algo de la Peverell Press, ¿eh? Ese hombre lleva trabajando para ellos..., ¿desde cuándo? Desde hace casi veinte años, y ni siquiera le han preguntado nunca por su hija.

—Si le hubieran preguntado —señaló Daniel—, habría contestado que estaba casada y muy satisfecha, gracias. Pero ¿por qué habían de preguntar? El jefe no se interesa por tu vida doméstica. ¿Te gustaría que lo hiciera? Está claro lo que sucedió: sintió el pretencioso impulso de mantenerlo en secreto y luego se dio cuenta de que tenía que seguir haciéndolo si no quería quedar como un tonto. Me gustaría saber lo que Bartrum estaría dispuesto a pagar para que no se descubriera. Pero al menos ya sabemos por qué Copeland y la señora Bartrum subieron juntos al último piso; aunque a él no le hacía falta ninguna excusa, puede subir siempre que quiera. Un pequeño problema que nos quitamos de encima.

—En realidad, no —objetó Kate—. En Innocent House han sido todos muy discretos, especialmente los socios, pero la señora Demery y los empleados jóvenes nos han dicho lo suficiente para hacernos una idea bastante aproximada de lo que ocurría. Con Gerard Etienne al mando, ¿cuánto crees que habrían durado Copeland y Bartrum en la empresa? Copeland quiere a su hija y ella quiere a su marido; sabe Dios por qué, pero por lo visto es así. Viven felices juntos, tienen una hija. Los dos tenían mucho que perder, ¿no?, tanto Bartrum como Copeland. Y no olvidemos una cosa de George Copeland: es el que se ocupa de las pequeñas reparaciones de la casa. Es un manitas. Probablemente es el sospechoso que habría tenido menos problemas para desconectar la estufa de gas. Y habría podido hacerlo en cualquier momento sin ningún peligro; la única persona que utiliza habitualmente el despachito de los archivos es Gabriel Dauntsey, y él nunca enciende la estufa. Si tiene frío, se trae su propia estufa eléctrica. No es un pequeño problema que nos quitamos de encima; es otra maldita complicación.

Libro cuarto

La evidencia escrita

El anochecer del jueves 21 de octubre, Mandy salió de la oficina una hora más tarde de lo acostumbrado. Había quedado con Maureen, su compañera de piso, en que se encontrarían en el pub White Horse de la calle Wanstead para cenar allí y asistir a la actuación de un grupo musical. Se trataba de una celebración por partida doble: Maureen cumplía diecinueve años y había empezado a salir con el batería del conjunto *Los diablos a caballo*. La actuación estaba prevista para las ocho, pero el grupo se reuniría en el pub una hora antes para cenar. Mandy se había llevado una muda de ropa a la oficina en la maleta de la moto y pensaba ir directamente al White Horse. La perspectiva de la velada y, sobre todo, de volver a ver al líder del conjunto, Roy —del que había decidido que le gustaba bastante o, al menos, que estaba dispuesta a que le gustara si la noche iba bien—, había proyectado sobre la jornada un resplandor de alegre expectación que ni siquiera la silenciosa y casi maníaca concentración de la señorita Blackett en el trabajo consiguió oscurecer. Ahora la señorita Blackett trabajaba para la señorita Claudia, que se había instalado en el despacho de su difunto hermano. Tres días después de su muerte, Mandy alcanzó a oír cómo la alentaba a ello el señor De Witt.

—Es lo que él hubiera querido. Ahora eres la presidenta y directora gerente, o lo serás cuando aprobemos la necesaria resolución. No podemos dejar el despacho vacío. A Gerard no le habría gustado que lo conserváramos como un santuario a su memoria.

Unos cuantos empleados se habían marchado de la empresa inmediatamente, pero los que se quedaron, ya fuera por deseo o por necesidad, se encontraron unidos por una camaradería tácita basada en la experiencia compartida. Juntos esperaban, se interrogaban y, cuando no estaban presentes los socios, intercambiaban rumores y conjeturas. Los ojos brillantes de Mandy y sus oídos atentos no dejaban escapar nada. Había llegado a parecerle que Innocent House la tenía cautivada de un modo misterioso, y se dirigía cada mañana a trabajar estimulada por una mezcla de excitación y curiosidad sazonada de miedo. Aquel cuartito desnudo, donde el día que se presentó en la empresa había podido contemplar el cadáver de Sonia Clements, dominaba su imaginación tan poderosamente que todo el último piso, todavía cerrado salvo para la policía, había adquirido para ella algo del poder aterrador de un cuento de hadas: era como el cubil de Barba Azul, el territorio prohibido del horror. No había visto el cadáver de Gerard Etienne, pero en su imaginación refulgía con la vívida nitidez de un sueño. A veces, antes de dormirse, se imaginaba los dos cuerpos juntos en el cuarto —la señorita Clements tendida en su triste decrepitud, el semidesnudo cuerpo masculino en el suelo a su lado— y observaba aterrorizada cómo sus ojos vidriosos y apagados parpadeaban y se iluminaban, y cómo la serpiente empezaba a palpitar y cobraba una vida legamosa, extendiendo su roja lengua en busca de la boca muerta para contraer los músculos y sofocar la respiración. Pero sabía que estas imaginaciones aún eran controlables. La seguridad que le proporcionaba el conocimiento de su inocencia, así como el sentimiento permanente de que no corría verdadero peligro, le permitían disfrutar de la euforia medio culpable del terror simulado. Pero también sabía que Innocent House estaba infectada de un miedo que iba más allá de sus caprichosas imaginaciones. Por la mañana, cuando bajaba de la moto, el olor del miedo empezaba a impregnarla como si se tratase de la niebla del río, y cuando cruzaba el portal ese miedo se intensificaba y la envolvía. Veía el miedo en la amable mirada de George cuando la saludaba, en la cara tensa y los ojos inquietos de la señorita Blackett, en los pasos del señor Dauntsey mientras, súbitamente envejecido y sin rastro alguno de vigor, subía penosamente la escalera. Oía el miedo en las voces de todos los socios.

El miércoles por la mañana, justo antes de las diez, la señorita Claudia convocó al personal en la sala de juntas. Acudieron todos, incluso George, que había dejado la centralita conectada al contestador, y Fred Bowling, el piloto de la lancha. Llevaron sillas para formar un semicírculo y los otros tres socios ocuparon su lugar en la mesa, la señorita Peverell a la derecha de la señorita Claudia y los señores De Witt y Dauntsey a su izquierda. Cuando se recibió la llamada convocando la reunión, la señorita Blackett colgó el teléfono y dijo: «Tú también, Mandy. Tú ya eres de la casa.» Y Mandy, aun a su pesar, experimentó una breve oleada de satisfacción. Los primeros en llegar fueron sentándose, un tanto cohibidos, en la segunda fila, y a Mandy no le pasó por alto el peso colectivo de excitación, expectación e inquietud.

Cuando la última en llegar se escabulló, sonrojada, hacia un asiento de la primera fila y la puerta de la sala quedó cerrada, Claudia preguntó:

—¿Dónde está la señora Demery?

Le respondió la señorita Blackett:

—Quizás ha creído que no estaba incluida.

—Todo el mundo está incluido. Vaya a buscarla, por favor, Blackie.

La señorita Blackett salió apresuradamente y, tras un par de minutos durante los cuales todos los presentes esperaron en completo silencio, regresó con la señora Demery, que aún llevaba puesto el delantal. La recién llegada abrió la boca como si fuera a hacer algún comentario despectivo, pero evidentemente se lo pensó mejor, volvió a cerrarla y se sentó en la única silla que quedaba libre, en el centro de la primera fila.

La señorita Claudia comenzó:

—En primer lugar, quiero darles las gracias por su lealtad. La muerte de mi hermano y la forma en que se produjo han supuesto una horrible conmoción para todos. Son momentos difíciles para la Peverell Press, pero espero y creo de veras que juntos los superaremos. Tenemos una responsabilidad hacia nuestros autores y hacia los libros que esperan les publiquemos con el mismo nivel de calidad que ha caracterizado a la Peverell Press desde hace más de doscientos años. Se me han comunicado ya los resultados de la encuesta: mi hermano murió por intoxicación de monóxido de carbono, producido sin duda alguna por la estufa de gas que hay en el despachito de los archivos. La policía aún no está en condiciones de decir la manera exacta en que se produjo la muerte. Sé que ya han hablado todos ustedes con el comandante Dalgliesh o con uno de sus oficiales. Es probable que sigan realizando entrevistas, y estoy segura de que harán ustedes lo que esté en su mano para ayudar a la policía en su investigación, al igual que todos los socios.

»Y ahora, unas palabras acerca del futuro. Seguramente habrán oído rumores sobre un proyecto de vender Innocent House y trasladar la empresa a otro lugar. Todos esos proyectos quedan en suspenso. Las cosas seguirán como están, por lo menos hasta el próximo mes de abril, fecha en que finaliza el año financiero. Lo que ocurra después dependerá en gran medida del éxito de nuestro catálogo de otoño y de lo bien que nos vaya por Navidad. Este año el catálogo es especialmente fuerte y todos nos sentimos optimistas, pero debo comunicarles que no hay ninguna posibilidad de que se aumente el sueldo a nadie durante lo que queda de año y que los socios han aceptado un reducción del diez por ciento. No habrá más cambios en la plantilla actual, al menos hasta el próximo abril, pero es inevitable que se lleve a cabo cierta reorganización. Yo asumiré los cargos de presidenta y directora gerente, al principio en funciones; lo cual quiere decir que seré la responsable de producción, contabilidad y almacén, como lo era mi hermano. La señorita Peverell asumirá mis responsabilidades actuales como directora de publicidad y ventas, y el señor De Witt y el señor Dauntsey añadirán contratos y derechos a sus responsabilidades editoriales. Hemos contratado a Virginia Scott-Headley, de Herne & Illingworth, como relaciones públicas; es una profesional muy competente y con una gran experiencia, y también se encargará de hacer frente a la avalancha de preguntas sobre la muerte de mi hermano que estamos recibiendo tanto por parte de periodistas como de personas de fuera de la empresa. Hasta el momento, George lo ha venido resolviendo magníficamente, pero cuando llegue la señorita Scott-Headley todas esas llamadas le serán dirigidas a ella. No creo que sea necesario decir nada más, salvo que la Peverell Press es la editorial independiente más antigua del país y que todos los socios estamos decididos a que sobreviva y prospere. Eso es todo. Gracias por su asistencia. ¿Alguna pregunta?

Se produjo un silencio azorado durante el cual pareció que la gente hacía acopio de valor para hablar. La señorita Claudia lo aprovechó para levantarse de la mesa y encabezar rápidamente la retirada.

Al cabo de un rato, en la cocina, mientras preparaba el café de la señorita Blackett, la señora Demery se mostró más locuaz.

—No hay ninguno que tenga ni idea de lo que se ha de hacer. Eso ha quedado bien claro. El señor Gerard podía ser todo un hijoputa, pero al menos sabía lo quería y cómo conseguirlo. No venderán Innocent House, la señorita Peverell ya se ha encargado de eso, supongo, y el señor De Witt la habrá apoyado. Pero, si no venden la casa, ¿cómo piensan mantenerla? Dímelo tú, a ver. Los que tengan un poco de sentido común, ya pueden empezar a buscar otro empleo por ahí.

Luego, sola en el despacho, mientras ordenaba su escritorio, Mandy pensó en cómo se notaban esos sesenta minutos de más. Innocent House daba la impresión de haberse vaciado de pronto. Mientras subía por la escalera hacia el vestuario de señoras del primer piso, donde iba a cambiarse, sus pisadas resonaban fantasmagóricamente sobre el mármol como si una persona invisible la siguiera a escasa distancia. Cuando se detuvo en el rellano para asomarse por la barandilla, vio brillar los dos globos de luz al pie de la escalera como dos lunas flotantes en un salón que ahora parecía cavernoso y misterioso. Se cambió a toda prisa; embutió dentro de la bolsa la ropa que llevaba puesta, se pasó por la cabeza una falda corta hecha de muchas capas de retazos de algodón y una camiseta a juego, y se calzó las altas y relucientes botas. Quizá fuera una pena ponérselas para ir en moto, pero eran bastante resistentes y resultaba más fácil que llevarlas en la maleta.

¡Qué silencio había! Incluso el depósito del inodoro rugió como un alud al vaciarse. Fue un alivio ver a George, con el abrigo puesto y el viejo sombrero de *tweed* en la cabeza, sentado aún tras el mostrador de recepción mientras guardaba en la caja de seguridad tres paquetes que vendrían a recoger al día siguiente. El bromista malintencionado no había vuelto a actuar desde el asesinato, pero las precauciones se mantenían en vigor.

Mandy le preguntó:

—¿No es curioso el silencio que hay cuando se han ido todos? ¿Soy la última?

—Sólo quedamos la señorita Claudia y yo. Y yo me marcho ahora mismo. La señorita Claudia conectará las alarmas.

Salieron juntos, y George se aseguró de dejar la puerta cerrada a sus espaldas. Durante todo el día había caído una lluvia intensa e incesante que danzaba sobre el patio de mármol, chorreaba por las ventanas y casi impedía ver la crecida masa gris del río. Pero hacía poco que había cesado de llover y, bajo el resplandor de las luces traseras del coche de George, los adoquines de Innocent Passage brillaban como castañas recién peladas. En el aire soplaba la primera mordedura del invierno. A Mandy empezó a gotearle la nariz, y hundió la mano en la bolsa para sacar un pañuelo y la bufanda. Antes de subir a la moto esperó a que George, con exasperante lentitud, sacara su viejo Metro al pasaje en marcha atrás. Tras un instante de vacilación, la muchacha corrió a darle la señal de que no venía nadie por Innocent Walk. Nunca venía nadie, pero George salía invariablemente en marcha atrás como si aquella maniobra fuera su diaria partida de dados con la muerte. Cuando George aceleró hasta perderse de vista, después de hacerle un gesto de despedida y agradecimiento, ella se dijo que al menos el hombre ya no tendría que preocuparse por su empleo y se alegró por él. La señora Demery le había contado que se rumoreaba que el señor Gerard tenía intención de despedirlo.

Mandy avanzó serpenteando por entre el tráfico vespertino con su acostumbrada habilidad y un desdén jovial hacia los gritos ocasionales de algún que otro conductor ofendido. Habían transcurrido poco más de treinta minutos cuando vio ante sí la fachada del White Horse, una imitación del estilo Tudor, festoneada con luces de colores. Se alzaba algo apartada de la calle, en un solar de unos cien metros donde las hileras de casas suburbanas cedían su lugar a una franja de arbustos y matorrales al borde del bosque de Epping. El patio delantero ya estaba completamente lleno de coches, entre los que distinguió la camioneta del conjunto y el Fiesta de Maureen. Mandy llevó lentamente la moto hasta el aparcamiento de la parte posterior, más pequeño, y tras coger la bolsa de la maleta se abrió paso por el corredor que conducía a los aseos de señoras, donde se unió al bullicioso caos de muchachas que colgaban los abrigos y se cambiaban de zapatos bajo un cartel que les recordaba que ellas eran las responsables de sus pertenencias. Todas hacían cola para ocupar uno de los cuatro cubículos y esparcían sus trastos de maquillaje sobre el estrecho estante que se extendía bajo un largo espejo. Fue entonces, después de hacerse con un lugar ante el espejo y mientras registraba la bolsa en busca del neceser de plástico donde llevaba su maquillaje, cuando Mandy se dio cuenta de algo que le hizo dar un vuelco al corazón: le faltaba el monedero, el monedero de piel negra que servía también de cartera y contenía su dinero, su única tarjeta de crédito y la tarjeta del cajero automático, preciados símbolos de su situación económica, así como la llave Yale de casa. Sus ruidosas exclamaciones de desaliento atrajeron la atención de Maureen, que interrumpió su cuidadosa aplicación de *eye-liner*.

—Vacía la bolsa. Es lo que yo hago siempre —le aconsejó. Acto seguido reanudó la tarea de pintarse los ojos de negro sin la menor preocupación.

—Para lo que a ella le importa —masculló Mandy.

Después de apartar los productos de maquillaje de Maureen a un lado, volcó el contenido de la bolsa. Pero el monedero no estaba. Y entonces se acordó. Debía de haberse enredado con la bufanda y el pañuelo, cuando los sacó de la bolsa a la salida de Innocent House. Seguramente aún estaría allí, tirado sobre los adoquines. Tendría que volver a buscarlo. El único consuelo era que no había muchas posibilidades de que lo hubiera encontrado nadie: Innocent Walk, e Innocent Lane en particular, siempre estaban desiertos después de oscurecer. Se perdería la cena, pero, con suerte, no más de media hora de la actuación.

Y entonces se le ocurrió una idea. Podía llamar por teléfono al señor Dauntsey o a la señorita Peverell. Así al menos sabría si el monedero estaba allí. Quizá pensaran que era una frescura por su parte, pero Mandy confiaba en que a ninguno de los dos le importase demasiado. Había trabajado muy poco para el señor Dauntsey y la señorita Peverell, pero cuando había hecho algo siempre le había parecido que se lo agradecían; además, la trataban con mucha corrección. Sólo les costaría un minuto ir a mirar; no tenían que andar más que unos cuantos metros. Y no era lo mismo que si aún siguiera lloviendo. Lo de la llave era una lata. Si el monedero estaba allí, cuando terminara la actuación sería demasiado tarde para ir a recogerlo. Si Maureen no tenía otros planes para la noche, volvería a casa con ella; de lo contrario, no le quedaría más remedio que despertar a Shirl o a Pete. Pero no podían quejarse: ¿cuántas veces la habían despertado a ella para que les abriera la puerta?

Perdió un poco de tiempo mientras engatusaba a Maureen para que le diera las monedas necesarias para la llamada y esperaba que una de las dos cabinas quedara libre, y un minuto más cuando descubrió que el listín que necesitaba estaba en la otra cabina. Llamó primero a la señorita Peverell, pero le respondió el mensaje del contestador, grabado por la señorita Peverell con voz queda, casi en tono de disculpa. Había muy poco sitio para manejar el listín, que se le cayó al suelo con un golpe sordo. Fuera de la cabina, dos hombres gesticularon con impaciencia. Bien, pues tendrían que esperar: si el señor Dauntsey estaba en casa, no pensaba colgar hasta que le dijera si había dado con su monedero. Encontró el número y lo marcó. No hubo respuesta. Dejó que sonara el timbre hasta mucho después de haber perdido la esperanza, pero al fin tuvo que colgar. Ya no le quedaba otra alternativa. No podía soportar la idea de pasarse la velada y la noche en vilo. Tenía que volver a Innocent House.

Esta vez circulaba contra la corriente principal del tráfico, pero apenas si se dio cuenta de las incidencias del trayecto: su mente era un revoltillo de ansiedad, impaciencia e irritación. A Maureen no le habría costado nada llevarla a Wapping en el Fiesta, pero ¿cuándo se había visto que Maureen dejara pasar la ocasión de una cena? Mandy también empezaba a sentirse hambrienta, pero se dijo que, con suerte, tendría tiempo de pedir un bocadillo en la barra antes de la actuación.

Innocent Walk estaba, como de costumbre, desierto. La parte posterior de Innocent House se erguía como un bastión oscuro contra el cielo de la noche; y de pronto, cuando Mandy alzó la vista, con la cabeza echada hacia atrás, se volvió tan insustancial e inestable como un trozo de cartón que remolineara sobre las nubes bajas velozmente impulsadas por el viento y teñidas de rosa por las luces de la ciudad. Los charcos de la cuneta se habían secado ya y, al llegar al extremo de Innocent Lane, la envolvió un viento frío que transportaba el penetrante olor del río. Las únicas señales de vida eran unas ventanas iluminadas en el piso alto del número 12. Por lo visto, la señorita Peverell ya estaba en casa. Mandy bajó de la moto al final de Innocent Lane, porque no quería molestarla con el ruido del motor ni verse retenida con preguntas y explicaciones. Avanzó con el sigilo de un ladrón hacia el tenue rielar del río, hasta el lugar donde había aparcado la Yamaha durante el día. Las lámparas del patio daban suficiente luz para asistirla en la búsqueda, pero no hubo necesidad de búsqueda: el monedero yacía exactamente donde ella esperaba encontrarlo. Mandy emitió una breve y casi inaudible exclamación de alivio y se lo metió en lo más hondo de un bolsillo de la cazadora provisto de cremallera.

Resultaba menos fácil ver la esfera del reloj, de modo que se acercó al río. En ambos extremos de la terraza, los dos grandes globos de luz sostenidos por delfines de bronce proyectaban charcos brillantes sobre la movediza superficie del agua, que temblaba como una gran capa de satén negro, sacudida, alisada y suavemente ondulada por una mano invisible. Mandy consultó su reloj: las ocho y veinte;

era más tarde de lo que suponía. De pronto se dio cuenta de que su entusiasmo por la actuación había menguado mucho. La oleada de alivio experimentada al encontrar el monedero había infundido en ella cierta renuencia a emprender cualquier actividad que requiriese esfuerzo, y, en ese estado de letargia satisfecha, la perspectiva de la acogedora claustrofobia que le ofrecía su habitación, de la cocina por una vez a su entera disposición y del resto de la velada ante el televisor iba ganando en atractivo segundo a segundo. Tenía aquel vídeo de De Niro, *El cabo del miedo*, que había que devolver al día siguiente: dos libras esterlinas tiradas si no lo veía esa noche. Sin prisas ya, se volvió casi inconscientemente para contemplar la fachada de Innocent House.

Las dos plantas inferiores se hallaban tenuemente iluminadas por las luces del patio, y las esbeltas columnas de mármol relucían con suavidad contra las ventanas muertas, negras y cavernosas aberturas hacia un interior que ya conocía muy bien, pero que ahora se le antojaba misterioso e imponente. Qué curioso, pensó, que allí dentro todo estuviera igual que cuando se había marchado: los dos ordenadores cubiertos con sus fundas, el pulcro escritorio de la señorita Blackett con su pila de bandejas portapapeles y la agenda colocada justo a la derecha, el archivador cerrado con llave, el tablón de anuncios a la derecha de la puerta. Todas esas cosas ordinarias permanecían allí aun cuando no hubiera nadie para verlas. Y no había nadie, nadie en absoluto. Pensó en el cuartito desnudo del último piso, el cuarto en que habían muerto dos personas. La silla y la mesa debían de seguir en su lugar, pero no habría ninguna cama, ningún cadáver de mujer, ningún hombre semidesnudo arañando las tablas del suelo. De súbito volvió a ver el cuerpo de Sonia Clements, pero más real, más pavoroso que cuando lo viera en carne y hueso. Y entonces recordó lo que le había contado Ken, el del almacén, cuando fue a llevar un mensaje al número

10 y se quedó charlando: que lady Sarah Peverell, la esposa del Peverell que construyera Innocent House, se había arrojado desde el balcón más alto y había muerto aplastada contra el mármol.

—Aún se ve la mancha de sangre —le había dicho Ken mientras trasladaba una caja de libros del estante al carro—. Eso sí: procura que la señorita Frances no te pille buscándola; a la familia no le gusta que se hable de esa historia. Pero no pueden borrarla, aunque ya les gustaría, y no habrá suerte en esta casa hasta que la borren. Y todavía ronda por aquí, esa lady Sarah. Pregúntaselo a cualquier barquero del río.

Ken, naturalmente, pretendía asustarla, pero eso había ocurrido a finales de septiembre, un suave día de sol, y Mandy había disfrutado con el relato, que sólo creyó a medias y le produjo un agradable escalofrío de autoinducido temor. Luego le preguntó a Fred Bowling si era cierto, y recordaba su respuesta:

—En este río hay muchos fantasmas, pero ninguno que ronde por Innocent House.

Eso fue antes de que muriera el señor Gerard. Quizás ahora sí rondaban.

Mientras pensaba en ello, el miedo empezó a hacerse real. Alzó la mirada hacia el balcón más alto y se imaginó el horror de esa caída, el agitar de brazos, el único grito —por fuerza tenía que haber gritado—, el siniestro crujido del cuerpo al estrellarse contra el mármol. De pronto se oyó un chillido frenético que la sobresaltó, pero sólo era una gaviota. El pájaro descendió en picado hacia ella, se posó por unos instantes en la barandilla y reanudó su aleteo río abajo.

Mandy se dio cuenta de que estaba quedándose helada. Era un frío extraño, que rezumaba del mármol como si la terraza fuera de hielo, y el viento del río que le soplaba en la cara era cada vez más crudo. Estaba echándole una última mirada al río, a la lancha que yacía vacía y silenciosa, cuando sus ojos divisaron algo blanco en lo alto de la barandilla, a la derecha de los escalones de piedra que bajaban hacia el Támesis. Al principio le pareció que alguien había atado un pañuelo a la baranda. Se acercó con curiosidad y vio que era una hoja de papel clavada en una de las estrechas púas. Y había algo más, un destello de metal dorado al pie de la barandilla. Mandy se agachó y, un poco desorientada por el miedo autoinducido, tardó unos segundos en descubrir de qué se trataba. Era la hebilla de una estrecha correa de cuero, la correa de un bolso marrón. La correa, muy tirante, se sumergía bajo la rugosa superficie del agua, y bajo esa superficie había algo apenas visible, algo grotesco e irreal, como la cabeza abombada de un insecto gigantesco con millones de patas peludas que la marea agitaba suavemente. Y de súbito Mandy comprendió que estaba viendo la coronilla de una cabeza humana. Al final de la correa había un cuerpo humano. Y mientras lo contemplaba horrorizada, la corriente desplazó el cuerpo y una mano blanca surgió lentamente del agua, la muñeca lacia como el tallo de una flor marchita.

Durante unos segundos la incredulidad luchó contra la comprensión, hasta que, medio desvanecida de espanto y horror, hincó las rodillas y se aferró a la baranda. Percibió el metal frío que le raspaba las manos y luego su presión contra la frente. Se quedó de rodillas, incapaz de moverse, mientras el terror le estrujaba el estómago y convertía sus extremidades en piedra. En esa fría nada, sólo su corazón estaba vivo, un corazón convertido en una gran bola de hierro candente que le golpeaba las costillas como si pudiera hacerle atravesar la barandilla y empujarla al río. No se atrevía a abrir los ojos; abrirlos era ver lo que aún no podía creer del todo: la doble correa de cuero tensada por el horror de más abajo.

No habría sabido decir cuánto tiempo permaneció arrodillada allí antes de recobrar el sentido y la capacidad de movimiento, pero poco a poco fue percibiendo el intenso olor del río en las fosas nasales, la frialdad del mármol en las rodillas, el paulatino apaciguamiento de su corazón. Las manos que sujetaban la barandilla estaban tan rígidas que necesitó unos dolorosos segundos para desprender de ella los dedos. Se puso en pie y, repentinamente, recuperó las fuerzas y la lucidez.

Cruzó el patio a la carrera, sin decir palabra, y empezó a aporrear la primera puerta, la de Dauntsey, y a llamar al timbre. Las ventanas estaban oscuras y no perdió tiempo esperando una respuesta que sabía no iba a llegar, sino que echó a correr a lo largo de la casa hasta llegar a la fachada de Innocent Walk y pulsó el timbre de Frances Peverell, dejando el pulgar derecho sobre el botón mientras sacudía el llamador con la mano izquierda. La respuesta fue casi inmediata. No oyó el precipitado rumor de pasos en la escalera, pero la puerta se abrió de par en par y vio a James de Witt con Frances Peverell a su lado. Mandy balbució algunas incoherencias, señaló hacia el río y echó a correr de nuevo, consciente de que iban tras ella. Se detuvieron al borde de la terraza y miraron los tres hacia el agua. Mandy se sorprendió pensando: «No estoy loca. No ha sido un sueño. Todavía está aquí.»

La señorita Peverell exclamó:

—¡Oh, no! ¡Oh, por favor, Dios mío, no! —Y a continuación se volvió, desfallecida.

James de Witt la cogió entre sus brazos, pero no antes de que Mandy la hubiera visto santiguarse.

—No pasa nada, cariño, no pasa nada —trató él de consolarla.

La voz de Frances quedó medio sofocada por la chaqueta de James.

—Sí pasa. ¿Cómo no va a pasar? —Luego se desasió y, con una energía y una serenidad asombrosas, preguntó—: ¿Quién es?

De Witt no volvió a mirar lo que había en el río, sino que desprendió con cuidado la hoja de papel de la barandilla y la examinó.

—Esmé Carling —respondió—. Esto parece una nota de suicidio.

Frances exclamó:

—¡Otra no! ¡Otra vez, no! ¿Qué dice?

—No resulta fácil leerla. —Se volvió y sostuvo el papel de manera que la luz del globo cayera sobre él. Casi no había márgenes, como si hubieran recortado la hoja a ras de las palabras, y el agudo florón de la barandilla había perforado y rasgado el papel—. Parece escrito de su puño y letra. Va dirigido a todos nosotros.

Alisó el papel y leyó en voz alta.

—«A los socios de la Peverell Press. ¡Dios quiera que os pudráis todos! Durante treinta años habéis explotado mi talento, habéis ganado dinero conmigo, me habéis descuidado como escritora y como mujer, me habéis tratado como si mis libros no fueran dignos de ostentar vuestro precioso sello. ¿Qué sabéis de la escritura creativa? Sólo uno de vosotros ha escrito alguna palabra, y su talento, el que tuviera, murió hace años. Yo y los escritores como yo somos los que hemos mantenido viva vuestra casa. Y ahora me echáis, sin explicaciones, sin derecho a apelar, sin una oportunidad para reescribir o revisar. Después de treinta años estoy acabada. Sí, acabada. Me habéis despedido del mismo modo que los Peverell han despedido durante generaciones a los sirvientes que no deseaban. ¿No comprendéis que esto acaba conmigo como persona, además de como escritora? Pero al menos puedo hacer que vuestro nombre apeste en todo Londres, y creedme que lo haré. Esto sólo es el principio.»

—Pobre mujer —se lamentó Frances—. Oh, pobre mujer. ¿Por qué no vino a vernos, James?

—¿Habría servido de algo?

—Ha sucedido lo mismo que con Sonia. Si había que hacerlo, se habría podido hacer de otra manera, con compasión, con un poco de bondad.

James de Witt respondió con suavidad:

—Ahora ya no podemos hacer nada por ella, Frances. Tendremos que llamar a la policía.

—¡Pero no podemos dejarla así! Es demasiado horrible. ¡Es obsceno! Tenemos que sacarla; hacerle la respiración artificial.

—Está muerta, Frances —le explicó él con paciencia.

—Pero no podemos dejarla así. Por favor, James, hemos de intentarlo.

Mandy tenía la sensación de que se habían olvidado de ella. Ahora que ya no estaba sola, aquel terrible miedo paralizador había desaparecido. El mundo se había vuelto, si no normal, al menos familiar y controlable. Pensó: «No sabe qué hacer. Desea complacerla, pero no quiere tocar el cuerpo. No puede sacarlo él solo y no soporta la idea de que ella le ayude.» Lo que dijo fue:

—Si querían tratar de hacerle la respiración boca a boca, tendrían que haberla sacado enseguida. Ahora ya es demasiado tarde.

James contestó, y a Mandy le pareció que con una gran tristeza:

—Siempre ha sido demasiado tarde. Además, la policía no querrá que nadie manipule el cuerpo.

¿Manipular el cuerpo? Mandy encontró graciosa la expresión y tuvo que reprimir el impulso de soltar una risita, consciente de que si empezaba a reírse acabaría llorando. «Oh, Dios mío —pensó—. ¿Por qué no hace algo de una maldita vez?»

—Si ustedes se quedan aquí, puedo ir a llamar a la policía —se ofreció—. Déme la llave y dígame dónde está el teléfono.

—En el vestíbulo —respondió Frances con voz neutra—. Y la puerta está abierta. Bueno, me parece que está abierta. —Se volvió hacia De Witt, súbitamente frenética—. ¡Oh, Dios mío! ¿He cerrado con la llave dentro, James?

—No —respondió él con paciencia—. La tengo yo. Estaba en la cerradura.

Se disponía a darle la llave a Mandy cuando oyeron un rumor de pasos que se acercaban por Innocent Lane y vieron aparecer a Gabriel Dauntsey y Sydney Bartrum. Los dos llevaban gabardina y su llegada aportó una tranquilizadora sensación de normalidad. Al verlos a los tres allí parados, mirando hacia ellos, se alarmaron y apretaron el paso hasta acabar corriendo.

—Hemos oído voces —dijo Dauntsey—. ¿Ocurre algo?

Mandy cogió la llave, pero no se movió del sitio. A fin de cuentas, no había ninguna prisa; la policía no podría salvar a la señora Carling. Ya nadie podía ayudarla. Y otras dos caras se asomaron al río, otras dos voces musitaron su horror.

—Ha dejado una nota —les informó De Witt—. Aquí, en la barandilla. Nos condena a todos nosotros.

—Sacadla del agua, por favor —les rogó Frances.

Dauntsey asumió el control de la situación. Al mirarlo, al mirar la piel que a la luz de los globos parecía tan verde y enfermiza como las algas del río, las líneas que le surcaban el rostro como cicatrices negras, Mandy pensó: «Es muy viejo. No debería ocurrirle esto. ¿Qué puede hacer él?»

El anciano se volvió hacia De Witt.

—Sydney y tú podríais izarla desde los escalones. Yo no tengo fuerza.

Sus palabras hicieron reaccionar a James, que sin otra objeción empezó a descender con cuidado por los limosos peldaños, sujetándose a la barandilla. Mandy vio que se estremecía involuntariamente al sentir la mordedura del agua fría en las piernas. Pensó: «Lo mejor sería que el señor De Witt sostuviera el cuerpo desde los escalones, mientras el señor Dauntsey y el señor Bartrum tiran de la correa, pero no querrán hacerlo así.» Y, en verdad, la idea de ver surgir del agua el rostro ahogado mientras los dos hombres tiraban de la correa, como si estuvieran ahorcándola de nuevo, era tan horrenda que la muchacha se preguntó cómo había podido ocurrírsele. Otra vez tuvo la sensación de que se habían olvidado de su presencia. Frances Peverell se había apartado un poco, con las manos aferradas a la barandilla y la mirada fija en el río. Mandy imaginó lo que sentía: quería que sacaran el cadáver del agua y que le quitaran aquella horrible correa; necesitaba quedarse hasta que hicieran eso, pero no soportaba ver cómo lo hacían. Para Mandy, en cambio, desviar la vista era más horrible que mirar. Si tenía que estar allí, prefería saber que imaginar. Y naturalmente, tenía que estar allí; nadie había vuelto a mencionar su ofrecimiento de ir a llamar a la policía. Y no había ninguna prisa. ¿Qué importaba que llegaran más tarde o más temprano? Nada de lo que pudieran traer con ellos, nada de lo que pudieran hacer devolvería la vida a la señora Carling.

De Witt, que había seguido bajando cautelosamente, estaba con el agua por las rodillas. Agarrándose con la mano derecha a la parte inferior de la barandilla, buscó a tientas con la izquierda hasta encontrar la ropa empapada y empezó a tirar del cadáver hacia sí. La superficie del río se quebró en pequeñas ondulaciones y la correa se aflojó y enseguida volvió a tensarse.

—Si alguien desabrochara la hebilla, creo que podría subir el cuerpo a los escalones.

Dauntsey respondió con voz serena. También él se agarraba a la barandilla, como si necesitara apoyo.

—No dejes que se la lleve la corriente, James. Y no sueltes la barandilla. Podrías caer al agua.

Fue Bartrum quien bajó un par de peldaños y se inclinó sobre la baranda para soltar la hebilla. A la luz de los globos, sus manos se veían blanquecinas y los dedos parecían salchichas hinchadas. Estuvo un buen rato manoseando la hebilla con torpeza, como si no supiera cómo funcionaba.

Cuando por fin la desabrochó, De Witt dijo:

—Necesitaré las dos manos. Que alguien me coja de la chaqueta.

Dauntsey descendió para situarse al lado de Bartrum en el segundo peldaño. Apuntalándose el uno al otro, sujetaron con fuerza la chaqueta de De Witt mientras éste tiraba del cadáver con las dos manos y le quitaba la correa del cuello. El cuerpo quedó tendido boca abajo sobre los escalones. De Witt lo cogió por las piernas, que sobresalían de la falda como dos palillos, y Bartrum y Dauntsey asieron un brazo cada uno. Subieron entre los tres el bulto empapado y lo depositaron sobre el mármol en posición prona. A continuación, De Witt le dio la vuelta con delicadeza. Mandy sólo vislumbró por un instante el rostro, terrible en la muerte —la boca abierta con la lengua fuera, los ojos semiabiertos bajo los párpados arrugados, la horrenda señal de la correa en torno al cuello—, antes de que Dauntsey se quitara la gabardina con asombrosa velocidad y cubriera el cadáver. Por debajo de la tela empezó a rezumar un hilillo de agua oscura como la sangre, fino al principio pero cada vez más abundante, que se extendió por el mármol.

Frances Peverell se acercó al cadáver y se arrodilló a su lado.

—Pobre mujer. Oh, pobre mujer —repitió.

Mandy vio que movía los labios en silencio y supuso que debía de estar rezando. Esperaron todos sin decir nada; en el aire silencioso de la noche, los roncos jadeos de los hombres resonaban con extraña intensidad. Al parecer, el esfuerzo de sacar el cuerpo del agua había dejado a De Witt y Bartrum sin fuerzas ni capacidad de decisión, de modo que fue otra vez Dauntsey quien se hizo cargo de la situación.

—Alguien debe quedarse junto al cuerpo. Sydney y yo esperaremos aquí. Tú lleva a las mujeres a casa, James, y avisa a la policía. Necesitaremos todos café caliente o algo más fuerte, y en abundancia.

47

La puerta del número 12 se abría a un estrecho zaguán rectangular. Mandy siguió a Frances Peverell y James de Witt por un empinado tramo de escalera enmoquetado en verde claro, que terminaba en un rellano, más grande y más cuadrado, con una puerta justo enfrente. Mandy se encontró en una sala de estar que ocupaba todo el ancho de la fachada. Las dos ventanas altas que daban al balcón tenían las cortinas corridas para proteger la estancia de la noche y el frío. En una cesta, junto al hogar, había una pila de carbón. El señor De Witt apartó la rejilla de latón y acomodó a Mandy en una de las sillas de respaldo alto. De pronto, empezaron a mostrarse tan solícitos con ella como si fuera una invitada, quizá, pensó Mandy, porque preocuparse por ella al menos les mantenía ocupados.

La señorita Peverell se detuvo junto a ella y le dijo:

—Lo siento muchísimo, Mandy: dos suicidas, y las has encontrado tú a las dos. Primero la señorita Clements y ahora ella. ¿Qué podemos ofrecerte? ¿Café? ¿Brandy? También hay vino tinto. Pero, no debes de haber cenado, ¿verdad? ¿Tienes hambre?

—Bastante, sí.

De pronto se dio cuenta de que, en realidad, estaba famélica. El olor caliente y aromático que inundaba todo el piso resultaba casi intolerable. La señorita Peverell miró a De Witt y comentó:

—Íbamos a cenar pato a la naranja. ¿Tú qué dices, James?

—Yo no tengo apetito, pero seguro que Mandy sí.

Mandy pensó: «Debe de tener lo justo para dos. Seguramente comprado en Marks & Spencer. ¡Estupendo para los que pueden permitírselo!» La señorita Peverell había organizado una agradable cena íntima. Y era evidente que lo había hecho con mucho esmero. En el otro extremo de la sala había una mesa puesta con mantel blanco, tres copas relucientes para cada comensal y un par de candelabros de plata con las velas aún por encender. Al acercarse, Mandy vio que la ensalada ya estaba servida en pequeños boles de madera: delicadas hojas en diversas tonalidades de verde y rojo, frutos secos tostados y pedacitos de queso. Había una botella de vino tinto abierta y una de blanco en un enfriador. La ensalada no le apetecía; lo que anhelaba con vehemencia era comida caliente y sabrosa.

Se notaba, además, que la señorita Peverell no sólo se había esmerado en la preparación de la cena: el conjunto estampado en azul y verde, de falda plisada y blusa suelta con un lazo al costado, era de seda auténtica y realzaba su color natural. Demasiado serio para ella, por supuesto, demasiado convencional y un poco soso. Y la falda era demasiado larga; no favorecía en nada su figura, que podría ser espectacular si la señorita Peverell supiera vestir mejor. Las perlas que centelleaban sobre la seda seguramente eran auténticas. Mandy deseó que el señor De Witt supiera apreciar todos esos esfuerzos. La señora Demery le había dicho que estaba enamorado de la señorita Peverell desde hacía años y que, ahora que el señor Gerard ya no se interponía, parecía que el asunto empezaba a encarrilarse.

El pato venía acompañado de guisantes y patatitas nuevas. Mandy, barrida totalmente su inseguridad por una oleada de hambre, se abalanzó vorazmente sobre él. Los dos se sentaron con ella a la mesa. Ninguno comió, pero ambos se sirvieron una copa de tinto. La atendían con ansia solícita, como si de algún modo se sintieran responsables de lo ocurrido y trataran de repararlo. La señorita Peverell insistió en servirle una segunda ración de verduras, y el señor De Witt le llenó la copa. De vez en cuando se retiraban los dos a la habitación que Mandy supuso debía de ser la cocina y que daba a Innocent Passage; desde el comedor se oía el murmullo apagado de sus voces, y Mandy comprendió que estaban diciendo cosas que no querían decir en su presencia, mientras observaban y prestaban oído a la inminente llegada de la policía.

Su ausencia momentánea le dio ocasión de examinar más detenidamente la sala mientras comía. Su elegante sencillez era demasiado sobria, demasiado convencional para el gusto de Mandy, más excéntrico e iconoclasta, pero tuvo que reconocer que no estaba mal si uno tenía suficiente dinero para pagársela. La combinación de colores también era bastante convencional: un verde azulado suave con toques de rojo rosado. Las cortinas de satén drapeado colgaban de barras sencillas, y a cada lado de la chimenea había una estantería llena de libros, cuyos lomos relucían a la luz de las llamas. En cada uno de los estantes superiores había lo que parecía ser la cabeza en mármol de una muchacha con una corona de flores y un velo que le cubría la cara; seguramente pretendían ser novias, pero los velos, maravillosamente delicados y realistas, más bien parecían sudarios. Mandy, con la boca llena de pato, pensó que aquello resultaba morboso. El cuadro que colgaba sobre la repisa de la chimenea representaba a una madre del siglo XVIII abrazada a sus dos hijas y estaba claro que era un original, al igual que una curiosa pintura de una mujer acostada en la cama, en una habitación, que a Mandy le recordó su visita escolar a Venecia. Los dos sillones de orejeras, colocados uno a cada lado del fuego, estaban tapizados en lino liso de un rosa descolorido, pero sólo uno de ellos, con el respaldo y el asiento cubiertos de arrugas, parecía utilizarse a menudo. Así que ahí era donde se sentaba la señorita Peverell, pensó Mandy, mirando el sillón desocupado y, más allá, el río. Supuso que la imagen colgada en la pared de la derecha era un icono, pero no pudo comprender por qué nadie había de querer una Virgen María tan vieja y renegrida ni un Niño con cara de adulto que, a juzgar por su aspecto, no había comido caliente en varias semanas.

Mandy no envidiaba la habitación ni nada de lo que contenía, y pensó con satisfacción en la espaciosa buhardilla de techo bajo que ocupaba en la casa alquilada de Stratford East: la pared que quedaba frente a la cama, con sus sombreros colgados en un tablero provisto de perchas, en una impetuosa floración de cintas, flores y fieltro de color; la única cama, apenas lo bastante ancha para dos personas si de vez en cuando algún amigo se quedaba a pasar la noche, cubierta con su manta de rayas; la mesa de dibujo donde hacía sus diseños; los enormes cojines esparcidos por el suelo; el equipo de música y el televisor; el hondo armario que contenía su ropa. Sólo existía otra habitación en la que le hubiera gustado más estar.

De pronto se quedó quieta, con el tenedor en el aire, y escuchó con atención: sin duda lo que se oía era un crujido de neumáticos sobre los adoquines. A los pocos segundos, James y Frances salieron de la cocina.

—Ha llegado la policía —le anunció James de Witt—. Dos coches. No hemos podido ver cuántas personas han venido. —Se volvió hacia Frances Peverell y por primera vez habló en tono de incertidumbre, necesitado de apoyo—. No sé si debería bajar.

—Oh, creo que no. No querrán que haya demasiada gente. Gabriel y Sydney pueden explicárselo todo. Además, supongo que cuando terminen subirán aquí. Querrán hablar con Mandy. Es la testigo más importante; después de todo, fue quien la encontró. —Se sentó de nuevo a la mesa y habló con suavidad—. Me imagino que estarás deseando irte a casa, Mandy. El señor De Witt o yo misma te acompañaremos más tarde, pero creo que debes quedarte hasta que venga la policía.

A Mandy en ningún momento se le había ocurrido hacer otra cosa. Respondió:

—No hay ningún problema. Creerán que soy gafe, ¿no? Allí a donde voy, encuentro un suicidio.

Lo dijo sólo medio en serio, pero, para su sorpresa, la señorita Peverell le replicó casi gritando.

—¡No digas eso, Mandy! ¡No has de pensarlo siquiera! ¡Es una superstición! Nadie va a creer que eres gafe. Escucha, Mandy, no me gusta la idea de que te quedes sola esta noche. ¿No preferirías llamar a tus padres...? A tu madre... ¿No sería mejor que esta noche fueras a su casa? Podría venir ella a recogerte.

«Como si fuera un maldito paquete», pensó Mandy.

—No sé dónde está —dijo. Y se sintió tentada de añadir: «Tal vez en el Red Cow, en Hayling Island.»

Pero las palabras de la señorita Peverell y la amabilidad que la había movido a pronunciarlas despertaron en ella una necesidad hasta entonces inconsciente de consuelo femenino, del ambiente acogedor y familiar de la habitación de Whitechapel Road. Sintió deseos de aspirar aquella cálida y cargada atmósfera en la que el olor a bebida se mezclaba con el del perfume de la señora Crealey, de acurrucarse ante la estufa de gas en aquel sillón que la envolvía como un útero, de oír el tranquilizador rumor del tráfico de Whitechapel Road. No se encontraba cómoda en ese apartamento elegante, y aquellas personas, con toda su amabilidad, no eran de los suyos. Quería estar con la señora Crealey.

—Podría telefonear a la agencia —apuntó—. A lo mejor aún encuentro a la señora Crealey.

Frances Peverell pareció sorprenderse, pero condujo a Mandy a su dormitorio, en el piso de arriba.

—Aquí podrás hablar con más intimidad, y hay un cuarto de baño al lado por si lo necesitas —dijo.

El teléfono estaba en la mesilla de noche y sobre él colgaba un crucifijo. Mandy ya había visto crucifijos antes, por lo general en el exterior de las iglesias, pero éste era distinto. El Cristo, casi lampiño, era muy joven, y su cabeza, en lugar de caer sobre el pecho, estaba echada hacia atrás con la boca muy abierta, como si pidiera a gritos venganza o compasión. Mandy pensó que no era el tipo de objeto que le gustaría ver junto a su cama, pero sabía que aquella imagen era poderosa. Las personas religiosas rezaban delante de un crucifijo y, si tenían suerte, sus plegarias eran atendidas. Valía la pena intentarlo. Mientras marcaba el número de la oficina de la señora Crealey, se quedó mirando la figura de plata coronada de espinas y pronunció mentalmente las palabras: «Haz que conteste, por favor, haz que esté en el despacho. Haz que conteste, por favor, haz que esté en el despacho.» Pero el teléfono siguió emitiendo su zumbido intermitente y no hubo respuesta.

Menos de cinco minutos después sonó el timbre de la puerta. James de Witt bajó a abrir y regresó con Dauntsey y Bartrum.

Frances Peverell preguntó:

—¿Qué ocurre, Gabriel? ¿Ha venido el comandante Dalgliesh?

—No, sólo la inspectora Miskin y el inspector Aaron. Ah, y también ese sargento joven y un fotógrafo. Ahora están esperando a que llegue el médico de la policía y certifique que está muerta.

—¡Pues claro que está muerta! —exclamó Frances—. No hace falta un médico de la policía para verlo.

—Ya lo sé, Frances, pero por lo visto es el procedimiento establecido. No, no quiero vino, gracias. Sydney y yo hemos estado bebiendo en el Sailor's Return desde las siete y media.

—Café, entonces. ¿Quieres un café? ¿Usted también, Sydney?

Sydney Bartrum parecía cohibido.

—No, gracias, señorita Peverell. De veras, tengo que irme. Le dije a mi esposa que me quedaría a cenar en un pub con el señor Dauntsey y que llegaría un poco tarde, pero siempre estoy en casa antes de las diez.

—Naturalmente que debe irse. Ya empezará a estar preocupada. Puede llamarla desde aquí.

—Sí, creo que será lo mejor. Gracias.

Bartrum salió del cuarto tras ella. De Witt preguntó:

—¿Cómo se lo han tomado? Me refiero a la policía.

—Profesionalmente —respondió Dauntsey—. ¿Cómo iban a tomárselo? No han dicho gran cosa. Tengo la impresión de que no les ha gustado mucho que moviéramos el cuerpo. Ni tampoco que leyéramos la nota.

De Witt se sirvió otra copa de vino.

—¿Qué diablos esperaban que hiciéramos? Además, la nota iba dirigida a nosotros. Si no la hubiéramos leído, no sé si nos habrían comunicado lo que decía. Nos tienen bien a oscuras respecto a la muerte de Gerard.

—Subirán en cuanto llegue el furgón para llevarse el cuerpo —dijo Gabriel. Tras una pausa, añadió—: Me parece que quizá la vi llegar. Sydney y yo habíamos quedado en encontrarnos en el Sailor's Return a las siete y media, y cuando llegaba a Wapping Way vi un taxi que entraba en Innocent Walk.

—¿Viste al pasajero?

—No, no estaba tan cerca. De todos modos, lo más probable es que no me hubiera fijado. Pero sí que vi al conductor: era un hombre grande, de raza negra. La policía cree que eso facilitará su localización. Los taxistas negros aún son minoría.

Bartrum, terminada su llamada, entró de nuevo en la sala. Tras su habitual carraspeo nervioso, les anunció:

—Bien, será mejor que me vaya. Gracias, señorita Peverell, pero no me quedaré a tomar café. Prefiero volver a casa. La policía ha dicho que no es necesario que me quede. Les he contado todo lo que sé, que estuve en el pub con el señor Dauntsey desde las siete y media. Si quieren preguntarme algo más, me encontrarán en la oficina mañana por la mañana. No se puede interrumpir el trabajo.

La falsa animación de su voz los desconcertó; por un instante, al alzar la vista del plato, Mandy creyó que iba a darles la mano a todos los presentes. Luego se volvió y se marchó, y Frances Peverell fue a acompañarlo hasta la puerta. A Mandy le dio la sensación de que todos se alegraban de verse libres de él.

Se hizo un silencio incómodo; la conversación ordinaria, la charla trivial de sobremesa, los comentarios sobre el trabajo..., todo parecía inadecuado, casi indecoroso. Innocent House y el horror de la muerte era lo único que tenían en común. Mandy se dio cuenta de que los otros estarían más a sus anchas sin ella, que los lazos de la angustia y el horror compartidos estaban aflojándose y que ya empezaban a recordarse que ella sólo era la taquimecanógrafa interina, la compañera de chismes de la señora Demery, que al día siguiente la historia correría por todo Innocent House y que cuanto menos dijeran ahora, mejor.

De vez en cuando, uno de ellos iba a llamar por teléfono a Claudia Etienne. Por las breves conversaciones subsiguientes, Mandy dedujo que no estaba en casa; había otro número al que podían tratar de llamarla, pero James de Witt dijo:

—Vale más dejarlo. Ya hablaremos con ella más tarde. De todos modos, aquí no puede hacer nada.

Luego Frances y Gabriel pasaron a la cocina para hacer café y esta vez James se quedó con Mandy. Le preguntó dónde vivía y ella se lo dijo. De Witt comentó que no le gustaba la idea de que volviera a un piso vacío y le preguntó si habría alguien en casa cuando llegara. Mandy, que prefirió mentir para ahorrarse explicaciones y molestias, le dijo que sí. Después de eso, pareció que ya no se le ocurrían más preguntas y se quedaron los dos en silencio, escuchando los leves sonidos que llegaban de la cocina. Mandy pensó que era como estar en un hospital a la espera de malas noticias, como había estado con su madre cuando operaron por última vez a la abuela. Tuvieron que esperar en una habitación anónima y escasamente amueblada, en un silencio inhóspito, sentadas al borde de la silla, sintiéndose tan incómodas como si no tuvieran derecho a estar allí, sabiendo que en algún lugar fuera del alcance de la vista y del oído los expertos en la vida y la muerte se entregaban a sus misteriosas manipulaciones, mientras ellas no podían hacer otra cosa que permanecer sentadas y esperar. Pero esta vez la espera no fue larga. Apenas habían terminado de tomar el café cuando sonó el timbre de la puerta. Menos de un minuto después, la inspectora Miskin y el inspector Aaron se hallaban con ellos. Cada uno llevaba una especie de maletín grande, y Mandy se preguntó si sería su equipo para casos de asesinato.

La inspectora Miskin les anunció:

—Hablaremos con más detenimiento cuando dispongamos de los resultados de la autopsia. Ahora sólo quiero hacerles unas pocas preguntas. ¿Quién la encontró?

—Yo —respondió Mandy, y deseó no estar sentada a la mesa ante el plato vacío y rebañado. Parecía haber algo indecoroso en esa prueba de apetito. En un arranque de resentimiento, pensó: «Pero ¿por qué ha de preguntarlo? A estas horas ya sabe muy bien quién la encontró.»

—¿Qué hacía aquí? No eran horas de estar trabajando —intervino el inspector Aaron.

—No estaba trabajando.

Mandy se dio cuenta de que había respondido con voz enfurruñada y, dominándose, les relató brevemente los acontecimientos de esa malhadada tarde.

La inspectora Miskin le preguntó:

—Después de encontrar el monedero donde esperaba, ¿qué la impulsó a acercarse al río?

—¿Cómo quiere que lo sepa? Me acerqué porque estaba allí, supongo. —Luego añadió—: Quería ver la hora y cerca del río había más luz.

—¿Y no vio ni oyó a nadie más, ni entonces ni al llegar?

—Oiga, si hubiera visto a alguien ya se lo habría dicho. No vi a nadie ni oí nada; sólo el papel en la barandilla. Así que me acerqué y entonces vi el bolso en el suelo, al pie de la barandilla, y las correas que bajaban hacia el agua. Y cuando miré, vi lo que había al final de la correa, ¿no?

Frances Peverell intervino con voz apaciguadora.

—Es una reacción instintiva acercarse al río para contemplarlo, sobre todo de noche. Yo siempre lo hago cuando estoy cerca. ¿Es de veras necesario que la señorita Price responda a sus preguntas ahora mismo? Ya les ha dicho todo lo que sabe. Debería estar en su casa. Ha tenido una experiencia terrible.

El inspector Aaron no la miró, pero la inspectora Miskin habló de nuevo, esta vez con más delicadeza.

—¿Sabe a qué hora llegó a Innocent House?

—A las ocho y veinte. Miré la hora cuando llegué junto al río.

El inspector Aaron observó:

—Hay un buen trecho del White Horse hasta aquí. ¿No pensó en llamar por teléfono a la señorita Peverell o al señor Dauntsey para que buscaran el monedero?

—Lo hice. El señor Dauntsey no estaba en casa y la señorita Peverell tenía conectado el contestador.

—Lo hago a veces cuando tengo visita —explicó la señorita Peverell—. James llegó en taxi justo después de las siete, y supongo que el señor Dauntsey estaría en el Sailor's Return con Sydney Bartrum.

—Eso nos ha dicho. ¿Alguno de ustedes vio u oyó algo desacostumbrado, algún ruido en Innocent Lane, por ejemplo?

Se miraron el uno al otro. Frances Peverell contestó:

—No creo que pudiéramos oír pasos sobre los adoquines, no desde esta habitación. Hacia las ocho estuve un rato en la cocina para preparar las ensaladas; siempre lo hago en el último momento. La ventana de la cocina da a Innocent Lane, de modo que si en aquellos momentos hubiera llegado un taxi a la puerta de Innocent House estoy segura de que lo habría oído. No oí nada.

—Yo no oí ningún taxi —declaró James de Witt—, y ni la señorita Peverell ni yo vimos ni oímos nada en Innocent Lane después de mi llegada. Se oían los sonidos habituales del río, pero amortiguados por las cortinas. Creo que se produjeron ciertos ruidos al comienzo de la velada, pero no recuerdo a qué hora. Desde luego, no fueron tan insólitos como para hacernos salir al balcón a ver qué ocurría. Al final se acostumbra uno a los ruidos del río.

—¿Cómo llegó aquí, señor? —preguntó el inspector Aaron—. ¿En coche?

—En taxi. Nunca conduzco por Londres. Tendría que haberles dicho antes que vine desde mi casa. Esta tarde no he estado en la oficina; tenía una cita con el dentista.

—¿Qué llevaba en el bolso? —preguntó de súbito Frances Peverell—. Parecía pesar mucho.

—Pesa mucho —reconoció la inspectora Miskin—. He aquí la causa.

Cogió la bolsa de plástico en la que el inspector Aaron llevaba el bolso de la víctima y la vació sobre la mesa.

Todos miraron en silencio mientras desabrochaba las correas. El manuscrito estaba encuadernado en cartulina azul celeste, con el título de la novela y el nombre de la autora escrito en letras mayúsculas: MUERTE EN LA ISLA DEL PARAÍSO, ESMÉ CARLING. Y garabateadas en gruesos trazos de tinta roja a lo ancho de toda la cubierta había las palabras «RECHAZADO... Y DESPUÉS DE TREINTA AÑOS», seguidas de tres enormes signos de exclamación.

Frances Peverell dijo:

—De modo que lo trajo consigo, además de la nota

de suicidio. Todos somos un poco culpables. Deberíamos haber actuado con más bondad. Pero quitarse la vida... Y de la manera que lo ha hecho... Cuánta soledad y cuánto horror. Pobre mujer.

Les volvió la espalda, y James de Witt se le acercó, pero sin tocarla. Mirando a la inspectora Miskin, De Witt preguntó:

—Oiga, ¿tenemos que seguir hablando esta noche? Estamos todos conmocionados. Lo entendería si hubiera alguna duda.

La inspectora Miskin devolvió el manuscrito a la bolsa.

—Siempre hay dudas hasta que se conocen los hechos —replicó con voz serena—. ¿Cuándo supo la señorita Carling que la editorial había rechazado su novela?

—La señora Carling. Era viuda. Se divorció hace algún tiempo y luego su marido murió —la corrigió James de Witt—. Lo supo la mañana del día en que murió Gerard Etienne. Vino a la oficina para hablar con él, pero estábamos reunidos y tuvo que marcharse a Cambridge para una sesión de firma de libros. Pero eso ya lo saben ustedes.

—¿La sesión que se suspendió antes de su llegada?

—Sí, ésa misma.

—¿Y se puso en contacto con alguno de ustedes tras la muerte del señor Etienne, o con alguien de la empresa, que ustedes sepan?

De Witt y Frances Peverell volvieron a mirarse.

—Conmigo no —dijo De Witt—. ¿Habló contigo, Frances?

—No, ni una palabra. Es bastante extraño, ahora que lo pienso. Si al menos hubiéramos podido hablar, explicarnos, quizás esto no habría ocurrido.

El inspector Aaron rompió su silencio de pronto.

—¿Quién decidió sacarla del río? —quiso saber.

—Fui yo. —Frances Peverell volvió hacia él su mirada bondadosa, aunque cargada de reproche.

—No creería usted que podrían reanimarla, ¿verdad?

—No, supongo que no lo creía, pero era tan terrible verla allí colgada, tan... —Hizo una pausa y añadió—: Tan inhumano.

—No todos somos oficiales de policía, inspector —intervino De Witt—. Algunos aún tenemos instintos humanos.

El inspector Aaron enrojeció, miró a la inspectora Miskin y contuvo su ira con dificultad.

La inspectora Miskin habló con voz queda.

—Esperemos que puedan conservarlos. Supongo que a la señorita Price le gustaría volver a casa. El inspector Aaron y yo la llevaremos.

Mandy protestó con la obstinación de una niña.

—No quiero que me lleven. Quiero ir yo sola en la moto.

—La moto estará segura aquí, Mandy —adujo Frances Peverell con suavidad—. Si quieres, podemos guardarla en el garaje del número diez.

—No quiero dejarla en el garaje. Quiero volver a casa en mi moto.

Al final se salió con la suya, pero la inspectora Miskin insistió en seguirla con el coche de la policía. Mandy se dio el gusto de serpentear entre el tráfico, dificultando el seguimiento tanto como le fue posible.

Cuando llegaron a su casa, en Stratford High Street, la inspectora Miskin alzó la mirada hacia las oscuras ventanas y comentó:

—Creía que había dicho que habría alguien en casa.

—Hay alguien en casa. Están todos en la cocina. Oiga, puedo cuidarme yo sola. No soy una niña, ¿vale? ¿Quieren dejarme tranquila de una vez?

Echó pie a tierra y el inspector Aaron bajó del coche y le ayudó a entrar la Yamaha por la puerta para dejarla en el zaguán. Cuando lo hubieron hecho, Mandy cerró la puerta sin decir palabra.

48

—No le habría costado nada dar las gracias —dijo Daniel—. Es una buena pieza, esa chica.

—Es por la conmoción.

—No estaba tan conmocionada como para no cenar.

La comisaría de Wapping estaba en silencio. Sólo vieron a un agente de policía mientras subían a la sala donde se hallaba el centro de operaciones. Permanecieron unos instantes inmóviles ante la ventana antes de correr las cortinas. Las nubes se habían dispersado y el río fluía ancho y calmado, creando sus dibujos y remolinos de luz bajo el aguijonazo de las altas estrellas. Pero, de noche, en una comisaría siempre reinaba una extraña sensación de paz y aislamiento; incluso cuando había agitación y la calma quedaba rota por fuertes pisadas y ruidosas voces masculinas, la atmósfera mantenía una quietud peculiar, como si el mundo exterior con su violencia y sus terrores pudiese acechar a la espera, pero no turbar esa tranquilidad esencial. También la camaradería era más estrecha: los colegas hablaban menos, pero con mayor libertad. En Wapping, sin embargo, no podían esperar camaradería; Kate sabía que, en cierto modo, eran unos intrusos. La comisaría les ofrecía hospitalidad, les daba todo tipo de facilidades, pero no por eso dejaban de ser unos extraños.

Dalgliesh estaba visitando la jefatura de policía de Durham por algún misterioso asunto de los comisionados, y ella ignoraba si había emprendido ya el regreso a Londres. Llamó para averiguarlo y le dijeron que creían que aún estaba allí. Intentarían localizarlo y le pedirían que se pusiera en contacto con ella.

Mientras esperaban, Kate comentó:

—¿Quedaste convencido de su coartada? Me refiero a la de Esmé Carling. ¿Estaba en casa la noche en que murió Etienne?

Daniel se sentó tras su escritorio y empezó a jugar con el ordenador. Tratando de reprimir la irritación, contestó:

—Sí, quedé convencido. Ya leíste mi informe. Estuvo con una niña del mismo edificio, Daisy Reed; pasaron toda la velada juntas, hasta medianoche o más tarde. La niña lo confirmó. No fui incompetente, si es eso lo que quieres decir.

—No es eso. Tranquilo, Daniel. Pero, en realidad, nunca la consideramos sospechosa, ¿verdad? El cañón de la chimenea obstruido, el cordón raído... Todo exigía demasiada planificación previa. Nunca contemplamos la posibilidad de que fuera la asesina.

—Entonces, ¿quieres decir que me di por satisfecho con demasiada facilidad?

—No; sólo quiero asegurarme de que quedaste satisfecho.

—Mira, fui con Robbins y con una mujer policía del Departamento de Menores. Entrevisté a Esmé Carling y a la niña por separado. Aquella noche estuvieron juntas; la mayoría de las noches, en realidad. La madre salió trabajar, o sea, a hacer *strip tease*, alternar, prostituirse o lo que sea. La niña esperaba a que se hubiera marchado y entonces se escabullía al piso de Carling. Por lo visto, les gustaba a las dos. Comprobé todos los detalles de aquella noche y sus historias coincidían. Al principio, la niña no quería reconocer que había estado con Carling; tenía miedo de que su madre le impidiera hacer esas escapadas o de que el Departamento de Menores se pusiera en contacto con la Asistencia Social y al final la llevaran a Protección. Naturalmente, tuvieron que hacerlo; ponerse en contacto con la Asistencia Social, quiero decir. En vista de las circunstancias, ¿qué otra cosa podían hacer? La niña dijo la verdad. Además, ¿a qué vienen ahora estas dudas?

—Pero es extraño, ¿no crees? Tenemos a una mujer a la que acaban de rechazar un libro después de treinta años. Se presenta en Innocent House rugiendo de furia para enfrentarse a Gerard Etienne, pero no le dejan hablar con él porque está en una reunión. Entonces se va a firmar libros y, al llegar, descubre que alguien de Innocent House ha cancelado la sesión. Supongo que a esas alturas debía de estar hirviendo de rabia. Y entonces, ¿tú qué dirías que hace? ¿Irse a casa tranquilamente y escribir una carta o volver aquella misma tarde para vérselas con Etienne? Seguramente sabía que los jueves se quedaba a trabajar hasta más tarde; al parecer, casi todos los que tenían algo que ver con Innocent House lo sabían. Y su comportamiento posterior también resulta extraño. Sabía que Gerard Etienne era el responsable del rechazo de su manuscrito. Cuando Gerard Etienne murió, ¿por qué no volvió e hizo otro intento de que le aceptaran el libro?

—Seguramente sabía que no serviría de nada. Los socios no habrían revocado una decisión de Etienne estando tan reciente su muerte. Y además, seguramente la compartían.

Kate prosiguió:

—Y esta noche también ha habido varios detalles extraños, ¿no te parece? Frances Peverell y De Witt habrían tenido que oír el taxi si hubiera llegado por Innocent Lane hasta la entrada habitual, o sea que, ¿dónde pidió que la dejaran exactamente?

—Probablemente en algún punto de Innocent Walk, y luego siguió a pie hasta el río. Habiendo adoquines en Innocent Lane, sabía que era muy posible que Dauntsey o la señorita Peverell oyeran el taxi. O quizá se apeó al final de Innocent Passage. Es el acceso más próximo al lugar donde se encontró el cuerpo.

—Pero la cancela del final del pasaje estaba cerrada. Si llegó al río por ese camino, ¿quién le abrió el portón y volvió a cerrarlo? ¿Y qué me dices del mensaje? ¿Te pareció una típica nota de suicidio?

—No es típica, quizá, pero ¿qué es una nota de suicidio típica? A un jurado no le costaría mucho llegar a convencerse de que es auténtica.

—¿Y cuándo la escribió?

—Supongo que justo antes de matarse. No es el tipo de cosa que se prepara por adelantado y se deja a mano por si de pronto hace falta.

—Entonces, ¿por qué no menciona la muerte de Gerard Etienne? Sin duda sabía que era el principal responsable del rechazo de su novela. Pero, claro que lo sabía; tanto Mandy Price como la señorita Blackett nos han descrito de qué manera irrumpió en el despacho para hablar con él. Sin duda su muerte tuvo que influir en sus sentimientos hacia la Peverell Press. Y aunque no fuera así, aunque siguiera sintiendo el mismo rencor, ¿no es extraño que la nota no haga ninguna referencia a su muerte?

En aquel momento sonó el teléfono. Era Dalgliesh. Kate le informó con claridad y precisión, y le explicó que no habían podido localizar al doctor Wardle porque había sido llamado para otro caso, pero que tampoco habían intentado buscar un sustituto dado que se había movido el cuerpo. En aquellos momentos se encontraba en el depósito de cadáveres. Daniel tuvo la sensación de que Kate escuchaba mucho rato sin hablar, excepto algún que otro «Sí, señor».

Finalmente, colgó el auricular y le anunció:

—Volverá esta noche en avión. Dice que no hemos de entrevistar a nadie de Innocent House hasta que tengamos los resultados de la autopsia. Eso puede esperar. Mañana has de intentar localizar al taxista y comprobar si alguien ha visto esta noche alguna cosa en el río entre las siete y la hora en que Mandy encontró el cadáver, aunque sea una de esas embarcaciones que celebran fiestas a bordo. Las llaves del piso de Carling estaban en el bolso y parece ser que no tenía parientes cercanos, de modo que mañana por la mañana iremos allí. Está en Hammersmith, en el edificio Mount Eagle Mansions. Quiere que la agente de la señora Carling se reúna con nosotros en el piso a las once y media. Pero, antes que nada, él y yo entrevistaremos de nuevo a Daisy Reed. Y hay otra cosa. Maldita sea, Daniel, se nos tendría que haber ocurrido a nosotros. El jefe quiere que los peritos examinen la lancha mañana a primera hora. La Peverell Press tendrá que arreglárselas de otro modo para trasladar a sus empleados desde Charing Cross. Dios mío, me siento como una perfecta idiota. El jefe debe de estar preguntándose si alguna vez somos capaces de ver más allá de nuestras propias narices.

—Así que le parece que pudo utilizar la lancha para colgarse desde ella. Desde luego, le habría resultado más fácil así.

—Pudo utilizarla Carling... u otra persona.

—Pero la lancha estaba amarrada en su lugar de costumbre, al otro lado de los escalones.

—Exactamente. Así que, si la utilizaron, es que alguien la movió antes y después de la muerte de Carling. Demostrémoslo y estaremos más cerca de demostrar que esto ha sido un asesinato.

49

A las diez, Gabriel Dauntsey ya se había retirado a su apartamento y James de Witt y Frances estaban solos. Los dos se dieron cuenta de que tenían hambre. Mandy se había acabado las dos raciones de pato, pero ninguno de ellos se habría sentido con ánimos de ingerir un plato tan elaborado. Se encontraban en la incómoda situación de necesitar alimento, sin ser capaces de pensar en nada que les apeteciera comer. Al final, Frances preparó una gran tortilla de hierbas y la compartieron con más placer del que hubieran podido imaginar. Como por un acuerdo tácito, apenas hablaron de la muerte de Esmé Carling.

Antes de que Dauntsey se fuera, Frances había comentado:

—Todos somos culpables, ¿no es cierto? Ninguno de nosotros supo oponerse realmente a Gerard. Habríamos debido insistir en hablar del futuro de Esmé. Alguien habría tenido que ir a verla, hablar con ella.

James le había contestado con delicadeza.

—No podíamos publicar su libro, Frances. Y no porque fuera una novela comercial; necesitamos ficción popular. Pero era una novela comercial mala. Era un mal libro.

Y Frances había replicado:

—¿Un mal libro? El crimen definitivo, el pecado contra el Espíritu Santo. Bien, no cabe duda de que lo ha pagado caro.

La amargura de estas palabras, su ironía, le había sorprendido. El comentario era impropio de ella. Pero Frances había perdido parte de su dulzura y pasividad después de la ruptura con Gerard. De Witt contemplaba el cambio con una sombra de pesar, pero reconocía que eso era una manifestación más de su propia necesidad psicológica recurrente de buscar y amar al vulnerable, al inocente, al dolorido y al débil, de dar antes que recibir. Sabía que así no podía fundarse una relación en condiciones de igualdad; que una bondad constante y acrítica podía resultar, en su condescendencia sutil, tan opresiva para la persona amada como la crueldad o la negligencia. ¿Era así como reforzaba su yo, mediante el conocimiento de que se le necesitaba, se dependía de él, se le admiraba por una compasión que, cuando la contemplaba con mirada sincera, era una forma sutil de predominio emocional y orgullo espiritual? ¿En qué era mejor que Gerard, para quien el sexo formaba parte de su juego personal de poder y al que le divertía seducir a una virgen devota porque sabía que, para ella, la entrega suponía un pecado mortal? James siempre había amado a Frances y todavía la amaba. Quería tenerla en su vida, en su casa, en su lecho, así como en su corazón. Y quizá sería posible ahora que podían amarse de igual a igual.

En aquellos momentos se sentía muy reacio a dejarla, pero no tenía elección. Ray, el amigo de Rupert, debía marcharse a las once y media, y Rupert estaba demasiado enfermo para quedarse solo aunque fuera unas horas. Además, había otra dificultad: James consideraba que no podía ofrecerse a pasar la noche en la habitación libre sin pecar de presunción. Después de todo, quizás ella prefiriese afrontar a solas sus demonios particulares antes que sufrir la incomodidad de su presencia. Y aún había algo más. Quería hacer el amor con Frances, pero era algo demasiado importante para que sucediera porque la conmoción y la tristeza la habían afectado hasta el punto de hacerla acudir a su lecho, no por un deseo igual al suyo, sino por necesidad de consuelo. Pensó: «En qué embrollo estamos metidos todos. Qué difícil es conocernos a nosotros mismos y, cuando lo logramos, qué difícil es cambiar.»

Pero el problema se resolvió por sí solo cuando dijo:

—¿Estás segura de que no te importa quedarte sola esta noche, Frances?

Ella respondió con firmeza.

—Claro que no. Además, Rupert te necesita en casa y, si me hace falta compañía, Gabriel está en el piso de abajo. Pero no me hará falta. Estoy acostumbrada a estar sola, James.

Ella pidió un taxi por teléfono y James regresó a casa por el camino más corto, bajando del taxi en la estación de Bank y tomando el metro hasta Notting Hill Gate.

Vio la ambulancia nada más doblar la esquina de la calle Hillgate. El corazón le dio un vuelco. Echó a correr mientras los enfermeros bajaban a Rupert por los peldaños de la entrada en una camilla. No se veía nada de él salvo la cara por encima de la manta, una cara que, aun entonces, en el extremo de la debilidad y mostrando el reflejo de la muerte, para James nunca había perdido su belleza. Al contemplar a los dos hombres que manipulaban la camilla con manos expertas, le pareció que eran sus propios brazos los que percibían la insoportable levedad de su carga.

—Voy contigo —le dijo.

Pero Rupert meneó la cabeza.

—Mejor que no. No quieren demasiada gente en la ambulancia. Vendrá Ray.

—Exacto —dijo Ray—. Voy con él.

Estaban impacientes por irse. Ya había dos coches esperando para pasar. Subió a la ambulancia y contempló el rostro de Rupert sin decir nada.

—Perdona el desorden de la sala —se disculpó Rupert—. Ya no volveré. Ahora podrás ordenarlo todo e invitar a Frances sin que ninguno de los dos experimente la necesidad de esterilizar toda la vajilla.

—¿Adónde te llevan? —preguntó James—. ¿Al mismo hospital?

—No, al Middlesex.

—Mañana iré a verte.

—Mejor que no.

Ray ya estaba sentado en la ambulancia, instalado cómodamente como si fuera el lugar que le correspondía por derecho. Y era el lugar que le correspondía por derecho. Rupert habló de nuevo. James se inclinó para oírlo.

—Aquella historia de Gerard Etienne sobre Eric y yo, ¿te la creíste?

—Sí, Rupert, me la creí.

—No era verdad. ¿Cómo iba a serlo? Era una tontería. ¿No has oído hablar de los períodos de incubación? Te la creíste porque necesitabas creértela. ¡Pobre James! ¡Cómo debías de odiarlo! No pongas esa cara. Pareces consternado.

James tuvo la sensación de que había perdido la voz. Y cuando por fin habló, las palabras le horrorizaron por su futilidad banal.

—¿Estarás bien, Rupert?

—Sí, estaré bien. Por fin estaré bien. No te preocupes, y no me visites. Recuerda lo que dijo G. K. Chesterton: «Debemos aprender a amar la vida sin confiar nunca en ella.» Yo nunca lo he hecho.

No recordaba haber bajado de la ambulancia, pero oyó el suave chasquido de las puertas al cerrarse firmemente ante su cara. El vehículo sólo tardó unos segundos en desaparecer tras la esquina, pero él permaneció mucho rato mirando, como si se alejara por una larga carretera recta y pudiera contemplarlo hasta que se perdiese de vista.

50

Mount Eagle Mansions, no lejos del puente de Hammersmith, resultó ser una gran construcción victoriana de ladrillo rojo, con la apariencia astrosa y descuidada del edificio que languidece en espera de un nuevo propietario. El grandioso porche de estilo italiano, excesivamente ornamentado con molduras de estuco que empezaban a desmoronarse, estaba reñido con la lisa fachada y confería al edificio un aire de ambigüedad excéntrica, como si el arquitecto, por falta de inspiración o de dinero, no hubiera podido completar su diseño original. Kate pensó que, a juzgar por el porche, seguramente había sido una suerte. Pero era evidente que sus habitantes no habían renunciado a conservar el valor de su propiedad. Las ventanas, al menos las que quedaban al nivel de la calle, estaban limpias, las diversas cortinas caían en pliegues regulares y en algunos alféizares habían instalado jardineras de las que pendían hiedras y geranios colgantes sobre los ladrillos mugrientos. El buzón y el llamador, en forma de una enorme cabeza de león, estaban bruñidos hasta la blancura, y había una gran estera de junco, a todas luces nueva, con el nombre «Mount Eagle Mansions» tejido entre las hebras. A la derecha de la puerta había una hilera de timbres, cada uno con una tarjeta en la ranura contigua. La del apartamento 27, recortada de una tarjeta de visita, rezaba «Sra. Esmé Carling» en una florida caligrafía. La del apartamento 29 sólo exhibía la palabra «Reed» en mayúsculas. La llamada de Kate fue contestada a los pocos segundos por una voz femenina en la que, pese al crepitar del interfono, se podía discernir un tono de malhumorada resignación.

—Muy bien, ya pueden subir.

No había ascensor, aunque las dimensiones del vestíbulo embaldosado sugerían que se había proyectado instalar uno. A lo largo de una pared se extendía una doble hilera de buzones claramente numerados; adosada a la otra había una pesada mesa de caoba, con patas elaboradamente talladas, sobre la que vieron una serie de notificaciones y cartas devueltas y un montón de periódicos atrasados atado con un cordel, todo ello ordenadamente dispuesto. Más arriba, en la pared, unos remolinos de agua jabonosa ya seca mostraban que se había hecho algún intento por limpiar la pintura, aunque el único resultado había sido hacer más visible la suciedad. El aire olía a líquido para muebles y desinfectante. Ni Kate ni Dalgliesh dijeron nada, pero, mientras subían la escalera y pasaban ante las gruesas puertas con sus mirillas y sus dobles cerraduras de seguridad, Kate notó crecer en ella una excitación combinada con cierta aprensión, y se preguntó si la figura silenciosa que avanzaba a su lado también sentía lo mismo. Era una entrevista importante. Cuando bajaran por esa escalera, el caso quizás estuviera resuelto.

A Kate le sorprendió que Esmé Carling no pudiera permitirse nada mejor que un apartamento en aquel edificio nada impresionante. En absoluto podía considerarse una vivienda de prestigio para recibir a entrevistadores y periodistas, suponiendo, naturalmente, que los recibiera. Por lo poco que sabían de ella, no parecía tratarse de una reclusa literaria, y, después de todo, era bastante conocida. Ella misma, Kate, había oído hablar de Esmé Carling, aunque no hubiera leído ninguna de sus obras. Eso, naturalmente, no implicaba que la renta de sus escritos fuera cuantiosa; había leído en una revista que, aunque existía un pequeñísimo número de novelistas de éxito que eran millonarios, incluso los bien considerados tenían problemas para vivir de sus derechos de autor. Pero su agente estaría con ellos dentro de una hora y era inútil perder el tiempo en conjeturas sobre Esmé Carling, la escritora de misterio, cuando todas las preguntas no tardarían en ser contestadas por la persona mejor situada para saberlo.

Dalgliesh había preferido entrevistar a Daisy antes incluso de examinar el apartamento de la señora Carling, y Kate creía saber por qué: la niña podía proporcionarles información vital; cualquier secreto que se ocultara tras la puerta del número 27 podía esperar. Los detritos de una vida truncada por un asesinato tenían su propia historia que contar. La información facilitada por los residuos patéticos de la víctima, por sus cartas o facturas, podía ser mal interpretada, pero los objetos en sí no mentían, no cambiaban su versión de los hechos, no inventaban coartadas. Eran los vivos los que debían ser entrevistados mientras el horror del asesinato aún estaba fresco en su mente. Un buen investigador respetaba la aflicción y a veces la compartía, pero nunca era lento en explotarla, aunque se tratara de la aflicción de una niña.

Llegaron a la puerta y, antes de que Kate pudiera alzar la mano hacia el timbre, Dalgliesh le dijo:

—Encárguese usted de hablar, Kate.

—Sí, señor —respondió ella sin vacilar, aunque el corazón le dio un vuelco. Dos años antes casi se habría puesto a rezar: «Dios mío, permite que lo haga bien, por favor.» Ahora, con más experiencia, confiaba en que así sería.

No había perdido el tiempo tratando de imaginar cómo sería Shelley Reed, la madre de la niña. En el trabajo policial, la prudencia aconsejaba no adelantarse a la realidad con prejuicios prematuros y artificiosos. Sin embargo, cuando sonó el chirrido de la cadena y se abrió la puerta, tuvo que hacer un esfuerzo para ocultar su reacción inicial de sorpresa. Se hacía difícil creer que aquella muchacha de cara rolliza que los miraba con el resentimiento hosco de una adolescente fuese madre de una niña de doce años. Difícilmente podía haber cumplido más de dieciséis cuando nació Daisy. Su rostro, desprovisto de maquillaje, aún conservaba parte de la blandura informe de la niñez. La boca, de gesto mohíno, era muy carnosa y se curvaba hacia abajo en las comisuras. La ancha nariz estaba perforada en una aleta por una reluciente bolita de adorno a juego con las que lucía en las orejas. El cabello, de un rubio brillante que contrastaba con las oscuras y espesas cejas, le colgaba en un flequillo casi hasta los ojos y enmarcaba el rostro entre encrespados rizos. Los ojos, bajo unos párpados tan gruesos que parecían hinchados, estaban muy separados y algo esquinados. Sólo su figura sugería madurez. Los pesados pechos colgaban libremente bajo un jersey largo de impoluto algodón blanco, y sus piernas largas y bien formadas estaban enfundadas en medias negras. Iba calzada con zapatillas de estar por casa bordadas con hilo plateado. La expresión dura y resuelta de su mirada se transformó en un respeto cauteloso cuando vio a Dalgliesh, como si reconociera en él una autoridad más poderosa que la de un asistente social. Y cuando habló, Kate detectó una nota de fatigada resignación en su desafío ritual.

—Será mejor que entren, aunque no sé de qué les va a servir. Sus hombres ya han hablado con Daisy. La niña les dijo todo lo que sabía. Cooperamos con la policía, y lo único que sacamos a cambio es que venga la maldita Asistencia Social a molestarnos. No es cosa suya cómo me gano la vida. De acuerdo, hago *strip tease*, ¿y qué? Me gano la vida y mantengo a mi hija. Tengo un trabajo legal, ¿no? Los diarios siempre se están quejando de las madres solteras que viven de la Seguridad Social; pues yo tengo un trabajo, pero no me va a durar mucho si tengo que pasarme aquí toda la tarde contestando preguntas idiotas. Y no queremos mujeres policía del Departamento de Menores. La que vino la última vez con aquel chico judío era una idiota total.

No se había movido del umbral mientras les dedicaba esta bienvenida, pero al fin se apartó de mala gana y pudieron entrar a un recibidor tan pequeño que apenas cabían los tres.

Dalgliesh le anunció:

—Soy el comandante Dalgliesh, y ésta es la inspectora Miskin, que no es del Departamento de Menores. Es investigadora; los dos lo somos. Lamentamos tener que molestarla de nuevo, señora Reed, pero hemos de hablar con Daisy. ¿Sabe ya que la señora Carling ha muerto?

—Sí, ya lo sabe. Todo el mundo lo sabe, ¿no? Salió en las noticias locales. Y ahora me va a decir que no fue un suicidio y que la matamos nosotras.

—¿Está muy afectada Daisy?

—¿Cómo quiere que lo sepa? No está riéndose, pero nunca sé lo que pasa por la cabeza de esa niña. De todos modos, seguro que cuando acaben ustedes con ella estará afectada. Está ahí; he llamado a la escuela para decir que no irá hasta la tarde. Y, oiga, hágame un favor: que sea rápido, ¿vale? Tengo que salir a comprar. Y la niña estará bien cuidada esta noche. No empiecen a preocuparse por Daisy. La señora de la limpieza vendrá a la hora de la cena. Y después de eso, pueden pedirle a la Asistencia Social que la cuide, si tanto les inquieta.

La sala de estar era estrecha y daba una sensación de atiborrada incomodidad combinada con una impresión de extrañeza, que intrigó a Kate hasta que vio una chimenea artificial, con la repisa repleta de tarjetas de felicitación y pequeños adornos de porcelana, instalada contra la pared exterior, sin salida de humos. A la derecha, una puerta abierta permitía ver una cama pequeña medio deshecha y cubierta de prendas de vestir. La señora Reed se apresuró a cerrarla. A la derecha de la puerta había una barra con cortinas en la que Kate vislumbró una apretada hilera de vestidos; a la izquierda, un televisor enorme con un sofá delante, y una mesa cuadrada con cuatro sillas enfrente de la ventana doble. Encima de la mesa había un montón de libros que parecían de texto, y ante los libros una niña vestida con un uniforme compuesto de falda plisada azul marino y blusa blanca, que se volvió hacia ellos cuando entraron.

Kate pensó que pocas veces había visto una criatura más desprovista de belleza. Estaba claro que era hija de su madre, pero, por algún capricho de los genes, los rasgos maternales aparecían superpuestos de un modo incongruente sobre su rostro frágil y delgado. Los ojos que miraban a través de los cristales de las gafas eran pequeños y estaban demasiado separados; la nariz, ancha como la de la madre; la boca, igual de carnosa y con la curvatura hacia abajo más pronunciada. Pero tenía el cutis delicado y de un color extraordinario, de un dorado pálido y verdoso como el de las manzanas vistas bajo el agua. El cabello, de un color entre dorado y castaño claro, colgaba como hebras de seda en torno a un rostro que parecía más enfermizo que infantil. Kate miró a Dalgliesh de soslayo y enseguida apartó precipitadamente la vista. Se dio cuenta de que su jefe sentía compasión y ternura; ya le había visto antes esa expresión, por deprisa que la dominara, por más fugaz que fuera, y le sorprendió la oleada de resentimiento que esta vez provocó en ella. Con toda su sensibilidad, no era distinto de los demás hombres. Su primera reacción ante el sexo femenino era una respuesta estética: placer ante la belleza y pesar compasivo ante la fealdad. Las mujeres poco agraciadas se acostumbraban a esa mirada; no les quedaba otro remedio. Pero sin duda a una niña se le podía ahorrar esa brutal revelación de una injusticia humana universal. Se podía legislar contra toda clase de discriminación menos contra ésta. Las mujeres atractivas tenían ventaja en todo, desde el trabajo hasta el sexo, mientras que las muy feas eran denigradas y rechazadas. Y esta niña ni siquiera mostraba la promesa de esa fealdad distintiva, cargada de sexualidad, que, si iba acompañada de inteligencia e imaginación, podía resultar mucho más erótica que la simple belleza. Nunca se podría hacer nada para corregir la caída de esa boca demasiado gruesa, para juntar más esos ojos porcinos. Durante unos breves segundos, Kate sintió un revoltijo de emociones, entre ellas, y no la menor, disgusto consigo misma: si Dalgliesh había experimentado una piedad instintiva, lo mismo le había ocurrido a ella, y era una mujer. Ella, al menos, habría podido juzgarla según distintos criterios. En respuesta a un ademán de la madre, Dalgliesh tomó asiento en el sofá y Kate ocupó una silla frente a Daisy. La señora Reed se dejó caer en el sofá con aire beligerante y encendió un cigarrillo.

—Yo me quedo. No entrevistarán a la niña sin mí.

—No podemos hablar con Daisy si no está usted delante, señora Reed —replicó Dalgliesh—. Hay un procedimiento especial para entrevistar a los menores. Sería conveniente que no nos interrumpiera, a menos que considere que obramos de mala fe.

Kate, sentada ante la niña, le habló con suavidad.

—Sentimos mucho lo de tu amiga, Daisy. La señora Carling era amiga tuya, ¿verdad?

Daisy abrió uno de los libros de la escuela y fingió ponerse a leer. Contestó sin levantar la mirada.

—Yo le gustaba.

—Cuando le gustamos a una persona, normalmente esa persona también nos gusta; por lo menos, a mí me ocurre. Ya sabes que la señora Carling ha muerto. Es posible que se haya matado ella misma, pero aún no lo sabemos. Tenemos que averiguar cómo y por qué murió, y queremos que nos ayudes. ¿Nos ayudarás?

Entonces Daisy la miró. Sus ojillos, de una inteligencia desconcertante, eran tan duros como los de un adulto y tan dogmáticos como sólo los de un niño pueden serlo.

—No quiero hablar con usted —replicó—. Quiero hablar con el que manda. —Volvió el rostro hacia Dalgliesh y añadió—: Quiero hablar con él.

—Bien, aquí me tienes —le contestó Dalgliesh—. Pero es lo mismo, Daisy, da igual con quién hables.

—Si no es con usted, no hablo.

Kate, desconcertada, se levantó de la silla tratando de ocultar la decepción y el sofoco, pero Dalgliesh la contuvo con un gesto y se sentó en la silla de al lado.

—Ustedes creen que a la tía Esmé la han asesinado, ¿verdad? ¿Qué le harán cuando lo cojan? —le preguntó Daisy.

—Si el tribunal lo considera culpable, irá a la cárcel. Pero no estamos seguros de que la señora Carling fuera asesinada. Todavía no sabemos cómo ni por qué murió.

—La señora Summers, de la escuela, dice que meter a la gente en la cárcel no le hace ningún bien.

—La señora Summers tiene razón —concedió Dalgliesh—. Pero no se suele mandar a la gente a la cárcel para que les haga bien. A veces es necesario proteger a otras personas, o disuadir, porque a la sociedad le preocupa mucho lo que la persona culpable ha hecho y el castigo refleja esa preocupación.

Kate pensó: «Dios mío, ¿ahora hemos de perder el tiempo discutiendo sobre la bondad de las penas de privación de libertad y la filosofía del castigo judicial?» Pero obviamente Dalgliesh estaba dispuesto a mostrarse paciente.

—La señora Summers dice que ejecutar a la gente es de bárbaros.

—En este país ya no ejecutamos a nadie, Daisy.

—En América sí.

—Sí, en algunas partes de los Estados Unidos, y también en otros países, pero en Inglaterra ya no se hace. Creo que eso ya lo sabes, Daisy.

La niña, pensó Kate, se mostraba deliberadamente recalcitrante. Se preguntó qué pretendía Daisy con ello —aparte, naturalmente, de ganar tiempo— y maldijo mentalmente a la señora Summers. En su época de estudiante había conocido a un par de personas así, sobre todo la señorita Crighton, que había hecho todo lo posible para disuadirla de ingresar en la policía porque, según ella, este cuerpo albergaba a los agentes represivos y fascistas de la autoridad capitalista. Kate habría querido preguntarle a la chiquilla qué haría la señora Summers con el asesino de la señora Carling —si es que había un asesino—, aparte, naturalmente, de ofrecerle comprensión, darle buenos consejos y pagarle un crucero por el mundo. O mejor aún, le habría encantado llevar a la señora Summers a que viera algunas víctimas de asesinato y afrontara las escenas de asesinato que ella, Kate, había tenido que afrontar. Irritada por la reaparición de antiguos prejuicios y resentimientos que creía haber superado, y de recuerdos que prefería olvidar, mantuvo la mirada fija en el rostro de Daisy. La señora Reed no decía nada, pero aspiraba enérgicamente el humo del cigarrillo. El ambiente estaba cargado.

Sentado cerca de la niña, Dalgliesh prosiguió:

—Tenemos que averiguar cómo y por qué murió la señora Carling, Daisy. Pudo ser por su propia mano, pero también es posible, tan sólo posible, que muriera asesinada. Si fue así, hemos de averiguar quién lo hizo. Es nuestro trabajo. Por eso estamos aquí. Hemos venido porque creemos que puedes ayudarnos.

—Ya les dije lo que sabía a aquel inspector y a la mujer policía.

Dalgliesh no replicó. Su silencio y lo que implicaba desconcertaron visiblemente a Daisy. Tras una breve pausa, la niña prosiguió en tono defensivo.

—¿Cómo sé que no intentarán cargarle el asesinato del señor Etienne a tía Esmé? Ella dijo que quizás intentarían cargárselo a ella, creía que podían arreglar las cosas para hacerla pasar por culpable.

—No creemos que la señora Carling tuviera nada que ver con la muerte del señor Etienne —le aseguró Dalgliesh—. Y no vamos a cargarle el asesinato a nadie. Lo que queremos es averiguar la verdad. Creo saber dos cosas acerca de ti, Daisy: que eres inteligente y que, si prometes decir la verdad, dirás la verdad. ¿Me lo prometes?

—¿Cómo sé que puedo confiar en usted?

—Te pido que confíes en nosotros. Tú misma has de decidir si puedes hacerlo o no. Es una decisión importante para una niña, pero no puedes esquivarla. Ahora bien, no nos mientas. Antes que mentirnos, preferiría que no nos dijeras nada.

Kate pensó que era una estrategia muy arriesgada y esperó no tener que oír a continuación que la señora Summers había advertido a sus alumnos que no confiaran en la policía. Daisy clavó sus ojos de cerdito en los de Dalgliesh. El silencio pareció interminable.

Finalmente, Daisy anunció:

—De acuerdo. Diré la verdad.

La voz de Dalgliesh no cambió.

—Cuando vinieron a verte el inspector Aaron y la mujer policía, les dijiste que tenías la costumbre de pasar las veladas en casa de la señora Carling, para hacer los deberes y cenar con ella. ¿Es cierto?

—Sí. A veces me acostaba en la habitación que no ocupaba ella y a veces en el sofá. Luego tía Esmé me despertaba y me traía de vuelta aquí antes de que llegara mamá.

—Oiga —intervino la señora Reed—, la niña está segura en casa. Siempre cierro las dos cerraduras al marcharme y ella tiene su juego de llaves. Y dejo un número de teléfono. ¿Qué puñetas tengo que hacer? ¿Llevármela conmigo al club?

Dalgliesh no le prestó atención. Su mirada siguió fija en Daisy.

—¿Qué hacíais cuando estabais juntas?

—Yo hacía los deberes y a veces ella escribía un poco, y luego mirábamos la tele. Me dejaba leer sus libros. Tiene muchísimos libros sobre asesinatos, y lo sabía todo sobre los asesinos de la vida real. Yo solía bajarme la cena y a veces comía algo de la suya.

—Parece que pasabais buenos ratos juntas. Supongo que se alegraría de que le hicieras compañía.

—No le gustaba estar sola de noche —apuntó la madre—. Decía que oía ruidos en la escalera y no se sentía segura ni siquiera con las dos cerraduras. Decía que si una persona que guardaba un duplicado de las llaves tenía un descuido, un asesino podía cogerlas, subir sin hacer ruido y meterse en el piso. O podía estar en el tejado cuando se hacía de noche, bajar con una cuerda y entrar por la ventana. Algunas noches incluso oía al asesino dar golpecitos en el cristal. Y siempre era peor cuando en la tele hacían alguna película de miedo. No le gustaba mirar la tele a solas.

«Pobre niña», pensó Kate. De modo que ésos eran los horrores vívidamente imaginados de los que Daisy, sola en casa una noche tras otra, se refugiaba en el piso de la señora Carling. ¿Y de qué huía Esmé Carling? ¿Del aburrimiento, de la soledad, de sus propios temores imaginarios? Era improbable que entre ellas existiese un vínculo de amistad, pero cada una satisfacía la necesidad de compañía y seguridad de la otra, le proporcionaba los pequeños consuelos domésticos de un hogar.

Dalgliesh prosiguió:

—Les dijiste al inspector Aaron y a la mujer policía del Departamento de Menores que el jueves catorce de octubre, el día en que murió el señor Etienne, estuviste en el piso de la señora Carling desde las seis de la tarde hasta que ella te acompañó a casa alrededor de la medianoche. ¿Era verdad?

Aquí estaba por fin la pregunta crucial, y a Kate le

pareció que esperaban la respuesta conteniendo el aliento. La niña siguió mirando a Dalgliesh con la misma calma. Su madre exhaló audiblemente una bocanada de humo, pero no dijo nada.

Pasaron los segundos, hasta que Daisy contestó:

—No, no era verdad. Tía Esmé me pidió que mintiera por ella.

—¿Cuándo te lo pidió?

—El viernes, el día después de que mataran al señor Etienne, vino a buscarme a la salida de la escuela. Me esperaba en la puerta. Luego me acompañó a casa en el autobús. Nos sentamos arriba, donde no había mucha gente, y me dijo que vendría la policía a preguntarme por ella y que debía decirles que habíamos pasado la tarde y la noche juntas.

»Dijo que podían sospechar que había matado al señor Etienne porque era una escritora de misterio y sabía mucho sobre asesinatos y porque sabía inventar planes muy inteligentes. Dijo que tal vez la policía quisiera cargarle la muerte del señor Etienne porque tenía un motivo para matarlo. En la Peverell Press, todo el mundo sabía que odiaba al señor Etienne porque le había rechazado su libro.

—Pero tú no creías que lo hubiera hecho ella, ¿verdad, Daisy? ¿Por qué no?

Sus ojillos penetrantes no se apartaron de los de Dalgliesh.

—Usted ya sabe por qué.

—Sí, y la inspectora Miskin también. Pero dínoslo.

—Si lo hubiera hecho ella, habría subido a pedirme la coartada aquella misma noche, antes de que volviera mamá. Pero no me la pidió hasta después de que encontraran el cuerpo. Además, no sabía a qué hora había muerto el señor Etienne; por eso quería una coartada desde media tarde hasta la noche. Tía Esmé dijo que debíamos contar la misma historia porque la policía intentaría pillarnos. Así que le conté al inspector todo lo que habíamos hecho, menos lo que habíamos visto por la tele, pero lo habíamos hecho la noche anterior.

Dalgliesh comentó:

—Es la forma más segura de inventar una coartada. En esencia estás diciendo la verdad, así que no has de temer que la otra persona diga algo distinto. ¿Fue idea tuya?

—Sí.

—Esperemos que no te dediques nunca al crimen, Daisy. Esto es muy importante y quiero que lo pienses bien antes de contestar a mis preguntas. ¿Lo harás?

—Sí.

—¿Te contó tu tía Esmé lo que había ocurrido en Innocent House aquel jueves por la noche, la noche en que murió el señor Etienne?

—No me contó mucho. Dijo que había estado allí y que había visto al señor Etienne, pero que estaba vivo cuando ella se fue. Alguien llamó para pedirle que subiera al último piso y él le dijo a tía Esmé que no tardaría en volver. Pero tardaba mucho y ella se cansó de esperar, así que al fin se fue.

—¿Se fue sin volver a verlo?

—Eso me dijo. Dijo que estuvo esperando mucho rato y que al final se asustó. Da mucho miedo Innocent House cuando se han ido todos y la casa se queda fría y silenciosa. Hubo una señora que se mató allí, y la señora Carling dice que a veces se ve su fantasma. Así que no esperó a que volviera el señor Etienne. Le pregunté si había visto al asesino y me contestó: «No, no lo vi. No sé quién lo hizo, pero sé quién no lo hizo.»

—¿Te dijo a quién se refería?

—No.

—¿Te dijo si era un hombre o una mujer, la persona que no lo había hecho?

—No.

—¿Y tú sacaste la impresión de que se refería a un hombre o a una mujer, Daisy?

—No sé.

—¿Te dijo alguna otra cosa acerca de esa noche? Intenta recordar sus palabras exactas.

—Me dijo algo, pero en aquel momento no le encontré ningún sentido. Dijo: «Oí la voz, pero la serpiente estaba ante la puerta. ¿Por qué estaba la serpiente ante la puerta? Y qué momento más extraño para tomar prestada una aspiradora.» Lo dijo en voz muy baja, como si hablara sola.

—¿Le preguntaste qué había querido decir?

—Le pregunté qué clase de serpiente era, si era una serpiente venenosa, si había mordido al señor Etienne. Y ella dijo: «No, no era una serpiente de verdad, pero quizás era igual de mortífera, a su manera.»

Dalgliesh repitió:

—«Oí la voz, pero la serpiente estaba ante la puerta. Y qué momento más extraño para tomar prestada una aspiradora.» ¿Estás segura de esas palabras?

—Sí.

—¿No dijo de quién era la voz?

—No, dijo lo que acabo de contarle. Creo que quería guardar algo en secreto. Le gustaban los secretos y los misterios.

—¿Cuándo volvió a hablarte del asesinato?

—Anteayer, mientras estaba aquí haciendo los deberes. Me dijo que el jueves por la noche iría a Innocent House para hablar con alguien. Dijo: «Ahora tendrán que seguir publicando mis obras. No les queda más remedio.» Dijo que quizá necesitase que le proporcionara otra coartada, pero aún no estaba segura. Le pregunté que a quién iba a ver y me contestó que de momento no me lo diría, que tenía que ser un secreto. No creo que pensara decírmelo nunca; creo que era demasiado importante para decírselo a nadie. Le dije: «Si vas a ver al asesino, puede que te mate a ti también», y ella me contestó que no era tan tonta, que no iba a ver a ningún asesino. Dijo: «No sé quién es el asesino, pero puede que mañana por la noche lo sepa.» No me dijo nada más.

Dalgliesh le tendió la mano por encima de la mesa y la niña se la estrechó.

—Gracias, Daisy, nos has ayudado mucho. Tendremos que pedirte que escribas todo esto y lo firmes, pero en otro momento.

—¿Y me llevarán a Protección?

—No creo que exista ninguna posibilidad, ¿verdad? —Se volvió hacia la señora Reed, que respondió con expresión sombría e inflexible.

—Antes tendrán que pasar por encima de mi cadáver.

La mujer los acompañó hasta la puerta y, de pronto, al parecer movida por un impulso, salió al rellano con ellos y cerró a sus espaldas. Sin prestarle atención a Kate, le habló directamente a Dalgliesh.

—El señor Mason, el director de la escuela de Daisy, dice que es inteligente. Quiero decir, inteligente de veras.

—Creo que tiene razón, señora Reed. Debería estar orgullosa de ella.

—Dice que podría conseguir una de esas becas del Gobierno para ir a una escuela distinta, a un internado.

—¿Y qué opina Daisy?

—Dice que no le importaría. No está contenta en esa escuela. Creo que le gustaría ir, pero que no quiere decírmelo.

Kate sintió una ligera punzada de irritación. Tenían cosas que hacer. Había que examinar el apartamento de la señora Carling, y su agente llegaría a las once y media.

Pero Dalgliesh no dio ninguna muestra de impaciencia.

—¿Por qué Daisy y usted no lo hablan a fondo con el señor Mason? La decisión debe tomarla Daisy.

La señora Reed se resistía a dejarlos, como si aún necesitara escuchar algo más, una seguridad que sólo él podía darle. Dalgliesh añadió:

—No debe creer que sea a la fuerza malo para Daisy sólo porque a usted le resulta conveniente. Podría ser lo mejor para las dos.

—Gracias, gracias —susurró ella, y entró de nuevo en el piso.

51

El apartamento de la señora Carling quedaba un piso más abajo y en la parte frontal del edificio. La pesada puerta de caoba estaba provista de un cierre normal y dos cerraduras de seguridad, una Banham y una Ingersoll. Las llaves giraron con facilidad y, al empujar la puerta, Dalgliesh arrastró con ella una pila de cartas. El recibidor olía a moho y estaba muy oscuro. Dalgliesh buscó a tientas el interruptor de la luz y lo accionó, revelando al instante la sencilla estructura del apartamento: un estrecho corredor con dos puertas enfrente y una a cada lado. Se agachó para recoger los sobres y vio que se trataba de simples notificaciones: dos de ellos sin duda contenían facturas y en el otro se exhortaba a la señora Carling a abrirlo de inmediato para tener la posibilidad de ganar medio millón. Había también una hoja de papel doblada con un mensaje laboriosamente escrito a mano: «Lo siento, pero mañana no podré venir. Tengo que ir a la clínica con Tracey por lo de la presión alta. Espero verla el viernes que viene. Sra. Darlene Morgan.»

Dalgliesh abrió la puerta que tenía justo delante y encendió la luz. Se encontraron en la sala de estar. Las dos ventanas que daban a la calle estaban cerradas, y las cortinas de terciopelo rojo a medio correr. Aun cuando a aquella altura no había peligro de miradas indiscretas, ni siquiera desde el piso alto de los autobuses, la mitad inferior de ambas ventanas se hallaba cubierta por un visillo. La principal fuente de luz artificial procedía de una especie de cuenco invertido de cristal, decorado con un tenue dibujo de mariposas y moteado por los cuerpos negros y resecos de moscas atrapadas, que colgaba de un rosetón central. Había tres lámparas de mesa con pantalla de flecos rosados, una sobre una mesita situada junto a un sillón cerca del fuego, otra sobre una mesa cuadrada colocada entre las dos ventanas, y la tercera sobre un enorme escritorio con puerta de persiana apoyado contra la pared de la izquierda. Como si necesitara desesperadamente luz y aire, Kate descorrió las cortinas y abrió una de las ventanas; a continuación fue encendiendo todas las luces del cuarto. Aspiraron el aire frío, que producía una engañosa sensación de frescura campestre, y pasearon la mirada por una habitación que al fin podían ver con claridad.

La primera impresión, reforzada por el resplandor rosa de las lámparas, era de una intimidad acolchada y pasada de moda que resultaba tanto más atractiva cuanto que la propietaria no había hecho ninguna concesión al gusto popular contemporáneo. Se diría que habían amueblado la sala en los años treinta y la habían dejado intacta desde entonces. Casi todos los muebles parecían heredados: el escritorio con puerta de persiana que contenía una máquina de escribir portátil, las cuatro sillas de caoba de formas y épocas discordantes, una vitrina de estilo eduardiano en la que diversos objetos de porcelana y parte de un servicio de té aparecían más amontonados que ordenados, dos alfombras descoloridas dispuestas de un modo tan inadecuado que Dalgliesh sospechó que tapaban agujeros en la moqueta. Tan sólo el sofá y los dos sillones a juego que bordeaban la chimenea, provistos de mullidos cojines y tapizados en lino con un estampado de rosas en amarillo y rosa claro, eran relativamente nuevos. La chimenea en sí parecía original: un recargado artefacto en mármol gris, con una gruesa repisa y una parrilla rodeada por una doble hilera de azulejos ornamentales con figuras de flores, frutas y pájaros. En ambos extremos de la repisa, dos perros de Staffordshire con cadena dorada al cuello contemplaban la pared opuesta con ojos brillantes; y entre los dos se extendía un amasijo de adornos: una taza de la coronación de Jorge VI y otra de la reina Isabel, una caja laqueada en negro, dos minúsculos candeleros de bronce, una figurilla moderna de porcelana que representaba a una mujer con miriñaque sosteniendo a un perro faldero entre los brazos y un jarro de cristal tallado con un ramo de prímulas artificiales. Detrás de los adornos había dos fotografías en color. Una de ellas parecía tomada en una entrega de premios: Esmé Carling, rodeada de caras risueñas, hacía ademán de apuntar con una pistola de imitación. En la segunda se la veía en un acto de firma de libros, y era evidente que se trataba de una pose cuidadosamente preparada. Un comprador esperaba a su lado con aire de expectación, la cabeza inclinada en un ángulo poco natural para salir en la foto, mientras la señora Carling, con la pluma alzada sobre la página, sonreía seductoramente a la cámara. Kate la examinó unos instantes, tratando de conciliar las angulosas facciones de marsupial, la boca pequeña y la nariz levemente ganchuda, con el consternador rostro ahogado y desfigurado que había sido lo primero que viera de Esmé Carling.

Dalgliesh intuyó la atracción que esta hogareña y mullida habitación ejercía sobre Daisy. En ese amplio sofá había leído, mirado la televisión y dormido brevemente antes de ser conducida a su propia habitación. Ahí tenía un refugio contra el terror de sus imaginaciones, en el terror simulado que se encerraba entre las cubiertas de los libros, higienizado y convertido en ficción para ser saboreado, compartido y dejado de lado, no más real que las llamas que danzaban en el fuego de troncos artificiales y tan fácil de desconectar como ellas. Ahí había encontrado seguridad, compañía y, sí, cierta clase de amor, si amor era la satisfacción de una necesidad mutua. Echó una mirada a los libros. Los estantes contenían ejemplares en rústica de novelas de misterio y policíacas, pero se dio cuenta de que pocos de los autores estaban vivos; las preferencias de la señora Carling se decantaban hacia las escritoras de la Edad de Oro. Todos esos volúmenes parecían muy leídos. Bajo ellos había un estante de obras sobre crímenes reales: el caso Wallace, Jack el Destripador o las asesinas más célebres de la época victoriana, Adelaide Bartlett y Constance Kent. Los estantes inferiores se hallaban ocupados por ejemplares de sus propias obras encuadernados en piel y con los títulos grabados en oro, un lujo, conjeturó Dalgliesh, que no debía de haber sufragado la Peverell Press. La visión de esta vanidad inofensiva lo deprimió y suscitó en él un atisbo de compasión. ¿Quién heredaría ese historial acumulado de una vida vivida para el asesinato y acabada por el asesinato? ¿En qué estante de sala de estar, dormitorio o excusado encontrarían un lugar de respeto o de tolerancia esos libros? ¿O acaso serían adquiridos por un librero de lance y vendidos en lote, realzado su valor por la horrenda y oportuna muerte de la autora? Dalgliesh comenzó a leer aquellos títulos tan rememorativos de los años treinta, de policías de pueblo que acudían en bicicleta a la escena del crimen y se azoraban ante los terratenientes, de autopsias realizadas por excéntricos practicantes de medicina general tras sus operaciones vespertinas y de improbables desenlaces en la biblioteca, y sacó las novelas para hojearlas al azar. *Muerte en el baile*, ambientada al parecer en el mundo de las competiciones de baile de salón, *Crucero a la muerte*, *Muerte por ahogamiento*, *Los asesinatos del muérdago*. Volvió a dejarlas en su lugar sin el menor sentimiento de superioridad. ¿Por qué había de tenerlo? Se dijo que probablemente la señora Carling había proporcionado placer a más personas con sus novelas policíacas que él con sus poemas. Y si el placer era de distinta índole, ¿quién podía afirmar que uno fuera inferior al otro? Al menos ella había respetado el idioma inglés y lo había utilizado tan bien como podía; en una época que tendía al analfabetismo, eso no carecía de importancia. Durante treinta años había suministrado la fantasía del asesinato, la cara aceptable de la violencia, el terror controlable. Dalgliesh esperó que, cuando por fin se había enfrentado cara a cara con la realidad, el encuentro hubiera sido breve y piadoso.

Kate entró en la cocina. Dalgliesh la siguió y juntos contemplaron el revoltijo. En el fregadero se amontonaban los platos sucios, sobre el fogón había una sartén sin lavar, y el cubo de la basura rebosaba de latas vacías y envases de cartón, algunos de ellos aplastados contra el suelo mugriento. Kate dijo:

—No habría querido que viéramos su cocina así. ¡Qué mala suerte que la señora Morgan no haya podido venir esta mañana!

Dalgliesh le dirigió una mirada de soslayo y, al ver que el rubor inundaba su rostro, supo que, de pronto, la observación se le había antojado irracional y absurda y que deseaba no haberla formulado.

Pero sus pensamientos habían ido en la misma dirección. «Señor, permite que conozca mi fin y el número de mis días; que me sea dado saber cuánto he de vivir.» Sin duda eran muy pocos los que podían rezar esta oración con sinceridad. Lo mejor que se podía esperar o desear era el tiempo suficiente para recoger los restos personales, arrojar los secretos a las llamas o al cubo de la basura y dejar la cocina en orden.

Durante un par de segundos, mientras abría los cajones y los armarios, se vio transportado a aquel cementerio de Norfolk y volvió a oír la voz de su padre, una imagen instantánea de poderosa intensidad que traía consigo el olor del heno segado y de la tierra de Norfolk acabada de remover, el embriagador perfume de las azucenas. A los feligreses les gustaba que el hijo del párroco se hallara presente en los funerales del pueblo, de modo que durante las vacaciones escolares siempre asistía. Para él, un entierro de pueblo era más un acto interesante que una imposición. Luego compartía la mesa del funeral, tratando de contener su apetito adolescente mientras los parientes del difunto lo atiborraban del tradicional jamón cocido y el apelmazado pastel de frutas y le expresaban su reconocimiento.

—Muy amable por su parte haber venido, señorito Adam. Papá se lo habría agradecido. Le tenía mucho aprecio, papá.

Y la boca pegajosa de pastel murmuraba la mentira cortés:

—Yo también le tenía mucho aprecio, señora Hodgkin.

Permanecía respetuosamente en pie mientras el viejo Goodfellow, el sacristán, y los hombres de la funeraria introducían el ataúd en la fosa presta a recibirlo, oía el blando golpear de la tierra de Norfolk sobre la tapa, escuchaba la voz grave y cultivada de su padre mientras la brisa le revolvía los canosos cabellos y le henchía la sobrepelliz. Se representaba mentalmente al hombre o la mujer que había conocido, el cuerpo amortajado y encajonado entre seda artificial, envuelto en más suntuosidad de la que jamás había tenido en vida, y se imaginaba todas las etapas de su disolución: el sudario putrefacto, la lenta descomposición de la carne, el hundimiento final de la tapa del ataúd sobre los huesos desnudos. Desde la niñez, nunca había podido creer esa espléndida proclamación de inmortalidad: «Y aunque los gusanos destruyan este cuerpo, todavía en mi carne veré a Dios.»

Pasaron al dormitorio de la señora Carling, pero no se entretuvieron mucho en él. Era grande, albergaba demasiados muebles y estaba desordenado y no muy limpio. Sobre el tocador de los años treinta con su espejo triple descansaba una gran bandeja de plástico con un dibujo de violetas, en la que se acumulaba una profusión de frascos medio vacíos con diversas lociones para las manos y el cuerpo, botes grasientos, pintalabios y sombra para los ojos. Sin pensar, Kate desenroscó la tapa del bote más grande de crema base y vio una única depresión allí donde el dedo de la señora Carling se había hundido en la superficie. Esta huella, tan efímera, por un instante le pareció permanente e imborrable, e hizo aparecer en su mente la imagen de la muerta de un modo tan vívido que se quedó paralizada con el bote en la mano, como si la hubieran sorprendido en un acto de violación personal. Los ojos del espejo le devolvieron su mirada, culpable y un tanto avergonzada. Se volvió para dirigirse al armario ropero y abrió la puerta. Con el susurro de la ropa colgada surgió también un olor que le recordó otros registros, otras víctimas, otras habitaciones: el olor rancio y agridulce de la edad, del fracaso y de la muerte. Kate se apresuró a cerrar la puerta, pero no antes de haber visto las tres botellas de whisky ocultas entre la hilera de zapatos. Pensó: «Hay momentos en los que detesto mi trabajo.» Pero esos momentos eran escasos y sólo eran momentos.

El cuarto de invitados era una celda angosta y mal proporcionada, en la que una sola ventana alta se abría al panorama de una pared de ladrillo impregnada de decenios de mugre londinense y surcada por gruesas cañerías de desagüe. No obstante, se había hecho algún intento, aunque mal encaminado, para que la habitación resultara acogedora: las paredes y el techo estaban revestidos de un papel en el que se entrelazaban madreselvas, rosas y hiedra; las cortinas, de elaborados pliegues, eran de un género a juego, y sobre el único diván, colocado bajo la ventana, había un cobertor rosa claro, sin duda elegido para entonar con el rosa de las flores. El intento de embellecer, de imponer intensidad femenina a una nada deprimente, tan sólo conseguía subrayar los defectos de la habitación. Era evidente que la decoración se había elegido pensando en invitados del sexo femenino, pero Dalgliesh no pudo imaginarse a una mujer durmiendo apaciblemente en esa celda claustrofóbica y en exceso decorada. Desde luego, ningún hombre podría hacerlo, con esa opresiva dulzura sintética del techo, esa cama demasiado estrecha para resultar cómoda y esa mesilla de noche que no era sino una frágil reproducción, demasiado pequeña para contener algo más que la lamparita.

El tiempo que dedicaron a examinar el apartamento no fue tiempo perdido. Kate recordaba una de las primeras lecciones que había aprendido al principio de su carrera como agente de policía: conoce a la víctima. Toda víctima muere por ser quien es, por ser lo que es, por estar donde está en un momento determinado. Cuanto más se sabe de la víctima, más cerca se está de su asesino. Pero cuando al fin se sentaron ante el escritorio de Esmé Carling lo hicieron buscando datos más concretos.

Tuvieron su recompensa nada más abrirlo. El escritorio estaba más ordenado y menos atiborrado de lo que se figuraban. Sobre un montón de facturas recientes aún por pagar había dos hojas de papel. La primera era sin lugar a dudas un borrador de la nota encontrada en la barandilla de Innocent House. Había pocas modificaciones; la versión definitiva de la señora Carling no difería mucho de su primera efusión de ira y dolor. Sin embargo, en comparación con la caligrafía firme y pulcra de la nota final, la escritura parecía una sucesión de garabatos. Ahí tenían la confirmación, si les hubiera hecho falta, de que eran sus propias palabras, escritas de su puño y letra. Debajo encontraron el borrador de una carta escrita por la misma mano. Llevaba fecha del jueves 14 de octubre.

> Querido Gerard:
>
> Acabo de saber la noticia por mi agente. ¡Sí, por mi agente! Ni siquiera has tenido la decencia ni la valentía de decírmelo personalmente. Habrías podido pedirme que fuera a tu despacho para hablar contigo; tampoco te habría costado nada invitarme a almorzar o a cenar para darme la noticia. ¿O acaso eres tan mez-

quino como desleal y cobarde? Quizá temías quedar en ridículo si empezaba a gritar en el restaurante. Soy demasiado dura para eso, como ya comprobarás. Tu rechazo de *Muerte en la isla del Paraíso* no habría sido menos injusto, injustificado e ingrato, pero al menos habría podido decirte todo esto a la cara. Y ahora ni siquiera puedo hablar contigo por teléfono. No me extraña; esa condenada mujer, la señorita Blackett, sirve muy bien para interceptar llamadas, ya que no para otra cosa. En fin, al menos eso demuestra que incluso tú eres capaz de sentir vergüenza.

¿Tienes la menor idea de lo que he hecho por la Peverell Press, desde mucho antes de que tú tuvieras ningún poder? ¡Y qué día desastroso para la empresa resultó ése! He escrito un libro al año durante treinta años, todos con buenas ventas, y si el último no se vendió como era de esperar, ¿quién tiene la culpa? ¿Qué habéis hecho para promocionarme con el vigor y el entusiasmo que exige mi reputación? Hoy he de ir a Cambridge para firmar ejemplares. ¿Quién convenció a la librería para que organizara el acto? Yo. E iré sola, como de costumbre. La mayoría de los editores se preocupa de que sus autores principales vayan adecuadamente acompañados y reciban la debida atención. Pero, pese a todo, estarán mis seguidores, y comprarán. Tengo lectores fieles que acuden a mí para que les proporcione lo que por lo visto ningún otro escritor de misterio les proporciona: una trama interesante, bien escrita y sin esa mezcla de sexo, violencia y lenguaje obsceno que, según parece, crees que pide el público de hoy. Bien, pues no es así. Si tienes tan poca idea de lo que realmente quieren los lectores, harás quebrar a la Peverell Press aun antes de lo que predice el mundo editorial.

Naturalmente, tendré que estudiar la mejor manera de proteger mis intereses. Si me paso a otro editor, pienso llevarme conmigo mis anteriores obras; no creas que puedes arrojarme por la borda y seguir aprovechándote de ese valioso material. Y otra cosa: esos misteriosos percances que se producen en la Peverell Press no empezaron hasta que tú ocupaste el cargo de director gerente. Yo en tu lugar iría con cuidado. Ya ha habido dos muertes en Innocent House.

—Me gustaría saber si esto es también un borrador previo y si llegó a enviar la versión definitiva —comentó Kate—. Por lo general escribía sus cartas a máquina, pero aquí no hay ninguna copia al carbón. Si la echó al correo, quizá pensó que causaría más efecto escrita a mano. Ésta podría ser la copia.

—La carta no estaba entre la correspondencia que Gerard Etienne tenía en su despacho. Yo diría que no la envió. En lugar de eso, acudió a Innocent House para hablar con él y, viendo que no iba a serle posible, se marchó a Cambridge para firmar libros, descubrió que el acto se había suspendido por indicación de la Peverell Press, regresó a Londres en un estado de gran indignación y decidió ir a ver a Etienne a la caída de la tarde. Parece ser que casi todo el mundo sabía que los jueves se quedaba a trabajar hasta la noche. Es posible que telefoneara para anunciarle que iba hacia allí; bien mirado, Etienne difícilmente podía impedírselo. Y si llamó por su línea particular, la llamada no tuvo que pasar por la señorita Blackett.

Kate observó:

—Si se llevó el primer papel consigo, es curioso que no cogiera también esta carta y se la entregara personalmente. Aunque supongo que es posible que lo hiciera y que luego Etienne la rompiera o el asesino la encontrara y la destruyera.

—Me parece improbable —objetó Dalgliesh—. Creo más probable que se llevara la invectiva dirigida a los socios, quizá con la intención de clavarla en el tablón de anuncios de la sala de recepción. De esta manera podrían verla no sólo los socios, sino todos los miembros del personal y los visitantes.

—No creo que la dejaran ahí a la vista, señor.

—Claro que no. Pero seguramente ella esperaba que la vieran unas cuantas personas antes de que llegara a conocimiento de los socios.

»Eso al menos provocaría cierto revuelo. Es probable que la invectiva sólo fuera el primer golpe de su campaña de venganza. Debió de pasar unas horas muy malas cuando se enteró de que Gerard había muerto. Si realmente dejó la nota en la sala de recepción, y tal vez también el original de la novela, su presencia demostraría que había estado en Innocent House aquella noche cuando la mayoría del personal ya se había marchado a casa. Sin duda esperaba nuestra llegada, dado que la presencia de la nota la convertía en uno de los principales sospechosos. Entonces se le ocurre preparar una coartada con Daisy. Pero, cuando al fin llega la policía, no se habla para nada de la nota; eso quiere decir que, o bien no hemos comprendido su importancia, lo cual es poco probable, o bien alguien la ha retirado. Y entonces la persona que quitó la nota del tablón de anuncios la llama para tranquilizarla. Y en efecto la tranquiliza, porque Carling cree estar hablando con un aliado, hombre o mujer, no con un asesino.

—Todo encaja, señor. Es lógico y verosímil.

—Es simple conjetura de principio a fin, Kate. No se sostendría ante un tribunal. Es una teoría ingeniosa que cuadra con todos los datos que conocemos hasta el momento, pero es circunstancial. Sólo tenemos un detalle que tiende a corroborarla: si Carling colgó la falsa nota de suicidio en el tablón de anuncios antes de marcharse de Innocent House, el papel mostraría la huella de una o más chinchetas. ¿Fue éste el motivo de que la recortaran tan pulcramente antes de ensartarla en la barandilla?

En el escritorio apenas había ninguna otra cosa de

interés. La señora Carling recibía pocas cartas o, si las recibía, las destruía. Entre las que conservaba había un fajo de sobres de correo aéreo atados con una cinta y guardados en una de las casillas. Eran de una amiga que residía en Australia, una tal Marjorie Rampton, pero la correspondencia se había ido volviendo cada vez más rutinaria con el paso del tiempo hasta extinguirse gradualmente. Aparte de eso, había fajos de cartas de admiradores, todas con una copia al carbón de la respuesta unida a la carta original. Era evidente que la señora Carling se tomaba considerables molestias para satisfacer a sus lectores. En el cajón superior del escritorio había una carpeta con el rótulo «Inversiones» que contenía varias cartas de su agente de bolsa; al parecer, poseía un capital de poco más de 32.000 libras, juiciosamente invertidas en valores de primer orden y acciones de interés variable. En otra carpeta había una copia de su testamento. Era un documento breve, por el que legaba una manda de 5.000 libras a la Fundación de Escritores y a un club de escritores de misterio, y el grueso de sus posesiones a la amiga de Australia. Otra carpeta contenía documentos relacionados con su divorcio, que había tenido lugar hacía quince años; tras un examen rápido, Dalgliesh vio que había sido un asunto duro, pero, desde el punto de vista de ella, no especialmente ventajoso. Los pagos eran pequeños y se interrumpían con la muerte de Raymond Carling, acaecida hacía cinco años. Y eso era todo. El contenido del escritorio confirmó lo que Dalgliesh ya sospechaba: aquella mujer vivía para su trabajo. Si se lo quitaban, ¿qué le quedaba?

52

Velma Pitt-Cowley, la agente literaria de la señora Carling, se había comprometido a acudir al apartamento a las once y media, pero llegó con seis minutos de retraso. Apenas hubo cruzado el umbral, resultó evidente que no estaba de muy buen humor. Cuando Kate le abrió la puerta, irrumpió en la habitación a una velocidad que parecía dar a entender que era ella quien había debido esperar, se dejó caer en el primer sillón que encontró y se inclinó para desprenderse del hombro la cadena dorada del bolso y depositar sobre la alfombra una abultada cartera. Sólo entonces se dignó conceder alguna atención a Kate y Dalgliesh. Pero, cuando lo hizo y su mirada encontró la de Dalgliesh, su estado de ánimo cambió sutilmente y sus primeras palabras demostraron que estaba dispuesta a mostrarse amable.

—Lamento llegar tarde y con tantas prisas, pero ya saben lo que son las cosas. Tuve que pasar antes por la oficina y he quedado para almorzar en el Ivy a la una menos cuarto. Es una cita bastante importante, a decir verdad. El escritor con el que debo reunirme ha venido ex profeso de Nueva York esta mañana. Y luego surgieron otras cosas, como ocurre siempre que asomas la cabeza por la oficina. Hoy en día no se le pueden confiar a nadie las tareas más sencillas. Salí en cuanto pude, pero el taxista se metió en un atasco en Theobalds Road. Dios mío, qué tragedia la pobre Esmé. ¡Una verdadera tragedia! ¿Qué ocurrió? Se ahogó ella misma, ¿verdad? Se ahogó, o se ahorcó, o las dos cosas a la vez. Es terrible, de veras.

Tras haber expresado la adecuada consternación, la señora Pitt-Cowley se acomodó en el sillón con mayor prestancia y se recogió la falda del distinguido traje negro casi hasta la entrepierna, mostrando unas piernas muy largas y bien formadas, enfundadas en unas medias tan finas que apenas daban un lustre apagado a los pronunciados huesos. Era evidente que se había vestido con cuidado para la cita de la una menos cuarto, y Dalgliesh se preguntó qué cliente, actual o en potencia, merecía una elegancia que combinaba sabiamente la competencia profesional con el atractivo sexual. Bajo la chaqueta de buen corte, con su hilera de botones de latón, llevaba una camisa de seda de cuello alto. Un sombrero de terciopelo negro, atravesado por una flecha dorada en la parte delantera, le cubría la cabellera de color castaño claro, cortada formando un flequillo que le llegaba justo a la altura de las gruesas cejas y bien cepillada a los lados en espesos mechones que le caían casi hasta los hombros. Al hablar, gesticulaba; los dedos, largos y bien provistos de anillos, trazaban incesantes dibujos en el aire, como si estuviera comunicándose con sordos, y de vez en cuando se le encogían los hombros en un espasmo súbito. Paradójicamente, los ademanes no parecían guardar ninguna relación con sus palabras, y Dalgliesh conjeturó que esa afectación no era tanto un síntoma de nerviosismo o inseguridad como un truco concebido en principio para atraer la atención hacia sus notables manos, pero que había llegado a convertirse en un hábito inquebrantable. Su irritación inicial le había sorprendido; según su experiencia, las personas relacionadas con un asesinato espectacular, siempre que no se afligieran por la víctima ni se sintieran amenazadas por la investigación policial, solían gozarse en la emoción indirecta de su roce con la muerte violenta y la notoriedad de estar en el caso. Estaba acostumbrado a encontrar miradas ligeramente avergonzadas, pero ávidas de curiosidad.

El mal humor y la preocupación por los propios asuntos al menos representaban un cambio.

La mujer recorrió la habitación con la mirada y se fijó en el escritorio abierto y el montón de papeles que había sobre la mesa.

—Dios mío, es demasiado horrible estar sentada aquí, en su piso, y que ustedes tengan que registrar sus cosas —comentó—. Ya sé que deben hacerlo, que es su trabajo, pero me produce una sensación extraña. Parece que está más presente ahora que cuando aún vivía aquí. Tengo la impresión de que en cualquier momento voy a oír su llave en la cerradura y que entrará, nos encontrará así, sin haber sido invitados, y armará un escándalo.

—La muerte violenta destruye la intimidad, me temo —respondió Dalgliesh—. ¿Solía armar muchos escándalos?

La señora Pitt-Cowley prosiguió como si no le hubiera oído.

—¿Sabe lo que de veras me gustaría ahora? Lo que de veras necesito es un buen café solo muy cargado. ¿No habría ninguna posibilidad de conseguirlo?

Era a Kate a quien miraba, y fue Kate quien contestó.

—Hay un bote de café en grano en la cocina y un envase de leche sin abrir en el frigorífico. Estrictamente hablando, supongo que necesitaríamos el permiso del banco, pero dudo mucho que nadie proteste.

En vista de que Kate no hacía ademán de ir hacia la cocina, Velma le dirigió una larga mirada especulativa, como si estuviera evaluando la posible capacidad de fastidiar de una mecanógrafa nueva. Luego, con un encogimiento de hombros y un revoloteo de dedos, optó por la prudencia.

—Será mejor dejarlo, supongo, aunque ella ya no lo va a necesitar, ¿verdad? En realidad, no puedo decir que me apetezca beberlo en una de sus tazas.

—Está claro que para nosotros es importante saber

todo lo posible acerca de la señora Carling —intervino Dalgliesh—. Por eso le agradecemos que esté aquí con nosotros esta mañana. Su muerte debe de haberle producido una conmoción y comprendo que no le habrá resultado fácil venir, pero es importante.

La voz y la mirada de la señora Pitt-Cowley expresaron una apasionada intensidad.

—Oh, eso ya lo veo. Quiero decir que comprendo perfectamente que deben hacer preguntas. Por supuesto, les ayudaré en lo que pueda. ¿Qué quiere saber?

—¿Cuándo se ha enterado de la noticia?

—Esta mañana, poco después de las siete, antes de que ustedes me llamaran para pedirme que viniera aquí. Me telefoneó Claudia Etienne; me despertó, a decir verdad. No es precisamente una noticia agradable para empezar la jornada. Habría podido esperar, pero supongo que no quería que lo leyera en el periódico de la tarde o que me enterase al llegar a la oficina; ya sabe con qué velocidad circulan los rumores en esta ciudad. Después de todo, soy la agente de Esmé, o más bien lo era, y supongo que Claudia pensó que debía ser la primera en saberlo y que le correspondía a ella decírmelo. Pero ¡Esmé suicidarse! Es extraño. Es lo último que me esperaba que hiciera. Aunque, claro, fue lo último que hizo. Oh, Dios, lo siento. En un momento así, nada de lo que se dice parece adecuado.

—Entonces, ¿le sorprendió la noticia?

—¿No sorprende siempre? Quiero decir que, incluso cuando una persona que ha amenazado con suicidarse lo hace de verdad, siempre resulta sorprendente, un poco irreal. ¡Pero Esmé! Y de la manera en que lo hizo, además; quiero decir que no es precisamente la manera más cómoda de irse. Claudia no parecía saber muy bien cómo había muerto. Sólo me dijo que se había colgado de la barandilla de Innocent House y que el cuerpo se encontró bajo el agua. ¿Se ahogó, se ahorcó o qué exactamente?

Dalgliesh respondió:

—Es posible que la señora Carling muriese ahogada, pero no conoceremos la causa de la muerte hasta que se realice la autopsia.

—Pero ¿fue un suicidio? Quiero decir, ¿están seguros de eso?

—Todavía no estamos seguros de nada. ¿Se le ocurre alguna razón por la que la señora Carling hubiera podido querer quitarse la vida?

—Le afectó mucho que la Peverell Press rechazara *Muerte en la isla del Paraíso*; supongo que está enterado de eso. Pero estaba más enojada que deprimida. Estaba furiosa, a decir verdad. No me habría extrañado que intentara vengarse de ellos de alguna manera, pero desde luego no suicidándose. Además, hacen falta agallas. No quiero decir que Esmé fuera cobarde, pero..., no sé, no la veo ahorcándose ni tirándose al río. ¡Vaya forma de morir! Si realmente quería quitarse la vida, hay maneras más fáciles. Fíjese en Sonia Clements, por ejemplo. Ya sabe usted lo que sucedió, naturalmente: Sonia se mató con pastillas y alcohol. Es lo que elegiría yo, y hubiera dicho que también Esmé.

—Pero como protesta pública es menos eficaz —repuso Kate.

—No es tan espectacular, de acuerdo, pero ¿de qué sirve una protesta pública espectacular si no estás ahí para ver los efectos? No, si Esmé hubiera querido matarse lo habría hecho en la cama, con sábanas limpias, flores en el dormitorio, su mejor camisón y una digna nota de despedida en la mesilla de noche. ¡Menuda era ella para las apariencias!

Kate recordó las habitaciones de suicidas a las que había debido acudir, el vómito, la ropa de cama sucia, el cadáver rígido y grotesco, y pensó que el suicidio rara vez era tan digno en la práctica como en la imaginación. Preguntó:

—¿Cuándo la vio por última vez?

—A última hora de la tarde del día siguiente a la muerte de Gerard Etienne. Debió de ser el viernes quince de octubre.

—¿Aquí o en su oficina? —preguntó Dalgliesh.

—Aquí, en esta habitación. De hecho, fue una casualidad. Quiero decir que no tenía pensado venir a verla. Tenía una cena con Dicky Mulchester, de Herne & Illingworth, para hablar de un cliente, y se me ocurrió que su editorial podía estar interesada en *Muerte en la isla del Paraíso*. Era una posibilidad remota, pero últimamente han cogido a unos cuantos escritores policíacos. Al pasar por aquí de camino al restaurante vi que había sitio para aparcar y pensé que podía subir y pedirle a Esmé su copia del original. Había menos tráfico del que suponía y disponía de unos diez minutos para hablar con ella. Aún no nos habíamos visto después de la muerte de Gerard. Es curioso, ¿verdad?, el modo en que las cosas más insignificantes deciden nuestros actos. Si no hubiera visto sitio libre, no creo que me hubiese detenido. Además, también me interesaba conocer la reacción de Esmé ante la muerte de Gerard. Claudia no me había dicho gran cosa y pensé que seguramente Esmé podría darme más detalles. Siempre estaba al corriente de todos los rumores. Aunque ya le he dicho que no podía quedarme mucho tiempo; el motivo principal de mi visita era recoger el manuscrito.

—¿Cómo la encontró? —preguntó Dalgliesh.

La señora Pitt-Cowley no respondió de inmediato. Su expresión se tornó pensativa y sus manos inquietas se apaciguaron momentáneamente. Dalgliesh pensó que estaba evaluando la entrevista a la luz de los acontecimientos posteriores, y que quizá la encontraba más significativa de lo que le había parecido en su momento.

—Ahora que lo pienso —respondió al fin—, creo que se comportó de una manera más bien extraña. Yo suponía que querría hablar de Gerard, de cómo y por qué murió, si había sido o no un asesinato, pero se negó en redondo a comentarlo. Dijo que era demasiado atroz y doloroso, que había publicado en la Peverell Press desde hacía treinta años y que, por mal que la hubieran tratado, la muerte de Gerard la había afectado profundamente. Bueno, nos había afectado a todos, pero me sorprendió que Esmé se lo tomara de un modo tan personal. Luego me dijo que tenía una coartada para la tarde y la noche anteriores; por lo visto, estuvo todo el tiempo con la hija de una vecina. Recuerdo que en su momento me pareció un poco extraño que se molestara en contármelo; después de todo, nadie iba a acusarla de estrangular a Gerard con una serpiente, o como quiera que muriese. Ah, y recuerdo que me preguntó si yo creía que los socios cambiarían de opinión acerca de *La isla del Paraíso* ahora que Gerard había muerto. Siempre lo había considerado el principal responsable del rechazo. Le dije que yo no confiaría demasiado en ello, que seguramente había sido una decisión de todo el comité de edición y que, de todos modos, los socios no querrían oponerse a los deseos de Gerard ahora que estaba muerto. Entonces comenté que tal vez a Herne & Illingworth le interesaría editarla y le pedí que me prestara su original. También ahí reaccionó de una manera curiosa. Me dijo que no sabía dónde lo tenía. Lo había estado buscando esa misma mañana y no lo había encontrado. Luego me dijo que estaba demasiado trastornada por la muerte de Gerard para pensar tan pronto en *La isla del Paraíso*. Me resultó difícil creerlo; después de todo, no hacía ni dos minutos que me había preguntado si yo creía que los socios cambiarían de opinión y aceptarían la novela. No creo que tuviera el manuscrito. O, si lo tenía, no quería dármelo. Me fui poco después. En total, estuve aquí unos diez minutos.

—¿Y no volvió a hablar con ella?

—No, ni una sola vez. Es extraño, ahora que lo pienso. Después de todo, Gerard Etienne era su editor, y habría sido normal que viniera a mi oficina aunque sólo fuese para charlar. Por lo general, no te la podías quitar de encima.

—¿Cuánto hacía que era usted su agente? ¿La conocía bien?

—Menos de dos años, en realidad. Pero sí, incluso en ese breve período de tiempo llegué a conocerla bastante bien; ya se encargó ella de que así fuera. A decir verdad, la heredé. Su anterior agente era Marjorie Rampton, que la había representado desde que escribió su primer libro. De eso hace treinta años. Estaban muy unidas. Con frecuencia suele haber una amistad personal entre agente y escritor; no puedes esforzarte al máximo por un cliente si no lo aprecias personalmente además de respetar su obra. Pero lo de Marge y Esmé iba más lejos. No me interprete mal, le estoy hablando de amistad. No pretendo insinuar nada..., bueno, nada sexual. Las dos eran viudas, sin hijos, y supongo que tenían muchas cosas en común. Solían ir de vacaciones juntas y creo que Esmé le pidió a Marge que fuera su albacea literaria. Eso va a ser un trastorno, si no cambió el testamento: Marge se marchó a Australia para vivir con sus sobrinas en cuanto me vendió la agencia y todavía sigue allí, que yo sepa.

—Háblenos de Esmé Carling —le pidió Dalgliesh—. ¿Qué clase de mujer era?

—Dios mío, esto es horrible. ¿Qué puedo decirle? Parece desleal, incluso indecoroso, criticarla ahora que ha muerto, pero no puedo fingir que era agradable. Era uno de esos clientes que constantemente están llamando por teléfono o presentándose en la oficina. Nunca encuentran nada bien. Siempre creen que podrías hacer más por ellos, obtener un adelanto más sustancioso del editor, vender los derechos para el cine, conseguirles una serie de televisión. En mi opinión, le dolió perder a Marge y creía que yo no le prestaba toda la atención que su genio merecía, pero en realidad le dedicaba más tiempo del que merecía. La verdad es que tengo otros clientes, y la mayoría de ellos mucho más provechosos.

—¿Le causaba más molestias de las que valía la pena tomarse por ella? —sugirió Kate.

La señora Pitt-Cowley le dedicó una mirada especulativa y desdeñosa.

—Yo no habría utilizado esas palabras, pero, si quiere saber la verdad, no me habría partido el corazón que se hubiera buscado otro agente. Miren, no me gusta tener que decir esto, pero cualquiera de la oficina les dirá lo mismo. En gran parte eso era debido a la soledad: echaba de menos a Marge y le dolía que la hubiera abandonado. Pero Marge era una buena pieza. A la hora de elegir entre sus preciosas sobrinas y Esmé, no tuvo que pensárselo. Y creo que Esmé se daba cuenta de que se le estaba agotando el talento. Se avecinaban grandes problemas. Que la Peverell Press rechazara *Muerte en la isla del Paraíso* sólo era el comienzo.

—¿Fue cosa de Gerard Etienne?

—Básicamente, sí. En la Peverell Press se hacía lo que Etienne quería. Pero dudo que ningún otro socio estuviera muy interesado en conservarla, salvo quizá James de Witt, y De Witt no pinta mucho en la Peverell. Llamé en cuanto recibí la carta de Gerard y armé una escandalera, naturalmente, pero no sirvió de nada. Y sinceramente, la última novela no estaba a la altura, ni siquiera a su altura habitual. ¿Conoce usted su obra?

Dalgliesh respondió con cautela.

—La he oído mencionar, por supuesto, pero nunca he leído nada de ella.

—No era tan mala. Quiero decir que era capaz de escribir una prosa coherente, y eso ya es bastante raro hoy en día. De no ser así, la Peverell Press no habría publicado su obra. Era irregular. Justo cuando pensabas: «Dios mío, no puedo seguir leyendo este tostón», te encontrabas un fragmento realmente bueno y de pronto el libro cobraba vida. Y había tenido una idea original para su detective, o sus detectives, mejor dicho. Se trata de un matrimonio jubilado, los Mainwaring, Malcolm y Mavis. Él es un director de banco retirado y ella había sido maestra. Estaba muy bien pensado. Con el envejecimiento general de la población, llegaba bien al público; la identificación del lector y todo eso. Una pareja de jubilados aburridos que se lanza tras las pistas, con tiempo de sobra para hacer del asesinato su afición; toda una vida de experiencia para tomarle la delantera a la policía, la sabiduría de la vejez que se impone a la insensata inmadurez de la juventud..., este tipo de cosas. Está bien un detective con un poco de artritis, para variar. Pero empezaban a cansar; los Mainwaring, quiero decir. Esmé tuvo la brillante idea de hacer que Malcolm se liara con las sospechosas jóvenes, y Mavis tenía que ir a rescatarlo de sus enredos. Supongo que pretendía dar un aire de amenidad, pero la cosa ya resultaba cargante. Quiero decir, el sexo geriátrico está bien si es lo que a uno le interesa, pero el público no lo quiere en las novelas populares y Esmé se estaba volviendo cada vez más explícita. Lencería fina con sangre. No es su mercado, realmente. No va con el personaje de Malcolm Mainwaring. Y, por supuesto, no sabía inventar argumentos. Dios mío, detesto tener que decirlo, pero no sabía. Ha dicho usted que quería la verdad. Solía robar ideas de otros autores, sólo autores muertos, naturalmente, y les daba su toque personal. Empezaba a resultar un poco evidente. Eso fue lo que le dio a Gerard Etienne la oportunidad de rechazar *Muerte en la isla del Paraíso*: dijo que era una lectura aburrida y que las únicas partes que no lo eran se parecían demasiado a *Asesinato bajo el sol*, de Agatha Christie. Creo que incluso llegó a pronunciar la temida palabra «plagio». Luego, naturalmente, estaba el otro problema de Esmé, que no facilitaba el trato con ella.

Velma esbozó en el aire el contorno de la catedral de San Pablo, con cúpula y todo, y terminó haciendo el gesto de llevarse un vaso a los labios.

—¿Está diciendo que era alcohólica?

—Iba camino de serlo. Empezaba a fallarle la cabeza

a partir del mediodía. Y en los últimos seis meses había empeorado bastante.

—Entonces, ¿no ganaba mucho dinero?

—Nunca ganó mucho dinero. Esmé nunca estuvo en la primera división. Aun así, le iba bien hasta hace cosa de tres años. Podía vivir de sus libros, que es más de lo que pueden decir muchos escritores. Tenía un buen número de fieles *aficionados** que habían madurado con los Mainwaring, pero a medida que iban muriendo no atraía a lectores jóvenes. El año pasado se produjo un gran bajón en las ventas de las ediciones de bolsillo. Me temía que íbamos a perder ese contrato.

—Lo cual supongo que explica que viviera en este piso —comentó Kate—. No es precisamente un lugar de prestigio.

—Bien, a ella le convenía. Es una vivienda de protección oficial con un alquiler bajo, quiero decir realmente bajo. Habría tenido que estar loca para dejarlo. De hecho, me contó que estaba ahorrando para comprarse una casita de campo en los Cotswolds o en Herefordshire; supongo que ya se veía entre las rosas y las glicinias. Personalmente, creo que se habría muerto de aburrimiento. Ya he visto otros casos.

Dalgliesh preguntó:

—Escribía novelas policíacas, relatos de misterio. ¿Le parece que hubiera podido verse en el papel de detective aficionado, intentar resolver ella misma un crimen, si se cruzaba uno en su camino?

—¿Se refiere usted a meterse con un asesino de verdad, con quien sea que mató a Etienne? Tendría que estar loca. Esmé no era una gran lumbrera, pero tampoco era idiota. No digo que no se atreviera; tenía muchas agallas, sobre todo después de tomarse un par de whiskis, pero eso habría sido una idiotez.

* En español en el original. *(N. del T.)*

—Quizá no creyera que estaba tratando con el asesino. Suponiendo que se le hubiera ocurrido una idea sobre el asesinato, ¿sería más probable que nos la expusiera o que se sintiese tentada de investigar un poco por su cuenta?

—Quizá se inclinara por lo segundo, si consideraba que no había peligro y que podía sacar algún beneficio del asunto. Sería todo un triunfo, ¿no cree? Me refiero a la publicidad que obtendría: «Novelista de misterio aventaja a Scotland Yard.» Sí, me la imagino pensando algo parecido. Pero ¿insinúa usted que realmente intentó hacer algo así?

—Me interesaba saber si, a su juicio, hubiera podido hacerlo.

—Digamos que no me sorprendería. Le fascinaban los crímenes de la vida real, las investigaciones, los juicios por asesinato, ese tipo de cosas. Bueno, sólo tiene que echarle un vistazo a su biblioteca. Y tenía un alto concepto de su propia inteligencia. Además, puede que no fuera consciente del riesgo; no creo que tuviera mucha imaginación, no en lo que se refiere a la vida real. De acuerdo, ya sé que parece extraño decir eso de una novelista, pero había vivido tanto tiempo entre asesinatos de ficción que no creo que se diera cuenta de que los asesinatos de la vida real son distintos, que no son algo que se pueda controlar, convertir en argumento y resolver limpiamente en el último capítulo. Y no llegó a ver el cadáver de Gerard Etienne, ¿verdad? No creo que hubiera visto un muerto en su vida. Sólo podía imaginárselo, y seguramente la muerte no le parecía más real y pavorosa que sus restantes imaginaciones. ¿Estoy yendo demasiado lejos? Quiero decir, avíseme si empiezo a decir los más completos disparates.

Realizando una complicada maniobra con las manos, la señora Pitt-Cowley le dirigió una mirada de histriónica sinceridad que no logró ocultar del todo una penetrante expresión inquisitiva. Dalgliesh se dijo que no debía subestimar su inteligencia.

—No son disparates —le aseguró—. ¿Qué ocurrirá ahora con su último libro?

—Bueno, no creo que la Peverell Press quiera aceptarlo. Sería distinto, por supuesto, si Esmé hubiera muerto asesinada: un doble asesinato, editor y autora brutalmente eliminados en menos de quince días. Con todo, incluso el suicidio tiene un valor publicitario, sobre todo si es espectacular. Supongo que podré negociar un contrato satisfactorio con alguien.

Dalgliesh se sintió tentado de decir: «Es una lástima que ya no exista la pena de muerte en nuestro país. Podría hacerse coincidir la fecha de publicación con la de la ejecución.»

Como si le hubiera leído el pensamiento, la señora Pitt-Cowley pareció azorarse por unos instantes, pero enseguida se encogió de hombros y prosiguió:

—Pobre Esmé. Si realmente tuvo la brillante idea de obtener publicidad gratuita, no cabe duda que lo consiguió. Lástima que no pueda aprovecharla. Pero es una suerte para sus herederos.

«Y para ti también», pensó Kate.

—¿Sabe quién heredará su dinero? —le preguntó.

—No, nunca me lo dijo. Como ya les he explicado, Marge era su albacea, o una de sus albaceas. Pero me alegra poder decir que en ningún momento sugirió traspasarme ese privilegio cuando me hice cargo de la agencia. Claro que tampoco lo hubiera aceptado. Hice mucho por Esmé, pero todo tiene sus límites. Sinceramente, no se hacen ustedes idea de lo que exigen muchos autores: buscarles encargos, hacerlos aparecer en tertulias de la televisión, darle de comer al gato cuando se van de vacaciones, cogerles de la mano cuando se divorcian... Por un diez por ciento de las ventas nacionales pretenden que seas su agente, su enfermera, su confidente, su amiga, todo. Lo que sí sé es que no tenía familia; su ex marido tiene una hija y nietos no sé dónde, en Canadá, me parece, aunque no creo que Esmé les haya dejado nada. Pero tiene que haber algún dinero, de eso no cabe duda, y yo diría que lo recibirá Marge. A lo mejor puedo negociar una reedición de sus primeras novelas.

—Una cliente provechosa, a fin de cuentas —observó Dalgliesh—. Después de muerta, ya que no en vida.

—Bien, la vida tiene estas cosas, ¿no?

Y con este comentario a modo de conclusión, la señora Pitt-Cowley consultó su reloj y se inclinó para recoger el bolso y la cartera.

Pero Dalgliesh aún no estaba dispuesto a dejarla marchar.

—Supongo que la señora Carling le contaría lo de la suspensión de su sesión de firma de libros en Cambridge —comentó.

—¡Que si me lo contó! De hecho, me llamó desde la librería. Intenté hablar con Gerard Etienne, pero supongo que estaría almorzando. Luego, por la tarde, me puse en contacto con él. Esmé estaba absolutamente rabiosa y no decía más que incoherencias. Quiero decir auténticas incoherencias. Y con toda la razón, por supuesto. La Peverell Press tiene muchas explicaciones que dar. Lo sentí por la gente de la librería, porque Esmé se desahogó con ellos, aunque difícilmente se les puede echar la culpa. Como máximo, supongo que se podría aducir que hubieran debido llamar a la Peverell Press en cuanto recibieron el fax para asegurarse de que no era una broma, y probablemente lo habrían hecho si la editorial no hubiera mantenido tan en secreto los problemas que estaba teniendo. Cuando llegó el fax, el director había salido, y la chica que lo recibió supuso que la cosa iba en serio. Bien, y eso es cierto en el sentido de que procedía de la Peverell Press. Para tranquilizar a Esmé, le prometí que yo misma me ocuparía de aclarar las cosas con Gerard, y lo habría hecho de no ser por el asesinato. Eso situó las quejas de Esmé en otra perspectiva. Aún tengo intención de discutir el asunto con la empresa, pero hay un momento y un lugar para cada cosa. ¿Puedo irme ya? No quiero llegar tarde a la cita.

—Sólo me quedan por hacer unas pocas preguntas —respondió Dalgliesh—. ¿Cuál era su relación con Gerard Etienne?

—¿Se refiere a mi relación profesional?

—Su relación.

Velma Pitt-Cowley permaneció unos instantes en completo silencio. La vieron sonreír levemente, con una expresión que era a la vez lúbrica y rememorativa. Por fin dijo:

—Era profesional. Supongo que hablábamos por teléfono un par de veces al mes, por término medio. Cuando murió, hacía unos cuatro meses que no nos veíamos. Una vez me acosté con él. Fue hace cosa de un año. Los dos asistimos a una fiesta en el río. Los dos nos quedamos hasta el amargo final. Era casi medianoche y yo estaba bastante bebida. A Gerard la bebida no le iba, no soportaba perder el control. Se ofreció a llevarme a casa y la noche terminó de la manera habitual. No volvió a suceder.

—¿Alguno de los dos lo habría deseado? —intervino Kate.

—Creo que no. Al día siguiente me mandó un ramo de flores espectacular. Gerard no era precisamente sutil, pero supongo que siempre es mejor que dejar cincuenta libras en la mesilla de noche. No, yo no quería que se repitiera; tengo un saludable instinto de conservación y no voy por ahí invitando a que me rompan el corazón. Pero he creído que debía mencionarlo. En la fiesta había mucha gente que pudo adivinar cómo terminaría la noche. Sabe Dios cómo se divulgan estas cosas, pero siempre acaban sabiéndose. Por si les interesa, los acontecimientos de esa noche y, sobre todo, los de la mañana siguiente que recuerdo con mayor claridad, me dejaron bien dispuesta hacia él y no al contrario. Pero no tan bien dispuesta como para propiciar un segundo encuentro. Supongo que querrán preguntarme dónde estaba la noche en que murió.

Dalgliesh respondió con expresión grave:

—Nos sería útil saberlo, señora Pitt-Cowley.

—Es curioso, pero estuve en aquella lectura de poesía en que participó Gabriel Dauntsey, en el Connaught Arms. Me marché poco después de que él terminara su intervención. Había ido en compañía de un poeta, o de alguien que se hace llamar poeta, y él quería quedarse, pero yo ya estaba harta de ruido, sillas incómodas y humo de tabaco. A esas alturas todo el mundo había bebido bastante y la fiesta no daba señales de terminar. Me marché hacia las diez, creo, y volví directamente a casa en mi coche, así que no tengo coartada para el resto de la noche.

—¿Y anoche?

—¿Cuando murió Esmé? Pero si fue un suicidio, usted mismo lo ha dicho.

—Sea cual fuere la manera en que murió, es útil saber dónde estaba la gente en ese momento.

—Pero si no sé cuándo murió. Estuve en la oficina hasta las seis y media y luego me marché a casa. Pasé toda la noche en casa, y sola. ¿Es eso lo que quería saber? Mire, comandante, de veras tengo que irme.

Dalgliesh la retuvo.

—Las dos últimas preguntas. ¿Sabe cuántas copias había del original de *Muerte en la isla del Paraíso*, y si la de la señora Carling tenía algún rasgo distintivo?

—Creo que habría unas ocho en total. Tuve que enviar cinco a la Peverell Press, una para cada uno de los socios. No sé por qué no podían fotocopiar el manuscrito ellos mismos, pero lo querían así. Yo sólo tenía un par de copias. Esmé siempre se hacía encuadernar su copia en azul celeste. Un original encuadernado no resulta muy práctico para trabajar; de hecho, es una maldita molestia. Los editores y los correctores prefieren recibir el manuscrito grapado por capítulos o con las hojas completamente sueltas. Pero Esmé siempre se hacía encuadernar su ejemplar.

—Y cuando vino a ver a la señora Carling el día quince de octubre, la tarde siguiente a la muerte de Gerard Etienne, ¿le dio la impresión de que se sentía reacia a entregarle su original y que por eso fingía, quizá, no saber dónde estaba, o más bien de que en realidad ya no se hallaba en su posesión?

La señora Pitt-Cowley, como si reconociera la importancia de la pregunta, tardó algún tiempo en contestar.

—¿Cómo puedo saberlo? —dijo al fin—. Pero recuerdo que mi petición la desconcertó. Creo que estaba turbada. Y, la verdad, no se me ocurre cómo hubiera podido perder de vista el manuscrito; no solía tratar con descuido las cosas que eran importantes para ella, y tampoco es que el piso sea tan grande. Además, ni siquiera se molestó en buscarlo. Puestos a hacer conjeturas, yo diría que ya no tenía el manuscrito en su poder.

53

Cuando regresaron al coche, Dalgliesh anunció:

—Conduciré yo, Kate.

Ella ocupó el asiento de la izquierda y se abrochó el cinturón sin decir nada. Le gustaba conducir y sabía que lo hacía bien, pero cuando Dalgliesh, como era el caso, decidía encargarse él mismo, le complacía sentarse a su lado en silencio y contemplar de vez en cuando las manos fuertes y sensibles que se apoyaban ligeramente sobre el volante. Mientras cruzaban el puente de Hammersmith le dirigió una fugaz mirada de soslayo y vio en su rostro una expresión que conocía muy bien: un ensimismamiento reservado y severo, como si estuviera soportando con estoicismo algún dolor personal. Cuando entró a formar parte de su equipo, Kate creía que esa expresión era de ira controlada, y le asustaba la mordedura repentina de frío sarcasmo que, sospechaba, era una de sus defensas contra la falta de control y que sus subordinados habían llegado a temer. En el transcurso de las últimas dos horas y media habían obtenido información vital y Kate, aunque se sentía impaciente por conocer la reacción de Dalgliesh, se guardaba bien de romper el silencio. Él conducía tranquilo, con la acostumbrada competencia, y resultaba difícil creer que parte de su mente estuviera en otro lugar. ¿Le preocupaba quizá la vulnerabilidad de la niña, mientras repasaba mentalmente sus declaraciones? ¿Reprimía hoscamente su indignación por la barbarie premeditada de la muerte de Esmé Carling, una muerte que ahora sabían había sido asesinato?

En otros oficiales de rango superior, esa expresión de reserva severa hubiera podido reflejar ira ante la incompetencia de Daniel. Si Daniel le hubiera sacado a la niña la verdad de lo ocurrido aquel jueves por la noche, quizás Esmé Carling aún seguiría con vida. Pero ¿realmente podía considerarse incompetencia? Tanto Carling como la niña habían referido la misma historia, y era una historia convincente. Los niños solían ser buenos testigos y pocas veces mentían. Si le hubiera correspondido a ella entrevistar a Daisy, ¿lo habría hecho mejor? ¿Lo habría hecho mejor esta mañana, de no haber estado Dalgliesh presente? Dudaba mucho que Dalgliesh pronunciara ni una palabra de reproche, pero eso no impediría que Daniel se lo reprochara a sí mismo. Kate se alegraba de todo corazón de no hallarse en su pellejo.

Habían dejado atrás el puente de Hammersmith cuando Dalgliesh habló por fin.

—Creo que Daisy nos ha dicho todo lo que sabía, pero las omisiones son una frustración, ¿verdad? Una sola palabra más y todo sería muy distinto. La serpiente estaba ante la puerta. ¿Qué puerta? Oyó una voz. ¿Masculina o femenina? Alguien llevaba una aspiradora. ¿Hombre o mujer? Pero al menos no tenemos que apoyarnos en la inverosimilitud de esa nota de suicidio para estar seguros de que fue un asesinato.

Daniel estaba trabajando en el centro de operaciones instalado en la comisaría de Wapping. Kate, ante lo embarazoso de la situación, hubiera querido dejarlo a solas con Dalgliesh, pero era difícil hacerlo sin que la estratagema resultara demasiado evidente. Dalgliesh resumió en pocas palabras el resultado de sus visitas de esa mañana. Daniel se puso en pie. Su reacción, que a Kate le hizo pensar en un preso dispuesto a escuchar la sentencia, pareció instintiva. El rostro vigoroso de su compañero estaba muy pálido.

—Lo siento, señor. Hubiera debido desmontar esa coartada. Fue un grave error.

—Un error desdichado, sin duda.

—Debería decir, señor, que el sargento Robbins no quedó convencido. Desde el primer momento tuvo la sensación de que Daisy mentía y hubiera querido presionarla más.

Dalgliesh comentó:

—Con los niños nunca resulta fácil, ¿verdad? Si tuviera que producirse un enfrentamiento de voluntades entre Daisy y el sargento Robbins, no sé si no apostaría por Daisy.

A Kate le pareció interesante que Robbins no se hubiera fiado de la niña. Por lo visto, era capaz de combinar su creencia en la nobleza esencial del hombre con la renuencia a creer cualquier cosa que dijera un testigo. Quizá, puesto que era religioso, estaba más dispuesto que Daniel a creer en el pecado original. De todos modos, había sido generoso por parte de Daniel mencionar su incredulidad; generoso y, quizá, poniéndose cínica y conociendo al jefe, también prudente.

Como obstinadamente resuelto a ponerse en lo peor, Daniel añadió:

—Pero si no me hubiera convencido, Esmé Carling aún estaría viva.

—Puede ser. No se deje dominar demasiado por la culpa, Daniel. La persona responsable de la muerte de Esmé Carling es la persona que la mató. ¿Qué se sabe de la autopsia? ¿Algo inesperado?

—Muerte por inhibición vagal, señor. Murió en cuanto le apretaron la correa en torno al cuello. Cuando la metieron en el agua ya estaba muerta.

—Bien, al menos fue rápido. ¿Y la lancha? ¿Ha habido noticias de Ferris?

—Sí, señor, y buenas. —A Daniel se le iluminó la cara—. Ha encontrado algunas fibras minúsculas de tela enganchadas en una astilla de madera del suelo de la cabina. Son de color rosa, señor. La víctima llevaba una chaqueta de *tweed* rosa y mostaza. Con algo de suerte, el laboratorio podrá establecer una identificación.

Se miraron unos a otros. Kate se dio cuenta de que todos experimentaban la misma euforia contenida. Una pista física al fin, algo que podía etiquetarse, medirse, analizarse científicamente, presentarse como prueba ante un tribunal. Ya sabían por Fred Bowling que Esmé Carling no había estado en la lancha desde el verano anterior. Si las fibras coincidían, tendrían una prueba de que la habían matado en la lancha. Y si era así, ¿quién la había desplazado luego hasta el otro lado de los escalones? ¿Quién, si no el asesino?

Dalgliesh observó:

—Si las fibras coinciden, podremos demostrar que Carling estuvo ayer por la noche en la cabina de la lancha. La inferencia obvia es que murió allí. Ciertamente, es un plan juicioso por parte del asesino: pudo esperar con el cadáver oculto hasta que no hubiera nadie en el río y elegir el momento de atarla a la barandilla sin ser observado. Pero, aunque las fibras la relacionen con la lancha, eso no significa que también la relacionen con el asesino. Tendremos que recoger los abrigos y chaquetas de todos los sospechosos que estuvieron en la escena del crimen y enviarlos al laboratorio. ¿Se encargará usted de hacerlo, Daniel?

—¿Incluso los de Mandy Price y Bartrum?

—Todos.

—Ahora sólo nos falta encontrar el menor rastro de fibra rosa en alguna de las chaquetas —intervino Kate.

—No sólo eso —objetó Dalgliesh—. Hay una complicación, Kate: casi todos podrán alegar que se arrodillaron junto al cadáver de Esmé Carling, incluso que lo tocaron. La presencia de una fibra en su ropa puede explicarse de más de una manera.

Daniel añadió:

—¿Y qué apostamos a que ese asesino sabía condenadamente bien lo que estaba haciendo? Estoy seguro de que se quitó la chaqueta antes de acercarse a su víctima y luego se aseguró condenadamente bien de que estaba limpio.

54

Mandy tenía intención de llegar temprano al trabajo a la mañana siguiente, pero, con gran asombro por su parte, al despertar descubrió que había dormido demasiado y que ya eran las nueve menos cuarto. Y muy probablemente habría seguido durmiendo si Maureen y Mike no se hubieran enzarzado en una de sus discusiones sobre la disponibilidad y el estado del cuarto de baño; como de costumbre, Maureen gritaba desde lo alto de la escalera y Mike le respondía vociferando desde la cocina. Al cabo de un minuto sonó un golpe en la puerta de su dormitorio, seguido inmediatamente de la irrupción de Maureen. Estaba claro que tenía uno de sus días malos.

—Mandy, esa puñetera moto que tienes ocupa toda la entrada. ¿Por qué no la dejas en el patio delantero como hace todo el mundo?

Era una queja perenne. La indignación despertó a Mandy al instante.

—Porque algún gilipollas me la robaría, por eso la meto dentro. Y la moto se queda dentro. —Luego añadió malhumorada—: Supongo que es demasiado esperar que el cuarto de baño esté libre.

—Está libre, si no te importa que esté hecho una mierda. Mike lo ha dejado asqueroso, como siempre. Si quieres bañarte, tendrás que limpiarlo tú misma. Y encima se ha olvidado de que esta semana le tocaba a él comprar papel higiénico. No sé por qué siempre he de ser yo la que piense en todo y haga todo el trabajo en esta casa.

Evidentemente, iba a ser uno de esos días. Ni Maureen ni Mike estaban en casa cuando Mandy llegó la noche anterior. Había subido a acostarse, aunque había intentado permanecer despierta, atenta al ruido de la puerta, deseosa de explicarles lo sucedido. Pero no había podido ser. Pese a sus esfuerzos, se había dormido. Y antes de estar vestida oyó dos violentos portazos en rápida sucesión. Se habían marchado, y Maureen ni siquiera se había molestado en preguntarle por qué no había vuelto al pub.

Las cosas no mejoraron cuando llegó a Innocent House. Esperaba ser la primera en dar la noticia, pero eso ya era imposible. Los socios habían llegado todos temprano. George, que estaba ocupado atendiendo una llamada, le dirigió una desesperada mirada de súplica al verla entrar, como si cualquier ayuda hubiera de ser bien recibida. Era evidente que la noticia se había extendido más allá de Innocent House.

—Sí, me temo que es verdad... Sí, parece que se trata de un suicidio... No, lo lamento pero no conozco los detalles... Todavía no sabemos cómo murió... Lo siento... Sí, ha venido la policía... Lo siento... No, la señorita Etienne no puede ponerse en este momento... No, el señor De Witt tampoco está libre. Si quiere que le llame alguno de ellos... No, lo siento. No sé cuándo estarán disponibles.

Colgó el auricular y comentó:

—Uno de los autores del señor De Witt. No sé cómo se ha enterado de la noticia. Quizás ha llamado a publicidad y Maggie o Amy se lo han dicho. La señorita Etienne me ha encargado que diga lo menos posible, pero no es fácil. La gente no se da por satisfecha con lo que yo les digo. Quieren hablar con alguno de los socios.

Mandy replicó:

—Yo no perdería el tiempo con ellos. Dígales: «Se equivoca de número», y cuelgue. Si insiste, ya verá como enseguida se cansan.

El salón estaba vacío. La casa parecía extrañamente

distinta, extrañamente silenciosa, como si estuviera de luto. Mandy esperaba encontrarse a la policía en la oficina, pero no había ninguna señal de su presencia. En su despacho, la señorita Blackett se hallaba sentada ante el ordenador, mirando la pantalla como si estuviera hipnotizada. Mandy nunca la había visto tan desmejorada: estaba muy pálida y su rostro parecía haberse convertido de pronto en el de una anciana.

Mandy le preguntó:

—¿Se encuentra usted bien? Tiene muy mala cara.

La señorita Blackett se esforzó por mantener la dignidad y el dominio de sí.

—Pues claro que no me encuentro bien, Mandy. ¿Cómo va a encontrarse bien alguno de nosotros? Es la tercera muerte que se produce en dos meses. Es espantoso. No sé qué le está ocurriendo a la empresa. Desde que murió el señor Peverell, nada ha vuelto a ir bien en la Peverell Press. Y me extraña que puedas estar tan animada; después de todo, la encontraste tú.

Parecía al borde del llanto. Pero había algo más: la señorita Blackett tenía miedo. Mandy casi podía oler su terror.

—Sí, bueno, lamento que haya muerto, claro —respondió con desasosiego—. Pero no es lo mismo que si la conociera, ¿verdad? Y además, ya era vieja. Y se lo hizo ella misma. Fue su elección. Debía de querer morir. Quiero decir que no es como la muerte del señor Gerard.

La señorita Blackett, con el rostro enrojecido, exclamó:

—¡No era vieja! ¿Y qué si lo era? ¡Los viejos tienen tanto derecho a vivir como tú!

—No he dicho que no lo tengan.

—Es lo que has dado a entender. Deberías pensar más antes de hablar, Mandy. Has dicho que era vieja y que su muerte no tenía importancia.

—No he dicho que no tuviera importancia.

Mandy tenía la sensación de estar hundiéndose en un

remolino de emociones irracionales que no podía comprender ni controlar. Y en aquel momento se dio cuenta de que la señorita Blackett estaba a punto de romper a llorar. Experimentó un gran alivio cuando se abrió la puerta y entró la señorita Etienne.

—Ah, estás aquí, Mandy. No sabíamos si te veríamos hoy. ¿Te encuentras bien?

—Sí, gracias, señorita Etienne.

—Parece ser que la semana que viene andaremos bastante escasos de personal. Supongo que tú también querrás marcharte en cuanto se desvanezca la emoción inicial.

—No, señorita Etienne, me gustaría quedarme. —Y en un destello de inspiración financiera, añadió—: Si parte del personal se marcha y hay que hacer más trabajo, creo que me correspondería un aumento de sueldo.

La señorita Etienne le dirigió una mirada que a Mandy le pareció más cínica y divertida que de desaprobación. Tras una pausa de unos segundos, respondió:

—Muy bien. Hablaré con la señora Crealey. Diez libras más por semana. Pero el aumento no es una recompensa por no marcharte. No sobornamos al personal para que trabaje en la Peverell Press ni cedemos al chantaje. Lo recibirás porque tu trabajo lo merece. —Se volvió hacia la señorita Blackett—. Es probable que esta tarde venga la policía. Puede que quieran utilizar otra vez el despacho del señor Gerard, es decir, mi despacho. De ser así, me instalaría en el piso de arriba con la señorita Frances.

Cuando se hubo retirado, Mandy preguntó:

—¿Por qué no pide usted también un aumento? Tendremos una sobrecarga de trabajo si no contratan a algunos sustitutos, y eso puede llevar algún tiempo. Es lo que decía usted antes: tres muertes en dos meses. La gente se lo pensará dos veces antes de aceptar un empleo aquí.

La señorita Blackett había empezado a teclear, la vista fija en su libreta de taquigrafía.

—No, gracias, Mandy. Yo no me aprovecho de mis jefes en su hora de necesidad. Tengo algunos principios.

—Ah, bien, supongo que puede permitírselos. A mí me parece que se han estado aprovechando de usted durante veintitantos años, pero, en fin, usted verá. Voy a telefonear a la señora Crealey y luego haré el café.

Mandy había intentado hablar con la señora Crealey antes de salir de casa, pero su llamada no había obtenido respuesta. Esta vez sí la obtuvo, y Mandy dio la noticia sucintamente, ateniéndose a los hechos escuetos y omitiendo toda referencia a sus propias emociones. En presencia de la señorita Blackett, que escuchaba con represiva desaprobación, era prudente ser lo más breve y desapasionada posible. Los detalles podían esperar hasta su sesión de la tarde en el nido.

—He pedido un aumento —le anunció—. Me pagarán diez libras más por semana. Sí, eso mismo he pensado yo. No, he dicho que me quedaría. Esta tarde iré a la agencia en cuanto termine de trabajar y ya hablaremos.

Colgó el auricular. Era un síntoma del extraño humor de la señorita Blackett, pensó, que se hubiera abstenido de recordarle que no debía utilizar el teléfono de la oficina para sus llamadas personales.

En la cocina encontró más gente de la que normalmente solía haber antes de las diez. Los empleados que preferían prepararse su café de la mañana antes que pagar un tanto semanal por el brebaje del mismo nombre que servía la señora Demery, pocas veces aparecían hasta pasadas las once. Mandy se detuvo ante la puerta y oyó el rumor amortiguado de varias voces. Cuando abrió, la charla se interrumpió al instante y todos volvieron la cabeza con expresión culpable, pero al ver que era ella la recibieron con alivio y una halagadora atención. La señora Demery estaba allí, naturalmente, y también Emma Wainwright, la anoréxica ex secretaria personal de la señorita Etienne, que ahora trabajaba para la señorita Peverell, junto a Maggie FitzGerald y Amy Holden de publicidad, el señor Elton de derechos y contratos, y Dave, del almacén, que por lo visto había venido del número 10 con la excusa poco convincente de que en el almacén se habían quedado sin leche. Se percibía un intenso olor a café y alguien se había preparado unas tostadas. En la cocina reinaba un acogedor ambiente de conspiración, pero incluso allí Mandy notó la presencia del miedo.

—Creíamos que quizá no vendrías —comentó Amy—. ¡Pobre Mandy! Tuvo que ser horroroso; yo me habría muerto allí mismo. Si hay un cadáver en la casa, seguro que tú lo encuentras. Vamos, cuenta. ¿Se ahogó, se ahorcó, o qué? Ninguno de los socios quiere decirnos nada.

Mandy habría podido mencionar que no fue ella quien encontró el cuerpo de Gerard Etienne, pero se limitó a relatar los acontecimientos de la noche anterior. Sin embargo, aún no había terminado cuando se dio cuenta de que los estaba decepcionando. Había esperado con impaciencia ese momento, pero, ahora que era el centro de su curiosidad, se sentía extrañamente reacia a satisfacerla, casi como si hubiera algo indecoroso en convertir la muerte de la señora Carling en tema de chismorreo. La imagen de aquel rostro muerto y empapado, el maquillaje disuelto por el agua de manera que parecía desnuda e indefensa en su fealdad, flotaba entre ella y sus ávidos oyentes. Mandy no lograba comprender qué le sucedía, por qué sus emociones habían de ser tan confusas, tan desazonadoras en su perplejidad. Lo que le había dicho a la señorita Blackett era verdad: ni siquiera conocía a la señora Carling. Lo que experimentaba no podía ser aflicción. Por otro lado, no tenía motivos para sentirse culpable. ¿Qué sentimiento era, pues, el que la embargaba?

La señora Demery permanecía inexplicablemente callada. Estaba disponiendo tazas y platos en su carrito, sin decir nada, pero sus ojillos penetrantes se movían con rapidez de rostro en rostro como si cada uno de ellos encerrase un secreto que un instante de descuido le impediría vislumbrar.

—¿Leíste la nota de suicidio, Mandy? —preguntó Maggie.

—No, pero el señor De Witt la leyó en voz alta. Venía a decir que los socios se habían portado muy mal con ella y que pensaba pagarles con la misma moneda. «Haré que sus nombres apesten», creo que decía. No me acuerdo muy bien.

—Tú la conocías mejor que muchos, Maggie —intervino el señor Elton—. Hiciste aquella gran gira de publicidad con ella hace unos dieciocho meses. ¿Cómo era?

—No causaba problemas. Me entendía muy bien con Esmé. A veces era un poco exigente, pero he hecho giras mucho peores. Y se interesaba por sus lectores; nada le parecía demasiada molestia. Siempre tenía una palabra amable cuando hacían cola para pedirle que les firmara un libro, y escribía lo que ellos querían, toda clase de mensajes personales. No era como Gordon Holgarth. Lo único que obtienen de él es una firma mal hecha, una mueca de desdén y una bocanada de humo de cigarro en la cara.

—¿Crees que era del tipo suicida?

—¿Hay un tipo suicida? No sé muy bien qué significan estas palabras. Pero si quieres saber si me ha sorprendido que se matara, la respuesta es sí. Me ha sorprendido. Y mucho.

La señora Demery habló por fin.

—Si es que se mató.

—Tuvo que hacerlo, señora Demery. Dejó una nota.

—Una nota muy curiosa, si Mandy la recuerda bien. Tendría que echarle un vistazo para quedar convencida. Y lo que está claro es que la policía no lo está. ¿Por qué razón se han llevado la lancha, si no?

—¿Por eso nos han traído en taxi desde Charing Cross esta mañana, en lugar de venir en la lancha? —preguntó Maggie—. Creía que se había estropeado. Fred Bowling no ha dicho nada de la policía cuando ha venido a buscarnos.

—Le habrán ordenado que no hable, supongo. Pero vaya si se la han llevado: han venido esta mañana a primera hora y se la han llevado a remolque. Me figuraba que lo habían hecho antes de llegar yo, así que se lo he preguntado. Ahora la tienen en la comisaría de Wapping.

Maggie estaba echando agua hirviendo sobre los granos de café, pero se interrumpió con el cazo en el aire.

—¿Quiere decir, señora Demery, que la policía cree que la señora Carling ha sido asesinada?

—No sé qué cree la policía. Sé lo que creo yo, y Esmé Carling no era de las que se suicidan. Ella no.

Emma Wainwright estaba sentada en un extremo de la mesa, asiendo con sus dedos largos y esqueléticos una taza de café. No había hecho ningún intento por bebérselo, sino que contemplaba el tenue remolino de espumeante leche como hipnotizada por la repugnancia.

En aquel momento alzó la mirada y comentó, con su voz áspera y un tanto gutural:

—Es el segundo cadáver que encuentras desde que llegaste a Innocent House, Mandy. Hasta ahora, nunca habíamos tenido esta clase de problemas. Acabarán llamándote la Mecanógrafa de la Muerte. Si sigues así, te será difícil encontrar otro empleo.

Mandy, enfurecida, escupió su réplica.

—No tan difícil como a ti. Por lo menos yo no parezco recién salida de un campo de concentración. Tendrías que verte. Das pena.

Durante unos segundos hubo un silencio horrorizado. Seis pares de ojos se volvieron rápidamente hacia Emma y se apartaron de inmediato. Ella seguía sentada, muy quieta, y de pronto se levantó medio tambaleándose y arrojó la taza de café contra el fregadero, al otro lado del cuarto, donde se hizo añicos con un ruido espectacular. A continuación, emitió un gemido agudo, prorrumpió en llanto y salió a toda prisa de la cocina. Amy lanzó un gritito y se enjugó una salpicadura de café caliente de la mejilla.

Maggie estaba escandalizada.

—No hubieras debido decir eso, Mandy. Ha sido una crueldad. Emma está enferma. No puede evitarlo.

—Claro que puede evitarlo: sólo lo hace para molestar a los demás. Y ha sido ella la que ha empezado. Me ha llamado la Mecanógrafa de la Muerte. Yo no traigo la mala suerte. No tengo la culpa de haber encontrado los cadáveres.

Amy miró a Maggie.

—¿Crees que debería ir con ella?

—Será mejor que la dejemos en paz. Ya sabes cómo es. Está dolida porque la señorita Claudia ha tomado a Blackie como secretaria personal en lugar de a ella. Ya le ha dicho a la señorita Claudia que quiere irse cuando termine esta semana. En mi opinión, lo que le pasa es que está asustada. Y no sé si se lo reprocho.

Desgarrada entre una colérica necesidad de justificarse y un remordimiento que resultaba tanto más desagradable cuanto que muy pocas veces lo experimentaba, Mandy tuvo la sensación de que a ella también le aliviaría tirar los platos contra la pared y echarse a llorar. ¿Qué les estaba ocurriendo a todos, a Innocent House, a ella misma? ¿Era eso lo que la muerte violenta les hacía a las personas? Había supuesto que el día sería agradablemente emocionante, lleno de interesantes charlas y conjeturas, y que ella se convertiría en el centro de toda la atención. En cambio, había sido un infierno desde el primer momento.

Se abrió la puerta y entró la señorita Etienne.

—Maggie, Amy y Mandy, hay trabajo por hacer —dijo con frialdad—. Si no tenéis intención de hacerlo, sería mejor que lo dijerais francamente y os marcharais a casa.

55

Dalgliesh había dicho que quería ver a todos los socios a las tres en la sala de juntas y que la señorita Blackett debía estar con ellos. Nadie opuso ninguna objeción a la convocatoria ni a la presencia de la secretaria. Del mismo modo, sin protestas ni preguntas, entregaron las prendas que llevaban puestas en el momento en que se encontró el cadáver de Esmé Carling. Aunque, naturalmente, pensó Kate, eran personas inteligentes; no necesitaban preguntar el porqué. La inspectora reflexionó en el hecho de que ninguno de ellos hubiera solicitado la presencia de un abogado y se preguntó si temían que la petición resultara sospechosamente prematura, si se consideraban capaces de cuidar ellos mismos de sus propios intereses o si los fortalecía el saberse inocentes.

Dalgliesh y ella se sentaron en el mismo lado de la mesa, frente a la señorita Blackett y los socios. Durante su anterior encuentro en la sala de juntas, tras la muerte de Gerard Etienne, Kate había percibido en ellos una mezcla de emociones: curiosidad, consternación, pesar y aprensión. Ahora tan sólo advertía miedo. Era como una infección. Parecía que se lo contagiaran unos a otros, impregnando incluso el aire de la habitación. Sin embargo, la única que lo manifestaba exteriormente era la señorita Blackett. Dauntsey, con un aspecto muy envejecido, se sentó con la resignación de un paciente en espera de ser ingresado en un geriátrico. De Witt se había situado junto a Frances Peverell; bajo los gruesos párpados, su mirada permanecía atenta y vigilante. La señorita Blackett estaba sentada en el borde de la silla, con la concentración temblorosa de un animal atrapado. Tenía el rostro muy blanco, pero unas manchas febriles le cubrían de vez en cuando las mejillas y la frente como si se tratara del azote de una enfermedad. Frances Peverell mantenía las facciones en tensión y se pasaba la lengua por los labios. Claudia Etienne, que había tomado asiento a su lado, era la más compuesta: se la veía tan elegante como siempre. Kate observó que se había aplicado el maquillaje a conciencia y se preguntó si lo habría hecho como un gesto de desafío o como un pequeño pero valeroso intento de imponer normalidad en el caos psicológico de Innocent House.

Dalgliesh depositó sobre la mesa el último mensaje de Esmé Carling, ahora envuelto en una funda de plástico, y lo leyó de principio a fin con voz casi inexpresiva. Nadie abrió la boca. Luego, sin hacer ningún comentario sobre lo que acababa de leer, dijo en tono sosegado:

—Tenemos motivos para creer que la señora Carling vino a Innocent House durante la tarde en que se produjo la muerte del señor Etienne.

Claudia habló con voz aguda.

—¿Que Esmé vino aquí? ¿Por qué?

—Es de suponer que para ver a su hermano. ¿Tan inverosímil lo encuentra? El día anterior se había enterado de que la Peverell Press rechazaba su última novela y aquella misma mañana a primera hora había intentado hablar con el señor Etienne, pero la señorita Blackett se lo impidió.

—¡Estaba reunido! —protestó Blackie—. ¡No se puede interrumpir una reunión de socios! Tengo instrucciones estrictas de no pasarles ni siquiera las llamadas telefónicas urgentes.

—Nadie le echa la culpa, Blackie —la cortó Claudia, impaciente—. Hizo usted bien en no dejarla pasar.

Dalgliesh prosiguió como si no hubiera habido ninguna interrupción.

—Al salir de estas oficinas se fue directamente a la estación de la calle Liverpool y, al llegar a Cambridge para firmar sus libros, descubrió que el acto se había suspendido a consecuencia de un fax enviado desde aquí. ¿Era probable que volviera tranquilamente a casa y no hiciera nada? Ustedes la conocían. ¿No les parece mucho más probable que viniera aquí e intentara de nuevo exponer sus quejas al señor Etienne en un momento en que pudiese encontrarlo a solas, sin la protección de su secretaria? Al parecer no era ningún secreto que los jueves solía quedarse hasta más tarde.

De Witt objetó:

—Pero sin duda ustedes hicieron las oportunas comprobaciones y le preguntaron dónde estaba a aquellas horas. Si realmente sospechan que Gerard fue asesinado, Esmé Carling por fuerza debía de contarse entre los sospechosos.

—Lo comprobamos, en efecto. Nos presentó una coartada muy convincente: una niña que aseguraba haber estado con ella en su apartamento desde las seis y media hasta la medianoche. La niña se llama Daisy y ya nos ha dicho todo lo que sabe: la señora Carling la convenció de que le proporcionara una coartada para esa noche y reconoció haber estado en Innocent House.

—Y ahora condesciende usted a decírnoslo —intervino Claudia—. Bien, comandante, al menos es un cambio. Ya era hora de que nos dijese algo concreto. Gerard era mi hermano. Ha venido usted insinuando desde el primer momento que su muerte no fue accidental, pero no parece que se halle más cerca de explicar cómo ni por qué murió.

De Witt habló en voz baja:

—No seas ingenua, Claudia. El comandante no nos está informando en atención a tus sentimientos fraternales; está diciéndonos que la niña, Daisy, ha sido interrogada y ha revelado todo lo que sabe, así que es inútil que nadie intente localizarla, sobornarla, comprarla ni silenciarla del modo que sea.

Lo que estas palabras implicaban era tan patente y, al mismo tiempo, tan consternador que Kate medio esperó que se alzara un coro de protestas airadas. Sin embargo, no hubo ninguna. Claudia enrojeció intensamente y pareció a punto de replicar, pero se contuvo. Los restantes socios se quedaron paralizados y en silencio, sin ningún deseo, al parecer, de buscar la mirada de los demás. Era como si el comentario hubiese abierto senderos de conjetura tan indeseables y pavorosos que valía más no explorarlos.

—Así pues —resumió Dauntsey, con voz quizá demasiado cuidadosamente controlada—, han encontrado un sospechoso del que se sabe que estuvo aquí y, probablemente, en el momento oportuno. Si no tenía nada que ocultar, ¿por qué no dio cuenta de sus actos?

De Witt añadió:

—Bien pensado, es extraño que permaneciese tan callada desde entonces. No creo que esperaras una carta de pésame, Claudia, pero sí habría sido lógico recibir noticias de ella, quizás un nuevo intento de que le aceptáramos la novela.

—Seguramente pensó que sería más correcto esperar un poco —sugirió Frances—. Habría sido una muestra de insensibilidad que empezara a importunarnos siendo tan reciente la muerte de Gerard.

—Desde luego, habría sido el momento menos propicio para hacernos cambiar de opinión —precisó De Witt.

Claudia habló con aspereza:

—No habríamos cambiado de opinión. Gerard estaba en lo cierto: es una mala novela. No habría beneficiado en nada nuestra reputación ni la de ella, si a eso vamos.

—Pero habríamos podido rechazarla más amablemente, hablar con ella, explicárselo —objetó Frances.

Claudia se volvió hacia ella:

—Por el amor de Dios, Frances, no empieces otra vez con lo mismo. ¿De qué habría servido? Un rechazo es un rechazo; la decisión le habría sentado mal aunque se la hubiéramos comunicado en el Claridge's con champaña y langosta Thermidor.

Dauntsey, que parecía haber estado siguiendo el hilo de sus propios pensamientos, comentó:

—No se me ocurre de qué manera Esmé Carling hubiera podido tener nada que ver con la muerte de Gerard, pero supongo que cabe la posibilidad de que fuera ella quien le enroscara la serpiente al cuello. Eso lo veo más propio de su estilo.

—¿Quieres decir que encontró el cuerpo y decidió añadirle una especie de comentario personal? —preguntó Claudia.

Dauntsey prosiguió:

—Aunque no parece muy probable, ¿verdad? Gerard aún debía de estar vivo cuando llegó ella. Es de suponer que le abrió él.

—No necesariamente —objetó Claudia—. Quizás aquella noche había dejado la puerta entornada o mal cerrada. No era propio de Gerard descuidar la seguridad, pero no es imposible. Quizás Esmé encontró la manera de entrar cuando ya estaba muerto.

—Aunque fuera así —apuntó De Witt—, ¿por qué iba a subir al despachito de los archivos?

Parecía que hubieran olvidado, por el momento, la presencia de Dalgliesh y Kate.

—Buscando a Gerard —le respondió Frances.

—¿No sería más probable que lo esperara en su despacho? —intervino de nuevo Dauntsey—. Tenía que saber que estaba en la casa, ya que la chaqueta seguía colgada en el respaldo de su sillón. Tarde o temprano volvería.

Y además, está el asunto de la serpiente. ¿Habría sabido dónde encontrarla?

Refutada así su propia sugerencia, Dauntsey volvió a sumirse en el silencio. Claudia miró brevemente a los demás socios, como si su mudo asentimiento le alentara a decir lo que estaba pensando. A continuación, miró a Dalgliesh de hito en hito.

—Comprendo que esta nueva información respecto a la presencia de Esmé Carling en Innocent House la noche en que murió Gerard hace ver su suicidio bajo una luz distinta. Pero, cualesquiera que fuesen las circunstancias de su muerte, es imposible que alguno de los socios interviniera en ella. Todos podemos dar cuenta de nuestros actos.

Kate pensó: «No quiere utilizar la palabra "coartada".»

—Yo estaba con mi prometido —prosiguió Claudia—. Frances y James estaban juntos. Gabriel estaba con Sydney Bartrum. —Se volvió hacia él y su voz se hizo dura de pronto—. Muy valiente por tu parte, Gabriel, ir solo a pie hasta el Sailor's Return siendo tan reciente el asalto.

—Hace más de sesenta años que ando solo por la ciudad; no dejaré de hacerlo por un asalto callejero.

—Y fue muy oportuno que casualmente te marcharas justo cuando llegaba el taxi de Esmé.

De Witt habló en voz baja:

—Fortuito, Claudia, no oportuno.

Pero Claudia estaba mirando a Dauntsey como si fuera un desconocido.

—Quizás incluso algún empleado del pub pueda confirmar a qué hora llegasteis Sydney y tú, aunque, naturalmente, es uno de los locales más bulliciosos del río y el que tiene la barra más larga, además de una entrada por el paseo del río, y llegasteis por separado. Dudo que puedan decir una hora exacta, si es que alguien se acuerda de dos clientes en particular. No haríais nada que llamara la atención, supongo.

Dauntsey replicó con voz contenida.

—No fuimos allí con esa intención.

—¿Por qué fuisteis? Ignoraba que frecuentaras el Sailor's Return. No me imaginaba que fuera el tipo de local que sueles frecuentar; en conjunto, demasiado ruidoso. Y tampoco sabía que Sydney y tú fuerais compañeros de copas.

A Kate le pareció como si de pronto hubieran emprendido una guerra particular. En ese momento se oyó la queda exclamación angustiada de Frances:

—¡No sigáis, por favor, no sigáis!

—¿Y tu coartada, Claudia? ¿Es más digna de confianza? —preguntó De Witt.

Claudia se volvió hacia él.

—O la tuya, si a eso vamos. ¿Pretendes decir que Frances no mentiría por ti?

—Es posible; no lo sé. Pero sucede que no es necesario. Frances y yo estuvimos juntos desde las siete.

—Sin ver nada, sin oír nada, sin reparar en nada —dijo Claudia—. Completamente absortos el uno en el otro. —Antes de que De Witt pudiera replicar, prosiguió—. Es curioso, ¿verdad?, que hechos en apariencia poco importantes desencadenen los acontecimientos más trascendentales. Si a alguien no se le hubiera ocurrido enviar un fax para cancelar la sesión de firma de ejemplares, quizás Esmé no habría vuelto aquí aquella noche, no habría visto lo que vio y, por lo tanto, quizá no habría muerto.

Blackie no pudo soportarlo más: primero la antipatía apenas disimulada de los socios y ahora este horror. Se levantó de un salto y exclamó:

—¡Basta ya, por favor, basta ya! No es cierto. Se mató ella misma. Mandy la encontró. Mandy lo vio. Todos saben que se mató ella misma. El fax no tuvo nada que ver.

—Claro que se mató —dijo Claudia con aspereza—. Cualquier otra idea es fruto de la imaginación de la policía. ¿Por qué aceptar un suicidio cuando se puede optar por algo más emocionante? Y para Esmé ese fax debió de ser la última gota. La persona que lo envió carga con una grave responsabilidad.

Miraba fijamente a Blackie. Las cabezas de los demás se volvieron como si Claudia hubiera tirado de un hilo invisible. De pronto, ésta exclamó:

—¡Fue usted! Ya lo suponía. ¡Fue usted, Blackie! ¡Usted lo envió!

Todos vieron consternados cómo Blackie abría la boca lenta y silenciosamente. Durante unos segundos que les parecieron más bien minutos, la mujer contuvo la respiración y, finalmente, estalló en incontenibles sollozos. Claudia se levantó de la silla y la cogió por los hombros; por un instante dio la impresión de que iba a sacudirla.

—¿Y las demás jugarretas? ¿Y las pruebas manipuladas? ¿Y las ilustraciones robadas? ¿También fue usted?

—¡No, no! ¡Lo juro! Sólo el fax. Nada más. Sólo eso. Fue muy desconsiderada con el señor Peverell. Dijo cosas terribles. No es verdad que estuviera harto de mí. Se preocupaba por mí. Confiaba en mí. Oh, Dios, ¡ojalá estuviera muerta como él!

Se levantó tambaleándose y, sin dejar de chillar, se precipitó hacia la puerta con las manos extendidas, como una ciega buscando a tientas su camino. Frances hizo ademán de levantarse y De Witt ya estaba en pie cuando Claudia le asió el brazo.

—Por el amor de Dios, James, déjala en paz. No a todos nos es grato que nos prestes tu hombro para llorar sobre él; algunos preferimos sobrellevar nuestras propias desdichas.

James se sonrojó y volvió a sentarse de inmediato.

—Creo que podemos dejarlo ya —dijo Dalgliesh—. Cuando la señorita Blackett se haya serenado, la inspectora Miskin hablará con ella.

—Felicidades, comandante —replicó De Witt—. Es

usted muy astuto; ha conseguido que le hagamos el trabajo. Habría sido más amable interrogar a Blackie en privado, pero se habría necesitado más tiempo, ¿no es eso?, y quizá no hubiera tenido tanto éxito.

—Ha muerto una mujer y mi trabajo consiste en descubrir cómo y por qué —contestó Dalgliesh—. Me temo que la amabilidad no es prioritaria para mí.

Frances, al borde del llanto, miró a De Witt y se lamentó:

—¡Pobre Blackie! ¡Oh, Dios mío, pobre Blackie! ¿Qué harán ahora con ella?

Fue Claudia quien contestó.

—La inspectora Miskin la consolará y luego el señor Dalgliesh la freirá a preguntas. O, si tiene suerte, al revés. No te preocupes por Blackie. No la condenarán a la horca por haber enviado ese fax; de hecho, ni siquiera es un delito. —Se volvió bruscamente y le dirigió la palabra a Dauntsey—. Lo siento, Gabriel. Lo siento muchísimo. No sabes cuánto lo siento. No entiendo qué me ha pasado. Dios mío, debemos permanecer unidos. —En vista de que él no decía nada, añadió en tono casi de súplica—: No creerás que haya sido un asesinato, ¿verdad? Me refiero a la muerte de Esmé. ¿Crees que la mató alguien?

Dauntsey respondió con voz queda.

—Ya has oído al comandante leer el mensaje que dejó para nosotros. ¿De veras te ha parecido una nota de suicidio?

56

El señor Winston Johnson era corpulento, negro y afable, y daba la impresión de no sentirse intimidado por el ambiente de una comisaría y de tomarse con filosofía la pérdida de posibles clientes que podía derivarse de su visita forzosa a Wapping. Su voz tenía un agradable tono de bajo profundo, pero el acento era *cockney* puro. Cuando Daniel se disculpó por la necesidad de molestarle en horario de trabajo, le contestó:

—Calculo que no he perdido demasiado. De camino hacia aquí he subido a una pareja que quería ir a Canary Wharf. Turistas norteamericanos. Y de los que dan buena propina, además. Por eso llego un poco tarde.

Daniel le tendió una fotografía de Esmé Carling.

—Ésta es la pasajera que nos interesa. El jueves por la noche a Innocent Walk. ¿La recuerda?

El señor Johnson cogió la fotografía con la mano izquierda.

—Perfectamente. Me paró en el puente de Hammersmith sobre las seis y media. Quería llegar al número diez de Innocent Walk a las siete y media. Ningún problema. No iba a tardar una hora en hacer ese trayecto, a no ser que el tráfico estuviera muy mal o se hubiese recibido una amenaza de bomba y sus muchachos hubieran cerrado alguna calle. Pero todo fue bien.

—¿Quiere decir que llegaron antes de las siete y media?

—Habríamos llegado antes, pero ella me llamó a través del cristal cuando íbamos por la Torre y me dijo que no quería llegar temprano. Me pidió que hiciera tiempo. Le pregunté que adónde quería ir y me dijo: «A cualquier parte, con tal que lleguemos a Innocent Walk a las siete y media.» Conque la llevé hasta Isle of Dogs, di unas cuantas vueltas y luego volví por la autopista. Eso hizo subir unos chelines el precio de la carrera, pero supongo que a ella le daba igual. Dieciocho libras en total, le costó, y aún dejó propina.

—¿Cómo llegó a Innocent Walk?

—Salí de la autopista por la calle Garnet abajo y luego por Wapping Wall.

—¿Vio a alguien en particular?

—¿Alguien en particular? Había un par de tipos por allí, pero yo no me fijé en nadie en particular. Iba conduciendo, ¿no?

—¿Le dijo algo la señora Carling durante el trayecto?

—Sólo lo que ya le he dicho, que no quería llegar a Innocent Walk hasta las siete y media y que diera unas cuantas vueltas. Algo así.

—¿Y está usted seguro de que quería ir al número diez de Innocent Walk, no a Innocent House?

—Al número diez me dijo y al número diez la llevé. Justo al lado de la reja de hierro que hay en el extremo de Innocent Passage. Me dio la impresión de que no quería adentrarse más en Innocent Walk. Nada más girar por la bocacalle, dio unos golpes en el cristal y me dijo que allí estaba bien.

—¿Vio si la cancela de Innocent Passage estaba abierta?

—No estaba abierta de par en par, pero eso no quiere decir que estuviera cerrada.

Antes de hacer la siguiente pregunta Daniel ya sabía cuál sería la contestación, pero necesitaba que quedara constancia de ello.

—¿Le dijo qué iba a hacer en Innocent Walk? Si iba a ver a alguien, por ejemplo.

—Eso no era asunto mío, ¿verdad, jefe?

—Tal vez no, pero a veces los pasajeros hablan.

—Incluso demasiado, algunos. Pero ésta no. Estuvo todo el rato callada, apretando aquel bolso grande que llevaba.

Apareció otra fotografía.

—¿Este bolso?

—Puede ser. Era por el estilo. Pero, ojo, no podría jurarlo.

—¿Le dio la impresión de que estaba lleno, como si llevara dentro algo voluminoso o pesado?

—Ahí no puedo ayudarle, compañero. Pero vi que lo llevaba colgado al hombro y que era grande.

—¿Y podría jurar que el jueves llevó a esta mujer desde Hammersmith hasta Innocent Walk y la dejó viva en el extremo de Innocent Passage a las siete y media?

—Bueno, desde luego no la dejé muerta. Sí, ya lo creo que puedo jurarlo. ¿Quiere que haga una declaración?

—Su colaboración ha sido muy valiosa, señor Johnson. Sí, nos gustaría tener su declaración. Se la tomaremos en el despacho de al lado.

El señor Johnson salió acompañado de un policía de paisano. Casi al instante, volvió a abrirse la puerta y el sargento Robbins asomó la cabeza. No se esforzaba en disimular su excitación.

—Estaba comprobando el tráfico del río, señor. Acabamos de recibir una llamada de las autoridades del puerto de Londres, en contestación a la que les hice yo hace cosa de una hora. Su lancha, la *Royal Nore*, pasó anoche ante Innocent House. Su presidente celebró una cena privada a bordo. La comida se servía a los ocho y tres de los invitados tenían ganas de ver Innocent House, así que estaban en cubierta. Calculan que deberían de ser las ocho menos veinte. Pueden jurar, señor, que entonces no había ningún cadáver colgando de la barandilla y que no vieron a nadie en el patio. Y otra cosa, señor: están completamente seguros de que la lancha se hallaba a la izquierda de los escalones y no a la derecha. Me refiero a la izquierda mirando desde el río.

Daniel dijo lentamente:

—¡Vaya por Dios...! Así que el instinto del jefe no le engañaba. La mataron en la lancha. El asesino oyó acercarse la embarcación de las autoridades del puerto de Londres y mantuvo el cuerpo oculto hasta el momento de colgarlo.

—Pero ¿por qué a ese lado de la barandilla? ¿Por qué cambió de sitio la lancha?

—Porque esperaba que no nos diéramos cuenta de que la había matado allí. Lo último que desea es que los especialistas metan las narices en la lancha. Y otra cosa: salió a recibirla a la cancela de hierro forjado que cierra el extremo de Innocent Passage. El asesino tenía llave y estaba esperándola en el umbral de al lado. Era más seguro permanecer en ese extremo del patio, lo más lejos posible de Innocent House y del número doce.

A Robbins se le había ocurrido una objeción.

—¿No era demasiado arriesgado cambiar la lancha de sitio? La señorita Peverell y el señor De Witt habrían podido oírlo desde el piso y sin duda habrían bajado a investigar.

—Dicen que no habrían podido oír un taxi a no ser que se internara por Innocent Lane. Podemos verificarlo, naturalmente. Y si oyeron el motor debieron de creer que era una lancha que pasaba por el río. Tenían corridas las cortinas, recuerde. Y por supuesto, siempre existe otra posibilidad.

—¿Cuál, señor?

—La de que fueran ellos los que movieron la lancha.

57

A las cinco y media del sábado, un día normalmente ajetreado, la tienda estaba desierta y el rótulo de «cerrado» colgaba tras el cristal. Claudia pulsó el timbre situado a un lado y a los pocos segundos apareció la figura de Declan y se abrió la puerta. En cuanto Claudia hubo entrado, él echó una rápida ojeada hacia ambos extremos de la calle y volvió a cerrar con llave a sus espaldas.

—¿Dónde está el señor Simon? —preguntó ella.

—En el hospital. De allí vengo. Está muy mal. Él cree que es cáncer.

—¿Y qué dicen los médicos?

—Van a hacerle unas pruebas. Creen que se trata de algo grave. Esta mañana hice que llamara al doctor Cohen, su médico de cabecera. En cuanto lo vio le dijo: «Por el amor de Dios, ¿por qué no me ha llamado antes?» Simon sabe que no saldrá del hospital; él mismo me lo ha dicho. Escucha, pasemos adentro, ¿quieres? Allí estaremos más cómodos.

Ni la besó ni la tocó.

Ella pensó: «Me habla como si fuera una cliente.» Le había ocurrido algo aparte de la enfermedad del viejo Simon. Nunca lo había visto de esa manera. Se diría que estaba poseído por una mezcla de excitación y terror. Su mirada era casi frenética y la piel le relucía de sudor. Incluso percibía su olor: un olor ferino y ajeno. Lo siguió hasta el invernadero. La estufa eléctrica instalada en la pared tenía las tres barras encendidas y en la habitación hacía mucho calor. Los objetos familiares parecían extraños, disminuidos, los restos mezquinos de vidas muertas y desatendidas.

Claudia se quedó mirándolo sin sentarse. Incapaz de permanecer quieto en un sitio, Declan recorría los escasos metros de espacio libre como un animal enjaulado. Vestía con más formalidad que de costumbre, y la insólita seriedad del traje y la corbata contrastaba con su inquietud casi maníaca, con el cabello desordenado. Claudia se preguntó cuánto rato llevaría bebiendo. Había una botella de vino casí vacía y un solo vaso utilizado entre los objetos revueltos en una de las mesas. De pronto, Declan interrumpió su desasosegada caminata y se volvió hacia ella, que vio en su mirada una expresión de súplica, vergüenza y miedo al mismo tiempo.

—Ha estado aquí la policía —comenzó—. Escucha, Claudia, he tenido que contarles lo del jueves, la noche en que murió Gerard. He tenido que decirles que me dejaste en el muelle de la Torre, que no estuvimos todo el rato juntos.

—¿Has tenido? —replicó ella—. ¿Cómo que has tenido?

—Me lo han sacado por la fuerza.

—¿Con qué, con empulgueras y pinzas al rojo? ¿Te ha retorcido los brazos Dalgliesh y te ha abofeteado? ¿Te han llevado a los calabozos de Notting Hill y te han dado una paliza, procurando no dejar marcas? Ya sabemos lo bien que lo hacen. Todos vemos la televisión.

—Dalgliesh no ha venido. Eran ese chico judío y un sargento. No te puedes imaginar lo mal que lo he pasado, Claudia. Creen que la novelista, Esmé Carling, fue asesinada.

—Eso no pueden saberlo.

—Te digo que es lo que ellos creen. Y saben que yo tenía un motivo para asesinar a Gerard.

—Si lo asesinaron.

—Sabían que yo necesitaba dinero y que tú me habías prometido conseguirlo. Habríamos podido atracar la lancha en Innocent House y hacerlo entre los dos.

—Pero no lo hicimos.

—No quieren creerlo.

—¿Y todo esto te lo han dicho ellos directamente?

—No, pero no hacía falta. Me he dado cuenta de que lo pensaban.

Claudia le explicó con paciencia:

—Mira, si sospecharan en serio de ti te habrían interrogado en una comisaría de policía después de informarte de tus derechos y habrían grabado la entrevista con un magnetófono. ¿Fue eso lo que hicieron?

—Claro que no.

—¿No te invitaron a acompañarlos a la comisaría ni te dijeron que podías llamar a un abogado?

—Nada de eso. Al final me dijeron que debía ir a la comisaría de Wapping y firmar una declaración.

—Entonces, ¿qué te han hecho, en realidad?

—Insistían en saber si estaba completamente seguro de que habíamos estado todo el tiempo juntos y de que me habías traído a casa en tu coche desde Innocent House. No paraban de repetir que era mucho mejor decir la verdad. El inspector utilizó las palabras «cómplice de asesinato», de eso estoy seguro.

—¿Lo estás? Pues yo no.

—El caso es que se la he dicho.

—¿Te das cuenta de lo que has hecho? —La voz de Claudia surgía, contenida, de unos labios que ya no parecían suyos—. Si Esmé Carling fue asesinada, probablemente Gerard también lo fue, y eso quiere decir que una sola persona es responsable de las dos muertes. Sería demasiada coincidencia tener dos asesinos en una misma empresa. Lo único que has conseguido es hacerte sospechoso de dos muertes, no de una.

Él casi lloraba.

—Pero cuando Esmé murió estábamos aquí juntos. Viniste directamente de la oficina. Yo mismo te abrí. Pasamos la noche juntos. Hicimos el amor. Se lo he dicho.

—Pero el señor Simon ya no estaba cuando llegué, ¿verdad? Sólo me viste tú. ¿Qué prueba tenemos?

—¡Pero estábamos juntos! ¡Tenemos una coartada! ¡Los dos la tenemos!

—¿Y crees que ahora van a darle crédito? Has reconocido que mentiste acerca de la noche en que se produjo la muerte de Gerard; ¿por qué no habrías de mentir también acerca de la noche en que murió Esmé? Te preocupaba tanto salvar el pellejo que no has sido capaz de ver que te estabas hundiendo más en la mierda.

Declan se volvió de espaldas y se sirvió más vino. Luego alzó la botella y preguntó:

—¿Quieres un poco? Iré a buscar otro vaso.

—No, gracias.

Él se volvió de nuevo.

—Oye —dijo—, creo que no deberíamos seguir viéndonos, al menos por algún tiempo. Será mejor que no nos vean juntos hasta que todo esto se haya aclarado.

—Ha ocurrido otra cosa, ¿no? —observó Claudia—. No es sólo el asunto de la coartada.

Fue casi cómico el modo en que le cambió la cara. La expresión de miedo y vergüenza fue anegada por un arrebato de entusiasmo, de satisfacción maliciosa. «Qué infantil es», pensó Claudia, tratando de imaginar qué nuevo juguete le había caído en las manos. Pero sabía que el desprecio que sentía era más por ella misma que por él.

Declan asintió, deseoso de que comprendiera.

—Es cierto, ha ocurrido otra cosa. Bastante buena, de hecho. Simon ha mandado llamar a su abogado. Va a hacer un testamento en el que me deja todo el negocio y la finca. ¿A qué otra persona podría dejárselo? No tiene parientes. Sabe que ya nunca se irá a tomar el sol, así que tanto da que me lo quede yo. Prefiere dejármelo a mí a que se lo quede el Gobierno.

—Comprendo —dijo ella. Y comprendía. Ya no era necesaria. El dinero heredado de Gerard ya no hacía falta—. Si la policía sospecha realmente de ti —prosiguió sin perder la calma—, cosa que dudo, el hecho de que dejemos de vernos no influirá en nada. En todo caso, parecerá más sospechoso. Es precisamente lo que harían dos culpables. Pero tienes razón: no volveremos a vernos; nunca más, si de mí depende. No me necesitas y, desde luego, yo no te necesito. Posees cierto encanto de hombre huraño y no estás mal como entretenimiento, pero no es que seas el mejor amante del mundo, ¿verdad?

Le sorprendió ser capaz de llegar a la puerta sin titubear, pero le costó un poco abrirla. En aquel momento se dio cuenta de que lo tenía a su espalda.

—Ya ves tú qué tal suena eso —adujo Declan con voz casi suplicante—. Me pediste que fuera a navegar por el río contigo. Dijiste que era importante.

—Y lo era. Iba a hablar con Gerard después de la reunión de los socios, ¿recuerdas? Creía que podía tener una buena noticia para ti.

—Y luego me pediste una coartada. Me pediste que dijera que habíamos estado juntos hasta las dos. Me llamaste desde el despachito de los archivos en cuanto te quedaste sola con el cuerpo. Tuviste el tiempo justo. Y fue lo primero en que pensaste. Me explicaste lo que debía decirles. Me obligaste a mentir.

—Y se lo has dicho así a la policía, claro.

—Estaba claro que era eso lo que pensaban. Lo que debe de pensar todo el mundo. Te llevaste la lancha tú sola; estuviste sola en Innocent House. Has heredado su piso, sus acciones, el dinero de su seguro de vida.

Claudia notó la dureza de la puerta contra su espalda. Lo miró a la cara y vio aparecer el miedo en sus ojos mientras le hablaba.

—¿Y no te da miedo estar conmigo? ¿No te da pánico estar aquí a solas conmigo? Ya he matado a dos personas, ¿por qué habría de importarme matar a otra? Podría ser una maníaca homicida, nunca se sabe, ¿verdad? ¡Dios mío, Declan! ¿De veras crees que asesiné a Gerard, un hombre que valía diez veces más que tú, para comprarte esta casa y esa patética colección de basura que acumulas para intentar convencerte a ti mismo de que tu vida tiene sentido, de que eres un hombre?

No recordaba haber abierto la puerta, pero la oyó cerrarse con firmeza tras de sí. La noche le pareció muy fría, y descubrió que temblaba con violencia. «De modo que ha terminado —pensó—. Ha terminado con rencor, acritud, viles insultos sexuales, humillación. Aunque, ¿no sucede así siempre?» Hundió las manos en los bolsillos del abrigo y, con los hombros encogidos, anduvo a paso vivo hacia el coche aparcado.

LIBRO QUINTO
LA PRUEBA DEFINITIVA

58

El lunes, hacia la caída de la tarde, Daniel estaba trabajando a solas en la sala de los archivos. No sabía muy bien qué le había llevado de nuevo a aquellos estantes repletos y mohosos, como no fuera el cumplimiento de una autoimpuesta penitencia. No podía dejar de pensar ni un momento en el fallo que había cometido con la coartada de Esmé Carling. No sólo le había engañado Daisy Reed, sino también Esmé Carling, y a ella habría podido presionarla más. Dalgliesh no había vuelto a mencionar el error, pero probablemente no lo olvidaría. Daniel no sabía qué era peor, si la tolerancia del jefe o el tacto de Kate.

Trabajaba sin interrupción, llevándose montones de unas diez carpetas cada uno al despachito de los archivos. Habían puesto a su disposición una estufa eléctrica y hacía bastante calor. Pero el cuarto no era cómodo. Sin la estufa, el frío atacaba de inmediato con un helor casi antinatural; con ella, la habitación no tardaba en resultar demasiado calurosa. Daniel no era supersticioso. No tenía la sensación de que los espectros turbados de los muertos observaban su búsqueda metódica y solitaria. La habitación era sombría, inhóspita, vulgar, y tan sólo evocaba una vaga inquietud nacida, paradójicamente, no del contagio del horror, sino de su ausencia.

Acababa de retirar el siguiente lote de carpetas de un estante alto cuando vio tras ellas un paquetito envuelto en papel marrón y atado con un viejo cordel. Lo llevó a la mesa y, después de luchar con los nudos, finalmente logró deshacerlos. Era un antiguo Libro del Rezo encuadernado en piel, de unos quince centímetros por diez, con las iniciales F. P. grabadas en oro sobre la cubierta. El libro parecía muy usado; las iniciales resultaban casi indescifrables. Lo abrió por la primera página, rígida y amarillenta, y vio burdamente inscrita la siguiente leyenda: «Impreso por John Baskett, Impresores de Sus Excelentísimas Majestades y Herederos de Thomas Newcomb y Henry Hills, difuntos. 1716. *Cum Privilegio.*» Empezó a hojearlo con cierto interés. Había finas líneas rojas que bajaban por los márgenes y la parte central de cada página. Aunque no sabía mucho sobre el Libro del Rezo anglicano, examinó sus páginas amarillentas y quebradizas con bastante atención y descubrió que había una «Oración especial de Acción de Gracias que se rezará cada año el día Quinto de Noviembre, por la feliz Salvación del Rey Jaime I y Parlamento del Traidor y Sangriento intento de Masacre mediante el uso de Pólvora». Daniel dudó que esta plegaria siguiera formando parte de la liturgia anglicana.

Fue entonces cuando se deslizó una hoja de papel de entre las últimas páginas del libro. En algún momento había estado doblada y era más blanca que las hojas del Libro del Rezo, pero igual de gruesa. No llevaba membrete. El mensaje estaba escrito en tinta negra, con trazos inseguros, pero resultaba tan legible como el día en que fuera redactado:

> Yo, Francis Peverell, escribo esto de mi propia mano el día 4 de septiembre de 1850 en Innocent House, en mi última agonía. La enfermedad que se ha apoderado de mí desde hace dieciocho meses pronto habrá concluido su tarea y, por la gracia de Dios, quedaré libre. Mi mano ha escrito las palabras «por la gracia de Dios» y no voy a borrarlas. No tengo ni fuerzas ni tiempo para correcciones. Sin embargo, lo

máximo que puedo esperar de Dios es la gracia de la extinción. No albergo esperanzas de Paraíso ni temo los dolores del Infierno, puesto que he sufrido ya mi Infierno aquí en la tierra durante los últimos quince años. He rehusado todos los paliativos para mi presente agonía. No he tocado el láudano del olvido. La muerte de mi mujer fue más piadosa que la mía. Esta confesión no puede traer solaz ni a la mente ni al cuerpo, puesto que no he pedido absolución ni confesado mi pecado a ningún alma viviente. Tampoco lo he reparado. ¿Cómo puede un hombre reparar el asesinato de su esposa?

Escribo estas palabras porque la justicia a su memoria exige que se cuente la verdad. Sin embargo, no me resuelvo a hacer confesión pública ni a lavar de su memoria la mancha del suicidio. La maté porque necesitaba su dinero para terminar las obras de Innocent House. Me había gastado lo que ella aportó como dote, pero quedaban otros capitales invertidos que me habían sido negados y que a su muerte pasarían a mi poder. Ella me quería, pero se negaba a entregármelos, pues consideraba mi pasión por la casa una obsesión y un pecado. Creía que me ocupaba más de Innocent House que de ella o de nuestros hijos, y tenía razón.

El acto no hubiera podido resultar más fácil. Era una mujer reservada, cuya timidez y escasa afición a la compañía le impedían tener amistades íntimas. Todos sus parientes habían muerto y la servidumbre la tenía por desdichada. Por ello, para preparar el terreno, les confié a algunos de mis colegas y amigos que me sentía inquieto por su estado de salud y de ánimo. El veinticuatro de septiembre, en una serena noche de otoño, la hice subir al tercer piso con la excusa de mostrarle algo. Estábamos solos en la casa, aparte del servicio. Salió conmigo al balcón. Era una mujer delgada y fue cuestión de segundos alzarla en vilo y arrojarla a la muerte. Luego, sin apresurarme, bajé a la biblioteca. Cuando vinieron a darme la terrible noticia me encontraron allí sentado, leyendo tranquilamente. Nunca sospecharon de mí. ¿Por qué iban a hacerlo? Nadie podía sospechar que un hombre respetable hubiera asesinado a su esposa.

He vivido para Innocent House y matado por ella, pero, desde la muerte de mi esposa, la casa no me ha proporcionado ningún placer. Dejo esta confesión para que se transmita al hijo mayor de cada generación e imploro a quienes la lean que guarden el secreto. La recibirá en primer lugar mi hijo Francis Henry, y luego, con el tiempo, su hijo, y todos mis descendientes. No me queda nada que esperar en esta vida ni en la próxima, y no tengo ningún mensaje que dar. Escribo porque es necesario que cuente la verdad antes de morir.

Había firmado al pie con el nombre y la fecha.

Después de leer la confesión, Daniel permaneció inmóvil en su asiento durante dos largos minutos, cavilando. No sabía por qué esas palabras, que le hablaban desde una distancia de más de un siglo y medio, le habían afectado tan poderosamente. Le parecía que no tenía derecho a leerlas, que lo adecuado sería volver a dejar la hoja dentro del Libro del Rezo, envolver de nuevo el libro y depositarlo otra vez en la estantería. Sin embargo, suponía que debería comunicarle por lo menos a Dalgliesh lo que había descubierto. ¿Era esta confesión el motivo de que Henry Peverell se hubiera mostrado tan reacio a que nadie examinara los archivos? Él debía de conocer su existencia. ¿Se la habían dado a leer al llegar a la mayoría de edad, o acaso se había perdido antes de llegar a sus manos para convertirse en una leyenda de familia de la que se hablaba en susurros, pero sin reconocer abiertamente su realidad? En todo caso, no podía tener ninguna relación con la muerte de Gerard: era una tragedia de los Peverell, una vergüenza de los Peverell, tan antigua como el papel que había recogido la confesión. Resultaba comprensible que la familia quisiera guardar el secreto; sería muy desagradable tener que explicar, cada vez que alguien admiraba la casa, que el dinero con que se había construido procedía de un asesinato. Tras una breve reflexión, puso el papel donde lo había encontrado, envolvió cuidadosamente el Libro del Rezo y lo dejó a un lado.

Sonó un ruido de pasos, leves pero claramente audibles, que se acercaban por la sala de los archivos. Por un instante, recordando a aquella esposa asesinada, le recorrió un ligero estremecimiento de temor supersticioso. Pero enseguida se impuso la razón: eran los pasos de una mujer viva, y él sabía de quién.

Claudia Etienne se detuvo en la puerta y preguntó sin preámbulos:

—¿Tiene para mucho?

—No. Quizás una hora, o puede que menos.

—Yo me iré a las seis y media. Dejaré todas las luces apagadas menos las de la escalera. ¿Querrá apagarlas usted cuando se vaya y conectar la alarma?

—Por supuesto.

Abrió la carpeta más cercana y fingió estudiar su contenido. No quería hablar con ella. En aquellas circunstancias, sería una imprudencia dejarse arrastrar a una conversación sin la presencia de terceros.

Claudia prosiguió.

—Lamento haber mentido acerca de mi coartada para la muerte de Gerard. Lo hice en parte por miedo; pero más que nada por el deseo de evitar complicaciones. Pero no lo maté yo; no fue ninguno de nosotros. —Él no respondió ni la miró. Claudia le interrogó, con una nota de desesperación—. ¿Cuánto va a durar todo esto? ¿No puede decírmelo? ¿No tiene ni idea? El juez ni siquiera ha autorizado aún la incineración del cuerpo de mi hermano. ¿No comprende lo que esto significa para mí?

Entonces la miró. Si hubiera sido capaz de apiadarse de ella, al ver su cara en ese momento se habría apiadado.

—Lo siento —respondió—. Ahora no puedo hablar de eso.

Sin añadir una sola palabra, Claudia giró en redondo y se marchó. Daniel esperó hasta que se hubo apagado el rumor de sus pisadas y fue a cerrar con llave la puerta de la sala de los archivos. Hubiera debido recordar que Dalgliesh la quería cerrada en todo momento.

59

A las 6.25 Claudia guardó bajo llave las carpetas con las que había estado trabajando y subió a lavarse y a buscar el abrigo. La casa estaba profusamente iluminada. Desde la muerte de Gerard, detestaba trabajar sola en penumbra. Ahora, las arañas, los apliques de pared y los grandes globos situados al pie de la escalera alumbraban el esplendor de los techos pintados, las minuciosas tallas de la madera y las columnas de mármol de color; ya apagaría el inspector Aaron cuando bajara. Se arrepentía de haber cedido al impulso de ir al cuartito de los archivos. Había subido con la esperanza de que, al verlo a solas, podría sonsacarle alguna información sobre el desarrollo de la investigación, alguna idea aproximada de cuándo iba a terminar. El impulso había sido una locura, y su resultado una humillación. Para él, ella no era una persona; no la veía como un ser humano, como una mujer sola, asustada, abrumada por inesperadas y gravosas responsabilidades. Para él, para Dalgliesh, para Kate Miskin, no era más que uno de los sospechosos, quizás el principal. Se preguntó si todas las investigaciones de asesinato deshumanizaban a quienes se veían afectados por ellas.

La mayor parte de los empleados dejaban el coche aparcado tras la cancela cerrada con llave de Innocent Passage. Claudia era la única que utilizaba el garaje. Estaba muy encariñada con su Porsche 911; ya tenía siete años, pero no quería cambiarlo y le disgustaba dejarlo a la intemperie. Abrió la puerta del número 10, cruzó el pasaje y entró en el garaje. Alzó la mano hacia el interruptor de la luz y lo accionó. No ocurrió nada; evidentemente, se había fundido la bombilla. Y entonces, mientras permanecía allí indecisa, percibió el sonido de una respiración suave y la abrumó el conocimiento, inmediato y aterrador, de que alguien esperaba agazapado en la oscuridad. Justo en aquel momento, un lazo de cuero cayó sobre su cabeza y se cerró en torno a su cuello. Notó un violento tirón hacia atrás y el crujido del choque contra el hormigón, que la aturdió por unos instantes, y luego su roce en la nuca.

La correa era larga. Claudia extendió los brazos para tratar de luchar con quien la sujetaba, pero le fallaban las fuerzas y, cada vez que intentaba moverse, el lazo se estrechaba más y su mente pasaba por una agonía de dolor y terror hasta sumirse en una inconsciencia fugaz. Se debatió débilmente al extremo de la correa como un pez moribundo en el anzuelo, agitando en vano los pies en busca de un punto de apoyo en el rugoso hormigón.

Y entonces oyó su voz.

—Quieta, Claudia, no te muevas. No te muevas y escucha. No pasará nada mientras no te muevas.

Ella cesó de luchar y al instante se aflojó la tremenda presión. El hombre le habló con voz queda y persuasiva. Claudia oyó lo que le decía y su cerebro confuso comprendió al fin: estaba diciéndole que debía morir y por qué.

Quiso gritar que era un terrible error, que no era verdad, pero tenía la voz estrangulada y sabía que sólo podría sobrevivir si permanecía completamente inmóvil. El hombre empezó a explicarle que parecería un suicidio. La correa quedaría atada al volante del coche, y el motor en marcha; para entonces ella ya habría muerto, pero él necesitaba que el garaje estuviera lleno de gases tóxicos. Todo esto se lo explicó con paciencia, casi amablemente, como si fuera importante que lo comprendiese. Le hizo ver que ella ya no tenía coartada para ninguno de los dos asesinatos; la policía creería que se había matado por miedo a la cárcel o por remordimiento.

Y por fin terminó de hablar. Ella pensó: «No moriré. No dejaré que me mate. No moriré aquí, de esta manera, arrastrada por el suelo del garaje como un animal.» Apeló a toda su fuerza de voluntad. Pensó: «Debo fingir que estoy muerta, desvanecida, inconsciente. Si logro sorprenderlo, puedo girar bruscamente y arrebatarle la correa. Si consigo ponerme en pie podré dominarlo.»

Hizo acopio de fuerzas para este último gesto. Pero él esperaba que lo hiciera y estaba prevenido: en cuanto empezó a moverse, el lazo se tensó de nuevo y esta vez no se aflojó.

El asesino esperó hasta que al fin cesaron las atroces convulsiones, hasta que se extinguieron los últimos estertores. Entonces soltó la correa y, agachándose, comprobó que el aliento ya no animaba aquel cuerpo. A continuación se incorporó y, tras sacar la bombilla del bolsillo, se irguió para enroscarla en el portalámparas vacío que colgaba del techo bajo. Con el garaje por fin iluminado, cogió las llaves que su víctima llevaba en el bolsillo, abrió la portezuela del automóvil y ató el extremo de la correa al volante. Sus manos enguantadas trabajaban deprisa y sin vacilación. Por último, puso el motor en marcha. El cadáver yacía en una postura desgarbada, como si antes de morir Claudia se hubiera arrojado del coche, sabiendo que o bien el lazo o bien los mortíferos gases acabarían con su vida. Y fue en ese momento cuando oyó las pisadas que se acercaban por el pasaje.

60

Eran las 6.27. En el piso de Frances Peverell sonó el teléfono. En cuanto James pronunció su nombre, ella se dio cuenta de que ocurría algo malo.

Preguntó de inmediato:

—¿Qué sucede, James?

—Rupert Farlow ha muerto. Murió en el hospital hace una hora.

—Oh, James, lo siento muchísimo. ¿Estabas con él?

—No, estaba Ray. Rupert no quiso que hubiera nadie más. Es muy extraño, Frances. Cuando vivía aquí, la casa me resultaba casi insoportable; a veces temía volver y tener que enfrentarme con el desorden, los olores y los trastornos. Pero ahora que ha muerto querría que estuviera como antes. La detesto. Es una casa cursi, afectada, aburrida y convencional, un museo para alguien con el corazón muerto. Me gustaría romperlo todo.

—¿Te serviría de ayuda que yo fuera allí?

—¿Lo dices en serio, Frances? —Ella captó con alegría un destello de alivio en su voz—. ¿Estás segura de que no será demasiada molestia?

—Claro que no será ninguna molestia. Salgo enseguida. Aún no son las seis y media; puede que Claudia no se haya marchado todavía. Si la encuentro, le pediré que me lleve hasta la estación de Bank y tomaré la Central Line. Será lo más rápido. Si ya no está, pediré un taxi.

Frances colgó el auricular. Lo sentía por Rupert, pero sólo lo había visto una vez, años antes, cuando acudió a

Innocent House. Y sin duda esa muerte durante tanto tiempo esperada, aguardada con tanto sufrimiento exento de quejas, debía de haberle llegado como una liberación. Pero James la había llamado, la necesitaba, quería estar con ella. Se sentía embargada de alegría. Cogió la chaqueta y el chal del perchero de la entrada y casi se arrojó escaleras abajo para correr hacia Innocent Lane. Pero la puerta de Innocent House estaba cerrada y no se veía brillar ninguna luz a través de la ventana de la sala de recepción. Claudia se había marchado. Echó a correr hacia Innocent Walk, pensando que aún podía encontrarla en el coche, pero vio que la puerta del garaje estaba cerrada. Llegaba demasiado tarde.

Decidió llamar un taxi desde el teléfono de pared que había en el pasaje, ante el número 10; sería más rápido que volver a su piso. Fue al llegar ante las puertas del garaje cuando oyó el sonido inconfundible de un motor en marcha. Eso la sorprendió y la desconcertó. El Porsche de Claudia, su querido 911, era demasiado antiguo para estar provisto de catalizador. ¿Cómo podía cometer la imprudencia de tener el motor en marcha dentro de un garaje cerrado? Tal descuido no era propio de Claudia.

La puerta que daba al número 10 estaba cerrada con llave. Eso en sí no era de extrañar: Claudia siempre entraba en el garaje por allí y después la cerraba. Pero sí resultaba extraño encontrar la luz del pasaje aún encendida y la puerta lateral del garaje entornada. Frances gritó el nombre de Claudia, se precipitó hacia la puerta y la abrió de un empujón.

La luz estaba encendida, una luz dura, cruel, sin sombras. Frances se quedó petrificada, con todos los músculos y nervios paralizados por un segundo de revelación y horror instantáneos. Él estaba arrodillado junto al cuerpo, pero al verla se puso en pie y se acercó en silencio hasta bloquear la puerta. Frances lo miró a los ojos: eran los mismos ojos de siempre, llenos de sabiduría y un tanto fatigados, unos ojos que habían visto demasiado y durante demasiado tiempo.

—¡Oh, no! —susurró—. Gabriel, tú no. Oh, no.

No gritó. Era tan incapaz de gritar como de moverse. Cuando él le habló, lo hizo con la voz apacible que ella tan bien conocía.

—Lo siento, Frances. ¿Te das cuenta, verdad, de que no me es posible dejarte ir?

Y entonces ella se tambaleó y sintió que se sumía en una piadosa oscuridad.

61

En el cuartito de los archivos Daniel consultó su reloj. Las seis en punto. Llevaba dos horas allí, pero no había perdido el tiempo. Por lo menos había encontrado algo; las dos horas de búsqueda se habían visto recompensadas. Quizá no resultara útil para la investigación, pero tenía cierto interés. Cuando presentara la confesión al equipo, tal vez el jefe considerase que su intuición había quedado vindicada, aunque de un modo menos fructífero de lo que se esperaba, y ordenase la suspensión de la búsqueda. Nada le impedía darla ya por terminada.

Sin embargo, el éxito había reavivado su interés: casi había llegado al final de una hilera. Ya que estaba en ello, podía bajar y examinar la treintena de carpetas que le quedaba por revisar en el estante superior. Le gustaba que cada tarea tuviese un final limpio y definido. Además, todavía era temprano; si se marchaba, se sentiría en la obligación de volver a Wapping, y en aquellos momentos no le apetecía afrontar de nuevo la comprensión o la piedad de Kate. Así pues, desplazó la escalera de mano a lo largo de la estantería.

La carpeta, voluminosa pero no fuera de lo normal, se hallaba encajada entre otras dos y, al tirar de ellas, se deslizó del estante. Unos cuantos papeles sueltos le cayeron sobre la cabeza como hojas secas. Daniel bajó de la escalera con cuidado y los recogió. Los restantes documentos estaban unidos por medio de grapas, seguramente ordenados según la fecha. Dos cosas le llamaron la atención: la carpeta en sí era de cartulina marrón y muy antigua, en tanto que algunos papeles parecían recientes y estaban lo bastante limpios para haber sido archivados hacía menos de cinco años; por otra parte, aunque la carpeta no llevaba ningún rótulo, entre los papeles que recogía del suelo le saltó una y otra vez a la vista la palabra «judío». Daniel se lo llevó todo a la mesa del despachito.

Los papeles no estaban numerados y sólo podía suponer que se hallaban en el orden correcto, pero uno de ellos suscitó su curiosidad. Era una propuesta de novela, mecanografiada con poca habilidad y carente de firma. El encabezamiento rezaba: *Propuesta a los socios de la Peverell Press*. Leyó:

> El marco y el tema universal y unificador de esta novela, provisionalmente titulada *Pecado original*, es la participación del Gobierno de Vichy en la deportación de judíos franceses entre 1940 y 1944. En el transcurso de esos cuatro años fueron deportados casi 76.000 judíos, la gran mayoría de los cuales murió en los campos de concentración de Polonia y Alemania. El libro narrará la historia de una familia dividida por la guerra, en la que una joven madre judía y sus gemelos de cuatro años de edad quedan atrapados en la Francia ocupada, son escondidos por sus amigos y obtienen documentos falsos, para ser luego traicionados, deportados y asesinados en Auschwitz. La novela explorará el efecto de esta traición —una pequeña familia entre millares de víctimas— en el esposo de la mujer, en los traicionados y en los traidores.

Daniel examinó los papeles sin hallar ninguna contestación a la propuesta ni ninguna comunicación de la Peverell Press. La carpeta contenía lo que evidentemente eran documentos de investigación y de trabajo. La novela estaba bien documentada, extraordinariamente bien documentada para tratarse de una obra de ficción; a lo largo de los años, el autor se había puesto en contacto, mediante una visita personal o por escrito, con una considerable variedad de organismos nacionales e internacionales: los Archivos Nacionales de París y Toulouse, el Centro de Documentacion Judía Contemporánea de París, la Universidad de Harvard, la Oficina de Registros Públicos y el Real Instituto de Asuntos Internacionales, en Londres, y los Archivos de la República Federal Alemana, en Coblenza. Había también fragmentos extraídos de los periódicos del movimiento de la Resistencia —*L'Humanité*, *Témoignage Chrétien* y *Le Franc-Tireur*—, así como minutas de algunos prefectos de la zona no ocupada. Daniel los miró por encima: cartas, informes, documentos oficiales, copias de minutas, declaraciones de testigos oculares... La investigación era muy amplia y en algunos aspectos peculiarmente precisa: el número de deportados, los horarios de los trenes, el papel desempeñado por la policía de Pierre Laval e incluso los cambios efectuados en la jerarquía alemana en Francia durante la primavera y el verano de 1942. Pronto se hizo evidente que el investigador había procurado que su nombre no apareciese en ninguna parte. Las cartas escritas por él tenían su nombre y dirección tachados o recortados; las dirigidas a él conservaban el nombre y dirección del remitente, pero se había eliminado cualquier otro dato que hubiera permitido identificar al destinatario. No se veía ningún indicio de que todo ese material se hubiera utilizado, de que se hubiese empezado siquiera el libro, y mucho menos terminado.

Resultaba cada vez más claro que al investigador le interesaba una región en especial y un año determinado. La novela, si eso era, se iba centrando cada vez más. Al principio era como si una batería de focos se paseara por un extenso territorio haciendo resaltar un incidente, una configuración interesante, una figura solitaria, un tren en marcha; pero, poco a poco, sus haces se iban coordinando para iluminar un solo año: 1942. Fue un año en el que los alemanes exigieron un gran aumento en las deportaciones desde la zona no ocupada. Los judíos, una vez reunidos en grupos, eran conducidos al Vel d'Hiv o a Drancy, un enorme complejo de apartamentos situado en un arrabal del noreste de París. Este último campo servía como estación de paso hacia Auschwitz. En la carpeta había tres informes de testigos presenciales: uno era de una enfermera francesa que había trabajado con un pediatra en Drancy durante catorce meses, hasta que no pudo seguir soportando la acumulación de desgracias, y los otros dos de supervivientes del campo, que al parecer los habían redactado en respuesta a una solicitud específica del investigador. Una mujer había escrito:

> El 16 de agosto de 1942 me detuvieron los Gardes Mobiles. No me asusté porque eran franceses y porque se mostraron muy correctos en el momento de la detención. No sabía qué se proponían hacerme, pero recuerdo que tenía la sensación de que no sería demasiado malo. Me dijeron qué pertenencias podía llevarme y me hicieron pasar un examen médico antes de trasladarme. Me enviaron a Drancy y fue allí donde conocí a la joven madre de los gemelos. Ella se llamaba Sophie, pero no recuerdo el nombre de los niños. Al principio había estado en Vel d'Hiv, pero luego la trasladaron a Drancy. Me acuerdo bien de la mujer y los niños aunque no hablábamos con frecuencia. Me contó muy poco de su vida, excepto que había vivido cerca de Aubière con un nombre falso. Lo único que le preocupaba eran sus hijos. Por entonces estábamos en el mismo barracón con otros cincuenta internos. Vivíamos en una gran miseria. Había escasez de camas y de paja para los colchones, el único alimento que recibíamos era sopa de col y estábamos en-

fermos de disentería. En Drancy murió mucha gente; creo que más de cuatrocientas personas en los diez primeros meses. Recuerdo el llanto de los niños y los gemidos de los moribundos. Para mí, Drancy fue tan malo como Auschwitz; pasé sencillamente de una sala del infierno a otra.

El segundo superviviente del campo describía los mismos horrores, aunque de un modo más gráfico, pero no recordaba a ninguna madre joven con gemelos.

Daniel iba pasando las hojas como en trance. Había comprendido ya adónde le conducía ese viaje, y al fin encontró la prueba: una carta escrita por una tal Marie-Louise Robert, de Quebec. Estaba escrita a mano en francés y venía acompañada de una traducción mecanografiada.

Me llamo Marie-Louise Robert y soy de nacionalidad canadiense, viuda de Émile Édouard Robert, un francocanadiense. Lo conocí y me casé con él en Canadá en el año 1958. Murió hace dos años. Yo nací en 1928, de modo que en 1942 tenía catorce años. Entonces vivía con mi madre, que era viuda, y mi abuelo en una pequeña granja situada en la región del Puy-de-Dôme, cerca de Aubière, que se encuentra al sudeste de Clermont-Ferrand. Sophie y los gemelos vinieron a vivir con nosotros en abril de 1941. Ahora soy mayor y me resulta difícil recordar qué cosas sabía entonces y de cuáles me he ido enterando después. Yo era una adolescente curiosa y me molestaba mucho que me dejaran al margen de los asuntos de los adultos y me trataran como a una niña, como si fuese demasiado inmadura para que se pudiera confiar en mí. Al principio no me dijeron que Sophie y los pequeños eran judíos, pero lo supe más tarde. En aquella época, en Francia había muchas personas y organizaciones que ayudaban a los judíos exponiéndose a grandes peligros, y Sophie y los gemelos se instalaron en la granja gracias a una organización cristiana de este tipo. Nunca llegué a saber el nombre de esa organización. A mí me dijeron que era una amiga de la familia que había venido a refugiarse de los bombardeos. Mi tío Pascal trabajaba para el señor Jean-Philippe Etienne, que tenía una editorial y una imprenta en Clermont-Ferrand. Creo que yo ya sabía entonces que Pascal era miembro de la Resistencia, pero no sé si estaba enterada de que el señor Etienne era el jefe de la organización. En julio de 1942 vino la policía y se llevó a Sophie y los gemelos. Cuando llegaron, mi madre me dijo que saliera de casa y me quedara en el cobertizo hasta que ella me avisara. Fui al cobertizo, pero volví a escondidas y escuché lo que ocurría. Oí gritos y lloros de los niños. Luego oí un coche y una camioneta que se alejaban. Cuando volví a casa mi madre también lloraba, pero no quiso contarme qué había ocurrido.

Aquella noche Pascal vino a casa y me escabullí escaleras abajo para escuchar. Mi madre estaba muy enfadada con él, pero él dijo que no había traicionado a Sophie y los gemelos, que nunca se le habría ocurrido poner en peligro a mi madre y mi abuelo, que debía de haber sido cosa del señor Etienne. He olvidado decir que fue Pascal quien preparó los documentos falsos para Sophie y los gemelos. Ése era su trabajo en la Resistencia, aunque no recuerdo si entonces ya lo sabía. Le recomendó a mi madre que no hiciera ni dijera nada, que esas cosas ocurrían por alguna razón. Sin embargo, al día siguiente mi madre fue a ver al señor Etienne y, cuando regresó, estuvo hablando con mi abuelo. Creo que les daba igual que los oyera o no, porque mientras hablaban yo estaba leyendo en la misma habitación. Mi madre dijo que el señor Etienne admitió que había delatado a Sophie a los alemanes, pero que había sido necesario. Si no la castigaban por haber acogido a judíos en la granja era precisamente porque confiaban en él y apreciaban su amistad. Si no habían deportado a Pascal ni le habían condenado a trabajos forzados era gracias a su buena relación con los alemanes. El señor Etienne le preguntó a mi madre qué era más importante para ella: el honor de Francia, la seguridad de su familia o tres judíos. A partir de entonces no se volvió a hablar de Sophie y los gemelos; era como si nunca hubieran existido. Si yo preguntaba por ellos, mi madre se limitaba a responder: «Eso ya terminó. Se acabó.» El dinero de la organización seguía llegando, aunque no era mucho, y mi abuelo dijo que debíamos quedárnoslo. Entonces éramos muy pobres. Creo que alguien escribió preguntando por Sophie y los niños unos dieciocho meses después de que se los hubieran llevado, pero mi madre respondió que las autoridades empezaban a sospechar y que Sophie se había ido a casa de unos amigos en Lyon y que no sabía su dirección. Después de eso dejó de llegar dinero.

Soy la única que queda de mi familia. Mi abuelo murió en 1946 y mi madre un año más tarde, de cáncer. Pascal se mató con la moto en 1954. Después de casarme no volví nunca a Aubière. No recuerdo nada más de Sophie y los niños, salvo que eché mucho de menos a los gemelos cuando se los llevaron.

La carta estaba fechada el 18 de junio de 1989. Dauntsey había necesitado más de cuarenta años de investigación para encontrar a Marie-Louise Robert y su prueba definitiva. Pero no se había detenido ahí: el último documento de la carpeta llevaba fecha del 20 de julio de 1990 y estaba redactado en alemán, también con la traducción adjunta. Dauntsey había seguido la pista de uno de los oficiales alemanes de Clermont-Ferrand. En frases escuetas y lenguaje oficial, un anciano retirado y con residencia en Baviera había revivido durante unos minutos un pequeño incidente de un pasado recordado sólo a medias. La verdad de la traición quedaba confirmada.

En la carpeta aún había otro papel, guardado dentro de un sobre. Daniel lo abrió y encontró una fotografía en blanco y negro que debía de tener más de cincuenta años, descolorida pero todavía nítida. Era evidente que la había tomado un aficionado, y en ella se veía a una joven sonriente, de cabellos oscuros y mirada dulce, que rodeaba con los brazos a sus dos hijos. Los niños se apoyaban en su madre y miraban a la cámara sin sonreír, con los ojos muy abiertos, como si fueran conscientes de la importancia de aquel instante, de que el chasquido del obturador fijaría para siempre su frágil mortalidad. Daniel le dio la vuelta a la foto y leyó: «Sophie Dauntsey. 1920-1942. Martin y Ruth Dauntsey. 1938-1942.»

Cerró la carpeta y durante unos segundos permaneció tan inmóvil como si fuera una estatua. Luego se levantó, pasó a la sala de los archivos y empezó a deambular entre las estanterías, deteniéndose de vez en cuando para golpear con la palma de la mano los soportes metálicos. Estaba poseído por una emoción que reconocía como ira, pero que no se parecía a ningún acceso de ira que hubiera experimentado antes. Oyó un extraño ruido inhumano y de pronto se dio cuenta de que eran sus gritos por el dolor y el horror de lo que había descubierto. No se le ocurrió destruir las pruebas; eso no podía hacerlo y no lo pensó ni por un momento. Pero podía avisar a Dauntsey, prevenirle de que estaban cerca y de que habían descubierto el móvil que faltaba. Le sorprendió por unos instantes que Dauntsey no hubiera recuperado y destruido aquellos papeles. Ya no los necesitaba. Ningún tribunal había de verlos. No los había recopilado con tal paciencia, con tal minuciosidad, a lo largo de medio siglo, para presentarlos ante un tribunal. Dauntsey había sido juez y jurado, fiscal y demandante. Acaso los habría destruido si la sala no hubiera estado cerrada, si Dalgliesh no hubiera intuido que el motivo de ese crimen yacía en el pasado y que la evidencia que faltaba podía ser una evidencia escrita.

De pronto sonó el timbre del teléfono, duro e insistente como una alarma. Daniel dejó de andar y se quedó paralizado, como si responder a la llamada pudiera destruir su intensa preocupación y devolverle a las banalidades clamorosas del mundo exterior. Pero seguía sonando. Se acercó al teléfono de pared y, al descolgarlo, oyó la voz de Kate.

—Has tardado mucho en contestar.

—Lo siento. Estaba bajando carpetas.

—¿Estás bien, Daniel?

—Sí. Sí, estoy bien.

Kate le anunció:

—Hemos recibido noticias del laboratorio. Las fibras concuerdan. Carling fue asesinada en la lancha. Pero en las prendas de los sospechosos no se ha encontrado ni rastro de la misma fibra. Supongo que era demasiado esperar. Así que algo hemos adelantado, pero no mucho. El jefe está pensando en interrogar a Dauntsey mañana, con magnetófono e informándole de sus derechos. No sacaremos nada en limpio, pero supongo que hay que intentarlo. No se vendrá abajo. Y los demás tampoco.

Por primera vez Daniel percibió en la voz de Kate el leve titubeo de la desesperación.

—¿Has encontrado algo interesante? —añadió ella.

—No, nada interesante. Lo dejo ya. Me voy a casa.

62

Volvió a meter la fotografía dentro del sobre y se guardó el sobre en el bolsillo. A continuación colocó todas las carpetas en su lugar correspondiente del estante superior, entre ellas la de cartulina marrón; apagó las luces, abrió la puerta por dentro y la cerró con llave por fuera. Claudia Etienne había dejado encendidas todas las luces de la escalera y él las fue apagando mientras bajaba. Las de la planta baja las encendió para ver por dónde iba. Todos sus actos eran deliberados, extraordinarios, como si cada uno de ellos tuviera un valor singular. Echó una última mirada al gran techo abovedado, sumió el salón en tinieblas, conectó las alarmas y por último apagó la luz de la recepción y abandonó Innocent House, cerrando la puerta tras de sí. Se preguntó si volvería a entrar en ella alguna vez y sonrió con ironía al pensar que, en un momento como aquél, resuelto ya a cometer la perfidia imperdonable, la gran iconoclasia, todavía era capaz de atender meticulosamente a las cosas que carecían de importancia.

No vio señales de vida en las pequeñas ventanas laterales del número 12. Llamó al timbre de Dauntsey y alzó la vista hacia las oscuras ventanas. No hubo respuesta. Tal vez estaba con Frances Peverell. Corrió hacia Innocent Walk y fue entonces cuando, al mirar hacia la izquierda, vio que el Rover color crema de Dauntsey abandonaba su estacionamiento delante del garaje. Dio instintivamente unos pasos hacia él, pero enseguida se dio cuenta de que era inútil llamarlo; con el ruido del motor y el traqueteo de las ruedas sobre los adoquines, no le oiría.

Se precipitó hacia su Golf GTI, aparcado en Innocent Lane, y emprendió la persecución. Tenía que hablar con él aquella misma noche. Al día siguiente podía ser demasiado tarde. Dauntsey sólo le llevaba medio minuto de ventaja, pero aun esa pequeña diferencia podía resultar crucial si encontraba despejada la entrada a la autopista al final de Garnet Road. Pero tuvo suerte: llegó a tiempo de ver que el automóvil giraba a la derecha en dirección este, hacia los suburbios de Essex, no hacia el centro de Londres.

Durante los siete u ocho kilómetros siguientes consiguió no perder de vista el Rover. El tráfico de vehículos que regresaban a sus casas todavía era intenso —una reluciente masa de metal que avanzaba con lentitud— y Daniel, aun conduciendo con toda la habilidad de que era capaz, de una manera más egoísta que ortodoxa, apenas ganaba distancia. De vez en cuando perdía a Dauntsey, pero al cabo de unos instantes, cuando el tráfico mejoraba ligeramente, descubría que aún circulaba por la misma carretera. Y Daniel empezó a sospechar adónde se dirigía. Conforme avanzaba se sentía más seguro; y cuando al fin se acercaron a la A12 ya no le quedó ninguna duda. Sin embargo, en cada semáforo, en cada pausa, en cada tramo de carretera despejada, su mente se concentraba en los dos asesinatos que lo habían llevado a aquella persecución, a aquella resolución.

Ahora veía el plan entero en toda su brillantez, toda su sencillez inicial. El asesinato de Etienne se había proyectado de modo que pareciera un accidente, se había calculado en todos sus detalles durante semanas, probablemente meses, esperando con paciencia el momento adecuado. La policía siempre había sabido que Dauntsey era el principal sospechoso. Nadie tenía tantas facilidades como él para trabajar en el despachito de los archivos sin ser molestado. Probablemente había cerrado la puerta con llave mientras desmontaba la estufa de gas, desprendía los cascotes de la chimenea y volvía a instalar la estufa con el cañón convenientemente obstruido. El cordón de la ventana lo había desgastado deliberadamente a lo largo de semanas. Y había elegido la noche ideal para el asesinato, un jueves, el día en que, como todo el mundo sabía, Etienne se quedaba a trabajar a solas. Lo había preparado todo para las siete y media, justo antes de salir hacia el Connaught Arms. ¿Había sido fortuito aquel compromiso? ¿El acto se había celebrado por casualidad la misma noche que él había elegido para el asesinato? ¿O bien, por el contrario, había elegido aquella noche para que coincidiera con el recital de poesía? No le habría resultado difícil concertar alguna otra cita. Siempre había parecido extraño que se hubiera molestado en acudir a la lectura de poesía; no había participado ningún otro poeta de renombre y el acontecimiento apenas podía considerarse de importancia literaria.

Debió de esperar el momento oportuno para introducirse a hurtadillas en Innocent House, cuando ya se habían marchado todos excepto Etienne, y subir sigilosamente al cuartito de los archivos. Pero aun en el caso de que Etienne hubiera salido inesperadamente de su despacho y lo hubiera visto, no le habría dicho nada. ¿Por qué iba a hacerlo? Dauntsey tenía una llave del edificio, era uno de los socios, podía ir y venir a su antojo. Etienne habría supuesto que subía a su despacho del tercer piso para buscar algún papel que necesitaba antes de dirigirse al Connaught Arms.

Y luego, ¿qué? Debió de hacer los últimos preparativos una hora antes. Daniel veía claramente cada uno de sus actos y su consecuencia. Dauntsey había cogido la mesa y la silla y las había sacado; era importante que Etienne no tuviera ningún medio de alcanzar la ventana. Luego limpió la habitación. No debía haber polvo o suciedad donde

Etienne pudiera escribir el nombre de su asesino. La agenda con el lápiz ya la había robado antes, para evitar que Etienne la llevara en un bolsillo de la chaqueta o del pantalón. A continuación Dauntsey encendió la estufa de gas, abrió la llave al máximo a fin de que empezaran a acumularse los gases antes de que llegara su víctima y la retiró. Por último, colocó el magnetófono en el suelo y lo enchufó. Quería que Etienne supiera que iba a morir, que no tenía ninguna posibilidad de salvación, que en aquel edificio desierto y aislado nadie oiría sus gritos ni sus golpes en la puerta —un esfuerzo que sólo contribuiría a acelerar su fin—, que su muerte era tan inevitable como si lo hubieran arrojado a la cámara de gas de Auschwitz. Pero, sobre todo, quería que Etienne supiera por qué debía morir.

Así había quedado dispuesta la escena para el asesinato. Luego, justo antes de las siete y media, Dauntsey llamó al despacho de Etienne desde el teléfono situado junto a la puerta del cuartito de los archivos. ¿Qué debió de decirle? «Sube enseguida, he encontrado algo importante.» Etienne, naturalmente, le habría hecho caso. ¿Por qué no? Mientras subía la escalera, quizá se preguntara si Dauntsey había descubierto una pista de la identidad del bromista pesado. En todo caso, carecía de importancia lo que pensara: la llamada procedía de un hombre en el que confiaba y al que no tenía motivos para temer. La voz debió de ser imperiosa, el mensaje intrigante. Por supuesto que había subido.

La escena del crimen estaba preparada, limpia y vacía. ¿Qué sucedió después? Dauntsey estaría esperando junto a la puerta. No debió de producirse más que un breve intercambio de palabras.

—¿Qué ocurre, Dauntsey?

Habría hablado en tono impaciente, un poco arrogante:

—Es ahí dentro, en el despachito de los archivos. Ya lo verás tú mismo. Hay un mensaje grabado en esa casete. Escúchalo y comprenderás.

Y Etienne, perplejo pero sin sospechar nada extraño, había entrado en la habitación donde debía morir.

La puerta se cerró rápidamente, la llave giró en la cerradura. Sid la Siseante ya estaba escondida entre las carpetas del archivo, y Dauntsey la extendió al pie de la puerta para obstruir incluso aquella mínima entrada de aire. Por el momento, no había que hacer nada más. Podía marcharse al recital de poesía.

Tenía previsto regresar del Connaught Arms hacia las diez para concluir su obra. Y podría tomárselo con calma. La puerta tendría que permanecer varios minutos abierta para que se dispersaran los humos. A continuación, volvería a colocar la llave en la estufa y dejaría la habitación como estaba antes. Tendría que poner la mesa y la silla en su sitio, disponer las bandejas sobre la mesa como solían estar. ¿Y no habría pensado en nada más? Habría sido juicioso añadir otra carpeta al montón existente, documentos que Etienne hubiera podido buscar o descubrir, que hubieran despertado su interés, un expediente que le hubiera incitado a subir al despachito de los archivos; un contrato antiguo, por ejemplo, tal vez algo relacionado con Esmé Carling. Dauntsey habría podido cogerlo antes y guardarlo oculto entre otros papeles, listo para ser utilizado. Y luego, tras asegurarse de que la llave quedaba en la parte interior de la puerta, se habría marchado llevándose la serpiente consigo.

Habría podido trabajar sin prisas, seguramente moviéndose por Innocent House con ayuda de una linterna, pero sabiendo que una vez estuviera en el cuartito de los archivos podría encender la luz sin peligro. Habría bajado al despacho de Etienne para recoger la chaqueta y las llaves, colgado la chaqueta en el respaldo de la silla, depositado las llaves sobre la mesa. Por supuesto, no habría podido devolver el polvo a la repisa de la chimenea y al suelo, pero ¿realmente se habría fijado alguien en la limpieza excepcional de la habitación si desde un principio la muerte hubiese parecido accidental?

Y la escena habría hablado por sí misma. Ahí estaba Etienne, estudiando un expediente que obviamente le interesaba. Debía de tener pensado trabajar allí algún tiempo, puesto que había subido con la chaqueta y las llaves y había encendido la estufa. Había cerrado la ventana, rompiendo el cordón al hacerlo. Seguramente se habría encontrado el cuerpo desplomado sobre la mesa o en el suelo boca abajo, como si se arrastrara hacia la estufa. El único enigma habría sido por qué no se había dado cuenta de lo que estaba ocurriéndole y no había abierto la puerta de inmediato, pero uno de los primeros síntomas de la intoxicación por monóxido de carbono era la confusión mental. No se habría establecido la rigidez de la mandíbula, no habría sido necesario meterle la cabeza de la serpiente en la boca; habría resultado un ejemplo casi perfecto de muerte accidental.

Pero a Dauntsey se le habían torcido las cosas. El asalto, las horas perdidas en el hospital, el tardío retorno a casa habían trastocado todos sus planes. Cuando por fin llegó a su piso, disponía de muy poco tiempo. Frances estaba esperándole, de modo que debía actuar con extraordinaria celeridad. ¡Y en un momento en que se hallaba físicamente debilitado! Pero aún le funcionaba el cerebro. Abrió un poco el grifo de la bañera de forma que a su regreso la encontrara más o menos llena. Seguramente se había quitado la ropa y sólo llevaba puesto el batín; le convenía más entrar desnudo en el cuartito de los archivos. Pero tenía que volver allí, y aquella misma noche. Después de su accidente, resultaría muy sospechoso que fuera el primero en llegar a Innocent House a la mañana siguiente. Y lo más importante de todo, tenía que recobrar aquella cinta, aquella cinta delatora con su confesión de asesinato.

Etienne había escuchado el mensaje; Dauntsey se había dado por lo menos esa satisfacción. Su víctima había sido consciente de que estaba condenada, pero, en un rasgo de ingenio, se le había ocurrido la manera de vengarse. Decidido a que se encontrara la prueba condenatoria, se había metido la casete en la boca. Y era evidente que luego, desorientado, había tenido la idea de apagar la estufa con ayuda de la camisa. Se arrastraba a gatas por el suelo cuando le sobrevino la pérdida de la conciencia. ¿Cuánto había tardado Dauntsey en encontrar la cinta? No mucho, naturalmente. Pero tuvo que romper la rigidez de la mandíbula para apoderarse de ella y comprendió que ya no quedaba ninguna esperanza de que la muerte pudiera pasar por accidental. ¿Era por eso por lo que luego había cooperado tan plenamente con la policía y había señalado la ausencia del magnetófono, incluso la limpieza de la habitación? Eran detalles que la policía acabaría conociendo por otras personas; resultaba prudente ser el primero en mencionarlos. Y había tenido que trasladar la mesa y la silla a toda prisa; ni siquiera se había dado cuenta de que había colocado la mesa con el lado opuesto contra la pared, de modo que la posición de las bandejas quedaba invertida, ni de que había una pequeña señal en la pared que indicaba que la mesa había sido movida. Además, no disponía de tiempo para ir a buscar la chaqueta y las llaves de Etienne.

Pero ¿qué podía hacer con la mandíbula, una vez rota la rigidez? La idea de recurrir a Sid la Siseante, la serpiente, debió de ser una inspiración. La tenía allí mismo, al alcance de la mano; no necesitaba perder tiempo en ir a buscarla. Lo único que debía hacer era enroscarla en torno al cuello de Etienne y embutirle la cabeza en la boca. Había emprendido aquella serie de bromas malintencionadas para embrollar la investigación si la muerte de Etienne no se consideraba accidental, pero no podía sospechar la importancia que llegaría a cobrar para él.

Luego, al salir, vio el original de Esmé Carling, encuadernado en azul, sobre el mostrador de la sala de recepción, y su mensaje clavado con chinchetas en la pared. Debió de ser un momento de pánico, pero seguramente no duró mucho. Lo más probable era que Esmé Carling se hubiera marchado de Innocent House antes de que él llamara a Etienne para hacerlo subir al cuarto de los archivos. Quizá Dauntsey se detuvo unos instantes a reflexionar sobre la conveniencia de volver atrás para asegurarse, y llegó a la conclusión de que no valía la pena: estaba claro que se había marchado, dejando el manuscrito y la nota como proclamación pública de su indignación. ¿Le diría Carling a la policía que había estado allí o guardaría silencio? Dadas las circunstancias, Dauntsey concluyó que no mencionaría su visita. Pero decidió llevarse el manuscrito y la nota. Era un asesino previsor, tan previsor como para contemplar ya en aquellos momentos la posibilidad de que Carling tuviera que morir.

63

Frances recobraba y perdía el conocimiento, despertando a una comprensión medio borrosa para desvanecerse otra vez cuando su mente rozaba brevemente la realidad, rechazaba su horror y se refugiaba de nuevo en el olvido. Cuando volvió en sí por completo permaneció unos minutos tendida, sin moverse, sin respirar apenas, evaluando la situación paso a paso, como si esa aceptación gradual hiciese más llevadera la realidad. Estaba viva. Se encontraba tendida sobre el costado izquierdo en el suelo de un coche, cubierta por una manta de viaje. Tenía los tobillos y las manos atados. Estaba amordazada con algo blando, seguramente su propio chal de seda. El avance del vehículo era irregular; en una ocasión se detuvo, y Frances notó una suave sacudida cuando actuaron los frenos. Debían de estar parados ante un semáforo. Eso quería decir que viajaban en una corriente de tráfico. Intentó desprenderse de la manta, pero descubrió que la tenía demasiado ceñida al cuerpo. Sin embargo, aun estando atada de pies y manos, al menos podía moverse. Si había coches a su alrededor, cabía la posibilidad de que algún automovilista mirara por la ventanilla, viera las sacudidas de la manta y se extrañara. Apenas se le había ocurrido la idea cuando el coche se puso en marcha de nuevo y avanzó con suavidad.

Estaba viva. Debía aferrarse a eso. Tal vez Gabriel tuviera intención de matarla, pero le habría resultado muy fácil hacerlo mientras ella yacía inconsciente en el garaje.

¿Por qué no la había matado entonces? Resultaba inconcebible que quisiera mostrarse compasivo con ella: ¿qué compasión había tenido con Gerard, con Esmé Carling, con Claudia? Se hallaba en manos de un asesino. La palabra resonó en su mente como un aldabonazo y despertó el terror que permanecía adormecido desde que había recobrado el conocimiento. El miedo, primitivo e incontrolable, la anegó como una oleada humillante, aniquiladora de todo pensamiento y voluntad. En aquel momento comprendió por qué no la había matado en el garaje. El asesinato de Claudia, como los otros dos, debía parecer un suicidio o un accidente. Gabriel no podía dejar dos cadáveres en el suelo del garaje; tenía que deshacerse de ella, pero de una manera distinta. ¿Qué se le habría ocurrido? ¿Hacerla desaparecer por completo? ¿Un asesinato que Dalgliesh no tuviera esperanzas de resolver, puesto que no habría cadáver? Recordó haber leído en alguna parte que no era necesario presentar el cuerpo para demostrar legalmente que alguien había sido asesinado, pero quizá Gabriel no lo había tenido en cuenta. Estaba loco; tenía que estar loco. En aquellos mismos momentos podía estar haciendo planes, pensando, tratando de imaginar la mejor manera de librarse de ella: llevar el coche hasta el borde de un acantilado y arrojarla al mar; enterrarla en alguna zanja, todavía atada; echarla al pozo de una mina abandonada, donde jamás la encontrarían y moriría de hambre y de sed. Una imagen sucedía a otra, a cual más pavorosa: la aterradora caída en la oscuridad hacia el fragor del oleaje, la asfixiante mezcla de hojas y tierra húmeda pisoteada sobre sus ojos y su boca, el túnel vertical de la mina donde moriría lentamente de hambre en claustrofóbica agonía.

El automóvil circulaba con más regularidad. Debían de haberse desprendido de los últimos tentáculos de Londres; seguramente se hallaban en campo abierto. Haciendo un esfuerzo, consiguió calmarse. Estaba viva. Aún había esperanza, y si al fin debía morir, intentaría afrontar la muerte con valentía. Gerard y Claudia, agnósticos los dos, habrían muerto con valor aunque no se les hubiera permitido morir con dignidad. ¿De qué servía su religión si no la ayudaba en este trance?

Hizo acto de contrición, rezó después por las almas de Gerard y Claudia y, en último lugar, rezó por sí misma y por su propia seguridad. Las palabras familiares y tranquilizadoras le aportaron el consuelo de que no estaba sola. A continuación, intentó urdir algún plan. Puesto que ignoraba lo que Gabriel pensaba hacer con ella, resultaba difícil decidir qué estrategia sería la mejor. Pero una cosa era segura: él no tendría fuerza suficiente para cargar con su peso sin ayuda, y eso quería decir que debería desatarle al menos los tobillos. Ella era más joven y más fuerte, de modo que le sería fácil dejarlo atrás. Si se le presentaba la ocasión, intentaría escapar corriendo. Pero, ocurriera lo que ocurriese al final, no le suplicaría clemencia.

Mientras tanto, debía procurar que no se le entumecieran demasiado los miembros. Las manos, torcidas con violencia tras la espalda, estaban atadas con algo blando, quizá su corbata o un calcetín. Después de todo, Gabriel no debía de ir preparado para más de una víctima. Sin embargo, había resuelto el problema con eficacia: a Frances le resultaba imposible liberarse. Los tobillos estaban atados con la misma firmeza, aunque en una postura más cómoda. Sin embargo, incluso atada podía tensar y relajar los músculos de las piernas, y el hecho de entregarse a tan pequeño preparativo para la fuga le proporcionó fuerzas y valor. Se dijo, además, que no debía perder la esperanza de ser rescatada. ¿Cuánto tardaría James en descubrir que había desaparecido? Probablemente no haría nada antes de una hora; achacaría su retraso al tráfico o a algún problema en el metro. Pero luego llamaría al número 12 y, al no obtener respuesta, intentaría localizar a Claudia en su piso del Barbican. Y tal vez ni siquiera entonces se sintiera excesivamente preocupado. Pero sin duda no esperaría más de una hora y media. Quizá tomaría un taxi para ir al número 12. Quizá, con algo de suerte, oiría el ruido del motor del Porsche encerrado en el garaje. Una vez encontrado el cadáver de Claudia y conocida la ausencia de Dauntsey, se daría la alarma a todas las unidades de la policía para que interceptaran su coche. Debía aferrarse a esa esperanza.

Gabriel seguía conduciendo. Frances, por su parte, no podía consultar el reloj para saber qué hora era, y tampoco tenía ni idea de qué dirección llevaban. No malgastó sus energías preguntándose por qué Gabriel había matado. Era inútil; eso sólo podía decírselo él, y quizás al final se lo dijera. Lo que hizo, en cambio, fue pensar en su propia vida. ¿Qué había sido su vida, sino una serie de concesiones? ¿Qué le había dado a su padre, sino una aquiescencia tímida que sólo había servido para reforzar su insensibilidad y su desdén? ¿Por qué había ingresado tan dócilmente en la empresa cuando él se lo había indicado, para encargarse del departamento de derechos y contratos? Podía realizar su trabajo satisfactoriamente; era concienzuda y metódica, minuciosa en los detalles. Pero no era eso lo que quería hacer con su vida. ¿Y Gerard? En el fondo de su corazón, siempre había sabido que su explotación sexual no era más que eso; Gerard la había tratado con desprecio porque ella se había convertido en un ser despreciable. ¿Quién era, en realidad? ¿Qué era? Frances Peverell, mansa, complaciente, bondadosa, la que nunca se quejaba, un apéndice de su padre, de su amante, de la empresa. Ahora que su vida quizá llegaba a su fin, al menos podía decir: «Soy Frances Peverell. Soy yo misma.» Si vivía para casarse con James, al menos podría ofrecerle un trato de igualdad. Había encontrado valor para afrontar la muerte, pero eso, a fin de cuentas, no era tan difícil. Miles de personas lo hacían a diario, incluso niños. Ya era hora de que encontrase el mismo valor para afrontar la vida.

Se sentía curiosamente en paz. De vez en cuando rezaba una oración, pronunciaba mentalmente los versos de alguno de sus poemas favoritos, rememoraba momentos de alegría. Incluso intentó dormir un poco, y tal vez lo habría conseguido si un bandazo del coche no la hubiera sobresaltado. Gabriel debía de conducir por un terreno escabroso. El Rover se bamboleaba, daba tumbos, saltaba en los baches, y Frances con él. Después vino otro tramo menos irregular, seguramente, pensó ella, una pista de tierra. Entonces el coche se detuvo y le oyó abrir la portezuela.

64

En Hillgate Village, James echó otra mirada al reloj que reposaba sobre la repisa de la chimenea. Eran las 7.42. Había transcurrido algo más de una hora desde que llamara a Frances. Ya tendría que haber llegado. Repitió una vez más el cálculo rápido que había venido haciendo durante los últimos sesenta minutos. Entre Bank y Notting Hill Gate había diez estaciones; contando dos minutos por estación, serían unos veinte para todo el trayecto, y quince minutos para llegar a Bank. Pero quizá no había encontrado a Claudia y había tenido que llamar un taxi. Aun así, el viaje no podía durar sesenta minutos, ni siquiera en hora punta y por el centro de Londres, a no ser que hubiera un atasco excepcional, calles cerradas o una alerta terrorista. Volvió a llamar a casa de Frances; tal como suponía, no hubo respuesta. A continuación marcó de nuevo el número de Claudia, pero también fue en vano. Eso no le sorprendió: Claudia había podido ir directamente a reunirse con Declan Cartwright, o quizá tenía un compromiso para ir a cenar o al teatro. Nada le permitía suponer que Claudia tuviera que estar en casa. Conectó la radio y sintonizó una emisora local, pero tuvo que esperar otros diez minutos para escuchar el boletín de noticias. Se advertía a los viajeros que había una retención en la Central Line. No dieron ninguna razón, cosa que habitualmente indicaba la existencia de una amenaza del IRA, pero dijeron que cuatro estaciones entre Holborn y Marble Arch se hallaban cerradas al público. Así que ésta era la explicación. Frances aún podía tardar una hora más en llegar. Así pues, no le quedaba más remedio que armarse de paciencia y esperar.

Empezó a recorrer con nerviosismo la sala de estar. Frances sufría una ligera claustrofobia. Él sabía lo mucho que detestaba utilizar el túnel peatonal de Greenwich. Le disgustaba viajar en metro. No estaría atrapada allí si no hubiera querido acudir a toda prisa para estar a su lado. James esperó que no se hubieran apagado las luces del tren, que no tuviera que permanecer sentada, sin amigos, en la más completa oscuridad. Y de súbito tuvo una visión extraordinariamente vívida y angustiosa de Frances abandonada, moribunda, en un túnel oscuro y opresivo, lejos de él, inalcanzable y sola. Expulsó de su mente esa imagen morbosa y miró de nuevo el reloj. Esperaría media hora más e intentaría ponerse en contacto con los Transportes de Londres para averiguar si la línea ya estaba abierta o cuánto calculaban que iba a prolongarse el retraso. Se acercó a la ventana y, moviéndose tras las cortinas, contempló la calle iluminada y anheló que su fuerza de voluntad pudiera hacerla aparecer.

65

Daniel se hallaba por fin en la A12, donde el tráfico era más ligero. Procuraba no exceder el límite de velocidad; sería desastroso que lo parara una patrulla de la policía. Pero Dauntsey debía tomar las mismas precauciones para no llamar la atención, para no ser detenido. En este sentido circulaban en iguales condiciones, pero su coche era más rápido. Pensó en la mejor manera de adelantarlo una vez tuviera su presa a la vista. En circunstancias normales, casi con toda seguridad Dauntsey reconocería su coche, probablemente lo identificaría al primer vistazo, pero no creía que se hubiera dado cuenta de que alguien le seguía. No estaría atento a la presencia de un perseguidor. Lo mejor sería esperar a que la carretera se llenara y arriesgarse a adelantarlo mientras sus coches se mezclaban en la corriente del tráfico.

Y entonces, por primera vez, se acordó de Claudia Etienne. Le horrorizó que, en su preocupación por dar alcance a Dauntsey y advertirle cuál era su situación, no se le hubiera ocurrido pensar que ella podía correr peligro. Pero seguro que estaba bien. Cuando la había visto por última vez se disponía a irse a casa; ya debía de encontrarse a salvo. Dauntsey iba delante de él, en el Rover. El único riesgo era que ella hubiese decidido visitar a su padre y en aquel mismo instante se hallara camino de Othona House; pero ésa era una razón de más para llegar allí el primero. No valía la pena tratar de detener a Dauntsey, adelantarlo, hacerle señas con la mano. Dauntsey sólo pararía si se veía obligado a hacerlo, y Daniel necesitaba hablar con él, prevenirlo, pero con calma, no embistiéndolo con su coche. La última escena de la tragedia debía desarrollarse en paz.

Y entonces divisó por fin el Rover. Estaban acercándose a la circunvalación de Chelmsford y el tráfico era cada vez más intenso. Esperó el momento apropiado, se sumó a la corriente de coches del carril de adelantamiento y dejó atrás a Dauntsey.

Esmé Carling debía de haber pasado unos días malos tras el descubrimiento del cadáver. Sin duda esperaba que llegara la policía para interrogarla sobre la nota clavada en el tablón y el manuscrito abandonado, pero únicamente se habían presentado Robbins y él con preguntas inofensivas acerca de su coartada, y una coartada era lo que les había dado. Había mantenido admirablemente la compostura, eso debía reconocérselo. Daniel no había sospechado en ningún momento que tal vez supiera algo más. ¿Y después? ¿Qué pensamientos le habían pasado por la cabeza? ¿Le había llamado Dauntsey o había sido ella la que se puso en contacto con él? Lo segundo, casi con toda certeza. Dauntsey no habría tenido necesidad de matarla si ella no le hubiera dicho que le había visto bajar la escalera cargado con la aspiradora. También él debía de haber pasado malos momentos y también él había mantenido la sangre fría. Esmé Carling no les había dicho nada y él había debido de creerse a salvo.

Y entonces se habría producido la llamada telefónica, la sugerencia de que tenían que verse, la amenaza implícita de acudir a la policía si no publicaban su libro. La amenaza, por supuesto, era infundada: Carling no podía ir a la policía sin revelar que ella también había estado en Innocent House aquella noche, y tenía un motivo para eliminar a Etienne tan poderoso como el de cualquier otro. Pero la mente de la escritora, ingeniosa, intrigante, retorcida, un poco obsesiva, tenía sus limitaciones. No pensaba con claridad ni era demasiado inteligente.

¿Cómo exactamente, se preguntó, la había atraído Dauntsey a aquella cita? ¿Le dijo quizá que sabía o sospechaba quién había matado a Etienne y que juntos podían descubrir la verdad y disfrutar de un triunfo compartido? ¿Llegaron al menos al acuerdo provisional de que ella guardaría silencio y él le devolvería el manuscrito y la nota y se encargaría de que se publicara su novela? Carling le había dicho a Daisy Reed que la Peverell Press tendría que publicarla. ¿Quién, si no uno de los socios, podía haberle dado esa garantía? ¿Se habría presentado Dauntsey en esa breve conversación como su defensor y su salvador o como un compañero de conspiración? Nunca lo sabrían, a menos que Dauntsey decidiera decírselo.

Una cosa estaba clara: Esmé Carling había acudido a la cita sin miedo. No sabía quién era el asesino, pero creía saber con certeza quién no podía serlo. Era ella la visita que estaba en el despacho de Etienne cuando éste había recibido la llamada, y, al principio, había esperado a que regresara. Luego, cada vez más impaciente, había subido al cuartito de los archivos y, al salir del despacho de la señorita Blackett, había visto bajar a Dauntsey con la aspiradora. Al llegar arriba había visto la serpiente ante la puerta y oído una voz en el interior: dentro del cuartito había alguien hablando. La puerta no era muy gruesa y probablemente se dio cuenta de que no era la voz de Etienne. Después, cuando se descubrió el cuerpo, creyó que podía estar segura de la inocencia de Dauntsey. Ella misma lo había visto bajar por la escalera cuando Etienne aún estaba vivo y hablando con su asesino en el despachito de los archivos.

¿Y cómo había arreglado Dauntsey su coartada para el asesinato de Esmé Carling? Ahora lo comprendía, claro; Bartrum y él se habían quedado a solas con el cadáver antes de que llegara la policía. ¿No había sido Dauntsey quien había sugerido que las mujeres entraran en casa, que ellos dos esperarían junto al cuerpo? Fue entonces cuando debió de concertar su coartada. Pero era extraño que Bartrum hubiera accedido. ¿Le había prometido Dauntsey ayudarle a conservar su empleo? ¿A obtener un ascenso? ¿O acaso existía una deuda anterior que saldar? Fuera cual fuese el motivo, le había proporcionado la coartada. Y el pub en el que se habían reunido media hora más tarde de lo que aseguraban estaba bien elegido: ningún empleado del Sailor's Return recordaba con exactitud a qué hora habían entrado dos clientes determinados en esa taberna amplia, ruidosa y llena de gente.

El asesinato en sí debió de presentar pocos problemas, pues el único momento de peligro había sido el de mover la lancha. Pero eso, naturalmente, no podía evitarse. Dauntsey necesitaba la lancha; sólo en la seguridad de su cabina podía matarla sin ser visto desde tierra o desde el río. Esmé Carling era una mujer delgada y no pesaba mucho, pero Dauntsey tenía setenta y seis años y le habría resultado más fácil colgarla desde la lancha que cargar con su cuerpo, muerto o vivo, por los resbaladizos escalones bañados por la corriente. E incluso mover la lancha no representaba un gran peligro si mantenía el motor bajo de revoluciones. La única persona que vivía en los alrededores era Frances, y Dauntsey sabía por experiencia lo poco que se oía desde su sala de estar cuando estaban corridas las cortinas. Además, aunque hubiera oído el ruido de un motor, ¿se habría molestado en averiguar qué ocurría? Al fin y al cabo, era un sonido habitual en el río. Pero después del asesinato tenía que devolver la lancha a su sitio. Dauntsey no podía tener la certeza de que no hubiera quedado ningún rastro de la escritora en la cabina, por pequeño que fuera, y menos si había habido lucha. Era importante que nadie relacionara la lancha con su muerte.

Carling llegó a su última y fatídica cita en un taxi. Eso debió de ser idea de Dauntsey, e idea suya, también, que el taxi la dejara en el extremo de Innocent Passage. El estaría esperándola en la sombra, inmóvil junto al portillo. ¿Qué le habría dicho? ¿Que podrían hablar con mayor discreción si bajaban al río? Seguramente ya habría dejado preparados en la cabina el manuscrito y la nota de los socios. ¿Qué más habría llevado allí? ¿Una soga para estrangularla, un chal, un cinturón? ¿O quizá contaba con que ella trajera su bolso de costumbre? Sin duda se lo había visto llevar muchas veces, y la correa era fuerte.

Daniel, con la mirada fija en la carretera y las manos suavemente apoyadas sobre el volante, se imaginó la escena que debía de haberse desarrollado en aquella angosta cabina. ¿Habrían hablado mucho? Quizá nada en absoluto. Ella ya debía de haberle dicho a Dauntsey por teléfono que le había visto bajar las escaleras de Innocent House llevando la aspiradora. Eso la sentenciaba. Dauntsey no necesitaba saber nada más. Habría sido más fácil y más seguro obrar sin pérdida de tiempo. Daniel se imaginó a Dauntsey haciéndose a un lado, cediéndole cortésmente el paso a la entrada de la cabina, la correa del bolso sobre el hombro de Carling... Y luego el brusco tirón de la correa hacia arriba, la caída y el pataleo en el suelo de la cabina, las viejas manos aferrando en vano el lazo de cuero mientras él lo tensaba con todas sus fuerzas. Tuvo que haber al menos un segundo de comprensión horrorizada antes de que una inconsciencia piadosa le oscureciera la mente para siempre.

Y ése era el hombre al que pretendía advertir, no porque le quedara alguna posibilidad de huida, sino porque incluso el horror de la muerte de Esmé Carling le parecía sólo una parte pequeña e inevitable de una tragedia mayor y más universal. Durante toda su vida la escritora había tejido misterios, explotado coincidencias, dispuesto los hechos para que se adaptaran a la teoría, manipulado a sus personajes, disfrutado de la vanidad del poder subrogado. Su tragedia era que, al final, había confundido la ficción con la vida real.

Fue después de haber dejado atrás Maldon y girado hacia el sur por la B1018 cuando Daniel se dio cuenta de que se había perdido. Poco antes se había detenido un minuto en el arcén de la carretera para consultar el mapa, lamentando cada segundo de tiempo perdido. Para llegar a Bradwell-on-Sea por la ruta más corta debía dejar la B1018 por un desvío a la izquierda y cruzar los pueblos de Steeple y St. Lawrence. Plegó de nuevo el mapa y siguió conduciendo por un paisaje oscuro y desolado. Pero la carretera, más ancha de lo que se figuraba, le presentó dos desvíos a la izquierda que no recordaba haber visto en el mapa y ninguna señal del primer pueblo. Un instinto que jamás había logrado explicarse le dijo que estaba dirigiéndose hacia el sur, no hacia el este. Se detuvo en un cruce para consultar los indicadores y, a la luz de los faros, vio el nombre de Southminster. Había tomado sin darse cuenta la carretera que discurría más al sur y era más larga. La oscuridad era intensa y espesa como una niebla. Y entonces las nubes dejaron un hueco a la luna y pudo ver un bar de carretera, cerrado y abandonado, dos casitas de ladrillo con tenues luces tras las cortinas y un solo árbol torcido por el viento con un fragmento de cartel blanco clavado en la corteza que aleteaba como un pájaro prisionero. A los dos lados de la carretera se extendía un terreno desolado y barrido por el viento, fantasmagórico bajo la fría luz de la luna.

Siguió adelante. La carretera, con sus vueltas y revueltas, parecía interminable. El viento, que había empezado a arreciar, azotaba suavemente el coche. Y allí estaba por fin el desvío a la derecha que conducía a Bradwell-on-Sea; Daniel vio que estaba cruzando las afueras del pueblo, en dirección a la maciza torre de la iglesia y las luces del pub. Giró una vez más hacia las marismas y el mar. No se veía ni rastro del coche de Dauntsey, y no había manera de saber cuál de los dos llegaría antes a Othona House. Daniel sólo sabía que aquél sería el fin del viaje para los dos.

66

Se abrió la portezuela de atrás. Después de la envolvente oscuridad, del olor de la gasolina, de la alfombra, de su propio miedo, el aire fresco iluminado por la luna acarició el rostro de Frances como una bendición. La joven sólo oía el suspiro del viento, sólo veía la silueta oscura que se inclinaba sobre ella. Gabriel extendió las manos y manipuló torpemente la mordaza. Por un instante ella notó el roce de sus dedos sobre la mejilla. Luego él se agachó y le desató los tobillos. Los nudos no eran complicados; de haber tenido las manos libres, ella misma habría podido deshacerlos. Gabriel no necesitó cortar las ataduras. ¿Significaba eso que no llevaba ningún cuchillo? Pero a Frances ya no le inquietaba su propia seguridad. De pronto, tuvo el convencimiento de que no la había llevado allí para matarla. Gabriel tenía otras preocupaciones, para él más importantes.

Le habló con una voz natural y apacible, la voz que ella había conocido, la que despertaba su confianza, la que le gustaba oír.

—Si te vuelves, Frances, me será más fácil desatarte las manos.

Habría podido ser su libertador quien le hablaba, no su carcelero. Frances se volvió y en unos segundos tuvo las manos libres. Intentó sacar las piernas del coche, pero las tenía rígidas y él le tendió una mano para ayudarla.

—No me toques —dijo ella.

Las palabras resultaron ininteligibles: la mordaza

había estado más apretada de lo que ella creía, y tenía la mandíbula fija en un rictus de dolor. Pero él la entendió. Retrocedió de inmediato y se quedó mirándola mientras ella descendía penosamente y se apoyaba en el vehículo para sostenerse en pie. Era el momento que había estado esperando, la oportunidad de escapar corriendo, poco importaba hacia dónde. Pero Gabriel se había desentendido de ella y Frances comprendió que no hacía falta correr, que no valía la pena tratar de huir. La había llevado hasta allí por necesidad, pero ya no constituía un peligro para él, su presencia ya no tenía importancia. Los pensamientos de Dauntsey se hallaban en otro lugar. Frances podía escapar a trompicones con sus piernas entumecidas; él no se lo impediría ni trataría de seguirla. Estaba alejándose de ella, mirando hacia el contorno oscuro de una casa, y Frances pudo percibir la intensidad de su concentración. Para él, aquél era el final de un largo viaje.

—¿Dónde estamos? —le preguntó—. ¿Qué sitio es éste?

Él respondió con voz cuidadosamente controlada.

—Othona House. He venido a ver a Jean-Philippe Etienne.

Se dirigieron juntos hacia la puerta principal. Gabriel tiró de la campanilla. Ella oyó su tañido aun a través de la gruesa plancha de roble. La espera no fue larga. Oyeron el chirrido del cerrojo y el girar de la llave en la cerradura. Después se abrió la puerta y la robusta silueta de una mujer de edad vestida de negro se recortó contra la luz del recibidor.

—*Monsieur Etienne vous attend* —dijo.

Gabriel se volvió hacia Frances.

—No creo que conozcas a Estelle, el ama de llaves de Etienne. No te preocupes. Dentro de unos minutos podrás llamar para pedir ayuda. Mientras tanto, si quieres ir con Estelle, ella se ocupará de ti.

Ella replicó:

—No necesito que nadie se ocupe de mí. No soy una niña. Me has traído contra mi voluntad; ahora que estoy aquí, me quedo contigo.

Estelle los condujo por un largo pasillo embaldosado que llevaba a la parte posterior de la casa y, una vez ante la puerta, se apartó para cederles el paso. La habitación, obviamente un estudio, estaba recubierta de paneles oscuros, y el aire estancado conservaba el aroma penetrante del humo de leña. En la chimenea de piedra, las llamas se movían como lenguas y la madera crepitaba y siseaba. Jean-Philippe Etienne se hallaba sentado en un gran sillón de orejeras a la derecha del hogar. No se levantó. De pie junto a la ventana, mirando hacia la puerta, estaba el inspector Aaron. Llevaba puesto un voluminoso chaquetón de piel de cordero que contribuía a subrayar la corpulencia de su figura. Tenía el semblante muy pálido, pero en aquel momento un leño se partió y, por un instante, la crepitante llama lo hizo resplandecer de vida rubicunda. Sus cabellos estaban desordenados, revueltos por el viento. Debía de haber llegado justo antes que ellos, pensó Frances, y aparcado su coche fuera de la vista.

Sin prestar atención a la joven, el inspector se dirigió inmediatamente a Dauntsey.

—Le he seguido hasta aquí. Tengo que hablar con usted.

Se sacó un sobre del bolsillo, extrajo una fotografía de su interior y, tras depositarla sobre la mesa, contempló el rostro de Dauntsey en silencio. Nadie se movió.

Dauntsey contestó:

—Ya sé lo que ha venido a decirme, pero el momento de hablar ha pasado. No está aquí para hablar, sino para escuchar.

Fue entonces cuando Aaron pareció advertir la presencia silenciosa de Frances.

—¿Por qué está usted aquí? —le preguntó en tono brusco, casi acusador.

A Frances aún le dolía la boca, pero respondió con voz firme y clara.

—Porque me ha traído por la fuerza. He venido atada y amordazada. Gabriel ha matado a Claudia. La ha estrangulado en el garaje. He visto el cadáver. ¿No va a detenerlo? Ha matado a Claudia y mató a los otros dos.

Etienne se había puesto en pie y en aquel momento emitió un sonido extraño, algo entre un gemido y un suspiro, y volvió a desplomarse en el sillón. Frances corrió hacia él.

—Lo siento, lo siento mucho —dijo—, debería de haberlo dicho con más delicadeza.

Luego, al alzar la mirada, vio el rostro horrorizado del inspector Aaron. El inspector se volvió hacia Dauntsey y le habló casi en un susurro.

—Así que ha terminado usted el trabajo.

—No se atormente, inspector. No habría podido salvarla. Ya estaba muerta antes de que saliera usted de Innocent House. —Se volvió hacia Jean-Philippe Etienne—. En pie, Etienne —le ordenó—. Quiero verte de pie.

Etienne se incorporó lentamente en el sillón y extendió la mano hacia el bastón. Se levantó con su ayuda. Hizo un esfuerzo visible por tenerse en pie, pero se tambaleó y quizás habría caído si Frances no se hubiera adelantado para sostenerlo por la cintura. No dijo nada, pero mantuvo la vista fija en Dauntsey.

Éste prosiguió:

—Pasa detrás del sillón. Puedes apoyarte en él.

—No necesito apoyarme. —Apartó el brazo de Frances con firmeza—. Sólo ha sido un entumecimiento pasajero por haber estado sentado. No pienso ponerme detrás del sillón como si estuviera en el banquillo. Si has venido aquí como juez, no olvides que lo habitual es escuchar los alegatos antes del juicio y castigar únicamente si hay un veredicto de culpabilidad.

—Ya ha habido un juicio. Lo he celebrado yo durante más de cuarenta años. Ahora te pido que reconozcas que entregaste a mi mujer y mis hijos a los alemanes, que de hecho los enviaste a Auschwitz para que fueran asesinados.

—¿Cómo se llamaban?

—Sophie Dauntsey, Martin y Ruth. Utilizaban el apellido de Loiret. Tenían documentos falsos. Tú eras una de las contadas personas que lo sabían. Sabías que eran judíos, sabías dónde vivían.

Etienne replicó con calma.

—Sus nombres no me dicen nada. ¿Cómo quieres que me acuerde? No fueron los únicos judíos que denuncié al Gobierno de Vichy y a los alemanes. ¿Cómo iba a acordarme de sus nombres y sus familias? Hice lo que era necesario en aquellos momentos. Si quería conservar mi cupo de papel, tinta y recursos para la prensa clandestina, era importante que los alemanes siguieran confiando en mí. ¿Cómo quieres que me acuerde de una mujer y dos niños, después de cincuenta años?

—Yo los recuerdo —dijo Dauntsey.

—Y ahora has venido en busca de venganza. ¿Sigue siendo dulce, después de cincuenta años?

—No es venganza, Etienne. Es justicia.

—Oh, no, Gabriel, no te engañes. Es venganza. La justicia no exige que al final vengas a anunciarme lo que has hecho. Pero llámalo justicia si eso tranquiliza tu conciencia. Es una palabra fuerte; espero que sepas lo que significa. Yo no estoy seguro de saberlo. Quizás el representante de la ley pueda ayudarnos.

—Significa ojo por ojo y diente por diente —dijo Daniel.

Dauntsey seguía mirando a Jean-Philippe.

—No te he quitado más de lo que me quitaste, Etienne. Un hijo y una hija por un hijo y una hija. También asesinaste a mi esposa, pero la tuya ya estaba muerta cuando averigüé la verdad.

—Sí, estaba fuera del alcance de tu mala voluntad. Y de la mía.

Pronunció las últimas palabras con voz tan queda que Frances se preguntó si realmente las había oído.

—Mataste a mis hijos —prosiguió Gabriel—; yo he matado a los tuyos. No tengo posteridad; tú tampoco la tendrás. Tras la muerte de Sophie no pude amar a ninguna otra mujer. No creo que nuestra existencia tenga ningún sentido ni que haya un futuro después de la muerte. Puesto que no hay Dios, no puede haber justicia divina. Debemos hacernos nuestra justicia nosotros mismos, y aquí, en la tierra. Me ha costado casi cincuenta años, pero me he hecho justicia.

—Habría sido más eficaz si hubieras actuado antes. Mi hijo tuvo su juventud, su virilidad; conoció el éxito, el amor de las mujeres. Eso no pudiste quitárselo. Tus hijos no lo tuvieron. La justicia debe ser rápida, además de eficaz. La justicia no espera cincuenta años.

—¿Qué tiene que ver el tiempo con la justicia? El tiempo nos quita las fuerzas, el talento, los recuerdos, las alegrías, incluso la capacidad de afligirnos. ¿Por qué habríamos de consentir que se llevara también el imperativo de la justicia? Tenía que asegurarme, y eso también era justicia. Tardé más de veinte años en localizar a dos testigos decisivos. Pero ni siquiera entonces tenía prisa. No hubiera podido soportar diez años o más de cárcel; ahora no será necesario. A los setenta y seis años no hay nada que no se pueda soportar. Luego tu hijo decidió casarse. Hubiera podido nacer un niño. La justicia exigía que sólo murieran dos.

Etienne preguntó:

—¿Y por eso dejaste a tus editores y viniste a la Peverell Press en 1962? ¿Ya sospechabas de mí?

—Empezaba a sospechar. Los hilos de mi investigación empezaban a entrelazarse. Me pareció conveniente instalarme cerca de ti. Y recuerdo muy bien que te alegraste de contar conmigo y con mi dinero.

—Naturalmente. Henry Peverell y yo creíamos haber conseguido un talento de primera fila. Hubieras debido guardar tus energías para la poesía, Gabriel, no malgastarlas en una obsesión inútil nacida de tu propio sentimiento de culpa. Tú no tuviste la culpa de que tu mujer y tus hijos quedaran atrapados en Francia; fue una imprudencia dejarlos en aquellos momentos, por supuesto, pero nada más. Tú te fuiste y ellos murieron. ¿Por qué has tenido que lavar esa culpa asesinando a inocentes? Pero, claro, asesinar a inocentes es tu fuerte, ¿no? Participaste en el bombardeo de Dresde. Nada de lo que yo he hecho puede competir con el horror y la magnitud de esa hazaña.

Daniel objetó, casi en un susurro:

—Eso fue distinto. Era una atroz necesidad de la guerra.

Etienne volvió la mirada hacia él.

—También para mí fue una necesidad de la guerra. —Hizo una pausa y, cuando habló de nuevo, Frances detectó en su voz una nota de triunfo apenas controlada—. Si quieres obrar como Dios, Gabriel, antes deberías asegurarte de que posees la sabiduría y los conocimientos de Dios. Nunca tuve hijos. A los trece años sufrí una infección vírica; soy absolutamente estéril. Mi esposa necesitaba un hijo y una hija, y para satisfacer su obsesión maternal accedí a proporcionárselos. Adoptamos a Gerard y a Claudia en Canadá y los trajimos con nosotros a Inglaterra. No existían lazos de sangre ni entre ellos ni conmigo. Le prometí a mi mujer que nunca se divulgaría públicamente la verdad, pero Gerard y Claudia lo supieron al cumplir los catorce años. El efecto que eso produjo en Gerard fue desafortunado. Los dos habrían debido saberlo desde el primer momento.

Frances supo que Gabriel no necesitaba preguntar si era verdad. Tuvo que hacer un esfuerzo para mirarlo. Por un instante lo vio desmoronarse físicamente, como si los músculos de la cara y el cuerpo se desintegraran ante sus propios ojos. Gabriel era un anciano, pero un anciano con energía, inteligencia y voluntad; en aquel momento, todo lo que estaba vivo en él se disolvió mientras lo miraba. Frances se dirigió rápidamente hacia él, pero Gabriel la contuvo con un gesto y, lenta y dolorosamente, se obligó a permanecer erguido.

Trató de hablar, pero no le salieron las palabras. Luego se volvió y echó a andar hacia la puerta. Nadie dijo nada, pero los tres lo siguieron por el pasillo hasta salir a la noche y lo miraron mientras caminaba hacia la estrecha cresta de roca que bordeaba la marisma.

Frances corrió en pos de él y, cuando le dio alcance, lo sujetó por la chaqueta. Gabriel intentó desasirse, pero ella se aferró y a él le fallaban las fuerzas. Fue Daniel, que había echado a correr hacia ellos, quien la tomó entre sus brazos y la alejó físicamente de allí. La joven se resistió y trató de liberarse, pero los brazos del inspector eran como flejes de hierro. Tuvo que contemplar desvalida cómo Gabriel se internaba en la marisma.

—Déjelo estar. Déjelo estar —dijo Daniel.

—¡Vaya tras él! —le gritó a Jean-Philippe Etienne—. ¡Deténgalo! ¡Hágalo volver!

Daniel preguntó con voz queda:

—Volver, ¿para qué?

—¡Pero no podrá llegar al mar!

Fue Etienne quien, al llegar junto a ellos, observó:

—No necesita llegar. Esos charcos son hondos. Un hombre puede ahogarse en un palmo de agua, si quiere morir.

Lo siguieron con la mirada. Frances seguía retenida entre los brazos de Daniel; de pronto sintió latir el corazón del inspector junto al de ella. La figura tambaleante era una mancha oscura contra el firmamento nocturno. Se alzó, cayó, se irguió de nuevo y reanudó el penoso avance. Las nubes volvieron a desplazarse y, a la luz de la luna, pudieron distinguirlo con mayor nitidez. De vez en cuando caía, pero luego volvía a levantarse, inmenso como un gigante, con los brazos alzados en actitud de maldecir o de realizar un último gesto de súplica. Frances se dio cuenta de que estaba luchando por llegar al mar, anhelando penetrar en su fría inmensidad, más lejos y más hondo, hasta alcanzar en un chapoteo el bienaventurado y definitivo olvido.

Entonces volvió a caer y esta vez no se levantó. Frances creyó vislumbrar el resplandor de la luna sobre la superficie del charco. Le pareció que tenía casi todo el cuerpo sumergido, pero ya no lo veía claramente: sólo era otro bulto oscuro entre los montecillos herbosos de aquel erial anegado. Esperaron en silencio, pero no se produjo ningún movimiento. Gabriel había pasado a formar parte de la marisma y de la noche. Entonces Daniel la soltó y ella se apartó unos pasos. El silencio era absoluto. Y al fin le pareció que podía oír el mar, no tanto un sonido como un palpitar rítmico en el aire sereno.

Acababan de volverse hacia la casa cuando la noche vibró con un áspero ronquido metálico que creció rápidamente hasta convertirse en un estruendo. Sobre ellos brillaron las luces gemelas de un helicóptero. Los tres se quedaron mirándolo mientras el aparato describía tres círculos en el aire y se posaba en el campo contiguo a Othona House. Frances pensó: «De modo que han encontrado el cadáver de Claudia.» Sin duda James se había cansado de esperarla y al final había regresado a Innocent House en su busca.

Inmóvil al borde del campo, todavía un poco apartada de los otros, vio las tres figuras que corrían agazapadas bajo las grandes palas del rotor para luego erguirse y avanzar hacia ella sobre el terreno pedregoso y la hierba sacudida por el viento: el comandante Dalgliesh, la inspectora Miskin y James. Etienne se dirigió a su encuentro. Se detuvieron a hablar en grupo. Ella pensó: «Que se lo diga Etienne. Yo esperaré.»

Luego Dalgliesh se separó de los demás y fue hacia ella. No la tocó, pero se inclinó desde su elevada altura y la miró a la cara con fijeza.

—¿Está usted bien?

—Ahora sí.

Dalgliesh sonrió.

—Enseguida hablaremos. De Witt insistió en venir con nosotros y era menos molestia dejar que se saliera con la suya.

Volvió otra vez con Etienne y Kate, y juntos se dirigieron hacia Othona House.

Frances pensó: «Por fin soy yo misma. Tengo algo digno de ofrecerle.» No echó a correr hacia la figura que esperaba. No la llamó a gritos. Lentamente, pero con toda la intensidad de su ser, caminó sobre la hierba azotada por el viento y se arrojó entre sus brazos.

Daniel oyó llegar el helicóptero, pero no se movió. Permanecía en la cresta de roca y seguía mirando hacia el mar, más allá de las marismas salobres. Esperó en paciente soledad hasta que oyó unos pasos cada vez más próximos y Dalgliesh se detuvo a su lado.

—¿Estaba detenido? —le preguntó.

—No, señor. Vine a prevenirlo, no a detenerlo. No le advertí de sus derechos. Le hablé, pero no con las palabras que usted habría pronunciado. Lo dejé ir.

—¿Lo dejó ir deliberadamente? ¿No se le escapó?

—No, señor. No se me escapó. —Y en una voz tan baja que no estuvo seguro de que Dalgliesh le hubiera oído, añadió—: Pero ahora es libre.

Dalgliesh le volvió la espalda y se encaminó hacia la casa; ya había averiguado lo que quería saber. Nadie más se le acercó. De pie al borde de las marismas, al borde del mundo, Daniel se sentía aislado, sometido a una cuarentena moral. Le pareció ver una luz trémula, brillante como el fósforo, que ardía y saltaba entre los montículos de hierba y los negros charcos de agua estancada. No alcanzaba a ver las olas que rompían suavemente, pero sí a oír el rumor del mar, un blando gemido eterno como el de un pesar universal. Y entonces las nubes se movieron y la luna, casi llena, derramó su luz fría sobre la marisma y sobre la lejana figura caída. Daniel percibió una sombra junto a él y, al volverse, vio que era Kate. Con inmenso asombro y compasión, se dio cuenta de que tenía el rostro bañado en lágrimas.

—No intentaba ayudarle a escapar —le explicó—. Sabía que no podía escapar, pero no soportaba la idea de verlo esposado, en el calabozo, en la cárcel. Quería darle la oportunidad de tomar su propio camino a casa.

—Eres un imbécil, Daniel —dijo ella—. Eres un maldito imbécil.

Daniel se volvió hacia ella y preguntó:

—¿Qué hará?

—¿El jefe? ¿Tú qué crees que hará? Dios mío, Daniel, habrías podido ser muy bueno. Eras muy bueno.

—Etienne ni siquiera recordaba cómo se llamaban. Apenas recordaba lo que había hecho. No sentía ningún remordimiento, ninguna culpa. Una madre y dos niños pequeños. No existían. No eran humanos. Le habría inquietado más tener que matar a un perro. Para él no eran personas. Podían sacrificarse. No contaban. Eran judíos.

Kate exclamó:

—¿Y Esmé Carling? Vieja, fea, sin hijos, sola. No muy buena escritora. ¿Era sacrificable? No tenía mucho, de acuerdo: un piso, la hija de otra mujer para hacerle compañía por las noches, unas cuantas fotografías, los libros. ¿Qué derecho tenía él a decidir que su vida no contaba?

Daniel le replicó en tono amargo:

—Estás muy segura, ¿verdad, Kate? Muy segura de saber lo que está bien. Debe de resultar muy tranquilizador no tener que afrontar nunca un dilema moral. El código penal y el reglamento de la policía: ahí tienes todo lo que necesitas, ¿verdad?

—Estoy segura de algunas cosas —dijo ella—. Estoy segura en cuanto al asesinato. ¿Cómo podría ser inspectora de policía, si no fuera así?

Dalgliesh llegó junto a ellos. En un tono de voz tan normal como si estuvieran amigablemente reunidos en la sala de la comisaría de Wapping, les anunció:

—La policía de Essex no intentará rescatar el cuerpo hasta que se haga de día. Quiero que lleve a Kate de vuelta a Londres en su coche. ¿Se siente capaz?

—Sí, señor, estoy en perfectas condiciones de conducir.

—Si no es así, que conduzca Kate. El señor De Witt y la señorita Peverell vendrán conmigo en el helicóptero. Sin duda querrán volver a su casa lo antes posible. Luego me reuniré con ustedes dos en Wapping, esta misma noche.

Permaneció de pie con Kate a su lado hasta que las tres figuras se encontraron con el piloto y subieron al helicóptero. La máquina cobró vida con un poderoso rugido y las grandes aspas empezaron a girar lentamente, se hicieron borrosas, se volvieron invisibles. El helicóptero se elevó ladeado hacia el cielo. Etienne y Estelle estaban en el borde del campo, mirándolo con el rostro vuelto hacia lo alto. Daniel pensó: «Parecen turistas. Me extraña que no saluden con la mano.» Le dijo a Kate:

—Me he dejado algo en la casa.

La puerta principal estaba abierta. Kate entró en el recibidor con él y lo siguió hasta el estudio, procurando mantenerse unos pasos más atrás para que no se sintiera como un preso bajo escolta. La luz de la habitación estaba apagada, pero las llamas del hogar proyectaban sombras danzantes sobre las paredes y el techo y teñían la pulida superficie de la mesa de un resplandor rojizo, como si estuviera manchada de sangre.

La fotografía aún estaba ahí. Por un instante le sorprendió que Dalgliesh no se la hubiera llevado, pero enseguida recordó que carecía de importancia. Ya no habría ni juicio ni pruebas. No sería necesario presentarla como evidencia ante un tribunal. Ya no hacía ninguna falta. No servía para nada.

La dejó sobre la mesa y, volviéndose hacia Kate, caminó junto a ella en silencio hacia el coche.

Índice

OTROS TÍTULOS DE LA COLECCIÓN

Mary, Mary

JAMES PATTERSON

Un psicópata que está a punto de cometer su primer crimen narra en primera persona su experiencia: asesina a tres personas en un cine de Nueva York, elegidas al azar. Tras estos crímenes, ya en Los Ángeles, y también en un cine, mata a Patrice Bennett, una ejecutiva de Hollywood y madre de familia. Un periodista del LA Times, Arnold Griner, recibe un e-mail de una tal Mary Smith en el que ésta se dirige a Patrice Bennett hablándole de cómo la ha asesinado y de cómo la espiaba, a ella y a sus hijos. El caso es asignado a Alex Cross, detective del FBI. Al poco de iniciar su investigación, Cross empieza a dudar de que Mary sea realmente una mujer.

Mientras tanto, un ama de casa totalmente normal, llamada Mary Smith, prepara el desayuno a sus tres hijos y los lleva al colegio...

El equilibrio de la balanza

ANNE PERRY

En plena época victoriana, el príncipe Friedrich vive exiliado en Londres tras haber renunciado al trono de Felzburgo para casarse con Gisela, una joven plebeya. Friedrich muere tras caer de su caballo durante una cacería, pero la condesa Rostova afirma que en realidad ha sido envenenado por su propia esposa. Cuando Gisela emprende una demanda por difamación contra la condesa, ésta acude a uno de los mejores abogados londinenses, Sir Oliver Rathbone, para que se ocupe de su defensa. Sir Oliver encarga la investigación del caso al detective Monk, que deberá encontrar pruebas que inculpen a la princesa Gisela y demuestren que Rostova tiene razón. Contará para ello con la ayuda de Hester, una enfermera bastante perspicaz.